Caroline Brinkmann
Die Vereinten

Weiterer Titel der Autorin:

Die Perfekten

Für O. und O.
Weil uns die schönsten Erinnerungen verbinden

CAROLINE BRINKMANN

DIE VEREINTEN

one

Dieser Titel ist auch als E-Book erschienen

MIX
Papier aus verantwortungsvollen Quellen
FSC® C014496

Originalausgabe

Die Veröffentlichung dieses Werkes erfolgt auf
Vermittlung der literarischen Agentur Peter Molden, Köln.

Umschlaggestaltung: FAVORITBUERO, München unter Verwendung eines
Motivs von © shutterstock/Aleshyn_Andrei
Satz: hanseatenSatz-bremen, Bremen
Gesetzt aus der Adobe Garamond Pro
Druck und Einband: GGP Media GmbH, Pößneck
Printed in Germany
ISBN 978-3-8466-0067-2

2 4 5 3 1

Sie finden uns im Internet unter: www.one-verlag.de

DAS LAND HOPE

DIE STADTZIRKEL:

Aventin

ist der Regierungssitz des Landes; eine gigantische Stadt im Zentrum von Hope. Sie ist der Hauptwohnort der Gesegneten und vieler Menschen, deren Gene einer Eins oder besser entsprechen. Diejenigen, die dort als Zwei geboren werden, haben die Wahl, den Zirkel zu verlassen oder in die Dienerschaft einzutreten.

Ruby

ein schillernder, bunter Ort voller Kunst und Kultur. Händler, Sammler und Künstler aus allen Ecken des Landes haben sich dort niedergelassen.

Silver

ist im Gegensatz zu den anderen Zirkeln eine vergleichsweise kleine Stadt, dafür aber ungemein wohlhabend. Von hier aus wird das Politik- und Unterhaltungsprogramm, welches über TecDecs im ganzen Land ausgestrahlt wird, geplant.

DIE INDUSTRIEZIRKEL:

Grey

stellt das Herz des Industriezirkels dar. Es besteht hauptsächlich aus Fabriken und Wohnhäusern für deren Arbeiter. Die vielen Fabriken stoßen Schadstoffe aus und sorgen für ein Smogproblem, das eine enorme Gesundheitsbelastung in Grey darstellt. In einigen Gebieten sind spezielle Schutzkleidung und Gasmasken erforderlich.

Yellow

durchkreuzt die anderen Zirkel ober- und unterirdisch, denn er umfasst alle Kraftwerke und Stromleitungen, die das Land versorgen. Seine Bewohner sind größtenteils Drohnen.

Black Shell

dient als Ausbildungsort der Sentinal, welche die Armee von Hope stellen. Black Shell ist die Hauptfestung, es gibt aber im ganzen Land viele kleinere Stützpunkte, die »Shells« genannt werden.

White Pearl

ist das Zentrum der Wissenschaft und mit Aventin über öffentliche Schnellzüge und den Gleiterverkehr verbunden. Hier gibt es zahlreiche kuppelförmig aufgebaute Sektoren, in denen an medizinischen, biologischen und technischen Innovationen geforscht wird.

Pitch

liegt in den Bergen im Westen nahe der Mauer und ist ein relativ kleiner Sektor. Hier liegen die Kohleminen, in denen Straftäter und deren Familien arbeiten, die zu Zwangsarbeit verurteilt wurden. Außerdem leben dort Drohnen und Sentinal, die die Gefangenen überwachen.

DIE LANDZIRKEL:

Green

nimmt als landwirtschaftlich orientierter Zirkel beinahe das gesamte Land ein und reicht im Süden bis zum Meer. Er besteht aus Feldern, Wäldern, Bauernhöfen und kleinen Dörfern. Der Großteil der Bewohner ist als G2 eingestuft. Menschen mit besseren Genen versuchen oft, in den Stadtzirkeln Arbeit zu finden.

Azure

werden die Seenplatten im Norden des Landes genannt. Große Sümpfe, Moore, Salzseen und alle größeren Flüsse zählen ebenfalls zu Azure. Hier leben überwiegend Fischer auf Booten, Flößen und in schwimmenden Dörfern.

TEIL 1

DIE VERLORENEN

»DU WIRST DEINEN JOB LIEBEN«, hatten sie gesagt.

Dass dieser Job beinhaltete, auf einem einsamen Wachturm zu stehen, sich den Hintern abzufrieren und eine Nebeldecke anzustarren, das hatten sie ihm natürlich nicht erzählt.

Und das alles nur, um eine Mauer zu bewachen. Eine Mauer, die niemals nachgegeben hatte und, wenn es nach Mur ging, auch niemals nachgeben würde. Sie beschützte das Land Hope vor dem, was auch immer da draußen sein mochte. Und da waren, soweit Mur von seinem Posten aus sehen konnte, nur Dreck, Nebel und ein paar verirrte Mutanten.

»Der Nebel ist tödlich«, hatten die anderen Sentinal gesagt. Aber Mur war sich sicher, dass das bloß Gerede war, um die neuen Rekruten zu beeindrucken. Für ihn war das stinknormaler, todlangweiliger Nebel, der dort zwischen den Bäumen entlangzog.

Auch die Geschichte, dass die letzte Forschungsgruppe, deren Expedition hinter die Wälle der Mauer geführt hatte, durch ätzende Säureregen und resistente Erreger innerhalb von Tagen gestorben war, konnte Mur nicht überzeugen.

Er hatte den langweiligsten Job in ganz Hope. Seiner Meinung nach wurden seine Fähigkeiten als Sentinal vollkommen unterschätzt. Warum sonst war er nach Lonely Shell abkommandiert worden, zum westlichsten Punkt des Landes?

Mur seufzte, verlagerte die Waffe auf seiner Schulter und beugte sich über den Rand des Geländers. Seinen Helm hatte er abgesetzt und auf den Boden gestellt. Wenn ihn sein Vorgesetzter so sehen würde, würde es Ärger geben. Aber sein Vorgesetzter war nirgends zu sehen.

Er fischte eine Flasche von seinem Gürtel, in der sich eigentlich Wasser befinden sollte. *Klares Wasser für einen klaren Kopf.*

In Murs Fall war es allerdings Siruptee. Er setzte die Flasche an die Lippen und nahm einen Schluck. Ein warmes Gefühl breitete sich in ihm aus, und er spürte, wie seine Gedanken leicht wurden. Er lehnte den Kopf in den Nacken und beobachtete den grauen Himmel über sich, über den der Sturm jagte und die Wolken vor sich hertrieb.

Noch ein paar Stunden, dann würde endlich die Ablösung kommen.

Die Mauer war seit Jahren nicht angegriffen worden, und erst recht nicht in Lonely Shell, denn hinter dem Nebel verbargen sich zu beiden Seiten die scharfkantigen Felsen und tiefen Schluchten der Namenlosen Berge. Sie mauerten die Kohleminen von Pitch ein und machten eine Flucht aus dem dunkelsten Zirkel des Landes unmöglich. Gerade wenn es regnete, wurden die Felsen zu rutschigen Todesfallen. Ein falscher Schritt genügte, und man stürzte in eine der vielen Risse und Schluchten. Und es regnete nahezu immer in Pitch.

Mur schielte zum Himmel in der Hoffnung, dass zwischen den dicken Wolken endlich der Gleiter auftauchen würde, um ihn abzuholen. Er sehnte sich nach seinem beheizten Apartment, trockener Kleidung und einer lustigen Show auf dem TecDec.

»Lonely Shell an Posten 341 Delta.«

Das war er.

Mur seufzte und setzte seinen Helm auf, um zu antworten.

»Statusbericht«, verlangte der Sprecher.

»Alles ruhig. Keine besonderen Vorkommnisse. Posten 341 Delta Ende.«

Für einen »ewigen Krieg« gab es hier verdammt wenig Krieg. Nicht mal die Mutanten und alten Maschinen, die jenseits der Mauer leben sollten, schafften es über die Gebirgsketten.

Mur wollte seinen Helm gerade wieder absetzen, als die Sprechanlage erneut surrte.

»Löwenbär an Spatztaube.«

Mur seufzte vor Erleichterung, als er die Stimme erkannte.

»Warum bin ich die Spatztaube?«, fragte er amüsiert.

»Weil du so aussiehst«, lautete die Antwort seines Kameraden, Cem.

»Ach ja?«, fragte er mit gespielter Empörung.

»Na ja, deine spitze Nase, deine verschreckten runden Kulleräugelchen …«

»Von wegen.« Er musste lachen.

»Und? Was macht die Mauer?«

»Steht noch.«

»Hast du mich vermisst?« Es war keine Frage. Die Stimme von Cem klang äußerst zuversichtlich, dass Mur ihn nicht aus dem Kopf kriegen konnte.

»Neee«, antwortete er gelassen. »Ich hatte so viel um die Ohren. Du weißt schon. Es ist ein ewiger Kampf hier draußen.«

»Ein ewiger Kampf gegen die Langeweile«, ergänzte Cem wissend.

»Na gut. Du hast recht. Ich hab an dich gedacht …«

In diesem Moment bewegte sich der Nebel jenseits der Mauer. Zuerst dachte Mur, dass seine Ablösung gekommen sei und sich einen Scherz mit ihm erlaubte. Es war unter Sentinal eine beliebte Mutprobe, mit dem Gleiter über die Mauer zu fliegen. Nicht zu weit, nur weit genug, um sich mutig zu fühlen. Denn hinter dem stählernen Wall gab es einen weiteren Ring aus Drohnen und Sensoren, der Eindringlinge von außen frühzeitig meldete.

»Wie oft hast du an mich gedacht?«, fragte Cem.

»Psst!«, flüsterte Mur in den Helm, woraufhin sein Kamerad ungläubig lachte.

»Psst du mich etwa? Genau dann, wenn ich dir mein Herz ausschütten will …«

»Da ist etwas.« Nur zur Sicherheit zog Mur sein TecDec heraus, das achtlos in der Tasche auf dem Boden lag, um festzustellen, ob eine Überschreitung der Sensorenzone gemeldet worden war.

»Was soll da denn sein?«, hakte Cem nach. »Sicher bloß eine technische Störung …«

»Sei kurz still.« Mur klappte das Visier seines Helmes hoch. *Kallisto!* Er hatte das TecDec nicht einmal hochgefahren, da er nicht damit gerechnet hatte, es zu brauchen.

»Du machst mir Angst, Mur«, hörte er Cems Stimme. Er ignorierte ihn und strich mit zittrigen Fingern über den Bildschirm.

Endlich.

Das TecDec war hochgefahren, doch die Sensoren meldeten keine Störung. Sie meldeten überhaupt nichts. Als wären sie ausgefallen. Oder zerstört …

»Was zum …?«

»Mur? Wenn das ein Scherz sein soll«, schimpfte Cem. »Du hast doch nicht wieder zu viel Siruptee getrunken?«

Doch Mur antwortete nicht. Er tippte auf sein TecDec, um die Statusberichte der Drohnen des äußeren Rings einzeln abzufragen. Genau in diesem Moment flog eine dieser Drohnen auf ihn zu, zusammen mit einem beachtlichen Teil der Sensorstation.

»Kallisto!« Er ging in Deckung, als beides unterhalb seiner Position gegen die Mauer krachte.

»Was ist da los?« Angesichts Murs Panik in der Stimme war nun auch Cem alarmiert. »Du hast doch nicht wieder deine Waffe fallen gelassen? Dieses Mal decke ich dich nicht.«

»Nein.« Mur wünschte sich, es wäre bloß das, aber er fand keine Worte für das, was sich dort aus dem Nebel schälte.

Kein Wort außer: »Kallisto.«

1.

NORMALE UNTRAINIERTE MENSCHEN konnten ungefähr eine Minute die Luft anhalten. Nach zwei Minuten verloren sie dann das Bewusstsein. Rain hielt dreizehn Minuten aus, ohne zu atmen.

Sie saß inmitten der kalten Wasserblase und hatte die Augen geschlossen. Es war so still hier drin, und man hatte das Gefühl, die Zeit würde stillstehen. Die Welt hinter der Blase aus Wasser schien so weit entfernt. Und mit ihr all die Sorgen, die auf Rains Herzen lasteten. Hier fühlte sie sich sicher. Hier in der stillen Einsamkeit.

Sie öffnete die Augen und sah einen Schatten, der unruhig um die Wasserblase patrouillierte. Es war Rains Leibwächter Nife, der von Tiberius den Auftrag bekommen hatte, Rains Leben zu schützen. Vor allem vor sich selbst.

Rain spürte, wie ihre Lungen anfingen zu brennen, doch sie verharrte unter Wasser. Ihre langen Haare umgaben sie wie ein roter Schleier. Wenn sie den Kopf bewegte, lief ein Ruck durch die Strähnen, beinahe so als würden sie leben. Normale Menschen erkannten nur Schemen unter Wasser, aber Rain war kein normaler Mensch. Sie war eine Gesegnete. In genetischer Hinsicht perfekt.

Es gab so viel, was sie über sich selbst nicht wusste. So viele besondere Fähigkeiten, von denen sie nicht einmal geahnt hatte, dass sie besonders waren, weil sie sie ihr Leben lang für selbstverständlich gehalten hatte. Immunität gegen Bakterien und Viren war eine der Besonderheiten der Gesegneten. Die Unfähigkeit, Kinder zu gebären, eine andere, denn perfekt zu sein lag offenbar nicht im Sinne der Natur. Das waren einige der Eigenschaften, die die Gesegneten von den gewöhnlichen Menschen unterschieden.

Rain konnte darüber nur lachen. Sie war als normaler Mensch aufgewachsen. Genau genommen weniger als das. Sie war ein Ghost gewesen, eine vom System Ausgestoßene, ohne jede Rechte. Nie hätte sie sich träumen lassen, dass sie zu jenen mächtigen Wesen gehören würde, die das Land regierten. Und jetzt, wo sie die Gesegneten kennengelernt hatte, erschienen sie ihr nicht viel anders als die Menschen.

Sie sah, wie Nife unter der Schwimmblase patrouillierte, stehen blieb und die Stirn runzelte. Er schien darüber nachzudenken, in die Blase zu springen, um sie herauszuholen.

Keine Sorge. Ich will mich nicht umbringen, dachte Rain, doch sie bewegte sich nicht. Sie hatte darüber nachgedacht, nachdem ihr das Wichtigste auf dieser Welt entrissen worden und der Schmerz unerträglich gewesen war. Noch war sie hier. *Noch.*

Sie öffnete ihren Mund und sprach den Namen: »Storm.«

Kleine Bläschen stiegen aus ihrem Mund und verfingen sich in ihren Haaren.

»Storm.« Ihr Herz brach, und sie spürte, wie sich ihre Augen mit Tränen füllten, die direkt mit dem Wasser davonschwammen. Sie krümmte sich zusammen und flüsterte in den Raum zwischen ihren Knien.

»Mom.«

Sie vermisste ihre Wärme, ihre Nähe und ihre Liebe. Von all dem bekam man in Aventin nicht viel.

Nife hatte sich offenbar entschieden, sie zu retten. Er setzte seine Atemmaske auf und streckte seine Arme empor, um in die Blase hineinzutauchen, doch Rain brauchte keine Rettung. Sie riss sich aus ihrer Starre, schoss wie ein Pfeil durch das Wasser in die entgegengesetzte Richtung. Ihr Kopf brach durch die Oberfläche, und ihr Körper glitt aus der Kaltblase. Sie landete auf dem Boden, der aus grünen und blauen Mosaiken bestand, ebenso wie die hohen Wände und die Decke, welche die drei schwebenden Schwimmblasen umgaben.

Kaum war Rain auf dem Boden gelandet, fühlte sie sich schwer und träge, jetzt, wo die Schwerkraft wieder ganz auf ihren Körper wirkte. Sie wischte sich die wirren Strähnen aus dem Gesicht und eilte mit schnellen Schritten auf den Fahrstuhl zu, ohne sich noch einmal nach ihrem Leibwächter umzusehen. Sie wusste auch so, dass er ihr folgte. Das tat er immer. Nur dass er sich dieses Mal umsonst nass gemacht hatte.

Sie erreichte den Fahrstuhl und trat ein. Während der Fahrt hielt sie die Luft an. Die Enge behagte ihr nicht, also lenkte sie ihre Aufmerksamkeit auf die Tropfen, die ihre Haut hinunterrannen und um ihre nackten Füße eine Pfütze bildeten. Eigentlich gab es auf der Schwimmebene neben den fliegenden Becken eine Trockenvorrichtung, ebenso wie Glee, ein Programm, das als Home-Assistent fungierte und einem Kleidung vorschlagen und bereitstellen konnte.

Rain hatte dazu jedoch keine Lust gehabt und klammerte sich an ihren Badeanzug aus wasserabweisendem Stoff, der im Gegensatz zu ihr noch immer trocken war.

Die Fahrstuhltüren glitten auseinander, und Rain schritt durch das Wohnzimmer, das ungewohnt leer wirkte. Früher hatte sie sich hier oft mit Andromeda oder Bishop getroffen. Sie blieb stehen, und wie immer, wenn sie der beiden gedachte, entstand ein Kloß in ihrem Hals. Bei Andromeda war es Trauer. Bei Bishop Wut, denn ihr Cabman hatte sie verraten. Sie hatte ihm vertraut, und er hatte sie an die Spines ausgeliefert. Bei der Erinnerung formte sie ihre Hände zu Fäusten. Ihre Mutter hatte recht gehabt: Vertrauen war etwas, das sie sich nicht leisten konnte.

Da waren Storm und Tiberius sich einig. Ihr Vater sagte schließlich auch immer: »Du kannst niemandem trauen.«

»Was ist mit dir?«, hatte sie ihn einmal gefragt.

»Du kannst darauf vertrauen, dass ich nur dein Bestes will, denn ich bin dein Vater. Meine Gene sind deine Gene.«

Doch Tiberius wollte vor allem eins: sein Bestes. Denn er hatte den ehrgeizigen Plan, der nächste Herrscher von Hope zu werden. Jetzt, nachdem der ehemalige König dem Anschlag der Spines zum Opfer gefallen war, herrschte Königin Palenope allein über Aventin. Sie weigerte sich, die Lücke, die ihr Herrscherpartner gerissen hatte, zu füllen, indem sie einen neuen König ernannte.

»Ein König lässt sich nur durch Wahlen entscheiden. Es gibt keine Abkürzungen, um dieses ehrenwerte Amt zu erreichen, und auch wenn es die Situation noch nie zuvor gegeben hat, müssen wir unsere Traditionen wahren.«

Es war eine angespannte, komplizierte Lage, und die Menschen hatten Angst. Die Rebellen hatten ihre heilige Sicherheit durchbrochen und ihnen ihre Verwundbarkeit vorgeführt. Erst durch den Anschlag beim Zirkelfest und dann durch ihren Angriff auf den Palast. Der Wunsch nach Frieden, Wohlstand und Sicherheit war nun bedroht, und die Bewohner verlangten nach einer Lösung. Einer schnellen Lösung, die Tiberius als Earl von Black Shell ihnen bot. Mehr Drohnen, mehr Soldaten und Festnahmen von vermeidlich gefährlichen Menschen mit niederen Genen. Es klang simpel, und Tiberius tat alles, diesen simplen Plan in die Tat umzusetzen.

»Die Menschen brauchen nun jemanden, der handelt. Und ich handele«, rechtfertigte er sich. »Es ist das Richtige, Tochter. Wir können nicht zulassen, dass unser System dem Chaos zum Opfer fällt. Vertraue mir.«

Nein, die Einzige, die je Rains Herz und ihr blindes Vertrauen verdient gehabt hatte, war Storm gewesen. Ihre Mutter.

»Nicht deine Mutter. Sie hat dich entführt und belogen, dein Leben lang. Sie hat dich um dein Erbrecht betrogen und wollte dich für sich«, würde Tiberius nun sagen. »Ihr kannst du am wenigsten vertrauen.«

Das stimmte nicht. Storm mochte ihr nicht die ganze Wahrheit gesagt haben. Sie mochte ihr verschwiegen haben, dass sie bloß ihre Leihmutter gewesen war, aber ihre Liebe war echt gewesen. Echter als alles, was sie in Aventin je finden würde, und daran würde Rain sich klammern, um nicht dem Wahnsinn zu verfallen. Denn Einsamkeit konnte wahnsinnig machen.

Rain eilte in ihr Zimmer, warf sich auf ihr Bett und ignorierte den Home-Assistenten Glee, der ihr besorgt mitteilte, dass sie noch nass war. Glee war nicht mehr als eine Stimme. Als sie nach Aventin gekommen war, hatte sie sich furchtbar erschrocken, als der Spiegel ihr das erste Mal Kosmetiktipps gegeben hatte. Jetzt wusste sie, dass es bloß ein Programm war.

»Soll ich den Trockner im Badezimmer aktivieren?«, fragte Glee. Als sie nicht reagierte, regelte er die Temperatur im Zimmer hoch.

»Sonst erkältest du dich«, verkündete er. Als ob sie sich erkälten könnte.

»Du wirkst etwas durcheinander. Soll ich dir eine Dienerin rufen? Oder lieber einen MedBot?«

»Nein.« Rain presste ihr Gesicht in die Matratze und atmete in den Stoff, der sich sofort anpasste. So blieb sie regungslos liegen, bis ein stechender Schmerz sie hochfahren ließ. Die Mutanten-Fuchsmanguste Cassiopaio war aufs Bett gesprungen und zwickte Rain in die Schulter, um sicherzustellen, dass sie noch lebte.

»Aua.«

»Hast du dich verletzt?«, erkundigte sich Glee.

»Nein!«, rief Rain. Sie hatte keine Lust auf einen hysterisch piependen MedBot. »Alles gut. Lass mich in Ruhe.«

»Gern. Ruf mich, wenn du mich brauchst.«

»Rarrr?«, erkundigte sich das Tier.

»Nein. Ich will nicht spielen«, murmelte Rain. Unter Spielen verstand Pi vor allem Kabbeln, Beißen und Kratzen. Oder er präsentierte Rain seine neusten Errungenschaften, die meistens tote Tiere oder glitzernde Schmuckstücke umfassten, und erwartete Bewunderung. Heute hatte sich die Manguste offenbar für Letzteres entschieden, denn sie verschwand unter dem Bett, nur um kurze Zeit darauf wieder aufzutauchen und ein Diamantendiadem zu präsentieren.

»Rarrr!« Pi stellte sich auf die Hinterbeine und streckte seine Schnauze stolz in die Höhe, aber nicht einmal ihr alter Begleiter vermochte es, Rain aufzuheitern.

»Behalt es ruhig, du kleiner Dieb«, sagte sie und ließ ihren Kopf wieder auf die Matratze fallen. All der Luxus und Prunk waren ihr egal, ebenso wie die Tatsache, dass sie die Tochter eines der mächtigsten Gesegneten von Hope war. Sie selbst mochte Prinzessin sein, aber sie war eine Prinzessin ohne Macht und ein Earl ohne Zirkel. Denn Grey lag in Schutt und Asche.

2.

LARK SAß AUF DEM BODEN seines Zimmers und drückte seine Stirn an die Fensterscheibe. Unter ihm lag Aventin – so weit das Auge reichte. Die goldene Stadt. Sie schien nie zu schlafen, selbst nachts nicht. Glühende Lichter und Werbetafeln blinkten um die Wette. Und Drohnen. WatchBots, die fliegenden Augen der Sentinal, und in der letzten Zeit auch zahlreiche, schwer bewaffnete WarBots, die das Gefühl von Sicherheit vermitteln sollten.

Doch sicher fühlte sich Lark schon lange nicht mehr. Er konnte nicht schlafen, denn im Schlaf kehrten die Bilder zurück. Die Bilder der Toten, die er auf dem Gewissen hatte. Der Schmerz, den sie verursachten, verschwand nie. Er war immer präsent. Auch jetzt spürte er ihn an sich nagen.

Lark schlug mit der Stirn gegen das Glas. Wieder und wieder. Dabei bemerkte er nicht, dass der MedBot zum Leben erwacht war und durch das Zimmer auf ihn zu schwebte. Es waren zwei ineinandergreifende Kugeln. Die größere war weiß, die kleinere obere konnte die Farbe ändern. Im Moment leuchtete sie rot, wie immer, wenn sie alarmiert war. Die Drohne war über einen Sensor mit ihm verbunden und konnte seine Vitalfunktionen überwachen.

Seine Schwester Rose hatte ihr den Namen Fufu gegeben, weil sie jedes Mal ein »Fufu« von sich gab, wenn sie Lark versorgte. Aktuell schien sie Larks Blutdruck zu beunruhigen, ebenso wie sein Schmerz. Neben den Bildern war das etwas, das ihn täglich begleitete. Er hatte immer Schmerzen, seitdem ihm von den Spines die Beine gebrochen worden waren. Und er wusste nicht, welcher schlimmer wog. Der körperliche Schmerz oder der seelische.

Fufu verabreichte ihm ein Schmerzmittel, dann schwebte die Drohne auf den Temperaturregler des Raumes zu, um sich in das System zu schalten. Es dauerte nur Minuten, und Lark spürte, wie sich der Raum erwärmte.

Mit einem weiteren, beinahe tadelnd klingenden »Fufuuuuu« erinnerte der MedBot Lark daran, endlich ins Bett zu gehen, das aus einer Matratze bestand, die sich perfekt dem Körper anpasste. Doch Lark fehlte der Komfort einer Bettdecke und eines Kissens, in denen man sich vergraben konnte. Er hätte es nie für möglich gehalten, dass er jemals etwas aus Grey vermissen würde. Immerhin war sein ganzes Leben darauf ausgerichtet gewesen, den Smogzirkel hinter sich zu lassen, und er hatte wirklich alles dafür getan. Er dachte immer, wenn er es hierherschaffen würde, würde alles gut werden. Und jetzt? Er war kein Sentinal mehr, hatte keine Arbeit, war eine Belastung für seine Familie, und das Schlimmste war, er hatte Hail verloren. Seine Hail. Zusammen hatten sie davon geträumt, es nach Aventin zu schaffen, doch dann hatte die Mondaugenkrankheit Hails Träume zunichtegemacht, und sie hatte sich in ihrer Verzweiflung den Spines angeschlossen. Eine Entscheidung, die sie das Leben gekostet hatte.

»Fufuuu?«

Lark ignorierte Fufu und sah wieder aus dem Fenster. In Aventin konnte man den Himmel sehen. In den ersten Tagen hatte er ständig emporgesehen und gestaunt, wie klar die Luft hier war und wie weit man sehen konnte. Jetzt war es fast schon Gewohnheit.

Irgendwann musste Lark doch eingenickt sein, denn ein »Bruderherz!« ließ ihn aufschrecken. Er drehte sich um und sah, wie seine Schwester Rose in das Zimmer geschlüpft kam.

»Was machst du da?«, fragte sie besorgt und deutete auf das leere Bett. »Schläfst du nicht?«

»Ich habe nachgedacht«, antwortete Lark. Hinter den Lichtern der

Stadt war der Himmel noch immer schwarz. Keine Sonne in Sicht, die ihn endlich von einer weiteren Nacht voller schmerzender Erinnerungen erlöste!

»Ich kann auch nicht schlafen.« Rose kam oft in sein Zimmer geschlichen, um sich in sein Bett zu legen wie damals, als sie noch in Grey gelebt hatten.

Hier waren sie in einer Dienerwohnung untergebracht, die aus vier Zimmern bestand: drei Schlafzimmern und einem Wohnbereich. Es war für Aventiner Verhältnisse einfach eingerichtet, aber für Larks Familie war es Luxus. Vor allem das Badezimmer, in dem jeden Tag Seife und warmes Wasser auf sie warteten. Zudem erhielten sie frisch gewaschene Kleidung, sowohl Tageskleidung als auch Nachtbekleidung. Dass die fein aussehenden weißen Hemden und Hosen ausschließlich für das Schlafengehen gedacht waren, hatten sie zuerst nicht gewusst. Sie waren damit vor die Tür gegangen, in dem Glauben, es handele sich um normale Kleidung. Erst die Blicke der Aventiner hatten sie darauf aufmerksam gemacht, dass etwas nicht stimmte.

»Warum tragen die Nachthemden?«, wurde getuschelt.

»Menschen aus Grey sind einfach unzivilisiert.«

»Guck mal, sie haben sogar eine Drei dabei. Und einen Jungen, der nicht laufen kann? Dass hier so etwas gestattet ist …«

»Komm ins Bett, Bruderherz.« Rose igelte sich auf seiner Matratze zusammen.

»Na gut.« Er fuhr mit seinem MedChair an das Bett heran und hievte sich darauf. Rose half ihm mit seinen Beinen, wobei sie ganz vorsichtig war, um ihn nicht zu verletzen.

»Sie sehen schon viel besser aus«, verkündete sie, als sie seine Unterschenkel inspizierte.

Rose hatte sich verändert. Aventin tat ihr gut. Ihre Wangen sahen nicht mehr ganz so knochig und eingefallen aus, und ihre Augen leuchteten. Ihre Haut war nicht mehr grau, sondern rosig, und ihre

Haare umgaben ihren Kopf wie ein helles Meer aus festen Locken. Sie sah gesünder aus, und das war sie auch. Seitdem sie hier waren, hatte Rose noch keinen Anfall gehabt.

Trotzdem schmerzte Lark es, sie zu sehen, denn sie musste eine kleine »3« auf der Stirn tragen, direkt am Haaransatz. Es sollte eine Warnung für andere sein. Wichtig für die Sicherheit der Aventiner, hatte ihm ein Sentinal erklärt.

Lark nannte es Diskriminierung.

»Vermisst du sie sehr?«, flüsterte Rose, als er auf dem Bett lag. Auch wenn sie ihren Namen nicht sagte, wusste Lark, wen sie meinte, und sein Herz zog sich zusammen.

Hail. Seine beste Freundin. Mehr als das. Sie war … Ja, was war sie eigentlich? Er wusste es nicht genau, denn sie hatten keine Zeit gehabt, ihre Gefühle füreinander zu ergründen. Der Krieg war ihnen dazwischengekommen. Und mit ihm der Tod. Ihr Tod.

»Sehr«, flüsterte er mit erstickter Stimme. In seiner Erinnerung saß sie neben ihm auf einer Betonmauer, ihre Locken flogen im Wind, und sie strahlte ihn an. Er versuchte sich ihr Gesicht vorzustellen, aber es schien mit jedem Tag mehr zu verblassen.

»In den Geschichten, die ich gelesen habe, haben die Helden gegen das Böse gekämpft. Und sie haben gewonnen, und alle waren glücklich«, erzählte Rose und bettete ihren Kopf auf der Brust ihres Bruders. »Ich habe immer davon geträumt, ein Held zu sein, stark zu sein, Abenteuer zu erleben, aber jetzt nicht mehr …«

»Warum nicht?«

»Krieg ist kein Abenteuer …«, sagte Rose nach einiger Zeit, und ihre Augen füllten sich mit Tränen. »Er macht mir Angst.«

»Ich werde dich beschützen, Rose.« Er strich ihr übers Haar.

»Ich will immer bei dir bleiben, ja?«

»Natürlich.« Er drückte ihren Körper an sich, der immer noch zu dünn war, aber sich mittlerweile weniger zerbrechlich anfühlte.

»Lark? Ich glaube, die Menschen hier mögen mich nicht«, gestand

Rose und strich über ihren Zahlencode am Unterarm. »Ich glaube, sie haben Angst vor mir.«

»Wie könnte man denn vor dir Angst haben?«

»Ich weiß es nicht.« Sie schüttelte betrübt den Kopf. »Sie sehen mich an, als wäre ich gefährlich … Ich mag gar nicht mehr rausgehen.«

»Oh, Rose. Mach dir keine Sorgen.« Es zeriss Lark das Herz.

»Glaubst du, sie holen mich ab?« Sie hob ihren Kopf und sah ihn mit ihren großen Augen an. »Ich habe es im TecDec gesehen … Sie haben Zweien aus der Stadt gebracht. Und Dreien, die werden eigentlich gar nicht geduldet. Was, wenn sie mich wegbringen?«

»Das werde ich verhindern … Und Rain. Sie mag dich sehr, schon vergessen?«

»Ich weiß … Ich mag sie auch sehr.« Rose klammerte sich fester an ihn, und er strich ihr behutsam durchs Haar.

»Wohin du gehst, gehe auch ich. Ich lass dich nicht allein.« Er drückte die Finger erst auf sein Herz, dann auf ihres. Das war ein Versprechen, und Rose nickte erleichtert.

»Außerdem bin ich jetzt auch eine Drei.« Er zeigte auf seinen Zahlencode, auf dem »F3« ergänzt worden war. Dieselbe Zahl, die er, wie seine Schwester, unter dem Haaransatz auf der Stirn tragen musste, wenn er sein Zuhause verließ. Damit ja jeder, der ihm ins Gesicht sah, wusste, dass seine Beine nutzlos waren und er somit keinen Wert hatte.

»Dann bleiben wir für immer zusammen.« Rose kuschelte sich an ihn und schloss ihre Augen.

»Ja.« Koste es, was es wolle.

3.

»DIE LAGE IN AVENTIN *beunruhigt viele Bewohner*«, sagte der Reporter im TecDec. *»Was könnt Ihr sagen, um sie zu beruhigen?«*

Ihm gegenüber stand Palenope, die wunderschöne Königin von Hope, in einer Uniform aus weißem und goldenem Stoff, der beinahe schlicht wirkte. Auf ihrem Haupt thronte ihre Krone, die wie heiße Lava glühte.

»Ich kann nur sagen, dass Frieden für alle Menschen mein oberstes Ziel ist. Die Spines wurden in Grey zerschlagen, zu einem hohen Preis. Viele potenzielle Sympathisanten in anderen Zirkeln wurden festgenommen.«

»Den Sentinal sei Dank.«

»Nicht nur den Sentinal gilt unser Dank. Auch den Menschen, die zusammenhalten und nicht zulassen, dass die Spines uns spalten.« Palenopes Blick war fest in die Kamera gerichtet. *»Ich bitte das Volk von Hope, sich nicht von Angst leiten zu lassen, auch wenn die Stunden dunkel sind. Wir müssen vereint Seite an Seite stehen, um den Rebellen Einheit zu demonstrieren.«*

»Wie viele von ihnen gibt es denn noch?« Der Reporter schien nicht beruhigt. *»Wie viele warten auf ihre Chance, erneut zuzuschlagen, und wie viele verstecken sich unter den Flüchtlingen aus Grey, die auch hier vor unseren Toren und sogar in unserer Stadt Zuflucht gefunden haben? Wäre es nicht besser, den Vorschlag von Earl Eustachius zu erhören und die Mauern um die Hauptstädte Aventin, Ruby und Silver zu verstärken? Warum nehmen wir überhaupt Graue auf? Sie sollen in Grey bleiben.«*

»Die Lage in Grey ist schwierig. Durch die Spines und unsere Gegenmaßnahmen haben viele Unschuldige ihr Zuhause verloren.«

»Wir helfen bereits beim Wiederaufbau, oder nicht? Viele besorgte Aventiner sind der Meinung, dass das reichen muss.«

»Soweit es geht, ja. Leider machen die Terroristen es uns nicht ganz leicht. Wir sind ein Land, und wir stehen alle auf derselben Seite. Wir wollen Frieden und Sicherheit. Jeder, der die entsprechenden Gene hat, darf in unsere Stadt kommen, und jeder, der hineinmöchte, wird genauestens überprüft und überwacht, das kann ich versichern.«

»Viele Aventiner können die Not der Einsen nachvollziehen, die in unserem Zirkel Arbeit suchen, aber es wurde sogar von Zweien berichtet, die nach Aventin gekommen sind. Sollten wir die nicht strikt ausschließen?«

»Es gibt in der Tat einige Bewohner Hopes mit weniger guten Genen, die zurzeit in den Dienergebäuden in Aventin untergekommen sind, auch wenn wir bemüht sind, andere Zirkel für sie zu finden. Trotzdem gilt, dass nach Möglichkeit alle eingegliedert werden sollen, damit sie weiterhin ihren Beitrag zur Gesellschaft leisten können.«

»Warum nehmen Ruby und Silver dann keine Grauen auf?«

»Ich bin wegen dieser Angelegenheit bereits mit den Earls Eustachius und Eustenia im Gespräch.«

»Wir sind sehr besorgt, welche Änderungen die vielen Neuankömmlinge bringen werden. Vereinzelt sind sie ja in Ordnung, aber man muss nur einen Blick vor unsere Tore werfen, wo ihre Camps mitten in den Feldern von Green aufgeschlagen sind. Es sind so viele. Steckt nicht in jedem von ihnen ein potenzieller Spine? Gerade in den Zweien …«

»Unseren Ermittlungen nach gibt es Spines in jeder Genstufe.«

»Das macht es nicht besser. Das heißt doch, jeder aus Grey ist eine potenzielle Gefahr …«

»Wir müssen uns an Fakten halten. Bitte. Es ist nicht die Zeit, kopflos und in Angst zu handeln.«

Palenope blickte fest in die Kamera. Sie und der König Maximus waren für ihre Besonnenheit bekannt gewesen. Sie hatten unnötige Gewalt stets abgelehnt und waren ein beliebtes Königspaar gewesen.

Doch nun sanken Palenopes Umfragewerte. Die Menschen trauten ihr nicht mehr zu, die Lage im Griff zu haben, und hielten sie für schwach.

Eine ideale Chance für Tiberius und seine Sentinal.

»Herrin?« Die Dienerin J war eingetreten. Sie trug wie alle Diener in Aventin weite senfgelbe Kleidung und einen kahl geschorenen Kopf.

»Mhm?« Rain starrte gerade an die Decke ihres Zimmers. Nachts funkelte dort ein Sternenhimmel, so klar, dass man die Milchstraße sehen konnte. Wie schön ihr Gefängnis war. Ein Gefängnis aus Glas und Luxus.

»Dein Vater möchte dich sehen. Er lädt zu einer Morgenveranstaltung ein. Soll ich dir beim Anziehen helfen?«

Rain hatte nicht gut geschlafen. Sie war bereits vor dem Aufgang der Sonne aufgewacht. Schuld daran war dieses Mal jedoch nicht Cassiopaio, der ihr neues Haustier durch das Zimmer jagte, sondern ein Albtraum.

Ihr neuer Mitbewohner war ein Seidenhäschen. Es hatte einmal Daphne gehört, doch nun lebte es bei Rain, die sich für das Tier in gewisser Weise verantwortlich fühlte. Immerhin hatte es nach Daphnes Tod niemanden mehr, der sich um es kümmern wollte.

Rain war sich nicht einmal sicher, wie es hieß, aber auf dem kleinen pinken Halsband, das es trug, hatte der Name »Silk« gestanden, der angesichts des langen weißen Fells gut passte.

Um das beklemmende Gefühl abzuschütteln, das der Albtraum hinterlassen hatte, war Rain durch ihr Zimmer gejoggt, wie sie es immer tat, um den Kopf frei zu kriegen.

Jetzt lag sie durchgeschwitzt und ausgestreckt auf dem Boden vor dem TecDec und starrte an die Decke. Silk lag auf ihrem Bauch, in der Hoffnung, Streicheleinheiten zu erhaschen, während Cassiopaio ihn vom Bett aus anknurrte. Das Häschen schien entweder ziemlich selbstsicher oder ziemlich dumm zu sein, denn es schien von den Drohungen der Manguste unbeeindruckt und gähnte ausgiebig.

»Herrin?«, rief sich die Dienerin in Erinnerung.

»Wenn mein Vater das wünscht.« Rain schob das Seidenhäschen von ihrem Bauch, stand auf und folgte J mit starrer Miene ins Bad. Sofort stürzte sich Cassiopaio auf seinen seidigen Erzfeind.

»Pi!«, mahnte Rain. »Hier wird niemand gefressen.«

Die Fuchsmanguste sah sie enttäuscht an, bevor sie sich mit einem beleidigten »Rarrr« unters Bett zurückzog.

Nachdem Rain geduscht war, folgte sie der Dienerin in den Kunstsalon, wo sie zurechtgemacht wurde.

Schönheit ist eine Kunst!, stand in goldenen Buchstaben an der Wand.

»Deine Haare sind wunderschön«, schwärmte eine Dienerin, während sie Rains dichtes rotes Haar auf einem Handtuch ausbreitete. »Sie sind so lang geworden, seit du hier lebst.«

Rain hasste ihre Haare. Sie fielen ihr weit über die Schultern, was sie als äußerst unpraktisch empfand. Wenn sie schlief, musste sie die Haare mittlerweile zu einem Zopf zusammenbinden, um nicht ständig auf ihnen zu liegen. Ihr Vater hatte ihr verboten, sie abzuschneiden, da lange gesunde Haare ein Erkennungszeichen der Gesegneten waren.

Mit geschickten Händen woben die Diener kleine goldene Schmucksteine hinein. Rain ließ es geschehen, bis sie Anstalten machten, die vorderen Strähnen zu flechten.

»Nein. Nicht diese Frisur«, sagte sie entschieden. Es war ihr alter Cabman Bishop gewesen, der dies zu ihrem Markenzeichen gemacht hatte, und sie wollte nicht an ihn erinnert werden.

»Aber Herrin«, widersprach die Dienerin entschuldigend. »Dein Vater hat uns konkrete Anweisungen gegeben.«

Nicht mal über meine Haare kann ich selbst bestimmen, dachte Rain verbittert, aber sie ließ die Dienerin gewähren.

Ein Krieger muss einschätzen können, wann sich ein Kampf lohnt und wann er bloß seine Energie verschwendet. Das war eine von vielen Weisheiten, die sie von Storm gelernt hatte, und sie beschloss, auf ihre Mutter zu hören. Ihr Vater saß im Moment am längeren Hebel, und Rain wusste, dass er ihre sowieso schon geringen Freiheiten jederzeit noch weiter einschränken konnte, wenn sie sich nicht fügte. Und noch viel mehr. Er hatte dafür gesorgt, dass Lark und seine Familie hier in Aventin leben durften, in Sicherheit. Und diese Entscheidung konnte er jederzeit wieder rückgängig machen. Aus diesem Grund hielt sie die Füße still, kam, wenn er nach ihr rief, und stand an seiner Seite, wenn er in den pompösen Shows von Gott Balthasar auftrat. Er hatte sie in der Hand, und er wusste es.

»Hat er mir auch rausgesucht, was ich anziehen soll?«, brummte sie, während eine andere Dienerin ihre Augenbrauen mit einem Miniaturkamm in Form brachte. Vor Aventin wäre Rain nie auf die Idee gekommen, dass man seine Augenbrauen stylen könnte, aber hier war man erfinderisch. Alles, wirklich alles konnte im Kunstsalon noch perfekter gemacht werden.

»Nein. Das war ich«, sagte eine unbekannte Stimme. Die Dienerinnen traten beiseite und machten Platz für den Neuankömmling. Einen jungen Mann, dessen hochtoupierte bunte Haare als Erstes ins Auge sprangen. Es war unmöglich zu sagen, welche natürliche Haarfarbe er haben mochte, denn sie waren durchsetzt von pastellfarbenen Strähnen. Es sah so aus, als wäre er in einen Farbeimer gefallen.

»Und wer bist du?« Rain hob misstrauisch eine Augenbraue, auch wenn sie die Antwort bereits ahnte.

»Ich bin Eros, dein neuer Cabman.«

Natürlich. Der Ersatz für Bishop.

Der Mann drückte seine Finger zuerst an seine Stirn und schließlich an sein Herz.

Rain war froh, dass Eros rein äußerlich nichts mit ihrem alten Cabman gemeinsam hatte. Er war deutlich kleiner als Bishop und gut einen halben Kopf kleiner als sie selbst. Schlank, aber trainiert. Er hatte weiche, fast feminine Gesichtszüge. Seine Augen waren mandelförmig und von dunklem Braun, beinahe schwarz. Während Bishop sich mit Schmuck und Accessoires zurückgehalten hatte, war Eros ein klimpernder Paradiesvogel. Seine Ohren waren unter silbernem verschnörkeltem Schmuck versteckt, seine Finger mit Ringen besetzt, die klimperten, wenn sie gegeneinanderschlugen.

»Ich muss sagen, es ist mir eine Freude, eine wahre Freude, dein neuer Cabman zu sein.« Seine Augen leuchteten, als er Rain musterte. »Bishop hat dein Image total ruiniert. Total! Das passiert, wenn man einen Zugezogenen aus Pitch mit dem wichtigen Amt eines Cabmans beauftragt. Ich war schockiert, sag ich dir, schockiert, als ich dich in dem grässlichen Zirkelfestoutfit gesehen habe. Wie eine einfache Dienerin verkleidet? Wo war da der Glamour?«

»Es sollte nicht glamourös sein«, korrigierte Rain, doch Eros war kaum zu bremsen.

»Jaja, es ist in Erinnerung geblieben. Kein Zweifel«, fuhr er fort. »Aber will man als schockierendes und peinlichstes Outfit in der Geschichte von Hope in Erinnerung bleiben? Nein, sicher nicht. Ich werde dich einkleiden, so wie es sich gehört. Als Tochter des Helden von Aventin. Als Prinzessin der Herzen. Als Earl von …«

»Einem zerstörten Zirkel voller Blut und Asche.«

»Mmh … Wir bleiben lieber beim Prinzessinnen-Image.« Summend schob er Rain zu den Umkleideräumen des Salons, wo bereits einige lebensgroße Puppen auf sie warteten, die diverse farbenfrohe Outfits zur Schau trugen. Auf dem Weg dorthin hörte er nicht auf zu reden. »Ich liebe Tiberius. Ja. Er sieht so gut aus, findest du nicht? Nun, als Tochter ist das immer schwer zu beurteilen, aber er strahlt einfach etwas aus. Stärke, Wille und … Versuchung. Ja. Ja, das ist es. Ihn umgibt ein Schleier der Versuchung. Ein Schleier, den ich nur zu gern lüften würde.«

Bäh! Rain beäugte ihren neuen Cabman von der Seite. Er mochte kein Verräter sein, aber er war definitiv verrückt.

»Du bist größer, als ich dachte, und muskulöser … Nun, ich hoffe, das Outfit passt trotzdem. Es handelt sich hierbei um den neusten Trend aus Ruby und nennt sich vogeladaptierte Kleidung. Ich habe es selbst kreiert, und ich bin mir sicher, es wird dir die Sprache verschlagen.«

Das Kleid, vor dem sie stehen blieben, raubte Rain in der Tat die Sprache, aber nicht im positiven Sinne. Die Dienerinnen eilten herbei, um ihr bei der Anprobe zu helfen.

»Ist dieses Kleid nicht unglaublich?« Eros war außer sich vor Begeisterung, als sie umgezogen war. »Es drückt Verspieltheit und Romantik aus, während du Stärke und Härte ausstrahlst. Die liebliche Kriegerin. Ein wunderbares Spiel der Gegensätze.«

»Ich seh darin aus wie ein Kanarienvogel.« Sie zupfte an dem Kleid, das aus gelben Federn bestand, die bei jeder Bewegung mitwippten.

»Tieradaptierte Kleidung, Schätzchen. Das ist der letzte Schrei. In Ruby waren beim Sommerfest Hunderte Echsenableger in den schillerndsten Facetten zu sehen, aber jetzt sind die Vögel im Kommen. Und sieh dich an. Jaja. Ein unglaublich edler, atemberaubender Kanarienvogel«, trällerte Eros, während er Goldstaub über ihren Schultern verteilte. »Dreh dich für mich.«

Rain vollführte eine unmotivierte Drehung, und die Federn bauschten sich angesichts des Luftzuges auf, als würden sie in die Luft abheben wollen. Ihr Cabman stülpte ihr breite, klimpernde Goldreifen über die Arme und seufzte vor Entzückung, als eine Dienerin Rains Haare ebenfalls mit Federn verzierte.

»Das muss dir doch gefallen!«

»Nein.« Rain schüttelte bestimmt ihren Kopf. Sie hatte sich einen Cabman gewünscht, der etwas weniger … wie Eros war. Er musterte seine Gesegnete und runzelte die Stirn. Offenbar beruhte die Enttäuschung auf Gegenseitigkeit.

»Guck nicht so grimmig, Prinzessin.« Ihr Cabman verteilte eine weitere Ladung Goldstaub über ihren Schultern und den Oberarmen und verlangte nach einem Lippenstift in derselben Farbe. »Du siehst atemberaubend aus. Ganz entzückend.«

Missmutig begutachtete Rain sich im Spiegel. Schade, dass der entzückende Kanarienvogel keine Flügel hatte, sonst würde sie in die Luft steigen und davonfliegen.

Tiberius nutzte jedes Treffen für seine Zwecke, und so war Rain nicht verwundert, dass ihr Weg zu Tiberius von Kameradrohnen und Reportern begleitet wurde. Nife gab sein Bestes, um Rain abzuschirmen, als sie aus dem Gleiter stiegen.

»Du scheinst nicht gerade begeistert von deinem neuen Cabman«, bemerkte der Soldat trocken. »Kann ich verstehen.«

»Immerhin versucht er nicht, einen von uns zu töten«, entgegnete Rain und entlockte ihrem Beschützer ein Grinsen.

»Wer weiß. Vielleicht steckt auch ein Rebell in ihm.«

»Dann wäre er der beste Schauspieler, den ich kenne.« Rain lachte trocken.

»Das war Bishop auch«, murmelte Nife nach einer kurzen Pause.

Die schwarzen Augen der Kameradrohnen umkreisten sie von allen Seiten. Seitdem sie der Gefangenschaft der Spines entkommen war, war sie noch mehr in den Fokus der Aufmerksamkeit gerückt.

»Wird es weitere Festnahmen geben?«

»Was will der Protektor unternehmen?«

Protektor.

Es war so viel mehr als eine Bezeichnung, so viel mehr als ein Titel des Dankes, den das Volk Tiberius verliehen hatte, nachdem er und seine Sentinal die Rebellen in Aventin aufgehalten hatten.

Es war Macht. Tiberius erhob sich mit dem Titel über die anderen Earls und wurde zu einem Helden. Einer lebenden Legende.

»Wie steht es wirklich um die Sicherheit unseres Landes?«

»Sind wir in Gefahr?«

»Wann gehst du eine Bindung ein, Prinzessin? Hast du schon einen Liebhaber in Aussicht?«

»Woher kommt dieses unglaubliche Kleid?«

Sie versuchte grimmig auszusehen, stellte aber fest, dass man mit langen goldgelben Wimpern und einem Federkleid unmöglich autoritär genug auftreten konnte, um die Reporter abzuschrecken. Also versuchte sie, sich an Nife gedrückt so schnell wie möglich an den Reportern und Kameradrohnen vorbeizuschieben.

Das war ihr neues Leben. Niemals allein und doch so allein wie nie zuvor.

Ohne auf die Fragen der Reporter einzugehen, stieg sie an Nifes Seite in einen Gleiter, der sie zum Wohnturm ihres Vaters brachte.

Tiberius hatte sie nicht zu einem familiären Vater-Tochter-Frühstück geladen, vielmehr zu einer politischen Zurschaustellung. Nife und Rain fuhren auf die Ebene, die Tiberius gern für offizielle Anlässe benutzte. Es war ein geräumiges Stockwerk, in dem fliegende Lampions, die aussahen, als wären sie aus Papier gefaltet, für eine angenehme Atmosphäre sorgten. Die rauen Wände wirkten, als wären sie aus goldgelbem Sand, ebenso wie die geschwungenen Säulen, die die Decke stützten.

Als Rain die Räumlichkeiten betrat, sah sie schon die anderen Gäste, die sich zwischen dem üppigen Frühstücksbuffet versammelt hatten, und in der Mitte von ihnen Tiberius. Er trug die dunklen Haare zu einem Zopf zusammengebunden, der ihm über den Rücken fiel. Auf seinem Kopf thronte ein stählernes Diadem. Sein rötlicher Bart war kurz getrimmt und umrahmte die Lippen, die es verstanden, einnehmend zu lächeln.

Mit seiner Ausstrahlung nahm Tiberius den ganzen Raum ein, wie ein Magnet, der alle Aufmerksamkeit auf sich lenkte.

Rain erkannte die Geschwister Eustachius und Eustenia, Earls der zwei Stadtzirkel Ruby und Silver, die zu den reichsten Gesegneten gehörten und an Tiberius klebten wie zwei Fruchtfliegen an einem Apfel. Zu ihnen wollte sich Rain auf keinen Fall gesellen, also betrachtete sie die Szene aus sicherer Entfernung.

Es waren noch andere Gesegnete anwesend, ebenso wie verdächtig viele Reporter. Königin Palenope fehlte, und Rain war sich sicher, dass ihr Vater sie nicht eingeladen hatte. Amygdala war ebenfalls abwesend, aber das überraschte Rain nicht. Nach dem Tod ihrer Tochter hatte sich der ehemalige Earl von Grey zurückgezogen und war nicht mehr bei öffentlichen Veranstaltungen anzutreffen. Angeblich stürzte sie sich in White Pearl in wissenschaftliche Studien.

Rain entdeckte ihren Halbbruder Morpheus auf dem Balkon. Sie griff sich ein gefülltes warmes Brötchen und einen Kaffee vom Buffet und gesellte sich zu ihm.

»Dein neuer Cabman ist ein richtiges Farbwunder«, bemerkte Morpheus und deutete auf Eros, der sich vor den Kameradrohnen positioniert hatte, vermutlich um den Zuschauern die sicherlich aufgeblasenen Hintergründe zu Rains Outfit zu erzählen.

»Ich würde ihn gern in einen Eimer Asche tunken und ertränken«, knurrte Rain und biss von ihrem Brötchen ab. »Und mich gleich mit.«

»Ich weiß nicht, was du hast«, bemerkte Morpheus und strich sich durch sein honigblondes Haar. »Du siehst aus wie diese flauschigen Mutanten-Küken, die mal gezüchtet wurden, weil irgendwer auf die Idee gekommen war, ewig junge Küken wären unglaublich niedlich. Waren sie auch, aber mindestens genauso nutzlos.«

Genauso wie ich, schoss es Rain durch den Kopf. »Was ist mit ihnen passiert?«

»Sie wurden verfüttert.«

»Ich lasse mich nicht verfüttern.« Rain biss erneut in ihr Frühstück. Leider schien der goldene Lippenstift nicht dafür gemacht zu sein, dass man etwas aß, denn nach einem weiteren Bissen befand er sich auf dem Rest des Brötchens.

»Du hast da was.« Morpheus' kristallblaue Augen leuchteten amüsiert, während er ihr half, einen Krümel aus ihren künstlichen Wimpern zu fischen.

Seine Anwesenheit tat Rain gut, doch trotz ihres holprigen Starts – er hatte sie hinrichten wollen – hatte sie ihn in ihr Herz geschlossen.

»Die Eust-Zwillinge tun so, als wäre dein Vater schon der nächste Herrscher.« Morpheus stützte sich auf das Geländer. »Folgt dem Earl von Black Pearl! Folgt dem Beschützer!«

»Wie stehen seine Chancen?«

»Die Menschen lieben ihren Protektor. Sie brauchen Sicherheit, und er strahlt jede Menge davon aus. Aber die Gesegneten … die sind sich uneinig, wie sie bei der Wahl der nächsten Herrscher abstimmen sollen.«

»Mein Vater findet immer einen Weg, sein Ziel zu erreichen.« Rain knirschte mit den Zähnen.

»Meine Stimme bekommt er nicht.« Morpheus zog die Stirn in Falten. »Tut mir leid. Ich weiß, er ist dein Vater und so …«

»Genetisch gesehen«, korrigierte Rain. »Wie stehen seine Chancen?«

»Ich habe keine Ahnung. Es ist kein Geheimnis, dass Palenope versucht, deinen Vater in die Schranken zu weisen. Er unterwandert durch sein eigenständiges Handeln ihre Macht und damit unser ganzes System. Selbst unsere Mutter, die Palenope nie mochte, stellt sich hinter die Königin. Wahrscheinlich, weil sie Tiberius noch mehr hasst.«

»Mmh.« Rain schloss ihre Hände um die warme Tasse und ließ ihren Blick über Aventin schweifen. »Was ist mit dir? Willst du kandidieren?«

»Ich?« Morpheus lachte amüsiert. »Wenn die Politik eine Party wäre, dann würde ich darüber nachdenken.«

Sein Blick wurde mit einem Schlag ernst und wanderte in die Ferne, als er leise hinzufügte. »Nein, mir fehlt das Talent meines Vaters.«

Rain griff nach seiner Hand. Auch wenn Körperkontakt nicht gerne gesehen war, erschien es ihr richtig. Immerhin hatten sie beide ein Elternteil verloren.

»Tochter.« Tiberius kam mit schnellen Schritten auf sie zu. »Ich freue mich so, dass du hergekommen bist. Du siehst bezaubernd aus.«

Rain erwiderte seinen Gruß, indem sie ihre Finger an die Stirn drückte.

»Ich würde dir gern jemanden vorstellen«, verkündete ihr Vater strahlend und winkte einen jungen Mann herbei.

Er sah gut aus. Perfekt.

»Das ist Cassian.«

Cassian hatte schöne milchkaffeebraune Haut und breite Schultern, die für regelmäßiges Training sprachen. Sein welliges kohleschwarzes Haar wurde durch ein silbernes Band zusammengehalten. Dies und eine silberne Anstecknadel, eine Spirale, zeigten seine Loyalität gegenüber Silver. Die Spirale fächerte sich in ein spiegelndes Blatt auf, das eher an Green denken ließ. Vielleicht war es Zufall, aber Rain glaubte nicht, dass jemand so ein auffälliges Schmuckstück ohne Zweck trug. Nicht hier in Aventin. »Er ist der Sohn von Eustachius.«

Rain war überrascht, denn für einen Verwandten vom Earl von Silver wirkte das Gesicht nahezu freundlich. In seinen dunkelbraunen, fast schwarzen Augen lag eine gewisse Wärme, die man bei Eustachius lange suchen konnte. Aber Augen konnten lügen, und in Cassians Fall führte sein freundliches Aussehen dazu, dass Rain noch misstrauischer wurde.

»Sei gegrüßt.« Sie drückte erneut Zeige- und Mittelfinger an die Stirn, wie es die Höflichkeit gebot.

»Ich freue mich sehr, dich kennenzulernen«, sagte er, ohne den Blick von Rain abzuwenden. Seine Stimme war angenehm tief und melodisch. Man wollte ihr einfach lauschen.

»Ich bin Morpheus«, schaltete sich Rains Bruder ein und trat vor.

Eine unangenehme Stille entstand, die Morpheus mit einem Lachen, was er nicht länger unterdrücken konnte, beendete. »Weshalb bist du den langen Weg aus Ruby gekommen? Doch nicht etwa, um eine meiner legendären Partys zu besuchen?«

Tiberius runzelte die Stirn, als Morpheus den Neuankömmling mit einem herzallerliebsten Augenaufschlag bedachte.

»Ich bedauere«, erwiderte Cassian höflich. »Auch wenn deine Partys in Ruby bekannt sind, bin ich nicht deswegen hier.«

»Sehr schade.« Morpheus war nicht überrascht. »Und weswegen dann?«

Sein Tonfall ließ vermuten, dass er die Antwort bereits kannte.

»Nun, ich habe ihn eingeladen«, antwortete Tiberius an Cassians Stelle.

Kallisto! Wollte ihr Vater sie etwa verkuppeln? Sie tauschte einen Blick mit ihrem Bruder aus, der ihr verriet, dass er dasselbe vermutete.

»Ach wirklich?«, fragte Morpheus mit gespielter Überraschung. »Und warum?«

»Cassian ist schon lange nicht mehr in Aventin gewesen, und ich fand, es wird mal wieder Zeit.«

»Ich dachte, alle Gesegneten leben in Aventin«, schaltete Rain sich dazwischen. »Wie kommt es dann, dass du in Ruby wohnst?«

»Ich wohne in Aventin, aber wir haben einen Zweitwohnsitz in Ruby, da meine Mutter dort geboren wurde. Sie verlässt Ruby nur ungern, weshalb ich dort viel Zeit verbringe.«

»Ruby und Silver sind beliebte Wohnorte für Gesegnete«, erklärte Tiberius. »Sie sind nahe an Aventin gelegen mit allen Annehmlichkeiten und Sicherheitsstandards, die wir auch an unserer Hauptstadt schätzen.«

»Ruby ist ein Ort der Kunst und Kultur. Wenn man sein Herz an diesen Zirkel verliert, will man kaum in die Hauptstadt zurückkehren«, ergänzte Cassian, und seine Augen leuchteten.

»Ich war schon viel zu lange nicht mehr dort.« Tiberius lachte.

»Wir würden uns über einen Besuch immer freuen. Dank dir und deinen Sentinal ist es dort sicher. Wir verdanken dir sehr viel, Protektor.« Cassian drückte seinen Zeige- und Mittelfinger auf die Brust, um dem Earl von Black Shell seine Dankbarkeit auszudrücken.

Morpheus verdrehte die Augen und sah aus, als müsste er sich übergeben.

Tiberius ignorierte ihn und wandte sich an seine Tochter. »Cassian interessiert sich sehr für die alte Welt. Genau wie du.«

»Was für ein unglaublich glücklicher Zufall,« rief Morpheus aus.

Listo Kallisto! Ihr Vater wollte sie wirklich verkuppeln!

»Ich habe in Ruby eine kleine Sammlung«, gestand Cassian, doch Rain dachte nicht daran, auf den offensichtlichen Köder anzuspringen. Für ihren Halbbruder war das allerdings ein gefundenes Fressen.

»Das klingt unglaublich aufregend«, verkündete er und hakte den überraschten Cassian unter. »Warum erzählst du mir nicht davon? Ich will alles über diesen Alte-Welt-Kram wissen. Alles. Lass ja kein Detail aus.«

Er führte Eustachius' Sohn mit sich, und Rain dankte ihm für die Rettung. Ja, eigentlich fand sie Cassians verzweifelten Blick sogar sehr amüsant.

»Dein Bruder liebt es, mich zu ärgern, wie mir scheint«, sagte Tiberius, als er den beiden nachsah. Er schien allerdings nicht verärgert. Wie immer hatte er seine Emotionen gut im Griff, versteckt hinter der professionellen Maske eines Politikers. »Aber ich freue mich wirklich sehr, dass du gekommen bist.«

»Hatte ich denn eine Wahl?« Rain zupfte die Federn ihres Kleides zurecht.

»Ich weiß, dir gefallen solche Veranstaltungen nicht.« Ihr Vater setzte sein verständnisvolles Lächeln auf, das er gut beherrschte. »Aber ich freue mich trotzdem. Ich habe mir in den letzten Tagen Sorgen gemacht.«

»Nicht nötig.« Rain musste schlucken. »Ich komme klar.«

In Wirklichkeit kostete es sie mehr Kraft, hier zu stehen, als sie erwartet hätte. Sie gab vor, jemand zu sein, der sie nicht war, ohne wirklich zu wissen, wer sie war. Wenn sie unter Leute ging, wollte sie allein sein. Und wenn sie allein war, wollte sie unter Leute. Sie wollte eine Aufgabe, etwas zu tun haben, ihrem Leben einen Sinn geben, und gleichzeitig fühlte sie sich schon bei der Vorstellung, morgens aufstehen zu müssen, überfordert.

»Wenn ich irgendetwas tun kann, um dich aufzumuntern. Etwas, was dir helfen könnte …«

Bring Storm zu mir zurück, dachte Rain, aber sagte nichts. Niemand konnte ungeschehen machen, was passiert war. Niemand konnte ihr den Schmerz nehmen, der tief in ihrem Inneren lag und sich durch ihre Seele fraß.

»Cassian ist ein netter Kerl. Ganz anders als Eustachius«, erklärte Tiberius, während der besagte nette Kerl versuchte, Morpheus höflich loszuwerden. Aber Rains Bruder verstand »höflich« nur, wenn er wollte, und im Moment wollte er nicht.

»Ich habe kein Interesse, ihn näher kennenzulernen«, gab Rain entschieden zurück.

»Und ich versuche nicht, dich zu überreden.« Ihr Vater hielt inne, bevor er mit einem verschmitzten Lächeln fortfuhr. »Er hat viele Bücher aus der alten Welt. Und eine beeindruckende Sammlung alter Fundstücke, die sich sehen lassen kann. Ich meine ja nur …«

»Nun«, sagte Rain ungerührt. »Ich glaube, Morpheus würde diese Sammlung gern in Augenschein nehmen.«

»Ich meine es ernst, Tochter. Er hat einen freien Geist und dieselbe Neugierde und Abenteuerlust wie du. Ich würde dir ein wenig Glück gönnen.«

»Ich finde, die beiden passen hervorragend zusammen.« Rain schmunzelte, als ihr Bruder dem Gast aus Ruby ins Gesäß kniff, woraufhin dieser erschrocken zusammenzuckte.

»Dein Bruder wird diesen armen Jungen in den Wahnsinn treiben. Wenn du auch nur einen Funken Mitgefühl hast, rettest du ihn«, sagte Tiberius. Zu Cassians Bedauern hatte Rain das nicht vor.

4.

LARKS VATER WAR EIN RUHIGER MANN, der selten seine Meinung äußerte. Er nahm die kleine Zwei auf seiner Stirn mit erlernter Demut hin. Das Einzige, was ihn beunruhigte, war, dass er bisher keine Arbeit gefunden hatte. In Grey war er jeden Morgen aufgestanden, um zur Fabrik zu gehen. Es war seine tägliche Mission gewesen, seine Lebensaufgabe. Jetzt schien er beinahe neben sich zu stehen, wie eine Hülle, die eine neue Füllung brauchte. Er kümmerte sich um die Reparaturen, die in ihrem neuen Zuhause anstanden. Manchmal hatte Lark das Gefühl, sein Vater machte sogar absichtlich Dinge kaputt, nur um sie dann wieder zusammenbauen zu können.

Jeden Morgen stand er früh auf und zog los, um Arbeit zu suchen, doch er musste schnell feststellen, dass es hier anders zuging als in Grey. Während man dort einfach zu einer Fabrik ging und den Vorarbeiter fragte, was man tun könne, war man in Aventin als Zwei auf Empfehlungen angewiesen. Beinahe unmöglich, wenn man nicht hier geboren war. Die Aventiner vertrauten Zweien von außerhalb nicht. Und erst recht nicht, wenn sie aus Grey kamen. Aus dem Zirkel, in dem die Rebellion begonnen hatte.

Ein paar Mal hatte sein Vater dennoch das fragwürdige Glück, einen Job in der Kanalisation zu ergattern. Wie heute. Trotz der unangenehmen Aufgabe, die vor ihm lag, pfiff er fröhlich, als er sich an den Frühstückstisch setzte.

»Bist du sicher, dass das eine gute Idee ist?«, erkundigte sich Larks Mutter Knot und stellte eine Kanne mit heißem Kaffee auf den Tisch.

»Es ist ehrliche Arbeit«, erwiderte Ant.

»Ist das gefährlich, Pa?«, erkundigte sich Rose und biss von ihrem Brötchen ab.

»Nein, Kleines. Es ist eine wichtige Arbeit.«

»Was machst du da?«

»Ich klettere in einen tiefen Schacht und hole defekte Reinigungsdrohnen und Reparaturdrohnen hoch, die dort feststecken. Dann können sie repariert werden und ihre Arbeit fortsetzen.«

»Kann ich mal mitkommen?« Rose strahlte über das ganze Gesicht, als hätte ihr Vater die tollste Aufgabe der Welt. »Vielleicht kann ich euch helfen.«

»Nun, dafür muss man ganz spezielle Ansprüche erfüllen«, erklärte Ant. »Man muss klein genug sein, um in den Schacht zu passen.«

»Das ist kein Problem, denke ich.«

»Und stark sein.«

»Ich bin stark.« Rose präsentierte zum Beweis ihre dünnen Arme und spannte die Muskeln an.

»Ja, kein Zweifel.« Ant schenkte ihr ein Lächeln. »Aber man muss im Dunkeln sehen können und biegsam sein wie eine Katze, wenn man sich die engen Rohre hinunterschwingt. Nur der Geruchssinn. Der sollte idealerweise nicht vorhanden sein. Enge Räume sollten einem nichts ausmachen, sonst bekommt man dort unten eine Panikattacke, und das wäre gefährlich. Möglicherweise tödlich.«

»Und das alles kannst du?« Roses Augen leuchteten vor Bewunderung.

»Ich gebe mein Bestes.« Ant trank seinen Kaffee aus, bevor er sich seinen Mantel überwarf, um sich auf den Weg zu machen. »Ich will nicht zu spät kommen.«

Er umarmte seine Familie zum Abschied, nur um sich daraufhin umzusehen, als hätte er etwas Verbotenes gemacht. Verboten waren enge Berührungen zwar nicht, aber sie wurden auch nicht gern in der Öffentlichkeit gesehen, da zwischenmenschliche Kontakte die Verbreitung von Keimen förderten.

»Ich muss auch gleich los.« Als Eins hatte Knot Glück gehabt und wurde von einer Familie als Aushilfe in der Küche angestellt. Solche Jobs wurden normalerweise von Zweien bekleidet, aber Knot war stolz auf ihre Aufgabe. »Was habt ihr beide heute vor?«

»Nichts«, brummte Lark. Er hasste es, das Haus zu verlassen und sich den Blicken der Aventiner auszusetzen.

»Vielleicht könntet ihr einkaufen gehen«, schlug seine Mutter vor. »Das wäre ganz wunderbar.«

»Ja!«, rief Rose begeistert. »Natürlich!«

In diesem Moment schaltete sich das TecDec automatisch ein, und ein Mann erschien auf dem Bildschirm, um dessen breite Schultern sich ein silbernes Wesen schlängelte, das aussah wie die Kreuzung aus einer Schlange und einer Echse. Lark erkannte ihn als Eustachius, den Earl von Silver.

»Liebes Volk von Hope. Es ist mir eine ganz besondere Ehre, heute dem Mann zu danken, der unser Land sicher macht und uns in den schweren Zeiten Halt gegeben hat. Dem Mann, an dessen Schultern wir uns ausruhen durften, da wir wissen, dass er und seine Sentinal auf uns aufpassen. Dem Mann, der für Ordnung und Sicherheit steht. Für Beständigkeit und Traditionen. Tiberius, der Earl von Black Shell. Lob dem Protektor!«

Ein weiterer Mann erschien auf dem TecDec. Es war Tiberius.

Er hob die Hände zum Gruß. Wenn man diesen starken Mann mit dem freundlichen Lächeln ansah, wollte man ihm nur zu gern sein Leben anvertrauen.

»Ich danke dir, mein Freund, auch wenn du maßlos übertreibst. Der Dank gilt vielmehr dem Volk, das sich nicht durch die Rebellen spalten lässt und stark und einheitlich hinter uns steht.«

»Lob unserem Protektor!«

An seiner Seite entdeckte Lark Rain in einem gelben Kleid und Spuren von Goldstaub und Krümeln auf dem Kinn. Sie war kaum wiederzuerkennen mit all dem Make-up und den langen, gelben

Wimpern, die aussahen, als hätte man einen Zitronenfalter in zwei Teile geschnitten und ihr an die Augen geklebt.

Sie starrte auf einen unsichtbaren Punkt. Ihre Lippen waren aufeinandergepresst und ihre Arme hinter dem Rücken versteckt. Lark musste sie nicht sehen, um zu wissen, dass sie die Hände zu Fäusten geballt hatte. Ihre Anspannung war ihr anzusehen, denn sowohl die Muskulatur der Schultern als auch der Arme trat deutlich hervor. Fast so, als wolle sie das fürchterliche Kleid von sich sprengen. Sie war Storm ähnlicher als ihrem Vater, an dessen Heldentat nun noch einmal erinnert wurde. Er und seine Sentinal hatten die Rebellen, die in den Palast von Aventin eingedrungen waren, aufgehalten und gefangen genommen. Dank ihm verrottete Bolt, der Anführer der Spines, nun in einer einsamen Zelle.

Und seine Spines? Gerüchten zufolge hatte sie der Verlust ihres Anführers geteilt. Einige hielten sich in den Ruinen von Grey versteckt, andere hatten sich zu neuen Gruppierungen zusammengeschlossen. Unter neuen Anführern.

Lark wusste nichts Genaues. Nur dass er nichts mit ihnen zu tun haben wollte, denn wo sie waren, lauerte Gefahr.

5.

ICH BIN KEIN NEUANFANG, dachte Rain, als sie aus dem Fahrstuhl trat und Nife hinausfolgte. Ich bin kein Unwetter, das wütet und die Welt anschließend in neuen Farben erstrahlen lässt.

Die Spines waren das Unwetter. Und Tiberius der Neuanfang. Aber die Welt erstrahlte nicht in Farben, sondern im Schwarz der Sentinal, die an jeder Ecke patrouillierten.

Gegen Tiberius erschien die amtierende Herrscherin Palenope beinahe unscheinbar. Sie predigte von einer Rückkehr zur Welt, wie sie vor dem Anschlag war. Aber das wollte niemand mehr. Die Aventiner wollten Sicherheit und Ordnung. Sie wollten Tiberius.

»Rajana?«, meldete sich Nife zu Wort. »Steig in den Gleiter.«

Doch sie rührte sich nicht und blieb auf der Straße stehen. Sie wirkten wie Schluchten zwischen den gigantischen Hochhäusern, gerade, saubere Schluchten. Der Wind, der durch sie hindurchpeitschte, kitzelte in Rains Nacken und zog an ihrem Haar. Er war das letzte bisschen Wildheit in einer gezähmten Stadt, und er versprach Freiheit. Ehe Nife etwas tun konnte, gab Rain dem Klang des Windes nach und sprintete los.

»Rajana! Bleib stehen!«

Sie hielt es nicht mehr aus. Also rannte sie davon, und niemand war schnell genug, sich ihr in den Weg zu stellen, um sie in ihren goldenen Käfig zurückzuziehen.

»Rajana! Komm zurück!«

Sie dachte nicht dran. Der Federstoff ihres Kleides riss auf, was Rain nur begrüßte, denn so hatten ihre Beine mehr Freiraum. Sie hielt kurz inne, um sich zu bücken und die lästigen Schuhe mit dem viel zu hohen Absatz loszuwerden. Sekunden später flogen die nackten Füße über den Asphalt.

Und für einen kurzen Moment, als sie durch die Straßen rannte und den Wind im Gesicht spürte, fühlte sie sich frei. Sie stellte sich vor, wie sich die Straße zusammenzog, wie aus dem Gold und Glas Grau wurde und wie sich die klare Luft mit Smog füllte.

Grey.

Ihr Herz wurde schwer bei der Erinnerung an die Zeit, in der sie als Ghost durch die Gassen gestreift war. Arm, ständig auf der Flucht, aber frei. Mit Storm an ihrer Seite.

Rain hörte die Drohnen über sich und bog ab. Sie drängte sich in eine kleinere Straße und tauchte unter das dichte Blätterwerk der Bäume, die die Straße säumten. Sie sprang über einen kleinen Grünstreifen, auf dem goldene Blumen blühten. Die Drohnen waren ihr dicht auf den Fersen, aber Rain gab nicht auf. Sie sprang einige Stufen hinunter in eine Unterführung und folgte ihr bis auf die andere Seite.

Ein kleiner künstlich angelegter Fluss zog sich hier über die Straße. Rain überlegte nicht lang und ließ sich an der Brücke ins Wasser gleiten, kurz bevor die Drohnen um die Ecke bogen. Boden und Wände waren mit blauen Mosaiken ausgekleidet, und das Wasser reichte ihr nur bis zur Taille, aber die Seerosen, die auf der Oberfläche schwebten, boten genügend Sichtschutz.

Rain tauchte unter und verschwand unter ihren weit gefächerten Blättern. Träge Fische, die golden schimmerten, wichen ihr verwirrt aus. Eine Gesegnete hatten sie in ihrem kühlen Heim offenbar noch nicht gesehen.

Rain tauchte den Fluss entlang, bis ihr die Luft ausging. Dann streckte sie vorsichtig den Kopf aus dem Wasser. Und tatsächlich – die Drohnen waren verschwunden. Ein Grinsen stahl sich auf ihr Gesicht, als sie sich aus dem Wasser zog und sich einige Blüten aus dem Haar zupfte.

»Du liebe Güte«, rief eine Eins aus, als die tropfnasse Rain mit dem zerrissenen Kleid an ihrem Geschäft vorbeieilte. »Prinzessin? Was ist los?«

»Eine Wette«, flüsterte Rain verschwörerisch. »Du kennst doch sicherlich die Show von Gott Balthasar.«

Die Augen der Frau leuchteten, als sie eifrig nickte.

»Die Drohnen dürfen mich auf keinen Fall erwischen«, flüsterte Rain und zog sich die künstlichen Wimpern ab. Ans Lügen war sie gewöhnt. Sie formten sich beinahe automatisch in ihrem Kopf, und die Eins schien keinen Zweifel an der Echtheit ihrer Geschichte zu haben.

»Ich verstehe«, flüsterte sie und eilte in ihren Laden. »Hier. Nimm den Mantel.«

»Ich danke dir.« Rain nahm den blauen wunderschön bestickten Umhang entgegen, unter dem sie ihr Gesicht verstecken konnte, und presste ihre Finger zum Dank gegen ihr Herz. »Du bist meine Rettung.«

»Sehr gern.« Die Frau kicherte. »Ich liebe Gott Balthasar.«

Verborgen unter dem Umhang eilte Rain mit schnellen Schritten durch die Straßen. Sie wusste nicht, wo sie hinsollte, aber ihr Herz trug sie von den Wohnhäusern der Gesegneten und Einsen fort, in die äußeren Ringe von Aventin. Sie war allein, und ausgerechnet dem Jungen, der sie verraten hatte, vertraute sie in dieser Stadt am meisten.

- - -

Lark hörte, wie seine Mutter erschrocken nach Luft schnappte. Sein erster Gedanke war, dass die Sentinal hier waren, um sie abzuschieben. Doch dann hörte er Roses erfreutes Quieken.

»Rain!«, rief sie.

»Herrin Rajana«, korrigierte Rains Mutter schnell.

»Herrin Rajana Rain«, korrigierte sich Rose.

»Rain ist in Ordnung«, widersprach die vertraute Stimme, die Larks Herzschlag für einen Moment beschleunigte.

Dann stand sie in der Zimmertür. Ihre Kleidung war nass und zerschlissen. Ihre Füße waren wund, und sie hinterließ eine blutige Fußspur hinter sich. Ihr Augen-Make-up lief wie schwarzgoldene Flüsse ihre Wangen hinunter.

Er konnte es nicht glauben. Gerade war sie noch auf dem TecDec zu sehen gewesen, und nun stand sie vor ihm.

»Rain«, flüsterte er. Er wollte aufspringen, aber der Schmerz erinnerte ihn jäh daran, dass seine Beine ihn nicht halten würden. Also blieb er sitzen.

»Fufuuuu?« Die Drohne musste seinen beschleunigten Herzschlag bemerkt haben. Besorgt schwebte sie herbei, um Lark Schmerzmittel zu verabreichen, aber er schob sie beiseite.

»Fufuuu!« Sie ließ sich nicht beirren und maß seinen Blutdruck. Lark hatte es nur Rain und ihrem Vater zu verdanken, dass er einen persönlichen Fufu hatte, der sich um ihn kümmerte. Und auch wenn er für den MedBot sehr dankbar war, schämte er sich vor Rain. Er wollte nicht schwach wirken.

»Was ist passiert?«, fragte er. Rains Anblick und ihre desolate Erscheinung beunruhigten auch Larks Mutter sichtlich. Anders als Fufu, dessen Sensoren sich nur für Lark interessierten.

»Nichts.« Sie kaute auf ihrer Unterlippe. »Ich brauchte Ruhe.«

Knot brachte trockene Kleidung und verband ihre Füße. Wenig später saß Rain auf Larks Bett, die Arme um ihre Beine geschlungen, das Kinn auf die Knie gestützt, während ihr Blick durch den Raum schwirrte, auf der Suche nach Halt. Sie sah so verloren aus, wie er sich fühlte. Am liebsten hätte er sie in den Arm geschlossen, doch der Rollstuhl und seine geschienten Beine kamen ihm mehr denn je wie eine sichtbare Trennwand vor, vor allem wenn er sie ansah.

Sie sah so perfekt aus, selbst in der einfachen, viel zu großen Kleidung mit verbundenen Füßen hatte sie etwas Erhabenes. Ihre dichten Haare umgaben sie wie ein Schleier. Sie waren von dunklem Rot, eine Farbe, die Lark faszinierte. In Grey hatten sie noch dunkler gewirkt, und das Rot hatte nur gelegentlich durchgeschimmert. Wie Glut in der dunklen Asche. Ihre grünen Augen, die unter den geraden Augenbrauen lagen, hatten etwas Wildes. Sie passten mehr zu einem Raubtier als zu einer Prinzessin.

Rain zupfte sich einige übrig gebliebene Schmucksteine aus den Strähnen und betrachtete sie mit sichtlicher Abneigung.

Lark wollte fragen, wie es ihr ging, doch die Frage kam ihm falsch vor. Er wusste, wie sehr Rain ihre Mutter geliebt hatte, und er kannte das Loch, das eine geliebte Person hinterlassen konnte, nur zu gut.

»Danke«, brachte er hervor.

»Wofür?« Rain suchte fragend seinen Blick.

»Wenn du nicht wärst, wären wir nicht hier.« Lark guckte aus dem Fenster. »Ich glaube nicht, dass sie einen Krüppel wie mich und eine Drei hier dulden würden, wenn nicht um deinetwillen.«

»Dankt mir nicht zu früh«, murmelte Rain, und ihr Blick wurde glasig. »Diese Stadt ist ein Gefängnis aus Gold, Glas und Einsamkeit.«

»Rose tut es gut. Also die Luft.«

»Das freut mich.« Für einen kurzen Moment meinte er, ein flüchtiges Lächeln über ihre Lippen huschen zu sehen.

»Bist du … okay?«, fragte er, auch wenn er die Antwort kannte. Er sah es in ihrem unruhigen Blick, dem leichten Zittern ihrer Hände und den dunklen Rändern unter den Augen. Sie hatte in letzter Zeit nicht viel Schlaf gefunden.

»Ich lebe«, antwortete sie, und ihre Stimme klang bitter. »Und du? Bist du … okay?«

»Ich lebe.« Ihre Blicke fanden sich und wussten, dass sie einander verstanden.

»Hast du sie geliebt?«, fragte Rain und deutete auf ein kleines Hologramm, das auf seinem Nachttisch stand. Es wurde aus dem Inneren eines verbeulten Medaillons produziert, das man zusammenklappen und in die Tasche stecken konnte. Das Hologramm-Mädchen drehte sich um und warf ihm ein breites Grinsen zu. Wieder und wieder.

Sie wirkte lieblich, beinahe zart, aber sie hatte auch etwas Hartes und Entschlossenes an sich.

»Ja, irgendwie schon«, gestand Lark und setzte seinen MedChair in Bewegung, um das Medaillon in die Hand zu nehmen.

Es war verwirrend. Wenn er jetzt an sie dachte, spürte er nur noch den Schmerz. An die Gefühle vor ihrem Tod konnte er sich kaum erinnern. Es war nicht wie bei Rain. Wenn er sie sah, schlug sein Herz schneller, und er erwischte sich jedes Mal dabei, wie er kurz die Luft anhielt.

»Wir sind zusammen aufgewachsen. Für mich gehörte sie zur Familie.«

Das Medaillon hatte einmal Hails Eltern gehört. Erst hatte sie durch ihre funktionelle Herabstufung ihres Gencodes Schande über ihre Familie gebracht, und dann war das Gerücht herumgegangen, dass sie eine Spine gewesen war. Ihre Familie hatte daraufhin alle Hinweise auf ihre Existenz vernichtet. Nur das Medaillon, das hatte eine kleine Drohne vorbeigebracht, mit der Nachricht »Erinnere dich für uns«. Lark hatte ihre Familie nie wiedergesehen. Er wusste nicht einmal, wie viele von ihnen den Angriff auf Grey überlebt hatten und wo sie jetzt waren.

»Ich vermisse sie sehr.« Er klammerte sich an das zarte Metall und spürte, wie ihm die Tränen in die Augen stiegen. Jedes Mal, wenn er sie ansah, hatte er das Gefühl, den Halt zu verlieren.

»Magst du mir von ihr erzählen?« Rains Hand fand seine Schulter.

»Was soll das bringen? Sie ist tot.« Er klappte das Medaillon zusammen und presste es an sein Herz.

»Fufuuu!« Die Drohne war angesichts seines beschleunigten Herzschlages erneut in Aufregung und schwirrte rot leuchtend um ihre Köpfe. »Fufufufufuuuu.«

»Verschwinde«, rief Lark. »Jetzt nicht.«

Rain sprang mit erstaunlicher Geschwindigkeit vor und packte die Drohne an ihrem kugeligen Bauch. Sie schob den protestierenden Bot zum Kleiderschrank und schloss ihn kurzerhand darin ein.

»Danke«, flüsterte Lark, als sie endlich wieder Ruhe hatten. Bis auf das klägliche »Fuuu« des eingesperrten Bots war eine Weile nur ihre eigene Atmung zu hören.

»Wenn du mir von ihr erzählst, lebt sie weiter«, sagte Rain schließlich und drückte sanft seine Schulter. »In uns beiden.«

Sie blieb neben ihm stehen und wartete, bis er so weit war.

»Sie war … ein Dickkopf. Genau wie ich«, berichtete Lark, und er wischte die Tränen in seinen Augenwinkeln beiseite. »Sie war ehrgeizig und leidenschaftlich. Sie war liebevoll und trotzdem eine Kämpferin. Es kümmerte sie nicht, dass die Gene meiner Familie den Genen ihrer Familie nicht gerecht wurden. Sie wollte mir helfen und mit mir eine Bindung eingehen. Gegen den Rat ihrer Eltern. Und dann bekam sie die Mondaugenkrankheit. Da wollte ich ihr als Sentinal-Anwärter eine Bindung vorschlagen … Sie hat abgelehnt.«

»Warum?«

»Aus dem gleichen Grund wie ich zuvor. Dickköpfe. Das waren wir.« Der Schmerz drohte ihn zu verschlingen, und nur Rains Hand auf seiner Schulter hielt ihn davon ab, sich seinem Leid ganz hinzugeben.

»Was ist mit ihr passiert?«

Ich bin passiert. Die Schuldgefühle und die Scham schnürten Lark die Kehle zu, aber er wagte es nicht, es Rain zu erzählen. Er wagte nicht einmal, ihr in die Augen zu schauen, aus Angst, sie könnte seine Taten darin sehen. Wenn sie wüsste, was er in Wirklichkeit für ein Monster war, dass er die Schmerzen und seine gebrochenen Beine verdiente, dann würde sie ihn nie mehr so ansehen wie jetzt.

»Ich war nicht da, um sie vor ihnen zu beschützen«, flüsterte er.

»Es tut mir leid.« Rains Hand fand die seine, die sich immer noch an das Hologramm klammerte.

»Hail. Ihr Name war Hail.« Er konnte die Tränen nicht zurückhalten. In Grey weinte man nicht. Erst recht nicht vor Menschen außerhalb der Familie. Denn es gab zu viele Dinge, über die man Tränen vergießen könnte – die Luftverschmutzung, eine Herabstufung, den Verlust des Arbeitsplatzes. »Wenn wir über alles, was ungerecht und traurig ist, weinen würden, würde keiner von uns mehr arbeiten«, hieß es in Grey. Und wer nicht arbeitet, ist nichts wert.

Vor Rain waren Lark die Tränen nicht unangenehm, denn in ihrem Blick lagen weder Mitleid noch Unbehagen. Nur Verständnis.

»Hail. Ich erinnere mich an sie.« Sie nickte und hielt weiter seine Hand.

»Danke. Ich will nicht, dass sie vergessen wird. Das hat sie nicht verdient.«

Er klammerte sich an ihr Bild, während die Zeit versuchte, es seinen Händen zu entreißen. Wie ein ständiger Sturm, der an seinen Erinnerungen riss. Aber er würde nicht zulassen, dass sie im Sog der Zeit verschwand. Nicht Hail. Er würde sie in seinem Herzen bewahren und sie beschützen.

»Ich verspreche dir, ich werde sie nicht vergessen«, flüsterte Rain. »Jeden Abend, da versuche ich mir ihre Gesichter vorzustellen, und manchmal, da rede ich auch mit ihnen … Andromeda. Daphne. Storm …«

Bei dem Namen brach ihre Stimme, und dieses Mal war Lark an der Reihe, ihre Hand zu drücken. So viele Tote. So viel Leid.

Sie verharrten so eng aneinander, dass sie die Atmung des anderen spüren konnten, und hielten sich fest. Lark wollte Rain am liebsten an sich drücken, aber es fühlte sich falsch an. Beinahe wie ein Verrat an Hail, deren Bild zwischen ihnen in die Luft projiziert wurde.

»Wurde Storm schon beigesetzt?«, fragte er vorsichtig, und Rain schüttelte den Kopf. »Du musst das nicht allein durchstehen. Ich werde da sein, wenn du das möchtest.«

»Ich schaff das schon.« Ihre Augen sagten etwas anderes.

»Das habe ich bei Hails Beisetzung auch behauptet.« Er schüttelte den Kopf. »Du musst nicht stark sein. Nicht bei so was. Lass mich mitkommen.«

»Danke.« Sie wischte eine Träne aus ihrem Augenwinkel. Und er drückte ihre Hand, als könnte er ihr dadurch etwas Kraft abgeben. Kraft, die er selbst kaum fand.

- - -

Rain ertrug es kaum, Knot anzusehen, die ihnen zwei Tassen mit heißem Tee brachte. Sie sah Lark ähnlich, hatte dasselbe aschblonde Haar, das ohne die Asche fast in Honigblond überging. Die harte Arbeit und das Leben in Grey hatten Spuren in ihrem Gesicht und an den Händen hinterlassen.

Knot strich ihrem Sohn kurz über die Schulter und schenkte ihm ein Lächeln, welches er automatisch erwiderte. Es war eine Verbindung zwischen ihnen, die man förmlich spüren konnte. Eine Verbindung, die nicht auf Genen beruhte, denn Rain und Storm hatten sie auch geteilt, und die Erinnerung traf sie wie ein Schlag in die Magengrube.

»Danke«, murmelte sie und setzte die Tasse an die Lippen. Sie sehnte sich nach einer Berührung, und am liebsten wäre sie aufgesprungen und hätte Knot angebettelt, sie in den Arm zu nehmen und ihr dasselbe Lächeln zu schenken, das sie soeben Lark geschenkt hatte.

»Vorsicht. Es ist noch heiß«, warnte Knot, doch Rain ignorierte die Warnung. Sie ließ es zu, dass das Wasser ihre Lippen und Zunge verbrühte, und hieß den Schmerz willkommen, denn er lenkte sie von einem viel schlimmeren Schmerz ab. Es war ein niemals verschwindendes stechendes Gefühl, so als würde ein Splitter in ihrem Herzen stecken, der sich bei jedem Schlag tiefer hineinbohrte.

Was machte sie hier?

Rain hatte darauf keine Antwort. Irgendetwas an Larks Zuhause zog sie wie ein Magnet an, und während sie hier saß, den heißen Tee in den Händen, fühlte sie sich weniger einsam. Doch trotz der körperlichen Nähe, die sie gerade teilten, wirkte Lark abwesend.

Da war etwas, tief in seinem Inneren, was er vor ihr verbergen wollte, und sie kannte den Ausdruck in seinen Augen nur zu gut: Schuld.

Doch was lastete so schwer auf seinen Schultern?

Er hat uns seine Loyalität bereits bewiesen, hatte Bolt gesagt. Was hatte er für die Spines tun müssen? Rain lag die Frage auf der Zunge, aber sie wusste nicht, ob sie das Recht hatte, sie zu stellen.

»Lark«, begann sie vorsichtig. »Was war es, was du für die Rebellen tun musstest?«

Er zuckte zusammen, und seine Augen weiteten sich vor Panik. »Was meinst du?«

Sie spürte förmlich, wie er die unsichtbare Mauer um sich herum höher zog.

»Du hast gesagt, sie hätten dich zu schrecklichen Dingen gezwungen. Zu was für Dingen?«

»Warum fragst du?« Er schnappte um sich wie ein verletzter Hundebär, und sie wusste, dass sie auf der richtigen Spur war.

»Du musst nichts sagen, aber manchmal hilft es, darüber zu reden. Ich will dich nicht verurteilen. Du hast getan, was du tun musstest …« Sie wollte ihm etwas von der Schuld abnehmen, doch in seinen Augen sah sie keine Erleichterung.

»Rain«, begann er, aber er kam nicht dazu, weiterzusprechen.

6.

»JA, SIE IST HIER«, verkündete Knot so laut, dass Rain und Lark es mitbekamen. Zeitgleich schlüpfte Rose ins Zimmer und flüsterte: »Schwarzhelme. Ich glaub, sie wollen Rain abholen.«

Es dauerte nur Sekunden, bis die Tür erneut aufging und die Sentinal sich an Rose vorbei ins Zimmer drängten. Rain holte tief Luft und stand auf, um sich ihrem Schicksal zu ergeben. Lark rückte mit seinem MedChair nach vorn, um sich schützend vor sie zu stellen.

»Lass gut sein.« Rains Blick fand den seinen, und er hielt inne. Sie berührte das Medaillon in seinen Händen, als wolle sie sich auch von Hail verabschieden. »Ich vergesse sie nicht.«

Es war ein Versprechen.

»Rain …«, begann er. Er wollte ihr so viel sagen, aber es war nicht die richtige Zeit. Irgendwie schien es die nie zu geben.

»Prinzessin Rajana«, korrigierte Nife, der nun vortrat und Rain nach draußen führte. Sie wehrte sich nicht, auch wenn Lark kurz sah, wie ihre Hände sich zu Fäusten ballten.

Doch damit war es nicht vorbei. »Du auch«, sagte ein Sentinal zu Lark, als Rain außer Hörweite war.

»Was?« Larks Hände klammerten sich an die Lehnen seines Stuhls, und seine Handinnenflächen wurden feucht vor Angst.

»Du musst mitkommen, Anwärter.«

»Wohin bringt ihr meinen Sohn?«, mischte sich Knot ein, und auch Rose klammerte sich nun panisch an ihren Bruder.

»Er hat nichts gemacht«, rief sie.

»Mitkommen«, wiederholte der Sentinal monoton und legte seine Hand auf seine Waffe als stille Drohung.

»Ich komme, Sir.« Lark schob seine Schwester vorsichtig von sich, und Knot nahm sie in Empfang.

»Nein! Lark«, quiekte Rose und brach in Tränen aus.

»Alles gut, Rose«, flüsterte er, nickte ihr zu und folgte den Soldaten zum Fahrstuhl.

»Wenn ihr ihn nicht heile zurückbringt, werde ich euch …« Der Rest ihrer Drohung wurde von Knots Hand verschluckt, die sich auf ihren Mund legte.

»Pssst.«

Die Fahrstuhltür schloss sich, und sie fuhren zum Dach empor, wo ein Gleiter bereits auf sie wartete. Larks Herz schlug ihm bis zum Hals. Was würden sie mit ihm machen? Ihn dafür bestrafen, dass er eine geflohene Gesegnete für einige Stunden beherbergt hatte?

Das war die harmlose Variante, die ihm einfiel. Das schlimmste Szenario wäre, wenn Bolt ausgepackt hätte und sie ihn nun als ehemaligen Spine-Spion enttarnt hätten. Wenn sie alles wüssten.

Zum Beispiel von der Kiste L487, die ihn in seinen Träumen verfolgte. Die Kiste, die die Bombe nach Aventin gebracht hatte und so viele Leben gekostet hatte. Sie war der Beweis, dass auch er ein Monster war. Ein Verräter. Und ein Mörder.

In diesem Fall würde ihm nicht einmal Rain helfen können. Im Gegenteil. Sie würde ihn verachten. Und allein der Gedanke schnürte Lark die Kehle zu.

Er folgte den Soldaten in den Gleiter, der sich lautlos in die Lüfte erhob und sich auf den Weg machte ins Innere von Aventin. Sie landeten auf einem Gebäude, aber Lark hatte keine Ahnung, wo er hier war. Für ihn sahen alle Häuser gleich aus. Erst als sie in den Fahrstuhl stiegen und er erahnte, wo er sich hier befand, stellten sich seine Nackenhaare auf. Ein Schauer der Erinnerung jagte über seinen Rücken, und seine Finger krallten sich in den Armlehnen des Stuhls fest.

»Lark, mein Junge«, begrüßte ihn Tiberius, als die Türen des Fahrstuhls zur Seite glitten.

Der Earl von Black Shell stand in seinem weitläufigen Apartment, in dessen Wohnzimmer das neue Zuhause von Larks Familie viermal hineingepasst hätte. Die Wände waren teilweise aus Glas, dahinter schwammen leuchtende Quallen und exotische Fische.

Lark presste seine zitternden Finger zum Gruß an die Stirn, verzichtete aber auf Worte, da sein Mund mit einem Mal staubtrocken war.

»Komm doch rein.« Tiberius bewegte sich geschmeidig wie eine Schlange, während Larks MedChair sich plötzlich seltsam klobig anfühlte, was auch an Larks rasenden Gedanken liegen konnte.

Eine Elektrode, die auf seiner Schläfe klebte, sendete seine Befehle über elektrische Signale an den Stuhl. Er musste nur daran denken, vorwärtszufahren, und der MedChair fuhr vorwärts. Jetzt ruckelte er jedoch vor und zurück, weil auch Lark darüber nachdachte, ob er Tiberius folgen oder fliehen sollte.

Er wusste, er hatte keine Wahl. Also näherte er sich schließlich dem Tisch, an dem der Gesegnete bereits auf ihn wartete. Ein Diener eilte herbei, um Lark ein Getränk zu bringen. Es roch wie süßer Tee, angenehm und verlockend, aber der Junge wollte nichts annehmen.

»Wie gefällt es dir in Aventin?«, begann Tiberius im Plauderton, doch Lark hatte keine Lust auf Small Talk.

»Was soll ich hier, Earl?«, presste er zwischen seinen Zähnen hervor und starrte auf seine Beine, die durch die Zeit im MedChair dünner geworden waren.

Tiberius lehnte sich zurück, griff nach seinem eigenen Getränk und nahm einen großen Schluck, bevor er antwortete.

»Nun, du kennst mein Angebot. Ich biete dir an, wieder ein Sentinal zu werden. Eine Aufgabe zu haben.«

»Ich kann nicht laufen.« Lark deutete auf die unförmigen Beine. So war es das Beste. Er war nutzlos, was gleichzeitig bedeutete, dass er nicht mehr benutzt werden konnte, nicht in dem Zustand.

»Ich kann deine Beine wiederherstellen lassen. Wozu gibt es das Upgrade?«

Lark hatte davon gehört. Durch das Upgrade war es möglich, eine F-Einstufung rückgängig zu machen, wenn es die medizinischen Mittel zuließen. »Wir haben ein spezielles Programm für unsere Soldaten entwickelt. Ein medizinischer Eingriff, der die Möglichkeit bietet, deinen Körper stärker und schneller zu machen. Es würde dich sogar auf eine Eins Plus aufwerten.« Tiberius strahlte ihn mit falscher Offenheit an. »Du hast uns gut gedient, und ich wäre erfreut, wenn einem Helden wie dir diese Ehre zuteilwerden würde.«

»Ich bin kein Held.«

Ich bin ein Mörder.

Und ein Verräter.

»Du solltest einer sein. Deine Familie braucht dich, mein Junge.« Tiberius schritt um ihn herum.

Vor ein paar Jahren war die Diamantenschlange mit ihren großen Augen und dem bunt glänzenden Schuppenkleid zum schönsten Tier Hopes gekrönt worden. Gleichzeitig war sie auch einer der cleversten und tödlichsten Mutanten. Eine Berührung von ihr reichte aus, um den Gegner zu lähmen. Ihre Schönheit war einmal ihre Waffe gewesen und wurde zu ihrem Untergang, denn sie war so beliebt, dass eine neue Mutantenversion von ihr erschaffen wurde. Eine immer noch wunderschöne, aber recht stumpfe und träge Schlange, die keinerlei Gift mehr in ihren Adern hatte.

»Rajana braucht dich.« Tiberius war wie die ursprüngliche Diamantenschlange. Er blendete seine Gegner mit seiner Schönheit, der weichen Stimme und den mit Bedacht gewählten Worten, während er nur auf den richtigen Moment wartete, um zu töten.

»Ich denke mal, du bist nicht der Mann, der so etwas umsonst macht«, sagte er vorsichtig.

»Oh, Lark, mein Junge. Du bist ein guter Freund meiner Tochter. Rajana schätzt dich sehr, und ich bin erleichtert, dass sie jemanden wie dich hat. Jemanden, dem sie vertrauen kann. Jemanden, der ihr beisteht. Die Verluste der letzten Zeit haben ihr sehr zugesetzt.«

»Ich werde Rai… Rajana nicht ausspionieren.« Seine Hände krallten sich in die Lehnen des MedChairs.

»Lark, mein Junge. Natürlich nicht. Ich möchte, dass du für mich auf sie *aufpasst.*«

»Ich passe auf sie auf, was auch geschieht.«

»Na siehst du. Dann ist doch nichts dabei, wenn du mir potenzielle Schwierigkeiten mitteilst. Wir beide haben dasselbe Ziel.«

»Nein.« Lark schüttelte entschieden den Kopf.

Ich habe alle verraten. Rain. Grey. Spines. Sentinal. Es ist vorbei.

Dieses Mal würde er Rain nicht enttäuschen, doch Tiberius fand die magischen Worte, die seinen Entschluss ins Wanken brachten.

»Denk an deinen Vater. Denk an deine Schwester. Wie heißt sie noch gleich?«

War das eine Drohung? Larks Augen verengten sich zu Schlitzen.

Es war kaum zu glauben, dass Rain mit diesem Mann verwandt war. Während in ihren grünen Augen Ehrlichkeit und Wärme lagen, fand man in Tiberius' Augen bloß Kälte.

»Was willst du damit sagen?« Seine Stimme zitterte.

»Nun, die Zeiten sind schwer für Zweien und Dreien. Ich weiß nicht, wie lange sie noch hier in Aventin bleiben dürfen.« Tiberius schüttelte den Kopf, so als ob ihm das Schicksal von Larks Familie nahegehen würde. »Es wäre natürlich ungerecht, sie hierzubehalten, wenn so viele andere den Zirkel verlassen müssen. Du hörst die Stimmen der besorgten Aventiner, oder, mein Junge? Warum sollten wir in der Hauptstadt Menschen aufnehmen, deren Erbgut nicht ausreichend ist, um einen Beitrag zum Gemeinwohl zu leisten. In Zeiten wie diesen …«

»Ich …«

»Ihr seid nicht wegen Rajana hier. Ihr seid hier, weil ich es genehmigt habe. Und das kann ich jederzeit ändern. Ich hoffe, das verstehst du.« Tiberius lächelte freundlich, aber seine Augen sprachen eine andere Sprache.

»Ja, Protektor. Ich verstehe.«

7.

»DU GEHST MIR AUF DIE NERVEN.« Rain starrte Nife an.

»Was meinst du, Herrin?«, fragte der Soldat und zuckte die Schultern, als ob er nicht ahnte, worauf sie hinauswollte. »Ich befolge bloß Befehle.«

»Befehle …« Rain holte aus, um ihm die Faust gegen den Oberarm zu schmettern. Er parierte ihren Schlag und drückte sie auf ihren Sitz, doch sie schlang ihren Fuß um seinen Unterschenkel und stieß ihn nach hinten, sodass er stolperte. Diese Ablenkung nutzte sie, um aufzuspringen und mit dem Ellbogen auszuholen. Sie traf ihn am Schlüsselbein, woraufhin Nife keuchte.

»Ist das alles, was du kannst?«, rief sie. »Befehle befolgen?«

Aber so leicht war er nicht aus dem Konzept zu bringen. Er bekam ihr Handgelenk zu fassen und drehte es, sodass sie schnaufend in die Knie ging. Kein Schmerzenslaut drang über ihre Lippen, auch wenn es verdammt wehtat.

»Es ziemt sich nicht für eine Prinzessin …«, begann er, doch Rain schlug ihm mit der freien Hand gegen den Oberschenkel.

»Scheiß drauf«, keuchte sie und schlug erneut zu. Er versuchte ihre Schläge zu blocken und ließ ihre Hand los. Schnell rollte sie sich auf ihn und fixierte ihn mit ihren Knien am Boden.

»Rajana«, protestierte er, aber wehrte sich nicht weiter. Sie wusste, dass er nicht seine volle Kraft gegen sie einsetzte, und das ärgerte sie.

»Kallisto. Was ist mit dir passiert?«, fragte sie. Sie nahm ihm seine Maske ab, um in seinen Augen ein Wiedererkennen zu suchen, und wurde nicht enttäuscht. Für einen Moment sah sie ihn. Den Nife unter der Rüstung.

»Die Frage sollte vielmehr lauten, was mit *dir* passiert ist?«, sagte er und schob sie von sich hinunter.

»Was meinst du?«, fauchte Rain und holte erneut aus, doch dieses Mal fing er ihren Schlag ab.

»Du bist ein Schatten deiner selbst.« Er wollte sie zur Seite drehen, doch sie war schon von ihm heruntergerollt und starrte ihn entsetzt an. »Du kämpfst gegen mich, aber wütend bist du auf jemand anderen. Oder auf dich selbst. Ich weiß nicht mal, ob du weißt, wen du eigentlich schlagen willst.«

Sie fletschte die Zähne, aber seine Worte zeigten Wirkung. Er hatte ja recht. Sie war nicht sie selbst.

»Ich weiß nicht, was ich tun soll. Welchen Weg ich gehen muss …«, begann sie.

»Du kennst den Weg nicht, weil du kein Ziel hast, Prinzessin.« Für einen Soldaten konnte er manchmal wirklich schlaue Sprüche raushauen.

»Dachtest du wirklich, ich würde mich in dem Pool ertränken?«, hakte sie zögernd nach.

»Nein, ich dachte, du wolltest mich einfach provozieren.« Er grinste, während er ihre Unaufmerksamkeit nutzte und ihr den Daumen verdrehte. »Ich muss dich zurückbringen, Prinzessin.«

Rain schnappte nach Luft und schluckte das Wimmern angesichts ihres verdrehten Daumens hinunter. »Wann trainieren wir wieder, Nife?«

»Du solltest lieber andere Dinge trainieren.«

»Was zum Beispiel?«

»So Gesegneten-Zeugs.« Nife ließ sie los und zuckte mit seinen breiten Schultern. »Reden. Politik. Was ihr halt so macht.«

»Ich würde lieber mit dir trainieren.«

»Ich werde den Protektor fragen, ob er das gestattet.«

Lob dem Protektor!, dachte Rain sarkastisch.

»Eine Gesegnete muss sich doch beschützen können«, versuchte sie es erneut mit einem unschuldigen Lächeln auf dem Gesicht. »Die Zeiten sind gefährlich. Und du willst sicher nicht, dass ich hilflos bin.«

»Du bist sicherlich nicht hilflos.« Er räusperte sich und nahm ihr seine Maske ab.

»Du bist stärker geworden seit dem Upgrade«, begann sie vorsichtig. »Aber du hältst dich zurück, wenn wir kämpfen. Warum?«

»Ich kann noch nicht so richtig mit meiner Stärke umgehen.«

»Was genau haben sie mit dir gemacht?«, bohrte Rain nach. »Was bedeutet dieses Upgrade?«

»Sie haben mich wieder zusammengesetzt. Meine Knochen waren zerbrochen und meine Organe zerrissen. Ich dachte, ich würde sterben, aber sie haben mir neue Knochen eingebaut und neue Organe.« Sein Blick verdunkelte sich, als er sich erinnerte. »Wenn ich so darüber nachdenke, eine ziemlich ekelige Angelegenheit. Aber es hat mich vor dem Tod gerettet und vor der Herabstufung.«

Er tastete über seinen Bauch.

»Du meinst, mein Vater hat dich gerettet?«, hakte Rain nach. »Du musst ihm sehr dankbar sein.«

»Das bin ich.«

»Und jetzt geht es dir wieder gut?«, fragte Rain weiter. »Keine Nebenwirkungen?«

»Nein. Ich muss Spritzen nehmen, bis sich mein Körper an die Organe gewöhnt hat und sie nicht abstößt, aber sonst fühle ich mich gut.« Jegliche Farbe wich bei dem Gedanken aus seinem Gesicht.

»Du hast Angst vor Spritzen?«, fragte Rain ungläubig. Sie konnte sich nicht vorstellen, dass der Soldat, der aussah, als könnte ihn nichts aus den Stiefeln hauen, auf einer Untersuchungsliege die Fassung verlor.

»Messer sind in Ordnung. Aber Spritzen …« Er verzog das Gesicht. »Da würde ich lieber einen Ritt auf dem Mutantenhai riskieren.«

»Ich bin jedenfalls froh, dass du nicht gestorben bist.« Rain meinte es ernst. Sie mochte den Soldaten, denn er hatte ihr Cassiopaio zurückgebracht, und er hatte sie trainiert und beschützt.

Gleichzeitig wusste Rain, dass er all diese Heldentaten nur auf Tiberius' Befehl vollbracht hatte. Weil ihr Vater wollte, dass sie ihn mochte.

»Ich war zu schwach, um dich zu beschützen. Ich hätte den Tod verdient.« Nifes Hände ballten sich zu Fäusten.

»Ich habe überlebt«, erinnerte ihn Rain.

»So weit hätte es nie kommen sollen. Ich hätte wissen müssen, dass es eine Falle war.«

»Es war nicht deine Schuld.« Rain legte eine Hand auf seine Schulter. »Es war Bishop. Er hat uns verraten. Wie hätten wir das ahnen können?«

»Wenn diese Ratte nicht tot wäre, ich würde ihm mit meinen bloßen Händen die Kehle eindrücken«, knurrte Nife. »Ich hasse Verräter.«

Was, wenn mein Vater diesen Verrat begehen sollte, dachte Rain. *Was, wenn er befiehlt, mich wegzusperren oder Schlimmeres? Würdest du dann noch immer auf meiner Seite stehen?*

Nein, wir wissen beide, wem deine Loyalität gehört, oder nicht?

»Ich vertraue dir«, log sie und sah ihm tief in die Augen. »Ich weiß, dass du mich nicht verraten wirst.«

»Das werde ich nicht«, versprach Nife, und sie wünschte sich, sie könnte ihm glauben.

Wieder zu Hause.

Es fühlte sich falsch an, das Apartment, in dem sie wohnte, so zu nennen. Da hatte sich sogar der feuchte, nach verfaultem Holz riechende Waldunterschlupf, in dem sie eine Zeit lang gelebt hatte, mehr nach zu Hause angefühlt.

Zu Hause ist da, wo die sind, die du liebst, hatte Storm gesagt. *Dein Zuhause ist bei mir. Und mein Zuhause bei dir.*

Rain hatte Knots Kleidung abgelegt und durch eine weite Hose und ein schlichtes Hemd ersetzt, die sie in ihrer Wohnung am liebsten trug. Sie hatte das, was noch von ihrem Make-up übrig war, abgeschminkt und die langen lästigen Haare zum Dutt gebunden.

Sie setzte sich vor die breite Gläserfront mit Blick auf Aventin und presste ihre Stirn an die Scheibe, während sich ihre Finger um das Armband schlangen, was sie von ihrer Mutter geschenkt bekommen hatte. Dunkle abgenutzte Lederkordeln und einen Stein, der Regenwasser beinhaltete. Seine glatte, kühle Oberfläche schaffte es immer, sie zu beruhigen.

Es dauerte nicht lang, bis Cassiopaio sich zu ihr gesellte und in ihrem Schoß zusammenrollte.

»Immerhin haben wir uns noch«, flüsterte sie und kraulte die Manguste hinter den Ohren. Dank Cassiopaio fühlte sie sich gleich ein bisschen weniger einsam. Silk folgte und versuchte ebenfalls Rains Aufmerksamkeit zu erhaschen. Das Knurren der Fuchsmanguste ignorierend legte sich der Hase neben ihre Beine und presste seinen warmen Körper an ihren Oberschenkel. Ob das Seidenhäschen Daphne vermisste?

»Rarrrr.«

»Lass ihn, Pi. Er ist wie wir … Einer, der übrig geblieben ist.«

Rain vermisste Storm. Allein der Gedanke an ihre Mutter führte dazu, dass sich ein dicker Knoten in ihrem Bauch bildete, der ihren Körper lähmte und ihren Geist verdunkelte. Sie wollte den Gedanken beiseiteschieben, wie sie die Träume beiseiteschieben wollte, die sie in der Nacht heimsuchten. Träume von Tod und Blut. Träume von Daphne und dunklen Zellen, in denen es nach Schweiß und Urin stank.

Genauso schlimm war das, was noch vor ihr lag. Abschied nehmen. Für immer. Morgen schon. Morgen würde sie ihre Mutter ein letztes Mal sehen, und die Vorstellung rammte Rain eine Klinge tief ins Herz.

»Kann ich dir etwas bringen?« J war unbemerkt ins Zimmer gekommen.

»Nein, danke.«

Doch die Dienerin ließ sich nicht abschütteln. Sie setzte sich hinter Rain ans Fenster, löste ihren Zopf und begann damit, ihre Haare zu bürsten. Das hatte sie in letzter Zeit oft getan.

»Du warst bei Lark, hab ich gehört.« Die Bürste fuhr durch ihr

Haar und hinterließ eine Gänsehaut auf Rains Kopfhaut. Es war schon seltsam, wie sehr man menschliche Berührungen vermissen konnte. »Wie geht es ihm?«

»Okay.« Rain versuchte mit aller Kraft, die Gedanken an ihre Mutter wegzuschieben, bevor der Schmerz sie erneut verschlang.

»Du magst ihn, oder?«

Rain fuhr mit dem Kopf herum und musterte J, die freundlich lächelte. Auch wenn sie die Dienerin mochte, gefielen ihr die Fragen über Lark nicht. Sie waren viel zu persönlich.

Du bist zu misstrauisch, schalt sie sich. Und doch …

»Er ist einer der wenigen Bekannten aus meinem alten Leben, die mir noch geblieben sind«, antwortete sie und zuckte die Schultern. »Manchmal tut es gut, über Grey zu reden.«

»Ein Bekannter also.« J grinste, als ob sie ahnen würde, dass er mehr für Rain bedeutete. Und in der Tat würde sie alles geben, um ihn und seine Familie zu schützen.

»Was meinst du?« Rain zog scheinbar verständnislos die Augenbrauen hoch, als würde sie die Andeutung der Dienerin nicht verstehen.

»Ich hörte, er hat dir das Leben gerettet«, flüsterte J, und ihre Augen glänzten.

»Er stand immer loyal zu den Gesegneten.«

»Das ist so heldenhaft.« Die Dienerin hob erneut die Bürste und strich Rain über die Haare. Ganz sanft. Es erinnerte Rain an Storm, die ihr jeden Tag die Asche aus den Haaren gekämmt hatte, und sie schloss die Augen. »Dann hat er seine Beine für dich geopfert. Das ist so kühn und so traurig.«

»Die Spines haben ihn so zugerichtet. Das stimmt.«

»Aber wie hat er dich gefunden? Ich habe gehört, Grey war zu der Zeit ein richtiges Schlachtfeld. Überall BoomBots, in sich zusammenfallende Gebäude, bewaffnete Rebellen.« J legte die Bürste beiseite und begann damit, Rains Haare zu flechten.

»Er war ein Sentinal. Es war seine Mission, die Spines aufzuhalten. Dass er ausgerechnet auf Bolt traf, war Pech.«

»Grausam, dass sie einen Sentinal so schlimm foltern und nicht einfach töten«, bemerkte J. »Das wirkt so … persönlich.«

Rain erstarrte innerlich, auch wenn sie nichts von ihrer Panik nach außen zeigte. Es wirkte nicht so, als würde die Dienerin sie aushorchen, vielmehr so, als hätten sie sich zum Tratsch zusammengesetzt. Aber es waren ähnliche Fragen, die ihr auch Tiberius gestellt hatte.

Gefährliche Fragen. Denn wenn irgendjemand auch nur ahnen würde, dass Lark ein doppeltes Spiel gespielt hatte, wären er und seine Familie so gut wie tot.

»Tja, wer weiß schon, was in ihren Köpfen vorgeht.« Rain drückte ihre Stirn gegen das kalte Glas, während die Dienerin das Haarband um den geflochtenen Zopf wickelte.

»Das stimmt.« J streckte die Hand, um Cassiopaio zu streicheln, aber die Fuchsmanguste schnappte nach ihren Fingern. Silk, der seine Gelegenheit erkannte, hoppelte auf die Dienerin zu und bot sich zum Streicheln an. »Und was geht in deinem Kopf vor, Herrin?«

»Was meinst du?«

»Ich weiß, du bist anders als die anderen Gesegneten. Du unterscheidest nicht zwischen Genen.« J sprach langsam, als würde sie jedes Wort wohl überlegen. »Du kannst mir vertrauen. Ich werde niemandem etwas sagen«, versprach J und sprang auf. »Warte. Ich hole uns einen Kaffee. Mit etwas Heißem im Bauch wird es dir etwas besser gehen, Herrin.«

J beschwerte sich nie. Sie hatte bei ihrer Arbeit immer ein Lächeln auf den Lippen, und auch wenn das als Dienerin ihre Aufgabe war, hatte man nie das Gefühl, dass sie es nicht gern machte.

Summend kehrte sie mit einem Tablett zurück, auf dem zwei dampfende Tassen standen.

»Kaffee mit viel Zimt und viel Zucker«, verkündete sie. »Genau das Richtige.«

Sie hatte recht. In dem Moment, als die heiße Flüssigkeit in Rains Magen landete, fühlte sie sich schon ein wenig besser. Sie liebte den Geschmack von Zimt und musste unwillkürlich an Herrn Weihnachten denken, dessen Bücher sie in Grey gelesen hatte. Herr Weihnachten backte gern, und seine Lieblingszutat war Zimt.

»Darf ich … darf ich dir noch eine Frage stellen, Herrin?«

»Natürlich.« Fragen konnte sie alles, aber ob sie antworten würde, war eine andere Sache.

»Warum hast du ihn nicht getötet?« Sie wusste, wen J meinte, und die Erinnerung ließ ihr das Blut in den Adern gefrieren. »Warum hast du ihren Tod nicht gerächt?«

Die Wahrheit war, Rain wusste es selbst nicht genau. Manchmal träumte sie davon, wie sie Bolt dafür bezahlen ließ, was er Storm, Lark, Daphne, Andromeda und ihr angetan hatte, und wachte dann auf, erschrocken über ihre eigene Wut.

»Es hätte nichts geändert.«

»Es wäre dein Recht gewesen«, flüsterte J.

Gerechtigkeit, was ist das schon? Jeder denkt doch, dass er die personifizierte Gerechtigkeit ist, hatte Storm gesagt.

»Es war genug Blut geflossen«, erwiderte Rain.

»Eustachius und Gott Balthasar haben großes Interesse an ihm. Es gibt bereits Umfragen dazu, was mit ihm passieren soll. Viele sind dafür, ihn einem Mutantenhai oder Wühlspinnen vorzuwerfen.«

»Das ist grausam.« Rain wollte nicht darüber nachdenken, wer leben und wer sterben sollte. Das erschien ihr nicht richtig. Erst recht nicht auf so eine bestialische Art und Weise.

»Das stimmt.« J schob ihr einen Keks hin. »Soll ich dir helfen, etwas Passendes zum Anziehen herauszusuchen? Für morgen?«

Auch wenn Rain nichts unwichtiger sein konnte als die Kleidung, die sie tragen würde, nickte sie.

8.

ALS SIE IHREN WOHNKOMPLEX VERLIEßEN, bemerkte Lark einen kleinen Schatten in der Straße neben dem Eingang. Er kniff die Augen zusammen und entdeckte eine Werratte, die die Straße passierte, sich die Hauswand emporhangelte und in einem Lüftungsgitter verschwand. Für einen Moment starrte er auf die Stelle, wo das Tier verschwunden war, und sein Puls raste.

Mutantenratten? Hier in Aventin? Er drehte sich um und suchte die Straßen ab, doch er konnte nichts Verdächtiges entdecken. Die meisten Leute, die hier unterwegs waren, waren Diener mit kurz geschorenen Haaren, in senfgelbe Kutten gekleidet.

»Mach dir keine Sorgen, Bruder«, plapperte Rose und griff nach seiner Hand. In der anderen Hand hielt sie ein kleines TecDec, auf dem die Einkaufsliste stand, die ihre Mutter ihnen mitgegeben hatte. Außerdem enthielt es eine Karte, damit sie den Weg zur nächsten Einkaufsmöglichkeit finden würden. »Wir schaffen das. Ich bin ein super Navigator.«

»Du hältst die Karte falsch herum.«

»Das ist Absicht.«

Es wäre einfacher, sich direkt von dem TecDec leiten zu lassen, aber Rose bestand darauf, sie selbst zu führen. Und es war ja nicht so, als hätten sie Zeitdruck. Trotzdem war Lark angespannt. Er würde die Mutantenratte allzu gern vergessen, sich einreden, dass es bloß eine Ratte war und Ratten schließlich überall lebten, auch in Aventin. Doch in seinem Kopf formten sich wieder und wieder die Worte: Die Dornen der Spines wachsen überall. Und sie wussten, wo er war.

»Da«, verkündete Rose stolz. »Siehst du? Da ist es schon.«

Das Einkaufen war hier anders als in Grey. Neben kleinen Einzelgeschäften gab es Läden in der Größe von Fabrikhallen, die alles an einem Ort versammelten, was das Herz begehrte. Gänge zogen sich zwischen weißen Regalen hindurch, die bis unter die Decke mit Artikeln gefüllt waren.

Überwiegend Drohnen und Diener gingen hier einkaufen, und offenbar verfügten sie über eine Art Lageplan. Anders konnte sich Lark nicht erklären, dass sie sich in einem Laden dieser Größe zurechtfanden.

»Das wird doch etwas komplizierter als gedacht«, gab Rose zu und legte den Kopf in den Nacken. Die Regale erstreckten sich viele Meter in die Höhe, und es gab keine Leitern. »Sollen wir da etwa hochklettern?«

Lark ließ seinen MedChair eine Drehung vollführen und beneidete die Kunden, die eine Drohne bei sich hatten, die mühelos die Gänge emporfliegen konnte, um die Ware herunterzuholen.

»Ich glaub, ich seh die Milch«, verkündete Rose und machte Anstalten, das Regal zu erklimmen.

»Rose«, rief Lark, doch seine Schwester war bereits zwei Meter über dem Boden. Eine Frau bog um die Ecke, erblickte das Mädchen, das wie ein Eichhörnchen an dem Regal hochkletterte, und stieß einen erschrockenen Schrei aus.

»Alles gut«, versuchte Lark sie zu beruhigen, doch die Frau schüttelte den Kopf, halb aus Entsetzen, halb aus Unglauben.

»Das ist … unerhört«, stotterte sie. »Keine Manieren. In einem Geschäft so zu randalieren.«

»Gute Frau, wir randalieren doch nicht …« Lark hob beschwichtigend die Hände.

»Fang«, rief Rose in diesem Moment von oben, und eine Milchpackung landete in seinem Schoß.

Während die Frau schimpfend weiterging, kam ein weiterer Kunde, ein älterer Diener, und beobachtete, wie Rose ein Päckchen Reis erkletterte. Er räusperte sich, und Lark machte sich auf eine weitere Rüge gefasst.

»Auch wenn das Mädchen sichtlich Spaß hat, muss es nicht da hochklettern«, erklärte er.

»Wir haben keine Drohne«, erklärte Lark hilflos.

»Ihr könnt euch kostenlos eine ausleihen. Wusstet ihr das nicht?«

»Oh.«

»Soll ich euch zeigen, wie das geht?«

»Gern«, bedankte sich Lark.

»Heißt das, ich kann wieder runterkommen?«, rief Rose von oben.

»Ja.«

»Schade.« Sie warf ein weiteres Päckchen Reis hinunter und machte sich an den Abstieg.

Der Mann führte sie zu einem Informationsschalter, hinter dem einige bauchige Drohnen schwebten.

»Die könnt ihr ausleihen«, erklärte er. »Gebt ihr die Liste, und sie sucht euch das zusammen, was ihr braucht. Es ist ganz einfach.«

»Danke.« Lark nickte ihm zu.

»Hast du gesehen, wie hoch ich geklettert bin?«, raunte ihm Rose zu, als ihre Drohne losflog, um ihre Waren zusammenzusuchen.

»Ja.«

»Wir hätten die Drohne gar nicht gebraucht.« Sie streckte die Arme aus. »Ich bin RoseBot.«

Auf dem Rückweg gönnten sie sich eine Pause in einem künstlich angelegten Park, den sie durch Zufall entdeckten, weil Rose erneut die Karte falsch herum gehalten hatte.

»Von wegen Zufall. Das war Absicht«, protestierte sie.

Er war anders als der Park in Grey. Während er dort etwas Wildes, Unbesiegbares ausgestrahlt hatte, war dieser hier eine perfekte Komposition aus Schönheit und Symmetrie. Das Gras glich einem dichten Teppich, der die mit Sandstein gepflasterten Wege umrahmte. Bänke luden dazu ein, sich niederzulassen und auf einen türkisblauen Teich zu gucken, in dem goldene Fische ihre Kreise zogen. Auf der Oberfläche sonnten sich zwei Mutantenschwäne, die Roses Bemühungen um Aufmerksamkeit ignorierten. Nicht einmal von einem Stück Brot ließen sie sich beeindrucken.

»Wenn die Schwäne nicht zum Brot kommen wollen, muss das Brot eben zu den Schwänen kommen.« Rose grinste und zog sich kurz entschlossen die Schuhe aus.

»Du erkältest dich«, ermahnte Lark sie.

»Ach was.« Rose nahm Anlauf und landete zwischen zwei erschrockenen Fischen im Wasser. Die Mutantenschwäne würdigten ihre Aktion keines Blickes. Anders als eine empörte Drohne. Sie surrte herbei und piepte so lange, bis Rose aus dem Teich watete und brav auf einer Bank Platz nahm.

Rose warf der Drohne ein Stück Brot hin und kicherte, als die es aufsaugte. »Ich glaube, der Bot hat mehr Hunger als die Schwäne.«

Sie biss selbst genüsslich ab, ließ sich aber ein zweites Mal dazu hinreißen, ein kleines Stück Brot auf den Rasen zu werfen. Sofort flitzte die Drohne heran und säuberte das Gras von der unerwünschten Beschmutzung.

Roses Gesicht hellte sich auf, als ihr eine Idee kam.

»Was hast du vor?«, fragte Lark alarmiert, als seine Schwester von der Bank aufsprang und sich ausgestreckt auf das Gras fallen ließ. Der Drohne schienen, dem Gepiepe nach zu urteilen, vor Entsetzen die Schaltkreise durchzubrennen. Sie saugte schimpfend Roses Ärmel ein und versuchte, das Mädchen von dem perfekten Rasen zu schleifen.

»Rose, hör auf, den CleanBot zu ärgern.« Lark konnte nicht länger ernst bleiben und verschluckte sich vor Lachen. Seine Schwester war einer der wenigen Menschen, die es immer schafften, ihn aufzumuntern.

»Spielverderber.« Rose rappelte sich auf und kehrte auf die Bank zurück. Der CleanBot schien sichtlich erleichtert, den Rasen zurückerobert zu haben.

Plötzlich bemerkte Lark, dass sie nicht allein waren, und seine gute Stimmung erlosch. Sie wurden beobachtet.

Nicht weit entfernt saß eine Gestalt, die die Kapuze ihres Umhanges tief ins Gesicht gezogen hatte, sodass es unmöglich war, zu erkennen, um wen es sich handelte. Als sie Larks Blick bemerkte, erhob sie sich und verschwand.

Larks Hals war ausgedörrt, und er spürte, wie seine Hände feucht wurden. Sein Herz hämmerte in Alarmbereitschaft. War er paranoid? Oder wurde er wirklich verfolgt? Und wer fand ihn so interessant?

Die Gesegneten oder die Spines?

9.

DAS WETTER ENTSPRACH RAINS INNENLEBEN. Sturm und Regen peitschten gegen die dunklen Glaswände des Krematoriums. Der Raum war groß und pyramidenförmig aufgebaut, aber dennoch erdrückend. Die Wände bestanden aus dunklem Glas, durch das man auf Aventin sehen konnte.

Vor Rain stand ein metallener Sarg, der nur ein einziges Fenster besaß, dort, wo Storms Kopf lag. Sie starrte auf das Gesicht, das gleichzeitig so vertraut und so fremd war. Es wirkte blasser und eingefallener als zu Lebzeiten. Die weißen Haare hatten an Wildheit verloren und hingen müde über der Stirn. Es sah fast so aus, als würde sie friedlich schlafen, darauf wartend, dass jemand kommen würde, um sie zu wecken. Aber sie würde nicht mehr aufwachen.

Hinter Rain stand Nife, der mitkommen musste und immerhin den Anstand hatte, Abstand zu halten. Außerdem waren Lark und Rose da, die sich nicht davon hatten abbringen lassen, ihr Beistand zu leisten, und gemäß der Traditionen von Grey graue Kleidung trugen.

Rain kannte nicht viele Trauerzeremonien. Wenn in Grey jemand starb, wurde er verbrannt und seine Überreste im Zirkel verteilt. So wurde er Teil eines ewigen Kreislaufes. Dem Kreislauf der Asche. Es gab Geschichten, dass man die Stimmen der Toten in Schächten und Schornsteinen hören konnte, wenn man die Augen schloss und lauschte.

In Azur wurden die Toten an die Fische verfüttert, die sie zu ihrer Lebzeit geangelt hatten. Und in Green wurden mit der Asche der Toten die Felder und Wälder gedüngt.

Storm sollte verbrannt werden, ohne große Zeremonie und ohne viel Aufsehen. Immerhin war sie eine Rebellin, und es war besser, nicht zu viel über Rains und Storms Geschichte öffentlich werden zu lassen, denn es war keine Geschichte von Feindschaft oder Hass. Es war eine Geschichte der Liebe.

Lark und seine Schwester gehörten zu den wenigen, die Bescheid wussten, dass heute der Tag war.

»Unwetter haben keine Angst«, flüsterte Rain. Mehr brachte sie nicht hervor, denn ein Kloß hatte sich in ihrem Hals breitgemacht und machte ihr das bloße Atmen schwer.

Sie merkte nicht, dass Lark sich ihr näherte. Als sie seine Hand auf ihrem Rücken spürte, zuckte sie zusammen.

»In Asche werden wir geboren. Zu Asche zerfallen wir wieder«, flüsterte er, während Rose den kalten Sarg mit einer selbst gebastelten Papierrose verzierte.

Es war alles gesagt, was gesagt werden musste. Storm würde sie eh nicht mehr hören können, aber sie war in dem Wissen gestorben, geliebt zu werden, und das war das Wichtigste.

Rain starrte auf das Gesicht ihrer Mutter. Es war das letzte Mal, dass sie es sehen würde. Gas wurde in den eisernen Sarg geleitet, ein Funke flammte auf, und Feuer umschlang den geliebten Körper. Es schloss ihn in sich ein und verschluckte ihn.

Es ging schnell. Innerhalb von Sekunden war Storm verschwunden, und Rains Beine gaben nach.

- - -

Rain erwachte, als der MedBot eine Reihe an Pieptönen von sich gab. Sie stieß die Drohne, die über ihrem Kopf schwebte, beiseite und riss sich die Kabel von der Brust, die ihre Vitalparameter überwachen sollten.

»Alles in Ordnung?«, wollte Nife wissen, der sich über sie beugte, doch Lark wusste, dass nichts in Ordnung war. Er wusste, dass sie sich zerrissen fühlte, unvollkommen, einsam. Egal, ob ihre Gene anders waren als die seinen, egal, ob ihr Erbgut perfekt war oder nicht, es konnte sie nicht vor einem gebrochenen Herzen schützen.

»Nichts ist gut«, knurrte sie. »Wo ist sie?«

»Wer?«, fragte Nife verwirrt, doch Lark wusste, wen sie meinte. Er deutete auf die Urne, die auf dem Tisch stand. Ein schmuckloses, funktionelles Gefäß.

Rain riss sie an sich und presste ihre Stirn an die glatte Oberfläche. Es zerriss Lark das Herz, sie so zu sehen. Verzweifelt suchte er nach den richtigen Worten, aber keine Worte der Welt würden ihr den Schmerz nehmen können.

Plötzlich riss Rain ihren Kopf hoch, und ihr Blick zuckte durch den Gleiter. Sie wirkte wie ein eingesperrtes Tier, das sich nach einem Ausweg umsah, und sie fand ihn. Einen Wimpernschlag später eilte sie, die Urne umschlungen, auf die geöffnete Tür des Gleiters zu. Sie standen immer noch vor dem Krematorium.

»Herrin«, begann Nife. »Wir sollten ein MedCenter aufsuchen. Das schreibt das Protokoll vor. Du bist schließlich umgekippt.«

Er versuchte sie aufzuhalten, doch sie warf sich mit ihrem Gewicht Schulter voran gegen ihn. Er hatte offenbar nicht mit so viel Gegenwehr gerechnet, verlor das Gleichgewicht und stolperte.

»Rain!«, rief Lark. Er versuchte seinen MedChair zu drehen und ihr zu folgen, doch er war nicht schnell genug. Seine Schwester hingegen schon. Ehe Rain sie daran hindern konnte, sprang Rose hinter ihr aus dem geparkten Gleiter.

»Rose!«

Kallisto! Er fühlte sich unbeholfen wie ein Säugling, als sein MedChair gegen den am Boden liegenden Nife polterte.

»Wartet auf mich!«

»Bleib hier«, herrschte Rain Rose an. »Ich will allein sein.«

Dann rannte sie los.

»Ich geh mit ihr«, gab seine Schwester bekannt. »Einer muss ja auf sie aufpassen.«

»Rose!«, rief Lark erneut. Als er endlich den Ausgang erreicht hatte, waren Rain und seine Schwester schon im Regen verschwunden. Nife war dicht hinter ihm und presste sich an seinem MedChair vorbei. Mit einem Satz landete er auf der nassen Straße und sah sich um, doch der tobende Sturm verschluckte alle Geräusche.

»Welche Richtung?«, rief er, und Lark zeigte in die entgegengesetzte Richtung. Er verstand, dass Rain nun allein sein wollte. Genau wie er nach Hails Beisetzung.

- - -

Der Wind und der Regen peitschten Rain ins Gesicht, aber sie spürte es kaum. Vor ihr neben der unheimlichen Pyramide des Krematoriums tauchte ein Park auf, und als würde er sie anziehen, eilte sie auf ihn zu. Sie folgte den Wegen, an Rasen und Blumenlandschaften vorbei, zu einer Weide, deren Äste sich wie wütende Tentakel im Sturm wanden.

Rain schob die Zweige beiseite und trat ein, unter das Dach des Baumes. Sie trat ein in eine trockene Blase der Ruhe, eine grün schimmernde Höhle, die das Wasser und den Sturm abhielt. Sie ging zum Stamm und ließ sich auf einer Wurzel nieder. Hier zog sie die Beine an und drückte die Urne zwischen sich. Es roch nach Erde und ein bisschen nach vergammeltem Holz.

»Zu Hause«, flüsterte sie, schloss die Augen und versuchte, sich zu erinnern. An die Zeit im Wald. An die kleine Hütte, in der es immer nass gewesen war.

Wenig später wurden die Zweige erneut beiseitegeschoben, und Rose betrat keuchend die Baumhöhle.

»Der Arzt meint immer, ich soll nicht so viel rennen …« Sie fiel vor Rain auf die Knie und wischte sich die triefenden Haare aus der Stirn. »Ziemlich peinlich, dass du eine Drei nicht abschütteln konntest.«

»Warum bist du mir gefolgt?« Rain öffnete die Augen.

»Du bist meine Freundin. Schon vergessen?« Rose griff ihren Arm und suchte ihren Blick, doch Rain sagte nichts. Sie presste die Lippen aneinander und legte den Kopf in den Nacken.

»Was ist los?«, versuchte es Rose erneut.

»Ich bin allein«, murmelte Rain kaum hörbar. Es war das Ehrlichste, Offenste, was sie seit Langem gesagt hatte. »So allein …«

Tränen stiegen ihr in die Augen. Allein die Erinnerung an Storm bereitete ihr Schmerzen, die vom Herzen ausstrahlten und ihren Körper erzittern ließen. Seit jenem Tag, als ihre Mutter in ihren Armen starb, war ihr Inneres zersplittert. Rain hatte das Gefühl, bloße Willenskraft hielt die Scherben zusammen und verhinderte, dass sie weiter auseinanderdrifteten und sich das Konstrukt ihrer Seele auflöste.

Nife hatte recht. Sie war nicht mehr sie selbst. Sie irrte durch die Welt, ließ Tag für Tag verstreichen, ohne zu wissen, was sie damit anfangen sollte.

»Ich glaube, ich verstehe.« Rose fuhr mit ihrem Finger auf dem Boden unsichtbare Linien nach. »Lark geht es ähnlich.«

»Wegen Hail.« Rain wischte sich eine Träne aus dem Augenwinkel.

»Ja, aber sie ist nicht wirklich weg.« Rose hob ihren Kopf und sah ihr direkt in die Augen.

»Was meinst du?«

»Ihre Asche ist in die Luft gestiegen wie zahlreiche winzige schwarze Feen. Ich habe sie eingeatmet. Das heißt, Hail ist nun auch ein Teil von mir und wird mich nie verlassen.«

Rains Finger schlossen sich um das metallene Gefäß, in dem Storms Asche aufbewahrt wurde. So kalt. So leblos. So eingesperrt.

»Ich glaube, sie will da raus.« Rose deutete auf die Baumkrone, die über ihren Köpfen im Wind tanzte. »Der Wind ruft nach ihr.«

»Er kann nicht reden.«

»Dann hörst du schlecht. Streng dich gefälligst mehr an.« Rose ließ nicht locker.

»Woher hast du den Schwachsinn?«

»Aus meinen Büchern.«

»Das hab ich mir gedacht.« Rain drückte die Urne an sich und schmiegte ihre Wange an das Metall. Für eine Weile verharrte sie so und ignorierte die Kälte, die ihr durch die Glieder fuhr und sie betäubte.

Rose ließ ihr Zeit, obwohl sie furchtbar frieren musste.

»Folge mir, wenn du kannst«, murmelte sie nach einer Weile und trat an den Stamm. Geschickter, als man es für eine Drei erwarten würde, erklomm sie die Weide.

»Was machst du da?«, rief Rain.

»Quatsch nicht. Komm endlich.« Rose glich einem Affenhörnchen, das sich von Ast zu Ast zog, obwohl ihr Gesicht vor Anstrengung bereits rot war. Rain rappelte sich auf und folgte ihr nach kurzem Zögern. Es war nicht schwer, die Krone der Weide zu erreichen, denn ihre Äste waren zahlreich und fest. Allerdings wurden sie feuchter, je weiter sie nach oben kamen. Als sie das Ende erreichten, nahmen sie nebeneinander Platz, direkt über ihnen ein tropfendes Dach aus Blättern, das sich wie eine Plane über das Gerüst aus Zweigen spannte. Rose schob es zur Seite und steckte ihren Kopf heraus in den Wind. Rain tat es ihr gleich. Sofort riss der Sturm an ihren Haaren und verschluckte ihre Worte. Der Regen hatte nachgelassen, dafür kämpfte der Sturm noch heftiger.

»Hörst du nicht?«, brüllte Rose gegen das Toben an. »Er ruft nach ihr.«

Rain legte den Kopf in den Nacken und starrte in die Dunkelheit über sich. Die Lichter der Stadt sahen auf sie herab, und doch fühlte sie sich sicher, hier in der Weide, die sie vor neugierigen Augen verbarg.

»Sie sollte nicht eingesperrt sein«, stimmte Rain ihr zu, und tief im Inneren spürte sie, dass es das Richtige war, loszulassen.

Vorsichtig öffnete sie die Urne und hob sie durch das Blätterdach. Die Asche wurde aus dem Gefäß gezogen und stob in die Luft. Rain sah zu, wie die schwarzen Körner vom Wind empfangen und weggerissen wurden. Eine kleine graue Wolke, die um die Weide tanzte. Höher, dann wieder tiefer und sich schließlich aufteilte und in alle Richtungen davongetragen wurde.

Sie spürte Roses Hand, die nach ihrer griff und sie festhielt.

»Er trägt Storms Seele um die Welt. Wohin sie will. Spürst du es?«

»Nein.« Doch Rain schloss die Augen, und für einen Moment, einen kurzen Moment, ließ sie die Vorstellung zu, Storm und nicht der Wind würde ihr mit starken, geschickten Fingern durchs Haar fahren. Und dann über die Wange.

»Ich glaube, sie freut sich, frei zu sein.« Rose wischte sich die nassen Haare aus der Stirn und lächelte zufrieden.

»Glaubst du das wirklich?«, fragte Rain vorsichtig.

»Auf jeden Fall.«

Rose hatte recht. Die Vorstellung machte es leichter, und die Splitter in ihrem Inneren schienen weniger spitz.

11.

ES WAR SPÄT, als Lark und Rose vor ihrem Wohnturm abgesetzt wurden. Rain saß ihnen schweigend gegenüber und starrte aus dem Fenster. Seit sie und Rose zurückgekehrt waren, hatte sie kein Wort mehr gesprochen. Ihr Blick lag weit in der Ferne. Irgendwo zwischen dem Sturm, der um sie wütete, und der Dunkelheit, die den Gleiter verschluckte.

»Wo ist die Urne?«, hatte Nife gefragt, als sie eingestiegen waren.

»An einem sicheren Ort«, hatte Rose geantwortet.

»Das heißt?«

»Dass es dich nichts angeht.«

Rains Haare lagen ihr wild im Gesicht, doch trotz der durchnässten Kleidung schien sie nicht zu frieren. Anders als Rose, die am ganzen Körper schlotterte. Lark zog seine Jacke aus, drückte seine Schwester an sich und breitete die Jacke über sie, um Rose zu wärmen.

»Das Weglaufen darf nicht zur Gewohnheit werden«, sagte Nife zu Rain, doch die reagierte nicht.

Nun als sie aussteigen sollten, machte Lark mit seinem MedChair eine unbeholfene Bewegung vorwärts auf Rain zu. Sie zuckte zusammen, als sie aus ihren Gedanken schrak, und blinzelte. Ihre grünen Augen schienen selbst in dem gedimmten Licht im Gleiter zu glühen.

Lark wusste nicht, was er sagen sollte, aber Rose schob sich bereits an ihm vorbei und drückte sich an Rain, die nur langsam aus ihrer Starre erwachte.

»Nicht anfassen«, erinnerte Nife. »Das gehört sich nicht.«

Doch Manieren kümmerten Rose nicht.

»Halte durch«, flüsterte sie, den Soldaten ignorierend, und schmiegte ihren Kopf an Rains Brust. »Und komm uns besuchen. Jederzeit. Ich mache dir auch Kaffee, wenn du magst. Ich mach den besten Kaffee. Na ja. Die Maschine macht es. Aber ich drücke den Knopf.«

»Danke«, murmelte Rain und suchte Larks Blick. Er nickte und presste seine Finger aufs Herz. Lieber hätte er sie umarmt, aber er spürte die Barriere zwischen ihnen, die aus all den unausgesprochenen Dingen bestand oder womöglich nur aus seiner eigenen Angst.

Es fiel ihm schwer, Rain zurückzulassen und auszusteigen. Rose drückte sich an seinen MedChair, als sie direkt auf ihr Hochhaus zusteuerten. Für Zweien galt eine Ausgangssperre, und es war ihnen nicht gestattet, sich weiter außerhalb ihrer Wohnung aufzuhalten. Was sie bei dem Wetter eh nicht vorhatten. Zumal er und Rose wohl die einzigen Dreien in ganz Aventin waren.

Das leise Brummen der Motoren ließ sie innehalten, und sie drehten sich um, als der Gleiter sich elegant in die Lüfte erhob. Lark suchte Rain am Fenster, aber er konnte sie zu seiner Enttäuschung nicht entdecken.

»Danke, dass du für sie da warst.« Er strich seiner Schwester über den Kopf. »Ich bin stolz auf dich.«

»Nenn mich SuperRoseBot.«

»Zu Befehl, Schwester SuperRoseBot.«

Sie half ihm, den MedChair in den engen Aufzug zu manövrieren. Alle Stockwerke sahen gleich aus, ebenso wie die Haustüren. Man konnte sich in den Wohntürmen leicht verlaufen, was ihnen auch in den ersten Tagen oft passiert war.

Der Fahrstuhl hielt auf der achten Ebene, und zwei weitere Personen stiegen ein. Für die späte Stunde ungewöhnlich. Beide hatten ihre Kapuzen tief ins Gesicht gezogen und starrten auf den Boden, als wollten sie nicht erkannt werden.

»Erdgeschoss«, murmelte die kleinere der beiden, eine junge Frau mit blauem Haar. Viel mehr war von ihr nicht zu sehen, außer der Kopf einer Sprühdose, der Larks Herzschlag beschleunigte. Es erinnerte ihn an die Unruhen in Grey, an Rebellen und an Hail, die versucht hatte, die Welt mit einer Sprühdose zu verbessern. Und es erinnerte ihn an den Mann, den er getötet hatte – aus Wut, weil er Hail rekrutiert hatte.

»Wir fahren erst hoch«, informierte Rose die Zugestiegenen.

»Mhm.« Die junge Frau nickte.

»Wohnt ihr auch hier?«, fragte Rose neugierig weiter.

»Nein.«

»Was macht ihr dann hier?«

»Wir besuchen jemanden.«

»Und wen?«

»Du bist ein ziemlich neugieriges Kind«, sagte die Frau, und Lark bemerkte, wie ihr Begleiter unruhig wurde und nach etwas unter seinem Umhang griff.

»Danke.« Rose holte Luft, um weiterzureden, aber Lark griff instinktiv nach ihrer Hand und hielt sie fest. Als sie den Fahrstuhl einige Ebenen weiter verließen, sah er sich nicht um.

»Wer war das?«, raunte ihm seine Schwester zu.

»Ärger«, entgegnete er.

»Du meinst Rebellen?« Rose drehte sich neugierig um, aber der Fahrstuhl war bereits weitergefahren.

»Ich weiß es nicht.« Lark beschleunigte den MedChair. »Und ich will es auch gar nicht wissen.«

- - -

Nife brachte Rain nicht zurück zu ihrem Wohnturm. Er brachte sie zu Tiberius, und für einen Moment glaubte Rain, dass ihr Vater sie maßregeln wollte. Entschlossen, sich nicht einschüchtern zu lassen, betrat sie das Zimmer.

Tiberius' neuer Cabman, zu erkennen an der Uniform, war eine muskulöse Frau mit braunen Haaren, die ihr in zahlreichen geflochtenen Strähnen über die Schultern fielen und bei jeder Bewegung klimperten. Ihre wasserblauen Augen wurden durch einen aufgemalten silbernen Streifen miteinander verbunden und dadurch betont. Anders als Tiberius' vorheriger Cabman, Daphne, verkörperte sie Stärke und sah so aus, als würde sie, wenn es darauf ankam, auch austeilen können. Und Rain war sich sicher, dass sie loyal war, denn sonst hätte ihr Vater sie nicht auserwählt.

»Ich bin Kar«, stellte sich die Frau vor, ohne dass ihr Gesicht eine Regung zeigte. Auch keine Spur von Missfallen angesichts Rains nasser und zerzauster Erscheinung. »Dein Vater wird dich gleich empfangen.«

Rain setzte sich auf den angebotenen Stuhl, kam sich aber seltsam vor, da Kar stehen blieb und sie weiterhin ansah.

»Mmh.« Wenn es möglich war, Nife zu retten, warum hatte ihr Vater dann nicht Daphne gerettet? Warum hatte er nicht ihren Arm geheilt? Stattdessen hatte er sie nach Grey geschickt. In den Tod. »Du bist der neue Cabman?«

»Ganz genau.«

»Was möchte mein Vater von mir?« Rains Haare hinterließen kleine Pfützen auf Tisch und Boden, aber das war ihr egal.

»Das wird er dir sicherlich selbst gleich sagen.«

»Du weißt es also nicht.« Rain wollte einfach nur allein sein, immerhin hatte sie gerade ihre Mutter beigesetzt.

Kar schien keine Freundin vieler Worte zu sein. Sie reichte Rain ein Handtuch und stellte eine Kanne mit dampfendem Kaffee auf den Tisch. Lange musste Rain nicht auf ihren Vater warten.

»Es tut mir so leid, dass ich nicht da sein konnte.« Tiberius trat in den Raum und riss sie aus ihren Gedanken. Er drückte seine Finger ans Herz und musterte sie voller Sorge. »Wie geht es dir?«

Was für eine dumme, nutzlose Frage. Wie sollte es ihr schon gehen, nachdem sie gerade die Asche des Menschen, den sie auf der Welt am meisten geliebt hatte, in den Wind gestreut hatte?

»Ich lebe«, murmelte sie und wich seinem Blick aus. Sie konnte das Mitleid darin nicht ertragen.

»Ich weiß, dass dir diese … Frau viel bedeutet hat. Auch wenn das für mich schwer nachvollziehbar ist, nach dem, was sie getan hat. Ich weiß, sie war eine Art … Mutter.«

Nicht nur eine Art Mutter. Sie war ihre Mutter. Gene hin oder her.

»Mmh.« Rain konnte nicht mehr sagen, da sie fürchtete, sonst zu weinen, und Schwäche wollte sie vor ihrem Vater auf keinen Fall zeigen. Sie spürte bereits den Kloß, der in ihrem Hals wuchs und sich von innen gegen ihren Kehlkopf drückte.

»Darum tut es mir besonders leid, nicht da gewesen zu sein. Ich hätte an der Seite meiner Tochter stehen sollen.« Er winkte eine Dienerin herbei, die ihnen den heißen Kaffee mit Zimt eingoss und einen Teller Kekse brachte. »Ich weiß, es ist keine gute Ausrede, aber es gab neue Angriffe durch Spines.«

»Was ist passiert?«, fragte Rain, dankbar für den Themenwechsel.

»Spines haben sich unter die Flüchtlinge aus Grey gemischt, die in Green Schutz gesucht haben. Dort haben sie dann MedCenter überfallen und geplündert. Einige Sentinal haben bei dem Angriff ihr Leben verloren. MedBots wurden demoliert und der Arzt erschossen. Green ist erbost, und die Tatsache, dass sie nach dem Anschlag ihren Earl verloren haben, macht es auch nicht besser. Sie fordern eine schnelle Lösung unseres Greyproblems.«

»Du meinst unseres *Spineproblems*«, korrigierte Rain.

Auch wenn es ihr egoistisch vorkam, konnte sie die schlechten Nachrichten nicht mehr hören. Anschläge. Tote. Leid. Und die ewige Frage, die auf Anschläge folgte. Wer war denn nun schuld? Es kam ihr wie ein ewiger Kreislauf vor, aus dem es kein Entrinnen gab.

»Ich dachte, ihr hättet sie zerschlagen.« Sie nahm einen Schluck Kaffee.

»Du meinst, weil wir ihren Anführer Bolt haben?« Tiberius schüttelte den Kopf. »Nein. Wir haben der Bedrohung zwar den Kopf abgeschlagen, aber viele neue Köpfe sind nachgewachsen.«

»Woher wisst ihr, dass es Spines waren, die das MedCenter überfallen haben? Und nicht verzweifelte Bewohner aus Grey, die nicht die medizinische Versorgung bekommen, die sie benötigen?«, hakte Rain nach. Aufgrund ihrer zirkeltypischen Kleidung wurden Bewohner aus Grey immer öfter als »Graue« bezeichnet, aber Rain vermied es, den Ausdruck zu benutzen, da es abwertend klang.

»Es macht keinen Unterschied, Tochter. Wer gegen uns kämpft, plündert und unsere Leute erschießt, ist spätestens dann ein Spine.«

»Was hast du nun vor?«, fragte Rain.

»Wir versuchen Grey abzuriegeln, damit nicht mehr Flüchtlinge das Land überschwemmen und Chaos verbreiten.«

»Grey wurde zum größten Teil zerstört. Es sind so viele Menschen mit einem Schlag obdachlos geworden. Sie haben Panik. Da ist es doch klar, dass sie fliehen und Schutz suchen.«

»Ich weiß.« Tiberius rieb sich den Bart. »Aber es ist unabdingbar, dass sie auf ihrem Posten bleiben und die Arbeit der Fabriken nicht ins Stocken gerät. Unsere Wirtschaft hat schon deutlich Schaden genommen. Wir können es uns nicht leisten, dass Unternehmen wegen dieser Krise bankrottgehen und die Arbeitslosenzahlen steigen. Das wird nur zu noch mehr Unsicherheit führen.«

»Dann hättet ihr die Fabriken vielleicht nicht zerstören sollen.«

»Du weißt, ich hatte keine Wahl. Wir mussten Stärke demonstrieren und ein Statement setzen, nachdem wir gesehen haben, wie viele Rebellen es bereits sind. Und sie hatten dich, die Tochter des Earls von Black Shell, als Gefangene. Was für ein Licht hätte das auf die Gesegneten geworfen, wenn wir nichts getan hätten?«

Rain bemerkte, wie ihr Herzschlag sich beschleunigte, wie immer, wenn sie an ihre Gefangenschaft denken musste. »Wir müssen etwas tun. Wenn der Zirkel wiederaufgebaut wird, werden weniger Menschen fliehen wollen.«

»Wir haben einige Drohnen entsandt.«

»Das ist nicht genug. Sie brauchen …«

»Drohnen und Soldaten sind das Einzige, was ich in dieses Wespennest schicken werde. Wir werden gewährleisten, dass die Schornsteine nicht versiegen. Willst du, dass ich dich an das letzte Mal erinnere, als du dich für deinen Zirkel eingesetzt hast, Tochter?« Tiberius verengte die Augenbrauen. »Du wurdest entführt, gefoltert und beinahe getötet.«

Rain hatte nicht vergessen, und allein bei der Erinnerung befiel sie Panik. Sie spürte, wie ihre Hände begannen zu zittern, und schob sie schnell unter die Oberschenkel, damit Tiberius es nicht sah. Die Bilder verfolgten sie, und auch wenn sie versuchte, sich dagegen zu wehren, wollte ein Teil von ihr nichts mehr mit Grey zu tun haben. Denn dieser Teil fürchtete sich und wollte sich am liebsten in seinem Zimmer verstecken, wo er in Sicherheit war. Wo der kleine Vogel nicht fürchten musste, dass jemand wie Bolt kam, um ihn zu fangen und ihm die Flügel zu stutzen.

»Ich bin immer noch der Earl von Grey«, begann sie und rang um eine feste Stimme.

»Ich weiß, Tochter, du willst helfen, aber ich will dich nicht noch einmal verlieren.« Tiberius' Stimme war weicher geworden, und er strich ihr mit dem Handrücken über die schlotternden Beine. Rain biss sich auf die Lippen. Sie schämte sich dafür, dass sie vor ihrem Vater saß wie ein verängstigtes Kind.

»Ich kann auf mich aufpassen.« Sie stieß die Hand ihres Vaters beiseite. »Immerhin bin ich deinen Bomben entkommen, oder nicht?«

»Ich wollte dich nicht umbringen.« Ihr Vater seufzte. »Ich hatte gehofft, dich so retten zu können.«

»Indem du den Ort, an dem ich gefangen gehalten wurde, in die Luft gesprengt hast.« Plötzlich hatte sie das Bedürfnis, ihn zu schlagen, aber gleichzeitig hatte die bloße Erinnerung an die Geschehnisse ihren Körper gelähmt. Was war los mit ihr? Sie konnte den Geruch von verbranntem Fleisch und Feuer in der Nase riechen. Den Geruch, der Grey überzogen hatte, als die BoomBots ihre Arbeit verrichtet hatten. Sie hörte die Explosionen und Schreie, als wäre sie wieder da. Die Bilder hatten sich auf ewig in ihren Kopf gebrannt.

Sie presste die Lippen aufeinander, damit ihr Vater nicht sah, wie sehr sie zitterten, doch es war dumm zu glauben, dass es ihm entgangen war.

»Es ist keine Schande, Angst zu haben, Tochter. Auch ich fürchte mich.« Er seufzte. »Unsere Welt droht in Chaos zu verfallen. So viele verschiedene Gruppen, so viele verschiedene Ziele, und jeder glaubt, das Richtige zu tun.«

»Woher weißt du dann, dass du im Recht bist?«, flüsterte Rain.

»Das weiß ich nicht. Unser System ist nicht perfekt, aber es hat so viele Jahre Frieden und Ordnung gebracht, und sieh dir an, was passiert, wenn etwas anderes als die Gene unsere Gesellschaft bestimmen. Anschläge. Gewalt. Chaos.« Er stand auf und ging zu den Aquarienwänden, in denen die schillernden Fische ruhig auf und ab schwammen und beinahe eine hypnotische Wirkung auf den Betrachter ausübten.

»Ein ganzer Zirkel wurde zerstört«, wisperte Rain. »So viele Menschen sind tot, und die anderen hassen euch … uns. Wie sollen wir das wieder hinbekommen?«

»Wir kriegen das wieder hin, Rajana, weil wir zusammenhalten und weil wir an den Frieden glauben. Ich habe bereits erste Vorschläge an die Königin geleitet, mit der Hoffnung, dass sie dieses Mal schneller zu einem Entschluss kommt.«

»Was für Vorschläge? Ich bin der Earl von Grey, und als solcher will ich behandelt werden. Es geht um meinen Zirkel.« Sie wollte helfen, ihrem Leben einen neuen Sinn einhauchen, aber sie hatte keine Idee, wie sie es anstellen sollte.

»Du kennst den Weg nicht, weil du kein Ziel hast«, hatte Nife gesagt, und es stimmte. Sie sah die Trümmer und das Leid, Puzzleteile, die es wieder zusammenzusetzen galt, aber sie wusste nicht, zu welchem Bild.

»Du willst in die Politik?« Tiberius lächelte gerissen. »Dann fang damit an, Kontakte zu knüpfen. Bisher warst du neuen Kontakten gegenüber nicht sehr aufgeschlossen, wenn ich mich recht erinnere.«

»Du meinst Cassian.« Sie wollte nichts mit Eustachius' Sohn zu tun haben, aber ihr Vater hatte andere Pläne.

»Ganz genau. Wer etwas ändern will, braucht Unterstützung.«

8.

»DIE DORNEN werden niemals verblühen«, stand in den Fluren des Wohnturmes und »Freiheit und Gerechtigkeit für alle«.

Das war es also, was das Mädchen aus dem Fahrstuhl mit ihrer Sprühflasche angestellt hatte. Nur dass die anderen Bewohner Lark so ansahen, als hätte er etwas damit zu tun. Trotz ihrer Freundschaft zu Rain mussten Lark und seine Familie schnell lernen, dass Menschen aus Grey hier misstrauisch beäugt wurden – beinahe so, als wären sie alle potenzielle Attentäter.

Was in Larks Fall nicht einmal falsch war. Wenn die Menschen auch nur ahnen würden, dass er derjenige war, der die Bombe nach Aventin geschmuggelt hatte, würden sie ihn und seine Familie in Stücke reißen. Er selbst konnte die Schuld, die auf seinen Schultern lastete, nur schwer ertragen. Er versuchte sich einzureden, dass er nicht geahnt hatte, was sich damals in der Kiste befunden hatte, aber das war eine Lüge. Er hatte es tief im Inneren immer gewusst. Lark hatte die Menschen und Gesegneten in Aventin auf dem Gewissen und die Menschen in Grey, die dem Gegenschlag zum Opfer gefallen waren. Hail war seinetwegen tot. Und er lebte.

Es wunderte Lark nicht wirklich, als plötzlich Sentinal vor ihrer Tür standen, um die Wohnung nach verdächtigem Material zu durchsuchen.

»Kommt doch rein«, verkündete Rose strahlend, als sie die Tür geöffnet hatte. »Will jemand etwas trinken?«

»Nein. Seid ihr allein?«, wollte einer der Sentinal wissen und schob sich an Rose vorbei in die Wohnung. Es waren insgesamt sechs Soldaten, alle mit schwarzen, sauberen Uniformen und bedrohlich wirkenden Waffen ausgestattet. Ihre Gesichter waren hinter dem dunklen Visier ihrer Helme verborgen.

»Ja, Sir.« Lark beeilte sich zu antworten. Er hatte gerade für Rose eine Mandarine gepellt, und seine Hände waren voller Fruchtfleisch. »Unsere Eltern arbeiten.«

Es erschien ihm wichtig zu betonen, dass Knot und Ant alles taten, um ihren Beitrag für die Gesellschaft zu leisten.

»Soll ich euch mein Zimmer zeigen?«, fragte Rose höflich, während Lark zur Spüle schwebte, um seine Hände zu waschen.

»Nicht nötig.« Der Gruppenführer, zu erkennen an seinen Abzeichen auf der Brust, teilte seine Soldaten ein, und sie machten sich auf, die Wohnung zu durchsuchen.

Rose folgte der Gruppe, die sich in ihrem Zimmer zu schaffen machte, trotzdem.

»Ich habe das erste Mal in meinem Leben ein richtiges Zimmer«, plapperte sie. »Ist es nicht toll? Und ich habe sogar einen Schrank. Soll ich ihn aufmachen? Ich wollte auch mal Sentinal werden, wisst ihr, aber als Drei ist das schwierig. Mein Bruder war mal Sentinal. Darf ich den Helm aufsetzen? Die Helme sehen so cool aus. Und eure Anzüge erst. Darf ich ihn anfassen?«

»Was ist mit dir, Anwärter?«, fragte der Anführer der Gruppe, der bei Lark geblieben war.

»Was soll mit mir sein, Sir?«

»Ich habe gehört, du warst mal einer von uns. Du hast in Grey gute Arbeit geleistet und warst sehr vielversprechend.«

»Ja, Sir. Danke, Sir.«

»Tragische Geschichte, was mit deinen Beinen passiert ist.« Der Sentinal lehnte sich vor, um sie näher zu untersuchen. Es war unmöglich, seine Mimik durch das Visier zu interpretieren, aber es klang, als wäre sein Bedauern echt. »Ein Upgrade könnte sie womöglich wiederherstellen.«

»Denkbar, Sir.«

»Wenn du wieder fit sein solltest, Anwärter, lass es uns wissen. Wir haben immer einen Platz für dich frei.«

»Danke, Sir.«

»Habt ihr etwas gefunden?«, rief der Sentinal seinen Kameraden zu und folgte ihnen in Roses Zimmer, wo drei der Soldaten sich über Rose beugten und sich von ihr erklären ließen, wie man Papierrosen faltete.

»Was macht ihr denn da?«, fragte der Anführer entgeistert. Ihre Mission schienen sie völlig vergessen zu haben.

»Tut uns leid, Sir«, beeilte sich einer zu sagen. »Hier ist nichts.«

»Nun gut.« Der Gruppenführer ging in Richtung Ausgang. »Wir sind hier fertig.«

Die Gruppe verließ das Apartment und grüßte die Traube an Nachbarn und Neugierigen, die sich im Gang gebildet hatte und ihre Hälse reckte.

»War nett mir euch«, verkündete Rose und winkte den Sentinal zur Überraschung der Versammelten zu. »Ihr könnt uns gern wieder besuchen.«

Dann drehte sie sich um, hob eine Augenbraue und musterte die Nachbarn.

»Wer möchte sehen, wie man eine Papierrose faltet?«, fragte sie strahlend und hob das rote Papier in die Höhe.

Niemand wollte das.

Lark und Rose bereiteten das Abendessen für ihre Eltern vor, die spät am Abend heimkamen. Erst traf Knot ein, wenig später auch Ant. Noch bevor Lark das blaue Auge sah, konnte er an der Haltung seines Vaters sehen, dass etwas nicht stimmte.

»Was ist passiert?«, fragte Knot und eilte herbei, um die Verletzung zu versorgen.

»Ich habe gute Arbeit gemacht«, beteuerte Ant und schüttelte seinen Kopf. »Aber es gab eine unschöne Situation. Sie haben einen Kollegen abgeholt. Ein guter Mann, soweit ich das beurteilen kann. Eine Zwei aus Aventin. Dachten wohl, er würde mit den Spines gemeinsame Sache machen.«

»Und was hat das mit dir zu tun?«

»Einige Kollegen sind der Ansicht, es hätte eher mich erwischen sollen.« Ant drückte sich ein nasses Handtuch auf das Auge.

»Pa.« Rose eilte herbei und drückte sich an ihren Vater. »Warum machen die so was? Wir finden die Spines doch auch blöd.«

»Ja, das tun wir.« Ant nickte.

»Und nun?«, flüsterte Larks Mutter.

»Ich werde neue Arbeit suchen«, versprach Ant. »Macht euch keine Sorgen.«

»Ich wünschte, wir könnten zurück nach Grey«, rief Rose, doch ihre Eltern schüttelten den Kopf.

»Hier geht es dir viel besser. Wir müssen positiv denken und dürfen nicht aufgeben.« Knot versuchte, Rose in den Arm zu nehmen, aber das Mädchen ließ sich nicht beruhigen.

»In Grey wurden wir zumindest nicht gehasst«, widersprach sie und stürmte schluchzend in ihr Zimmer. Lark folgte ihr, aber als er die Tür erreichte, hörte er seinen Vater flüstern und hielt inne.

»Wenn wir nicht arbeiten können, werden sie uns nicht in Aventin lassen. Es gleicht einem Wunder, dass wir überhaupt noch hier sind …«

»Ich weiß.«

»Vielleicht kann ich mich einschreiben lassen. Die Armee sucht immer Soldaten, die außerhalb der Mauer die Sensoren überprüfen.«

»Das kommt nicht infrage.«

»Die Mauern wurden in letzter Zeit doch kaum angegriffen. Hope ist sicher, zumindest was die Gefahr von außen angeht.«

»Kommt nicht infrage, Ant. Wir finden eine andere Lösung.« Lark konnte die Angst in der Stimme seiner Mutter hören und schämte sich. Als er ein Anwärter geworden war, hatte sich seine Familie so gefreut. Und was hatte er getan? Er hatte es gründlich verbockt. Alles, wozu er nun taugte, war, einkaufen zu fahren. Seine Finger krallten sich wütend in seine nutzlosen Beine.

»Ich muss doch etwas tun. Für unsere Kinder.« Sein Vater brach hilflos auf dem Stuhl zusammen. »Wir müssen unseren Beitrag leisten, und als Zwei bin ich entbehrlicher als du.«

»Für mich bist du nicht entbehrlich und für deine Kinder auch nicht.«

In dieser Nacht bekam Lark kein Auge zu, auch nicht mit Fufus Hilfe, der ihm so viel Schmerzmittel verabreichte, dass ihm schwindelig wurde.

Rose lag neben ihm auf der Matratze und kuschelte sich an ihn. Ihr Kopf ruhte auf seiner Brust, während er ihr sanft übers Haar strich. Sie sagte kein Wort, aber Lark wusste, dass sie Angst hatte. Ebenso wie er wusste, dass sein Vater am nächsten Tag wieder weg sein würde, um zu arbeiten, denn das ist es, was Ant tat: arbeiten, ohne sich jemals zu beschweren.

»Lark?«, flüsterte Rose.

»Ja?«

»Glaubst du, Ma und Pa geht es hier gut?«

»Es ist nie einfach, sich neu einzugewöhnen«, antwortete Lark gedehnt.

»Wenn du machen könntest, was du willst, als was würdest du dann arbeiten?«

Das war eine gute Frage. Er war ein guter Kämpfer gewesen. Auch in den Fabriken hatte er stets gute Arbeit geleistet, aber weder das eine noch das andere hatten ihn erfüllt. Er hatte es gemacht, weil es notwendig war.

»Darüber habe ich noch nie nachgedacht«, antwortete er ehrlich.

»Ich glaube, ich würde gern Geschichten schreiben«, verkündete Rose. »Geschichten, in denen es allen gut geht und in denen niemand stirbt. Und in denen du für immer bei mir bleibst.«

»Oh Rose. Ich werde für immer bei dir bleiben.« Er stupste ihr mit dem Zeigefinger auf die Nase. »Was soll ich denn ohne meine kleine Schwester anfangen?«

»Versprochen?«

»Mich wirst du nicht los, selbst wenn du es wolltest.« Er lachte, und Rose presste ihre Wange wieder auf seine Brust. Arm in Arm hingen sie ihren Gedanken nach, bis sie schließlich einschliefen.

9.

ALS RAIN von ihrem morgendlichen Schwimmen aus dem Fahrstuhl stieg und mit müden Muskeln ihr Apartment betrat, leuchtete das TecDec auf, und Eros erschien auf dem Bildschirm.

»Ich habe mir erlaubt, dir eine Liste mit den wichtigsten Aufgaben und Terminen des Tages zusammenzustellen. Als Erstes solltest du dir die Kisten mit neuester, exklusiver Designerware aus Ruby ansehen, die wir erhalten haben. Dabei ist ein Paar Schuhe, die alle anderen vor Neid erblassen lassen werden. Zieh sie an und mach ein Foto, damit wir dein ausgeprägtes Interesse an Fashion weiter in den Vordergrund rücken können. Du solltest sie auch tragen, wenn der ehrenwerte Besuch aus Ruby eintrifft. Denn heute …«

In diesem Moment hörte sie Cassiopaio bellen und knurren. Es folgte ein Scheppern. Dann erneutes Bellen. Sie setzte sich in Bewegung und eilte ins Badezimmer, aus dem die Geräusche kamen.

»Pi?«

Der Boden vor ihr war mit Blut und Scherben beschmiert, und Rains erster Gedanke war: *Kallisto! Er hat Silk gefressen.*

»Pi!«

Cassiopaio saß auf dem Rand der Badewanne. Blut tropfte an ihm hinunter und benetzte sein rotes Fell. Zwischen seinen Zähnen hing ein lebloser brauner Körper mit borstigem Fell.

Rain seufzte erleichtert. Also doch nicht das Seidenhäschen.

Sie sah genauer hin und erkannte die Überreste einer Werratte. Ihr Kopf lag einen Meter weiter in einem Haufen aus goldenem Glitzer und Scherben. Der Föhn sprühte weiteren Glitzer und duftende Haarkuren in den Raum, die sich mit dem Gestank von Blut vermischten.

»Soll ich einen CleanBot rufen?«, erkundigte sich Glee.

»Das wäre hilfreich«, sagte Rain, während Cassiopaio das Bein der toten Ratte verschlang.

»Warte, Pi!« Sie balancierte an den Blutpfützen vorbei und versuchte, der Manguste Opfer abzunehmen. Die dachte jedoch nicht daran zu teilen und knurrte.

»Pi!« Rain entriss ihm die Ratte, rutschte aus und stolperte. Unsanft fiel sie zu Boden und landete unter dem Goldregen des Haarföhns. Innerhalb kurzer Zeit war sie mit Blut, Eingeweiden und Glitzer bedeckt.

Vorsichtig drehte sie den toten Körper in ihren Händen, während Pi bellend um sie herumsprang. Sie war sich sicher, dass das Tier nicht zufällig aufgetaucht war. Jemand hatte sie markiert – die Vorderpfote war blau gefärbt. Doch was auch immer ihre Mission gewesen war, sie würde es nun nicht mehr erfahren, denn die Ratte war tot. Pi griff nach dem Schwanz des Tieres und zog daran.

»Gleich, Pi.« Rain fand eine Vorrichtung am Schwanz, die dafür gemacht erschien, Nachrichten zu befestigen. Doch wer oder was benutzte Ratten zur Kommunikation? Sicher nicht Tiberius. Nein, es gab nur eine Organisation, die dafür bekannt war. Die Spines.

Rain erstarrte, als ihr die Bedeutung dieser Gedanken bewusst wurde. Rebellen. Hier in Aventin? In ihrem Apartment?

»Du meine Güte«, rief J, die das Badezimmer in Begleitung des CleanBots betreten hatte. »Wo kommt denn das ganze Blut her?«

Rain warf den Beweis der Manguste zu, die mit der Beute zwischen den Zähnen davonflitzte.

»Bloß eine Ratte«, antwortete sie und beobachtete Js Reaktion.

»Eine Ratte«, quiekte sie erschrocken und wurde kreidebleich. »Wie ist die denn hier hereingekommen?«

»Weiß nicht. Vielleicht durch die Lüftungsanlage.« Sie musterte die Dienerin weiter, aber J erschien angesichts des »Parasiten«, wie sie ihn nannte, ehrlich überrascht.

»Ich lasse das sofort überprüfen.« Das Mädchen drehte sich um und stieß mit Eros zusammen, der in diesem Moment strahlend das Zimmer betrat. Seine Haare waren himmelblau gefärbt und wie gewohnt hochtoupiert.

»Prinzessin Rajana, wir haben hohen Besuch …« Er hielt inne, und sein Ausdruck verwandelte sich in pures Entsetzen, als er Rain sah, deren Körper mit Blut und Ratteneingeweiden bedeckt war. Dieses Bild konnte auch der nach Vanille duftende Goldregen nicht mehr retten.

»Das ist … Das ist … NICHT DEIN ERNST. Hast du meine Nachricht nicht erhalten?«, rief der Cabman und schob den Gast, der hinter ihm erschienen war, aus dem Badezimmer. »Cassian, dreh dich um. Guck nicht hin. J! Kümmere dich um das da!«

Mit »das da« meinte er Rain.

Doch die wollte nicht, dass man sich um sie kümmerte. Sie wischte sich ihre blutigen Hände am Badeanzug ab und trat Cassian entgegen. Er trug seine langen, dunklen Haare offen, sodass sie ihm über die breiten Schultern fielen.

»Du wolltest mich treffen?«, fragte sie und hob ihre Augenbraue. »Wie du siehst, passt es gerade schlecht.«

»Das ist ein Skandal. Ein Skandal.« Eros sah aus, als würde er jeden Moment in Ohnmacht fallen, doch Cassian ließ sich wider Erwarten nicht abschütteln. »Wie kannst du … der junge Mann … Du … Er …. Warum ist hier Blut? Mir wird ganz … schwummerig. Ich, ich … kann kein Blut sehen.«

Der Cabman sah wirklich aus, als würde er gleich ohnmächtig werden. Rain konnte sich beim besten Willen nicht vorstellen, dass er der Spine-Spion sein könnte. Doch für wen war die markierte Ratte dann bestimmt gewesen?

»Schon gut«, beschwichtigte Cassian überraschend freundlich. »Kann ich helfen? Bei was auch immer du gerade tust?«

»Der Herrin ist nicht mehr zu helfen«, murmelte Eros und sank, die Hand an der Stirn, auf einen Sessel. »Sie ist verrückt. Ich bin verrückt. Warum wollte ich unbedingt ihr Cabman werden? Ich hätte es ahnen müssen.«

»Lass uns allein«, befahl Rain. Sie hatte keine Lust und keine Geduld, sich mit ihm zu streiten.

»Aber … Du hast da etwas sehr Unschönes auf deiner Stirn. Deiner Wange. Und dem Hals. Eigentlich überall. Willst du denn nicht wenigstens was anderes anziehen?« Er stand auf und versuchte, ihr das Blut mit einem Handtuch abzutupfen, aber sie nahm es ihm unsanft aus der Hand.

»Schon gut.« Rain wischte das Gröbste an Innereien von ihrem Badeanzug und drückte ihm das benutzte Handtuch zurück in die Hand. »Und nun lass uns allein.«

»Ihhhh!« Er ließ es entgeistert fallen, bevor er J anwies, es aufzuheben. »Bring mir Desinfektionsmittel. Ich glaub, ich bin infiziert. Bestimmt mit der Roten Seuche. Ich werde kündigen, wenn Tiberius mich nicht rauswirft. Das ist ein Albtraum.«

Eros verließ das Zimmer, die Hände über den Kopf geschlagen. »Dienerin, bring mir Wasser … Oder nein, bring mir Siruptee. Mit viel Sirup. Ich glaube, ich habe einen Nervenzusammenbruch.«

»Also, tut mir leid. Bei was genau habe ich gestört?« Cassian lächelte amüsiert, während er Rain aus ihrem Badezimmer hinaus ins Wohnzimmer folgte. Es war ein lichtdurchfluteter Raum, durch dessen Glaswände man einen fantastischen Blick auf die Stadt hatte.

»Meine Manguste hat einen ungebetenen Gast getötet«, entgegnete Rain und verschränkte die Arme. »Also? Was führt dich her?«

»Oh. Darf ich … darf ich mich setzen?«, fragte Cassian. Er trug eine enge Hose, die seine muskulösen Beine betonte, und ein edles dunkles Hemd. Auf Schmuck hatte er ganz verzichtet, bis auf den Anstecker, den er schon zuvor getragen hatte. Eine silberne Spirale, die in ein Blatt überging. Er schien sehr an diesem Schmuckstück zu hängen.

»Sicher.« Sie machte eine ausladende Bewegung in Richtung Sofa und setzte sich ihm gegenüber.

Der gefährlichste Feind tritt dir lächelnd gegenüber, hatte Storm gesagt, und Cassian lächelte. Es sah ehrlich und freundlich aus, aber Rain vertraute dem Gesegneten nicht.

»Ich wollte die wunderschöne graue Prinzessin besuchen und … Ich habe nicht erwartet …«, begann Cassian, hielt inne und seufzte. »Wow. Du verschlägst mir immer wieder die Sprache.«

»Könnte an dem ganzen Blut liegen«, meinte Rain trocken. »Nicht jeder verträgt den Anblick.«

Sie deutete in die Richtung, in die Eros verschwunden war. Man hörte immer noch sein Stöhnen und Schimpfen, während er von J mit Siruptee versorgt wurde.

»Nein. Das meine ich nicht. Ich meine, wenn du einen Raum betrittst, drehen sich alle zu dir um.« Er kratzte sich am Hinterkopf, so als wäre er verlegen. Er war sogar ein wenig errötet.

Ein wirklich guter Lügner, musste Rain sich eingestehen. *Wenn er denn lügt.*

»Bist du nur hier, um mir zu sagen, dass ich hübsch bin? Dann kannst du wieder gehen.« Sie verschränkte die Arme.

»Warum?«

»Wir sind alle hübsch. Der perfekten Gene sei Dank.« Was erwartete er? Dass sie ihr Leben lang auf einen heißen geheimnisvollen Typen gewartet hatte, der ihr genau das sagte? Dass sie nun rot werden und vor Aufregung ins Stottern geraten würde? Beides würde nicht passieren.

»Du magst mich nicht sonderlich, oder?«, fragte er vorsichtig.

»Wie kommst du denn darauf?«

»Weil mein Vater zuweilen ein echter Mistkerl sein kann«, versuchte es Cassian erneut.

»Das stimmt.«

»Ich bin nicht wie mein Vater.«

»Glückwunsch.«

»Bist du denn wie dein Vater?« Cassian lächelte entwaffnend, doch

Rain ließ sich nicht auf das Spiel ein und beugte sich mit verschränkten Armen vor.

»Was willst du hier?«, fragte sie. »Was willst du von mir?«

»Was glaubst du denn?« Seine dunklen Augen strahlten eine Verschmitztheit aus, die an Cassiopaio erinnerte.

»Ich glaube, dass du mich für deinen Vater aushorchen willst.« Rain lehnte sich wieder zurück. »Oder dass unsere Väter aus irgendwelchen schrägen politischen Gründen ein Interesse daran haben, uns zu verkuppeln.«

»Ja, Letzteres vermute ich auch.« Cassian seufzte und kratzte sich erneut am Hinterkopf.

»Also hat dein Vater dich hergeschickt? Oder war es meiner?«, hakte Rain nach und wischte sich einen herunterlaufenden Blutstropfen aus dem Auge. Das Blut war bei Weitem besser als das gelbe Federkleid, das sie bei ihrer letzten Begegnung tragen musste.

»Beide waren einem Treffen nicht abgeneigt.« Cassian rückte seinen Anstecker, das silberne Blatt, zurecht. »Aber ich gestehe, ich war neugierig darauf, dich kennenzulernen.«

»Ich hingegen habe kein Interesse daran, dich kennenzulernen.«

»Nicht?« Cassian sah sich demonstrativ um. »Hast du denn etwas Besseres vor?«

Rain holte Luft, doch Cassian kam ihr erneut zuvor.

»Ich weiß, wie du dich fühlst. Tiberius lässt dich streng überwachen, oder nicht? Du sitzt hier fest. Eingesperrt unter einer Glocke aus Glas, ohne eine Chance darauf, dein Leben selbst in die Hand zu nehmen.« Er breitete seine Arme aus und deutete mit den Daumen auf sich. »Ich bin dein Ticket hier raus. Mit mir wirst du weitaus mehr Spaß haben als mit dem da.«

Nun wies er auf die Tür, hinter der Eros immer noch wimmerte. Rain hasste es, sich einzugestehen, dass er recht hatte. Sie hatte nicht viele Gelegenheiten, ihren Turm zu verlassen, und die Aussicht auf ein paar Freiheiten war verlockend.

»Kein Interesse.« Es war eine Lüge. Sie wusste, dass sie ihn brauchte. Ihr Vater hatte recht. Wenn ihr Titel »Earl von Grey« nicht nur leere Worte sein sollten, musste sie Kontakte knüpfen.

»Komm schon. Sei nicht so mürrisch. Was ist schon dabei, es auszuprobieren. Wenn ich dich langweile, kannst du schließlich jederzeit zurück unter deine Glasglocke.« Cassian stand auf und setzte sich neben sie. Er wollte näher heranrücken, überlegte es sich aber angesichts ihres eisernen Blickes anders und bewahrte einen Sicherheitsabstand. »Jeder braucht irgendwen. Sonst wird man wahnsinnig …«

»Ich habe bereits irgendwen«, verkündete Rain. »Du musst dich also nicht bemühen.«

»Wen?«, hakte Cassian nach.

In diesem Moment kam Cassiopaio herein, rülpste zufrieden und ließ den Kopf der Ratte vor Rain auf den Boden rollen.

»Ihn.« Sie deutete auf den Mutanten.

»Der kleine Kerl macht mir Angst«, gestand Cassian.

»Was ist mit mir? Mach ich dir Angst?«, fragte Rain und grinste, während sie den Kopf der Werratte aufhob.

»Ja. Um ehrlich zu sein, schon.« Cassian nickte, aber abgeschreckt wirkte er zu Rains Verwunderung nicht. »Du bist schon etwas verrückt. Aber zu deinem Pech steh ich auf etwas verrückt.«

»Gut.« Sie stand auf und warf ihm den Kopf zu. Er fing ihn aus einem Reflex heraus auf und wurde kreidebleich. Hastig legte er ihn auf dem Tisch ab.

»Ich bin dabei.«

»Ich freue mich und verspreche dir, dass du es nicht bereuen wirst. Versuche bis dahin bitte niemanden umzubringen.« Cassian schritt so triumphierend zum Fahrstuhl, dass Rain ihre Zusage bereute. Warum hatte sie ständig das Gefühl, dass ihr Vater ihr mehrere Schritte voraus war?

10.

LARK UND ROSE SAßEN vor ihrem Wohnkomplex. Lark in seinem MedChair, Rose auf einer weißen Bank. Es war faszinierend, dass es hier die Farbe Weiß gab. In Grey war alles innerhalb von wenigen Sekunden dem Smog zum Opfer gefallen, und hier schien die Gegend vor Sauberkeit zu leuchten.

»Manchmal vermisse ich Grey«, gestand Rose, während sie auf die weiße Bank starrte. »Ich vermisse es, durch die engen Gassen zu schleichen und Mutantenratten aufzuscheuchen. Ich vermisse den Smog, der sich wie Feenstaub auf einen legt, nur dass man dadurch leider nicht fliegen kann. Ich weiß, es klingt blöd. Aber ich frage mich, wie es da wohl aussieht. Glaubst du, unser Haus steht noch?«

»Ich weiß es nicht.« Auch Lark dachte gelegentlich an ihr Zuhause, aber die Erinnerungen waren schmerzhaft, da Hail immer wieder in ihnen auftauchte. »Wenn es noch steht, wird man es vermutlich geplündert haben.«

»Ich frag mich, was mit unseren Nachbarn passiert ist.« Rose stützte ihren Kopf auf ihre Hände.

»Du solltest nicht so viel grübeln.« Lark legte einen Arm auf ihre Schulter und schüttelte sie sanft. »Das ist schließlich meine Aufgabe.«

»Du steckst mich damit an, Bruderherz.« Sie nahm ihren Zeigefinger und tippte ihm damit auf die Stirn. »Grübeln. Grübeln. Das kannst du gut.«

»Ich kann auch Spaß haben«, widersprach er. »Steig auf.«

Sie stellte sich hinter ihn auf seinen MedChair, und er lenkte den Stuhl so, dass er sich auf der Stelle im Kreis drehte.

»Schneller!« Rose quiekte vor Vergnügen.

»Nicht dass du wieder kotzen musst«, lachte er.

»Hey!« Aus einem Wohnturm war eine Gruppe Jugendlicher gekommen. Lark brachte den Stuhl wieder zum Stehen, um sie zu mustern. Sie trugen einheitliche Uniformen, sodass er davon ausging, dass es sich um Schulkleidung handelte.

»Hey. Ihr seid Graue, oder?«, fragte einer der Jungen. Ein großer Kerl, der seinem Tattoo-Code nach eine Eins war. Lark rückte nervös in seinem MedChair hin und her. Auch wenn er die Neuankömmlinge nicht kannte, war es offensichtlich, dass sie auf Ärger aus waren. Ihre harten Gesichter, der Blick ihrer Augen und die angespannten Muskeln. Sein Verstand schrie ihn an, der Situation so schnell wie möglich zu entfliehen, doch seine Schwester ließ sich nicht einschüchtern.

»Nein, ich bin nicht grau«, antwortete Rose. »Ich trage beige. Sieht man doch!«

»Ich meine, ihr kommt aus Grey, oder nicht?«

»Ja. Das stimmt«, antwortete Rose mit fester Stimme und reckte ihr Kinn. »Warum willst du das wissen?«

»Das sind Dreien«, flüsterte ein Mädchen im senfgelben Kleid, die sich etwas im Hintergrund hielt. Sie deutete auf die kleinen Zahlen, die Rose und Lark unter dem Stirnansatz trugen.

»Kallisto!« Die Jugendlichen schüttelten ihre Köpfe, und in ihren Gesichtern spiegelte sich eine Mischung aus Unglauben und Ekel.

»Warum erlaubt man Menschen wie euch, hier zu wohnen?«, verlangte der Anführer der Gruppe zu wissen.

»Weil mein Bruder ein Held ist«, antwortete Rose prompt. »Er hat Rajana gerettet. Die Prinzessin.«

Oh, Rose. Liebe Rose, wenn du wüsstest.

»Das glaub ich kaum.« Der Anführer brach in Gelächter aus.

»Bitte. Wir wollen keinen Ärger«, mischte sich Lark ein und hob beschwichtigend die Hände.

»Den habt ihr aber schon gemacht«, keifte die Eins und ließ seine

Muskeln spielen. »Wegen Dreckspack wie euch muss meine Schwester fürchten, abgeschoben zu werden.«

»Bruder …«, flüsterte das Mädchen mit dem senfgelben Kleid im Hintergrund.

»Nein. Das ist ungerecht. Diese Schmarotzer nehmen uns die Arbeit weg.«

Die übrigen Jugendlichen stimmten ihm zu.

»Bitte … Wir …« Lark konnte nicht weiterreden.

»Verschwindet zurück nach Grey, verdammte Graue!«, rief ein Mädchen in Schuluniform, ebenfalls eine Eins. »Geht zurück zu euren Rebellenfreunden. Wir wollen nichts mit den Spines zu tun haben.«

»Wir auch nicht, ihr Qualmköpfe. Deswegen sind wir ja hergekommen«, beteuerte Rose.

»Und woher wissen wir, dass ihr keine Rebellen seid?«, zischte das Mädchen und packte Rose an den Schultern. »Immerhin kommen die Spines aus eurem Zirkel.«

»Lass sie los!«, knurrte Lark.

»Sei still, Krüppel!«

»Sofort.« Lark konnte nur daran denken, seiner Schwester zu Hilfe zu eilen, und der MedChair setzte vor. Dabei krachte er gegen das Mädchen, was Rose an den Schultern gepackt hatte.

»Hey!« Der Anführer der Gruppe sprang vor und riss Lark am Kragen hoch.

Rose wurde von zwei anderen Jungen gepackt und von ihrem Bruder weggezerrt. Sie versuchte sich zu wehren, aber einer ihrer Angreifer verdrehte ihr den Arm auf den Rücken. Sie wimmerte vor Schmerz und sank auf die Knie.

»Lasst sie.« Lark schlug zu und traf den Anführer der Gruppe am Kinn. Der stolperte zurück, aber brauchte nicht lange, um sich von dem ersten Schock zu erholen. Sekunden später sprang er vor und zog Lark aus dem MedChair. Er landete unsanft auf dem Boden, und ein jäher Schmerz fuhr durch seine nutzlosen Beine.

»Bruder!«, rief Rose und biss ihrem Angreifer in den Arm, der erschrocken aufschrie. Der Zweite versetzte ihr eine Ohrfeige, die sie zu Boden schleuderte, wo sie wie betäubt liegen blieb.

»Gesindel!«, rief der Anführer und trat Lark in den Bauch. Der konnte nur daran denken, seine Schwester zu beschützen, und drehte sich zu Rose um. Bevor er sie jedoch an sich ziehen konnte, wurde sie ebenfalls von einem Tritt getroffen und heulte vor Schmerz auf.

»Nein!« Lark fühlte sich hilflos, als sich Knie in seine Schulter drückten und ihn fixierten. »Lasst sie. Ich bring euch um, wenn ihr sie verletzt.«

»Ach ja? Versuche es doch.« Jemand trat ihn erneut, doch er spürte es kaum.

Seine Aufmerksamkeit galt allein seiner Schwester, die sich vor ihm auf den Boden krümmte. Er versuchte ihre Hand zu greifen, aber sie wurde aus seiner Reichweite gezerrt und wieder auf die wackligen Beine gestellt. Die Gruppe schloss einen Kreis um sie und schubste Rose von einer Seite zur anderen. Er konnte sie nicht sehen, da ihm die Körper den Blick versperrten, aber er hörte ihr Schluchzen.

»Ich bring euch um.« Er griff nach den Beinen der Jugendlichen und versuchte, die Aufmerksamkeit der Gruppe auf sich zu richten, aber sie ignorierten ihn, als wäre er nicht mehr als ein am Boden kreuchender Käfer. In diesem Moment hätte er alles für seine Beine gegeben – alles für die Fähigkeit, aufstehen und seine Schwester beschützen zu können. Stattdessen lag er am Boden, nutzlos, und seine leeren Drohungen wurden schnell zu verzweifelten Bitten. »Lasst sie! Ich tue alles, wenn ihr sie in Ruhe lasst.«

»Na los, Drei!«, rief einer der Jungen. »Zeig uns, wie wertvoll du für unsere Gesellschaft sein kannst.«

»Hat es dir die Sprache verschlagen, Kleine?«

»Für jemanden wie dich sollen wir unseren Platz in Aventin aufgeben?«

Plötzlich wichen die Angreifer von Rose zurück, die in sich zusammensank. Lark versuchte, sie aufzufangen, doch war nicht schnell genug. Ihr Kopf schlug auf dem Stein auf, und sie blieb regungslos liegen.

»Rose!« Die Welt um ihn herum wurde schlagartig still. Er hievte sich nach vorn und erreichte ihren Körper.

»Was ist denn jetzt?«, fragte einer, als ihre Gliedmaßen unkontrolliert zu zucken begannen. Schaum bildete sich vor Roses Mund, und ihre Augen verdrehten sich, als sie einen Anfall bekam.

»Rose!« Lark hatte alles andere ausgeblendet und fühlte nichts. Nichts außer purer Panik. Er packte die Hand seiner Schwester und hielt sie fest, als könne er ihr so helfen.

»Was hat sie?«, verlangte der Anführer zu wissen. Als Lark nicht reagierte, zog er ihn von seiner Schwester weg und drehte ihn auf den Rücken.

»Ist sie krank? Ist das ansteckend?«

»Vielleicht ist es die Rote Seuche«, wisperte seine Schwester.

Larks Kopf war leer bis auf einen einzigen Gedanken, und der galt allein Rose. Alles, was diese Jugendlichen sagten und fragten, rauschte an ihm vorbei. Es war bedeutungslos.

»Lasst sie in Ruhe«, befahl eine energische Stimme, und eine kleine Gestalt trat an die Eins heran. »Verschwindet. Was ist los mit euch?«

Für den Bruchteil einer Sekunde glaubte Lark Hail vor sich zu sehen, doch als sie sich umdrehte, war keinerlei optische Ähnlichkeit zu erkennen. Anstelle der hellen Locken, die Hail so gern im Wind wehen ließ, hatte dieses Mädchen azurblaue Haare. Sie umrahmten ein Gesicht, das dunkler war als das von Hail und Lark. »Na los! Oder muss ich euch Beine machen?«

Sie ging mit festen Schritten auf Lark zu und beugte sich über ihn.

»Lebst du noch?«, fragte sie. Ihre Augen waren mandelförmig und beinahe schwarz, wie die Augen eines Vogels.

»Wer bist du?«, keuchte er.

»Wie wäre es mit einem Danke?«, lautete die unverblümte Antwort. »Wir haben euch gerade das Leben gerettet.«

Mit »wir« meinte sie sich selbst und einen großen Mann, der sich über Rose beugte, die nicht reagierte. Ihr Körper hatte aufgehört zu zucken und lag erschlafft auf dem Boden. Blutiger Schaum hatte sich vor ihrem Mund gebildet und tropfte an ihrem Kinn herab.

»Rose«, flüsterte Lark.

»Wir sollten einen MedBot rufen«, überlegte der Mann und stupste sie mit der Spitze seiner Stiefel an. »Das sieht nicht gesund aus.«

»Sie hatte einen Anfall«, bestätigte das Mädchen und zog ein tragbares TecDec aus ihrer Hosentasche. »Keine Sorge, Kleiner. Wir kümmern uns um deine Schwester.«

»Rose …« Lark war schwindelig. Er rutschte vor und drückte sich an den Körper seiner Schwester, der sich nicht bewegte. »Ich bin hier. Keine Angst. Ich bin hier.«

11.

RAIN HATTE SICH UNTER DIE DUSCHE GESTELLT und den warmen, nach Vanille riechenden Strom so lange über sich ergehen lassen, bis auch der letzte Blutstropfen im Abfluss verschwunden war. Die CleanBots hatten die Reste der Ratte beseitigt, und im Bad wies nichts mehr auf das kleine Blutbad hin, das hier stattgefunden hatte – nur der stechende Geruch von Desinfektionsmitteln.

»Glee, wie ist die Ratte hier reingekommen?«, fragte Rain.

»Ich lasse die Lüftungssysteme überprüfen.«

Rain war beunruhigt. »Wie viele Mutantenratten gibt es in Aventin?«

»Wir konnten in den letzten Jahren nur vereinzelt Nagetieraktivitäten in unseren Lüftungsschächten feststellen. Dank Giftködern und Elektrofallen haben wir sie in die Kanalisation zurückgedrängt ... Allerdings ist anzumerken, dass es in letzter Zeit einen signifikanten Anstieg an Rattenaktivitäten gab. In ganz Aventin.«

In ganz Aventin.

Rain kannte Mutantenratten aus Grey. Sie waren als Boten für illegale Geschäfte benutzt worden, von denen die Sentinal nichts hatten wissen dürfen. Da man sie leicht trainieren konnte und sie über ein hohes Maß an Intelligenz verfügten, eigneten sie sich wunderbar zum Schmuggeln. Allerdings hatte sich nicht nur der Schwarzmarkt ihrer bedient. Und er war es auch nicht, der Rain Sorgen bereitete. Es waren die Rebellen.

Die Dornen der Spines wachsen überall.

»Herrin«, meldete sich J fast flüsternd zu Wort, als Rain sich gerade saubere Kleidung angezogen hatte. Die Dienerin hatte die Tür zu

Rains Schlafzimmer offen gelassen, sodass sie ins Wohnzimmer hineingucken konnte. »Wieder Besuch für dich.«

Die Dienerin kaute auf ihrer Lippe, und wenig später verstand Rain auch, warum. Es war ausgerechnet Aurelias Cabman, der auf sie wartete. Noch mehr Kontakte?

Der Gleiter landete auf dem Dach eines Wohnhauses. Neben der Landefläche erstreckte sich ein Park. Aurelias Cabman bedeutete Nife, stehen zu bleiben.

»Ich lass sie nicht allein«, verkündete der Sentinal.

»Ihre Mutter möchte unter vier Augen mit ihr sprechen.« Der Cabman deutete auf einen Pfad, der zu einem künstlich angelegten Teich führte.

»Ich bleibe bei ihr«, entgegnete Nife.

»Schon gut«, sagte Rain. Sie war neugierig, denn bisher hatte Aurelia keine Anstalten gemacht, Kontakt zu ihrer genetischen Tochter aufzunehmen. Was hatte sie nun bewogen, das zu ändern?

»Ich bleibe in Reichweite«, flüsterte ihr Nife ins Ohr und zog sich seinen Helm über das Gesicht, gewiss um die Gegend durch die eingebauten Sensoren besser untersuchen zu können. »Wenn du mich brauchst, dann ruf mich.«

Rain streckte die Schultern durch und schritt den Weg entlang. Sie trug einen schlichten schwarzen Overall, den sie äußerst praktisch fand: Am Gürtel befand sich eine Vorrichtung, um ihren Elektrostab Sting zu befestigen. Zudem mochte sie die Armschienen, die auf den ersten Blick nach Dekoration aussahen, aber eine Vorrichtung für Oleoresin Capsicum beinhalteten. Der Anzug hatte ihr schon einmal das Leben gerettet, und sie fühlte sich durch die Waffen sicherer. Auch wenn sie nur ihre Mutter traf oder gerade deshalb …

Aurelia saß auf einem Steg aus Glas auf einer ebenfalls durchsichtigen Bank. Sie trug ein rotes Kleid, auf dem passend zum Setting bunte Fische gestickt waren. Als hätte sie alles für diesen Auftritt perfekt inszeniert. Ihre dunkelbraunen Haare waren hochgesteckt und mit goldenem Schmuck verziert, ebenso wie ihre Finger, die sich um ein schmales Glas legten. Es würde Rain nicht weiter wundern, wenn es sich bei der gelben Flüssigkeit um Siruptee handelte, der einen aufgewühlten Geist zu beruhigen vermochte. Mit diesem Getränk sah selbst eine triste Welt wie Hope bunter aus.

Als Aurelia keine Anzeichen machte, dass sie die Präsenz ihrer Tochter bemerkt hatte, räusperte sich Rain. Der Kopf ihrer Mutter zuckte hoch, und sie blinzelte, als wäre sie gerade aus einem Traum erwacht.

»Du ... Du wolltest mich sprechen.« Rains Herzschlag beschleunigte sich, als sie der Frau gegenüberstand, die sie genetisch gesehen Mutter nennen konnte.

Mutter.

Diese Frau kam ihr so fremd vor, denn bisher hatten sie kaum ein Wort miteinander gesprochen, und trotzdem ... Tief in ihr drin, hoffte Rain, diese Frau näher kennenzulernen, mit der sie ihre Gene teilte. Auch wenn es sich noch nicht so anfühlte, waren sie ein Teil voneinander.

Der Wunsch schien einseitig, wenn man Aurelias abfälligen Blick betrachtete. Rain wusste nicht, warum, aber diese Frau konnte sie nicht ausstehen.

»Ja. Das wollte ich wohl.« Aurelia nickte schließlich und nahm einen Schluck von ihrem Getränk.

»Soll ... darf ich mich setzen?« Rain versuchte höflich zu sein und sich ihre Aufregung nicht anmerken zu lassen. Es war das erste Mal, dass sie mit ihrer Mutter allein war, und sie wollte ihrer Beziehung eine Chance geben. Laut Morpheus hatte Aurelia eine Seite, die sie noch nicht kannte. Eine sehr beschützende Seite.

Die Antwort ließ lange auf sich warten, und als Rain es nicht mehr erwartete, brachte Aurelia doch noch ein Nicken zustande.

»Ja. Setz dich.«

Sie setzte sich neben ihre Mutter auf die gläserne Bank und beobachtete die Fische unter ihren Füßen. Dieser perfekt angelegte Teich mit den roten Fischen darin hatte etwas Anziehendes, etwas Sinnliches, aber zugleich auch etwas Einsames, Melancholisches. Wie Aurelia. Und während die mit ihrem Kleid, das ihre weichen Rundungen betonte, dem klimpernden Goldschmuck und dem roten Lippenstift perfekt zu diesem Ort passte, fühlte sich Rain wie ein Fremdkörper. Grob und klobig.

Ihre Mutter und sie teilten auf den ersten Blick nicht viele Ähnlichkeiten. Wo Aurelia lieblich wirkte, fast zerbrechlich, wirkte Rain wild und roh. Ihre Mutter war weiblich geformt, während Rain auf ihre Muskeln und ihre durchtrainierten Schultern stolz war.

»Was gibt es?«

»Mach dir keine falschen Hoffnungen«, begann Aurelia. »Ich habe dich nicht hergeholt, um dir die Mutter vorzuspielen. Das einzige Kind, was ich habe, ist dein Bruder Morpheus.«

»Du meinst, das einzige Kind, was du haben willst«, korrigierte Rain. Sie schluckte angesichts der klaren Worte. Auch wenn sie befürwortete, dass man nicht lange um den heißen Brei herumredete und schnell zum Punkt kam, erschienen ihr die Worte doch unerwartet hart.

»Du und ich werden niemals Mutter und Tochter sein. Bevor ich fortfahre, möchte ich, dass das ganz klar ist.«

Rain wünschte sich, dass es ihr egal wäre, aber das war es nicht. Es tat weh, so abgewiesen zu werden, auch wenn sie sich kaum kannten.

»In Ordnung«, flüsterte sie mit rauer Stimme. »Aber warum?«

»Was?« Aurelia hob ihre perfekt geformte Augenbraue.

»Warum kannst du mich nicht ausstehen?«

»Du bist wie er.« Aurelia zuckte die Schultern, während sich ihre schlanken Finger auf der Suche nach Halt um das Glas wanden. »Wie dein Vater.«

»Ich bin auch deine Tochter … genetisch gesehen.« Sie wünschte sich, es wäre anders. Sie wünschte sich, Storm wäre ihre Mutter. Nicht nur im Herzen, was sie unbestritten war – auch im Blut.

»Unglücklicherweise, ja. Aber du hast vor allem seine Gene. Du bist falsch. Alles an dir ist es.« Jedes ihrer Worte war wie Messerstiche. Scharf und präzise. »Ich bin beinahe froh, dass dich diese Terroristin mitgenommen hat, damit ich dich nicht aufziehen musste … Aber manchmal, da glaube ich … selbst das hatte Tiberius geplant.« Sie hielt kurz inne, um über ihre eigenen Worte nachzudenken. »Ich weiß, es klingt paranoid, aber deinem Vater traue ich mittlerweile alles zu … Du und er. Ihr werdet unser Untergang sein.«

Rain spürte, wie sich ihr Herzschlag beschleunigte, und sie schnappte nach Luft. Sie hatte den Drang, aufzuspringen und diese Frau, die sie so sehr hasste, hinter sich zu lassen.

»Warum hast du dann nach mir geschickt? Warum bin ich hier?«, flüsterte sie, um eine feste Stimme ringend.

»Um Klartext zu reden.« Aurelia sah sie kurz an, und Rain erschrak, denn für einen kurzen Moment blickte sie in ihre eigenen Augen. Dieselbe Form. Dasselbe Grün. Wie eine Wiese im Frühling. Wie ein Teich voller Wasserlinsen. Es war die einzige Ähnlichkeit, die sie und Aurelia äußerlich verband. Nur dass in dem Blick ihrer Mutter so viel Hass lag, dass es Rain erschütterte. Was hatte sie dieser Frau nur angetan?

Als hätte sie ihre Gedanken gelesen, antwortete Aurelia. »Ich habe den Mann verloren, den ich liebte.«

Rain brauchte einen Moment, um zu verstehen, wen sie meinte.

»Maximus.«

»Ja.« Aurelia erhob sich von der Glasbank und schritt über den gläsernen Steg. Ihr Blick schweifte über den angelegten See, in dem klares Wasser weiße Kieselsteine umfloss, während die Fische glitzernden Libellen hinterhersahen. Es sah so idyllisch aus, dass man bezweifelte, dass es echt war. »Er war ein guter Herrscher und ein guter Mensch, bis er getötet wurde. Von den Spines … Von deinem Vater.«

»Tiberius hatte nichts damit zu tun.«

»Ach ja?« Aurelia drehte sich um, und der seidige Stoff ihres Kleides knisterte. »Aber der Tod des Herrschers passt ihm doch ganz gut, oder nicht? Unserem Protektor.«

In ihrem Gesicht spiegelte sich der Schmerz, neben dem Zorn eine der wenigen Emotionen, die noch nicht vom Siruptee davongespült waren. »Er hat seine heldenhafte Rettung gerade lange genug hinausgezögert, damit er sich endlich selbst zum Herrscher krönen kann … Aber leider lebt die Königin noch.«

Rain dachte nur ungern an den Tag zurück, aber sie musste gestehen, dass auch sie über diese Möglichkeit nachgedacht hatte. Sie hatte Tiberius gewarnt. Aber hatte er absichtlich mit der Rettung gewartet? Dann hätte er ihr Leben gleich zweimal aufs Spiel gesetzt.

Aurelia schien sich sicher. »Ich kenne ihn schon sehr lange, Rajana. Ich weiß, wie er tickt. Und darum werde ich nicht zulassen, dass er der nächste Herrscher wird. Mein Sohn Morpheus sollte in die Fußstapfen seines Vaters treten. Er sollte Hope regieren.«

»Warum erzählst du mir das?« Das Volk wählte die Herrscher.

»Du musst uns helfen.«

»Wobei?«

»Deinen Vater aufzuhalten.« Sie drehte sich um und packte Rain so fest am Arm, dass es schmerzte. Ihre langen roten Fingernägel bohrten sich in Rains Haut. »Ich kenne ihn. All seine Gedanken sind auf den Thron gerichtet.«

»Du willst, dass ich ihn ausspioniere? Für dich?« Rain war fassungslos.

»Dir erzählt er vieles, oder nicht? Dir vertraut er.« Aurelia riss ihre Augen auf, wodurch sie etwas wahnsinnig wirkte.

»Das werde ich nicht tun …« Rain zog ihren Arm aus dem Griff ihrer Mutter.

»Dein Vater, Tiberius, hätte dich geopfert, um die Spines zu vernichten«, zischte Aurelia, während sie um die gläserne Bank herumging.

Plötzlich war nichts mehr an der Szenerie idyllisch. Rain wollte einfach nur noch weg. Nach Grey. Wo die Asche vom Himmel regnete und man sich im Smog der Straßen verstecken konnte. »Er sorgt sich nicht um dich. Er sorgt sich um niemanden außer sich selbst.«

Eine Mutter, die sie hasste, und ein Vater, der seine Pläne über ihr Leben stellte. Was für ein Glück sie doch mit ihren leiblichen Eltern hatte!

»Ich bin niemandes Puppe. Such dir jemand anderen für die Drecksarbeit.«

»Du steckst doch schon längst in diesem Spiel fest – wie wir alle. Wir sind bloß kleine Spielbälle in dem Spiel des großen Protektors. Dein Vater benutzt dich, aber das weißt du sicher schon, falls er dir wirklich seine Klugheit vererbt haben sollte.«

»Ich werde ihn nicht ausspionieren.« *Jedenfalls nicht für dich.*

»Nun, dann interessiert es dich vielleicht mehr, was er mit deinem Freund vorhat«, flüsterte sie.

»Was meinst du?«

»Hat er es dir denn nicht gesagt?« Aurelia zog ein tragbares TecDec aus der Handtasche. »Der Junge aus Grey und seine Schwester wurden überfallen. Dein Vater befindet sich auf dem Weg zum MedCenter. Aber warum sollte er das tun? Welches Interesse sollte er an den beiden haben?«

»Ist ihnen etwas passiert?« Rains Mund war mit einem Mal staubtrocken. »Sind sie verletzt?«

»Finde es doch selbst heraus.« Mit diesen Worten setzte sich Aurelia auf die gläserne Bank und erstarrte. »Lob dem Protektor.«

12.

LARK SAß IM MEDCENTER vor der Tür, hinter der Rose mit den MedBots verschwunden war, und wartete. Auf dem Weg hierher hatte seine Schwester einen weiteren Anfall bekommen, aus dem sie nicht mehr erwacht war.

»Sie ist bloß eine Drei«, hatte der Arzt gesagt, als er das Mädchen gesehen hatte, das auf der Trage lag, und Lark hatte ihm die Verwunderung angesehen. Der Mann hatte sicher noch nie in seiner Laufbahn einen Patienten mit derart niedrigem Genstatus behandelt.

Larks Kopf war wie leer gefegt, aber sein Körper zitterte. Ob vor Angst, Wut oder Erschöpfung, vermochte er nicht zu sagen. Er starrte auf seine nutzlosen Beine, die nicht einmal mehr in der Lage waren, ihn zu tragen, und verfluchte sich. Wie hatte er nur so egoistisch sein können, sich über den MedChair zu freuen?

Ein Teil von ihm war so erleichtert gewesen, endlich von Sentinal und Spines in Frieden gelassen zu werden. Ein Teil von ihm hatte aufgeatmet und sich darauf ausgeruht, aber das Gefühl der Sicherheit war bloß eine Illusion. Frieden fand er weder in seinen Träumen noch in der Realität.

Es war seine Schuld. Wenn er Tiberius' Angebot angenommen hätte, hätte er Rose beschützen können. Wenn sie nun … Er schob den Gedanken beiseite und richtete all seine Wut auf die Jugendlichen. Er würde sie bezahlen lassen.

Er würde sie alle bezahlen lassen, wenn Rose …

Ein Räuspern ließ Lark hochschrecken. Vor ihm stand eine streng aussehende Frau, eine Eins, in weißer Kleidung.

»Du bist Lark?«, fragte sie und musterte ihn kritisch.

»Jawohl.« Er richtete sich in seinem MedChair auf.

»Du hast die … Drei hergebracht.« Sie guckte auf ihren TecDec.

»Meine Schwester. Ja.« Er war zu aufgeregt, um sich über ihren abwertenden Ton zu ärgern. »Wie geht es ihr?«

»Wir mussten sie sedieren, um die Anfälle zu durchbrechen.« Die Eins trommelte mit ihren goldenen Fingernägeln auf dem TecDec. »Sieh, Junge, ich will nicht unverschämt sein. Aber wie planst du, die nötigen Behandlungen zu bezahlen?«

»Das kriegen wir schon hin. Meine Eltern arbeiten.« Sein Mund war wie ausgedörrt. »Kann ich bitte zu ihr?«

»Moment, Junge. Ich brauche da schon etwas mehr Garantie, sonst können wir hier nichts für sie tun.« Die Eins stand wie ein Fels vor ihm. Obwohl Lark wusste, dass Flehen nichts bringen würde, tat er es trotzdem.

»Bitte. Ich verspreche dir, ich gebe dir mein Wort, wir werden für die Bezahlung aufkommen.«

Es brachte nichts. »Ein Wort reicht mir nicht. Jeder registrierte Bewohner in Aventin zahlt regelmäßig in seine Krankenversicherung ein, die in Fällen wie diesen für eine Behandlung aufkommt. Laut unserer Daten hat kein Mitglied deiner Familie eine entsprechende Versicherung, und somit haben wir keine Garantie. Du musst uns verstehen …«

Das tat Lark nicht. »Bitte.«

»Junge, ich bin kein Unmensch, aber so sind nun mal die Vorschriften. Das ist ein MedCenter, welches hochqualifiziertes medizinisches Personal beschäftigt. Da ist es nur fair …«

Lark ballte die Hände zu Fäusten. Hätten seine Beine gehorcht, wäre er aufgesprungen und hätte die Frau am Kragen gepackt. »Das ist meine Schwester. Helfen sie ihr, oder ich werde …«

Die Drohung blieb unausgesprochen, da die Frau eine Handbewegung machte, die dazu führte, dass sich Klappen an der Wand öffneten und sich zwei WarBots hinter ihr positionierten. »Ich bitte dich ein letztes Mal freundlich, das MedCenter zu verlassen, Junge«, sagte sie.

»Und ich bitte dich ein letztes Mal freundlich, meiner Schwester zu helfen.« Er würde sich nicht von der Stelle bewegen, egal, womit sie drohte. Eher würde er mit bloßen Händen gegen diese Drohnen kämpfen, als Rose im Stich zu lassen.

»Dafür brauche ich eine Garantie«, wiederholte die Frau ungeduldig. »Ohne die können wir hier nichts für euch tun.«

»Ich bin seine Garantie.«

Larks Kopf zuckte herum.

»Protektor!« Die Frau im weißen Kittel nahm ehrfürchtig Haltung an.

Hinter Lark stand Tiberius, der ihm kurz zunickte, bevor er der Eins ein professionelles Lächeln schenkte. »Ich möchte, dass das Mädchen sobald wie möglich in ein MedCenter in White Pearl verlegt wird. Sorg dafür, dass meine Spezialisten die Behandlung übernehmen. Ich werde für die Kosten aufkommen.«

»Wie du wünschst, Protektor.« Die Frau nickte, und ihre Bots zogen sich zurück.

»Danke, Sir«, sagte Lark erleichtert. Er meinte es ernst, auch wenn er sich vor dem Preis fürchtete, den er für die Hilfe zahlen musste, denn dieser Mann tat nichts umsonst.

»Das ist doch selbstverständlich. Ich werde deine Schwester von den erfahrensten Ärzten behandeln lassen. Sie wird die bestmögliche Versorgung erhalten. Das verspreche ich dir.«

»Ja, Sir. Noch mal danke.« Lark wandte sich wieder an die Eins, die mit ihren goldenen Fingernägeln auf dem TecDec klimperte. »Darf ich sie nun sehen?«

»Du kannst gerade nichts für sie tun«, antwortete Tiberius anstelle der Eins. Der Earl winkte einen Sentinal heran. »Bring den Jungen nach Hause. Er soll sich ausruhen.«

»Ich will hierbleiben. Bei Rose.«

»Sobald sie wach wird, wirst du informiert.«

Lark wusste, dass er in Tiberius' Falle saß.

»Warum … warum hilfst du uns?«, flüsterte er. Es half nichts, das Unvermeidliche aufzuschieben. Er wollte wenigstens wissen, was ihn erwartete. »Was ist der Preis?«

Tiberius schickte seine Sentinal außer Hörweite.

»Nun, wenn du schon fragst, kannst du dich gern revanchieren.«

»Ich würde für meine Schwester alles tun«, erwiderte Lark leise. Er trug ein unsichtbares Halsband, und dieser Gesegnete hatte ihm soeben die Leine umgelegt. »Aber das weißt du sicher, Earl.«

»Oh ja. Das weiß ich.« Tiberius schenkte ihm das warme Lächeln einer Schlange.

»Also? Was soll ich tun? Das Upgrade? Ein Sentinal werden?« *Rain ausspionieren?* Lark wagte nicht, seine letzte Befürchtung auszusprechen. »Ich tue es.«

»Nein, mein Junge. Meine Pläne für dich haben sich geändert.« Tiberius tätschelte seinen dünnen Oberschenkel, eine überraschende, viel zu intime Geste, angesichts der sich Lark so erschrak, dass sein MedChair einen Satz zurück machte. Er war es nicht gewohnt, von Fremden berührt zu werden. Aber damit hatte Tiberius sicher gerechnet. Alles, was er tat, verfolgte einen Zweck, und im Moment wollte er, dass Lark klar war, das er ihn in der Hand hatte. Er war sein Werkzeug, und wenn Tiberius mit den Fingern schnippen würde, würde Lark folgen.

»Ich will, dass du nach Hause fährst und mit den Spines Kontakt aufnimmst«, sagte Tiberius. »Ich will, dass du dich ihnen anschließt und alles über ihre Pläne in Aventin herausfindest. Ich will, dass du uns hilfst, jeden Einzelnen von ihnen zu schnappen. Das sollte dir nicht weiter schwerfallen, oder?«

»Was?« Larks Mund war mit einem Male staubtrocken. *Wusste er es? Wusste er, dass er für die Spines gearbeitet hatte?*

»Ich weiß, dass sich Rebellen hier verstecken – hier in Aventin. Sie warten auf ihre Gelegenheit. Nicht um die Welt gerechter und besser zu machen, wie man sich als tapferer Rebell einreden möchte. Nein, die Wichtigen von ihnen, die Strippenzieher, machen es nur für sich selbst. So ist es in einem Krieg immer.«

»Ich … ich weiß nicht, wie ich sie finden soll.« Lark bemühte sich um einen neutralen Gesichtsausdruck, spürte aber, wie sich Schweiß auf seiner Stirn bildete.

»Oh, ich bin sicher, sie haben dich bereits im Blick«, säuselte Tiberius. »Eine Drei, die auch noch Kontakt zu den Gesegneten hat. Wenn sie nicht schon Kontakt zu dir aufgenommen haben, dann …«

»Haben sie nicht«, beteuerte Lark schnell.

»Dann werden sie es tun.« Tiberius stand auf. »Ich bin sicher, dass du dir etwas einfallen lässt, um sie zu … motivieren.«

Tiberius meinte es ernst. Er wollte, dass er zum Spion wurde. Erneut.

Lark fiel in sich zusammen. Die Spines. Die Panik drohte ihn angesichts der Erinnerungen zu übermannen, und seine Hände begannen zu zittern. Er konnte nicht … Er wollte nicht … Sie hatten ihn erpresst und gefoltert. Für sie hatte er verraten und gemordet. Er war zu einem Monster geworden. Einem Monster, dem er seitdem zu entkommen versuchte.

»Gibt es ein Problem?«, hakte Tiberius nach. Dieses Mal war seine Stimme eine Spur kälter.

»Nein, Sir!«, flüsterte Lark und hob seinen Kopf.

»Gut, wir stehen doch auf derselben Seite.« Dieses Mal legte er ihm die Hand auf die Schulter.

»Ja, Sir. Lob dem Protektor!«

»Guter Junge. Ich wusste, wir verstehen uns.«

- - -

Rain eilte dicht gefolgt von Nife durch das MedCenter, in die Richtung, die ihnen ein InfoBot gewiesen hatte. Weiß gekleidetes Personal und MedBots kreuzten ihren Weg. Erst sah Rain die Sentinal, die den Gang versperrten. Hinter ihnen entdeckte sie ihren Vater und dann …

»Lark.« Endlich hatte sie ihn gefunden. Sie eilte auf ihn zu, ging vor ihm in die Knie und ergriff seine Hand. »Was ist los?«

Für diesen Moment war es ihr egal, dass Tiberius oder die Sentinal zusahen. Wortlos stellten ihre Augen die Frage, die sie nicht laut zu stellen vermochte.

»Sie lebt«, beeilte er sich zu sagen, und Rain atmete erleichtert auf. »Sie … sie hatte bloß einen Anfall.«

»Was ist passiert?«

»Nichts Schlimmes, Tochter. Mach dir keine Sorgen. Ich habe Larks Familie selbstverständlich meine Hilfe zugesichert und versprochen, dass die kleine Rose die beste Behandlung in White Pearl erfährt.«

»Hast du das?« Rain suchte Larks Blick, doch er wich ihr aus.

»Lark wollte nach Hause fahren, um seine Eltern zu informieren.«

Rain spürte mit jeder Faser ihres Körpers, dass etwas nicht stimmte. Lark würde seine Schwester nie allein zurücklassen, doch zu ihrer Überraschung nickte er.

»Ja, Sir. Danke.« Er sah noch einmal flüchtig zu Rain und folgte dann einem Sentinal, ohne sich noch einmal umzudrehen.

»Was hast du mit ihm besprochen?«, knurrte Rain und wandte sich ihrem Vater zu.

»Was meinst du, Tochter?« Er hob überrascht die Augenbrauen, doch Rain ließ nicht locker. Sie zog ihn von seinen Sentinal weg aus dem sterilen Gang in eines der Wartezimmer, in dem ein Innenbrunnen für eine angenehme Atmosphäre sorgte. Hier roch es nicht nach Desinfektionsmittel und Krankenhaus, sondern nach Seenlandschaft, die Rain an ihre Zeit in Azure erinnerte.

»Rede!« Sie packte ihre Waffe Sting vom Gürtel und hielt ihn Tiberius an den Hals. »Was willst du von ihm?«

»Tochter, ich bin bloß hier, um zu helfen.« Ihr Vater hob beschwichtigend die Arme. »Ich sehe doch, wie viel er dir bedeutet.«

»Wenn du ihn für deine Spielchen ausnutzt, dann …« Plötzlich fühlte sie sich hilflos, und sie hasste dieses Gefühl.

»Liebst du diese F Drei denn so sehr?« Tiberius ließ sie nicht aus den Augen.

»Er und ich. Wir passen aufeinander auf.« Rain schob entschlossen das Kinn vor. Nife hatte gesagt, dass sie kein Ziel vor Augen hatte und deswegen planlos herumirren würde. Als Schatten ihrer selbst. Und er hatte recht gehabt. Doch jetzt, in diesem Moment, da formte sich ein Ziel ganz klar und deutlich vor ihrem inneren Auge. Sie würde Lark beschützen. Ganz egal, was es sie kosten würde.

»Ich werde nicht zulassen, dass du ihn benutzt.«

»Und das freut mich, Tochter. Wirklich. Man braucht Leute, auf die man sich verlassen kann.«

Rain wusste, dass ihr Vater log. Ebenso wie sie wusste, dass Lark für seine Schwester alles tun würde. Er hatte sie bereits einmal verraten, und er würde es wieder tun. Da machte sie sich keine Illusion.

»Wenn du noch einmal mit ihm redest …«, knurrte sie.

»Du kannst mir nicht verbieten, mit wem ich reden darf«, unterbrach sie Tiberius und lächelte belehrend. »Genauso wenig, wie ich dir verbieten kann, mit Aurelia zu sprechen. Allerdings würde mich schon brennend interessieren, was sie wieder ausheckt.«

Er ließ sie überwachen. Das war keine Überraschung, aber in diesem Moment überkam Rain das dringende Verlangen, ihrem Vater dieses wissende, überhebliche Grinsen aus dem Gesicht zu wischen. Er dachte, er hätte sie unter Kontrolle. So wie er alles und jeden kontrollierte. Mit seinen Drohnen und Soldaten. Aber ein Unwetter konnte man nicht bändigen.

Sie aktivierte Sting, und Tiberius' Lächeln erstarb. Der Protektor sank mit schmerzverzerrtem Gesicht vor ihr auf den Boden, wo er liegen blieb und nach Luft rang. Damit hatte er wohl nicht gerechnet. Rain beugte sich über ihn.

»Ich wiederhole. Wenn du Lark oder Rose etwas antust, dann wirst du es bereuen.« Mit diesen Worten trat sie zurück in den kalten Gang des MedCenters. Ein zufriedenes Lächeln schlich sich auf ihre Lippen, und das erste Mal seit langer Zeit fühlte sie sich nicht hilflos.

Sie winkte den Sentinal zu und rief. »Guckt mal nach meinem Vater. Ich glaub, ihm geht es nicht gut.«

- - -

Als Lark zu Hause eintraf, war die Wohnung verlassen. Seine Eltern waren wohl direkt von ihrer Arbeit ins MedCenter gefahren, wo sie vermutlich auch ihren Sohn erwarteten.

Lark fuhr in sein Zimmer, in dem Fufu schon auf ihn wartete. Die Drohne stieß ein besorgtes »Fuufuuuuu« aus angesichts des erhöhten Blutdruckes. Lark hievte sich aufs Bett, drückte sein Gesicht in die Matratze und schrie, so laut er konnte, hinein.

»Fuuufuuuuu.« Der Bot schwebte hektisch um ihn herum, doch bevor er ihm Medikamente verabreichen konnte, stieß Lark ihn von sich.

»Verschwinde!«, rief er wütend.

Er holte tief Luft. Seine Hand wanderte zum Nachttisch und fand die kühle Hülle des Medaillons. Er öffnete es und sah sich Hail an.

»Hail«, flüsterte er. »Was soll ich nur tun?«

Was würde er dafür geben, mit ihr zu sprechen und sie um Rat zu fragen. Sie hatte immer eine ganz besondere Sichtweise auf die Dinge gehabt.

»Wie soll ich die Spines finden?« Er rieb sich die Augen und zwinkerte.

Hail lächelte.

Und selbst jetzt im Tod wusste sie die Antwort.

Lark richtete sich auf und zog sich wieder auf seinen MedChair. Dann fuhr er in Roses Zimmer, wo sie in einem Schrank die rote Farbe bewahrte, mit der sie ihre Papierrosen anmalte. Er steckte Pinsel und Dose in die Tasche und verließ die Wohnung. Kalte Nachtluft empfing ihn und klärte für einen kurzen Moment seine wirren Gedanken. Draußen war es dunkel und leer, denn die Sperrstunde hatte bereits begonnen.

Lark lenkte den MedChair mit klopfendem Herzen zum Fahrstuhl, um mit ihm ins Erdgeschoss zu fahren. Er presste seine Stirn gegen das kühle Metall der Kabine und holte tief Luft. Der Fahrstuhl hielt an, die Türen öffneten sich, doch Lark bewegte sich nicht. Er wartete, bis sich sein Herzschlag beruhigte, aber das tat er nicht. Sein Mund war trocken, und ihm war übel.

»Los, Lark«, flüsterte er. »Tu es einfach.«

Er biss sich auf die Lippen, bis es schmerzte, dann verließ er den Fahrstuhl und fuhr auf die verlassene Straße, darauf bedacht, nicht das Licht der Straßenlaternen einzufangen. Dann griff er nach seinem Pinsel und begann, die Wände mit leuchtend roten Buchstaben zu verzieren.

»Gold zu Asche!«

TEIL 2

DIE VERRATENEN

»DU DARFST NICHT DARÜBER REDEN. Niemals. Mit niemandem«, hatten sie Mur eingeschärft. »Hast du verstanden, Soldat?«

Das hatte er.

»Cem, ich muss dir was erzählen« waren die ersten Worte, die er hervorbrachte, als sich die Tür seines Zimmers hinter ihm geschlossen hatte.

Er erzählte ihm alles.

»Da war eine riesige Spinne. Eine Spinne aus glänzendem Metall. Und auf ihrem Rücken, da saß ein Mann. Splitterfasernackt«, berichtete er, während er im heißen Badewasser versank, das sein Kamerad für ihn vorbereitet hatte.

Natürlich glaubte Cem ihm kein Wort. Die Geschichte, die er erzählte, klang verrückt, und Mur wusste selbst nicht, was das alles zu bedeuten hatte.

»Du hast wieder zu viel getrunken, oder, meine Spatztaube?«, flüsterte er ihm ins Ohr, während er ihm sanft die Schultern massierte.

»Nein, da war ein nackter Mann auf einer Spinne. Wirklich!« Er hatte geglaubt, sein letztes Stündlein hätte geschlagen, aber der Mann hatte einfach nur gewartet, bis die Sentinal gekommen waren. Sie hatten ihn und seine seltsame Spinne mitgenommen.

»Träumst du etwa von anderen Männern?«, fragte Cem mit gespielter Kränkung.

»Eine Spinne. Wenn ich es dir doch sage. Mit sechs silbernen Beinen.«

»Oh, mein Spatz. Spinnen haben acht Beine.«

Manchmal glaubte Mur, dass er sich das alles wirklich nur eingebildet hatte, denn niemand sprach je wieder ein Wort über den Vorfall. Er verbrachte Tage vor dem TecDec und wartete, dass darüber berichtet wurde, doch es war, als wäre nie etwas geschehen.

Missmutig stapfte er durch den Regen. Seine Stiefel versanken im ewigen Schlamm von Pitch. Er hätte nicht gedacht, dass er einen Job noch mehr hassen könnte als seinen Wachposten an der Mauer.

Wie falsch er gelegen hatte.

Nach dem Vorfall mit dem nackten Fremden hatte man ihn dort abgezogen und ihn bei den Wachsoldaten von Pitch eingeteilt. Er war nun ausgerechnet in dem Zirkel stationiert, wo es zu 90 Prozent der Zeit regnete, und wenn es nicht regnete, schneite es. Keine weichen Flocken, die die Landschaft in schönes Weiß tunkten. Nein. Hier bedeutete Schnee graue, harte Klumpen, die einem so fest auf den Kopf schlugen, als wollten sie einen erschlagen und endlich von dem Leid erlösen.

Der Boden in Pitch war aufgeweicht und erinnerte an klebrigen Teer. Kalter Wind zog über die Bergketten und fegte über die Hütten, die sich auf dem schwarzen Stein festkrallten. Der größte Teil der Wohnhäuser war unterirdisch in den Stein gehauen, denn man konnte aufgrund des rauen Klimas nicht in die Höhe bauen.

»Hey, nicht rennen«, erinnerte Mur eine Gruppe von Kindern, die eilig vorübereilten. Es herrschten strenge Regeln in Pitch, denn hier wohnten überwiegend Straftäter und Menschen, die aufgrund ihrer Gene keinen Platz in anderen Zirkeln fanden.

Der Großteil der Bevölkerung arbeitete in den Minen, und die Stollen von Pitch reichten tief in das Gestein hinein. So tief, dass sich kein Sentinal hinuntertraute. Die Überwachung dort unten ließen sie die Drohnen übernehmen.

»Friss Schlamm, Schwarzhelm«, entgegnete ihm einer der Jungen, bevor sie um die Ecke verschwanden.

Respekt war nicht gerade die Stärke der Bewohner von Pitch. Und weder Regeln noch Sanktionen konnten daran etwas ändern.

Mur hob seinen Kopf. Über ihnen lag Lonely Shell. Die Festung thronte weit über ihm, in den Berg geschlagen, und richtete ihr wachsames Auge auf Pitch. Wie sehr sich Mur wünschte, nun dort oben zu sein. In seinem trockenen, warmen Quartier.

Er erreichte eine Wand, auf der »Gold zu Schlamm« geschrieben stand. Es wunderte ihn nicht, denn dass es zahlreiche Spine-Zellen in Pitch gab, war bekannt. Rebellen, die sich an die Hoffnung klammerten, irgendwann einmal aus dem Dreck und dem Regen auszubrechen. Doch die traurige Wahrheit war, dass sie es nie schaffen würden, die Minen zu verlassen. Der Weg nach Pitch war ein One-Way-Ticket. Das galt leider auch für die Sentinal, denn wer erstmal nach Lonely Shell versetzt worden war, blieb dort bis zum Rest seiner Dienstzeit.

»Sollten wir nicht was gegen die Rebellen tun?«, hatte er gefragt, als er neu hier war. Sein Vorgesetzter war in schallendes Gelächter ausgebrochen.

»Junge, wenn wir alle Spines hier erschießen würden, hätten wir niemanden mehr, der arbeitet. Es ist mir egal, was sie auf die Wände kritzeln, solange der Betrieb am Laufen gehalten wird.«

Mur erreichte einen Stollen und befahl einer der Drohnen, die ihn immer begleiteten und beschützten, sich im Inneren umzusehen. Es war kein Wohnhaus. Im Inneren war ein Gerüst, das in die Tiefe führte, einer der zahlreichen Stollen, die Pitch so unübersichtlich machten. Er wirkte verlassen. Nicht ungewöhnlich, denn es gab viele solcher stillgelegten Adern. Ein schönes Versteck theoretisch, doch praktisch war so gut wie nie jemand in den leer stehenden Stollen zu finden. Man konnte sich nicht vor der Arbeit drücken, denn nur wer arbeitete, bekam Geld. Wer sich drückte, eben nicht. So einfach war das.

Wer sollte sich also verstecken wollen?

Außer Mur. Er stemmte die Tür auf und trat gefolgt von seinen Drohnen in das Innere. Immerhin war er hier vor dem Regen sicher. Einer der Bots spendete ihm Licht. Nicht dass es nötig gewesen wäre, denn mit seinem Helm konnte er auch im Dunkeln sehen.

Das Gerüst im Inneren umrahmte einen Schlund, der in die Tiefe führte. Mur lehnte sich vor und sah in die endlose Dunkelheit, in der die Leitern verschwanden. Wind kam aus der Tiefe empor. Er war kalt, eisig, denn tief dort unten im Berg herrschten Temperaturen unter dem Gefrierpunkt.

Mur suchte sich einen geeigneten Platz und ließ sich dort nieder, während die Drohnen die Umgebung sicherten. Dann griff er in die Tasche und fischte die Flasche mit dem Siruptee heraus. Niemand würde ihn vermissen, wenn er eine kurze Pause machte.

Er schloss seine Augen.

Nur ganz kurz.

Er musste eingenickt sein, denn als er erwachte, vibrierte sein Helm, und die Drohnen surrten panisch um den Stollen herum. Er stand auf und griff zum Gewehr, während er sich dem Stolleneingang näherte. Er erkannte eine Gestalt, die am Gerüst emporkletterte. Schnell und wendig.

Mur scharte seine Drohnen um sich und wartete. Wer auch immer da unten gewesen war, hatte sicherlich nichts Legales gemacht. Weiße Hände schlossen sich um den Rand, und ein Mann mit kahl geschorenem Kopf zog sich empor. Langsam richtete er sich auf und sah Mur an. Er war muskulös und stark.

Und er war nackt.

»Nicht schon wieder«, flüsterte Mur, während er seinen Drohnen befahl, den Mann zu umstellen. »Hey, du! Wer bist du?«

Schweigen.

»Wer du bist, hab ich gefragt.«

Immer noch Schweigen.

»Willst du es nicht sagen?« Mur wurde es zu bunt. »Gut. Versuchen wir was anderes. Woher kommst du?«

Der Mann zeigte auf den Schacht.

»Kommst du etwa auch … aus der Verdammnis wie der andere Nackedei?«, fragte Mur. Der Mann griff sich an die Schläfe, auf der ein silbernes Implantat die Haut überzog. Es erinnerte Mur an ein Spinnennetz, und er musste instinktiv wieder an die Riesenspinne denken, die er von der Mauer aus gesehen hatte. Die bloße Erinnerung jagte ihm einen Schauer über den Rücken.

Der nackte Mann trat auf ihn zu.

»Bleib zurück«, rief Mur panisch.

Der Mann öffnete den Mund, würgte und spuckte eine silberne Kugel in seine Handfläche.

Ziemlich ekelig, wie Mur fand.

»Was machst du da?«, fragte er mit schriller Stimme. »Hey, bleib zurück, hab ich gesagt.«

Der Mann ignorierte die Warnung, ebenso wie das aufgeregte Piepen der Drohnen, die sich schützend um den Sentinal positionierten. Er machte einen weiteren Schritt und noch einen. Weiter kam er nicht, denn Mur hatte eine Entscheidung getroffen.

Er schoss. Und seine Bots taten es ihm nach.

»Du bist tot«, verkündete er schwer atmend, als der Mann die Augen verdrehte und sein blutiger Körper leblos zurück in den Schacht stürzte.

»Was ist los, Soldat?«, fragte eine Stimme im Helm. »Deine Schusswaffe wurde ausgelöst. Bist du in Schwierigkeiten?«

»Ähm …« Mur rang mit sich. Was sollte er sagen. Dass ein nackter Mann aus einem verlassenen Stollen geklettert war? Er wusste ja, dass das unmöglich war. Niemand würde die Kälte dort ohne Schutzanzug überleben. Verlor er etwa den Verstand? Es würde ihn nicht wundern. Dieser verfluchte Ort ging ihm so auf die Nerven.

»Soldat?«

Mur ging zum Rand und sah in die Tiefe hinunter. Und je länger er starrte, desto mehr hatte er das Gefühl, dass die Dunkelheit lebte und zurückstarrte.

»Soldat?«

Unzählige Beine, die dort im Schatten scharrten, und Augen, die ihn beobachteten.

»Ähm … Nur ein Mutantenviech. Hat mich erschreckt.« Niemand würde ihm glauben, und selbst wenn, würde man ihm doch wieder befehlen, die Klappe zu halten. »Alles in Ordnung. Ich wiederhole. Alles in Ordnung.«

Er drehte sich um und erschrak.

Nichts war in Ordnung.

Vor ihm stand erneut der nackte Mann, nur dass sich ein seltsames Metall auf seine Wunden gelegt hatte. Dasselbe silberne Metall, aus dem sein Stirnimplantat bestand. Ehe Mur seine Waffe erneut heben konnte, hatte ihn der Nackedei gepackt. Mit einer Hand hielt er den Soldaten über den Abgrund, und Mur erstarrte, als ihn der kalte Wind ergriff. Er würde sterben. Getötet durch einen Wahnsinnigen, und niemand würde je davon erfahren. Denn wer in Pitch starb, war kein Held. Wer in Pitch starb, wurde vergessen.

Mur wollte schreien, doch etwas Rundes, Warmes wurde ihm auf die Zunge gelegt.

Die silberne Kugel. Er wollte sie ausspucken, doch sie hatte sich bereits aufgelöst. Ein metallischer Geschmack breitete sich in seinem Mund aus, und ihm wurde schwindelig. Hatte der Kerl ihn etwa vergiftet?

Sein Angreifer drehte sich von dem Abgrund weg und setzte ihn wieder ab. Keuchend sank Mur auf die Knie und robbte von dem Mann weg.

»Cem?« Er versuchte seinen Kollegen zu erreichen. »Cem! Ich bin in Schwierigkeiten.«

Der nackte Mann folgte ihm, und Mur wich weiter zurück, bis er die Wand erreichte. Ein stechender Schmerz fuhr durch seinen Körper, und er glaubte, Sterne vor den Augen tanzen zu sehen.

»Lass mich in Ruhe!«, brüllte er dem Fremden entgegen. Sein Angreifer öffnete den Mund, um zu antworten. Und seine Stimme war so laut, dass sie Murs Kopf fast vollständig ausfüllte.

Wir sind eins.
Wir sind vereint.

In diesem Moment durchschlug ein Projektil die Brust des Fremden. Der Körper wankte und fiel zurück in den Stollen. Dieses Mal kehrte er nicht zurück. Dieses Mal blieb er tot. Doch seine Stimme lebte in Murs Kopf weiter.

Wir sind der Schwarm.

13.

LARK SCHMIERTE DIE PAROLEN jede Nacht auf die Wände seines Wohnblocks, und seine Nachrichten wurden empfangen.

Er kam gerade nach Hause, als die Spines entschieden hatten zu antworten. Er schloss die Tür auf und trat ein. Als er über die Schwelle schwebte, schalteten sich automatisch die Lichtleisten ein, um ihm den Weg zu erhellen. In der Küche nahm er sich ein Glas und hielt es in eine kleine Vertiefung am Kühlschrank, aus der Wasser schoss. Lark war angesichts der Technik in Aventin immer noch erstaunt. In Grey war man froh, wenn das Wasser einigermaßen klar war, und hier konnte man zwischen verschiedenen Sprudelgraden und Geschmacksrichtungen wählen. Er entschied sich für Wasser ohne alles.

Er war allein. Zumindest dachte er das.

Rose lag weiterhin im MedCenter, und seine Eltern waren noch bei der Arbeit. Also schaltete er das TecDec an, wo die üblichen Sendungen liefen. Warnungen vor den Spines: »*Besorgte Aventiner haben Nachbarschaftswachen gegründet, um die Sentinal zu unterstützen und verdächtige Aktivitäten schnell zu melden.*«

Berichte über die Rote Seuche: »*Dank des schnellen Eingreifens der Regierung wurde die Gefahr gebannt. Möglicherweise ist ein Ghost dafür verantwortlich, dass sich der Erreger in Grey verbreiten konnte. Ghosts unterlaufen keine medizinischen Tests und sind häufig Gefahrenquellen für gefährliche mutierte Erreger.*«

Werbung zu einem kalorienlosen Gericht: »*Sündige, so viel du willst. Deine Figur dankt es dir.*«

Und eine skurrile Show, in der gerade ein kleines blondes Mädchen, Gott Balthasar, einen Freiwilligen ankündigte: »*Dieser mutige*

Freiwillige will sich auf einem Topfdeckel über das Wasser ziehen lassen. Unter ihm zieht der hungrige Mutantenhai seine Kreise. Wird er es schaffen und den Jackpot mit nach Hause nehmen? Was meint ihr, liebe Zuschauer?«

Manchmal hatte er das Gefühl, in einer anderen Welt zu leben. Auch wenn Grey und Aventin beide zu Hope gehörten, waren die Sorgen der Bewohner gänzlich andere. Lark stellte das Glas beiseite und fuhr in sein Zimmer.

»Hallo, Lark.« Aus dem Schatten schälte sich eine kleine Gestalt, die eine Gasmaske über dem Gesicht trug, aus der Stacheln ragten. Sie war mit goldenen und roten Flecken bemalt, die an Blut erinnerten.

Wie bei seiner ehemaligen Maske.

»Hallo.« Bevor er weitersprechen konnte, wurde er von hinten gepackt und aus seinem MedChair gezerrt. Starke Hände hoben ihn hoch, drückten ihn gegen die Wand und hielten ihn dort fest.

»Fufuuu?« Aus dem Kleiderschrank ertönte ein besorgtes Piepen. Offenbar hatten sie die Drohne dort eingesperrt, die nun durch seinen erhöhten Blutdruck aktiviert wurde.

»Was soll das mit den Schmierereien?«, knurrte eine tiefe Stimme, die zu einem Mann mit giftgrüner Stachelmaske gehörte.

»Ich wollte eure Aufmerksamkeit«, keuchte Lark und versuchte, den Arm, der auf seinen Kehlkopf drückte, zu lockern. Vergebens.

»Haben wir gemerkt.« Der Spine ließ nicht locker. »Fragt sich nur, warum.«

»Ich bin einer von euch«, röchelte Lark.

»Wir wissen genau, wer du bist«, sagte der kleinere Spine, der seiner Stimme nach zu urteilen eine Frau war. »Und was du für die Rebellen getan hast.«

»Aber wir trauen dir trotzdem nicht. Du bist der Einzige, der den Angriff auf das Königspaar überlebt hat und nicht im Gefängnis sitzt«, knurrte der Mann und kam mit seinem Gesicht so nah, dass Lark die Spitzen der grünen Stacheln auf seiner Haut spüren konnte.

»Sie wissen nicht, dass ich einer von euch war … bin«, versuchte es Lark. Worauf hatte er sich nur eingelassen? »Sie dachten, ich wäre ein Sentinal.«

»Wie praktisch für dich, dass du auf allen Seiten spielst.« Der Griff um seinen Hals verengte sich.

»So war das nicht«, keuchte Lark. *Doch! Genauso war es!*

»Warum hat Bolt dir dann die Beine gebrochen?«, fragte die Frau.

»Ich …. Das ….«, stotterte Lark, doch er verlor immer wieder den Faden, da sein Gehirn zu sehr damit beschäftigt war, Sauerstoff einzusparen. Die Kraft wich mit jedem Stöhnen aus seinem Körper.

»Moth«, rief die Frau warnend. »Er kann nicht antworten, wenn er tot ist.«

Der Hüne gab seinen Kehlkopf frei und ließ ihn nach Luft schnappen.

»Also? Ich höre?«, forderte er und schüttelte Lark.

»Es war ein Unfall«, keuchte er und hoffte, dass sie ihm glauben würden. »Wirklich.«

Sie glaubten ihm nicht.

Der Spine versetzte ihm eine Ohrfeige und warf ihn aufs Bett. Lark war für einen Moment wie benommen. Sein Kopf schmerzte, vor seinen Augen tanzten helle Punkte, und er schmeckte Blut im Mund. Offenbar hatte er sich vor Schreck auf die Zunge gebissen.

»Moth. Sei nicht so grob«, sagte die Frau, während sie sich über Lark beugte. »Der arme Kerl macht sich gleich in die Hose.«

»Oh, keine Sorge. Ich werde es schnell beenden.« Der kalte Lauf einer Waffe wurde Lark an die Stirn gedrückt.

»Du kannst ihn doch nicht einfach umlegen.«

»Was soll ich sonst machen? Ihm die übrigen Knochen brechen, bis er redet? Mmh. Du hast recht. Das klingt lustiger …« Wie um seine Drohung wahr zu machen, drehte er Larks Daumen um, bis der Junge vor Schmerz stöhnte. »Die ganze Sache stinkt zum Himmel, sag ich dir. Dieser Kerl ist ein Verräter.«

»Warte. Bitte. Ich …« Lark dachte fieberhaft nach. »Ich kann alles erklären.«

Rose.

Er durfte nicht versagen.

»Die Sentinal benutzen ihn als Lockvogel«, sprach der Hüne weiter. »Wir hätten gar nicht herkommen dürfen. Wahrscheinlich beobachten sie die Wohnung.«

»Du könntest recht haben.« Die Frau nickte langsam.

»Ich werde ihn erledigen, und dann lass uns verschwinden.« Eine feste Hand legte sich auf Larks Brustkorb und fixierte ihn, während der Lauf seinen Kopf zur Seite drückte.

»Wartet …«, keuchte Lark. Nicht weit von ihm entfernt sah er den MedChair. Dank der Elektrode an seiner Schläfe war er immer noch mit ihm verbunden.

Vorwärts!

Der Stuhl machte einen Satz vor und krachte gegen den Hünen, der aufstöhnte. Lark nutzte die Ablenkung, packte die Waffe am Lauf und drehte sie nach oben. Der Spine musste sie loslassen, wenn er sich nicht den Zeigefinger brechen wollte.

Nun war Lark am Zug. Er richtete sich auf und zielte mit der Waffe auf den Hünen.

»Das war beeindruckend«, sagte die Frau hinter ihm, und in ihrer Stimme klang Neugierde und Bewunderung mit. Überraschung oder gar Angst war allerdings nicht zu hören. Lark warf ihr einen schnellen Blick zu und sah, dass auch sie eine Waffe gezogen hatte, deren Lauf sich nun auf ihn richtete. »Also? Was wolltest du sagen?«

»Erschieß ihn einfach«, knurrte Moth, der sich seine schmerzende Hüfte rieb.

»Nein, ich möchte hören, was er zu sagen hat.« Von den beiden schien die Frau das Sagen zu haben.

Der Spine brummte etwas, dann wich er einige Schritte zurück. »Du hast zehn Sekunden, Kleiner.«

»Ihr habt recht. Bolt hat mir die Beine gebrochen …«

»Also doch …«

»… damit ich nicht auffliege. Es sollte keinen Zweifel daran geben, dass ich ein Sentinal und den Gesegneten treu ergeben bin. Er wollte, dass ich überlebe«, sagte Lark, so schnell er konnte. »Er wollte, dass ich euch finde und andere, die unserer Sache noch treu sind. Ich war seine beste Chance, die Rebellion hier weiterzuführen.«

Lark sah von einem Spine zum anderen, aber aufgrund ihrer Masken blieben ihm ihre Gesichtsausdrücke verborgen. Die Frau reagierte zuerst. Sie lachte und zog sich die Maske vom Gesicht.

»Hab ich dir doch gesagt, Moth.«

Lark erkannte das Mädchen mit den azurblauen Haaren, das ihn vor den Jugendlichen gerettet hatte. Zu seiner Erleichterung steckte sie die Waffe weg. Sie glaubte ihm also. »Einmal Dorn, immer Dorn. Willkommen zurück bei der Rebellion!«

»Ich glaub ihm kein Wort.« Moth ging wieder drohend auf Lark zu, die Waffe, die noch immer auf ihn zeigte, ignorierend. »Er hat uns verraten, um seine eigene Haut zu retten. So sieht es aus.«

»Moth, du vertraust niemanden.« Das Mädchen verdrehte die Augen.

»Bolt hat ihn bestraft, weil er die Spines verraten hat. Wahrscheinlich wollte er ihn sogar töten.«

»Nein«, keuchte Lark und schüttelte heftig seinen Kopf. Der Mann mit der grünen Stachelmaske hatte ihn durchschaut.

Für einen Moment überkam ihn Panik, und die Waffe in seiner Hand zitterte. Sie würden ihn töten. Er würde sterben. Jetzt und hier.

Und dann endlich würden auch seine Schmerzen enden. Für einen kurzen Moment war er gewillt, den Tod willkommen zu heißen. Doch als er die Augen schloss, sah er Rose. Rose. Er durfte nicht aufgeben. Was würde aus ihr werden, wenn es ihn nicht mehr gab?

»Nein«, wiederholte er mit fester Stimme und senkte seine Waffe.

»Wie kannst du es wagen, mich Verräter zu nennen? Die Gesegneten haben mir Hail genommen.«

Er deutete auf das kleine Abbild, das ihn vom Nachttisch aus anstrahlte. »Sie haben sie in die Luft gesprengt. Sie hatte nicht mal die Chance, sich zu wehren. Und du glaubst, dass ich ihnen helfen würde, nach dem, was sie mir angetan haben? Ich werde erst ruhen, wenn Aventins Gold zu Asche zerfallen ist.«

Er war erschrocken, wie überzeugend seine Worte klangen.

»Deswegen sind wir hier«, flüsterte das Mädchen zufrieden, und auch Moth entspannte sich. »Mein Name ist Wren. Und wir werden die Gesegneten vernichten.«

14.

RAIN HATTE GEHOFFT, Lark im medizinischen Sektor von White Pearl zu treffen, in den Rose verlegt worden war. Er unterschied sich nicht viel von einem normalen MedCenter, außer dass er viel größer war und jede Menge wichtig aussehende Leute durch die Gänge eilten. Und Sentinal. Vor allem dort, wo der medizinische Sektor für die Gesegneten begann. Rain wusste, was dort lag: die Höhle der Engel. Der Ort, an dem mit Leihmüttern experimentiert wurde, um ihnen gesegnete Kinder einzupflanzen. Nur so konnten Gesegnete geboren werden. Bolt hatte gesagt, dass die Gesegneten nie dazu gedacht waren zu überdauern. Sie waren nur für einen Zweck erschaffen worden. Doch für welchen? Warum waren sie erschaffen worden und von wem? Manchmal lag Rain lange wach und versuchte eine Antwort auf diese Fragen zu finden. Aber dann schweiften ihre Gedanken unfreiwillig zurück zu Storm, die ebenso eine Leihmutter gewesen war.

Rain verließ den sterilen Gang und setzte sich in eines der nach Azure riechenden Wartezimmer, die alle gleich aussahen. Sie war eigentlich gekommen, um mit Lark zu reden. Darüber, was vorgefallen war, und darüber, was ihr Vater ihm möglicherweise angeboten hatte, aber sie konnte ihn nirgends finden.

Er und ich. Wir passen aufeinander auf.

Das hatte sie zu ihrem Vater gesagt, und von ihrer Seite aus stimmte es. Es war beinahe so, als würde Lark einen Teil des dunklen Loches in ihrem Herzen füllen, als würde er ihrem Leben einen Sinn schenken, aber wie sah es andersherum aus?

Er mochte sie. Daran hatte Rain keinen Zweifel. Aber war da mehr als bloße Sympathie? Konnte sie ihm vertrauen?

»Nein«, flüsterte sie bitter. »Ich kann niemandem vertrauen.«

Sie lauschte dem Plätschern des Wassers, das über geschliffene Steine lief und im Boden verschwand.

Ihre Gedanken wanderten zurück nach Azure. Es war eine gefühlte Ewigkeit her, dass Storm und sie dort gelebt hatten. Zwischen Mooren und glitzernden Seenlandschaften hatten die Siedlungen der Fischer gelegen. Im Sommer hingen die gefangenen Fische zum Trocknen auf Wäscheleinen, die sich zwischen den Häusern spannten. Motorbetriebene Fischerboote fuhren über die Seen. Und Luftboote glitten leicht wie Federn über die ewigen Moore, in denen man sich vor Mutantenschlangen und Krokodilchimären in Acht nehmen musste.

Sie hatte mal eine solche Chimäre getroffen: ein Sumpfkrokodil mit langem Schlangenkörper. Es hatte sie in ihrem Luftboot angegriffen und ins Wasser geschleudert. Der schuppige Schwanz wand sich um sie, und ehe sie reagieren konnte, hatte es sie unter die Wasseroberfläche in den sicheren Tod gezogen. Sie hatte keine Chance. Doch Storm tötete die Chimäre mit einem gezielten Kopfschuss.

Rain erinnerte sich noch an das Gefühl. Das Gefühl, als sich Storms Arme um ihre Brust schlangen und sie nach oben zogen. In diesem Moment hatte sie sich sicher gefühlt. In diesem Moment hatte sie gewusst, dass sie überleben würde und alles gut war. Es war genau dieses Gefühl von Sicherheit und Vertrauen, nachdem sie sich sehnte.

Ich vermisse dich so sehr, Mom.

Sei stark, mein Herz, hörte sie Storms Stimme in ihrem Kopf. *Egal wo du bist, bin auch ich. Wir sind eins. Sturm und Regen. Ein unbezwingbares Unwetter.*

Rain öffnete die Augen und blinzelte die Tränen weg. Sie erhob sich, um zurück zum Gleiter zu gehen, in dem Nife sicherlich schon ungeduldig wartete.

»Rajana?«

Rain drehte sich um und entdeckte eine große Frau im Gang, die sie schon lange nicht mehr gesehen hatte. »Was machst du denn hier?«

Amygdala hatte sich verändert. Früher konnte die Gesegnete einen Raum zum Leuchten bringen. Und das lag nicht an ihrem schönen Gesicht mit der dunklen Haut und den kristallblauen Augen. Und auch nicht an der gazellenhaften Art, wie sie ihren Körper bewegte. Durch ihre Ausstrahlung, eine Mischung aus Autorität und Weisheit, hörten alle zu, wenn sie sprach. Sie hatte es vermocht, selbst den dreisten Eustachius mit ihrem durchdringenden Blick zum Schweigen zu bringen.

»Komm doch rein.« Sie machte eine einladende Bewegung und deutete auf das Zimmer, aus dem sie soeben getreten war. Von der alten Amygdala war nicht viel übrig. Sie wirkte kleiner, wie sie nun in ihrem weißen Overall hinter ihrem Schreibtisch versank. Ihr Gesicht war eingefallen, und Rain bemerkte mit Erschrecken, dass sie an Gewicht verloren hatte. Die Trauer um den Tod ihrer Tochter hatte sie gezeichnet.

»Schön, dich zu sehen«, begann Rain und trat ein.

»Die Freude ist auf meiner Seite, Earl von Grey. Oder soll ich lieber sagen: Prinzessin von Schutt und Asche?«

Rain hoffte, dass Amygdala es ihr nicht übel nahm, aber sie hatte damals das Misstrauensvotum gegen sie gestellt, weil sie glaubte, dass es das Richtige war.

»Schutt und Asche«, wiederholte Amygdala nachdenklich. »Denn mehr ist wohl nicht übrig von unserem Zirkel.«

»Ich habe Grey nicht aufgegeben«, beteuerte Rain. »Ich will, dass es wiederaufgebaut wird, aber … angesichts der Lage ist es nicht einfach.«

»Ja, es wird Zeit brauchen nach all dem, was passiert ist …«, stimmte ihr Amygdala zu. »Nach all dem, was die Grauen uns genommen haben …«

»Die Rebellen«, korrigierte Rain. »Die Rebellen haben uns viel genommen.«

»Gibt es denn einen Unterschied, Prinzessin von Schutt und Asche? Jetzt, da Grey in Trümmern liegt, zerstört durch unsere Bomben, glaubst du wirklich, dass wir zwischen Grauen und Rebellen unterscheiden können? Wollen sie uns jetzt nicht alle tot sehen?« Amygdala verstand es, Probleme auf den Punkt zu bringen. »Es ist zu spät. Wir befinden uns bereits in einem Krieg, den wir nicht stoppen können. Der Krieg zwischen Chaos und Sicherheit. Der Krieg zwischen Dornen und Genen.«

»Beide Seiten haben hohe Verluste erlitten«, versuchte es Rain. »Wir könnten verhandeln …«

»Glaubst du wirklich, irgendjemand will verhandeln? Niemand hier will Geld für einen Wiederaufbau von Grey bezahlen. Nicht einmal Gott Balthasar könnte ihnen das verkaufen. Die Hälfte der Menschen will die Rebellen gewinnen sehen, und die andere Hälfte will, dass wir sie vernichten. So einfach ist das im Krieg.«

»Krieg?«

»Alles, wofür Hope einst stand, alle Visionen von einer friedvollen Zukunft sind zerstoben wie Sand im Wind.« Das war definitiv nicht die Amygdala, die sie kannte. »Die Dornen werden täglich mehr. Wir haben ihnen den Kopf abgeschlagen, aber die Blume ist nicht verwelkt, sondern wuchert wie Unkraut und überzieht das Land. Es gilt, Macht zu demonstrieren, und das tut man nicht mit Worten. Nicht mehr. Denn wenn die Feuer einmal brennen, kann man sie nicht mehr löschen.«

»Erst recht nicht mit mehr Feuer«, bemerkte Rain trocken. Die Resignation von Amygdala war kaum auszuhalten.

»Willst du mit dem Feuer reden?« Amygdala hob ihre Augenbraue. »Die Spines haben dir deine Mutter genommen. Willst du nicht, dass sie den Preis dafür bezahlen?«

Das wollte sie. In ihren dunklen Stunden wollte sie alle töten.

»Du hättest ihn töten sollen. Den Mistkerl, der meine Tochter auf dem Gewissen hat.«

Jetzt verstand Rain den Groll, den Amygdala offenbar gegen sie hegte. Sie war wütend, dass Rain Bolt verschont hatte.

»Du hättest ihn einfach erschießen sollen.« Amygdala legte ihren TecDec beiseite und starrte auf einen unsichtbaren Punkt in der Ferne.

»Ich habe das getan, was ich für richtig hielt.« Rain wandte sich zum Gehen, da sie das Gefühl hatte, Amygdala wollte nun allein sein, aber die Gesegnete ergriff erneut das Wort.

»Warte, Rajana.« Sie massierte ihre langen Finger, rang um die richtigen Worte und deutete schließlich auf eine Sitzecke. »Tut mir leid … Ich wollte nicht ungerecht sein. Möchtest du einen Kaffee trinken?«

Und auf einmal war die Schärfe aus Amygdalas Blick gewichen, und dahinter lag nur Einsamkeit. Ein Gefühl, das Rain nur zu gut kannte. Sie nickte und setzte sich auf den angebotenen weißen Sessel. Die Gesegnete ging zu einer Maschine, bei der sie über ein TecDec ihre Bestellung aufgab. Sekunden später fuhren zwei Becher aus einer Vertiefung empor, die sich mit dampfendem Kaffee füllten. Zusätzlich erschien eine kleine Schale mit Keksen.

Amygdala stellte alles auf den Tisch zwischen ihnen und nahm Rain gegenüber Platz. Sie rührte weder Kaffee noch Kekse an, saß einfach da und starrte aus dem Holo-Fenster, das einen grünen Wald zeigte, durch den feuchter Nebel zog.

Die Stille breitete sich zwischen ihnen im Raum aus. Eine Stille, die nur von gelegentlichen Geräuschen, die vom Flur des MedCenters zu ihnen drangen, unterbrochen wurde und sie jäh daran erinnerte, dass sie nicht in einem friedlichen Wald saßen. Zwei Frauen, die beide nicht gewohnt waren, über ihre Gefühle zu sprechen.

»Ich vermisse sie«, sagte Rain schließlich.

»Sie war eine tapfere, beeindruckende Frau.«

»Ich meinte nicht Storm.«

»Oh … Andromeda.« Dunkle Schatten legten sich über Amygdalas sonst so klaren Blick. »Liebevoll, lebensfroh und unbeschwert. So habe ich mir meine Tochter gewünscht.«

»Genau das war sie.« Rain nahm einen Schluck von ihrem Kaffee. Der Nebel im Wald teilte sich, und Rain hielt kurz inne, um zu sehen, was dort durch das Grün streifte. Ein Schatten formte sich und nahm Gestalt an, doch bevor er ganz zu erkennen war, war er wieder im Dickicht verschwunden.

»Ich wollte, dass sie glücklich wird, und nun ist sie tot. Ich wünschte nur, ich hätte die Gelegenheit gehabt … so viele verpasste Momente …« Amygdala verstummte, und Rain ließ ihr Zeit, aber was auch immer die Gesegnete sich wünschte, sie teilte es nicht.

Rain hatte ihren Kaffeebecher bereits geleert, als Amygdala ihren Blick vom Fenster löste.

»Nun. Sie ist tot, und wir leben. Es hilft nichts, über das nachzudenken, was niemals sein wird.«

»Es ist okay, jemanden zu vermissen«, widersprach Rain. »Eine Freundin sagte mir, dass uns die Toten nie wirklich verlassen. Sie sind immer bei uns, fliegen mit dem Wind und wachen über uns.«

»So ein Unsinn.«

»Das hab ich auch gesagt.« Trotzdem beruhigte Rain die Vorstellung.

»Ich mache lieber das, was ich am besten kann: arbeiten.« Ein trauriges Lächeln huschte über Amygdalas Gesicht.

15.

»WO GEHST DU HIN?«

Lark hatte gehofft, dass seine Eltern schliefen. Doch offenbar war Fufus alarmiertes Piepen, als er das Bett verlassen und sich in den MedChair gehievt hatte, doch lauter gewesen als gedacht.

Ant stand in der Tür vom Schlafzimmer, in dem Knot und er schliefen. Das Zimmer war ein klein wenig größer als das von Lark. Auf den gegenüberliegenden Seiten standen zwei Betten, die keine Decken oder Kissen aufwiesen und aufgrund der Hygienevorschriften einen Mindestabstand von einem Meter voneinander einhielten. Lark wusste, dass seine Eltern sie trotzdem häufig zusammenschoben.

Die Lichtleisten, die die Wohnung durchzogen, glommen nachts in mattem Gelb.

»Ich muss noch mal raus«, erwiderte Lark.

»Es ist schon Sperrstunde.« Sein Vater musterte ihn besorgt. »Du bekommst Ärger …«

Und Ärger konnten sie sich nicht leisten.

»Ich pass auf.«

»Junge, ich weiß, es geht mich nichts an. Du machst schon das Richtige. Du warst immer ein guter Sohn. Der Beste, den ich mir je wünschen konnte.« Ant ging auf Lark zu und legte ihm die Hände auf die Schultern. »Ich will, dass du das weißt.«

»Pa … Es tut mir leid.« Er deutete auf seine Beine und blinzelte die Tränen weg. Er schämte sich so. Er war die zweite Eins in der Familie, oder vielmehr sollte er das sein. Er sollte für seine Schwester und seinen Vater einstehen, sie beschützen, doch er hatte versagt. »Ich mache es wieder gut. Versprochen.«

»Junge, mach dir keine Vorwürfe wegen Rose. Ihr wird es wieder gut gehen.« Ant blickte seinem Sohn tief in die Augen. »Wir sind Kämpfer. Wir alle. Das macht unsere Familie aus. Egal welche Genklasse.«

»Ja, Pa. Wir sind Kämpfer.« Lark rotierte den MedChair in Richtung Tür. Sein Vater nahm einen Mantel vom Haken und legte ihn über seine Schulter.

»Es ist wegen Rose, oder?«, hakte er vorsichtig nach. »Du musst wegen ihr raus.«

»Ja.«

»Der Gesegnete hilft uns nicht ohne Grund, oder?« Ant kaute wieder auf seiner Lippe. »Will er von dir etwas, was du nicht willst?« Larks Eltern waren nicht so naiv zu glauben, dass ihnen irgendjemand aus Nächstenliebe half. Das war in Aventin nicht anders als in Grey. Jeder Gefallen hatte einen Preis, und Roses Leben war ein verdammt großer Gefallen.

»Nein, Pa«, log Lark. Er wollte nicht, dass sein Vater sich Sorgen machte.

»Bringst du dich in Gefahr?«

»Nein, Pa.« Lark zog sich die Kapuze ins Gesicht und schwebte zur Tür.

»Gut. Das ist gut.« Er klang so, als wollte er noch so viel mehr sagen, aber Ant kannte seinen Sohn. Und er wusste, dass es keiner Worte bedurfte, um ihm zu zeigen, wie stolz er auf ihn war.

»Warte.« Er nahm einen schwarzen Stift, der neben der Tür auf einem Beistelltisch lag, und zeichnete Lark die »F3« unter den Haaransatz, wie es Vorschrift war, wenn man das Haus verließ. »Pass auf dich auf.«

»Immer.« Lark schwebte lautlos den Flur entlang zum Fahrstuhl. Zu seiner Linken befanden sich zahlreiche identisch aussehende Türen, hinter denen die Bewohner hoffentlich schliefen. Zu seiner Rechten lag ein gläsernes Geländer und dahinter die beleuchteten Türme der

Stadt. Eine Drohne schoss einige Meter an ihm vorbei, ohne ihn zu beachten. An den Hauswänden waren CleanBots damit beschäftigt, Fenster zu putzen und die Fassaden sauber zu halten. Von den Parolen, die er nächtelang geschrieben hatte, war nichts mehr zu sehen.

Lark verließ ihren Wohnturm nicht wie üblich durch den Haupteingang, sondern fuhr mit dem Fahrstuhl ins Untergeschoss, wo Tunnel zu den Schnellzügen führten, die die Stadt unterirdisch durchzogen. Es war seltsam, nicht schleichen zu können. Zwar gab der MedChair keine Geräusche von sich, aber man fühlte sich in ihm wie auf dem Präsentierteller. Dafür war er schnell und konnte zudem 90 Grad in alle Richtungen kippen, eine sehr praktische Eigenschaft, solange man nicht rausfiel.

Lark schwebte durch die unterirdischen Tunnel, die bis auf einige Reinigungsdrohnen verlassen waren, bis er die gewünschte Station erreichte. Hier wartete eine Gestalt auf ihn, verborgen unter einem breiten Kapuzenmantel. Als sie ihn sah, setzte sie sich in Bewegung und ging mit schnellen Schritten zu einem Ausgang. Lark war sich nicht sicher, ob er ihr folgen sollte oder nicht. Unschlüssig ruckelte sein MedChair vor und zurück. Die vermummte Gestalt hielt inne und drehte sich zu ihm um. Für einen kurzen Moment öffnete sie die Hand und zeigte ihm einen durchgestrichenen Kreis, der in die Innenfläche gezeichnet war.

Das Zeichen der Spines.

Lark folgte der Person nach oben. Der Ausgang führte zu einem kleinen Park, der ganz in der Nähe ihres Wohnturmes gelegen war. Kein Park mit Bäumen und Blumen, sondern aus Sandstein. Alle Skulpturen, Bäume, Bänke und Brunnen waren aus dem goldgelben Stein gefertigt. Es sah tagsüber beeindruckend aus. Jetzt, in der Dunkelheit, wirkten die steinernen Äste wie unheimliche Finger, die sich der Stadt entgegenstreckten, und die geschwungenen Wege wie Fallen.

Lark sah sich um, doch er konnte die Gestalt nirgends entdecken. Vorsichtig, an eine der Sandsteinmauern gedrückt, lenkte er seinen

MedChair nach rechts. Er erreichte einen Springbrunnen, der aus steinernen Rosenblüten bestand. Am Rand fand er eine kleine gläserne Ampulle. Lark näherte sich ihr. Er nahm sie in die Finger und drehte sie in seinen Händen. Auf der Oberfläche entstanden feine Linien, ein Code, der aktiviert worden sein musste, als er das Glas berührt hatte.

Trink mich.

Lark sah sich erneut um, doch er konnte niemanden entdecken. Großartig. Die Rebellen würden sich ihm erst zeigen, wenn er das Zeug, was auch immer es sein mochte, getrunken hatte.

Wenn sie dich töten wollten, hätten sie es längst getan, versuchte er sich zu beruhigen. Er hatte keine Wahl. Also setzte er die Ampulle an die Lippen und nahm einen Schluck. Der Inhalt schmeckte wie salziges Wasser. Sonst konnte er nichts Verdächtiges bemerken. Er nahm noch einen Schluck.

Dann wartete er, doch es passierte nichts. Erneut überprüfte er die Ampulle in seinen Händen. Vielleicht war es auch nur genau das. Salziges Wasser. Und das alles war bloß als Test gedacht, um zu prüfen, wie weit er gehen würde.

»Hab ich bestanden?«, fragte er laut.

Immerhin haben sie mich nicht vergiftet.

Kaum hatte er den Gedanken zu Ende gedacht, verlor er das Bewusstsein.

Als Lark wieder zu sich kam, befand er sich in einem Zug, aber die Scheiben waren verdunkelt, und er konnte nicht hinaussehen. Ein schwaches Licht erhellte den Waggon gerade genug, um Schemen und Umrisse zu erkennen.

Anstelle von Sitzen befanden sich Kisten im Abteil, was darauf schließen ließ, dass hier eher Güter anstatt Personen befördert wurden. Und auf einer dieser Kisten saß Wren. Sie vereinte in sich Gegensätze, die nicht zusammenpassten. Eine zierliche Gestalt mit einem herzförmigen, beinahe puppenhaft aussehenden Gesicht. Sie hatte nahezu schwarze Augen, die von dichten Wimpern umrahmt wurden; dazu verspielte, azurblaue Haare, die vorn länger waren als hinten und selbst in der Dunkelheit des Zuges zu leuchten schienen. Ein unschuldiges Mädchen, konnte man meinen.

Doch dann sah man das Aufblitzen einer Klinge, die sie geschickt in ihren Händen rotieren ließ, und Lark hatte keinen Zweifel, dass sie das Messer auch benutzen würde.

»Aufgewacht, Schlafmütze?«, fragte Wren und beugte sich über ihn. Die Art, wie sie ihren langen Hals streckte und ihn beäugte, hatte etwas Vogelartiges.

»Mmh.« Lark rieb sich den brummenden Kopf. »Was habt ihr mir gegeben?«

»Wir wollten nur auf Nummer sicher gehen, dass du keinen Peilsender bei dir trägst.« Wren verzog ihre Lippen zu einem Grinsen.

Erst jetzt bemerkte Lark, dass seine Kleidung durcheinander war. »Ihr habt mich durchsucht.«

»Das hab ich. Komplett.« Er konnte etwas Schelmisches in ihren Augen aufblitzen sehen, auch wenn sie ihre Miene kaum verändert hatte.

Komplett?

»Kein Grund, schüchtern zu sein«, lachte sie. »Du kannst dich sehen lassen.«

»Oh.« Lark richtete sich auf und lehnte sich mit seinem Oberkörper an eine Kiste. Er versuchte seinen MedChair ausfindig zu machen, konnte ihn aber nirgends entdecken.

»Mmh. Etwas hab ich aber übersehen.« Wren runzelte die Stirn. Dann steckte sie sich den Finger in den Mund und fuhr damit anschließend über Larks Stirn, um die »F3« wegzuwischen. Entsetzt wich er zurück.

»Keine Sorge. Ich war regelmäßig bei allen medizinischen Checks«, kicherte Wren und setzte sich zurück auf die Kiste.

»Was nun?« Lark hasste es, sich hilflos zu fühlen, aber er war im wahrsten Sinne des Wortes in den Händen der Spines.

»Nun werden wir sehen, ob wir dir vertrauen können«, säuselte das Mädchen.

»Und wenn nicht, werden wir dich einfach wieder rauswerfen«, knurrte Moth, der seine giftgrüne Maske ebenfalls abgesetzt hatte. Er hatte dunkle Haut, durch die er beinahe mit dem Schatten des Abteils verschmolz. Seine kurz geschorenen Haare waren in demselben Ton gefärbt wie seine Maske.

Unauffällig waren diese beiden dank ihrer Haarfarben nicht gerade. Andererseits war Aventin so vielfältig, dass sie auch nicht weiter auffielen, solange ihr Tattoo eine Eins beinhaltete.

»Wie … wollt ihr das testen?«, fragte Lark.

»Wir haben unsere Methoden«, versprach Wren und zog ihm einen dunklen Sack über den Kopf.

16.

CASSIAN HATTE RECHT BEHALTEN. Sein Ausflugsziel übertraf Rains Erwartungen, vor allem da es sie aus Aventin hinausführte.

»Auch wenn dir Rattenblut ausgezeichnet steht, bin ich froh, dass du heute nicht in Begleitung deiner Killermanguste gekommen bist«, versuchte er etwas holprig, ein Gespräch aufzubauen. Er trug ein locker fallendes Leinenhemd, auf dem er wieder diesen seltsamen Blatt-Anstecker befestigt hatte. Dazu eine enge Hose und polierte Stiefel.

Rain hatte am Morgen ein verdächtig ähnliches Outfit vorgefunden und angezogen – sie vermutete, dass sich ihre Cabmen heimlich abgesprochen hatten.

»Was willst du mir zeigen?«

»Sei nicht so ungeduldig, und genieß die Aussicht, Sonnenschein«, entgegnete Cassian und reichte ihr ein Glas mit silbrig pinkem Inhalt.

Sie ließen die Wohntürme der Gesegneten hinter sich, ebenso wie die Wohntürme der übrigen Bewohner und Diener. Den äußersten Kreis von Aventin bildeten eine Mauer und ein breiter Streifen mit Wachtürmen, WarBots, Grenzposten und Landeplattformen für Gleiter. Dort versammelten sich diejenigen, die in Aventin versuchten, ein neues Leben zu beginnen. Von hier aus wurden die Hintergründe und Gene der Neuankömmlinge genauestens geprüft, bevor sie die goldene Stadt betreten durften.

Natürlich gab es auch Wege, diese Kontrollen zu umgehen. Zum Beispiel in einem Gleiter der Gesegneten, zumindest wenn man entsprechende Zugangscodes kannte. Allerdings war seit der Sache mit Bolt auch hier die Überwachung verschärft worden. Beim Überfliegen der Mauer in beide Richtungen dockte in der Luft ein WarBot an, begleitet von einigen WatchBots, um das Innere der Gleiter zu überprüfen.

Als sie den Kontrollpunkt ohne besondere Vorkommnisse passiert hatten, erstreckten sich vor ihnen die grünen Weiten von Green.

Green.

Rain mochte den Zirkel, der neben jeder Menge Plantagen und Wäldern aus kleineren Dörfern und Bauernhöfen bestand. Hier schien es so, als würde die Zeit stillstehen, und man konnte Tage zu Fuß reisen, ohne dass man eine Menschenseele traf. Zu ihrer Linken konnte man noch die weißen Außenmauern von White Pearl erkennen. Und weit entfernt am Horizont, da glaubte Rain den schwarzen Fleck zu sehen, den Grey in das Land riss.

Sie überflogen die Zeltstadt, in dem Geflohene aus Grey untergebracht waren. Der Großteil des Lagers war mit Planen überspannt, die Wind und Regen abhielten, aber auch einen Blick hinein unmöglich machten. Um das Lager war ein Zaun aufgestellt worden, den Sentinal und WarBots bewachten. Übergangsweise, hatte ihr Vater gesagt, bis das Problem mit den Spines behoben ist.

Doch weder das Lager noch Grey waren das, was Cassian ansteuerte. Er hatte ein anderes Ziel, und dafür flogen sie nach Süden. So weit, bis selbst die Türme von Aventin am Horizont verschwanden.

»Wohin fliegen wir?«, fragte Rain zum wiederholten Male.

»Du wirst begeistert sein, Sonnenschein.« Cassian grinste. »Lass dich einfach überraschen.«

Rain hasste Überraschungen. Da aus Cassian nichts herauszuholen war, wandte sie sich an Nife.

»Du musst es doch wissen«, sagte sie und fixierte ihn.

»Ich weiß es«, brummte der Soldat.

»Und?«, hakte Rain ungeduldig nach.

»Lass dich überraschen.«

Ahhh! Rain gab es auf und nahm sich vor, egal was passierte, sie würde sich unbeeindruckt geben. Auch wenn Cassian charmant, ja beinahe freundlich erschien, wollte sie vorsichtig sein. Er war Eustachius' Sohn, und sie konnte ihm nicht trauen. Also hatte sie sich fest vorgenommen, ihrem Vater zumindest in der Hinsicht nachzueifern und daraus ein Spiel zu machen, denn sie war neugierig. Neugierig zu erfahren, was Cassian von ihr wollte.

Sie landeten in einem Goldkornfeld und verließen den Gleiter. Hier, mitten zwischen endlosen Feldern und Wiesen, lag versteckt hinter einer Apfelbaumplantage ein Anwesen aus rotem Stein und Glas, das farblich mit dem Licht der untergehenden Sonne verschmolz.

»Und? Was sagst du?«, fragte Cassian.

»Idyllisch«, antwortete sie mit unbeeindruckter Miene. Wunderschön, aber unspektakulär.

Eins zu null für Rain.

Er führte sie zwischen den blühenden Bäumen vorbei zum Haus, wo schon eine Drohne auf sie wartete.

»Einmal lächeln für den CamBot.« Er legte seinen Arm um ihre Taille und drehte sie zur Drohne.

»Wo sind wir hier?«, fragte Rain und drückte ihn unsanft von sich weg. »Und warum steigt Nife nicht mit aus?«

»Das Häuschen hier gehört meiner Familie. Hier kann man ungestört sein.« Er ließ seine dunklen Augenbrauen tanzen.

»Oh.« *Großartig.* Rains Finger wanderten zu Sting. »Und warum sind wir dann hier?«

Cassian grinste bis über beide Ohren und entblößte seine makellosen Zähne. Für einen Moment überlegte sie, ihn außer Gefecht zu setzen und mit Nife allein nach Aventin zurückzufliegen. Aber sie blieb ruhig und wartete seine Antwort ab.

»Wir könnten in einem der Whirlpools ein Bad nehmen. Mein Cabman hat sicher schon ein Bad für uns vorbereiten lassen.« Er zog Rain erneut an sich, um ein glückseliges Lächeln in die Kameradrohne zu werfen.

»Ich könnte dich auch darin ertränken.« Sie hatte keine Lust mehr auf Spiele, und erst recht nicht, wenn sie die Rolle der verliebten Prinzessin spielen sollte.

»Gut, kein Whirlpool. Vielleicht lieber die Dampfsauna.«

Rain drehte sich um, um zum Gleiter zurückzukehren, aber Cassian hielt sie zurück. Sie ballte ihre Hand drohend zur Faust, aber er zog sie trotzdem an sich ran.

»Sonnenschein«, flüsterte er ihr zu. »Wenn du mitspielst, zeige ich dir den wahren Grund, warum wir hier sind.«

»Und was soll das sein?«, zischte sie.

»Geduld.« Er lehnte sich wieder zurück und ließ sie frei. »Bereit, etwas unglaublich Aufregendes und Verbotenes zu machen? Etwas, von dem dein Vater nicht erfahren sollte?«

Rain sah zurück zum Gleiter, in dem Nife wartete. Dann sah sie zu dem kleinen Häuschen. Was sollte schon schiefgehen? Wenn ihr nicht gefiel, was Cassian ihr zeigte, konnte sie ihm immer noch Sting vorstellen.

Als es dunkel geworden war, führte Cassian sie durch die Apfelbaumreihen hindurch, bis sie zu einem Hang kamen. Hier lag ein verwahrloster Stall.

»Nicht erschrecken«, flüsterte er, als sie sich durch die Tür ins Innere schlichen.

»Ah!« Rain erschrak.

Vor ihr im Schatten der schwachen Stallbeleuchtung bewegte sich ein länglicher Körper. Glieder stießen aneinander, Mundwerkzeug klapperte das hölzerne Dach entlang, und Antennen schnellten über ihre Köpfe hinweg.

»Der tut dir nichts.«

Rain fiel das schwer zu glauben, als sich vor ihr ein massiger Panzerkörper von der Decke fallen ließ und der Boden vibrierte.

»Darf ich dir Baby vorstellen? Er ist ein Sprinter«, erklärte Cassian.

Rain hatte von ihnen gehört. Mutierte Hundertfüßler, die groß gezüchtet wurden, um sie als Nutztiere einzusetzen.

»Bist du sicher, dass Baby uns nicht fressen will?« Der Sprinter betastete Rain interessiert mit seinen Fühlern.

»Sicher nicht.« Cassian lachte amüsiert, und Rain ärgerte sich über ihre Reaktion. »Ist es dein erstes Mal mit einem Sprinter?«

»Ich habe noch nie einen gesehen.« Und sie hatte sie sich definitiv nicht so groß vorgestellt. Der Hundertfüßler reichte ihr bis zum Rippenbogen, und wenn er sich aufrichtete, konnte er die Decke berühren.

»In Ruby waren sie vor ein paar Jahren der letzte Schrei. Fast jeder ist auf ihnen durch die Straßen geritten. Dank ihrer einfachen neurologischen Strukturen kann man sie mittels Nervenstimulation ganz einfach lenken. Sie kommen sogar steile Klippen hoch. Ihre Haltung ist unkompliziert, da sie keine großen Ansprüche haben. Nachdem sie in Ruby etwas aus der Mode gekommen sind, wurden viele nach Green exportiert. Da sie günstiger sind als Gleiter und keinen Kraftstoff verbrauchen, sind sie hier immer noch gefragt.«

»Ihr seid in Ruby auf Riesenfüßlern geritten?«

»Klar. Wir sind nicht so langweilig wie die Aventiner. In Ruby haben wir immer ein Ohr für neueste Errungenschaften und Trends. Egal wie verrückt sie klingen. Du solltest den Zirkel unbedingt mal besuchen.«

Rain wollte etwas erwidern, aber das Tier bewegte sich auf sie zu und ließ seinen Fühler erneut über ihr Gesicht streifen, woraufhin sie sich instinktiv versteifte. Das klappernde Maul war gefährlich nahe an ihrem Kopf.

»Komm schon.« Cassian setzte sich mit einer flinken Bewegung auf den Rücken des Tieres. Rain war ganz und gar nicht wohl bei dem Gedanken, dem Krabbeltier zu nahe zu kommen, aber noch weniger wollte sie dem Sohn von Eustachius ihre Angst zeigen. Also biss sie die Zähne zusammen, passierte den großen runden Kopf des Sprinters, das beachtliche Beißwerkzeug ignorierend, und setzte sich ein

Segment hinter Cassian auf den Rücken des Tieres. Sie platzierte ihre Beine zwischen denen des Riesenfüßlers, der ungeduldig mit ihnen über den Boden scharrte. Cassian deutete auf eine Art TecDec, das in der Chitinplatte des Nackengliedes integriert war.

»Es ist einfacher als bei einem Gleiter. Im Prinzip musst du nur die Richtung wählen, und die Elektroden übersetzen den Befehl. Bereit, Sonnenschein?«, fragte Cassian, während er auf das TecDec drückte. Der Sprinter richtete sich auf, rannte los und wurde seinem Namen mehr als gerecht. Die Tür zum Schuppen wurde aufgestoßen, und sie eilten in die Nacht. Zahlreiche Füße flogen über den Boden. Einzeln und doch zusammen. Rain versuchte, sich an irgendetwas festzuhalten, fand aber nur Cassians Rücken als Option. Sie biss die Zähne zusammen und schlang ihre Arme um seine Taille, gerade rechtzeitig, denn der Sprinter beschleunigte und flitzte im wilden Zickzack zwischen den Bäumen hindurch.

»Baby ist lautlos und kann im Dunkeln sehen«, flüsterte Cassian. »Niemand wird bemerken, dass wir weg sind.«

Es war so dunkel, dass Rain nicht einmal die eigene Hand vor Augen sehen konnte, aber das war offenbar kein Problem für den Riesenfüßler, der sich zielsicher seinen Weg suchte.

»Hat er Schmerzen?«, fragte Rain und deutete auf das TecDec.

»Nein, sie spüren davon nichts, da sie wie die meisten Insekten keine Nozisensoren haben. Also keine Schmerzen empfinden können. Deswegen eignen sie sich ja so gut. Sie sind einfach aufgebaut.«

Trotzdem kam es Rain ethisch falsch vor, ein Tier mit einem TecDec zu vernetzen, um es nach Belieben zu lenken.

»Früher wollte ich Baby freilassen, aber er kam immer wieder zurück. Ich fürchte, wenn sie einmal domestiziert wurden, lässt sich das nicht mehr rückgängig machen«, erklärte Cassian. »Sie sind auf ihre Besitzer geprägt.«

Manche sind lieber glückliche Sklaven, hatte Storm einmal gesagt, aber damit hatte sie nicht die Sprinter gemeint.

Sie ritten lange. So lange, dass Rains Po schmerzte und sie fürchtete, jeden Moment von dem glatten Körper hinunterzurutschen.

»Wie lange noch?«, keuchte sie und rieb sich die schmerzenden Beine.

»Da hinten.« Cassian deutete auf eine Reihe schwacher Lichter, die vor ihnen erschienen war. Zunächst glaubte Rain einen Abschnitt von Yellow vor sich zu haben. Die Gebiete des Zirkels durchzogen das ganze Land, und oft stieß man auf Knotenpunkte, die durch Drohnen bewacht wurden.

Je näher sie kamen, desto mehr zweifelte sie an ihrer Theorie, denn sie entdeckte weder Strommasten noch Kraftwerke.

»Bereit?«

»Bereit zu waaa…?« In diesem Moment beugte sich der Körper des Sprinters nach vorn und drehte sich um 70 Grad. Rain prallte gegen Cassian, als der Riesenfüßler einen kleinen Abhang entlang nach unten eilte. Seine Beine schlugen gegen Rains, und sie hatte Mühe, nicht von dem glatten Chitinpanzer zu rutschen. Cassian lachte, was sich angesichts der Aktion ein wenig wahnsinnig anhörte. Mit einem Ruck blieb das Tier plötzlich stehen, und Rain landete unsanft zwischen gliedrigen Beinen auf dem Boden. Schnell rollte sie sich in Sicherheit, weg von dem Riesenfüßler, der seinen Kopf ruckartig wandte und seine Antennen erneut in ihre Richtung schwenkte.

»Ist er nicht süß?«, schwärmte Cassian, als er beneidenswert elegant abstieg.

»Süß?« Nicht das Wort, das sie benutzt hätte. Cassiopaio war süß. Silk war süß, aber der Riesenfüßler … der war unheimlich.

»Manchmal glaube ich, Baby mag mich, aber das ist unmöglich. Gefühle haben sie natürlich nicht.« Cassian tippte etwas auf dem TecDec ein, und der Riesenfüßler rollte sich zusammen. »Guter Junge. Wir sind gleich zurück.«

Sie ließen den Sprinter versteckt zwischen Büschen zurück und gingen weiter. Plötzlich blieb Cassian stehen und zeigte nach vorn.

»Und? Was sagst du nun, Sonnenschein?«, fragte er zufrieden, als sie den Mund vor Staunen nicht zubekam.

So viel zum Unbeeindrucktsein.

Ein Punkt für Cassian.

»Was ist das für ein Ort?«, hauchte sie. Vor ihr lag ein Abhang, und dahinter war Wasser, verdammt viel Wasser. Dieser See reichte bis zum Horizont. Der Geruch erinnerte sie an die Salzseen von Azure, aber doch anders.

Feinster schwarzer Sand bildete den Boden zu ihren Füßen, so fein, dass Rain nicht widerstehen konnte. Sie bückte sich und ließ ihre Finger hindurchgleiten. Kalter Wind kam vom See her und fuhr durch ihre Haare. Streichelte sie. *Storm.*

Rain rückte näher an die Kante und warf einen Blick hinunter. Das Wasser lag nicht still. Es war in Unruhe, wütete und schäumte. Wellen mit weißen Kronen erklommen die Klippen unter ihnen, warfen sich gegen den Stein, immer und immer wieder, als wollten sie ihn stürzen. Noch heute Nacht. Doch der Stein stand und blieb stehen.

»Komm schon, Träumerlein«, rief Cassian und zeigte auf einen kleinen Steinpfad.

»Wo sind wir?«, verlangte Rain zu wissen, als sie ihm folgte. Ihre Füße rutschten über den nassen Felsen, der das Licht des Mondes reflektierte.

»Ever Sea.«

Ever Sea lag am südlichsten Zipfel des Landes. Es bildete die Grenze zwischen den Ausläufern von Green und … der Mauer. Rain war noch nie hier gewesen. Voller Neugierde reckte sie den Hals, doch es waren nicht mehr als einige Lichter zu erkennen, die sich auf dem See aneinanderreihten. Sie wippten auf und ab, fast so als würden sie tanzen.

Ever Sea. Ihr Herz schlug schneller. Auch wenn Storm und sie weit herumgekommen waren, hatte sie die Grenzen ihres Landes noch nie gesehen.

Sie kletterte hinter Cassian den Weg entlang, der hinab zu einem kleinen Vorsprung führte. Zu ihrer Rechten und Linken ragten rostige Stäbe aus dem Boden, und an jedem von ihnen hingen Girlanden und Zettel. Sie flatterten und tanzten im Wind. Ein buntes, raschelndes Meer, spärlich beleuchtet durch Lampions, die ein schwaches gelbliches Licht ausstrahlten. Es reichte gerade aus, um die direkte Umgebung zu erleuchten. Das Dunkel der Nacht war allgegenwärtig.

»Pass auf, wo du hintrittst«, rief Cassian gegen den Sturm an und zeigte auf eine Bucht unter ihnen, zu der eine brüchige Treppe hinabführte. »Das ist die Bucht der Vergessenen. Du kannst dir vorstellen, warum sie so heißt. Dort wurden und werden wohl heute noch die Toten beigesetzt, die man gern vergisst. Dreien, Vieren, Verbrecher.«

Rain wandte den Blick von den schwarzen Felsen ab. Sie wollte sich gar nicht vorstellen, was dort verborgen lag, unter schäumendem Wasser, was aussah wie lebendig gewordener Teer.

»Willst du mich loswerden?«, knurrte sie.

»Ja«, lachte Cassian. »Dich und deinen Vater. Das ist der geheime Masterplan, den mein Vater und ich ausgeheckt haben.«

Er machte eine kurze Pause und gab ihr Gelegenheit zu antworten, aber sie hatte nichts zu sagen.

»Ich hoffe, du weißt, dass das Ironie war?«, hakte Cassian nach und drehte sich zu ihr um. Der Wind spielte mit seinem schwarzen Haar. Es erinnerte an die Wellen unter ihnen, ebenso wie seine dunklen Augen, in denen das Licht der Lampions reflektiert wurde.

»Natürlich.« Rain zuckte die Schultern und kontrollierte Sting an ihrem Gürtel, nur zur Sicherheit. Cassian, der das gesehen hatte, hob die Augenbraue. »Manchmal machst du mir echt Angst.«

»Gut.« Sie entblößte ihre Zähne und bedachte ihn mit einem Lächeln, das ein Versprechen war. Wenn er sie von den Klippen stoßen würde, würde sie ihn mitnehmen.

»Bist du immer so Furcht einflößend?«

Rain machte sich nicht die Mühe, darauf zu antworten. Sie wusste selbst über die dunklen Gedanken, die sich in ihr regten, Bescheid und erschauderte darüber, wie sehr sie Angst und Trauer verändert hatten. Es war, als hätten sie ein düsteres Tor in ihrem Inneren aufgestoßen, das sie nie ganz schließen konnte.

»Manchmal hilft es, seinen Ärger in den Wind zu schreien«, schlug Cassian vor. »Nur zu. Keine falsche Scheu.«

»Kein Bedarf.« Das würde weder ihre Mutter zurückbringen noch sie von Rachegedanken befreien. Manchmal wünschte sie sich, sie wären alle fort. All die Bolts und all die Bishops auf dieser Welt. Und mit ihnen hoffentlich auch all das Leid und all die Angst. Aber so einfach war es in der Realität nicht.

»Du scheinst auch eher so von der schweigsamen Sorte zu sein«, versuchte Cassian es weiter, während Rain darauf achtete, direkt hinter ihm über den glatten Weg zu klettern. Nur zur Sicherheit.

»Redest du immer so viel?«, entgegnete sie.

»Ja. Doch. Schon. Das nennt sich Kommunikation. Solltest du auch mal probieren, Sonnenschein.«

»Wenn ich etwas zu sagen habe, lasse ich es dich wissen.« Sie schaute an Cassian vorbei. Das Ende des Weges befand sich auf einem beleuchteten Vorsprung, auf dem ein wahrhaftig seltsames Gebilde stand: ein Turm, der Wind und Wasser zu trotzen schien.

»Das ist der Schrein der Unvergessenen«, erklärte Cassian, als habe er ihre Gedanken gelesen.

Sie klammerten sich an ein rostiges Geländer und folgten den Stufen zur Plattform, die mit salzigem Wasser und Algen bedeckt war. Rain musste aufpassen, nicht auszurutschen. Der Wind schien immer stärker an ihr zu ziehen, je näher sie dem Turm kamen.

Sie mussten sich zu zweit gegen die Tür stemmen, um sie aufzudrücken. Drinnen war nur noch das Heulen des Windes zu hören, der gegen die Wände peitschte. Und das unverwechselbare Quaken von Singfröschen. Die kleinen Mutanten zogen sich gern in feuchte, kühle Räume zurück und schienen sich hier überaus wohl zu fühlen.

»Unglaublich«, flüsterte Rain. Der Turm war bis auf eine Wendeltreppe leer, aber die Wände waren bis oben hin mit Lampions erleuchtet und mit unzähligen Zetteln und Worten übersät, die die Wand vollständig unter sich verbargen.

»Das sind die Namen der Toten«, erklärte Cassian. »Sie sind nicht nach Genen sortiert, denn es ist egal, wer sie waren. Was zählt, ist, dass sie nie vergessen werden.«

Rain drehte sich um die eigene Achse. Von der Treppe spannten sich Bänder, die bis zum Boden hingen.

»Willst du dem Schrein einen Namen geben?«, fragte Cassian und überreichte Rain ein blaues Band.

Als sie nicht reagierte, zuckte er die Schulter. »Gut, dann ich zuerst.«

Er schrieb die Buchstaben auf sein Band, und Rain reckte unauffällig den Kopf.

C h r y s a o r

Rain hatte den seltsamen Namen noch nie gehört.

»Ein Freund«, erklärte Cassian, der ihren Blick offenbar bemerkt hatte. »Wir standen uns sehr nah.«

»Mein Beileid.«

»Danke.« Für einen Moment glaubte Rain zu sehen, dass Cassians dunkle Augen feucht wurden. Er umschloss das Band mit dem Namen in seiner Hand und drehte sich weg, um es zu seinen Lippen zu führen und zu küssen. Dann umrundete er die Wendeltreppe, um einen geeigneten Platz zu suchen.

Rain sah auf das blaue Band in ihrer Hand und steckte es in die Tasche. Sie brauchte keinen Schrein, denn auch so würde sie den Namen ihrer Mutter nie vergessen. Der Wind draußen heulte, als ob er ihr zustimmen würde, und entlockte ihr ein Lächeln. Storm. Die ewige Kämpferin. Sie würde niemals Ruhe geben, auch im Tod nicht.

Bis Cassian fertig war, ging sie durch den Turm und las die Namen derer, die hier verewigt waren. Dabei musste sie aufpassen, nicht aus Versehen auf einen der vielen Singfrösche zu treten, die um ihre Füße sprangen. Sie machten ihrem Namen alle Ehre und quakten ohne Unterlass. Es klang beinahe so, als würden die kleinen Kerlchen für die Toten selbst singen.

»Fertig?«, fragte Cassian. In seinen Augen lag kein Hinweis mehr auf Tränen oder Trauer. »Komm mit, Sonnenschein.«

Sie stiegen die Wendeltreppe empor, darauf bedacht, nicht auszurutschen. Die Stufen schwankten und stöhnten bedrohlich unter jedem Schritt, doch sie hielten stand.

Als sie oben auf einer geschützten Aussichtsplattform angekommen waren, schob die Sonne sich bereits über den Horizont, warf ihre Strahlen auf die wütende Oberfläche der Ever Sea und verwandelte das schwarze Wasser in ein Meer aus Glut.

»Sie ist riesig«, staunte Rain. »Ich habe noch nie so viel Wasser gesehen. Nicht einmal in Azure.«

»Und sie geht hinter der Mauer noch weiter.« Cassian deutete auf das Gebilde vor ihnen. Eine gigantische Wand, über die Drohnen flogen. Wachtürme mit Sentinal und Gleitern bewachten die Grenzen von Hope.

»So viele Drohnen«, bemerkte Rain und betrachtete die Schatten, die unter dem Himmel ihre Kreise zogen.

»Ja, es sind mehr als beim letzten Mal.« Cassian runzelte die Stirn. »Vielleicht sind wieder mal Verdammte aufgetaucht.«

Sie waren nicht allein auf der Plattform. Neben ihnen verharrte eine eiserne Statur und blickte hinaus in die Weite. Sie zeigte eine Chimäre, die auf einem Stein saß. Halb Mensch, halb Fisch. Den Oberkörper einer wunderschönen nackten Frau, doch die Beine endeten in Flossen. Auf ihrem Kopf lag eine seltsam aussehende, rote Mütze, von der nicht mehr als ein paar Fetzen und ein Plastikschirm übrig waren, offenbar um das Gesicht vor Sonne zu schützen.

»Das ist Nike.« Cassian deutete auf die Fischfrau. »So steht es zumindest auf ihrer Mütze.«

»Gab es wirklich derartige Chimären in der alten Welt?« Rain war fasziniert, während sie das Podest umrundete, um die Frau zu untersuchen. Sie konnte keine Kiemen entdecken. Den Brüsten nach schien sie ein Säugetier zu sein, aber Rain konnte beim besten Willen nicht erkennen, wo da die Kinder rauskommen sollten. »Wenn, dann hat ihre Art sicherlich nicht lang überlebt. Sie kann sich nicht fortpflanzen.«

»Ähnlich wie wir, oder nicht?«

Rain fuhr überrascht zu Cassian herum. Er sah sie an, beobachtete ihre Reaktion, als er weitersprach. »Du weißt es. Ich weiß es. Wir mögen zwar mit Schönheit, Klugheit und Stärke gesegnet sein, aber wir sind nicht dazu bestimmt, Babys zu bekommen.«

»Bisher haben sich die Gesegneten doch gut geschlagen, oder nicht?« Rain blieb vage.

»Egal wie viel wir forschen, wir können unser Geburtenproblem nicht lösen. Die Gesegneten werden immer weniger, und ich frage mich, wie wir einen Krieg auf Dauer gewinnen wollen.«

»Du meinst den Krieg gegen die Rebellen?« Rebellen. Rain drängten sich Erinnerungen auf, die ihr Schauer über den Rücken jagten. Daphnes weit aufgerissene Augen im Anblick des Todes. Der Gestank von Schweiß und Urin, vermengt mit dem muffigen Geruch der Zelle. Wie lang würden diese Bilder sie noch verfolgen? Sie wandte ihren Blick schnell wieder der Fischfrau mit der vergammelten, alten Mütze zu, auf der Nike stand, und hoffte, dass Cassian nicht ihre zitternden Hände bemerkte.

»Die Rebellen?« Der Gesegnete lachte freudlos. »Wenn sie unser einziges Problem wären ...«

Er deutete auf die Mauer, die sich hinter ihnen erstreckte.

»Was ist dahinter? Das ist die Frage, die wir uns stellen sollten!« Er kniete sich hin und wischte mit seinem Ärmel über eine verrostete Stelle am Geländer. Dort zwischen dem rötlich verfärbten Metall waren Reste von Zeichnungen zu erkennen. Rain ging neben Cassian in die Hocke, um sie sich näher anzusehen.

Die Bilder ergaben nicht viel Sinn. Es wirkte eher wie ein chaotischer Haufen an Dingen, die einem Kind durch den Kopf geschossen waren. Große Menschen, kleine Menschen. Menschen mit seltsam verzerrten Formen. Nebel, der scheinbar tote Körper zurückließ. Und Monster, die Rain noch nie zuvor gesehen hatte.

Offenbar konnte Cassian mehr Sinn in die Bilder bringen, die den Turm verzierten. Er deutete auf eine Gruppe aus Menschen, die größer waren und aus Eiern entsprangen. Und auf den Eiern prangte ein Symbol. Ein Dreieck mit drei Punkten.

»Das habe ich schon mal gesehen«, flüsterte sie.

»Es ist auch in der Höhle der Engel«, erklärte Cassian.

Ja, sie erinnerte sich.

»Es ist unser Zeichen. Das Zeichen des Schöpfers und seiner Gesegneten.«

»Schöpfer?«

»Er hat uns im Krieg der Giganten angeführt«, berichtete Cassian.

»Was weißt du noch?« Rain starrte ihn an. Seitdem sie wusste, dass Gesegnete keine Kinder bekommen konnten, hatte sie sich gefragt, woher sie kamen, denn sie waren sicherlich nicht aus den Eiern geschlüpft, die in der Höhle der Engel gestanden hatten. Oder doch?

»Das sind die Gesegneten. Wir. Und wir schützen die Menschen«, erklärte Cassian und deutete auf die kleinen Figuren, die sich hinter den Eiern versteckten. Dahinter war etwas anderes gezeichnet worden. Es war kaum noch zu erkennen, als hätte jemand es aus dem Metall herausgekratzt. Etwas Großes, das seine tentakeligen Arme nach den Gesegneten ausstreckte.

»Was ist das?« Rain ging näher heran. Es sah aus wie ein Kraken oder eine Qualle, aber Genaueres war nicht zu erkennen.

»Maschinen. Gegen sie haben wir im Krieg gekämpft.«

Die Gesegneten gegen die Maschinen? War das der legendäre Krieg gewesen, der die alte Welt vernichtet hatte? Und zu was machte sie das dann? Waren sie diejenigen, die versucht hatten, die Menschen vor den Maschinen zu schützen, wie die Zeichnung andeutete? Waren sie Beschützer und Bewahrer? Die Hoffnung auf eine neue, bessere Welt? Oder doch bloß Soldaten? Waffen? Zerstörer?

»Und wer hat gewonnen?« Rains Herzschlag beschleunigte sich. Sie wusste nicht viel mehr über den ewigen Krieg, als dass es ihn gegeben hatte. Er hatte die Welt von damals zerstört, und aus der Asche war Hope erwachsen, ein Land des Friedens. So hoffte man.

»Ich glaube, einen Krieg dieses Ausmaßes hat niemand wirklich gewonnen«, antwortete Cassian.

Sie lugten erneut über das Geländer und sahen auf die endlose See vor sich, und plötzlich kam sich Rain so klein und unbedeutend vor, wie sie hier kauerte, auf einen seltsamen alten Turm und auf eine riesige Mauer starrte, die eine ganze Welt hinter sich verbarg. Dort konnten die Antworten liegen. Die Antworten auf ihre eigene Existenz.

Sie war neugierig, neugierig zu wissen, was sich dort erstreckte, und gleichzeitig fürchtete sie sich.

Oh, mein Herz, pflegte Storm zu sagen. *Wir schaffen es nicht einmal, die Probleme in unserem eigenen Land zu lösen. Warum sollten wir dann in andere Länder ziehen? Dort finden sich keine Lösungen, sondern nur noch mehr Probleme.*

»Warst du schon öfter hier?«, flüsterte Rain.

»Oh ja.« In seinen Augen funkelte die Abenteuerlust.

»Hast du mal etwas gesehen? Etwas, was hinter der Mauer liegt?«

Cassian schüttelte den Kopf. Sie nannten es den ewigen Krieg gegen die Verdammten. Gleichzeitig nannte man es aber auch den vergessenen Krieg, da es in den letzten Jahren ruhig geworden war.

»Vielleicht ist das, was da draußen ist, bereits tot«, überlegte Rain. »Vielleicht hat wirklich nur Hope überlebt.«

»Soll ich dir etwas zeigen?« Cassian grinste schelmisch, als er an Nike vorbeischritt. »Aber Vorsicht, es ist gruselig. Bereit?«

»Ja.« Rain richtete sich auf, als Cassian in einem kleinen Raum verschwand, der die Spitze des Turmes wie einen Rettungsring umschlang. Sie folgte ihm und fand sich vor einer alt aussehenden Steuerkonsole wieder. Cassian betätigte einen Schalter, und ein Scheinwerfer über ihren Köpfen erwachte summend zum Leben. Rain beobachtete fasziniert, wie aus der Anlage über ihren Köpfen ein weißer Lichtstrahl in Richtung Mauer schoss und die gedämpfte Morgenstimmung erstrahlen ließ.

Zweimal kurz. Einmal lang.

»Sieh.« Cassian deutete auf den See hinaus, aber Rain sah nichts außer der Mauer, in goldrotes Licht getunkt. Und die glänzenden Körper der WarBots, die sich von den verblassenden Schatten abhoben, mit denen sich die Nacht noch an das Land krallte.

»Was soll …?«

»Geduld, Sonnenschein.«

Und dann plötzlich sah sie es. Weit hinter der Mauer, tief in der Verdammnis, da leuchtete plötzlich auch ein Licht auf.

Zweimal kurz. Einmal lang.

Sie hielt den Atem an, während sie auf die Stelle starrte, die geantwortet hatte.

»Da draußen ist etwas«, flüsterte Cassian und stellte sich wieder neben Rain, so nah, dass sich ihre Arme berührten. »Die Frage ist nur, ist es Freund oder Feind?«

17.

»DU MUSST IHN TRAGEN«, sagte Wren. »Wir können den Stuhl nicht mitnehmen.«

»Tragen?«

»Hör auf zu schmollen.«

»Ich schmolle nicht.« Moth war genervt, aber Lark spürte, wie ein Ruck durch seinen Körper ging und er wie eine Puppe über die Schulter des Spines geworfen wurde. Dabei war Moth nicht gerade vorsichtig. »Ich bin lediglich anderer Meinung.«

»Das kannst du gern sein, interessiert mich aber nicht«, verkündete Wren und kontrollierte, ob Larks Augen weiterhin verbunden waren.

Sie liefen eine Weile, vermutlich durch einen Tunnel, denn Lark konnte hören, wie die Schritte von den Wänden hallten. Er versuchte den Geruch einzuordnen, doch es roch nicht nach den unterirdischen Schächten, die er aus Grey kannte. Dafür lag etwas anderes in der Luft. Etwas Blumig-Süßliches, das an Zucker erinnerte.

»Wo bringt ihr mich hin?«, fragte er, ohne eine aufschlussreiche Antwort zu erwarten. Zu seiner Überraschung wurde ihm der Sack vom Kopf gezogen, und er sah gerade noch, wie Moth eine Tür öffnete. Dahinter lag ein Gang, aus dem ihnen Musik und Stimmen entgegenschwollen.

»Passwort«, murmelte ein Schatten, und ein gewaltiger Kerl stellte sich ihnen entgegen, der eher an einen überzüchteten Bullen als einen Menschen erinnerte.

»Im Chaos liegt die Freiheit«, sagte Wren voller Stolz, streckte sich und zeigte ihren Arm, auf dem sie ihre Tätowierung durchgestrichen hatte.

»Willkommen.« Der Mann trat unbeeindruckt zur Seite und verschwand hinter einem tragbaren TecDec.

»Wir wollen zur Kröte«, ergänzte Wren und setzte einen unerträglich wichtigtuerischen Blick auf.

»Die Kröte ist nicht hier.« Der Bulle machte sich nicht einmal die Mühe, den Blick von seinem Bildschirm zu heben.

»Wir warten.«

»Aber nicht hier. Ich habe zu tun.«

»Dann informierst du ihn, dass wir hier sind?«, hakte Wren nach.

»Nein. Ich lese.« Der Bulle zeigte den Bildschirm, über den aneinandergereihte Worte und Sätze zogen.

»Du packst jetzt deinen TecReader weg und informierst die Kröte. Verstanden?«, knurrte Moth und packte den Bullen am Kragen, wobei Lark sich an seinem Rücken festkrallen musste, um nicht zu fallen. »Wir sind nicht zum Spaß hier.«

Sekunden später drückte sich der Lauf einer Waffe an Moths Schläfe, und der Bulle sagte, ohne seinen Blick zu heben: »Niemand stört mich beim Lesen. Geht rein und wartet, oder sterbt an Ort und Stelle.«

»Ach ja?« Moth holte tief Luft, doch Wrens Hand landete beruhigend auf seiner Schulter. Erst jetzt sah Lark, dass hinter ihnen zwei Drohnen aus der Decke gefahren waren und ebenfalls ihre Waffen auf sie richteten. Sie sahen aus wie WarBots, aber doch anders. Er tippte Moth auf den Rücken, um ihn darauf aufmerksam zu machen. Als sich der Hühne umdrehte, wandte sich Lark an den Bullen.

»Meine Schwester liest auch gern«, sagte er.

»Wirklich? Ein sympathisches Mädchen.« Der Bulle verzog die Lippen zu einem Lächeln. »Wenn du etwas brauchst, lass es mich wissen, Kleiner.«

»Danke. Sehr freundlich.« Lark nickte, während Moth innerlich zu explodieren schien.

»Er möchte, dass du die Kröte über unsere Ankunft informierst«, knurrte Moth, aber der Bulle ignorierte ihn weiter. »Sag es ihm, Junge.«

»Ja.« Lark nickte zustimmend. »Wir würden gerne zur Kröte.«

»In Ordnung.« Der Bulle nickte. »Geht rein und wartet dort.«

»Danke«, sagte Wren und stolzierte an dem Wächter vorbei. Als sie sicher war, dass er nicht zusah, streckte sie ihm die Zunge raus.

»So ein Botkopf«, verkündete sie.

Dann teilte sie einen Vorhang aus bunten Perlen und enthüllte das, was dahinter lag.

»Was für ein Ort ist das?«, fragte Lark und reckte seinen Hals, um an Moth vorbeizusehen.

So eine Szene wie diese hatte er in Aventin nicht erwartet. Es war ein dunkler Raum, vielleicht unterirdisch, denn es gab nirgends Fenster. Musik erfüllte den Ort, und auf Kissenecken lagen Menschen, die nicht wach wirkten, aber auch nicht schliefen. Sie rekelten sich, teils nur spärlich bekleidet, zwischen Behältern, die mit einem seltsamen Gas gefüllt waren. Drohnen flogen über sie hinweg. Einige leuchteten in unterschiedlichen Farben, wie funkelnde Kreisel. Andere glitzerten und blinkten.

»Guck nicht so geschockt. Die Menschen hier wollen auch Spaß haben«, erklärte Wren, die sich im Takt der Musik bewegte. Sie warf ihre blauen Haare zurück und tanzte durch den Raum. »Lasst uns tanzen.«

»Auf keinen Fall.« Moth schob einen ServiceBot mit Gläsern zur Seite, der sie begrüßte. Er hatte scheinbar ebenso wenig Interesse an dieser seltsamen Veranstaltung wie Lark.

»Ihr seid solche Spielverderber.«

Sie schoben sich an tanzenden Leibern vorbei. Der Geruch von Schweiß lag in der Luft, und Lark wurde übel. Auch wenn Grey nie den hygienischen Standards von Aventin entsprochen hatte, schien ihm diese Veranstaltung ein wahres Paradies für Keime und Bazillen zu sein, und ihn wunderte es, dass es niemanden zu kümmern schien. Er starrte auf die glänzenden Körper, die sich aneinanderrieben, und eine Gänsehaut kroch seinen Rücken empor.

Wren schien seine Gedanken zu lesen, denn als sie endlich zu ihnen aufschloss, zwickte sie ihm in die Seite.

»Keine Sorge, mein Hübscher. So schnell steckt man sich nicht mit der Roten Seuche an«, kicherte sie.

»Man muss es auch nicht herausfordern«, murmelte Moth, der sich schnell etwas Desinfektionsspray zwischen den Handflächen verteilte.

»Ich möchte auch welches«, murmelte Lark, was bei Wren schallendes Gelächter verursachte.

»Der große Held der Spines. Der Töter der Gesegneten …« Sie steckte ihre Finger in den Mund, ganz langsam, ohne Lark aus den Augen zu lassen, und piekte ihm damit ins Gesicht. »… ist bloß ein Junge, der Angst vor Keimen hat.«

»Wren«, rief Moth empört. Er goss erst Desinfektionsmittel über Wrens Hände und dann über Larks. »Hör auf damit rumzualbern. Mit der Roten Seuche scherzt man nicht.«

Wren rollte mit den Augen und drehte sich um. »Geht schon mal vor. Ich muss einem alten Freund Hallo sagen.«

Sie tanzte auf einen jungen Mann zu, der an der Bar saß und in sein TecDec vertieft war. Wren schlich sich von hinten an und hielt ihm die Augen zu. Er lachte auf und drehte sich zu ihr um.

Eine Zwei aus Ruby. Mehr konnte Lark nicht erkennen, denn Moth trug ihn weiter durch endlos viele Gänge.

»Was ist das hier? So eine Art Spines-Party?«, fragte Lark.

»Es gibt mehr Dornen, als du denkst«, knurrte Moth.

Sie kamen in einen grünen Raum. Er war übersättigt mit der Farbe. Wände, Möbel, selbst das Licht. Alles war grün. Lark wollte sich gerade umsehen, als Moth ihn unsanft zu Boden gleiten ließ. Er stieß mit seinem Kopf an eine Glaswand und stöhnte auf. Neben ihm, in einem gläsernen Kasten, saß eine riesige Kröte.

»Sind wir wegen dem da hier?«, fragte er und rieb sich seine schmerzende Schläfe.

»Nein, du Dummkopf.«

»Warum nennt ihr ihn dann die Kröte?«

»Er hat viele Namen, aber für uns ist er eben die Kröte.« Moth machte eine ausladende Geste. »Das liegt möglicherweise daran, dass wir uns meistens hier mit ihm treffen.«

Überall in den Wänden waren Terrarien eingelassen, in denen sich Chimärenkröten tummelten. Überwiegend Kreuzungen mit Echsen.

Moth setzte sich nicht weit entfernt von ihm auf einen giftgrünen Hocker und bombardierte die Wand mit finsteren Blicken. »Ich mag es hier nicht.«

»Sei nicht so negativ.« Wren war ihnen gefolgt, in den Händen zwei kugelrunde, geschlossene Gläser, in denen sich eine gasförmige Substanz befand.

»Und nun?«, fragte Lark und stützte seinen Rücken gegen das Terrarium mit der Mutantenkröte.

»Wir warten.« Wren reichte ihm eine der Glaskugeln, doch Lark lehnte ab. »Hast du Angst?«

Sie lachte und setzte sich das Glas an die Lippen. Als sie den Nebel durch einen kleinen Halm einzog, breitete sich Entspannung in ihrem Gesicht aus, und sie ließ sich seufzend auf den Rücken fallen. Ihr Kopf versank in einem grünen Kissen.

»Du solltest nicht zu viel von dem Zeug rauchen«, murmelte Moth.

»Warum nicht? Es lässt mich vergessen. Zumindest für einen kurzen Moment.« Sie schloss die Augen und lächelte selig. Auf ihrem Arm konnte Lark ihre durchgestrichene Tätowierung nun klar und deutlich erkennen, und sie überraschte ihn. Sie kam aus Ruby und war eine G2, doch ihr Tattoo war um eine F1 ergänzt worden. Das war selten, aber kam vor. In Ausnahmen, wenn die Einschränkungen durch Eingriffe gänzlich zu beheben waren, konnten sich die Reichen und Privilegierten ein Upgrade erkaufen, das sie über ihren genetischen Code erhob. Verbreiteter waren solche Eingriffe bei den Sentinal, so wie Tiberius es auch ihm angeboten hatte.

»Wenn du sie noch länger ansiehst, erschieß ich dich«, brummte Moth.

Lark seufzte. »Wäre es nicht zur Abwechslung ganz nett, wenn du mich nicht töten möchtest?«

Moth verengte die Augen. »Ich möchte dich aber töten, Kleiner. Denn ich traue dir nicht über den Weg.«

Was hatte man ihr wohl angetan, dass sie sich den Rebellen angeschlossen hatte? Hatte eine Eins aus Ruby nicht eigentlich ein gutes und sicheres Leben?

»Du traust niemandem.« Wren zuckte mit den Schultern. »Lass ihn mich doch ansehen. Er findet mich halt hübsch.«

Das war sie. Die Art, wie sie sich bewegte. Ihre vogelähnlichen Augen. Die azurblauen Haare, die selbst im Dunkeln strahlten. Hübsch. Und vorlaut.

Lark wusste nicht, was er von ihr halten sollte. Es war nicht so, dass er sie nicht ausstehen konnte. Sie hatte etwas Kindliches und Unschuldiges an sich, was ihn an Rose erinnerte, aber gleichzeitig wirkte sie … zerbrochen. Wie eine hübsche Vase, aus der eine Ecke gebrochen war und die dadurch nun gefährlich scharfkantig war. In ihrer Nähe musste man aufpassen, sich nicht zu schneiden.

»Was denkst du?«, fragte sie. Sie hatte sich aufgerichtet und ging auf allen vieren über den grünen Teppichboden. »Hättest du Interesse an mir?«

»Nein.« Das war die Wahrheit. Sein Herz war bereits vergeben und schlug selbst jetzt, als er an sie dachte, ein klein wenig schneller.

»Wie schade.« Wren schob schmollend die Unterlippe vor. »Und wie heißt die oder der Glückliche?«

Als er nichts erwiderte, ergänzte sie: »Das Hologramm-Mädchen von deinem Nachttisch?«

»Das geht dich nichts an.«

»Sie war ganz niedlich.« Sie seufzte und zückte ihr Messer, um es gelangweilt zwischen den Fingern kreisen zu lassen. Mit der freien

Hand griff sie erneut nach dem Kugelglas. »Aber leider tot. Die Niedlichen überleben nie lange, weißt du?«

Seine Hände wurden zu Fäusten, aber er schluckte seine Wut herunter.

»Was ist mit dir? Eine F Eins aus Ruby?«, presste er zwischen den Zähnen hindurch. »Deine Eltern scheinen genug Geld und Einfluss zu haben, um dich upzugraden.«

»Das hatten sie«, entgegnete Wren. »Aber leider lassen sich nicht alle Probleme so einfach wie Kurzsichtigkeit beheben.«

»Trotzdem verstehe ich es nicht. Was hat dich zu den Rebellen verschlagen?«, fragte er weiter. »Du musstest keinen Smog atmen. Und ich vermute, du musstest nie um Essen betteln. Deine Eltern haben dafür gesorgt, dass du zu einer Eins wirst. Was ist es also, was dich hierherführt? Der Wunsch nach Nervenkitzel? Die Langeweile?«

Damit schien er einen wunden Punkt getroffen zu haben, denn Wren sprang auf und bohrte ihm die Spitze ihres Messers so fest gegen den Hals, dass er für einen Moment fürchtete, sie wollte ihm die Kehle durchstechen.

»Du arroganter Mistkerl!«

Moth stand auf, packte sie an der Taille und hob sie von ihm weg.

»Du hast gesagt, wir dürfen ihn nicht töten«, erinnerte er sie und setzte sie ein paar Meter entfernt ab.

»Du hast keine Ahnung, was mir diese Gesellschaft angetan hat«, rief sie und trat gegen eines der grünen Kissen.

Lark wusste, dass es klüger wäre, einfach den Mund zu halten. Aber er entschied sich dagegen, klug zu sein.

»Und was soll das gewesen sein?«, fuhr er fort. »Haben sie dich von einer Party ausgeladen?«

»Vorsicht«, knurrte Moth und packte ihn drohend am Kragen. Scheinbar mühelos hob er ihn hoch und drückte ihn an die Wand.

»Oder was? Musstest du etwa zusehen, wie der Smog einem Freund Augen und Schleimhäute verätzte? Musstest du nächtelang am Bett deiner kranken Schwester verbringen, für die du keine Medikamente hattest, und fürchten, dass sie stirbt? Musstest du deine beste Freundin betrauern, die von einer Bombe in die Luft gesprengt wurde? Und hast dabei zugesehen, wie deine Heimat von BoomBots in Schutt und Asche gelegt wurde? Nein?« Tränen hatten sich in seinen Augen gebildet, aber er blinzelte sie wütend weg. Als weder Moth noch Wren antworteten, ergriff er erneut das Wort. »Das hat mir die Gesellschaft angetan.«

Sowohl Spines als auch Gesegnete.

Moth brummte etwas und ließ ihn wieder auf den Boden gleiten, dieses Mal ein klein bisschen vorsichtiger.

»Das tut mir leid, Lark.« Die Wut in Wren hatte sich gelegt, so schnell wie sie hochgekocht war. »Deswegen sind wir hier.« Sie nickte, als würde sie ihn verstehen. »Wir rächen uns bei den Gesegneten für das, was sie uns angetan haben. Wir sind die Wilden. Die Freien. Die Echten. Die Gerechten.«

Doch Lark wusste, sie hatte ihn nicht verstanden. Möglicherweise würde sie es auch nie verstehen.

Das Böse kannte keine Seiten. Ebenso wenig der Tod.

18.

»WIE MUTIG BIST DU, SONNENSCHEIN?«

»So mutig, wie das Herz rät und die Klugheit erlaubt«, antwortete Rain. Das hatte Storm zum Thema Mut gesagt.

»Und was raten dir Herz und Verstand?«, fragte Cassian und drehte sich zu ihr um, während der Sprinter im Schatten der Klippen über den Strand eilte. In seinen dunkelbraunen Augen leuchtete die Lust nach Abenteuer, und sie spürte, wie die Flamme übersprang. »Willst du wissen, was hinter der Mauer ist?«

Herz und Verstand schrien »Ja«, und sie nickte ein wenig zu schnell. Sie wollte diese unbekannte neue Welt weiter erkunden. Vor allem aber wollte sie nicht zurück nach Aventin, in ihr Apartment, wo sie niemals allein war und doch so einsam.

»Wie sollen wir an den Wachtürmen vorbeikommen?« Sie streckte den Kopf zur Seite, um mehr zu sehen, aber Cassians Haare flogen ihr ständig ins Gesicht. Sie rochen angenehm nach Shampoo und Meeresluft, wie sie unfreiwillig feststellen musste.

»Ich habe Mittel und Wege.«

»Glaubst du nicht, dass sie unsere Abwesenheit bemerken werden?«

»Ach was. Die sind froh, wenn sie uns mal eine Weile nicht sehen, Sonnenschein.« Er lachte und drehte sich erneut zu ihr um. »Wahrscheinlich glauben sie, dass wir uns gerade im Sprudelbad entspannen.«

»Nife weiß, dass ich niemand bin, der im Sprudelbad liegt.«

»Er wird denken, dass wir unseren Spaß haben.«

»Oder er denkt, dass ich dich erwürgt habe.«

»Das glaube ich nicht.« Cassian grinste, und seine schwarzen Locken umspielten sein Gesicht. Er roch nicht nur nach Abenteuer, sondern strahlte auch eine Verwegenheit aus, die ihr gefiel. »Du tust so, als wärst du der toughe Ghost, aber du bist niemand, der leichtfertig ein Leben nimmt. Nicht einmal das von Bolt.«

»Das war etwas anderes.«

»War es das? Viele denken, du bist eine Kämpferin, eine eiserne Faust. Menschen lieben es, an solche starken Helden zu glauben. An Helden, die all das machen, was sie sich selbst nicht trauen. Die für sie kämpfen, für sie töten und das Ungerechte aus der Welt schaffen. Helden, die sich um alles kümmern, damit man sich selbst zurücklehnen kann.«

»Ich habe nie gesagt, dass ich ein Held sein will.«

»Nein. Denn du zerstörst nicht gern.« Sein Blick suchte den ihren. Er lächelte, aber ohne Hohn. »Das finde ich gut, weißt du? Es gibt bereits zu viele Zerstörer.«

Sie näherten sich der Mauer. Bald würden die Drohnen sie entdecken. Cassian beugte sich wieder vor über das in den Insektenpanzer integrierte Tec-System, und plötzlich bog der Hundertfüßler ab und eilte auf die Felsen zu. Für einen Moment fürchtete Rain, er wollte daran emporklettern, und sie presste ihre Oberschenkel fester an den glatten Körper. Ihre Finger klammerten sich an den Rand des Panzers, und sie schloss die Augen. Aber Baby kletterte nicht empor, stattdessen verschwand er in einer winzigen Öffnung. Einer Höhle.

Er schoss in die Dunkelheit vor, bis er plötzlich zum Stehen kam. Cassian glitt elegant von seinem Rücken und hielt Rain die Hand hin.

»Und? Wie gefällt dir unser Ausflug bisher?« Er verzog seinen Mund zu einem breiten Grinsen, und Rain fiel zum wiederholten Male auf, dass Lachen seine große Stärke war. Es war ein Lachen, das verzauberte und ansteckte, weil es so echt wirkte.

Ein gefährliches Lachen.

Er deutete auf seine dargereichte Hand, um ihr von Babys Rücken zu helfen, und sie ergriff sie.

»Warum tust du das?«, fragte sie, während sie sich weniger elegant an den langen Beinen des Hundertfüßlers vorbeidrängte, bis sie direkt vor Cassian stand. So nah, dass sich ihre Leinenhemden berührten. »Warum spielst du bei der Verkupplungsaktion unserer Väter mit?« Es war offensichtlich, wie sehr er versuchte, ihr zu gefallen.

»Ich finde dich nett.« Er versuchte, über ihre Schulter zu streichen, doch sie war schneller. Blitzschnell drehte sie seine Hand um, sodass Cassian erschrocken aufkeuchte.

»Ich bin nicht dumm, und ich stehe nicht auf Spielchen«, knurrte sie. »Ich will eine Antwort. Eine ehrliche oder zumindest eine, die ich glauben kann. Sonst ... Ich mag keine Zerstörerin sein, aber ich werde dir guten Gewissens die Hand brechen, wenn du mit mir irgendein Psychospiel spielst.«

»Du tust mir weh, Sonnenschein.« Er strich sich seine langen Haare aus dem Gesicht.

»Ich bin nicht dein Sonnenschein.«

»Wie soll ich dich sonst nennen? Regenwolke?«

»Rede!« Rain verstärkte den Druck auf sein Handgelenk, und endlich wischte sie ihm damit das attraktive Lächeln aus dem Gesicht.

Baby wurde unruhig, als er sah, wie sein Herrchen malträtiert wurde. Seine Antennen zuckten über Rains Kopf und Schultern, aber er schritt nicht ein.

»Wir können uns gegenseitig helfen.« Cassian versuchte erneut ein bestechendes Lächeln, aber angesichts des Schmerzes brachte er es nicht zustande.

»Und wie das?«

»Wenn wir so tun, als würden wir die Pläne unserer Väter unterstützen und eine Bindung in Betracht ziehen, können wir mehr Ausflüge wie diese machen. Wollen wir nicht beide von Zeit zu Zeit unseren Vätern und dieser ganzen verkorksten Welt entkommen?«

»Wir können ihr nicht entkommen«, flüsterte Rain. »Aber eine kleine Pause von Zeit zu Zeit wäre nicht schlecht.«

»Ich bin nicht dumm, Sonnenschein. Vielleicht schaffe ich es irgendwann einmal, dein Vertrauen zu erlangen, aber deine Liebe? Das ist unmöglich. Ich weiß, der Platz in deinem Herzen ist bereits vergeben, und wer auch immer es ist, er kann sich sehr glücklich schätzen.«

»Da ist nur eine mörderische Fuchsmanguste, die dir die Kehle aufreißen wird, wenn du mich verrätst«, log Rain und ließ seine Hand los.

»Für den Anfang können wir doch einfach Abenteuerkomplizen sein? Was meinst du?« Cassian reichte ihr seine Hand.

»Abenteuerkomplizen«, bestätigte sie und ließ zu, dass er sie durch die Dunkelheit führte. Offenbar war das nicht sein erstes Mal hier, denn seine Schritte waren zielstrebig.

»Woher kennst du diesen Ort?«, fragte Rain. Für den Moment entschied sie, Cassian zu vertrauen, aber die Finger ihrer freien Hand schlossen sich um Sting. Nur für den Fall.

Man kann jedem vertrauen, solange man die Oberhand über die Situation behält, hatte Storm gesagt.

»Ich habe es entdeckt, als ich noch ein Kind war. Meine Mutter war oft hier, um der Hektik der Stadt und der Politik meines Vaters zu entkommen.« Plötzlich erstrahlte sein Gesicht in blauem Licht, als drei winzige Lichtdrohnen hinter seinem Kopf aufleuchteten und Rain blendeten.

Sie entriss sich sofort seinem Griff und sprang zurück, aber Cassian schlug sich nur die Hand vor den Mund, um sein Lachen zu unterdrücken.

»LightBots«, flüsterte er amüsiert, bevor er sich umdrehte und zwischen den Steinen etwas suchte. Kurze Zeit später fand er eine Kiste, die er triumphierend aus der Felsspalte hervorzog. »Zieh dich aus, Sonnenschein. Wir haben eine Mission zu erfüllen.«

Rain entdeckte zwei Overalls, die aus demselben Material wie die Kampfanzüge der Sentinal waren. Äußerst robust, wasserfest und dazu fähig, die Körpertemperatur konstant zu halten.

»Den wirst du brauchen.« Er legte die dunkle Hose und das Leinenhemd ab, ebenso wie die kostbar aussehenden Stiefel. Sie folgte seinem Rat und schlüpfte aus ihrer Kleidung, um den engen Overall anzuziehen. Sie bemerkte Cassians Blick und drehte sich zu ihm um.

»Was?«

»Ach, nichts. Du bist einfach die geborene Kämpferin.« Er deutete auf die schwarze Funktionsunterwäsche, die sie trug. Sie passte sich dem Körper an und war sehr strapazierfähig, perfekt für Belastungen, weshalb sie auch von den Sentinal benutzt wurde. Als Rain sie entdeckt hatte, war sie mehr als erleichtert gewesen, denn zuvor hatte ihr Glee höchst unbequeme Wäsche präsentiert, die aus Seide oder Spitze und einem Hauch von nichts bestand. Bei manch einem Höschen hatte sie nicht einmal gewusst, wie man es anziehen musste.

»Besser als das da«, erwiderte Rain kühl.

»Was? Ich finde es superheiß.« Er trug knappe Unterwäsche, die nur das Nötigste bedeckte. Er drehte sich um, um seinen nicht bedeckten Hintern zu präsentieren.

»Warum trägt man so was?« Rain verzog das Gesicht.

»Weil es sexy ist.« Cassian spannte seine Gesäßmuskeln an, ohne bei Rain die erwünschte Wirkung zu erzielen.

»Es sieht ungemütlich aus.« Sie hatte immer noch ihr Gesicht verzogen.

»Ist das alles, was du zu sagen hast?« Mit gespielter Enttäuschung zog er sich den Overall über. »Du bist echt eine harte Nuss.«

Als sie umgezogen waren, half er ihr, die Haare unter dem Kopfschutz zu verbergen.

»Vorsicht. Es wird dreckig.« Er grinste schelmisch bis über beide Ohren, bevor er sich eine eng anliegende Maske überzog, die Mund und Nase bedeckte. »Aber *dir* wird es wohl gefallen, Sonnenschein.«

Die Anzüge waren ein paar Nummern zu klein und schnitten so tief ins Fleisch, dass es schmerzte, aber das war Rain egal. Sie folgte Cassian und seinen drei LightBots mit klopfendem Herzen, als wären sie gerade dabei, eine neue Welt zu entdecken. Was genau genommen auch der Fall war.

Der Gang, dem sie folgten, wurde enger und enger, bis sie nur noch bäuchlings weiterrobben konnten. Rain war dankbar für den Schutzanzug, denn sie spürte die spitzen Kanten der Felsen selbst durch die Handschuhe. Sie drückten sich in ihre Knie und Hüfte, doch sie ignorierte den Schmerz und die aufsteigende Panik angesichts der Enge und hielt den Blick nach vorn gerichtet. Dort sah sie nicht viel mehr als Cassians Beine und sein Gesäß, das im Licht eines LightBots erstrahlte.

Der Gang war mittlerweile so schmal, dass Rain sich nicht mehr umdrehen konnte. Sie spürte, wie sich ihr Herzschlag beschleunigte, und fühlte den Angstschweiß, der ihr aus allen Poren drang. Sie hasste Enge, und langsam ließ sie sich nicht mehr ausblenden. Für einen Moment lähmte sie die Panik, und sie erstarrte.

Kriech zurück, flüsterte eine Stimme in ihrem Kopf. *Was wäre, wenn du stecken bleibst? Was, wenn die Decke einstürzt und dich zerquetscht? Was wäre das für ein Tod? Eingesperrt in einem Berg? Für immer.*

»Unwetter haben keine Angst«, flüsterte sie. »Unwetter toben. Unwetter stürmen. Unwetter weichen nie zurück.«

Sie zwang sich, dem LightBot, der auf sie gewartet hatte, weiter zu folgen.

»Es war leichter, als ich noch klein war«, hörte sie Cassian sagen, doch seine Stimme wurde von dem Gestein, das sie einhüllte, verschluckt.

Der Boden wechselte von Stein zu Sand. Wasser rann durch kleine Öffnungen und weichte den Boden auf, der nun nach Salz und Moder roch. In diesem Moment war Rain froh, dass die Maske sie mit Luft versorgte, denn dank der Sauerstoffkapseln konnte sie einen klaren Kopf bewahren.

»Unwetter haben keine Angst.« Der Gang nahm kein Ende. Scharfe Steinkanten. Felsen. Sand. Meerwasser. Und wieder Steinkanten.

»Wie lange noch?«, fragte Rain laut und versuchte ihre schmerzenden Ellbogen zu entlasten, die trotz der Schutzplatten wundgescheuert waren. Die Wände schienen auf sie zuzukommen und sie tiefer in den Sand zu drücken. Sie spürte Sand und Stein überall auf ihrem Körper. Als hätte man sie lebendig begraben. Als läge sie in einem Grab aus Nässe und Dunkelheit, und die Sauerstoffkapseln waren das Einzige, was sie noch am Leben hielt.

»Nicht aufgeben, Sonnenschein«, hörte sie Cassians dumpfe Stimme.

Allein die Vorstellung, dass sie den ganzen Weg zurückkriechen mussten, jagte Rain eine Gänsehaut über den Rücken, aber sie biss die Zähne zusammen. Die Blicke auf Cassians Füße gerichtet, versuchte sie in ihrem Kopf nur diese vier Worte zu formen: »Unwetter haben keine Angst.«

Und endlich, nach einer gefühlten Ewigkeit, weitete sich der Gang. Und als er so breit war, dass Rain ihre Arme ausstrecken konnte, ohne sich zu stoßen, riss sie sich die Maske vom Gesicht und holte erleichtert Luft. Echte, ungefilterte Luft.

»Geschafft. Ich lebe …«, murmelte sie und drehte sich um, um sich zu orientieren. »Wo sind wir jetzt?«

»Komm und guck es dir an.«

Selbst unter der Atemmaske konnte Rain sehen, dass Cassian grinste. Er kletterte über die glitschigen, mit Algen und Seepocken überwucherten Felsen hinaus. Rain folgte ihm und sah jenseits des Höhleneinganges den Strand auftauchen. Der schwarze Sand funkelte im Sonnenlicht, während er vom Wasser der Ever Sea im scheinbar immer gleichen Rhythmus überrollt wurde. Winzige Tropfen und Rinnsale blieben zurück, wenn sich die Wellen zurückzogen, und hinterließen Spuren im schwarzen Sand. Genau wie ihre Stiefel, die tief versanken in der Ansammlung winziger glänzender Partikel.

»Dieser See ist seltsam. Er ist nicht nur salzig, sondern so unruhig«, bemerkte Rain, als das Wasser sich erneut um ihre Stiefel schloss. Er stand niemals still, fast so, als würde ein Herz im See selbst schlagen.

»Das ist ein Meer, Sonnenschein.«

»Was ist der Unterschied?«

»Seen sind wie Hope. Eingeschlossen, isoliert und in sich gefangen. Meere kennen keine Grenzen. Sie sind unabhängig, miteinander verbunden und doch frei.«

Rain bemerkte einmal mehr, dass Cassian mehr Tiefe hatte, als seine Herkunft vermuten ließ. Anders als sein Vater schien er über vieles nachzudenken und es von verschiedenen Seiten zu beleuchten. Sein Geist war offen und neugierig. Eigenschaften, die sie schätzte.

Sie erwischte sich dabei, wie sie ihn ansah und sich fragte, welches Wesen sich in seinem Inneren wirklich verbarg.

»Findest du mich attraktiv, oder warum starrst du mich so an?«, neckte Cassian sie, als er ihren Blick bemerkte.

Er reichte ihr die Hand, um ihr über einen Felsen zu helfen, aber sie ließ sie in der Luft hängen.

»Wir sind alle attraktiv, unseren Genen sei Dank.« Ihre Finger umschlossen eine Felskante, an der sie sich aus dem aufgeweichten Sand emporzog. Für den Bruchteil einer Sekunde wurde sie vom Licht der Sonne geblendet, als sie den Schatten der Höhle verließ. Dann sah sie die Mauer, über der die Drohnen kreisten. Doch dieses Mal war sie links von ihnen.

»Wir … wir sind …« Sie starrte auf den Wall.

»Nicht mehr in Hope«, ergänzte Cassian und ging mit zwei zu eins in Führung. Er hatte definitiv geschafft, sie zu beeindrucken. »Willkommen in der Verdammnis.«

19.

DIE KRÖTE WAR ein gut gekleideter Mann. Eine Eins Plus. Seine Augen glänzten golden, was sicher nicht ihre natürliche Farbe war. Seiner Kleidung nach schien er viel Geld zu haben und seines Auftretens nach auch viel Einfluss, denn er kam nicht allein.

Zwei Männer und zwei Frauen begleiteten ihn. Zwei von ihnen waren ähnlich gebaut wie der lesende Bulle am Eingang. Die anderen beiden trugen die Kleidung der Dienerschaft. Sie wirkten schmächtiger, aber ihr Blick war aufmerksam, und Lark vermutete, dass ihre breiten, senfgelben Kutten Waffen gut verbergen konnten. Neben den menschlichen Begleitern folgten der Kröte zwei bewaffnete Drohnen. Mit diesem Mann sollte man sich besser nicht anlegen.

»Soso«, sagte die Kröte, die mit der Amphibie nicht wirklich etwas gemeinsam hatte. »Das ist also der Junge, von dem ihr wissen wollt, ob ihm zu trauen ist?«

»Ganz genau.« Moth nickte, und Larks Herzschlag beschleunigte sich. »Man sagt, du kannst die Wahrheit aus jedem rauskriegen.«

»Nun, ich habe nicht das Wahrheitsserum, das die Sentinal benutzten. Meine Babys sind weitaus schlimmer …« Er zog eine Phiole aus seiner teuer aussehenden Jacke, während seine goldenen Augen starr auf Lark gerichtet waren.

Der wich zurück, aber Moth hatte ihn gepackt und an der Wand fixiert. Allein der Gedanke an das Wahrheitsserum ließ ihn den Magen zusammenkrampfen. Damals hatte es ihm sein Ausbilder gegeben, und er hatte viel mehr verraten, als ihm lieb war.

Bleib stark, versuchte er sich Mut zu machen, aber sein Körper zitterte kläglich. *Bleib stark!*

»Du hast nichts zu befürchten, wenn du auf unserer Seite stehst«, sagte Wren und trat auf ihn zu.

Irgendwie hatte er es beim letzten Mal geschafft, seine Tarnung aufrechtzuerhalten. Er musste es wieder schaffen.

»Du wirkst nervös, Junge. Trink es, oder ich dreh dir den Hals um«, knurrte Moth. Lark glaubte ihm aufs Wort. Und er wusste, wenn er sich wehrte, würde es ihn nur umso verdächtiger erscheinen lassen.

Für Rose!

»Also gut. Wenn es unbedingt sein muss.« Er schüttelte Moths Griff ab und robbte auf die Kröte zu. Fordernd streckte er die Hand aus und bemühte sich, sie ruhig zu halten. Unter den wachsamen Augen der Rebellen leerte er die Phiole in einem Zug. Dann schloss er die Augen und wartete darauf, dass die Wirkung einsetzte. Dass es seine Zunge leicht und locker machte, während seine Gedanken schwer und träge wurden, bis kein klarer Gedanke mehr möglich war.

»Bist du ein Spine?«, fragte Wren.

»Ja«, entgegnete er mit fester Stimme und öffnete die Augen.

»Gut zu wissen.«

Er runzelte die Stirn, denn er fühlte sich überraschend … normal. Auf Moths Gesicht war ein schadenfrohes Grinsen erschienen, ebenso auf dem von Wren. Beide tauschten einen amüsierten Blick aus, während die Kröte verkündete. »Psychologie. Richtig eingesetzt ebenso wirksam wie Gift.«

»Das war bloß Wasser.« Wren hielt sich den Bauch vor Lachen.

»Schade, dass es kein Gift war«, brummte Moth.

»Also gut.« Lark versuchte sich die Erleichterung, die er in dem Moment verspürte, nicht allzu sehr anmerken zu lassen. »Wollt ihr mich weiter testen, oder vertraut ihr mir nun?«

»Vertrauen? Oh, Süßer. Wir vertrauen niemandem.« Wren wandte sich dem Mann mit den goldenen Augen zu. »Hast du es dabei, Kröte?«

»Selbstverständlich.« Er schnippte mit seinen ringbesetzten Fingern. Einer der Diener machte einen Schritt nach vorn und präsentierte einen Koffer.

»Ich habe das, was ihr wollt, wenn ihr meine Bezahlung habt. Umsonst ist nur eine Herabstufung.« Er lächelte. Das Lächeln eines Mannes, der ohne zu zögern einem Seidenhäschen den Kopf abreißen würde, wenn das Geld nur stimmte.

»Das haben wir.« Moth langte in seine Tasche und holte etwas Kleines, Längliches aus der Tasche. Es sah aus wie ein Transferstick, der für das Aufbewahren von Informationen oder Geld gedacht war.

»Prüfe es«, befahl die Kröte, und eine der beiden Frauen, ganz in Schwarz gekleidet mit auffälligen goldenen Tätowierungen auf der rechten Schädelhälfte, trat vor und nahm den Stick entgegen. Dann drehte sie sich kurz um und beugte sich über ihr TecDec.

»Wollt ihr es auch … testen?«, fragte die Kröte mit einem kalten Lächeln auf den Lippen und schob ihnen den Koffer zu. Er wartete gespannt auf die Antwort, aber Wren ließ sich nicht aus der Ruhe bringen. Sie öffnete den Koffer und betrachtete die mit Gas gefüllten Ampullen. Sie konnte sich unmöglich sicher sein, was sich dort drin befand, aber sie nickte.

»Nun. Ich denke nicht, dass du die Spines betrügen würdest«, entgegnete sie, während sie die Ampullen in ihren Fingern kreisen ließ.

»Auf keinen Fall. Wir blicken voller Zuversicht auf eure vielversprechende Rebellion.« Die Kröte lachte, aber ihre Augen lachten nicht mit.

»Gut.« Wren grinste. »Die Dornen wachsen schließlich überall, und wer weiß … vielleicht sogar unter deinen goldenen Augen.«

Die Frau mit den Tätowierungen drehte sich wieder um und signalisierte der Kröte, dass mit dem Stick alles in Ordnung war.

»Bis zum nächsten Mal.« Die Kröte drückte zum Abschied die Finger auf die Stirn. Dann drehte sie sich um und ließ die Rebellen zurück.

»Das wird ein Spaß«, feixte Wren.

»Was ist das?«, fragte Lark besorgt.

»Angstgas. Es lässt die schlimmsten Albträume wahr werden. Das ist unser kleines Geschenk an die Aventiner. Besser gesagt, dein kleines Geschenk.« Wrens Augen leuchteten.

»Meins?«

»Dein Test. Du wirst das Gas freisetzen. Und zwar genau dort.« Sie nahm ein tragbares TecDec und aktivierte es. Darauf zu sehen war eine Videoaufnahme, möglicherweise eine Liveübertragung. Ein Mann, offenbar mit SpyGlasses ausgestattet, lief durch die Gänge einer der zahlreichen Wellnessoasen, die Aventin zu bieten hatte. »Sieh sie dir an, wie sie ihren Luxus auskosten, während andere um ihr Überleben kämpfen.«

Menschen ließen sich von ServiceBots verwöhnen, während sie über Alltag und Arbeit plauderten. Pflanzen wuchsen an Säulen und Wänden empor. Zwischen ihnen plätscherten Wasserfälle und füllten dampfende Quellen und blubbernde Wasserblasen, in denen sich Körper rekelten.

»Sie widern mich an.« Wren hatte ihr Gesicht verzogen.

»Und wie oft warst du selbst an so einem Ort?«, fragte Lark.

»Oft genug, um zu wissen, wie krank das ist«, entgegnete sie. »Dieses ganze Leben in Gold und Glitzer. Und darum werden wir, genauer gesagt du, ihnen eine Lektion erteilen.«

»Auf keinen Fall.« Lark verschränkte die Arme.

»Na endlich. Da haben wir es. Der Junge ist ein Verräter.« Moth zog beinahe erleichtert seine Waffe und drückte sie an Larks Schädel.

»Das wissen wir nicht«, sagte Wren, auch wenn sich ihre Züge erhärteten.

»Wir wissen, dass er ein Wurm ist. Jedes Baby hätte mehr Mumm in den Knochen als er.«

»Es geht nicht um Mumm«, widersprach Lark entschlossen.

»Darf ich ihn jetzt endlich umbringen?«

Glücklicherweise durfte Moth das nicht.

»Warum hast du Nein gesagt?« Wren hatte sich neben ihm zusammengekauert und stützte ihre Arme auf ihre Knie, während sie ihn mit ihren dunklen Augen musterte. Sie saßen wieder zwischen den Transportkisten in der Bahn, die sich ihren Weg durch die Stadt suchte.

»Ich habe bereits zu viele Menschen auf dem Gewissen.«

Wren wusste, worauf er sich bezog.

»Niemand auf diesem Fest war unschuldig. Deine Bombe hat Menschen getötet, die es sich in Aventin gut gehen lassen und tagtäglich ihre perfekte Welt genießen. Dieser Anschlag war notwendig, um sie aufzurütteln. Um ihnen zu zeigen, wie es ist, in Angst zu leben. Du bist ein echter Held.«

Larks Blick wanderte zu den Transportkisten, in denen es rumorte und raschelte. Kleine Luftlöcher waren zu sehen, und ein strenger Geruch ging von ihnen aus. Was auch immer da transportiert wurde, es lebte offensichtlich.

»Nicht alle Gesegneten sind gleich.«

»Du meinst Rajana, die Ghost-Prinzessin.« Wren musterte ihn mit ihren schwarzen Vogelaugen, und Lark biss sich auf die Zunge. Er hätte nichts sagen dürfen. »Sie ist nicht besser. Sie mag vielleicht wie ein Ghost aufgewachsen sein, aber sie ist nun eine von ihnen. Wenn du dich von einer Maus in einen Löwen verwandelst, glaubst du wirklich, du würdest keine Mäuse fressen?«

»Rain ist kein schlechter Mensch.«

»Ach nein? Du solltest öfter mal das TecNetz durchforsten. Vor ein paar Tagen hat sie es sich in einem grauenhaften, gelben Vogelkleid auf einer Brunchparty gut gehen lassen, und jetzt macht sie Urlaub in Green. Zusammen mit ihrem neuen Lover. Glaubst du wirklich, die Ungerechtigkeit dieser Welt interessiert sie?«

Neuen Lover? Lark spürte einen Stich in seiner Brust, als er sich vorstellte, wie sie mit einem anderen Zeit verbrachte.

»So ist sie nicht«, sagte er entschieden. Er kannte Rain, und dieses Mädchen, das Wren beschrieb, war sie nicht.

Wren atmete tief ein, und ihre Augen weiteten sich. »Du magst sie?« Als er schwieg, wich sie zurück. »Du bist verliebt.«

»Unsinn. Sie ist eine Gesegnete.« Sein Herz klopfte wie wild. Warum hatte er nicht den Mund gehalten?

»Du liebst sie! Natürlich tust du das. Sie ist stark, mutig, einfallsreich und wunderschön. An deiner Stelle würde ich sie auch lieben.« Wren verpasste ihm eine Kopfnuss mit der Faust. »Und sie ist eine Gesegnete, du Idiot. Unser Feind.«

»Rain ist nicht mein Feind. So einfach ist das nicht.«

»Doch. So einfach ist es. Sie wollen uns in Genklassen unterteilen, uns unterdrücken, und wir wollen das nicht. Solange die Einteilung der Gene die einzige ist, werden sie immer an der Spitze stehen. Verstehst du das nicht? Es wird nie ein Mensch gut genug sein, um zu regieren.«

»Also bringt ihr sie um und setzt euch selbst an die Spitze?«

»Das nennt man Rebellion.« Wrens Gesicht glühte vor Entschlossenheit.

»Es ist Mord. Wie viele sollen für euren Traum sterben? Was ist mit den Kindern, die bei eurem Krieg ihre Eltern oder ihr eigenes Leben verlieren?«

»Im Chaos liegt die Freiheit. Kein Krieg ist ohne Opfer.«

»Und was passiert dann?« Lark wäre gern aufgesprungen, aber seine Beine lagen nutzlos vor ihm auf dem Boden, und ihm tat der Rücken weh.

»Wenn die goldenen Türme fallen und das Blut der Gesegneten durch die Straßen fließt, dann haben wir die Herrschaft der Ungerechtigkeit beendet.«

»Werd erwachsen, Wren. Es wird neue Ungerechtigkeiten geben.«

»Du bist das Kind. Ich kämpfe für die richtige Seite. Für die Menschen. Alle Menschen.«

»Du weißt nicht einmal, was Krieg bedeutet«, knurrte er. »Ich weiß es. Und glaub mir, es ist nichts Heldenhaftes oder Abenteuerliches dabei. Es ist einfach nur … Zerstörung und Tod. Er holt das Schlimmste aus uns hervor und macht uns zu Monstern.«

»Du hast keine Ahnung«, knurrte sie. »Auch ich habe Schlimmes erlebt, als … als … Was weißt du schon? Du bist ein Idiot.« Wren erhob sich wutentbrannt und trat gegen eine der Kisten, aus der ein Quieken ertönte. Ein Quieken? Lark sah näher hin, und tatsächlich entdeckte er eine kleine Nase, die aus einem der Luftlöcher gestreckt wurde.

»Hast du vergessen, was Bolt uns gesagt hat? Die Gesegneten können nicht einmal Kinder kriegen. Sie haben kein Recht, sich Menschen zu nennen und über uns zu herrschen.«

»Das ist kein Grund, sie alle zu töten.«

»Auf welcher Seite stehst du?« Ihre Lippen bebten. »Ich hätte von dem Bombenbringer mehr erwartet, aber du bist bloß ein verängstigter, gebrochener Junge, der denkt, dass er es besser wüsste. Wir schaffen es auch ohne dich.«

Lark wartete mit klopfendem Herzen auf Tiberius.

Das war nicht ganz so gelaufen, wie er es geplant hatte. Eigentlich war es ein Wunder, dass er überhaupt noch lebte. So wütend, wie Wren ihm den Sack über den Kopf gezogen hatte, war er sich sicher gewesen, dass sie ihn aus dem Zug werfen würden. Aber sie hatten ihn samt MedChair in dem Park aus Sandstein ausgesetzt.

Die Tür ging auf, und Lark streckte den Rücken durch, als Tiberius hineinkam, dicht gefolgt von seinem Cabman. Er setzte sich an den Tisch, auf dem Teller mit zahlreichen Köstlichkeiten standen. Gefüllte Pasteten und Blätterteigtörtchen, aus denen heißer Käse quoll. Auch wenn Larks Magen knurrte, hatte er kein Bedürfnis, davon zu kosten. Zu sehr fürchtete er sich vor dem Gespräch mit dem Earl von Black Shell.

»Und?«, fragte Tiberius. Sein Blick war so durchdringend, dass Lark sich an die Gerüchte erinnerte, dass Gesegnete angeblich Gedanken lesen konnten. Für einen Moment war er sich nicht sicher, ob das nicht doch stimmte. »Hast du Kontakt zu den Rebellen aufgenommen?«

»Ja, Sir.« Lark schluckte. Er versuchte sich im Stuhl aufzurichten, aber er kam sich so klein vor. So wehrlos. Wie eine Maus, die gerade das Revier der Diamantschlange betreten hatte.

»Berichte.« Tiberius trommelte ungeduldig mit seinen Fingern auf der Tischplatte.

»Ich glaube … Ich glaube, sie planen einen Anschlag.«

Der Earl schnaubte verächtlich. »Das ist nichts Neues. Ich brauche konkretere Informationen. Erzähl mir ganz genau, was passiert ist.«

»Sie haben mir die Augen verbunden. Und mich in eine Art Güterzug gebracht. Da waren Kisten mit Lebewesen. Ich glaube, es waren Ratten.«

»Ratten? Das ist ungewöhnlich für Aventin.« Tiberius runzelte die Stirn.

»In Grey haben die Spines Werratten trainiert«, erklärte Lark. »Sie benutzten sie, um heimlich miteinander in Kontakt zu treten.«

»Was war dann?«

»Sie haben mich zu einem Ort im Untergrund geführt, an dem gefeiert wurde. Das habe ich so noch nicht erlebt. Die Menschen haben ein Gas konsumiert, das ihnen den Geist vernebelt hat. Dort haben wir einen Mann getroffen, die Kröte, der den Spines etwas verkauft hat. Angstgast«, berichtete Lark.

»Das musst du mir genau erzählen, und lass kein Detail aus. Wo habt ihr diesen Mann getroffen?«

Lark berichtete, während er seine Finger unter die Beine schob, um das Zittern zu beruhigen. Er hasste sich dafür, dass er so schwach war, und bereute, das Upgrade damals so leichtfertig abgelehnt zu haben. Nun war er wieder genau da, wo er nie wieder sein wollte. Zwischen den Fronten. Mit dem Unterschied, dass er körperlich nicht mehr in der Lage war, sich selbst oder seine Familie zu schützen.

»Wer hat da gefeiert? Hast du jemanden erkannt?« Tiberius' Stimme war ruhig und scharf wie eine Klinge.

»Menschen … Ich kannte sie nicht, und ihre Tätowierungen waren verborgen«, berichtete Lark.

Der Aufprall von Tiberius' Faust auf der Holzplatte ließ die Teller tanzen und ihn zusammenzucken. Wütend beugte sich der Protektor vor und flüsterte mit tödlichem Blick: »Dir muss etwas aufgefallen sein. Also rede! Ich will alles wissen. Und dann erzähle mir alles über diese Kröte.«

»Es war eine Eins. Mit goldenen Augen.« Lark berichtete alles, was ihm einfiel. Er sehnte sich danach, den Raum endlich zu verlassen. Er fühlte sich so schmutzig, doch es war die Art von Dreck, die man nicht abwaschen konnte. Die sich tief in der Seele festfraß und ihn veränderte. Wo waren seine Prinzipien hin? Wo war seine Moral? Er dachte an Hail, seine starke, liebe Hail. Sie hatte bis zuletzt dafür gekämpft, woran sie glaubte. Und was tat er? Er wusste nicht einmal, woran er glaubte.

»Was ist mit deinen Kontaktpersonen? Den Spines? Wer waren sie? Für wen arbeiten sie?«

»Das weiß ich nicht.«

»Wie heißen sie? Was machen sie hier?«

»Ich … weiß es nicht«, log Lark. Ein verzweifeltes Aufbäumen gegen die Schlange, die ihren tödlichen Körper um ihn wandt und ihm die Luft zum Atmen abdrückte. »Sie … Sie sind sehr vorsichtig.«

Er widerstand dem Drang, sich den Schweiß von der Stirn zu wischen.

Tiberius musterte ihn mit seinem aufmerksamen Blick, dem nichts entging. Es schien, als konnte der Gesegnete spüren, dass er ihm nicht alles erzählte.

»Deine Schwester«, begann er, und Larks Herz erstarrte. »Sie liegt im künstlichen Koma, während sich meine Spezialisten um sie kümmern. Ihr Schicksal liegt in deinen Händen. Das ist dir doch bewusst, oder?«

Lark konnte es nicht länger unterdrücken. Das Zittern in seinen Händen. Er spürte die Panik, die sich in ihm ausbreitete und seine Muskeln unkontrolliert zucken ließ.

Rose.

Vielleicht hatte er den Glauben verloren, aber nicht seine Liebe zu Rose. Niemals. Sie würde er nicht verraten.

»Wren und Moth. So nennen sie sich«, hörte er sich sagen.

Und doch bin ich ein Verräter. Und ich werde immer einer bleiben. Bis zum Ende.

Tiberius lächelte zufrieden. »Sehr gut. Du musst dich wieder mit ihnen treffen, um mehr über ihre Pläne herauszufinden.«

»Ich kann nicht. Sie werden mich nicht mehr treffen wollen … Sie …«

»Nicht nur das Schicksal deiner Schwester, sondern das Schicksal von Aventin liegt in deinen Händen. Ich denke, wir wissen beide, dass dir etwas einfallen wird, mein Junge.«

20.

RAIN HATTE STING GEZOGEN, um vorbereitet zu sein, als sie den Strand betraten. Cassians Augen hingegen leuchteten wie die eines Abenteurers, als er Rain im Schatten der Klippen zu einem kleinen Pfad lotste, der in einen Wald führte.

Die Blätter der Bäume leuchteten rot in allen Schattierungen. Sie bedeckten den Boden und die Äste der rotbraunen Stämme. Es sah aus, als wäre der Wald in Blut getränkt. Und zwischen den weit auseinanderstehenden Bäumen, begraben unter Laub, lagen Trümmerteile von Maschinen.

»Ein Schlachtfeld«, erklärte Cassian. »Ich habe mich schon immer sehr für die Außenwelt und den Krieg interessiert. Früher war ich oft hier und hab nach Schätzen gesucht, aber nur Schrott und Skelette gefunden.«

Rains Herz klopfte, als sie sich einer verrosteten Kabine aus Metall mit Scheiben aus Glas näherte. Sie nahm sie näher in Augenschein. Offenbar ein Fortbewegungsmittel, das auf Rädern gerollt war. Sie schaute durch die offene Tür in das Innere. Zerstörte Sitze und Blätter.

»Was ist das?«, fragte sie.

»Ein Kriegsspielzeug aus der alten Zeit.« Cassians Augen leuchteten, als er mit seinen Fingern über die Oberfläche fuhr. »Es gehörte denjenigen, die ich ›Die Dritten‹ nenne.«

»Die Dritten?«

»Ja. Es gab drei Parteien, die gegeneinander Krieg geführt haben.«

»Die Maschinen, die Gesegneten und wer noch?«

»Das ist die Frage. Sie nennen sich selbst die Friedensbringer.« Er deutete auf einen alten Gleiter, der von roten Schlingpflanzen beinahe vollständig verschlungen war. »Die Maschinen sind unschwer zu erkennen, glaub mir. Die meisten Panzer und Kriegsschiffe sind mit dem Dreieck gekennzeichnet, das zu den Gesegneten gehört. Aber dieser Gleiter hier nicht.«

Cassian bedeutete Rain, sich in den Wagen zu setzen. Er nahm den Platz des Fahrers ein. Seine Finger glitten über das schmutzige Armaturenbrett, als sich plötzlich eine Schublade öffnete. Er fischte den Inhalt heraus und überreichte ihn Rain.

Es war ein Buch, nicht viel größer als ihre Handfläche und sehr alt. Als Rain es herauszog, hatte sie Angst, dass es in ihren Fingern zu Staub zerfallen würde. Vorsichtig öffnete sie es. Es war leer. Nur auf der ersten Seite befand sich ein kurzer Text, der bereits verblasste und kaum noch zu lesen war.

»Gedicht eines Friedensbringers« stand dort.

Die Engel,
sie lechzen nach Blut.
Folgen ganz
ihres Schöpfers Wut.

Hundert Arme
und ein Herz aus Stahl.
Mein Freund,
Du hast keine Wahl.

Die Welt,
erschaffen, um zu zerfallen.
Bloß die Berge,
sie werden verweilen.

Die blutenden Wolken,
sie werden Frieden bringen.
Die Schlachtrufe,
endlich werden sie verklingen.

»Das ist wirklich deprimierend«, bemerkte Cassian, während Rain die Seiten umschlug. »Findest du nicht?«

»Engel. Dieser Begriff taucht immer wieder auf.« Rain zog die Stirn kraus.

»Ja, die erste Strophe bezieht sich auf uns. Die zweite auf die Maschinen, und dann kommen die Dritten, die diesen Krieg beenden wollten. Ein für alle Mal. Dieser Gleiter. Er hat nicht einmal Waffen. Nur leere Tanks. Gefüllt mit Wolken.«

»Und dieser Schöpfer? Wo ist er jetzt?«, fragte Rain.

»Tot, nehme ich an. Wie alle anderen.«

»Glaubst du, er hat uns erschaffen?« Die Frage nach ihrer Herkunft beschäftigte Rain immer wieder. »Wir können nicht geboren werden. Woher kommen wir also ursprünglich?«

»Aus der Höhle der Engel.«

»Aber wer hat die gebaut? Jemand muss doch den Anfang gemacht haben. Vielleicht dieser Schöpfer ...« Sie sah sich um. »Vielleicht gibt es noch mehr Engelshöhlen da draußen. Und mehr Gesegnete.«

»Und mehr Maschinen«, ergänzte Cassian. »Willst du sie sehen? Die Monster, gegen die wir gekämpft haben?«

Das wollte sie. In ihr brannte die Neugier, der Wunsch, diese unglaubliche neue Welt außerhalb der Mauern zu entdecken, aber alles andere in ihr riet zur Vorsicht.

»Aber sei vorsichtig«, flüsterte sie.

»Wieso? Ich hab doch dich.« Er zuckte die Schultern. »Du wirst schon auf mich aufpassen.«

»Zähl nicht darauf«, knurrte Rain und schlich voran, ihre Finger fest um Sting gepresst; von Baum zu Baum, von Trümmerhaufen zu

Trümmerhaufen. Bis sie einen Abhang erreichten. Rain ließ sich auf alle viere fallen und robbte zum Rand.

»Blutende Wolken«, flüsterte sie, als sie die roten Schleier sah, die über der anderen Seite des Tals hingen. Sie erinnerten mehr an Fettschlieren auf einem Fenster als an Wolken. Sie spannten sich zwischen den Bäumen, und alles, was hinter ihnen lag, verschwand in einem unscharfen rötlichen Bild. »Das haben die Dritten gemeint.«

Doch wenn das stimmte, dann brachten diese Wolken den Tod. Die endgültigste Form des Friedens. Waren sie der Grund, warum es immer noch so wenige Lebewesen in der Verdammnis gab?

»Schau.« Cassian deutete hinunter in das Tal. Es war vielmehr ein trichterförmiges Loch, gefüllt mit Trümmern und Steinen. Ob hier eine Bombe hochgegangen war? Der Aufbau des Kraters sprach dafür, aber angesichts der Größe fand Rain die Vorstellung erschreckend. Sie hob den Kopf und versuchte sich vorzustellen, was es verursacht hatte. Vor ihrem geistigen Auge malte sie sich gigantische Kampfgleiter aus, die über den Himmel zogen und Bomben regnen ließen. Mitten auf das Schlachtfeld. Die Explosion brach den Boden auf, und die Druckwelle riss die Kämpfenden mit sich fort. Doch noch ehe sich der aufgewirbelte Staub und der Smog gelegt hatten, regte sich wieder etwas im Krater. Er war erfüllt von atmenden Maschinen, hoch wie Bäume. Gewaltige Panzer. »Als hätten Giganten Krieg gespielt«, flüsterte sie.

»Der Krieg der Giganten«, bestätigte Cassian. So nannte man den großen Krieg, der das Ende der alten Welt bedeutete, und jetzt konnte Rain sich noch besser vorstellen, warum.

»Sie waren riesig.« Rain deutete auf die Trümmerteile im Krater.

»Ja, das waren sie. Jede Partei schuf größere und stärkere Waffen, die sie auf ihre Gegner losließen, ungeachtet dessen, was dabei zerstört wurde. Städte, Wälder und Tiere. Alles versank unter den Kämpfenden in einem Schlund aus Feuer. Die Welt drohte zu zerfallen, doch dann kamen die Dritten. Sie ließen die Wolken frei, und die Kämpfenden verstummten für immer.«

Rain versuchte sich die Welt vorzustellen – wie es gewesen sein musste, als der Alltag von Krieg und Tod bestimmt war, als tagtäglich Bomben vom Himmel regneten und Städte zerstört wurden. Was musste das für eine grausame Zeit gewesen sein, wenn die einzige Aussicht auf Frieden den Tod aller Kämpfenden bedeutete? Rain konnte es nur erahnen.

»Dieser Ort hat etwas … Beruhigendes«, bemerkte Cassian, während sein Blick über den Krater schweifte. »Man ist beinahe froh, dass sie alle fort sind.«

Rain verstand, was er meinte. Der Anblick von silbernem Metall, auf dem Rost und Natur ihre Spuren hinterlassen hatten, das leise Rascheln der Bäume … Man wollte innehalten, um diese Ruhe nicht zu stören.

Nach einem Sturm steht die Welt für einen Moment still. Und diese Stille ist noch stiller als sonst. Als wäre die Zeit selbst mit dem Wind davongeweht.

»Komm«, flüsterte Cassian und kletterte über den Rand des Kraters. Er rutschte über die Erde, vorbei an Fahrzeugen zu etwas, das seine Aufmerksamkeit erregt hatte. Ein metallener Arm aus zahlreichen Gliedern, die für eine präzise Feinmotorik sprachen.

»Schau hier, Sonnenschein«, rief Cassian und ließ seine Hand über seinen Fund fahren. Die silberne Hülle war an einigen Stellen beschädigt und offenbarte das Innenleben. Moos und Schlingpflanzen hatten es gewagt, sich auf dem Überbleibsel einer längst vergangenen Zeit anzusiedeln, und überzogen alles mit einer grünen Schicht des Vergessens. »Ein Tentakel.«

Cassian folgte dem Arm in das Schlachtfeld hinab, und Rain folgte ihm, während sie die Trümmerteile inspizierte. Die meisten waren so zerstört, dass man kaum sagen konnte, wozu sie mal gehört hatten. Und zwischen dem Metall überzogen Blumenfelder den Krater und brachten seltsame Schönheit in das Bild der Zerstörung.

Als Cassian stehen blieb, richtete Rain ihren Blick wieder nach vorn. Vor ihnen waren neue Tentakel aufgetaucht. Sie liefen zusammen und führten zu einem metallenen Körper.

»Darf ich vorstellen? Die Maschinen«, erklärte Cassian mit breitem Grinsen. *»Hundert Arme und ein Herz aus Stahl.«*

Rain legte staunend ihren Kopf in den Nacken, um das Monstrum zu betrachten. Plötzlich durchbrach ein Geräusch die Stille. Es klang wie das Aufheulen eines Motors und doch ganz anders.

»Was war das?«, flüsterte Rain und duckte sich instinktiv.

»Keine Ahnung. Ich habe hier nie etwas Lebendiges getroffen.« Cassian starrte in die Richtung, aus der das Geräusch gekommen war. Sie wagten nicht, sich zu rühren.

Kurze Zeit später ertönte es erneut. Dieses Mal war es deutlich näher, und es hallte zwischen den Trümmern wider. Hier war etwas zum Leben erwacht, und was auch immer es war, es bewegte sich auf sie zu.

Die Gesegneten tauschten einen Blick. Rain machte einen Satz nach vorn und lugte über die Tentakel hinweg in die Richtung, aus der das Geräusch zu kommen schien. Dort zwischen Trümmern und Steinen, nicht weit entfernt, bewegte sich etwas, und den Geräuschen nach kam es schnell näher.

»Glaubst du, wir haben etwas aufgeweckt?«, flüsterte Cassian, doch Rain antwortete nicht. Sie sah sich nach einem Versteck um und wurde fündig.

»Schnell.« Sie eilten zu einer riesigen Kugel. Keine Kugel. Ein Kopf. Der Kopf eines Giganten aus Metall, der zur Hälfte im Boden versunken war. Sie schob Cassian durch die Augenöffnung hinein, bevor sie selbst folgte.

Dann presste sie sich in die Aushöhlung, wo die Nase des Giganten lag, und erstarrte, während sie angestrengt lauschte.

»Siehst du was?«, flüsterte Cassian ihr ins Ohr.

»Psst.« Rain hatte sich gebückt, um durch eines der Nasenlöcher hinauszusehen. Ihre Muskeln waren bis zum Zerreißen gespannt. Sie zwang sich, leise und regelmäßig zu atmen, während sie ihre Stirn an das kalte Metall drückte und die Umgebung mit ihrem Blick abtastete. Und dann kamen sie.

Kreaturen, die Rain in Hope noch nie gesehen hatte, suchten sich ihren Weg durch den Krater. Sie erinnerten an Insekten mit sechs langen spinnenartigen Beinen, die sie über den Boden trugen. Ihre Körper waren Kapseln aus Metall, ebenso wie die flachen Köpfe, aus denen Antennen in die Luft ragten.

»Das sind sie. Maschinen.« Auch wenn sie groß waren, waren sie noch deutlich kleiner als die Giganten, die sie auf dem Schlachtfeld gesehen hatten. »Sie sind zurück.«

Trotz des fehlenden Lichtes im Gigantenkopf konnte Rain sehen, dass Cassian bleich geworden war.

Rain sah erneut hinaus zu den Metallinsekten, und sie und Cassian wagten nicht, sich zu rühren, obwohl der Schwarm noch weit entfernt war. Sie kamen von allen Seiten, staksten auf ihren langen metallenen Beinen über die Trümmer, um sich im Inneren des Kraters zu treffen.

»Was machen sie da? Suchen sie etwas?«, flüsterte Cassian und drückte sein Gesicht an das andere Nasenloch, um ja nichts zu verpassen.

Die erste Maschine erreichte die Mitte des Kraters und verwand in einer Öffnung im Boden. Es war, als würde die Erde sie verschlucken. Einen nach dem anderen. Und so schnell, wie sie gekommen waren, waren sie auch wieder verschwunden, und Stille spannte sich über den Ort. Als wären sie bloß Erinnerungen gewesen. Erinnerungen an eine ferne Zeit.

»Maschinen«, flüsterte Cassian. »Was wollen sie hier? So nah an der Mauer?«

21.

LARK VERLIESS DEN SCHNELLZUG, der Aventin und White Pearl miteinander verband. Heute war er besonders voll gewesen, da Sentinal die Strecke stundenlang gesperrt hatten. Wegen einer Bombendrohung.

Derzeit wird geprüft, ob die Spines für den Sprengsatz, der in einer Tasche versteckt war, verantwortlich sind, verkündete eine Sprecherin über die zahlreichen TecDecs, die die Wände des Bahnhofes pflasterten.

»Was muss noch passieren? Ich fühle mich einfach nirgendwo mehr sicher«, kommentierte eine Aventinerin, die vor Lark in der Schlange stand.

Er passierte die gewohnten Sicherheitskontrollen, an die er sich einfach nicht gewöhnen konnte. Erst recht nicht, da er das Gefühl hatte, wie ein Fremdkörper angestarrt zu werden.

»Ich bin hier, um meine Schwester zu besuchen«, gab er an. Wie jedes Mal wurde sein MedChair genauestens überprüft, bevor er seinen Weg durch die endlosen weißen Gänge des Wissenschaftszirkels fortsetzen konnte.

Ein InfoDec zeigte an, wie der Zirkel aufgeteilt war. Anders als Aventin war er nicht kreisförmig aufgebaut, sondern nach Sektoren, die über Brücken und Tunnel miteinander verbunden waren. Es gab technische Sektoren wie den Drohnensektor, in dem ausschließlich an der Weiterentwicklung der technischen Systeme gearbeitet wurde. Den Gentechniksektor, der sich mit der Optimierung von Tieren und Pflanzen beschäftigte, aber auch Langzeitstudien zur Entwicklung des menschlichen Erbgutes durchführte. Für Lark war der medizinische Sektor interessant.

Hier herrschte das höchste Sentinal-Aufgebot, denn neben einem gigantischen MedCenter, in dem auch Rose lag, gab es Abteilungen, die sich mit Krankheitserregern wie denen der Roten Seuche beschäftigten. Sie waren nicht auf dem InfoDec gekennzeichnet, stattdessen gab es jede Menge »Kein Durchgang für Besucher«-Hinweise.

Da Lark beim letzten Mal Probleme gehabt hatte, mit seinem MedChair auf einen Transportgleiter zu kommen, entschloss er sich dieses Mal dazu, zu verzichten und sich selbst auf den Weg zu Rose zu machen.

Die Größe und die Sauberkeit dieses Zirkels waren beeindruckend. Durch die Glaswände der Gänge konnte man direkt in den klaren Himmel sehen. Das Licht der Sonne wurde von den kuppelförmigen Gebäuden von White Pearl reflektiert. Wie ein Nest aus weißen Eiern, das man in den Boden gesteckt hatte.

Eine Gruppe junger Wissenschaftler passierte ihn, ganz in Weiß gekleidet. Sie unterhielten sich angeregt, als sie in eine Cafeteria abbogen, die sich spiralförmig über mehrere Stockwerke erstreckte. Lark hielt an, um ihnen nachzusehen.

Hier wäre Hail zu Hause gewesen, wenn sie nicht erkrankt wäre. Er erlaubte sich vorzustellen, wie sie mit strenger Frisur und weißem Overall durch die Gänge schritt. Natürlich mit wichtigem Gesichtsausdruck und einem TecDec in der Hand, auf dem irgendwelche bahnbrechenden, weltverändernden Erkenntnisse standen.

Hier an der Cafeteria würde er auf sie warten. In der Uniform der Sentinal. Er hatte es geschafft, in White Pearl stationiert zu werden. Genau wie sie immer geplant hatten. Hail würde zu spät sein, wie immer, da sie über ihrer Forschung die Zeit vergessen hatte. Da kam sie. Er stellte sich vor, wie ihr Blick aufhellte, sobald sie ihn entdeckte. Sie strahlte ihn an. Das Lächeln mit den Grübchen, das er so vermisste. Ihre Hand fuhr zu ihren Haaren, und sie löste den Zopf. Wie sie es immer tat, wenn sie Pause machte. Dann gingen sie in die Cafeteria, in der es nach Kaffee roch, und aßen einen Zitronenkuchen. Den, von dem sie nie genug bekommen konnten.

»Kann ich helfen?«, fragte eine junge Frau mit freundlichem Gesicht und riss Lark aus seinen Tagträumen. Sie trug einen weißen Overall, auf der man die weiße Perle, das Zeichen des Zirkels, kaum erkennen konnte. Laut ihres Zahlencodes war die Frau eine Eins aus Green.

»Ja, ich suche das MedCenter.«

»Oh. Das ist dort entlang. Mein Bruder arbeitet dort.« Sie wies ihm den Weg. Kurz bevor sie die Cafeteria betrat, drehte sie sich erneut um und schenkte ihm ein aufmunterndes Lächeln. »Viel Glück.«

Es dauerte etwas, bis Lark verstand, dass sie davon ausging, dass er wegen seiner Beine hier war.

- - -

Rain saß auf der Bank vor der Glasscheibe. Dahinter, in einem sterilen weißen Raum, stand ein Bett und darauf, inmitten von Schläuchen und Kabeln, war ein dünner Körper zu sehen. Rose.

Pieeeeep.

Ein ServiceBot machte auf sich aufmerksam.

»Einen Kaffee mit Zimt bitte«, sagte Rain, und die Drohne surrte davon. Wenig später kam sie mit einem großen Becher zurück.

»Danke.« Sie führte ihn zu den Lippen und nahm einen tiefen Schluck. Rose. Ihre Brust hob und senkte sich, aber nicht aus eigener Kraft. Es waren die Maschinen, die das Atmen für sie übernahmen. Sie war in einem Zustand, den die Ärzte »heilsamen Schlaf« nannten. So konnten sie Operationen und Untersuchungen durchführen, ohne dass sie etwas mitbekam, während der Körper geschont wurde und Zeit hatte zu regenerieren. MedBots waren ohne Pause im Einsatz, um ihre Vitalparameter zu überwachen und sie zu umsorgen.

Rain erstarrte, als sie die kleinen Greifarme des MedBots bei ihrer Arbeit beobachtete. Sie musste an die Maschinen der Verdammnis denken, die Monster, gegen die sie einmal gekämpft hatten. Auf dem Rückweg hatten Cassian und sie kaum ein Wort gesprochen, so sehr hatte sie die Begegnung mit den Metallinsekten mitgenommen. »Sie werden schon nicht über die Mauer kommen«, hatte Cassian immer wieder gesagt. Und: »Gut, dass ich denen nicht früher begegnet bin.« Das hoffte Rain auch, denn die Bilder des einstigen Krieges konnte sie nur schwer aus ihrem Kopf bekommen.

»Rain?« Die Tür war aufgeschwungen, und Lark stand in seinem MedChair vor ihr. Überrascht hob er die Augenbrauen, und er sah sie an mit einer Mischung aus Schuld und Unbehagen, die sie nicht ertragen konnte.

»Ich wusste nicht, dass du hier bist«, sagte er.

»Ich wollte nach Rose sehen.« Es schmerzte sie, dass er auf ihre Anwesenheit so abweisend reagierte. »Aber ich kann auch gehen, wenn du möchtest.«

»Nein. Schon gut. Wie geht es ihr?« Lark sah mitgenommen aus. Dunkle Ränder lagen unter seinen Augen, und seine Haut war blass.

»Besser.« Rain hatte mit einem Arzt gesprochen. Laut Tiberius ein echter Spezialist und eine Eins Plus, der ihr Vater vollkommen vertraute. »Aber sie wollen immer noch keine Besucher reinlassen.«

»Immerhin geht es ihr besser.« Lark nahm neben ihr Platz. »Ich vermisse sie.«

»Ich auch.«

Ihre Gedanken schweiften wieder in die Ferne. Sie wollte es Lark erzählen. Von der Mauer und dem seltsamen Lichterturm, von dem Strand, dem blutroten Wald und dem Krater voller Kampfschiffe und Maschinen. Von den seltsamen Insekten, die so schnell verschwunden waren, wie sie gekommen waren, und sie mit noch mehr Fragen zurückgelassen hatten.

Sie wollte ihm von der unglaublichen Welt erzählen, in die sie einen kurzen Einblick gehabt hatte, aber sie wusste nicht, ob er es hören wollte. Seine Gedanken schienen abwesend, sein Blick war verdunkelt, während er zu Rose sah und doch durch sie hindurchstarrte. Er kaute auf seiner Lippe, bis sie wund war.

Plötzlich fühlte sie sich schlecht, dass sie mit Cassian unterwegs gewesen war. Sie war weggelaufen vor ihren Problemen, während andere nicht den Luxus hatten, dasselbe zu tun. Und sie hatte es genossen. Das Abenteuer in einer fremden Welt.

»Ist bei dir alles in Ordnung?«, fragte sie schließlich. Vorsichtig griff sie nach seiner Hand, und er ließ es geschehen.

»Klar«, sagte er. Sie wusste, dass es eine Lüge war. »Und bei dir?«

»Klar.«

Er drückte ihre Hand etwas fester. »Danke, dass du dich um sie kümmerst.«

»Sie ist meine Freundin.«

»Das kann sie nicht oft genug betonen. Dass sie mit einer echten Prinzessin befreundet ist.« Ein ehrliches Lächeln kämpfte sich auf Larks Gesicht. Ein Lächeln, das sogleich wieder verschwand. Rain musste gegen den Wunsch ankämpfen, ihre Hände auszustrecken und es festzuhalten. »Aber ich … Ich war so dumm und naiv … Ich habe so viel falsch gemacht.«

Ja, er hatte sich verändert. Aber dumm und naiv hatte sie ihn nicht in Erinnerung. In ihrem Herzen trug sie das Bild eines mutigen Jungen, der für seine Schwester alles tun würde.

Die Welt war im stetigen Wandel und die verschiedenen Seiten so verwirrend, dass man schnell den Überblick verlor. Er aber kämpfte für die, die er liebte. Das war nicht kompliziert, nicht verlogen und nicht naiv. Es war das einzig Richtige.

»Komm mit.« Rain stand von einer plötzlichen Idee beflügelt auf und stellte den Kaffee zur Seite. Dann schob sie Larks MedChair in den Flur, hinaus aus den sterilen Gängen, weg von dem Geruch nach Desinfektionsmitteln, hinaus ins Freie.

»Wohin gehen wir?«, fragte er. »Rain? Was hast du vor?«

»Lass dich überraschen.« Sie führte ihn an den weißen Gebäuden von White Pearl vorbei in einen kleinen Park. Es gab sie überall. Die kleinen Naturoasen inmitten der hochtechnisierten Welt wurden gut besucht. Wissenschaftler, medizinisches Personal und andere Bewohner von White Pearl saßen auf den Bänken, unterhielten sich oder beugten sich lachend über ihr TecDec.

Rain schob Lark in eine kleine Gartenlaube, deren weiße Stäbe ein Dach aus blühenden Schlingpflanzen hielten. Dann kaufte sie bei einem der ServiceBots, die durch den Park schwirrten, eine Schale Süßigkeiten, die sich »Geschmacksexplosion« nannte.

»Was ist das?« Lark nahm einen der bunten Drops und drehte ihn skeptisch zwischen den Fingern. Er steckte ihn sich in den Mund und verzog das Gesicht. »Sauer.«

Rain lachte und probierte selbst einen. Eine klebrige süße Flüssigkeit floss aus der harten Schale.

»Brombeeren gab es leider nicht«, sagte sie lachend.

»Deine waren die besten, die ich je gegessen habe«, bestätigte er.

»Es ist eine gefühlte Ewigkeit her«, nuschelte sie, während ihr der Sirup die Zahnleisten zusammenklebte.

»Das stimmt. Ich weiß noch genau, wie wir uns das erste Mal getroffen haben.« Lark fischte einen weiteren Drop aus der Packung. »Zwischen dem Smog habe ich deinen Blick gespürt. Er lag auf mir, fast so als würde er mich verbrennen. Dein Gesicht war schwarz vom Ruß, aber deine Augen leuchteten so klar, als hätten sie alles Grün von Green in sich vereint.«

»Und dann hast du mich vermöbelt.« Rains Herz wurde seltsam leicht, als sie an den Moment zurückdachte.

»Ich habe es versucht, aber du warst stärker«, korrigierte Lark. »Ich war beeindruckt. So beeindruckt, dass ich dich nächtelang nicht vergessen konnte. Ich hätte ahnen müssen, dass du was Besonderes bist.«

»Ich konnte dich auch nicht vergessen«, gestand Rain und suchte seinen Blick. Diese goldgelben Augen. Als wären sie aus Honig gegossen. Wenn sie sich in seinem Blick verlor, glaubte sie für einen Moment, weit weg zu sein. Zu gern würde sie Larks Gesicht berühren, über seine Wangen streichen ... und seine Lippen. Allein der Gedanke daran ließ sie alles andere vergessen.

»Es war eine andere Zeit.« Als Lark seinen Blick abwandte, zerriss etwas in ihr. Sie wollte ihn am liebsten am Kinn packen und ihn dazu zwingen, sie weiter anzusehen. »Seitdem ist viel passiert ...«

»Für mich hat sich nichts geändert.« *Stoß mich nicht weg!*

»Alles hat sich geändert. Sieh mich doch an.«

Das tat sie.

»Für mich hat sich nichts verändert«, wiederholte sie.

»Meine Beine. Ich bin bloß ein Krüppel. Eine Drei.«

Ja. Er hatte sich verändert, aber das lag nicht an seinen Beinen. Der Junge, den sie in ihrem Herzen trug, existierte nicht mehr. Nicht mehr so wie damals, als sie sich in der Gasse geprügelt hatten. Jetzt lag eine Traurigkeit und Schwere in seinem Blick, die ihr Angst machten. Wo vorher Hoffnung war, war nun die meiste Zeit ein tiefes schwarzes Loch. Er war zerbrochen, und er starb jeden Tag ein wenig mehr.

Genau wie sie selbst.

Und sie wusste, was sie zu tun hatte. Sie würde diesen Jungen beschützen, denn er war es wert, beschützt zu werden. Er liebte Rose, so wie sie Storm geliebt hatte. Es war eine tiefe, selbstlose, ehrliche Form der Liebe. Eine, die Tiberius nie verstehen würde.

»Beine kann man reparieren. Das Wesen nicht.« Sie nahm erneut seine Hand, und obwohl es in der Öffentlichkeit nicht gerne gesehen wurde, fühlte es sich richtig an. »Und genau das ist es, was ich an dir liebe.«

Er zog seine Hand aus ihrer und sah sie entsetzt an. Hatte sie etwas Falsches gesagt?

»Oh Rain. Ich bin kein guter Mensch. Ich habe schreckliche Dinge getan ... Dinge, die du mir nie verzeihen würdest.«

»Was für Dinge?«

»Rain ...«

»Du kannst es mir sagen.« Sie nahm wieder seine Hand. Sie wusste bereits, dass er sie verraten hatte, und sie hatte ihm verziehen. Wovor hatte er also solche Angst? »Alles, was du gemacht hast, hast du für Rose getan. Ich hätte genauso gehandelt, um Storm zu schützen.«

Das hätte sie wirklich, und deswegen verstand sie ihn. Mehr als Tiberius sie je verstehen würde oder Cassian. Sie und Lark. Sie waren gleich, und es tat ihr weh zu sehen, wie er litt.

»Du könntest nie die Dinge tun, die ich getan habe.« Er rang mit den Worten. »Ich bin ein Mörder. Ein Verräter und ein Mörder. Ich bringe nur Unheil … Ich kann nicht …«

Seine Mimik gefror zu einer Maske der Schuld, und er sprach nicht weiter.

»Wir haben uns«, erinnerte sie ihn. »Wir helfen uns, beschützen uns. Wir sind füreinander da. Das haben wir versprochen.«

Die Wahrheit war, auch sie brauchte ihn. Er war es, der das Loch in ihrem Herzen füllen konnte. Er war es, durch den sie sich weniger einsam fühlte.

»Ich kann niemanden beschützen.«

»Gut, dann beschütze ich eben uns beide.« Sie meinte es ernst.

»Du bist eine Prinzessin. Ich bin eine F Drei. Ein Krüppel.«

Dass er so dachte, verletzte sie. »Wenn du möchtest, rede ich mit meinem Vater. Ich bin sicher, dass man deine Beine wiederherstellen kann.«

Doch Lark schüttelte vehement den Kopf. Das hatte sie sich gedacht. Er war zu stolz. »Nein. Ich will ihm nicht noch etwas schuldig sein.«

»Noch etwas?« Sie verstand. »Rose. Welche Gegenleistung will er dafür?«

»Nein. Er will nichts. Es ist alles gut.«

Rain wurde abwechselnd heiß und kalt. Sie spürte, dass er ihr etwas verschwieg. Am liebsten wäre sie aufgesprungen, hätte ihm versprochen, dass alles gut werden würde und dass sie ihn vor Tiberius beschützen würde. Doch wie sollte sie das tun? Sie, die Prinzessin von Schutt und Asche. Eine Gesegnete ohne Macht.

»Was kann ich sonst tun? Sag es mir«, flehte sie.

»Mir versprechen, dass du aufpasst. Nicht auf mich. Auf dich.« Er zögerte. »Pass auf dich auf und vertraue mir nicht. Hörst du? Vertraue mir nicht! Ich wünschte, du könntest es, aber … Rose. Ich muss auf sie achten.«

Rain sah die Verzweiflung in seinem Blick, und sie wusste, er würde sie wieder verraten. Plötzlich wurde sie wütend. Nicht auf ihn, aber auf die, die ihn erpressten und die Liebe zu seiner Schwester ausnutzten.

»Die machen es uns nicht leicht, was?«, fragte sie. Sie sehnte sich nach dem einfachen Leben. Eins, wie Storm und sie es geführt hatten. Es war so viel unkomplizierter gewesen als jetzt, aber es half nichts. Sie konnte sich nicht an Wünsche klammern, die niemals real werden würden. Sie musste das Beste aus ihrer jetzigen Situation machen. Das wäre es, was Storm sich für sie gewünscht hätte.

Lark machte Anstalten zu gehen, aber sie war noch nicht bereit, ihn gehen zu lassen. Nicht so.

»Dein MedChair ist ziemlich cool«, sagte sie und verzog das Gesicht zu einem müden Lächeln. »Im Ernst. Ich will das Ding schon ausprobieren, seitdem ich es das erste Mal gesehen hab. Glaubst du, er kann auch über Wasser schweben?«

Es funktionierte. Die dunkle Wolke, die sich in Larks Gedanken ausgebreitet hatte, lichtete sich. Zumindest für einen Moment.

»Mmh. Das habe ich mich auch schon gefragt. Ich weiß es nicht.« Er überlegte.

»Es gibt nur einen Weg, es herauszufinden«, sagte sie. Sie sahen sich an und setzten sich zeitgleich in Bewegung. Vor dem künstlich angelegten Teich blieben sie stehen. Weiße Kiesel bedeckten den Grund, und glitzernde Fischchimären wälzten sich emsig auf den Steinen. Er war nicht sehr tief, aber tief genug, um den MedChair darin zu versenken.

»Na ja, wir könnten auch einfach beim Hersteller nachfragen. Wenn dir das lieber ist«, bot Rain an.

»Aber das wäre langweilig.« Lark grinste, und ihr fiel ein Stein vom

Herzen. Da war er wieder. Der Junge, den sie damals auf den Straßen von Grey kennengelernt hatte.

Er setzte vor, und der MedChair geriet ins Wanken, als er den festen Untergrund verließ.

»Ich glaub, es klappt«, rief Lark triumphierend, während er sich an die Lehnen klammerte. Der Stuhl schwebte wenige Zentimeter über dem Wasser und erzeugte kleine Wellen. Die Chimären flohen erschrocken in alle Richtungen. »Es klappt.«

In diesem Moment versank er im Teich.

»Ah!« Er wusste offenbar nicht, ob er fluchen oder lachen sollte, und tat beides. »Kallisto. Listo Kallisto.«

Rain eilte ebenfalls in den Teich, um erst ihn und dann den Stuhl herauszuziehen.

»Es klappt doch nicht«, verkündete Lark. Er strich seine triefenden Haare aus der Stirn, während er sich an eine Bank lehnte. »Ich werde mich beschweren.«

»Das würde ich an deiner Stelle auch machen.« Rain richtete den MedChair auf und nahm ihn näher in Augenschein. Sie suchte nach einer Steuerung, konnte aber keine entdecken, und von allein bewegte er sich auch nicht. »Ich glaub, er ist kaputt.«

Lark zog die Elektrode ab, die auf seiner Schläfe klebte, und reichte sie ihr.

»Die brauchst du. Dann musst du einfach nur denken, wohin du möchtest, und der Stuhl gehorcht.«

Rain klebte sich die Steuerung auf die Schläfe, und ihre Augen leuchteten, als sie sich auf den Stuhl setzte. Okay, das konnte nicht so schwer sein. Einfach denken und fahren.

»Ich glau…« Der MedChair machte einen Satz nach vorn, an Lark vorbei, und schoss erneut in den Teich. »Nein! Stopp!«

Zu spät. Sie versanken bereits im Teich, während Lark sich vor Lachen nicht mehr einkriegte.

»Kallisto!«

Zu allem Überdruss flog auch noch eine kleine Drohne herbei, die in dem Park für Ordnung sorgte, und entließ eine wütende Schimpfscharade an Pieptönen, während Rain sich und den MedChair aus dem Teich rettete. Sie ließ sich keuchend und lachend neben Lark auf den Boden fallen und klebte ihm die Elektrode zurück auf die Schläfe.

»Ich korrigiere.« Sie grinste. »Dieser Stuhl ist gefährlich. Lebensgefährlich.«

»Eine richtige Waffe«, bestätigte Lark.

Nachdem endlich wieder Ruhe herrschte und die Fischchimären sich beruhigt hatten, zog die entrüstete Drohne ab.

»Wie schnell ist er wohl?« Rain warf ihm einen verschwörerischen Blick zu.

»Dein Ernst? Wir sind gerade erst knapp dem Tod durch Ertrinken entkommen.« Trotz seines Protestes glänzten seine Augen. Sie half ihm auf den Sitz, stellte sich hinter ihn und legte ihre Arme um seine Schultern. Er war so warm, obwohl seine Kleidung genau wie ihre vollkommen durchnässt war. Sie legte ihr Gesicht nah an seines, atmete seinen vertrauten Geruch ein und schloss die Augen.

»Gib Gas«, flüsterte sie.

Und genau das tat Lark.

Als Lark fort war und es bereits dunkel wurde, saß Rain noch immer im Park. Die Wege waren mit kleinen, funkelnden Lichtern beleuchtet, die aussahen wie Sterne. In White Pearl war es ruhiger geworden, doch es schien niemals ganz still zu stehen. Drohnen und Angestellte eilten noch immer durch die gläsernen Gänge, die die Gebäude miteinander verbanden.

Rains Kleidung war noch feucht, aber sie spürte die Kälte kaum. Lark. Sie wollte den Moment des Glückes, den sie erlebt hatte, einfangen, in ein Glas sperren und niemals wieder hergeben. Sie schloss die Augen und versuchte, sich an seinen Geruch zu erinnern.

»Die unmögliche Prinzessin. Wurdest du etwa auch versetzt?«

Eine junge Frau trat in die Gartenlaube. Sie war gut gekleidet, und der eng anliegende nachtschwarze Stoff ihres Kleides schmeichelte ihrer schlanken Figur. Das Kleid reichte bis auf den Boden und war am Hals hochgeschlossen. Das Einzige, das sich vom dunklen Stoff abhob, war eine glitzernde Kette, die so aussah, als hätte man die Sterne eingefangen und aneinandergereiht.

»Äh, nein.«

»Du Glückliche. Ich wurde es.« Die Frau nahm neben Rain Platz und seufzte. »So ist das heutzutage. Auf niemanden ist mehr Verlass. Das wäre unser viertes Date gewesen, weißt du.«

»Du hast ein Date im medizinischen Sektor von White Pearl?«, hakte Rain skeptisch nach. »Klingt nicht sonderlich romantisch.«

»Ja. Mit einer Ärztin. Date nie eine Ärztin, sage ich dir. Die haben einfach keine Zeit. Erst recht nicht für Romantik.« Die Frau rollte mit den Augen und rückte näher an Rain heran. Vertraulich beugte sie sich zu ihr. »Sag mal, findest du mich hübsch?«

»Ähm. Ja. Schon.« Das war sie. Sie war klein und zierlich, aber ihre Ausstrahlung ließ sie größer wirken.

»Und warum versetzt man mich dann ständig? Ich kann dir sagen, warum.« Sie seufzte. »Weil alle immer auf der Suche nach etwas Besserem sind. Schöner. Klüger. Lustiger. Besser geht immer. Eine schreckliche Einstellung. Ist das bei euch Gesegneten auch so?«

»Ich weiß nicht.«

»Perfektion ist so langweilig. Nicht dass du langweilig wärest. Du bist ganz und gar nicht langweilig.« Ihre schwarzen Augen musterten Rain mit einer Spur aus Neugierde. »Schade.«

»Schade?«

»Dass du nicht auch versetzt wurdest. Sonst würde ich vorschlagen, dass wir den Abend gemeinsam ausklingen lassen und auf unsere unzuverlässigen Partner trinken.« Sie lachte. Ein angenehmes Lachen. »Aber es scheint so, als wäre ich die einzige Unglückliche hier. Mein Name ist Sore.«

»Rajana.«

»Ich weiß.« Sie verzog ihre blau geschminkten Lippen zu einem verschmitzten Lächeln. »Jeder kennt dich. Du bist die arme Gesegnete, die Eros als Cabman aushalten muss. Also so gesehen hättest du doch einen Grund, dich mit mir zu betrinken.«

»Du kennst Eros?«

»Ja, leider.« Sore senkte die Stimme. »Besser als mir lieb ist. Eine fürchterliche Spaßbremse, sag ich dir. So wie dein Bewacher dort.«

Sore streckte ihren Zeigefinger aus und deutete zwischen die Bäume, hinter denen sich die Silhouette eines Sentinal abzeichnete. Nife. »Glaubst du, er versucht mich zu erschießen, wenn ich dich küsse?«

»Könnte passieren.«

»Hast du schon mal jemanden geküsst, Prinzessin?« Sore fischte einen Drop aus der Packung Süßigkeiten, die zwischen ihnen stand, und schob ihn sich in den Mund.

»Es wird nicht gern gesehen.«

»Ich weiß. Aventin ist schrecklich langweilig und spießig, findest du nicht? Und White Pearl ist noch schlimmer.« Sie rollte wieder mit den Augen. »In Ruby sind die Leute viel entspannter, sag ich dir. Klar, man kann nicht rumgehen und jeden knutschen. Aber mit ein paar Vorsichtsmaßnahmen …«

Sie entblößte ihren Unterarm und zeigte ihre Tätowierung. »Ich vermisse meinen Zirkel. Du solltest mal hinfahren. Ich würde dich rumführen. Die schwebenden Marktplätze und die roten Bäder sind wirklich eine Reise wert. Und die Feste dort sind berauschend.«

»Hab ich gehört.«

»Oh, du meinst von Cassian, oder?« Sores spitzte ihre blau bemalten Lippen. »Wie war euer Ausflug?«

»Unser …?«

»'tschuldige. Ich wollte nicht indiskret sein, aber jeder weiß es.« Sore fischte ihr TecDec aus der Handtasche, auf dem ein kurzes Video von Cassian und ihr zu sehen war. Es zeigte sie zwischen den Apfelbäumen. Cassian grinste peinlich verliebt, während sie aussah, als hätte sie sich an einem Zitronenbonbon verschluckt.

»*Endlich einmal wieder schöne Nachrichten*«, las Sore vor. »*Dieses Paar erwärmt unsere Herzen in der düsteren Zeit von Gewalt und Terror. Nach ihrem Date in Green kommt Cassian nicht mehr aus dem Schwärmen heraus …*«

Sore ließ ihr TecDec wieder in der Handtasche verschwinden. »Cassian ist der wohl heißeste Junggeselle von Ruby. Aber als Freundin rate ich dir, dich vor ihm in Acht zu nehmen. Er kann auch anders.«

»Was meinst du?« Das interessierte Rain schon mehr als die Geschichte über ihre angebliche Romanze. Je mehr sie über ihn in Erfahrung bringen konnte, desto besser.

»Kennst du denn nicht die Geschichte von Cassian und Chrysaor?«

Rain schüttelte den Kopf, auch wenn sie sich an den Namen erinnerte. Cassian hatte im Turm ein Band für ihn aufgehängt.

»Dann wird es wohl Zeit, dass dich jemand aufklärt.« Sore sah sich um, bevor sie erzählte. »Sie waren seit ihrer Jugend unzertrennlich. Sie machten alles zusammen, bis ihnen ihre Karriere in den Weg kam. Sie bewarben sich beide auf den Posten als Earl von Green. Chrysaor war damals sehr beliebt und gewann. Kurz vor der Bekanntgabe tauchten intime Fotos und Videos von ihm auf, die seine prekären Interessen zeigten. Chrysaor war gezwungen, vom Amt zurückzutreten. Cassian wäre wohl in seine Fußstapfen getreten.«

Rain wurde übel. Sie hatte Cassian nie vertraut. Tief in ihrem Herzen hatte sie gewusst, dass etwas nicht stimmte. Und trotzdem. Sie hatte entgegen ihrer eigenen Regeln begonnen, ihn zu mögen. Ein kleines bisschen. »Was geschah dann?«

»Dann nahm sich Chrysaor das Leben, und Cassian zog sich aus der Politik zurück. Er floh zu seiner Mutter nach Ruby, angeblich weil er Zeit zum Trauern brauchte. Aber jeder wusste es. Er hatte die intimen Fotos verbreitet, weil er es nicht ertragen konnte zu verlieren.«

Sore ließ ihre Beine vor- und zurückschwingen. »Und jetzt ist er wieder da und das Amt des Earls von Green unbesetzt. Zufall?«

Der ehemalige Earl von Green war wie Andromeda bei dem Attentat auf dem Zirkelfest umgekommen. Seitdem war der Zirkel ohne Earl.

»Danke, dass du mir das erzählt hast.« Die Geschichte von ihm und Chrysaor hatte ihr die Augen endgültig geöffnet.

»Gerne.« Sore beugte sich so nah, dass ihr warmer Atem auf Rains Haut kitzelte und eine Gänsehaut hinterließ. »Er ist gefährlich. Obwohl … Es soll Frauen geben, die auf diese Art von Nervenkitzel stehen.«

Sie strich mit ihren Fingernägeln über Rains Schulter, was ihr einen Schauer über den Rücken jagte. Einen angenehmen, wie Rain sich eingestehen musste.

»Ich nicht.« Sie brachte Abstand zwischen Sore und sich. Diese Frau hatte etwas an sich. Sie verstand es, mit ihren Reizen und ihrem Charme zu spielen und gleichzeitig eine vertraute Atmosphäre aufzubauen, in der man sich wohlfühlte.

»Nicht? Ich hätte schwören können, dass in dir genau so eine Frau verborgen ist, unmögliche Prinzessin.« Sore tastete sie mit ihren dunklen Vogelaugen ab. »Immerhin kuschelst du verbotenerweise mit einer Drei aus Grey.«

Rain erstarrte.

»Keine Sorge. Ich verrate es niemandem.« Sore warf erneut ihren Kopf in den Nacken, wobei sich eine Strähne ihres Haars löste und ihr ins Gesicht fiel. »Ich kann dich gut verstehen. Er sieht verdammt gut aus. Für eine Drei.«

Ihre dunklen Augen, eingerahmt von langen, schwarzen Wimpern, strahlten, als sie sich durch das hochgesteckte Haar fuhr, um die Frisur zu lösen. Sie schüttelte ihren Kopf, und die Haare fielen in Wellen über ihre Schultern. Rain gefiel die intensive Farbe, die jetzt noch besser zur Geltung kam.

Blau. Wie die Seen von Azure.

22.

LARK SASS MIT SEINEN ELTERN AM TISCH.

»Rose wäre sicherlich sauer, wenn sie wüsste, dass wir ihren Lieblingsgemüsekuchen ohne sie essen«, sagte Ant und lächelte in die Runde.

»Ich vermisse sie so«, seufzte Larks Mutter.

»Mach dir keine Gedanken. Dank der Gesegneten ist sie in guten Händen.« Ant nahm Knots Hand. »Es ist so großzügig von Earl Rajana und Protektor Tiberius, dass sie sich um unsere Kleine kümmern.«

»Die Prinzessin ist wirklich ein sehr nettes Mädchen.«

»Ja.« Lark nickte. Sie war mehr als nett. Sie war unglaublich. Unglaublich mutig. Unglaublich lustig und unglaublich stark.

Rain. Wenn sie ihn ansah, hörte er auf zu denken. Sein Herz schlug schneller, und für einen Moment wollte er sich fallen lassen. Doch er fürchtete sich. Fürchtete sich vor seinen eigenen Gefühlen. Obwohl sie längst einen Platz in seinem Herzen hatte, war es das Richtige, sie zu meiden. Was, wenn er wieder gezwungen wäre, sich zwischen ihr und Rose zu entscheiden? Was, wenn er sie wieder verraten müsste?

Je mehr er sie liebte, desto länger würde er zögern, und er durfte nicht zögern. Nicht wenn es um Rose ging. Darum musste er seine Gefühle für Rain zurückstellen. Um ihretwillen und Roses willen. »Sagt mal … wünscht ihr euch nicht manchmal, dass es anders wäre?«

»Was denn?«, hakte Knot nach und legte ihr Besteck beiseite.

»Einfach alles.«

»Es ist, wie es nun mal ist, Junge.« Das war der Lieblingssatz seines Vaters. Ant nahm sein Schicksal mit einer Ruhe hin, die Lark verwunderte. Morgens zeichnete er sich die Zwei unter den Haaransatz und verließ das Haus voller Zuversicht. Und so kehrte er auch zurück, egal, wie anstrengend der Tag gewesen war. Er beschwerte sich nie, nicht wenn er die Zwei von der Stirn wischte, nicht wenn er seine müden Glieder streckte, und auch nicht wenn er die blauen Flecken versorgte, die er zu verstecken versuchte. Manche mochten denken, er sei feige oder schwach, da er nichts gegen die Ungerechtigkeit in seinem Leben unternahm. Dabei war es eine unerschöpfliche innere Stärke, die von Ant ausging. Er war wie ein Fels in einer wilden Brandung. »Wir haben uns. Und das ist das Wichtigste.«

»Ja, Pa. Das ist es.«

»Wir sind stolz auf dich. Egal, was auch passiert. Du bist ein mutiger Junge, und wir sind dir dankbar, wie sehr du auf Rose aufpasst«, sagte Knot und ergriff Larks Hand. Sein Vater legte seine auf Larks Schulter. »Aber du musst auch auf dich aufpassen. Hörst du?«

»Das mache ich.« Rose war seine Priorität. Und das würde sich niemals ändern. Das durfte sich niemals ändern.

»Wir haben dich sehr lieb.« Sie wollten ihn damit beruhigen, aber ihre Worte lasteten schwer auf ihm. Er war für seine Familie verantwortlich. Wenn sie wüssten, was er schon getan hatte und was er noch tun würde …

»Ich euch auch.«

Später lag er auf seinem Bett, während seine Eltern in der Küche zusammensaßen und mit gedämpften Stimmen redeten. Er schloss die Augen, doch die Bilder, die sich in seinem Kopf formten, brachten keine Erlösung. Also riss er sie wieder auf und starrte an die Decke, wo die Lichtleisten schwach glühten. Sie waren schon im Nachtmodus. Dieser Zirkel war unglaublich sauber. Manchmal konnte er es nicht fassen, dass er keine Spuren von Ruß in der Luft und an den Wänden entdecken konnte.

Er erhob sich und schaltete das TecDec ein, das in Aventin zur Standardausstattung gehörte. Ein Bild von Rain ließ ihn zusammenzucken. Sie stand neben einem unglaublich attraktiv aussehenden Mann, der sie verliebt ansah.

»Cassian, ein junger Mann mit Charisma, der Aventin viel zu lang ferngeblieben ist …«

Es versetzte Lark einen Stich, die beiden so zu sehen. Für einen kurzen Moment schämte er sich für seine Beine und seine Schwäche. Er war hässlich und schwach. Wie konnte er nur glauben, dass Rain an ihm, einer F3, Interesse hatte, aber dann sah er ihren Blick. Auch wenn sie lächelte, war es nicht das gleiche Lächeln, das sie nur ihm schenkte. Es lag keine Zuneigung darin. Keine Wärme. Die fand er nur, wenn sie ihn ansah. Und aus irgendeinem Grund hatte seine Herabstufung nichts daran geändert.

»Lark?« Seine Mutter klopfte und streckte den Kopf ins Zimmer. Er schaltete das TecDec schnell wieder aus.

»Ja?«

»Hier ist ein Mädchen, das behauptet, deine Freundin zu sein.«

»Natürlich bin ich das.« Wren schob sich an Knot vorbei ins Zimmer und ließ sich galant neben ihm auf sein Bett nieder. Sie sah eleganter aus als bei ihrem letzten Treffen, fast so als hätte sie sich extra für ihn herausgeputzt. Lark hätte sie nicht als Kleidtypen eingeschätzt, doch sie trug eines, das größtenteils durch einen schwarzen Mantel verdeckt wurde. »Wir wären gern ungestört.«

Knot suchte den Blick ihres Sohnes, um zu sehen, ob er einverstanden war.

»Es ist gleich Ausgangssperre, junge Dame«, erinnerte sie Wren, bevor sie die Tür schloss.

»Ausgangssperre«, äffte Wren sie nach, nur um kurz darauf Lark ein anstößiges Grinsen zuzuwerfen. »Dann muss ich wohl hier schlafen.«

»Was machst du hier?« Lark setzte sich auf.

»Ich hasse es, allein zu sein, weißt du? Wenn ich allein bin, denke ich zu viel nach.«

»Na ja, Nachdenken ist nicht schlecht. Solltest du vielleicht öfter probieren.«

»Damit ich so ein trübseliges Häufchen wie du werde? Nein, danke.« Sie stöhnte.

»Und warum kommst du dann ausgerechnet zu mir?«

»Ich habe dich vermisst.« Wren warf ihre blauen Haare zurück und schenkte ihm das herzliche Lächeln einer Tarantel. Lark hatte selten einen Menschen getroffen, dessen Emotionen so schnell und so häufig wechselten. Es war, als ob jemand neben Wren saß und sie per Fernbedienung steuerte. Aktuell war sie im Flirtmodus. »Ich hoffe, du hast mich auch vermisst?«

Sie ließ ihre Finger über seinen Arm wandern.

»Ich …« Er zögerte. »Unser letztes Treffen endete nicht gerade harmonisch.«

»Ach was. Das ist vergeben und vergessen, Süßer.« Sie winkte ab.

»Ich bin froh, das zu hören.« Lark dachte an seine Unterhaltung mit Tiberius. »Ich habe viel über euch nachgedacht und möchte meinen Teil beitragen.«

»Ach, wirklich?« Wren ließ ihn nicht aus den Augen.

»Ich … Ich weiß, ihr seid enttäuscht von mir. Aber das heißt nicht, dass ich euch nicht trotzdem unterstützen will.«

»So wie du von Prinzessin Rajana … unterstützt wirst?« Der Flirtmodus war schnell vorbei, und stattdessen trat eine erschreckende Kälte in Wrens Gesicht.

»Was meinst du?«

»Ich meine, dass ihr in White Pearl wirklich süß zusammen aussaht.« Sie hatte innerhalb des Bruchteils einer Sekunde eine Schusswaffe aus ihrem breiten Mantel gezogen, die sie ihm nun an die Brust hielt. »Versuche es nicht zu leugnen. Die Dornen wachsen überall, und sie wissen alles.«

»Ich … Wir …« Lark wurde schwindelig, während er fieberhaft über eine Lösung nachdachte. Was wusste Wren? Wusste sie über sein

Abkommen mit Tiberius Bescheid? Nein, das war unmöglich. Dann wäre er bereits tot.

»Was ist? Verschlage ich dir die Sprache?« Wren zog eine Augenbraue hoch.

»Ich … Rain und ich … Wir sind Bekannte.«

»Bekannte? Wohl etwas mehr als das. Sie mag dich sehr, du Genie.« Zu seiner Überraschung stupste sie ihm mit der Waffe spielerisch gegen die Stirn, bevor sie diese wegpackte. »Halte deine Freunde nah und deine Feinde noch näher. Deine Bekanntschaft kann uns noch sehr nützlich werden, Larki.«

»Wie das?« Lark versteckte seine zitternden Hände unter der Bettdecke.

»Ach, da fällt uns sicher noch was ein.« Wren rückte näher an ihn heran und strich ihm mit ihrer Hand über die Wange. »Es tut mir übrigens leid, dass ich so überreagiert habe. Wir werden dich zu nichts zwingen, wobei du dich nicht wohlfühlst.«

Er wollte den Abstand zwischen ihr vergrößern, war aber bereits am Ende der Matratze angekommen. »Ich steh nicht auf Spielchen. Die Gesegneten verbreiten schon genug Lügen, da müssen wir Dornen wenigstens ehrlich zueinander sein. Also sag ich dir ehrlich, was ich denke.«

Sie drehte sich eine blaue Strähne um den Finger. »Ich war schon etwas enttäuscht von dir. Du versteckst dich hinter deiner Schwester und denkst, du wärest etwas Besseres als wir. Aber das bist du nicht. Wir sitzen alle im gleichen Boot. Wir sind alle Mörder.«

»Ja, ich bin ein Mörder.« Lark nickte. »Aber …«

»Psst.« Wren presste ihm ihren Finger auf die Lippen. »Ich war noch nicht fertig. Ich glaube, du hast ein falsches Bild von uns. Wir sind nicht bloß Kinder, die Krieg spielen, weil die Gesegneten uns den Lolli geklaut haben. Wir kämpfen für die Freiheit. Für eine bessere Welt.«

»Ich weiß, wofür ihr kämpft.«

»Das glaube ich nicht, denn du kämpfst nur für dich selbst.«

»Das stimmt nicht.«

»Du bist egoistisch, Lark. Alles, was du tust, tust du für deine Familie. Deswegen traut dir Moth nicht. Er denkt, dir ist unsere Revolution egal, weil du dich nur um dich selbst scherst.« Wren runzelte die Stirn. »Keine Sorge, mein Hübscher. Ich weiß, du wirst uns helfen, die Welt von den unnatürlichen Gesegneten zu befreien. Weil es das einzig Richtige ist. Sie sind schuld an allem, was in Hope schiefläuft.«

Bei diesen Worten lächelte Wren so zuversichtlich, dass es Lark Angst machte. Sie rollte sich von ihm weg und stand auf. »Komm mit. Ich will dir etwas zeigen.«

»Ich kann nicht fort. Es ist gleich Sperrstunde«, bemerkte Lark.

Wren lachte, als hätte er einen Witz gemacht. Sie war kein Mädchen, das ein »Nein« akzeptierte. Optisch mochte sie Bolt in keinster Weise ähneln, aber sie war nicht weniger gefährlich. In ihrem Herzen brannte eine tiefgreifende Verbissenheit, vermengt mit einer Prise Wahnsinn. Eine Mischung, die Lark fürchtete. Keine Sekunde zweifelte er daran, dass dieses Mädchen Aventin niederbrennen würde, nur um die Gesegneten zu vernichten.

Wenig später folgte Lark ihr durch die Straßen von Aventin, darauf bedacht, den Patrouillen von Drohnen und Sentinal auszuweichen. Ein paar Mal stießen sie beinahe mit einem CleanBot zusammen, von denen nachts viele unterwegs waren. Die interessierten sich jedoch nicht für die beiden Herumtreiber, die außerhalb der Sperrstunden durch die Straßen schlichen, sondern nur dafür, saubere Böden und Wände noch sauberer zu wischen.

»Lust, die Bots ein bisschen zu ärgern?«, flüsterte Wren und zog ihre Sprayflasche, um »Gold zu Asche!« auf die Wand zu schreiben, genau auf der Stelle, die gerade von einer Drohne gereinigt worden war. »So sieht es gleich viel besser aus.«

»Wo gehen wir hin?«

»Sei nicht so ungeduldig. Du wirst es gleich erfahren.«

Sie erreichten die äußerste Grenze der Wohntürme, in denen die Diener wohnten. Auch wenn sie Schleichwege benutzten und sich im Schatten hielten, um Sentinal und Drohnen auszuweichen, fürchtete er bei jeder Ecke, um die sie bogen, erwischt zu werden.

»Wie weit ist es noch?«

»Wir sind bereits da.« Wren klopfte mit ihrem Fuß auf den Boden.

Ein kreisförmiges Loch öffnete sich, und die Platte, auf der Wren stand, leuchtete blau. Lark wusste, was er vor sich hatte.

»Das ist ein Müllcontainer.« Anders als in Grey waren sie in Aventin in den Boden eingelassen, um Platz zu sparen und den Bewohnern Anblick und Geruch zu ersparen.

»Du bist ein ganz schlaues Kerlchen.« Wren grinste. Sie trat vor zur Wand, in der ein kleines TecDec integriert war, auf dem man die Entleerungszeiten nachsehen und, wenn nötig, Hilfe anfragen konnte.

»Hallo«, sprach Wren in die Vorrichtung.

»Bitte werfen Sie Ihren Abfall in die Öffnung. Wir kümmern uns um den Rest«, verkündete das Hilfesystem.

Sie grinste. »Wilde Frettchen lassen sich nicht zähmen.«

Das TecDec gab ein Brummen und Summen von sich, bevor der Bildschirm schließlich ganz erlosch. Dann schloss sich das Loch im Boden für den Bruchteil einer Sekunde, und als es sich wieder öffnete, leuchtete die Platte darum in einer Farbmischung aus Grün und grellem Pink.

»Was ist gerade passiert?«, fragte Lark alarmiert, als Wren hinter ihn trat. Sie beugte sich vor, so nah, dass er ihre Lippen an seinem Ohr spüren konnte. »Wir entsorgen Abfall.«

Mit diesen Worten gab sie ihm einen kräftigen Stoß und schupste ihn aus seinem MedChair in die Öffnung. Reflexartig zog er seine Arme vor das Gesicht, um seinen Kopf zu schützen. Dunkelheit umfing ihn. Er erwartete einen harten Aufprall, stattdessen landete er auf einer weichen Matte. Die Luft wurde ihm aus den Lungen gepresst, als er tief in den Stoff einsank.

»Die Dornen wachsen überall«, rief Wren von oben.

Lark blinzelte und hob seinen Kopf. Es war dunkel in dem Raum, und er erkannte nur grobe Umrisse.

»Mach Platz!«

Er richtete sich auf und zog sich mit seinen Armen vor, offenbar nicht schnell genug, denn jemand sprang auf die Matte, packte ihn am Kragen und zog ihn in die Dunkelheit. Instinktiv machte sich Lark dazu bereit, sich seinem Angreifer zu stellen. Er ballte die Fäuste, drehte sich um und schlug zu.

»Was macht der Verräter hier?«, knurrte Moth, der Larks Angriff mit Leichtigkeit abwehrte. Immerhin ließ er ihn los, aber nur um Wren zu helfen, den MedChair durch das Loch zu hieven.

»Du weißt, ich habe eine Schwäche für ihn.« Wren sprang hinunter, rollte sich wendig auf der Matte ab und stand wieder auf ihren Füßen. »Hab dich vermisst, mein Großer.«

»Wir haben uns doch bloß einen halben Tag nicht gesehen«, knurrte der Riese.

»Ich weiß. Viel zu lang.« Wren warf sich um seinen Hals und strich ihm über die giftgrünen Haare. Der Hüne ließ es geschehen, auch wenn er etwas von »Vorsicht. Keime« murmelte. Dann zeigte er in Larks Richtung.

»Bist du dir sicher, was ihn betrifft? Du weißt, was auf dem Spiel steht, wenn er diesen Ort verrät.«

»Das wird er nicht. Vertrau mir«, flüsterte Wren und ließ den Spine los. »Und wenn doch, werde ich ihn selbst umbringen. Kommt, Jungs.«

»Na gut. Du bist der Chef.« Moth stellte den MedChair vor Lark ab. Weder er noch Wren machten Anstalten, ihm hineinzuhelfen, doch das war auch nicht nötig. Lark, der sich ihrer Blicke bewusst war, stemmte sich auf den Sitz und bemühte sich, nicht sein Gesicht vor Schmerzen zu verziehen. Er hatte Fufus abendliche Schmerzmittel nicht genommen und spürte jetzt seine Verletzungen, da der Wirkstoffpegel sank. Wie Hunderte Nadeln, die sich durch das Fleisch in seine Beine bohrten. Das Gefühl zog hoch bis in den Rücken.

»Geht es?«, fragte Wren.

»Natürlich.« Er wollte keine Schwäche zeigen, denn er hasste es, sich so zu fühlen.

»Wenn du dann endlich so weit bist.« Wren drehte sich um und schritt voran durch einen Gang.

»Was ist das hier?«, fragte Lark, während er seine Füße auf den dafür vorgesehenen Halterungen positionierte.

»Ein Stützpunkt. Die wichtigste Zentrale der Spines«, verkündete Wren. »Hier verstecken sich die Mutigsten der Mutigen. Die Stärksten der Stärksten.«

Sie betraten einen Raum, der von verschnörkelten goldenen Säulen gehalten wurde, die ihre beste Zeit schon hinter sich hatten. In den Wänden befanden sich zahlreiche Hohlräume, vor die Gittertüren geschoben werden konnten. Nur dass die Gitter einmal golden gewesen waren.

Bis auf einen einsamen CleanBot war der Raum verlassen.

Wren stemmte ihre Hände in die Hüften und rief: »Wer hat Hunger?«

Dann drehte sie ihren Rucksack um und öffnete ihn. Tüten mit Süßigkeiten, ähnlich wie die, die sich Rain und Lark in White Pearl geteilt hatten, fielen heraus und bedeckten den Boden. Das beendete die Stille. Gitter wurden zur Seite geschoben, Lichter erhellten den Raum, und aus allen möglichen Vertiefungen traten kleine Gestalten.

»Ich. Ich. Ich«, schallte es von allen Seiten.

»Zerfleischt euch nicht«, warnte Moth.

»Willkommen bei den *Wilden Frettchen*«, verkündete Wren, während sie sich neben Lark stellte und ihren Arm auf seine Schulter legte.

- - -

Rain lief ziellos durch White Pearl. Es war kaum noch jemand unterwegs, da es spät war und die meisten sich bereits in ihren Unterkünften befinden mussten. Nur gelegentlich passierte sie Drohnen und Leute von der Nachtschicht.

Doch Rain wollte noch nicht zu den Gleiterparkplätzen, wo Nife auf sie wartete, und so beschloss sie, einen Umweg zu gehen. In Amygdalas Büro brannte noch Licht. Die Gesegnete hatte es offenbar ernst gemeint, als sie sagte, dass sie sich in Arbeit stürzte, um den Tod ihrer Tochter zu vergessen.

Rain wollte gerade klopfen, um ihr einen Besuch abzustatten, da hörte sie eine vertraute Stimme, die sie erstarren ließ.

»Wir müssen herausfinden, was er weiß«, sagte Tiberius. Rain presste sich an die Wand und lauschte angestrengt. Von wem sprach ihr Vater da? »Mir ist jedes Mittel recht, um ihn zum Reden zu bringen.«

Für einen kurzen Moment glaubte sie, er sprach von Bolt. Es würde sie nicht wundern, wenn sie versuchten, Informationen aus dem Rebellenführer zu bekommen.

»Wir wissen nicht, ob er uns versteht«, sagte Amygdala. »Er hat kein Wort gesagt.«

Das passte allerdings nicht zu Bolt, der sich nur allzu gerne reden hörte.

»Lass dir etwas einfallen. Wir müssen herausbekommen, warum sie hier sind.« Tiberius klang angespannt.

»Es ist nicht erwiesen, dass sie uns schaden wollen«, seufzte Amygdala.

»Nicht? Und was, glaubst du, passiert, wenn die Menschen die Wahrheit erfahren? Über sie und … über uns?«

Rains Herz schlug ihr bis zum Hals. Über was durfte niemand die Wahrheit erfahren?

»Dieser Krieg sollte nicht umsonst vergessen werden.«

Rain dachte wieder an die Verdammnis und die seltsamen Maschinen, die sie dort entdeckt hatten. War es möglich, dass Tiberius über sie sprach?

»Und denk dran, niemand darf von seiner Anwesenheit erfahren.«

»Nur ich und mein Team haben Zugang«, bestätigte Amygdala. Rain hörte Schritte, die sich der Tür näherten, und sprintete im Flur zurück. Sie kauerte sich hinter einen Wasserspender und hielt die Luft an, als Amygdala und ihr Vater das Zimmer verließen und in die andere Richtung gingen.

Wer war hier? Ihre Gedanken rasten, als sie versuchte einen Sinn in das gerade Gehörte zu bringen. Etwa eine dieser Maschinen?

- - -

Sie standen in einem edlen Raum voller Käfige, die nun mit Gardinen und Matratzen ausgestattet waren, beinahe wie Wohnräume.

»Wo sind wir hier?« Lark steuerte seinen Stuhl hinter Wren her.

»Das ist ein alter Zoo. Sie haben Chimären und Mutanten in den Käfigen ausgestellt«, erklärte Wren und schritt zu einem der Käfige. Auf einem in die Wand integrierten TecDec standen Informationen zu mutierten Katzenfrettchen, die anscheinend einmal hier gelebt hatten. Sie ging weiter und tippte ein weiteres TecDec an, das etwas über Schattenschleicher erzählte. Anstelle von Schattenschleichern saßen drei Kinder in dem Raum, die ein Spiel mit Magnetmurmeln spielten. »Jetzt ist es bloß ein vergessener Kellerraum.«

»Aber was machen die Kinder hier?«

»Ich sagte doch. Wir sind Spines, und das ist unser Stützpunkt.« Sie ließ sich auf einen Sessel fallen, der seine besten Tage bereits hinter sich hatte.

»Das sind Kinder.«

»Kinder, die wir gerettet haben.« Sie winkte einen Jungen herbei, der eine Schuluniform trug, wie sie in Grey getragen wurde. Sie war ihm einige Nummern zu klein und spannte an den Schultern.

»Das ist Bug. Er kommt wie du aus Grey.« In der Hand des Jungen lag eine Leine. Er führte eine Mutantenratte mit sich, die er immer wieder streichelte. Das Tier schien sehr auf ihn fixiert zu sein, denn sie bewegten sich wie eine Einheit. »Seine Familie wurde durch die BoomBots getötet. Er ist in die Zeltstadt geflohen, doch als Zwei wäre er nicht lange dortgeblieben. Man wollte ihn nach Grey zurück deportieren. Stimmt das, Bug?«

»Ja.« Der Junge presste sich schüchtern an seine Ratte und das Tier an ihn.

»Warum bist du hier?«, fragte Wren weiter, während sie sich wieder erhob.

»Dank der Spines«, antwortete der Kleine und zeigte seinen durchgestrichenen Zahlencode. »Sie haben mich aus dem Lager geholt und hergebracht. Und jetzt habe ich ein Zuhause und einen neuen Freund.« Er deutete auf die Ratte. »Die Spines sind jetzt meine Familie. Meine und die von Rotauge.«

»Und Bug will uns bei unserem Kampf unterstützen«, ergänzte Wren.

»Das wollen wir.« Der Junge deutete auf seine Ratte, und ein vorsichtiges Lächeln schlich sich auf seine Lippen. »Sie werden uns nicht kommen sehen.«

»Siehst du, Larki?« Wren beugte sich von hinten über Lark und bettete ihr Kinn auf seinen Kopf. »Wir sind gar nicht so schlimm, wie du denkst.«

»Nein, ihr seid schlimmer«, knurrte Lark. »Ihr nutzt die Not dieser Kinder aus und macht sie zu Soldaten für euren Krieg.«

»Die Gesegneten haben ihnen ihre Kindheit gestohlen. Nicht ich.« Wren verpasste ihm wütend einen Schlag zwischen die Schulterblätter. »Aber im Gegensatz zu ihnen beschütze ich sie. Ich gebe ihrem Leben einen Sinn. So wie die Spines mir einen Sinn gaben, als ich bereits aufgegeben hatte.«

Sie schüttelte den Kopf. »Weißt du überhaupt, wie das Leben in diesen Lagern aussieht? Nein, weißt du nicht. Dank deiner gesegneten Freundin ist dir und deiner Familie diese Erfahrung erspart geblieben, richtig?«

»Lebst du denn in einem?«

»Nein, aber ich arbeite in einem und verteile Nahrungsrationen und Medizin.« Sie verschränkte die Arme.

Wie praktisch, dachte Lark.

»Wenn du einer von uns bist, warum hinterfragst du uns dann ständig? Wir helfen diesen Kindern, aber du siehst nur das Schlechte in uns.«

»Man sollte immer alles hinterfragen. Am meisten sich selbst«, sagte Lark.

»Ach ja?« Wren hielt inne. »Vergehst du deswegen ständig in Selbstzweifeln?«

»Das würde dir vielleicht auch mal ganz guttun.«

»Also ich finde, ich mache alles richtig.« Sie verschränkte die Arme.

»Ich will nur nicht, dass Kinder verletzt werden.« Er wusste, er konnte sie nicht überzeugen.

»Ich weiß. Das will ich auch nicht, aber sie werden bereits verletzt.«

»Sie hat recht«, bestätigte Bug. »Die Spines haben uns gerettet und uns ein Zuhause gegeben. Ich bin gern bei ihnen. Und Wren ist wie eine große Schwester für uns.«

»Ach, Bug.« Ihre Gesichtszüge wurden weich, und sie strich ihm übers Haar. Im nächsten Moment klatschte sie in die Hände und wandte sich der Gruppe zu. »So, Frettchen. Wer hat Lust auf eine Geschichte?«

Die jüngeren Kinder jubelten begeistert und bildeten einen Sitzkreis um Wren.

»Ich finde deinen Stuhl cool. Kann der die Wände hochfliegen?«, fragte ein kleines Mädchen.

»Ich fürchte, nicht.« Lark lächelte. »Und leider auch nicht über Wasser gleiten.«

Während Wren ihnen eine Geschichte von gigantischen sprechenden Echsen vorlas, veränderte sie sich. Von der wilden Rebellin war nicht mehr viel zu sehen. Wie sie dort saß und den Urschrei der Echsen, die sich Dinosaurier nannten, nachmachte, erinnerte sie für einen Moment an das Mädchen, das sie einst gewesen sein musste. Das Mädchen aus Ruby. Was war mit ihr passiert, dass sie die Gesegneten so sehr hasste?

Lark sah sich um. Der Ort war groß. Das Gold war von den Wänden geblättert und stattdessen mit Graffiti besprüht worden, die die üblichen Sprüche der Spines wiedergaben. Während er in den Nebenraum schwebte, aktivierten sich automatisch die Lichtleisten in den Wänden und enthüllten eine Glaswand, hinter der einst ein gigantisches Wasserbecken gelegen haben musste. Die Scheibe war nun zerschlagen, und dahinter entdeckte Lark ein Lager mit Kisten. Doch das war nicht alles. Auch in den Gängen stapelten sich die Transportkisten bis zur Decke empor. Sie sahen aus wie die, die er im Zug gesehen hatte.

Er schwebte weiter und bemerkte einen strengen Geruch, der durch die Räume zog und intensiver wurde, je weiter er kam.

»Welt der Nagetiere«, stand an einem Torbogen geschrieben, doch die Buchstaben waren schon fast verblasst. Rascheln drang aus dem Raum. Gefolgt von Quieken. Lark schwebte hinein und stellte erstaunt fest, dass die Käfige noch bewohnt waren. Oder vielmehr wieder. Über Äste und kleine Holzbrücken schwangen sich braune Körper hinter den Scheiben entlang.

Werratten.

Sie wuselten über den Boden und erklommen die Wände. Doch wofür brauchten die Spines so viele von ihnen?

»Hey, Kleiner, warum schnüffelst du hier herum?«, knurrte Moth, der ihm gefolgt war.

»Ich sehe mich bloß um. Was macht ihr mit so vielen Ratten?«, fragte Lark und drehte seinen Stuhl zu dem Hünen.

»Wir bilden sie aus«, erklärte Moth und zuckte die Schultern.

»Wofür?«

»Die Ratten sind wie wir. Man sieht auf sie herab, hält sie für lästiges Ungeziefer. Man unterschätzt sie, will sie auslöschen, aber egal, wie viele Fallen du aufstellst, egal, wie viel Gift du in die Kanalrohre pumpst. Die Ratten sterben nie.«

Er strich über die Scheibe. »Die, die auf dem Boden kriechen, werden der Untergang der Hochmütigen …«

Ein zufriedenes Lächeln schlich sich auf seine Lippen, und Lark fragte sich, wie dieser Mann wohl zu den Spines gekommen war. Er versuchte einen Blick auf seine Tätowierung zu werfen, doch die Stelle war wie immer gut abgedeckt.

»Und jetzt verpiss dich, Kleiner. Du hast hier nichts zu suchen.«

Lark lenkte seinen MedChair herum und fuhr zurück zu der Halle, in der Wren den Kindern vorlas.

Plötzlich erstarrte er.

Vor ihm war ein Bild von Hail. Sie war gut getroffen, wie sie über die Schulter guckte und traurig lächelte, während ihr Haar im Wind wehte. Ihre Augen waren durch die Mondaugenkrankheit weiß gefärbt. Er streckte die Hand aus, um ihr über die Wange zu streicheln, und für einen kurzen Moment ließ er zu, dass der Schmerz ihn überrollte.

Hail. Seine Hail.

Sie war ein beliebtes Motiv für die Rebellion der Spines geworden, dabei hatten sie sie nicht einmal gekannt. Sie nannten sie die Sprayerin der Freiheit. Die Worte, die über ihrem Bild standen, berührten Lark trotzdem, und für den Augenblick konnte er Wrens Kampfeswillen verstehen.

Für eine Welt, in der du nicht perfekt sein musst

»Du bist ja immer noch hier, Junge.« Moth packte Lark und drehte ihn samt Stuhl zu sich herum.

»Ja … Tut mir leid«, stammelte der. Er warf einen hilflosen Blick über die Schulter zu Hail, und Moth verstand.

»Du … Du hast sie sehr gemocht, oder?«, fragte der Hüne etwas weicher, und sein Griff um Larks Schultern lockerte sich.

»Ja.« Er ließ den Kopf hängen. »Sie war … wie eine Schwester … Ich vermisse sie sehr.«

»Nun.« Moth kratzte sich verlegen am Kopf, Larks Tränen schienen ihn zu verunsichern. Offenbar hatte er zur Abwechslung mal nicht vor, den Jungen zu töten. »Willst du … was trinken?«

Das war das Netteste, was Moth je gesagt hatte. Er führte Lark an den Transportkisten vorbei in eine Küche, in der zu anderen Zeiten einmal das Essen für die Tiere vorbereitet worden war. Nun stapelten sich Dosen und Essensrationen für die *Wilden Frettchen* auf den Arbeitszeilen.

Moth setzte sich an einen Tisch und winkte einen verbeulten ServiceBot herbei, der ihnen Getränke brachte.

»Was ist das?« Lark beäugte die Flüssigkeit skeptisch.

»Keine Sorge. Ist kein Gift.« Moth lachte ein raues Lachen. »Stachelwein. Ein beliebtes Getränk in den Schlummerlanden.«

Lark hatte davon gehört. Die Schlummerlanden lagen im östlichen Teil von Green. Kleine Dörfer, umringt von grünen Feldern voller Stacheltrauben.

»Kommst du daher?«, fragte er vorsichtig.

»Ich komme von überall«, entgegnete Moth. »Bin rumgekommen.«

»Als Aushilfsarbeiter?«

»Nicht direkt.« Moth zog seinen Ärmel hoch und enthüllte die Stelle, an der ein Tattoo hätte sein sollen. Sie war leer.

»Du bist ein Ghost.«

Moth grunzte zustimmend und leerte sein Glas.

»Wie hast du Wren getroffen?«

Der Blick des Hünen wanderte in die Ferne.

»Ich habe damals in der Nähe von Ruby gearbeitet. Auf einer

Sprinter-Farm«, sagte er nach einer Weile. »Der Bauer war ein guter Mann. Hat nicht so genau hingeguckt. War auch kein Freund des Systems. Ich durfte die Tiere versorgen. Hat mir gefallen. Die Arbeit. Und die Stille.«

Ein Lächeln schlich sich auf seine Lippen, so flüchtig, dass Lark meinte, er hätte es sich bloß eingebildet.

»Dann sah ich sie. An einer Klippe. Sie hatte damals noch keine blauen Haare. Sie waren pink. Die Sonne war gerade aufgegangen. Ich dachte, was macht ein kleines Mädchen aus Ruby so weit draußen?«

Er hielt inne.

»Sie sprang. In den Tod. Ich eilte zur Klippe, und da lag sie. Blutüberströmt in der Tiefe. Dachte, das war's. Doch dieses kleine Mädchen kriegt nichts so schnell klein. Sie lebte. Ich holte einen Sprinter und brachte sie auf die Farm. Hatte nur ein paar Knochenbrüche. Der Farmer kannte einen Tierarzt. Der hat sie zusammengeflickt.«

»Warum wollte sie sich umbringen?«

»Das geht dich nichts an, Kleiner.« Moth ließ sich ein weiteres Glas Stachelwein bringen. »Das waren andere Zeiten. Sind vorbei. Jetzt hat sie ein neues Leben.«

»Ein Leben als Spine.«

»Ja. Genau wie dein Mondaugenmädchen. Und genau wie du, wenn du nur einen Funken Verstand hast.«

»Ja.« Lark nippte an seinem Getränk.

»Hey, ihr Süßen.« Wren lehnte plötzlich im Türrahmen. »Freut mich, dass ihr doch noch Freunde geworden seid, aber ich muss eure traute Zweisamkeit unterbrechen.«

Sie ging mit federnden Schritten um den Tisch und zeigte Moth einen Zettel. »Wir haben gerade eine Nachricht bekommen. Aus der Zeltstadt.«

Sie tauschten einen Blick aus.

Lark lehnte sich neugierig vor, aber Wren hielt inne. »Tut mir leid, Liebster. Aber ich glaube, du solltest nach Hause gehen.«

»Nach Hause?« Was auch immer sie vorhatten, es war offenbar so wichtig, dass sie kein Risiko eingehen konnten.

»Eins nach dem anderen. Wenn du dich als vertrauenswürdig erweist, bist du das nächste Mal vielleicht dabei.« Sie geleitete ihn aus dem Raum, während Moth den Zettel las.

»Hast du keine Angst, dass ich euren Stützpunkt verraten könnte?«, fragte er.

»Du würdest doch keine Kinder ausliefern«, antwortete Wren mit gespieltem Erstaunen. »Arme unschuldige Kinder wie Rose. Man würde sie in die Arbeitslager von Pitch schicken. Könntest du wirklich damit leben?«

Sie hatte recht. Das würde er den Frettchen nicht antun. »Und nun geh nach Hause und ruh dich aus. Wir werden uns schneller wiedersehen, als dir lieb ist. Glaub mir.«

Lark glaubte ihr.

24.

RAIN WARTETE AUF IHREN VATER. Er war in einer wichtigen Besprechung. So wichtig, dass nicht einmal seine Sentinal daran teilnehmen durften.

Rain spitzte die Ohren, aber es war unmöglich, auch nur ein Wort zu hören.

Schade, dass man als Gesegnete nicht durch Wände sehen konnte oder über einen feineren Gehörsinn verfügte.

»Ist das nicht aufregend?«, fragte Eros. Der Cabman saß neben ihr und starrte ebenfalls gebannt auf die Tür.

»Nein. Wir sitzen vor einer Tür.« Aufregend war der Ausflug in die Verdammnis gewesen, nicht aber das Warten auf ihren Vater.

»Aber dahinter ist Tiberius. Tiberius.« Eros schlug sich die Handflächen an die Wangen. »Es ist so aufregend. Ich kann es kaum erwarten, ihn zu sehen. Meine Knie werden in seiner Gegenwart immer ganz weich.«

Warum verfallen meine Cabmen eigentlich immer meinem Vater?, fragte sich Rain.

»An ihn kommt kein anderer Gesegneter heran«, fuhr Eros fort. Er strich sich über seine Uniform, die zwar den klassischen Cabman-Schnitt hatte, aber in Violett erstrahlte. Über die Oberfläche liefen Buchstaben, die peinlicherweise »Lob dem Protektor« ergaben. »Nicht mal dein Cassian.«

»Er ist nicht *mein Cassian*«, brummte Rain und zupfte an dem grasgrünen Overall, den sie trug.

»Ich hoffe doch, du hast für ihn gestimmt.«

»Gestimmt?«

»Wofür hast du ein tragbares TecDec, wenn du es nicht benutzt?« Eros rollte die Augen und reichte es Rain. »Du hast als Earl viele Aufgaben. Ich habe dir eine Liste mit den Sachen geschickt, die wichtig sind. Ignorierst du meine Nachrichten etwa?«

»Ja. Das letzte Mal, als ich draufgesehen habe, wolltest du, dass ich ein Foto von meinen Füßen mache.«

»Nicht von deinen Füßen. Deinen Stiefeln. Das waren Designerschuhe aus … Ach, egal. Wichtig ist die Wahl des neuen Earls von Green. Die Menschen dürfen darüber abstimmen, ebenso wie die anderen Earls. Es ist gerade *das* Thema.«

Sie strich erneut über ihre grüne Kleidung. Darum hatte Eros ihr also das Outfit herausgesucht.

»Wie kann es sein, dass du davon nichts mitbekommen hast?« Eros stöhnte, aber er hatte recht. Rain hatte das Gefühl, dass das Leben in Aventin an ihr vorbeirauschte. »Cassian ist einer der Anwärter auf den Posten und gilt seit eurem Ausflug als Favorit.«

»Cassian will Earl von Green werden?« Sie erstarrte. Natürlich wollte er das. Sore hatte sie ja bereits gewarnt, dass es so kommen würde, aber dass es so schnell ging, verwunderte sie doch.

»Ja, und du solltest ihn unterstützen. Laut der Umfragen ist er sehr beliebt.«

»Ist er das?« Etwas in ihrem Inneren wurde kalt.

»Du musst ihn wählen. Siehst du, 91 % erwarten, dass du ihm seine Stimme gibst.«

»Warum?«

»Warum? Weil ihr euch liebt.«

»Tue ich nicht.«

»Oh, das solltest du aber. 89 % finden, dass du durch ihn sympathischer geworden bist.« Eros zeigte ihr die Umfrage. »Du warst recht unnahbar, fast schon etwas unheimlich. Niemand konnte dich einschätzen, nachdem du Bolt verschont hattest. Die Menschen fangen an, sich Gedanken zu machen, wenn jemand nicht so reagiert, wie sie es erwarten. Sie werden misstrauisch. Aber mit Cassian an deiner Seite wirst du wieder wie die starke Prinzessin, die sie sich wünschen.«

Endlich wurde Rain erlöst, als die Tür aufging und Kar sie hereinbat. Eros sprang auf, wurde aber zurückgehalten.

»Du nicht. Nur sie«, meinte Kar trocken, und Eros setzte sich enttäuscht wieder hin.

Ihr Vater saß an einem ausladenden Tisch, der fast den gesamten Raum einnahm, das Kinn auf den Handrücken gestützt. Er sah ungewohnt blass aus und rieb sich die Schläfe.

»Alles gut?«, fragte Rain und nahm neben ihm Platz.

»Nein.« Die Sorgenfalte auf seiner Stirn bestätigte seine Antwort.

»Was ist passiert?«

»Wo soll ich anfangen?« Tiberius lächelte müde. »Immer wenn ich das Gefühl habe, ein Problem gelöst zu haben, tauchen zwei weitere auf.« Der Protektor fuhr sich durchs Haar. »Wie war dein Ausflug mit Cassian?«

»Interessant«, antwortete Rain, während sie versuchte zu erahnen, welches Interesse ihr Vater an einer Bindung haben könnte. »Wenn man davon absieht, dass er mit mir nur seine eigene politische Karriere voranbringen will.«

»Das kann man dem Jungen nicht verübeln. Er ist ehrgeizig.« Tiberius lachte.

»Offensichtlich.« Rain fühlte sich trotzdem betrogen, und dieses Gefühl legte sich wie ein Schatten über den Ausflug in die Verdammnis.

»Du solltest das nicht persönlich nehmen, sondern von ihm lernen, Tochter. Das ist Politik.«

»Und welches Interesse hast du an … dieser Politik?«, fragte Rain und hob die Augenbraue.

»Nur dass du glücklich bist.« Er bedachte sie mit einem warmen Lächeln, das sie ihm nicht eine Sekunde abnahm. Sie hatte das Gefühl, eine Spielfigur zu sein. Nur dass man sie blind über das Feld führte. »Ich habe gehört, ihr wart auf Entdeckungstour.«

»Wir haben ein bisschen Zeit für uns gehabt.« Wenn Tiberius das Spiel spielen wollte, spielte sie es eben auch. Auch sie konnte nichtssagende Antworten geben. »Cassian weiß wirklich interessante Dinge.«

»Tatsächlich?« Tiberius hob eine Augenbraue. »Das bezweifle ich nicht. Ich wusste, ihr würdet euch verstehen. Immerhin interessiert ihr euch beide für die alte Welt.«

»Für die Verdammnis«, korrigierte Rain bedacht und fügte hinzu. »So wie du.«

»Oh.« Seinem Blick nach zu urteilen, hatte sie ihn kalt erwischt. Mit gewisser Genugtuung beobachtete sie, wie Tiberius versuchte einzuschätzen, worauf sie anspielte.

»Ja, die Verdammnis ist ein interessanter Ort. Wie alles Verbotene.«

»Versteckt ihr deshalb einen von ihnen in White Pearl?« Sie pokerte hoch, aber wenn sie recht hatte, würde sie vielleicht ein paar Antworten bekommen.

»Du bist fürwahr meine Tochter.« Tiberius seufzte. »Aber du redest von gefährlichen Dingen.«

»Erkläre es mir.«

Tiberius' Blick wanderte zu den leuchtenden Quallen, die hinter der Wand schwammen. Ihre Körper bewegten sich beinah hypnotisierend im Takt zu einer stummen Melodie, die nur sie hörten.

»Tiberius?«, rief sich Rain in Erinnerung.

»Die Mauern halten weitaus mehr ab als Mutanten.« Ihr Vater trommelte mit den Fingern auf dem Tisch, als ob er überlegte, wie viel er seiner Tochter erzählen sollte. »Du kennst doch die Rote Seuche.«

»Die Rote Seuche?«, hakte Rain nach. »Unter den Spines heißt es, dass es gar keine Seuche gäbe. Dass sie bloß eine Erfindung sei, um Angst vor Ghosts zu schüren.«

»Nein, Tochter. Ich muss dich enttäuschen«, seufzte Tiberius. »Die Seuche gibt es wirklich, und sie kommt aus der Verdammnis. Nach allem, was wir wissen, war sie die letzte Waffe, die eingesetzt wurde. Eine gefährliche Waffe, die den Krieg der Giganten beendete.« Er hielt inne und ließ seine Worte wirken. »In den Aufzeichnungen wird von einer Wolke des Todes gesprochen, die über die Schlachtfelder zog und alle Menschen mit sich riss.«

Die blutenden Wolken,
sie werden Frieden bringen.
Die Schlachtrufe,
endlich werden sie verklingen.

»Der Erreger infizierte die Menschen und breitete sich rasch aus. Eine Berührung genügte, um sich anzustecken. Millionen fielen ihr zum Opfer, und als sie starben, erstarb auch der Krieg. Eine Gruppe Gesegneter rettete die Menschen, die nicht infiziert waren, und brachte sie in Hope in Sicherheit. Dann schlossen sie die Tore zur Außenwelt für immer, damit die Seuche nie einen Weg hineinfinden würde.«

»Aber es gab Fälle innerhalb von Hope?«

»Es ist unserer Neugierde zu schulden. Vor vielen Jahren ist eine Forschungsgruppe in die Verdammnis aufgebrochen. Wir waren unvorsichtig und begierig darauf, die Welt hinter Hope zu entdecken. Innerhalb kürzester Zeit starben alle Forscher bis auf zwei. Eine vielversprechende Eins, die schon im Fieber lag, und ein Gesegneter, der die Eins nach Hope trug. Wir Gesegnete sind immun gegen den Erreger, aber durch den Infizierten breitete er sich rasch aus. Das gesamte Lager erkrankte, ebenso wie die umliegenden Dörfer. Die Gesegneten mussten zum Wohle aller eine Sperrzone einrichten. Als alle von der Seuche dahingerafft waren, brannten wir das Lager nieder. Wir haben viele Menschen an die Seuche verloren, und es kann jederzeit wieder geschehen. Darum sind strengste Hygienebestimmungen und engmaschige, medizinische Untersuchungen so wichtig.«

»Und trotzdem habt ihr die Angst vor der Seuche benutzt, wenn es darum ging, Ghosts aufzuspüren.«

»Alle, die nicht unsere medizinischen Tests durchlaufen, sind potenzielle Gefährder. Auch wenn du nicht die höchste Meinung von mir hast, Rajana, ich will mein Land vor dem da draußen beschützen. Ein einzelner unentdeckter Fall könnte Hunderte Menschenleben kosten.«

Die Rote Seuche. Sie war also ein Überbleibsel aus dem Krieg, ebenso wie die Maschinenteile und Luftschiffwracks, die vor ihren Toren lagen. Eine Waffe, die noch immer funktionstüchtig war.

»Warum willst du dann, dass niemand von dem Verdammten in White Pearl erfährt?«, hakte sie nach. »Wenn die Gesegneten die Menschen vor den Wolken retteten und die Mauer uns alle vor einer viel größeren Gefahr beschützt, warum machst du dann so ein Geheimnis daraus?«

»Die Mauern halten noch etwas anderes ab«, gestand Tiberius. »Unsere Vergangenheit. Die Rolle, die wir im Krieg gespielt haben.« Tiberius sah sie an. »Eine Rolle, die sie nie erfahren dürfen.«

Rains Hals war mit einem Mal staubtrocken, als sie den Ernst in Tiberius' Augen erkannte. Sie suchte in seinem Blick nach weiteren Antworten, aber er war nicht bereit, sie ihr zu geben. Vertraute er ihr nicht, oder wollte er sie bloß schützen?

Das Piepen des TecDecs unterbrach sie. Sekunden später erschien das Gesicht von Earl Eustachius auf dem Bildschirm.

»Tiberius, das musst du dir angucken.«

»Was ist los?«

»Es gibt Auseinandersetzungen in der Zeltstadt vor Aventin. Das pure Chaos! Menschen aus Green sollen ebenfalls involviert sein.«

»Ich komme.« Tiberius befahl seinem Cabman Kar, alles für seine Abreise vorzubereiten.

»Tiberius«, sagte Rain und stand entschlossen auf. »Was ist mit mir?«

»Du bleibst hier. Ich lasse dich rufen, wenn es sicher ist.« Das war keine Bitte, sondern ein Befehl.

»Ich bin der Earl von Grey«, widersprach Rain und folgte ihm. »Das da draußen sind meine Leute. Ich werde mitkommen.«

»Tochter, das ist zu gefährlich. Ich will jetzt nicht diskutieren.«

»Gut, ich nämlich auch nicht.« Sie presste die Lippen aufeinander, fest dazu entschlossen, sich, wenn nötig, auch mit Gewalt durchzusetzen. Tiberius' Cabman Kar warf ihm einen Blick zu, sie wartete auf seine Entscheidung. Ebenso wie die Sentinal, die den Raum betraten, um ihren Earl zu begleiten.

»Na gut«, seufzte Tiberius. »Aber du hältst dich an meine Anweisungen, verstanden?«

»Natürlich.«

Vielleicht, ergänzte sie stumm.

25.

DER GLEITER MIT RAIN und ihrem Vater landete vor der Zeltstadt hinter einer Front aus Sentinal und WarBots. Es war mitten in der Nacht, noch einige Stunden bis Sonnenaufgang.

Eros hatte darauf bestanden, Rain für ihren Auftritt, wie er es nannte, entsprechend einzukleiden. Er hatte in ihre vorderen Haarpartien zwei schwarze Federn geflochten und das Make-up dem Anlass angemessen dunkel gehalten.

Über einem glänzenden grauen Overall trug sie eine schwarze gepolsterte Schutzweste. Nife hatte ihr für Sting eine besondere Vorrichtung besorgt, mit der sie den Stab an den linken Unterarm schnallen konnte. So war er mit einem schnellen Griff in den Ärmel stets erreichbar.

Zu seiner Erleichterung hatte Eros nicht mitkommen müssen, denn die Vorstellung, sich der Zeltstadt zu nähern, hatte ihm gar nicht behagt.

»Bleib in meiner Nähe.« Die Tür vom Gleiter glitt auf, und Tiberius schritt auf eine Gruppe Sentinal zu, um sich über den aktuellen Stand der Dinge zu informieren. Neben den Soldaten erkannte Rain ein Gesicht in der Runde. Thrax. Der Caretaker von Grey.

»Wie ernst ist es?«, erkundigte sich Tiberius mit kühler Stimme.

»Sie haben Waffen. Es wurde sogar auf Sentinal geschossen. Also ich würde sagen, es ist sehr ernst, Protektor«, antwortete einer der Soldaten.

»Einige Graue haben einen Vorratsspeicher überfallen. Sie wurden von Bewohnern aus Green erwischt«, erklärte Thrax ruhig. Rain hatte ihn als Mann kennengelernt, der bemüht war, einen friedlichen Weg zu finden. Er versuchte auch jetzt noch unerbittlich, für seinen unbeliebten Zirkel Unterstützer zu finden. »Die Auseinandersetzung ist eskaliert. Erst haben sie aufeinander eingeprügelt, und dann wurde plötzlich geschossen. Es gab Tote auf beiden Seiten. Ich werde mich mit dem Caretaker von Green treffen, um über die Angelegenheit zu reden.«

»Bei allem Respekt, Thrax. Reden kannst du später. Wir müssen eingreifen und die Verantwortlichen festsetzen«, knurrte einer der Sentinal. Der Caretaker wurde oft kritisiert. Ihm wurde vorgeworfen, nicht hart genug gegen die Spines vorgegangen zu sein. »Einige Graue haben sich in den Zelten verschanzt. Mit ihren Waffen. Ich nehme an, dass Terroristen unter ihnen sind. Wir sollten einfach ein paar WarBots reinschicken.«

»WarBots?«, fragte Thrax. »Dadrinnen sind Kinder. Wir sollten nichts überstürzen …«

»Überstürzen? Bei allem Respekt. Wenn sie nicht erschossen werden wollen, sollen sie rauskommen und sich ergeben.«

»Sie haben Angst.« Thrax wurde von dem Sentinal zur Seite gedrängt. Hilfe suchend sah er sich nach Rain um, doch ihr Kopf war leer. Sie wusste nicht, was sie sagen sollte. Ihr Vater versuchte, den Caretaker zu beruhigen.

»Sie müssen uns ihre Waffen aushändigen, und bis dahin ist es mir lieber, Drohnen zu verlieren als meine Soldaten«, erklärte Tiberius. »Das verstehst du doch sicher. Also lass meine Soldaten ihre Arbeit machen.«

Der Himmel verdunkelte sich, als die WarBots aus Aventin ausrückten, um über dem Lager Stellung zu beziehen. Es war wie in Grey, bevor die BoomBots auf den Zirkel herabgeregnet waren und die Straßen mit Staub und Blut gefüllt hatten.

»Earl Rajana?« Thrax' Stimme riss Rain aus ihren Gedanken, und erst jetzt bemerkte sie, wie ihre Hände zitterten. Sie schob sie schnell in die Taschen ihres Mantels. »Du weißt, was sie durchgemacht haben, Prinzessin. Sie sind einfach nur verzweifelt.«

»Und sehr wütend«, ergänzte der Sentinal. Er wandte sich an Tiberius. »Ich würde den Caretaker gerne in sein Zelt bringen, bis die Lage unter Kontrolle ist.«

»Wenn du zu ihnen sprechen würdest, ihnen zeigst, dass sie nicht allein sind ...«, beteuerte Thrax.

Zu ihnen sprechen? Vor ihrem geistigen Auge sah Rain einen Mob aufgebrachter Menschen mit Waffen. Spines. Sie wusste nicht, wer Rebell war und wer nicht.

Beruhig dich, dachte Rain. *Du musst jetzt stark sein. Für deinen Zirkel. Unwetter haben keine Angst.*

»Ich ...« Sie war nie gut darin gewesen, Reden zu schwingen und Ansprachen zu halten.

»Meine Tochter wird zu ihnen sprechen, wenn die Lage unter Kontrolle ist«, mischte sich Tiberius ein und stellte sich beschützend vor sie. Auf ein Zeichen hin nahmen zwei Soldaten Thrax in ihre Mitte. »Du weißt, was beim letzten Mal passiert ist, als du sie überredet hast, nach Grey zu gehen, Caretaker. Das werde ich nicht noch einmal zulassen.«

Er wusste also, wie sehr sie die Erinnerungen noch mitnahmen. Natürlich wusste er es.

»Entschuldige, Protektor.« Thrax zuckte angesichts der Härte in Tiberius' Ton zusammen. »Ich wollte nicht ...«

»Bringt ihn in sein Zelt«, befahl Tiberius. »Tochter, du solltest dich ebenfalls zurückziehen. Nife, bring sie ...«

Der einzige Weg, eine Angst loszuwerden, ist, sich ihr zu stellen. Sie wusste, dass Thrax recht hatte, und sie wollte auf keinen Fall, dass diese Zeltstadt wie Grey endete.

»Warte, Tiberius«, begann Rain, aber sie wurde unterbrochen, als Cassian an ihrer Seite auftauchte.

»Keine Sorge, Protektor. Ich kümmere mich um die Prinzessin«, verkündete er mit einnehmendem Lächeln auf den Lippen und schob Nife freundlich, aber bestimmt zur Seite. Der Soldat hob die Augenbraue, sagte aber nichts, sondern wartete auf weitere Befehle von Tiberius.

»Rajana, dort gibt es ein Zelt mit Erfrischungen. Genau der richtige Ort für uns«, fuhr Cassian fort und machte eine einladende Geste. »Lassen wir deinen Vater und die ehrenwerten Sentinal ihre Arbeit machen. Wenn die Lage unter Kontrolle ist, werden wir immer noch Gelegenheit haben, unseren Teil beizutragen.«

»Eine wunderbare Idee«, bestätigte Tiberius, und Nife entspannte sich zu Rains Enttäuschung wieder. »Du sprichst bereits wie ein wahrer Earl. Rajana, geh mit ihm. Wir sehen uns später.«

»Du bist zu gütig, Protektor.« Cassian neigte dankbar sein Haupt. »Komm, Sonnenschein. Wir holen dir etwas zu trinken.«

Rain kochte innerlich. Sie fühlte sich wie ein Kind, das man bevormundete, aber sie hütete sich davor, sich auch wie eines zu benehmen. Also rang sie sich ein höfliches Lächeln ab und presste ein »Ich kann es kaum erwarten« zwischen den Zähnen hervor.

Cassian führte sie von den Sentinal fort. Hinter den Reihen aus Sentinal, Gleitern und Drohnen waren in der Tat glamouröse Zelte aufgebaut worden, die von gelben Lampions erhellt wurden. Sie erinnerten mehr an eine Gartenparty als an eine politische Krise.

»Bist du schon geplatzt, Sonnenschein?«, flüsterte Cassian, als er die Plane eines Zeltes beiseiteschob und sie ins Innere ließ.

»Ich platze, wenn wir allein sind.«

»Du kennst mich doch mittlerweile hoffentlich besser.« Er ließ seine Augenbrauen verschwörerisch tanzen.

»Das tue ich«, flüsterte sie. »Möchtegern-Earl-von-Green.«

»Du hast noch nicht für mich abgestimmt«, bemerkte Cassian, fasste sich ans Herz und wich theatralisch zurück. »Ich hätte nicht erwartet, dass du mein Herz auf diese Weise brichst.«

»War das dein Plan? Mit diesem ganzen Spiel mehr Aufmerksamkeit zu bekommen, um endlich einen Posten als Earl zu ergattern?« Sie wollte an ihrer Wut festhalten, bemerkte aber, wie ihre Stimme zitterte.

»Du bist verletzt?« Cassian schien wirklich überrascht.

»Ich bin sauer. Du hast mich benutzt.«

»Wir haben uns gegenseitig benutzt, Sonnenschein. Ich war beliebt, aber nicht sonderlich bekannt. Du bekannt, aber nicht mehr sonderlich beliebt ... Du bist wie ein Stein. Ein kalter Stein. Zwar mit einer tragischen Geschichte, aber die reicht nicht aus, um die Herzen des Volkes zu erwärmen. Mit mir an deiner Seite hingegen wirst du zu einem gleißenden Sonnenstrahl.«

»Ich will kein Sonnenstrahl sein.«

»Glaub mir, Steine mag niemand.«

»Ich mag Steine«, widersprach sie.

»Ach ja?«

»Ja. Man kann mit ihnen Nussschalen knacken.«

Ihr Argument entlockte ihm ein herzliches Lachen.

»Du bist wirklich unglaublich, graue Prinzessin. Ich sollte dich von nun an Stein nennen.« Er ließ sich von einer Drohne einen Cocktail bringen und warf sich auf einen Sessel. Als er weitersprach, war seine Stimme wärmer. »Aber im Ernst. Nimm es nicht persönlich. In Aventin benutzt jeder jeden. Das heißt nicht, dass ich dich nicht wirklich mag.«

Rain war fest entschlossen, ihm kein Wort mehr zu glauben. Auch wenn seine Augen so unerträglich ehrlich dreinschauten.

»Willst du über Politik reden oder wissen, was mein eigentlicher Plan ist?«, fragte er.

»Was hast du vor?« Rain verschränkte die Arme.

»Wir gehen ins Lager. Was denn sonst?« Er zwinkerte ihr zu und leerte das Getränk in einem Zug.

»Ins Lager?« Er hatte es wieder geschafft, sie zu überraschen.

»Wir könnten helfen«, sagte Cassian enthusiastisch. »Wir gehen da rein und zeigen ihnen, wer wir sind. Dieser Thrax-Typ hat recht. Wir sprechen zu den Menschen von Angesicht zu Angesicht. Wenn sie uns sehen, wie wir uns nicht hinter Sentinal und Waffen verstecken, wie wir ihnen die Hand reichen, dann werden sie verstehen, dass wir es ernst meinen. Wir können das alles friedlich beenden. Glaub mir, das ist ein genialer Plan.«

Das war ein grauenhafter Plan. Und doch war er mutig.

»Du tust das nicht für die Menschen aus Grey, sondern für dich selbst«, antwortete sie.

»Ich tue es, weil es das Richtige ist.« Es klang so ehrlich aus seinem Mund. »Ich habe viel Mist gebaut, Sonnenschein, das leugne ich nicht. Vielleicht will ich jetzt einfach das Richtige tun. Und außerdem …« Er grinste. »… liebe ich ein bisschen Gefahr.«

»Und wie wollen wir hineinkommen?«, fragte sie.

»Zieh das an.« Cassian stand auf und ging zum Sofa, auf dem eine unauffällige Tasche lag. Er öffnete sie und warf Rain eine abgewetzte Arbeiteruniform aus Grey zu. Sie umfasste eine graue Hose, ein Hemd und eine Weste, in der man alles Mögliche verstauen konnte. Praktisch, um Werkzeug mitzuführen. Neben der Uniform lag noch ein breiter Mantel bereit, der seine besten Tage schon lange hinter sich hatte.

Ungeniert zog Cassian seine eigene Kleidung aus, bis er in Unterwäsche vor ihr stand.

Den Anblick kannte Rain zwar schon, aber dennoch musste sie anerkennen, dass sein Körper wirklich ansehnlich war. Perfekt geformt, was nicht weiter verwunderlich war. Als er ihren Blick bemerkte, grinste er sie an. »Du stehst doch auf meine Unterwäsche, oder? Komm, gib es zu!«

»Dreh dich um«, forderte Rain.

»Damit du meinen Hintern sehen kannst?« Er tat wie geheißen, und sie musste feststellen, dass er wieder so eine fürchterliche, unbequem aussehende Unterhose trug, wenn man es überhaupt so nennen konnte.

»Nein!«, rief sie schockiert, als er seine Hüfte kreisen ließ. Mit rotem Gesicht drehte sie sich weg und nuschelte: »Ich will mich umziehen.«

»Keine Sorge, ich guck dir nichts weg. Du bist nicht mein Typ.«

»Und du nicht meiner.« Rain zog sich ebenfalls aus und untersuchte ihre neue Kleidung kritisch. Sie war etwas zu sauber, ansonsten entsprach sie dem, was Arbeiter in Grey trugen.

»Und wie sollen wir unbemerkt reinkommen?« Sie zupfte sich die Federn aus den Haaren und band sie zu einem Dutt zusammen, den sie unter einer verbeulten Wollmütze verstecken konnte. Sie ließ Sting in der Halterung am Unterarm. Durch das weite Hemd war die Waffe gut verborgen.

»Ach, Prinzessin. Mein Vater ist der Earl von Silver. Ich habe mir erlaubt, zwei seiner neusten Felddrohnen zu borgen.« Er nahm Rain an der Hand und zog sie aus dem Hinterausgang des Zeltes, wo besagte Drohnen warteten.

»Ich verstehe nicht.«

Cassian aktivierte sie, und sie surrten lautlos in die Luft. In der Mitte ihres metallenen Körpers befand sich eine Art Auge, ein Scheinwerfer, der Rain blendete. Die Bots waren oval geformt und endeten an den Seiten in zwei Halterungen, die Cassian ergriff, um die Kamera auf Rain umzuschwenken. Dabei richtete er das Licht direkt auf ihr Gesicht, als wollte er sie verhören. »Wie sportlich bist du?«

»Sehr sportlich.« Sie zeigte wie zum Beweis ihre durchtrainierten Arme und die breiten Schultern.

»Hab ich mir gedacht«, flüsterte er. »Dann schnapp dir deinen Bot.«

Rain tat es ihm gleich und griff nach der Drohne. Sie schwenkte das Licht auf Cassian, der sich zuversichtlich summend an seinem TecDec zu schaffen machte. Die Lichter der Drohnen erloschen.

»Bist du bereit?«, fragte er.

»Wofür?«

»Falsche Antwort, Sonnenschein.«

In diesem Moment schoss die Drohne nach oben in die Nachtluft und riss Rain mit sich. Sie verlor den Boden unter den Füßen, im wahrsten Sinne des Wortes, und innerhalb weniger Augenblicke war das Zelt unter ihr kaum noch größer als eine Tischplatte. Ebenso wie die Gleiter, deren Scheinwerfer auf die Zeltstadt gerichtet waren.

Das Lager war groß, deutlich größer, als Rain erwartet hatte. Die Drohne flog direkt darauf zu. Cassian folgte ihr.

»Wir fliegen«, verkündete er strahlend. »Ich hätte nicht gedacht, dass es klappt.«

»Warte! Du hast das noch nie vorher getestet?«, fragte sie schockiert.

»Wir testen es doch gerade.« Er schwang seinen Körper vor und zurück, als könnte er das, was als Nächstes kam, kaum erwarten. Niemand sah nach oben. Niemand erwartete, dass dort zwei Gesegnete an Drohnen hängen würden.

»Wo bringen sie uns hin?«, fragte Rain.

»Irgendwo in die Zeltstadt. Ich konnte sie leider nicht so genau programmieren.«

Das klang alles andere als vielversprechend. Sie verloren wieder an Höhe, bis sie nur noch wenige Meter über den gespannten Planen schwebten, die das Lager umgaben.

»Ich würde vorschlagen, wir springen einfach ab.«

Als sie eine Öffnung der Plane erreichten, ließ Cassian sich fallen, und Rain folgte ihm. Sie landeten in einem Container voller Müllsäcke.

»Wir leben.« Cassian kicherte, während er ihr eine Bananenschale von der Schulter zupfte. »Jetzt zum lustigen Teil. Wir reden mit den verängstigten Grauen und retten den Tag, bevor die Sentinal die BoomBots einsetzen.«

Das war wirklich ein grauenhafter Plan. Ihre Mutter hatte sie dazu erzogen, einen kühlen Kopf zu bewahren und ihre Optionen genauestens zu beleuchten, und nun war sie hier und wühlte sich durch Müllsäcke in einem von Sentinal umstellten Camp, darauf hoffend, dass sie nicht jeden Moment in die Luft fliegen würden. Wie hatte Cassian es nur geschafft, sie dazu zu überreden?

»Du bist wahnsinnig«, entgegnete Rain und zog sich aus dem Container.

»Ich weiß.« Er zwinkerte ihr zu. »Und wenn du ehrlich bist, bewunderst du meinen Mut.«

»Es ist kein Mut. Es ist Wahnsinn.«

Er hatte recht, denn irgendwie hatte er es geschafft, von der Kategorie »Leute, denen ich nicht vertraue« in die Kategorie »Leute, die ganz in Ordnung sind, aber denen ich trotzdem nicht vertraue« aufzusteigen.

»Dann bist du genauso wahnsinnig wie ich«, flüsterte er, während sie sich umsahen. Sie standen inmitten der Zeltstadt. »Deswegen mag ich dich.«

26.

»ROSE.« Es war der glücklichste Moment in seinem Leben, als seine Schwester endlich aus ihrem Koma erwachte. Sie waren in aller Frühe ins Krankenhaus gefahren, und auch wenn Lark kaum geschlafen hatte, verspürte er keine Müdigkeit. Nur Freude. Er und seine Eltern mussten sich zurückhalten, um sie nicht in ihrem Glück zu erdrücken.

»Habt ihr mich vermisst?« Das waren ihre ersten Worte, als sie sich aufrichtete. Ihre dünnen Arme zitterten, weil sie lange nicht benutzt worden waren.

Knot hatte einen kleinen Kuchen in ihr Zimmer geschmuggelt, obwohl Essen im medizinischen Sektor streng verboten war. Und Lark versteckte sein Geschenk hinter dem Rücken, aber Rose bemerkte es natürlich sofort.

»Was hast du da?«, fragte sie neugierig, und ihre Augen leuchteten.

»Rate mal«, flüsterte Lark.

»Sag es mir. Bitte, bitte.« Es war so herzzerreißend, dass Lark es nicht aushielt, sie länger auf die Folter zu spannen.

»Mach die Augen zu.«

»Ich hab sie zu.« Sie hielt sich die Hände vor das Gesicht, aber Lark war sich sicher, dass sie schummelte. Er legte ihr eine Puppe auf das Bett. Das Abbild eines kleinen Affenmutanten.

»Was ist das?«, kreischte Rose aufgeregt und riss das Tier an sich.

»Guten Morgen, Rose«, sagte der Affe und blinzelte mit seinen schwarzen Augen. *»Ich hoffe, dir geht es besser.«*

»Kallisto! Er spricht.« Rose starrte ihn staunend an. »Wie ist das möglich? Hat dir eine kleine Fee Leben eingehaucht?«

»Ich lebe nicht. Ich bin ein PlayBot«, erklärte der Affe.

»Wie heißt du?«

»Ich habe noch keinen Namen.«

»Dann nenn ich dich King Louie, wie der Affe aus dem Buch, das ich gelesen habe.« Sie streichelte dem Affen über den Kopf. Dann drückte sie ihn an sich.

»King Louie klingt gut.«

»Er ist toll.«

»Du bist toll. Und sehr tapfer«, flüsterte Ant und strich seiner Tochter über das Haar.

»Wann kann ich mitkommen?«, fragte Rose. »Ich will nach Hause.«

»Leider geht das noch nicht«, erklärte Lark. »Die Ärzte wollen dich noch beobachten, aber King Louie wird dir die Zeit vertreiben, bis es so weit ist. Und wir werden jeden Tag kommen.«

»Versprochen?«, fragte Rose.

»Versprochen.«

Während seine Eltern an ihrem Bett wachten, schwebte Lark in den Gang, um für alle Kaffee zu holen. Er lenkte seinen MedChair zu der kleinen Cafeteria, in der Getränke und Süßigkeiten von einer Zwei und einem ServiceBot verkauft wurden. In White Pearl fühlte er sich mittlerweile überraschend wohl, denn die Leute starrten ihn selten an. Sie gingen wohl davon aus, dass er zur Behandlung seiner Beine hier war und die Drei auf seiner Stirn bald durch ein Upgrade behoben wäre.

Er hatte gerade die Bestellung aufgegeben, da sah er ein Mädchen mit azurblauen Haaren. Sie stand vor einem bodentiefen Fenster, von dem aus man White Pearl überblicken konnte, und schien in Gedanken versunken. Lark dachte darüber nach, schnell umzudrehen und zu verschwinden, doch er glaubte nicht an Zufälle. Also lenkte er seinen MedChair neben Wren.

»Was machst du hier?«, fragte er.

Sie drehte nicht den Kopf, sondern sah nur weiter aus dem Fenster.

»Du denkst, wir sind die Monster. Aber sie sind es«, flüsterte sie, und Lark sah, dass sie Tränen in den Augen hatte.

»Was ist los?«, hakte er alarmiert nach.

»Du hast mit Moth geredet, oder?« Sie wischte sich die Tränen aus dem Augenwinkel. Als er nickte, fuhr sie fort. »Du hattest recht. Uns ging es gut. Wir waren eine Einserfamilie aus Ruby und sehr glücklich. Meine Mutter war eine beliebte Musikerin. Sie saß stundenlang in ihrem Zimmer und spielte die wunderbarsten Lieder. Mein Vater war ein gefragter Designer. Während sie spielte, entwarf er Kleider. Einmal entwarf er für mich ein Kleid, das wie ein Sternenhimmel funkelte. Für meinen Stern, sagte er. Ich wollte es gar nicht mehr ausziehen.«

Sie sah in die Ferne, als könnte sie die Szenen vor ihrem inneren Auge heraufbeschwören. Lark sagte nichts und hörte nur gebannt zu. Warum erzählte sie ihm das alles? Und warum jetzt?

»Mein Bruder war Klassenbester. Er machte ihnen alle Ehre … Ich liebte ihn, auch wenn er ein unausstehlicher, arroganter Mistkerl sein konnte …« Sie fummelte mit ihren Fingern am Stoff ihres Umhangs. »Ich schämte mich, nur eine G Zwei zu sein. Ich dachte, ich würde nicht mithalten können, und wollte weglaufen. Doch mein Bruder petzte es unseren Eltern. Sie wollten nicht, dass ich gehe. Es kostete viel, meine Augen zu korrigieren, doch es war glücklicherweise mein einziger Makel. Und ich erhielt das Upgrade. Danach war alles perfekt.«

Sie wischte sich eine weitere Träne aus dem Augenwinkel.

»Und dann?«

»Dann gerieten meine Eltern mit ihrem Gleiter in einen Unfall. Keine Bombe. Keine Spines. Bloß ein anderer Gleiter. Gesteuert von einer Eins Plus, die zu viel Siruptee getrunken hatte. Sie wurden herabgestuft. Wie du. Und all unser Geld konnte das nicht rückgängig machen.« Ihre Stimme brach, und sie musste innehalten. »All ihre Freunde, all ihre Kunden, selbst der Rest unserer Familie wandten sich nach und nach ab. Sie waren so beliebt, und plötzlich … plötzlich wollte niemand mehr etwas mit uns zu tun haben.«

Sie wandte ihren Kopf Lark zu, und in ihren schwarzen Augen blitzte der Zorn. »Sie kannten nur einen Ausweg. Einen verzweifelten Ausweg. Um mich und meinen Bruder zu beschützen. Sie wollten keine Bürde für uns sein. Sie wollten uns beschützen. Also nahmen sie eine Überdosis Schlaftabletten.«

»Das tut mir leid, Wren.« Lark meinte es ernst.

»Das fordert unser Leistungssystem. Immer perfekt zu sein, nur dann bist du etwas wert …« Sie ballte ihre Hände zu Fäusten. »Sie sind die Monster. Sie alle haben es verdient …«

Da war sie also. Die Quelle all ihrer Wut. Der Grund, warum sie sich so nach Gerechtigkeit sehnte. Sie wollte den Riss in ihrer Seele schließen und hoffte, Rache wäre dazu in der Lage.

Plötzlich lief Lark ein Schauer über den Rücken.

»Was verdient?«, fragte er, doch sie antwortete nicht.

»Wren? Was haben sie verdient?« Er griff alarmiert nach ihrer Hand. »Was hast du getan?«

Sie starrte aus dem Fenster. Dann, ganz langsam, blickte sie ihm wieder tief in die Augen.

»Nicht ich«, flüsterte sie, und die Traurigkeit und Schwere in ihrem Blick wandelten sich zu einem zufriedenen Lächeln. »Wir.«

»Wren!«

»Der Tag der Entscheidung ist gekommen, Larki. Du kannst deinen Kaffee nehmen und gehen, oder du bekennst dich ein für alle Mal zu den Dornen. Ohne Zweifel. Und ohne Reue. Wenn du das tust, gibt es kein Zurück.«

Sie strich ihm über die Wange.

»Heute ist der Tag. Der Tag der Dornen.« Dann drehte sie sich um und ließ ihn stehen. Larks Herzschlag beschleunigte sich, als er ihr nachblickte. Was sollte er jetzt machen? Sie hatte ihm erzählt, wie sie zum Spine wurde, und ihre Rede hatte wie eine Rechtfertigung geklungen. Beinahe so, als müsste sie sich selbst Mut machen, um den nächsten Schritt durchzuziehen. Das konnte nichts Gutes bedeuten.

Sollte er einfach zurückgehen, zu seinen Eltern und zu Rose? Einfach vergessen, was er gerade gehört hatte?

Er kannte die Antwort auf diese Frage bereits.

»Warte, Wren.«

27.

RAIN UND CASSIAN hatten die Mützen tief ins Gesicht gezogen. Sie liefen so nah beieinander, dass sich ihre Arme berührten.

»Hey«, rief eine Frau und steckte ihren Kopf aus der Tür. »Was treibt ihr euch noch hier herum?«

»Wir …« Cassian trat mit breitem Lächeln vor, doch Rain hielt ihn zurück.

»Wir suchen unseren Vater«, antwortete sie. Sie hatte in ihrer Zeit als Ghost so oft gelogen, dass sich die Ausreden automatisch in ihrem Kopf formten. »Wir haben ihn bei der ganzen Aufregung verloren.«

»Keine Angst, Mädchen. Er ist sicherlich im runden Zelt dort hinten. Mit ihr wisst schon, wem.«

»Danke.«

»Wartet.« Die Frau sah sich um und wisperte. »Ihr solltet euch beeilen. Es bleibt nicht mehr viel Zeit.«

Mit dieser Warnung verschwand sie wieder in ihrem Zelt. Rain und Cassian sahen sich an.

»Wir wissen schon, wem?«, echote er.

»Das hört sich nicht gut an«, flüsterte Rain und zog ihn in eine Gasse zwischen zwei Zeltwände. »Wir sollten zurück.«

»Warum, Sonnenschein? Hast du Angst?«

»Ja.« Die hatte Rain, denn ein ungutes Gefühl breitete sich in ihr aus. Es war, als ob man die kollektive Anspannung förmlich spüren konnte. Sie lud die Luft auf. Wie das Knistern direkt vor einem Gewitter. Die Ruhe vor dem Sturm. »Irgendetwas passiert hier.«

»Ja, und ich will wissen, was es ist.« Cassians Augen leuchteten wie in dem Moment, als sie die Insektenfahrzeuge entdeckt hatten.

»Versteck deine Haare unter der Mütze«, befahl Rain.

»Warum? Ich mag meine Haare.« Er fuhr sich mit der Hand durch die vollen dunklen Strähnen.

»Wir kommen aus Grey. Und Leute aus Grey hassen lange Haare«, erklärte Rain und stellte sicher, dass man ihre eigenen nicht sah.

»Warum?«

»Sie sind unpraktisch. Schmutzfänger und Todesfallen nennen wir sie. Können sich in Maschinen verfangen und die Kopfhaut abreißen.«

»Wir können ihnen doch einfach sagen, wer wir wirklich sind. Immerhin wollen wir helfen.«

»Nicht bis wir die Lage besser einschätzen können«, widersprach Rain.

Die Brosche mit der Spirale und dem Blatt fing ihre Aufmerksamkeit. »Was ist das? Warum trägst du die ständig?«

»Ich kann mich nicht von ihr trennen«, rechtfertigte sich Cassian. »Sie ist mein Glücksbringer.«

»Pack sie weg.«

Während Cassian seine Brosche widerwillig in die Hosentasche gleiten ließ, riss Rain den unteren Saum ihres Mantels ab, um sich den Stoff als Schal um Mund und Hals zu binden.

»Was soll das?«

»Ich war ein Ghost. Ich bin es gewohnt, unsichtbar zu sein, und wenn dir dein Leben lieb ist, machst du das, was ich mache.« Sie schrubbte mit ihren Handflächen den Boden, bis sie wund und schmutzig waren. Dann rieb sie sich damit durch das Gesicht.

»Ihhh.« Cassian sah sie an, als wäre sie wahnsinnig. »Und zum Ghost werden heißt, sich dreckig zu machen?«

»Mach schon«, knurrte sie, und er tat es ihr gleich.

»Schon gut. Schon gut.«

»Denk daran. Menschen aus Grey haben nur einsilbige Namen. Ich werde dich Cas nennen«, erklärte Rain.

»Dann nenn ich dich Stone«, sagte er amüsiert.

»Tu, was du nicht lassen kannst.«

Sie liefen durch die Straßen, bis sie vor dem runden Zelt standen. Es war nicht zu verfehlen, denn es war einer der wenigen Orte, in dem noch Licht brannte, und der Klang vieler Stimmen drang daraus hervor.

»Wir haben sie gefunden«, flüsterte Cassian.

»Nicht alle. Nur ein paar.« Das Zelt konnte unmöglich mehr als zwanzig Leute beherbergen. Rains Finger fanden den Schlitz vom Eingang, an dem man den Stoff trennen konnte. Vorsichtig öffnete sie ihn.

»Heute ist der Tag, auf den wir gewartet haben«, ertönte die Stimme eines Mannes. »Der Tag der Freiheit.«

Als sie hineintraten, schlug ihnen aufgeheizte Luft entgegen, die zur Stimmung passte. Zahlreiche Menschen hatten sich versammelt, und vor ihnen auf aufgestapelten Versorgungskisten standen ein Mann und eine Frau. Rain kannte sie nicht, aber sie ahnte, was hier passieren würde. Schnell packte sie Cassian und zog ihn in eine Ecke zu einem weiteren Stapel Kisten.

»Ihr habt eure Arbeit verloren, euer Zuhause und sogar Teile eurer Familie. Sie wurden vor euren Augen abgeschlachtet. Von Bomben zerfetzt«, rief der Mann. »Sie haben euch euer Leben genommen, und selbst jetzt, da ihr vor ihren Toren kniet und um Hilfe bettelt, wenden sie sich von euch ab.«

»Jetzt wäre der richtige Zeitpunkt. Wir sollten uns zu erkennen geben und sie beruhigen«, flüsterte Cassian.

»Dann werden sie dich lynchen«, entgegnete Rain und drückte ihn in die Ecke. Er war wirklich wahnsinnig. »Ganz sicher.«

»Sei nicht so negativ. Wer sollte mich lynchen wollen?« Er schob seine Mütze zurecht und präsentierte Rain sein einnehmendes Lächeln. »Jeder liebt mich.«

»Weißt du nicht, wer die beiden da vorn sind?«

Cassians fragenden Gesichtsausdruck zufolge hatte er wirklich keine Idee. »Spines!«

»Terroristen?«, keuchte er erschrocken, und mit einem Mal wurde er kreidebleich.

»Ja, und die Tatsache, dass sie sich nicht verstecken, bedeutet nichts Gutes.«

»Nichts Gutes?«

»Dass sie nichts zu verlieren haben«, erklärte Rain.

Nun trat die Frau vor. Sie war bereits älter, und ihr Körper sah aus, als hätte sie ihr Leben lang nur harte Arbeit gekannt. Ihre Haare waren dünn und kurz geschoren und standen wirr in alle Richtungen. Ihrem Code nach schien sie eine G1 zu sein, doch das Alter hatte sie auf eine F2 abgestuft. Es würde vermutlich nicht mehr lange dauern, bis sie die F3 erreichte.

»Wer bringt euch Essen und Trinken?«, fragte sie mit kräftiger Stimme. »Die Spines. Wer versorgt euch mit Medikamenten? Die Spines. Wir sind wie ihr. Harte Arbeiter. Mütter und Väter. Menschen. Wir wollen alle das Gleiche. Gerechtigkeit. Während die Gesegneten sich nicht für euch interessieren. Sie füttern euch mit Lügen. Sie sagen, sie seien die Privilegierten. Sie sagen, sie seien perfekt. Dabei sind sie nicht wie wir. Keine normalen Menschen.«

»Und diese Parasiten nutzen euch aus, um ein Leben in Luxus zu führen, während ihr und eure Familien verhungern«, rief der Mann.

Die versammelte Menge streckte ihre Arme in die Luft und stimmte lauthals zu. Rain stellte besorgt fest, dass die meisten Zahlencodes durchgestrichen waren. Diese Menschen mussten nicht mehr überzeugt werden, denn die Dornen wuchsen bereits in ihrem Herzen.

»Doch heute ist der Tag gekommen, an dem wir uns erheben. An dem wir das bekommen, was uns zusteht. Gerechtigkeit«, rief der Mann. »Und nie war die Zeit günstiger, denn wir haben mächtige Verbündete auf unserer Seite. Die Dornen der Spines wachsen überall. Auch in Aventin. Auch unter den Augen der Gesegneten.«

Die Temperatur in dem Raum schien mit jedem Wort zu steigen, ebenso wie die Wut, die in den Herzen der Anwesenden geschürt wurde.

»Was reden die denn da?«, flüsterte Cassian, sichtlich irritiert. »Was für Verbündete?«

»Psst.« Rain bekam kaum Luft und spürte, wie ihr der Angstschweiß über die Schläfe rollte. Sie versteckte ihre Hände in den Taschen, da sie das Zittern nicht kontrollieren konnte.

Unwetter haben keine Angst.

Unwetter haben keine Angst.

Unwetter haben keine …

»Ihr habt euch entschieden, meine tapferen Spines«, rief der Mann. »Ihr wartet nicht länger darauf, dass euch Hunger oder Krankheit dahinraffen. Oder das Alter euch herabstuft, bis euch nur der Freitod bleibt, um euch zu erlösen. Ihr wartet nicht länger darauf, dass sich jemand aus der goldenen Stadt um euch kümmert und euch rettet. Niemand wird kommen, und nichts wird sich ändern. Außer wir ändern es. Heute legen wir die Dornen an und kämpfen. Denn heute ist der Tag der Spines. Der Tag der Rebellion.«

Die Anwesenden nickten grimmig. Dann hoben sie ihre Gasmasken hoch, in die Stacheln und Nägel in die Gummiverdichtung gebohrt waren. Offensichtlich in Eile mit allen spitzen Gegenständen, die ihnen zur Verfügung standen. Einige waren gerade erst mit Farbe besprüht worden und noch feucht.

Das war eine schnell organisierte Rebellion.

»Ihr tut es für eure Familien. Ihr tut es, um ihnen ein besseres Leben zu ermöglichen. Ihr seid Helden. Ihr seid wild, frei, echt und gerecht.«

Die beiden Spines packten die Kisten, auf denen sie gestanden hatten, und verteilten sie an die Anwesenden. Jeder trat einzeln vor, und währenddessen murmelten sie im Einklang: »Wir sind die Wilden. Die Freien. Die Echten. Die Gerechten.«

Sie klangen fest entschlossen.

»Sie wollen kämpfen?«, flüsterte Cassian. »Das wird ein Massaker. Sie werden es niemals schaffen.«

»Das ist kein Kampf«, flüsterte Rain vor Panik wie erstarrt, als sie verstand. »Das ist ein Selbstmordkommando.«

»Wollen sie die Kisten werfen?«, fragte Cassian ungläubig.

»Hey, ihr zwei«, unterbrach sie ein Mann mit blauer Gasmaske, aus der Nägel und Scherben ragten. »Seid ihr nicht etwas jung hierfür?«

»Wir wollen unseren Beitrag leisten«, sagte Rain schnell mit fester Stimme. »Wir sind in Asche geboren …«

»… aber wir werden nicht in Asche sterben.« Der Mann nickte.

»Ja … genau«, stimmte Cassian stotternd zu.

»Das ist sehr mutig von euch.« Er händigte ihnen eine der Kisten aus.

»Sehr mutig«, stimmte die ältere Rebellin zu, die gerade noch die Rede geschwungen hatte. »Habt ihr auch jemanden verloren?«

»Unsere Eltern.« Rain nickte und wischte sich den Schweiß von der Stirn. Ihre Angst war angesichts der Situation glücklicherweise nicht weiter verdächtig.

»Darf ich eure Namen erfahren?«, fragte die Frau, und Rain erstarrte. Ahnte sie doch etwas?

»Ich bin Cas. Sie ist Stone«, sagte Cassian überraschend geistesgegenwärtig. Er deutete auf sie und ergänzte unnötigerweise: »Ich bin ihr Bruder … wie sie schon sagte.«

»Ich bin Stone«, bestätigte Rain erleichtert. Sie versuchten ein Lächeln, das hoffnungslos panisch wirkte, aber die Frau schien es ihnen abzunehmen.

»Wir werden euch nicht vergessen. Cas und Stone.« Sie drückte ihre Finger auf die Brust und neigte den Kopf. »Geht nach Osten. Ihr wisst, was zu tun ist.«

»Ja. Das wissen wir.«

Das wussten sie nicht.

»Komm, Bruder.« Rain klammerte sich an die Kiste und verließ das Zelt, so schnell sie konnte.

»Ja, Schwester.« Cassian nickte den Rebellen zu und versuchte es mit seinem einnehmenden Lächeln. »Einen schönen Tag, liebe Frau Rebellin.«

»Was ist dadrin?«, flüsterte er, sobald sie außer Hörweite waren. »Waffen? Bomben? Wir müssen deinen Vater warnen, dass diese Verrückten irgendwas total Verrücktes planen.«

»Dann ruf deine Bots.«

»Ähm. Das kann ich nicht.« Cassian kratzte sich am Hinterkopf und deutete auf die Plane über ihren Köpfen. »Ich habe sie so programmiert, dass sie uns erst in ein paar Stunden abholen.«

»Und wie wolltest du dann unsere Heldentaten filmen?«

»Ich …« Er zögerte.

»Egal … Dann wird es jedenfalls zu spät sein.« Rain ging zu einem Zelt und trat hinein. Es war dunkel und leer im Inneren. Einige Gegenstände lagen herum, so als wären die Bewohner überhastet aufgebrochen. Die ganze Stadt war evakuiert worden. Direkt unter den Augen der Sentinal. Wie war das möglich?

»Was machen wir jetzt?«

»Guck in die anderen Zelte«, befahl sie Cassian, der ihrer Anweisung folgte. Wenig später kam er zurück.

»Alle leer«, verkündete er. »Ich dachte, die Zeltstadt ist überschwemmt mit Geflohenen. Wo sind sie alle? Sie können sich nicht an den Sentinal vorbeigeschlichen haben, oder?«

Rain raufte sich die Haare. »Was übersehen wir?«

»Die Kiste …«

»Ja, zu der kommen wir gleich …«

»Nein. DIE KISTE. Sie bewegt sich!« Cassian starrte wie erstarrt auf die Kiste, in der irgendetwas oder irgendjemand zum Leben erwacht war. Und dieses Etwas *rüttelte* an den Kunststoffwänden.

»Was machen wir jetzt?«

Rain kniete sich neben ihr auf den Boden und holte tief Luft, bevor sie vorsichtig den Deckel anhob.

28.

WREN HATTE LARK in die Lüftungszentrale des medizinischen Sektors geführt. Ein Raum voller Turbinen und pumpender Maschinen, die die Belüftung des Gebäudes kontrollierten und sicherstellten.

»Was machen wir hier?«, fragte er, als Wren ihm eine Gasmaske zuwarf. Nicht irgendeine. Es war seine alte mit den Dornen.

Sie antwortete nicht. Das musste sie auch nicht, denn er konnte es sich bereits denken, als er den Koffer der Kröte entdeckte, der geöffnet auf einem Tisch lag.

»Da seid ihr ja endlich«, knurrte Moth. Er hatte weiße Kleidung angelegt, wie sie für White Pearl vorgesehen war, aber sie war ein paar Nummern zu klein und spannte über Kreuz und Schultern. Es sah so aus, als würde der Stoff platzen, sobald er seine Arme anspannte. »Wir müssen uns beeilen.«

»Ihr wollt das Angstgas freilassen? Hier?«, flüsterte Lark. »Was ist mit den Wissenschaftlern und den Kranken, die im medizinischen Sektor liegen?«

Kranke wie Rose?

»Das Gas ist nur eine Ablenkung«, entgegnete Moth abwesend. »Es sorgt dafür, dass die Sentinal beschäftigt sind.«

»Ablenkung wofür?«

»Für unsere eigentliche Mission«, entgegnete Wren und streckte die Schultern durch. »Auf geht's, Frettchen.«

»Frettchen?« Lark erstarrte, als hinter den Rohren fünf Kinder hervortraten, deren Gesichter hinter kleinen Stachelmasken verborgen waren. Sie trugen ebenfalls weiße Kleidung, nur dass diese ihnen hoffnungslos zu groß war und an Ärmeln und Beinen mehrfach umgekrempelt worden war. Keines dieser Kinder war älter als zehn Jahre.

»Wren.« Lark hielt sie flehend am Arm. Zu seiner Überraschung ergriff sie seine Hand nur, um sie festzuhalten, nicht abzustreifen. »Du hast gesagt, du würdest sie beschützen.«

»Ich weiß, Lark«, flüsterte sie eindringlich. »Auch ich wollte nicht, dass sie da mit hineingezogen werden, aber wir haben keine Wahl. Ich verspreche dir, wenn alles nach Plan läuft, wird ihnen nichts passieren.«

Sie räusperte sich. »Okay, Frettchen. Zeigt, was ihr draufhabt. Ihr müsst in die Lüftungsschächte klettern und das Gas an den Knotenpunkten freilassen. Die anderen Frettchen werden dasselbe in den anderen Kuppeln machen und dann an unserem vereinbarten Treffpunkt zu uns stoßen. Heute ist der Tag. Der Tag, an dem die Dornen sich erheben und gegen die Ungerechtigkeit aufstehen.«

Die Kinder nickten entschlossen.

»Tut mir einen Gefallen und bleibt am Leben.«

Jeder nahm sich eine Ampulle aus dem Koffer. Dann half Moth ihnen in die Lüftungsschächte. Einem nach dem anderen. Sie waren so klein, dass er sie hochheben musste. Aber ihre Größe qualifizierte sie auch für die Aufgabe, denn ein Erwachsener hätte nicht in die Rohre gepasst.

Lark wurde schlecht, und seine Hände begannen zu zittern.

»Keine Sorge«, flüsterte Wren. »Das Gas ist nicht tödlich. Sie bekommen etwas Angst und rennen durcheinander. Deiner Familie passiert schon nichts.«

An ihrem Blick konnte er sehen, dass sie sich das selbst versuchte einzureden. Ausreden, die das Ganze erträglicher machen sollten, aber tief in ihrem Inneren kannte sie die Wahrheit. Auch er hatte sie gekannt, als er die Kiste mit dem Sprengsatz nach Aventin geschmuggelt hatte.

»Wollt ihr das wirklich durchziehen?«, flüsterte er.

»Wir tun unsere Pflicht.«

»Und wie genau sieht die aus?«

»Im Chaos wird die Freiheit geboren.« Wren band ihre blauen Haare zu einem Zopf. Alle Frettchen waren in den Schächten verschwunden, bis auf Bug und seine Ratte Rotauge.

»Ich bleib bei euch«, verkündete der Junge, der seine Maske unterm Arm hielt. »Ich bin gut im Schießen.«

»Hast du denn schon mal geschossen?«, fragte Moth.

»Nein. Aber zugeguckt.« Der Junge kaute auf seiner Lippe.

»Dann brauchen wir dich in den Schächten.«

»Nein …« Er senkte beschämt den Blick. »Rotauge hat Angst vor Enge … Wir … Wir möchten lieber bei euch bleiben.«

»Junge, du bist sicherer in den Schächten«, widersprach Moth.

»Nein, Rotauge kriegt da echt Panik. Wir können da nicht rein.« Bug war kreidebleich.

»Alles gut, Bug«, sagte Wren und strich ihm beruhigend über den Kopf. »Du kannst bei uns bleiben.«

Er entspannte sich wieder. Wren hob eine Tasche auf das Kontrollpult, in der Waffen lagen, und teilte sie unter sich und Moth auf, bevor sie Bug erklärte, wie er seine zu halten hatte.

»Wren. Wenn du das tust, gibt es kein Zurück mehr«, erinnerte Lark sie, aber er wusste, dass es bereits zu spät war. Sie hatte ihre Entscheidung getroffen, so wie er die seine.

Mit Sicherheit wusste sie mehr als er, denn sie warf immer wieder hektische Blicke auf ihr tragbares TecDec, als ob sie auf weitere Anweisungen wartete. Dann zog sie Moth mit sich, um ihm eine Nachricht zu zeigen.

Larks Gedanken rasten. Vorsichtig bewegte er seinen MedChair in den Raum hinein. Sein Blick fiel auf die Kontrolltafel der Lüftungszentrale, und er erschrak. Auf dem Boden lag eine tote Sentinal in einer Blutlache. Erschossen. Auch wenn es nicht weiter relevant war, schoss Lark die Frage durch den Kopf, wer es wohl getan hatte. Moth oder Wren.

Er sah erneut zu den beiden, die am Koffer standen und diskutierten.

»Er ist hier«, flüsterte Wren gerade. »Er ist wirklich hier.«

»Es wird nicht leicht sein«, entgegnete Moth. »Er wird gut bewacht sein.«

»Wir können nicht zurück«, sagte Wren. »Sie verlassen sich auf uns.«

»Ich weiß. Was auch passiert. Ich bin bei dir.« Sie tauschten einen langen Blick aus. Einen Blick, den sich Vertraute schenkten. Vertraute, die so schnell nichts auseinanderbringen würde. Wren und Moth. Das Mädchen, das sich umbringen wollte, und der Riese mit den grünen Haaren, der es rettete. Nur damit sie jetzt für die Spines sterben konnten.

»Wer ist hier?«, fragte Lark, während er sich der Sentinal näherte. Eine junge Frau. Man konnte meinen, sie würde schlafen, wenn nicht das Loch in ihrer Brust gewesen wäre. Ihr Helm lag noch auf der Steuerkonsole.

»Bolt«, antwortete Wren, und Larks Herzschlag setzte aus. »Wir werden Bolt befreien.«

Bolt. Den Anführer der Dornen.

Bolt. Der Kopf der Rebellion.

Wren wandte sich wieder dem TecDec zu. »Er wird gerade im medizinischen Sektor versorgt. Darum mussten wir schnell handeln, solange er noch hier ist.«

»Ihr riskiert das Leben all dieser Menschen und der Frettchen für Bolt …« Lark streckte seine Hand nach dem Helm aus.

»Ja, jetzt verstehst du es, oder?« Wren lächelte, während sie ihre Hand auf Bugs Schulter legte. »Wir haben hier die Chance, den größten Helden der Rebellion zu befreien. Sie verlassen sich auf uns. Heute ist der Tag der Dornen. Der Tag, nachdem nichts mehr so sein wird wie zuvor … Wir sind nicht allein, Lark. Heute kommen alle Dornen zusammen, um zu kämpfen.«

»Bolt.« Der Name echote in seinem Kopf wider, während sich seine Finger um das Visier schlossen.

Bolt, der ihm die Beine gebrochen hatte.

Bolt, der Rain gefoltert hatte.

»Bolt, unser Held, ja.« Wren nickte, und ihre schwarzen Vogelaugen leuchteten vor Aufregung.

»Meine Schwester und meine Eltern sind hier.« Er nahm den Helm an sich.

»Ihnen wird nichts passieren.« Wren zog sich ihre Stachelmaske über den Kopf, und Moth tat es ihr gleich. »Aber wir brauchen eine Ablenkung, ein bisschen Chaos, um Bolt hier herauszubekommen. Du wirst sehen, alles wird gut gehen …«

Der Tag der Dornen. Der Tag der Entscheidung. Und Lark hatte sich entschieden.

Er setzte sich den Sentinalhelm auf und aktivierte das integrierte Kommunikationsgerät.

»Code Black Stone«, sagte er. Den Notfallcode für eine feindliche Übernahme durch bewaffnete Gruppierungen. »Die Spines sind im Lüftungskontrollraum. Sie wollen ein Gas freisetzen und …«

Weiter kam er nicht, denn Moth hatte ihm den Helm vom Kopf gerissen und ihn außer Reichweite geschleudert. Er hatte schnell reagiert, aber es war trotzdem zu spät. Der Schaden war angerichtet, und das wusste auch Moth. Sein Gesicht war zu einer Maske aus Wut verzerrt, während er Lark aus dem MedChair zog.

»Kallisto«, fluchte er. »Du Verräter!«

Ja. Das war er. Der Verräter.

Moth hatte seine Waffe gezogen, die er nun auf Lark richtete. Bug hatte vor Schreck die seine fallen gelassen und presste sich an seine Werratte.

Lark schloss die Augen, in der sicheren Erwartung des Todes. Es würde keinen Sinn machen, sich zu erklären. Er hoffte nur, dass die Sentinal die Krankenstation rechtzeitig evakuierten. Dass seinen Eltern und Rose nichts passierte. Und dass Bolt nie wieder auf freien Fuß kam, denn das Letzte, was diese Welt brauchte, war ein weiteres Monster.

Er würde sterben, aber für diesen Moment war es in Ordnung. Er bereute nur, dass er Rain nicht noch ein letztes Mal in die Augen blicken konnte. Und dass er ihr an dem Tag, als sie nass, aber glücklich neben dem Teich gelegen hatten, nicht gesagt hatte, was er wirklich fühlte.

»Warte.« Wren war dazwischengetreten. Ihre Hand legte sich beschwichtigend auf Moths Arm. »Wir müssen uns beeilen.«

»Und der da?«

»Ich kümmere mich um ihn. Er ist schließlich meine Angelegenheit, oder?« Wrens Hände schlossen sich um ihre eigene Waffe, während sie sich zu dem am Boden liegenden Lark umdrehte. Er sah auf den Lauf, der auf sein Herz gerichtet war, dann in Wrens schwarze Augen, in denen er Wut und Entschlossenheit erwartete. Stattdessen fand er dort nur Bedauern. Dieses Mal würde sie ihn nicht retten können, warum also zitterte ihre Waffe so sehr?

»Du machst es mir echt nicht leicht, Liebster«, flüsterte sie, bevor sich ihm die Waffe so hart gegen die Schläfe schlug, dass er ohnmächtig wurde.

Sein Kopf dröhnte, und er spürte die Platzwunde auf seiner Schläfe pulsieren, während er durch die Gänge schwebte. Es war zu spät. Der Plan der Spines war bereits im vollen Gange.

Das Gas, das aus den Lüftungsschächten trat, war kaum zu sehen: eine kleine grünliche Wolke, so zart, dass sie sich bereits kurz nach Austreten auflöste und verschwand. Doch es war da. Das Gas.

Jeder reagierte etwas anders. Einige Menschen wälzten sich stöhnend auf dem Boden, die Augen vor Panik weit aufgerissen. Andere rannten so lange, bis die Beine vor Erschöpfung nachgaben. Einige schrien, andere wimmerten, und wieder andere waren still. Doch eines hatten alle gemeinsam.

Die Angst.

Panische, alles verschlingende, tödliche Angst.

Lark hatte seine ehemalige Dornengasmaske fest auf sein Gesicht gepresst, während er durch die Gänge schwebte.

»Hilf mir!«, rief eine junge Frau, als sie ihn sah. »Sie sind überall. Mach sie weg. Bitte.«

Er konnte ihr nicht helfen. Keinem von ihnen, denn die Feinde, die sie sahen, waren bloß in ihrem Kopf.

Lark wollte zu seiner Familie, doch er kam nicht in das richtige Stockwerk. Die letzten beiden Fahrstühle, die er passiert hatte, waren außer Betrieb gewesen. Mit einer fließenden Treppe hatte er es ein Stockwerk höher geschafft und befand sich im medizinischen Forschungstrakt.

»Hey, Junge!«, rief plötzlich jemand. Ein Sentinal stellte sich ihm in den Weg. Ihre Helme besaßen einen Luftfilter, ebenso wie eine eingebaute Luftreserve, falls die Sensoren einen Gefahrenstoff bemerkten. »Hände hoch, Rebell!«

Lark erstarrte. »Ich bin kein Rebell. Ich suche nur meine Familie.«

»Die Maske sagt etwas anderes.«

»Nein, Sir. Ich war ein Sentinal. Bevor …« Er deutete auf seine Beine.

»Heb die Arme, hab ich gesagt.«

»Ja, Sir.« Lark tat, was er verlangte.

In diesem Moment rannte eine junge Frau an ihnen vorbei gegen die Wand. Mit voller Wucht. Immer und immer wieder. Der Sentinal versuchte, sie davon abzuhalten, aber sie war nicht erreichbar. Immer wieder schlug sie ihren Kopf gegen die Wand und sank schließlich ohnmächtig in sich zusammen.

»Was ist das für ein Zeug?«, verlangte der Soldat zu wissen.

»Angstgas.« Und es war viel schlimmer, als Lark angenommen hatte. Er konnte nicht warten. Rose brauchte ihn.

Als der Soldat sich ihm näherte, um ihm Handschellen anzulegen, biss Lark die Zähne aufeinander. Er wartete. Der Sentinal war nur noch zwei Schritte entfernt.

Einen Schritt.

Der MedChair schoss nach vorn und knallte gegen den Soldaten, der stolperte. Lark sprang vor, seine Hände schlossen sich um den Helm, und er zog ihn ab. Beide landeten auf dem Boden.

»Das bereust du, Junge.« Der Sentinal verpasste ihm einen Schlag und griff nach seiner Waffe. Der Lauf zielte direkt auf Lark. Doch plötzlich weiteten sich die Augen des Soldaten, und sein Blick wanderte nach oben zur Decke.

»Was ist das? Was …« Er schoss auf einen unsichtbaren Punkt. Lark rappelte sich auf und robbte zurück zu seinem MedChair. Er zog sich auf den Stuhl und setzte ihn in Bewegung.

Weit kam er nicht.

Eine weitere Gruppe Sentinal bog um die Ecke. Sie betäubten ihren verängstigten Kameraden, ebenso wie die Frau, die wieder zu sich gekommen war und nun den Kopf auf den Boden schlug.

»Nehmt ihn mit«, befahl einer der Soldaten, und sie zogen Lark aus seinem Stuhl. Einer der Sentinal band seine Füße zusammen und schleifte ihn hinter sich her. »Wir werden ihn später befragen.«

»Bitte!«, flehte er, aber stieß auf taube Ohren. »Ich muss meine Familie suchen.«

»Sei still, Rebell.«

Die Situation war außer Kontrolle. Panische Menschen rannten an ihnen vorbei und griffen die Soldaten an, die versuchten sich mit Betäubungspfeilen und Elektrowaffen zu wehren, um niemanden töten zu müssen.

Ein Schatten flog an ihnen vorbei, und Larks Blick wanderte zum Fenster. Dort war gerade jemand hinuntergesprungen. Er bekam trotz der Maske Panik und glaubte, nicht mehr atmen zu können. Was würde mit Rose geschehen? Und seinen Eltern?

Plötzlich ging einer der Soldaten tödlich getroffen zu Boden.

»Spines!«, rief ein anderer und griff zu seiner Schusswaffe. »Ergreift sie!«

»Was ist mit der Drei hier?«

Damit war er gemeint.

»Sperrt ihn ein. Wir kümmern uns später um ihn.« Der Sentinal, der für ihn verantwortlich war, öffnete mit seiner Schlüsselkarte einen Raum und zog ihn hinein. Dann ging er auf ihn zu und griff nach seiner Maske.

»Warte!«, rief Lark, als er verstand, und versuchte, sich zu wehren.

»Das ist für unseren Kameraden«, sagte der Soldat und zog ihm die Maske ab. »Jetzt spürst du am eigenen Leib, was ihr hier angerichtet habt.«

Lark hielt die Luft an und kroch zur Tür, die der Sentinal hinter sich zuwarf. Er packte den Griff und zog ihn herunter, doch wie erwartet blieb die Tür geschlossen.

»Verdammtes Kallisto!«

Er wartete, bis seine Lungen brannten und ihm schwindelig wurde. Dann hatte er keine andere Wahl. Er holte Luft.

Das war das Ende.

27.

RAIN ÖFFNETE DEN DECKEL der Kiste nur einen kleinen Spalt breit, um einen Blick hineinzuwerfen. Cassian hatte einen Light-Bot aus der Innentasche seines Hemdes geholt, der jetzt über Rains Schulter sah. Sein Licht fiel auf einen haarigen Körper, einen langen Schwanz und wütende funkelnde Augen. Das Tier fauchte und sprang gegen den Deckel. Rain wich erschrocken zurück, und das Fellknäuel preschte aus seinem Gefängnis.

»Eine Ratte«, rief Cassian und stolperte vor Schreck zu Boden.

»Eine Werratte«, korrigierte Rain.

Der Mutant sprang panisch durch das Zelt, bevor er den Ausgang fand und mit großen Sprüngen zwischen den Zeltreihen verschwand.

»Was wollen sie mit Ratten? Sentinal erschrecken?«, fragte Cassian, doch Rain hatte eine andere Vermutung. Sie packte Cassian am Ärmel. »Wir müssen hier weg. Schnell.«

Sie zerrte ihn aus dem Zelt und setzte zum Sprint an.

»Was hast du denn?« Er folgte ihr in die Richtung, aus der sie gekommen waren. Ihre Füße flogen über den Boden. Alle Straßen sahen gleich aus. Zelte zu beiden Seiten und die große Plane über den Köpfen, an denen Lampen für spärliche Beleuchtung sorgten. Hin und wieder gab es Orientierungspunkte wie Mülldepots und Ausgabestellen für Versorgungspakete.

»Rajana? Was hast du denn?«, keuchte Cassian alarmiert.

Rain blieb vor dem Zelt stehen, in dem die Frau verschwunden war, die ihnen den Weg gewiesen hatte.

»Was machen wi...?« Cassian konnte seine Frage nicht mehr stellen. In diesem Moment erschütterte eine gewaltige Explosion die Zeltstadt. Die Druckwelle schleuderte die Gesegneten in eine Plane, die durch die Wucht des Aufpralls nachgab.

Kallisto! Es war zu spät.

Rain riss ihre Arme über den Kopf und schloss die Augen, während die Zeltplanen auf sie herabstürzten. Sie hörte Cassian schreien, konnte aber nicht sagen, ob er verwundet war. Sie rollte sich in seine Richtung. Er lag in Embryonalstellung auf dem Boden, mit dem Rücken zu ihr. Sie klammerte sich an ihn und versuchte, gegen den Lärm und das Piepen im Ohr anzubrüllen: »Bist du verletzt?«

Er antwortete nicht, also hielt sie ihn einfach fest.

Es war nicht die einzige Explosion. Es folgten unzählige andere. Feuersäulen zerrissen die Plane, die die Zeltstadt überspannte, und hinter dem ewigen Weiß zeigte sich der Nachthimmel, doch er war nicht mehr klar. Dunkle Wolken aus Smog und Asche verbargen die Sterne. Rain blinzelte, als brennender Regen auf sie hinabfiel. Er brannte sich in die Planen und entzündete das Hab und Gut, was zurückgelassen worden war. Es roch nach verbranntem Plastik. Es war genau dieser stechende Geruch, der Rain aus ihrer Starre befreite.

Sie rappelte sich auf und tastete Cassians Körper ab. Bis auf Schürfwunden konnte sie keine schlimmere Verletzung entdecken. Allerdings zitterte er am ganzen Körper, während er seine Augen zukniff, als sei das alles nur ein Albtraum.

»Cassian«, flüsterte sie und strich sanft über seine Wange. »Ich bring uns hier raus.«

Er öffnete die Augen, und sein unsteter Blick wanderte in ihre Richtung. Als er sie ansah, legte sich das Zittern, und er nickte langsam.

»Komm.« Sie half ihm dabei, aufzustehen. »Wir müssen hier raus.«

»Was ist denn bloß passiert?« Er wankte gefährlich, schaffte es aber, stehen zu bleiben.

»Ich glaube, die Werratten sind explodiert«, erklärte Rain und zog Cassian zu dem Zelt, in dem die Frau verschwunden war. Es stand noch, auch wenn ein großes Loch in die Plane gerissen war, dessen Enden vor Hitze glühten. »Ich vermute, die anderen haben ihre Kisten zu den Grenzen der Zeltstadt gebracht und die Ratten sind direkt in die Reihen der Sentinal gelaufen, bevor sie hochgegangen sind.«

»Das ist ja schrecklich!« Er schnappte nach Luft, doch seine Stimme versagte. Die Abenteuerlust war aus seinem Blick verschwunden. Stattdessen fand Rain dort dieselbe Angst, die sie selbst nur zu gut kannte.

»Wir kommen hier raus«, sagte sie, um ihn zu beruhigen. Und auch sich selbst. Dann trat sie in das Innere des Zeltes.

»Sollten wir nicht lieber versuchen, die Soldaten zu finden?«, krächzte Cassian, der ihr folgte.

»Sie werden uns für Spines halten und erschießen«, widersprach Rain und sah sich im Inneren um. Sie riss Planen und Decken zur Seite, auf der Suche nach einem Fluchtweg. Es musste einen geben, einen Weg, durch den die Bewohner der Zeltstadt entkommen waren.

»Was ist mit deinem Vater? Er ist der Protektor. Er wird uns retten.«

Rain hielt inne und schluckte. Sie hoffte, dass ihm nichts passiert war. »Ich habe kein TecDec, um ihn zu kontaktieren.«

»Ich auch nicht. Meins liegt noch im Zelt.« Cassian seufzte. Seine Finger krallten sich auf der Suche nach Halt in ihre Schulter. »Was sollen wir denn nur machen?«

Durch die Risse im Zelt konnten sie sehen, wie sich WarBots und Gleiter vor die Rauchsäulen schoben, die Waffen schussbereit. Jeden Moment würden sie die Zeltstadt und alle, die sich darin befanden, dem Erdboden gleichmachen.

Rain stieß die Überreste eines Tisches beiseite und schnappte nach Luft. Auf dem Boden des Zeltes klaffte ein gewaltiges Loch.

»Wir folgen den Grauen.« Rain deutete hinein. Eine Leiter führte in die Tiefe hinab. »Dahin sind sie verschwunden.«

In den Untergrund.

»Du willst da runter?« Cassians LightBot surrte vor, während er selbst zögerlich über den Rand lugte.

»Hast du Angst, Sonnenschein?«, fragte dieses Mal Rain.
»Ja«, gestand der Gesegnete und nickte langsam.
»Gut. Ich auch.«

Der LightBot flog voran, als sie das Ende der Leiter erreichten, das in einen Schnellzugschacht mündete. Über ihren Köpfen hörten sie Explosionen und Schüsse, die die Erde um sie herum zum Vibrieren brachten. Aus dem Tunnel über ihnen regnete Staub und Asche in den Schacht hinab, und wenn Rain den Kopf in den Nacken legte, konnte sie ein helles Licht sehen, das den Eingang erleuchtete. Die Plane stand in Flammen und mit ihr vermutlich die gesamte Zeltstadt.

»Hierhin sind sie also verschwunden?«, fragte Cassian und sah sich im Schacht um. »Dann war das alles von langer Hand geplant …«

Eine Falle. Und ein weiterer Beweis dafür, dass der Krieg gegen die Dornen noch lange nicht gewonnen war. Doch was hatten sie vor?

»Was machen wir jetzt?«, fragte Cassian.

»Wir können warten, bis sich die Lage da oben beruhigt hat oder …« In diesem Moment erschütterte eine Explosion die Zeltstadt über ihnen. Der Schacht, aus dem sie gekommen waren, brach zusammen und nahm ihnen die Entscheidung ab. »Wir können dem Schacht folgen.«

»Und hoffen, dass hier keine Schnellzüge mehr fahren«, ergänzte Cassian, während er den Lightbot voranschickte, um den Weg zu beleuchten.

»Hey, ihr zwei!« Die Gesegneten zuckten angesichts der Stimme zusammen. Vor ihnen tauchte die Frau auf, die ihnen schon zuvor den Weg gewiesen hatte. »Habt ihr eure Eltern gefunden?«

»Nein«, antwortete Rain, während sich ihre Finger um Sting schlossen. Sie wollte die Frau nicht verletzen, aber sie war zu allem bereit, um sich und Cassian zu schützen.

»Das tut mir leid für euch.« Die Frau runzelte die Stirn. »Nun. Ihr könnt euch mir gern anschließen. Ich werde diesen Weg hier gehen. Er führt zu einer Haltestelle in Green, von dort aus werde ich nach Grey weiterziehen. In der Asche wurde ich geboren, und wenn ich ehrlich bin, fehlt sie mir.«

»Was ist mit dem anderen Weg?«, fragte Rain.

»Ich bin sicher, ihr wisst, wo der hinführt.« Die Frau sah ihnen fest in die Augen.

»Aventin«, flüsterte Rain.

»Oh gut. Da wollen wir auch hin«, mischte sich Cassian ein und nahm Rain am Arm. »Komm, Rai… Stone.«

»Dann passt auf euch auf«, rief ihnen die Frau nach. »Die goldene Stadt ist möglicherweise nicht mehr sicher … nicht für euch.«

»Nicht für uns?«, hakte Cassian verwirrt nach, doch Rain hatte verstanden, was sie meinte. Die Frau nickte ihr kaum merklich zu.

Rain holte tief Luft und schloss die Augen, als sie versuchte, die Bedeutung der letzten Stunden zu erfassen. All die Menschen, die geflohen waren. Wenn sie wirklich auf dem Weg nach Aventin waren, würden sie sich dort sicherlich nicht in einem Keller verstecken. Was, wenn das in der Zeltstadt bloß eine Ablenkung gewesen war, um die Sentinal aus Aventin zu locken? Was, wenn das alles von den Rebellen von langer Hand geplant war?

»Das ist mehr als eine Flucht«, flüsterte sie. »Das ist eine Rebellion.«

»Du musst dich irren.« In seinem Blick sah sie, dass er es auch wusste. Er wagte nur noch nicht, es sich einzugestehen. »Das würden sie nicht wagen. Sie greifen die Haupstadt an?«

Wie um das zu bestätigen, trug der Schacht die Stimmen derer heran, die nach Aventin marschierten. Die Worte waren verzerrt und durcheinander, doch allmählich glichen sie sich an, bis eine synchrone Melodie aus ihnen wurde. Und sie sangen einen Text, den Rain schon lange nicht mehr gehört hatte.

Grey vereint. Grey zusammen.
Sollen sie uns vergessen,

Sollen sie uns verdammen.
Der Schornstein erlischt nie.

»Was tun wir?«, flüsterte Cassian.

»Ich geh nach Aventin.«

»Das ist gefährlich«, erinnerte Cassian sie unnötigerweise.

»Du kannst dein Glück gern in Green versuchen, aber ich muss zurück …«, sagte Rain. Sie ignorierte die aufsteigende Panik und setzte einen Schritt vor den anderen. In Richtung der goldenen Stadt. »Ich muss gehen.«

Wegen Lark. Wegen Rose. Wegen Cassiopaio und all den anderen, die ihr ans Herz gewachsen waren.

»Gut. In Ordnung. Ich bleibe bei dir.« Cassian holte tief Luft. Dann ergriff er ihre Hand und drückte sie, eine überraschend veraltete Geste, durch die sie sich allerdings besser fühlte. Stärker. Und weniger einsam. »Es ist bloß ein weiteres Abenteuer. Ich meine, ich habe die Verdammnis überlebt. Und die riesigen Metallinsekten. Was sind da schon ein paar randalierende Fanatiker? Ich steh doch auf Gefahr. Hab ich selbst gesagt.«

Er versuchte ein Grinsen, das ihm nicht so recht gelingen wollte.

»Gut. Wir gehen zusammen.« Sie nickte ihm zu. Egal, wie seine Vergangenheit aussehen mochte, sie war froh, dass er hier war.

Gemeinsam gingen sie in den dunklen Tunnel hinein, bis das Dröhnen der Explosionen über der Zeltstadt verhallte und nur noch das Echo ihrer eigenen Schritte zu hören war. Und das ewige Echo des Liedes derer, die in den Krieg zogen.

Sie folgten dem LightBot, der sie unter den Stadtmauern hindurchführte in das Herz von Hope.

Sie sprachen kein Wort und ließen einander nicht los. Hand in Hand in eine ungewisse Zukunft, in der nichts mehr so sein würde wie zuvor.

TEIL 3

DIE VEREINTEN

ES WAR EINE VERSCHWENDUNG, dass Murs Talent in Lonely Shell verkannt wurde, aber so war die Welt nun mal. Hart und ungerecht. Und das, obwohl er eine Eins war.

»Grübelst du wieder?« Cem beugte sich über ihn und reichte ihm einen heißen Tee. »Wie kann man an einem schönen Tag wie diesem nur ein so finsteres Gesicht ziehen?«

Sein Kamerad war ganz anders. Er sah das Positive selbst in Dingen, die nicht positiv waren, und nichts, wirklich nichts konnte seine gute Laune verderben. Die Gabe der Schlichteren, wie Mur glaubte, aber das würde er Cem natürlich nicht sagen.

»Ich grüble nicht«, log Mur und quälte sich ein Lächeln auf das Gesicht. Sie hatten ein paar Tage frei, und Mur war mehr als erleichtert, Pitch und Lonely Shell zu entkommen.

Sie waren mit dem Gleiter über die scharfen Gebirgsketten, die Pitch umgaben, zu den Ausläufern von Green geflogen. Hier, in einem kleinen Hotel am Bergsee, konnten die Soldaten an ihren freien Tagen entspannen. Und auch wenn es hier idyllisch und friedlich war, konnte Mur nicht abschalten. Immer wenn er die Augen schloss, suchten ihn die Erinnerungen an Spinnen und unheimliche nackte Männer heim.

Wir sind eins.
Wir sind vereint.
Wir sind der Schwarm.

Mur hörte die Stimmen. Stimmen, die ihn in den Wahnsinn trieben. Sie verebbten nie. Nicht wenn Cem und er im See schwimmen gingen und sich damit brüsteten, wer es länger im kalten Wasser aushielt. Nicht wenn sie danach auf den flachen Felsen in der Sonne lagen, um sich aufzuwärmen. Und auch nicht wenn sie abends Trinkspiele mit anderen Gästen spielten.

Wir sind eins, doch ein Teil fehlt.

Hinzu kamen die Bilder, die ihn nachts quälten, wenn er die Augen schloss. Es waren verstörende Bilder, die Mur nicht verstand und deren einziger Sinn es zu sein schien, ihn zu verängstigen. Sie waren so unglaublich, dass keiner bei klarem Verstand darüber reden würde. Sie handelten von Gesegneten und Monstern, die Mur lieber wieder vergessen würde.

Zu gern hätte er den Mistkerl, der ihm die Kugel in den Mund geschoben hatte, noch einmal erschossen. Aber vorher, da hätte er ihn gefragt, was er ihm angetan hatte und was dieser verfluchte Schwarm sein sollte, mit dem alle eins waren.

Wir sind eins.
Wir sind vereint.
Wir sind der Schwarm.

Es war Nacht, und die Sterne standen klar am Himmel. Keine Wolke hatte sich vor sie geschoben. Cem hatte das Licht der LightBots, die sie begleiteten, gedimmt, damit sie zwar den Boden vor ihren Füßen sehen, aber trotzdem die Schönheit des Universums in vollen Zügen genießen konnten.

»Ich würde gern da hochfliegen«, flüsterte Cem, der den Kopf in den Nacken gelegt hatte. »Zu den Sternen.«

»Unsere Gleiter sind dafür nicht ausgelegt«, entgegnete Mur trocken. Er fand die Vorstellung, die Erde zu verlassen, eher gruselig.

»Ich habe gehört, dass die Menschen früher zum Mond reisen

konnten und weiter. Bis der Krieg diese Technologie zerstörte. Glaubst du, es gibt noch mehr da draußen?«

»Was soll da schon sein?«

»Menschen oder andere Wesen?« Cem war ein Träumer. Das war er immer schon gewesen.

»Wenn es sie gibt, sollen sie lieber dableiben, wo sie hingehören.« Mur verschränkte die Arme.

»Bist du denn gar nicht neugierig?«

»Nein.« Das war er nicht, denn Unbekanntes verhieß meistens nichts Gutes.

»Kennst du die Legende des Holzbocks?«, fragte Cem amüsiert, und Mur vermutete, dass er sie nicht mögen würde. »Der Holzbock ist eine Chimäre, die dafür bekannt ist, ausschließlich Hummelgras zu fressen. Es ist im Prinzip genau wie normales Gras, nur dass die Bodeneigenschaften es gelb färben. Als der Holzbock von den Hummelbergen in andere Teile von Green umgesiedelt wurde, weigerte er sich, das ihm unbekannte grüne Gras zu essen. Er bestand auf sein Hummelgras. Die Farmer dachten, wenn er genug Hunger bekommen würde, würde er schon neugierig werden und das saftige grüne Gras probieren. Doch der Holzbock war nicht neugierig, und da er nur fraß, was er kannte, verhungerte er.«

»Das ist eine dumme Geschichte.«

»Du bist ein Holzbock«, flüsterte Cem und griff Mur unters Kinn. »Aber du bist mein Holzbock.«

»Ich bin kein …« Er hielt inne und kratzte sich müde am Hinterkopf. »Ich bin der Schwarm.«

»Was bist du?«

»Nichts.« Er schüttelte den Kopf und versuchte, die Stimmen zu ignorieren, die wieder anschwollen.

Wir sind eins, doch ein Teil fehlt.

»Mir doch wurscht«, murmelte er den Stimmen zu.

»Ist alles in Ordnung mit dir?« Cem beäugte ihn besorgt.

»Klar«, log Mur unwirsch und schritt über den Hügel. Er war ein Soldat, ein Sentinal von Hope, und er weigerte sich, den Verstand zu verlieren. Das würde eine funktionelle Herabstufung bedeuten, und auf keinen Fall würde er diese Schmach über sich ergehen lassen.

In diesem Moment erschien unter ihnen im Tal das Hotel, in dem sie ihren Urlaub verbrachten, und Mur erstarrte. Entweder hatte er nun doch seinen geliebten Verstand an die Halluzinationen verloren, oder er war direkt in einen weiteren Albtraum hineingestürzt.

Neben der Silhouette des Hauses bewegte sich etwas. Lange Beine. Ein schlanker Körper. Ein Gigant aus Metall, der im Mondlicht leuchtete. Eine Metallspinne, ähnlich wie die, die er vor der Mauer gesehen hatte. Ihr glänzender Körper verformte sich, als Antennen aus dem Kopf herauswuchsen. Wie eine lebende Maschine, so sah es aus.

»Siehst du die da?«, fragte Mur und drehte sich zu seinem Begleiter um.

»J-a-a«, stotterte Cem.

»Wir sollten wegrennen«, schlug Mur vor, aber weglaufen war nicht das, was Cem im Sinn hatte. Er schlich bereits den Hügel hinunter. Dieser Wahnsinnige. Nie konnte man ihn allein lassen.

Mur folgte ihm, und je näher er kam, desto lauter wurden die Stimmen in seinem Kopf.

Wir sind eins, doch ein Teil fehlt.

Abgelenkt durch die Halluzinationen stolperte er und rollte den Rest des Hanges ungalant hinunter.

»Mur.« Sein Kamerad hatte sich über ihn gebeugt und schüttelte ihn sanft. »Bist du in Ordnung?«

»Einer ging und kehrte nicht zurück.« Er presste die Hände an die Ohren, doch die Stimmen verebbten nicht. »Wir sind der Schwarm.«

»Oh weh.« Cems flache Hand schlug ihm ins Gesicht, und für einen Moment klarten seine Gedanken wieder auf. Er setzte sich auf, und seine Augen weiteten sich vor Entsetzen.

Vor ihnen stand eine nackte Frau ohne Haare, aber auf ihrer Stirn war dieses seltsame Spinnennetz, das Mur bereits kannte. Es zog sich in feinen Linien über ihre Schläfe und Teile des Kopfes. Sie starrte ihn an mit unheimlichen leeren Augen, die ihm direkt in die Seele zu blicken schienen.

»Keine Bewegung«, riefen die beiden Soldaten aus einem Mund, doch ihre Waffen waren im Zimmer. Also standen sie wortwörtlich mit leeren Händen da.

Wir sind eins.
Wir sind vereint.
Wir sind der Schwarm.

»Ich habe keine Lust, mit euch zu reden«, rief Mur und sprang auf. »Verschwindet aus meinem Kopf.«

»Sie sagt nichts«, mischte sich Cem verwirrt ein.

»Doch. Ich kann sie hören. Sie alle.« Mur schlug mit der Faust gegen seinen Kopf, doch die Stimmen verebbten nicht.

»Beruhig dich. Ich kümmere mich darum.« Cem schritt aufrecht auf die Frau zu. »Ich werde dich jetzt verhaften, meine Dame, bis wir den Sachverhalt geklärt haben. Dreh dich bitte um, und nimm die Hände auf den Rücken.«

Er löste den Gürtel von seinem Mantel, um die Frau damit zu fesseln, doch die dachte nicht daran, sich verhaften zu lassen. Natürlich nicht! Sie war geisteskrank, und hätte sie einen Gencode auf dem Arm, wäre es sicher eine Drei, denn bei Geisteskrankheiten verstand man in Aventin keinen Spaß.

Sie ging einen Schritt zurück und noch einen.

»Bitte. Dir wird nichts passieren«, versprach Cem und folgte ihr.

Guter, naiver Cem. Er glaubte immer an das Gute im Menschen, und darum sah er die Falle nicht kommen. Denn diese Frau war nicht nur verrückt, sondern auch gefährlich. Und nicht allein. Das waren sie nie. Sie waren vereint.

»Warte!«, rief Mur, doch in diesem Moment wuchs das Metallinsekt hinter der Frau empor und nahm sie schützend hinter sich. Cem erschrak, als eine der Antennen auf ihn zuschnellte und er durch die Luft katapultiert wurde. Völlig mühelos. Wie ein Ball. Sein Körper landete auf der Wiese, wo er regungslos liegen blieb.

»Nein! Cem!« Mur sprang auf, um seinem Freund zu Hilfe zu eilen, doch die Frau versperrte ihm den Weg.

Höre zu.

Er sah Bilder. Bilder von der Mauer und dem Mann auf der Spinne, der von einem Gleiter abgeholt wurde. Und selbst Mur verstand nun, was diese Frau von ihm wissen wollte.

»Ich weiß nicht, wo dein verrückter Freund ist. Verdammtes Kallisto!«, brüllte Mur. »Mir erzählt doch niemand etwas!«

Im selben Moment kam ein weiteres Insekt aus dem Haus. Es trieb eine Gruppe panischer Gäste vor sich her, die in Richtung des Sees flohen. Sie sprangen ins Wasser und schwammen so schnell sie konnten davon, wohl in der Hoffnung, dass diese Maschinen nicht folgen konnten.

Doch es war nicht der Anblick der Metallkreatur, die Mur erschrak. Auf dem Ding saß ein nackter Mann, den der Soldat erkannte. Der Mann, den er erschossen hatte.

Als er näher kam, sah Mur, dass der Mann nicht auf der Spinne saß. Er saß in ihr. Auf eine kranke Art und Weise war er mit ihr verschmolzen.

Er kam auf ihn zu, sicherlich um sich zu rächen. Murs Knie versagten, und er fiel zu Boden. Schützend hob er seine Arme, als die beiden

Kreaturen mit ihren verrückten Reitern ihn umkreisten. Er sah wieder Bilder. Bilder von Menschen, die in Eiern heranwuchsen und schließlich aus ihnen stiegen, um in den Krieg zu ziehen. Engel des Krieges. Gesegnet, um die Welt zu retten.

»Wenn ihr zu den Gesegneten wollt, müsst ihr nach Aventin«, rief er. »Aber lasst mich in Ruhe mit dem Kallisto.«

Er war bloß ein Soldat, und diese Bilder zeigten Dinge, die er nicht wissen durfte und auch nicht wissen wollte. Der Mann löste sich von seiner Maschine und beugte sich über ihn. Die Stellen, an denen sein Körper durchbohrt worden war, waren mit glänzenden Plättchen belegt, demselben Material, aus dem auch die Maschinen bestanden.

»Verschwindet«, flehte Mur, als der Mann ihn an der Stirn berührte. »Bitte.«

Er spürte, wie ihm übel wurde, und krümmte sich zusammen. Er würgte, immer und immer wieder, und aus seinem Mund rollte die silberne Kugel. Keuchend lag er vor den Verdammten. Erst wollte er um sein Leben flehen, doch dann entschied er sich dazu, das letzte bisschen an Würde zu behalten und dem Tod schweigend entgegenzusehen. Er richtete seinen Oberkörper auf und legte den Kopf in den Nacken. Sein Blick suchte Cem. Er sollte das Letzte sein, was er sah.

Der nackte Mann hob die Kugel auf und drehte sich zu seiner Begleiterin um. Sie blickten auf den See hinaus, und auf ein unsichtbares Zeichen hin folgten die Maschinen den Flüchtenden. Mur zweifelte nicht eine Sekunde daran, dass diese Monster schwimmen konnten. Immerhin waren sie unsterblich.

Dann gingen auch die nackten Menschen und mit ihnen die Stimmen. Stimmen, die Mur keine Sekunde lang vermissen würde. Und er? Er lebte.

28.

ES WAR DER TAG DER REBELLION.

Zuerst kamen die Werratten. Sie krochen aus Gullideckeln und Lüftungsschächten, so viele, wie Aventin noch nie zuvor gesehen hatte, und sie brachten den Tod. Hunderte von ihnen. Sie erklommen die Palastmauern und Wohntürme der Gesegneten, rannten durch Einkaufszentren, Wellnessoasen und Wohnzimmer, nur um dann mit einem lauten Knall in die Luft zu fliegen. Alle zur selben Zeit.

Die Explosionen brachten den Boden zum Vibrieren. Goldene Trümmerteile und Scherben flogen durch die Luft und regneten auf die Straßen hinab.

Gold zu Asche.

Das Versprechen war wahr geworden. Eine Smogwolke schob sich durch das Zentrum von Aventin und bedeckte die Stadt innerhalb weniger Augenblicke mit einer Schicht aus Staub.

Dann kam die zweite Welle. Graue und Rebellen, die vor dem Königspalast aus dem Untergrund emporstiegen, an der Stelle, wo einst das Zirkelfest stattgefunden hatte. Sie eilten an der Gedenktafel vorbei, die an den Anschlag erinnern sollte, und stürmten auf die verwunderten Sentinal zu, die den Palast schützen sollten.

An diesem Tag, als die ersten Türme Aventins in sich zusammenfielen, fiel viel mehr zusammen als das. Der Glaube daran, unantastbar zu sein, der Glaube, in Sicherheit zu sein, zerfiel mit den Türmen zu Staub. Das, was für unmöglich gehalten wurde, passierte.

Das Chaos der Dornen. Es hatte begonnen. Und aus der Asche würde die Freiheit neu entstehen.

Nur dass es unmöglich war zu sagen, wer durch die Asche vor ihnen wankte. Verletzte, Fliehende, Plünderer. In diesem Moment sahen sie alle gleich aus. Und alle hatten dasselbe Ziel. Überleben.

Eng aneinandergedrückt eilten Rain und Cassian durch die Stadt. Auf gigantischen Projektionen über ihren Köpfen wurde immer wieder das Gesicht von Königin Palenope gezeigt, die auf sie hinabsah.

Bewohner von Aventin. Verfallt nicht in Panik.

Einfacher gesagt als getan, wenn einem Ratten um die Ohren flogen.

Verschließt die Türen und verlasst die Straßen.

Doch nicht alle hielten sich an die Anweisungen. Diejenigen, die einen Gleiter zur Verfügung hatten, packten ihr Hab und Gut und flohen. Der Himmel über der Stadt war voll von Fliegern, die sich um die WarBots herumschlängelten, um Aventin so schnell wie möglich zu verlassen.

Hinter den Scheiben der Wohntürme konnte Rain vereinzelte Gesichter von denjenigen sehen, die nicht hatten fliehen können. Sie verschanzten sich in ihren Wohnungen und warteten darauf, dass die Rebellen zurückgedrängt wurden.

Fürchtet euch nicht! Wir haben die Lage unter Kontrolle und werden uns um die Angelegenheit kümmern.

Die »Angelegenheit« war völlig außer Rand und Band. Und fernab jeder Kontrolle.

Rain und Cassian eilten um eine Ecke und rannten beinahe in eine Gruppe Randalierer, die durch die Straßen zog. Rain spürte den Hass, der von der Gruppe ausging. Es war, als wären sie keine einzelnen Individuen mehr, sondern zu einem Wesen verschmolzen. Einem pulsierenden wütenden Wesen. Sie schossen auf die Schaufenster der Läden und auf die goldenen mit Glitzer gefüllten Luftballons, die in der Einkaufsstraße aufgehängt waren und auf die besondere »Gold-Glitzer-Shopping-Woche« hinwiesen. Sie zerplatzten mit einem lauten Knall.

Drei Aventiner rannten panisch aus den Läden. Sie wollten fliehen, kamen aber nicht weit. Sie fielen von den Schüssen getroffen nieder. So einfach und schnell wie eine Kerze, die man auspustete, schieden sie aus dem Leben. Und all ihre Träume, ihre Zukunft war mit einem Schlag davongeweht, während sich goldener Glitzerstaub auf ihre toten Körper legte.

Asche. Glitzer. Und Blut. Das war das Bild, das sich in Rains Kopf brannte.

»WarBots!«, rief Cassian. »Endlich.«

Doch die Rebellen schienen angesichts der Drohnen nicht besorgt. Der Anführer der Gruppe rief etwas, und drei andere schwärmten aus, um Stäbe in den Boden zu rammen. Als die Drohnen sich senkten, leuchteten die Vorrichtungen auf, und die Drohnen fielen nutzlos vom Himmel.

»Sie haben BotStopper. Ich fass es nicht«, keuchte Cassian.

»Ich hab mal so ein Ding selbst gebastelt«, erinnerte sich Rain.

»Echt? Das kannst du?«

»Nein, es hat nicht funktioniert.« Sie starrte immer noch auf den goldenen Glitzer, der auf die Straße regnete. Auf die umgeworfenen Tische vor einem Café. Becher und Gläser rollten über die Straße. Und eine einsame Ratte, die das Glück hatte, nicht in die Luft geflogen zu sein, huschte zwischen den toten Körpern hindurch zu einem Teller mit Kuchen.

Besser sie frisst den Kuchen als die Leichen.

»Rajana? Alles in Ordnung?«

»Klar.« Rain erwachte aus ihrer Starre. *Was sollte auch nicht in Ordnung sein?*

Die Randalierer kamen auf sie zu, und die Gesegneten flohen in einen Kleidungsladen, bevor man sie entdeckte.

Vor nicht allzu langer Zeit hatte Rain sich in dem künstlich angelegten Fluss vor Drohnen versteckt. Jetzt war das Wasser dunkel und trüb. Rain vermied es, sich die Toten näher anzusehen, die neben WarBots auf dem Boden und im Wasser lagen. Es kam ihr vor wie ein unwirklicher Traum, und etwas Dunkles erwachte in ihr, etwas Böses. Als sie die aufgebrachte Meute vor sich sah, da wünschte sie sich, sie wären alle tot. All die Spines. Sie hatten sie gefoltert. Sie hatten Lark verstümmelt. Sie hatten ihre Mutter getötet.

»Komm, wir müssen uns verstecken«, flüsterte sie.

Sie kletterten durch das zerstörte Schaufenster und schlichen zwischen den zahlreichen Spiegeln vorbei, in denen man die Kleidungsstücke direkt virtuell anprobieren konnte. Hinter dem Tresen, auf dem Getränke für die Gäste bereitgestellt worden waren, gingen sie in Deckung. Cassian griff sich eins der Gläser, die mit einer sprudelnden Flüssigkeit gefüllt waren, und leerte es mit einem Schluck.

»Bubbleswee-Cocktail. Zur Beruhigung«, flüsterte er, als er Rains Blick bemerkte. »Das ist meine erste Rebellion.«

Dann fischte er seine Brosche aus der Tasche und platzierte sie auf der Brust. »Wir brauchen jedes Glück, das wir kriegen können.«

Ein TecDec im Laden schaltete sich automatisch an, und Eustachius erschien.

»Volk von Hope. Silver informiert euch über die neuesten Vorfälle und berichtet live aus der Hauptstadt. Wir haben die neuesten Kameradrohnen. Für stechend scharfe Bilder und genauste Berichterstattung, damit ihr nichts von diesen erschütternden Ereignissen verpasst.«

»Wie schön zu sehen, dass wenigstens mein Vater in Sicherheit ist«, murmelte Cassian. »War klar, dass er aus der ganzen Sache Profit schlägt. Ich wette, er sitzt gerade weit weg in Silver und trinkt Kaffee.«

Rain hatte ihm kaum zugehört. Sie starrte auf eine Tote hinab, vermutlich die Besitzerin des Ladens. Es war die Frau, die ihr einen Mantel geliehen hatte, als sie nass aus dem Fluss gestiegen war. Jetzt lag sie unter einem zusammengestürzten Regal, die Augen weit aufgerissen.

»Ist sie …?« Cassian wandte sich entsetzt ab. Er war kreidebleich. »Wo bleiben die Sentinal?«

Rain krabbelte auf allen vieren zu der Toten und fischte ein kleines TecDec aus dem Mantel, doch es ließ sich nicht aktivieren. »Es funktioniert nicht.«

»Die personifizierten sind meistens durch Passwörter oder einen Iris-Scan geschützt«, erklärte Cassian.

»Meines war nicht geschützt.« Eros hatte es öfter bedient als sie selbst.

»Das solltest du dringend ändern, wenn wir das hier überleben«, sagte Cassian. »Halte es an ihr Auge.«

Rain tat, was er sagte, und das Gerät erwachte zum Leben.

»Gib her«, flüsterte Cassian. »Wen sollen wir kontaktieren? Mein Vater wird uns höchstens zur Lage interviewen, also würde ich Tiberius vorschlagen.«

»Ja.«

In diesem Moment betraten die Rebellen den Laden, und die Gesegneten kauerten sich hinter der Theke zusammen. Die Spines warfen die Spiegel um und rissen Kleidung aus den Regalen.

»Sucht euch was Schönes zum Anziehen raus«, befahl der eine, ein stämmiger Mann mit lichtem Haar und krummer Nase. Vermutlich eine Zwei. »Die Inhaberin wird wohl nichts mehr dagegen haben.«

Während sie den Laden durchsuchten, drückte sich Cassian an Rain. Er hatte seinen Atem angehalten und wagte nicht, sich zu bewegen. Ebenso wie Rain, während sich die Finger ihrer rechten Hand unter den Ärmel schoben.

Hoffentlich werden wir nicht entdeckt. Hoffentlich kommen sie nicht näher. Hoffentlich…

»Hier ist jemand!«, rief einer der Spines und richtete seine Waffe auf die Gesegneten.

»Wir ergeben uns!« Cassian riss seine Arme hoch.

»Halt!«, sagte Rain mit fester Stimme und erhob sich. »Wir sind wie ihr. Wir kommen aus der Zeltstadt.«

»Zeigt eure Tattoos«, forderte der Spine, doch er senkte seine Waffe bereits.

»Sehr gern.« Sie trat auf ihn zu und deutete an, ihren Ärmel hochkrempeln zu wollen. Dabei sah sie sich um. Einer vor ihr. Zwei seiner Kumpanen drei Schritte entfernt.

Die Schusswaffen nicht gehoben. Sie baumelten ebenso wie ihre Arme nutzlos an der Seite. Offenbar hielt man sie für keine große Gefahr.

Fataler Fehler.

Ehe der Erste blinzeln konnte, hatte sie Sting gezogen und ihn damit außer Gefecht gesetzt. Sie drehte sich und schockte den Zweiten, während der Dritte es geschafft hatte, seine Waffe zu ziehen. Rain hob ihre Hände.

»Warte! Ich ergebe mich. Du willst mich doch nicht erschießen, oder?«, bettelte sie, während sie mit kleinen Schritten zur Tür ging. Der Spine drehte sich mit, unschlüssig, was er als Nächstes tun sollte, und machte seinen zweiten Fehler. Er drehte Cassian den Rücken zu.

»Wer bist du?«

»Ich bin Rain. Der Regen. Dein Untergang.«

Endlich erwachte Cassian aus seiner Starre und schlug den Spine mit der Flasche Bubbleswee-Cocktail nieder.

29.

LARKS KÖRPER ZITTERTE vor Kälte, denn in dem Raum war es bitterkalt. Er sah sich um. Wände und Decke waren steril in Weiß gehalten. Bis auf das breite Fenster, das zum Gang zeigte, gab es keine weiteren Fenster und auch keine weiteren Ausgänge. Weiße Planen hingen von der Decke und unterteilten den Raum. Als Lark eine der Planen zur Seite schob, wusste er auch, warum.

Auf dem Tisch vor ihm lag eine Leiche. Zuerst sah er nur die blassen Füße, die über die Platte ragten, und dann, als er sich weiter hochzog, auch den Rest des leblosen Körpers. Großartig. Man hatte ihn in einen Kühlraum für Tote gesperrt. War das echt oder bloß eine Halluzination des Angstgases?

Lark wich zurück und stieß gegen einen weiteren Untersuchungstisch. Etwas fiel hinunter und landete auf dem Boden. Es war ein Konstrukt aus fragilen silbernen Linien, die ein Netz bildeten.

Auch wenn es ihm widerstrebte, warf Lark einen weiteren Blick auf die entblößte Leiche, die mit Schüssen durchsiebt worden war. Sie sah fürchterlich zugerichtet aus. Ein Projektil hatte sich durch den Kopf gebohrt und dem Mann nahezu den ganzen Hinterkopf weggesprengt. Getrocknetes Blut, Reste von Gehirn und Nervensträngen, ebenso wie seltsame, silberne Drähte quollen auf die Untersuchungsliege. Die Kabel liefen zu einem TecDec, das aber ausgeschaltet war. Was war hier geschehen? Was hatten sie mit diesem Mann angestellt?

An dem Teil der Schläfe, der noch unbeschädigt war, war eine Druckstelle zu sehen, die perfekt zu dem Gerät passte, das vor Lark auf dem Boden lag. Feine Narben zogen sich über die Stirn, die Wangen und Teile des Kopfes. Doch was war es? Er hatte etwas Derartiges noch nie gesehen.

Vorsichtig nahm er es in die Hände und erschrak. Das silberne Metall war warm, im Gegensatz zu der gekühlten Luft, die im Raum vorherrschte. Lark drehte und wendete es und fand einen Verknüpfungspunkt, der dem seiner Elektrode ähnelte. Möglicherweise eine Steuerung.

Er fasste sich an die eigene Stirn und zog seine Elektrode ab, die den MedChair kontrollierte. Zumindest wenn er in der Nähe war. Jetzt, wo der Stuhl weit entfernt in einem Gang lag, war sie nutzlos.

Lark verglich die Verknüpfungspunkte. Ja, sie ähnelten sich. Er sah sich um. Aber wenn es stimmte, was kontrollierte sie dann? Er konnte nichts entdecken.

Probiere es aus, flüsterte die Neugierde in ihm.

Das unbekannte Gerät einer Leiche?, hinterfragte der Skeptiker.

Was hast du zu verlieren?

Ja, was hatte er zu verlieren? Im Zweifel konnte er es schließlich jederzeit wieder abziehen.

Vorsichtig legte er das Gerät an seine Stirn und drückte es in die Haut. Es begann zu pulsieren, als sei es plötzlich zum Leben erwacht, und wurde heiß. Er spürte einen stechenden Schmerz, als ob ein Stachel durch den Schädel direkt in sein Gehirn fuhr. Erschrocken versuchte er es abzureißen, doch es hatte sich tief in seine Haut gedrückt und ließ sich nicht entfernen. Die feinen silbernen Linien erwachten zum Leben – und wuchsen bis zu der Mitte der Stirn und zum Ohr hinunter. Ein feines Netz aus Metall, das direkt mit seiner Haut verschmolz. Doch nicht nur oberflächlich. Lark hatte das Gefühl, als ob die Drähte sich auch nach innen bohrten und seinen Kopf selbst durchzogen.

»Aufhören …«, wimmerte er, als ein weiterer Schmerz ihn niederstreckte und lähmte. Er blieb auf dem Boden liegen, das Gesicht zur Decke gewandt. Seine Muskeln gehorchten ihm nicht mehr, und er war unfähig, sich zu bewegen.

Lark war hier.

Und auch nicht hier.

Er hatte das Gefühl, dass sein Kopf plötzlich zu klein für die eigenen Gedanken war. Sie überschlugen sich, breiteten sich aus. Für einen Moment lag er in dem weißen Raum mit den Vorhängen. Im nächsten gab es keine Wände mehr. Keine Barrieren. Er schwebte einfach durch sie hindurch und in den Nebenraum hinein. Wie war das möglich? Er konnte unmöglich wissen, was sich dort befand, und doch stand er da. Direkt neben einem Monster aus Metall. Es bewegte sich nicht. Die langen spinnenartigen Beine waren unter dem Körper eingeklappt.

Er hatte ein solches Tier noch nie gesehen, und doch kam es ihm so vertraut vor. Er wusste, was es war. Es war, als läge ihm die Erklärung wie ein Wort auf der Zunge, aber er konnte es nicht aussprechen. Wie eine ferne Erinnerung.

Er handelte instinktiv, als er die Hand ausstreckte und über den flachen Kopf strich. Glänzende Haut. Unzerstörbar. Das Metall schien aus unzähligen kleinen Hexagonen zu bestehen, fast wie winzige Honigwaben.

Die Augen des Wesens leuchteten auf. Aktiviert.

Und plötzlich lösten sich die Grenzen des Seins auf. Er war nicht länger nur Lark. Er verschmolz, verschmolz mit der Kreatur aus Metall. Er spürte, wie die metallenen Glieder aus der Starre erwachten und sich entfalteten, wie der Kopf sich erhob und dann der ganze Körper. Er spürte die Kraft, die dem Wesen innewohnte.

Wir sind eins.

Er wusste nicht, was passierte, doch ein Teil von ihm wunderte sich nicht im Geringsten. Ein Teil von ihm wusste genau, was zu tun war.

Rose.

Ihr Bild nahm vor seinem geistigen Auge Gestalt an.

Rose.

Er musste sie retten. *Sie* mussten sie retten. Das Monster aus Metall setzte sich in Bewegung, direkt auf die Wand zu, die es gefangen hielt. Doch Lark wusste, dass das Glas ihn nicht stoppen würde. Mochte es noch so stabil sein. Nichts konnte ihn aufhalten.

Er rannte dagegen. Einmal. Zweimal. Dreimal. Die Wand gab nach, und er schob seinen Körper durch das Loch. Die Beine bewegten sich schnell und koordiniert den Gang hinunter.

Wir sind vereint.

Die Sentinal stellten sich Lark in den Weg, doch sie waren zu überrascht von der riesigen metallenen Käferspinne, die sie zur Seite fegte, als wären sie bloß lästige Fliegen. Die Beine flogen über den Boden, vorbei an Patienten, die durch die Flure krochen und nach Hilfe schrien.

Die Wirkung des Gases hatte noch nicht nachgelassen, und es hatte bereits viele Leben gefordert. Sie trafen erneut auf Sentinal, doch dieses Mal schenkte ihnen keiner Beachtung, denn die Soldaten lieferten sich ein Feuergefecht mit den Spines.

Lark eilte an ihnen vorbei, folgte dem Gang und erstarrte kurz. Vor ihm schlich eine vertraute Gestalt durch den Flur. Ihr Herzschlag ging schnell, wie Lark durch die Augen der Spinne erkannte. Sie hatte Angst, aber das lag nicht an dem Angstgas. An seiner Seite lief eine Ratte, der das Gas offenbar auch nichts ausmachte. Bug und Rotauge.

»Wir müssen es tun«, flüsterte der Junge der Ratte zu. »Er verlässt sich auf uns.«

Lark wollte auf ihn zugehen, doch als der Junge sich umdrehte und sah, was vor ihm stand, weiteten sich seine Augen. Er stolperte rückwärts, bevor er davonrannte. Es war nicht mehr wichtig. Niemand war wichtig. Lark kannte nur ein Ziel, und das hatte oberste Priorität.

Rose.

Sie war alles, was zählte.

Nichts würde ihn aufhalten. Er erklomm die Stufen des Treppenhauses, bis er die Krankenstation erreichte, und eilte durch die Gänge zu ihrem Zimmer. Es war leer. Sie waren weg.

Er stürmte hinaus. Am liebsten hätte er ihren Namen gerufen, aber kein Laut drang über seine Lippen. Wo war sie?

Vor den Fenstern sah er, wie sich der Himmel mit Drohnen und Gleitern füllte. Noch waren sie weit entfernt, aber sie kamen rasch näher. Die Verstärkung. Bald würde sie eintreffen, um die Spines aufzuhalten. Nicht ihn. Niemand konnte ihn aufhalten.

Er eilte weiter, durchsuchte das ganze Stockwerk nach seiner Familie. Die Menschen, denen er begegnete, ergriffen panisch die Flucht. Andere wiederum waren so in ihren eigenen Albträumen gefangen, dass sie ihn gar nicht wahrnahmen.

Auf dem Boden vor ihm lag etwas, das seine Aufmerksamkeit erregte. King Louie. Er nahm den kleinen Affen mit einem seiner Greifwerkzeuge und sah sich um. Ein zerstörtes Fenster lag vor ihnen. Er eilte darauf zu und blickte über das Dach, was sich davorspannte. Und dann sah er sie.

Rose.

Sie wankte in ihrem Nachthemd über das Dach hinaus.

Nein!

Und auf einmal hatte er das Gefühl, doch etwas von dem Angstgas eingeatmet zu haben, denn es fühlte sich an wie ein Albtraum. Doch auch im Traum würde er seine Schwester nicht aufgeben. Niemals.

Er folgte ihr. Sie drehte sich um, und ihre Augen weiteten sich vor Entsetzen. Er verlangsamte seinen Schritt, um sie nicht zu erschrecken, aber er war es nicht, vor dem sie Panik hatte. Tränen rannen ihr über die Wangen, und ihr Blick richtete sich immer wieder auf den Boden, wo sie etwas anstarrte, was Lark nicht sehen konnte.

Plötzlich rannte sie los, verlor den Halt und fiel über die Dachkante. Für einen furchtbaren Moment hatte er das Gefühl, sein Herz würde aufhören zu schlagen. Wenn er denn ein Herz hatte.

Er überlegte nicht. Er sprang hinterher. Rose ruderte mit den Armen und schrie.

Er hatte sie fast erreicht.

Fast.

Er öffnete seinen Mund und nahm das Mädchen darin auf. Ganz vorsichtig bettete er sie unter den Gaumen. Dann fielen sie in die Tiefe. Zusammen.

Wir sind der Schwarm.

30.

»DIESE SCHEIẞTECHNIK«, FLUCHTE CASSIAN und warf dem TecDec einen wütenden Blick zu. »Wir haben keine Berechtigung, deinen Vater anzurufen, weil wir nur über den Account einer einfachen Verkäuferin angemeldet sind. Hallo, das ist ein Notfall.«

»Die Notfallleitungen sind überlastet. Versuch bitte eine andere Kontaktperson«, informierte ihn die Hilfssoftware freundlich.

»Nun gut. Eustachius oder Eustenia?«

»Keine Berechtigung. Versuch einen anderen Kontakt.«

»Königin Palenope.«

»Keine Berechtigung. Du kannst deinem Cabman-Team eine Nachricht zukommen lassen. Die wird so schnell wie möglich beantwortet.«

»Ah! Willst du mich verarschen? Das ist ein Notfall, und ich bin Cassian, der nächste Earl von Green.«

»Dann hast du dieses TecDec gestohlen und keine Berechtigung …«

»Ich werde dich zerstören.« Cassian holte aus, um das Gerät gegen die Wand zu werfen, aber Rain hielt ihn auf.

»Es macht mich wahnsinnig, Sonnenschein«, erklärte er außer Atem und reichte ihr das TecDec. »Weiß das Ding nicht, was hier los ist?«

»Mit welchen Gesegneten dürfen wir denn sprechen?«, fragte Rain die Hilfssoftware. Allerdings hatte sie wenig Hoffnung, dass einer freigeschaltet war.

»Der einzige Gesegnete, für den du die Kontaktberechtigung hast, ist Morpheus.«

»Morpheus?«, fragten Cassian und Rain wie aus einem Mund und sahen sich an.

»Oh, dieser schlimme Finger. Der kennt aber auch jeden.« Cassian fuhr sich erleichtert durch die schwarzen Haare und beugte sich über das Gerät. »Worauf wartest du? Ruf ihn an!«

»Gern«, sagte die Hilfssoftware.

Wenig später sahen sie Morpheus auf dem Bildschirm, der angesichts der vertrauten Gesichter nach Luft schnappte. »Ihr?«

»Ich bin so froh, dich zu sehen«, begann Rain.

»Und ich erst«, ergänzte Cassian. »Wo bist du? Ist alles in Ordnung?«

»Den Umständen entsprechend. Was ist mit Lis passiert?«

»Lis?«, fragte Cassian.

»Ihr gehört das TecDec, das ihr benutzt.«

»Oh, sie ist tot.«

Rain versetzte Cassian angesichts der unsensiblen Antwort einen Schlag mit dem Ellbogen. Morpheus wurde kreidebleich und räusperte sich. »Oh. Wie schade. Sie war eine wirklich gute … Verkäuferin. Und ihr beide? Ihr seht seltsam aus.«

»Wir haben uns verkleidet, als Terroristen«, erklärte Cassian und schob seine Haare wieder unter die zerschlissene Mütze. »Was ist mit dir? Du siehst beneidenswert gut aus.«

Morpheus trug ein violettes Seidenhemd, das wunderbar zu seinen goldenen Haaren passte.

»Ich weiß nicht, was hier los ist. Ich war auf dem Weg zu dir, Schwesterherz. Ich bin aus der Bahn gestiegen und wollte den Aufzug zu deinem Apartment nehmen.« Er sah verzweifelt aus. »Dann habe ich Schüsse gehört und Explosionen.«

»Wo bist du jetzt?«, fragte Rain panisch.

»Ich habe mich hier drinnen verschanzt.« Er zeigte auf den Notfallknopf in der Kabine. »Ich wollte warten, bis Sentinal kommen, aber in den Meldungen heißt es, es hätte einen Anschlag gegeben.«

»Einen? Die ganze Stadt wird angegriffen«, korrigierte Cassian.

»Weißt du, ob Rebellen im Gebäude sind?«, hakte Rain nach.

»Nein.« Morpheus wurde immer blasser. »Aber es ist alles still, glaub ich. Vielleicht hat man die Rebellen schon festgenommen?«

»Eher nicht.«

»Oh. Was sollen wir denn jetzt machen? Ich …« Morpheus' Bild verschwand, und das TecDec wurde schwarz.

»Was ist denn jetzt schon wieder?«, fluchte Cassian.

»Tut mir leid«, informierte ihn die Hilfssoftware im gewohnt freundlichen Ton. *»Das Netz ist überlastet. Versuch es später noch einmal …«*

»Ich bin eher für eine sofortige Lösung«, knurrte Cassian, packte das Gerät und warf es auf den Fußboden, bevor er darauftrat.

»Was?« Er sah Rain an, die die Arme verschränkte. »Es ist selbst schuld.«

»Es ist bloß ein Programm.«

»Und wenn schon.« Er rieb sich über den Kopf. »Morpheus können wir wohl vergessen.«

»Vergessen?«, hakte Rain ungläubig nach.

»Na ja. Er kann uns nicht aus dem Schlamassel helfen. Wir sollten jemand anderen anrufen, nachdem wir … ein neues, hilfreicheres TecDec gefunden haben … aua. Warum haust du mich?«

»Du kannst gern hierbleiben, Möchtegern-Earl-von-Green. Ich gehe zu meinem Bruder und hol ihn da raus.« Sie nahm den bewusstlosen Spines die Waffen ab und richtete Schal und Mütze so, dass sie ihr Gesicht verbargen. Dann suchte sie in den Make-up-Artikeln nach einem schwarzen Stift.

»Warte, Sonnenschein. Willst du dich schminken?«

»Nein.« Sie zeichnete sich ihren alten Code auf den Arm und strich ihn durch, wie es die Rebellen tun würden.

Az 1707 w – G3

»Du meinst es echt ernst, oder? Ist das klug? Ich meine, die da draußen wollen uns lynchen.«

Ein Teil von ihr fand das gar nicht klug. Sie wollte sich am liebsten irgendwo verstecken und erst wieder rauskommen, wenn die Lage sicher war. Es war das Vernünftigste, aber sie würde nicht vernünftig sein. Nicht jetzt.

»Ich werde meinen Bruder nicht im Stich lassen«, sagte sie und versuchte, die Angst zu ignorieren. »Wenn du nicht mitkommen möchtest, versteck dich in einem der Geschäfte und verhalte dich ruhig. Das sollte deine beste Chance sein, zu überleben.«

Dann drehte sie sich um, doch zu ihrer Überraschung folgte ihr Cassian.

»Du bist meine beste Chance«, flüsterte er. »Was soll ich machen?«

Sie krempelte seinen Ärmel hoch und schrieb ihm ebenfalls einen Code auf den Unterarm.

»Ich würde gern aus Ruby kommen«, sagte er. »Na gut … Azure ist auch in Ordnung … Eine Eins Plus sollte ich bei dem Gesicht schon sein … Oh, eine Zwei … Was ist meine Tarnung, Stone? Haben wir eine heiße romantische Bindung?«

»Folg mir. Zu meinem Wohnturm ist es nicht weit.« Sie drückte ihm eine Waffe in die Hand und trat hinaus auf die Straße. Sie war leer bis auf einen Jungen, der ihnen keine Beachtung schenkte. Er schrieb »Freiheit. Gleichheit. Gerechtigkeit« an die Hausmauer.

Die Fahnen und Schilder in der nächsten Straße standen in Flammen, ebenso wie die golden angesprühten Bäume. Die Durchsagen von Königin Palenope waren vor einiger Zeit abgestellt worden. Rain vermutete, dass das kein gutes Zeichen war. Da sie direkt aus dem Palast gesendet worden waren, hieß das wohl, dass die Rebellen ihn eingenommen hatten.

»Vorsicht.« Sie hielt Cassian zurück, der gerade die Straße überqueren wollte, und zog ihn in eine kleinere Gasse.

Ihnen kam eine Gruppe Rebellensoldaten entgegen, die ihrem Gebrüll zufolge zum Dom Gottes fuhren. Sie hatten Gleiter und gepanzerte Bodenfahrzeuge der Königlichen Sentinal-Garde eingenommen, die im Zeichen der Spines mit grellen Farben besprüht worden waren. So war schnell erkennbar, für welche Seite die Fahrzeuge nun schossen. Und nicht nur das. Über ihren Köpfen flogen goldene Drohnen. WarBots.

»Sie haben Drohnen«, flüsterte Rain.

»Die Bots werden zum Schutz des Palastes eingesetzt. Sie werden von der Garde aus kontrolliert. Wenn die Rebellen den Kontrollraum eingenommen haben, dann ist der Palast gefallen«, erklärte Cassian, und beide guckten in die Richtung des Regierungssitzes.

»Wir sollten weiter.« Auch auf der Parallelstraße herrschte Chaos. Es war kaum zu unterscheiden, wer zu welcher Partei gehörte. Plünderer beluden Gleiter ebenso wie Flüchtende. Zu spät. Über der Stadtmauer positionierten sich die Schiffe der Sentinal und WarBots. Sie verriegelten die Stadt und fingen die Gleiter ab.

»Es sind so viele«, flüsterte Cassian.

»Der Angriff auf Grey hat sie nicht zerstreut. Es hat sie vereint. Im Hass auf uns.«

»Es muss schlimm gewesen sein«, begann Cassian vorsichtig, als sie sich an den goldenen Stamm eines Baumes drückten. »Die Gefangenschaft und so …«

»Ich hab es überlebt.« Sie wollte nicht darüber reden und ganz sicher nicht daran denken.

»Du hast so viele verloren.« Cassian sah ihr tief in die Augen, und für einen Moment schien er kein Spiel zu spielen, sondern es ernst zu meinen. »Ich bewundere deine Stärke. Wirklich. Wenn ich erlebt hätte, was du erlebt hast …«

»Ich habe verdammt große Angst«, gestand Rain und senkte ihren Blick. »Angst, dass sie mich noch mal kriegen. Angst, was sie mir dann antun könnten.«

»Warum verstecken wir uns dann nicht?«

»Ich habe noch mehr Angst davor, dass ich die Menschen verliere, die mir am Herzen liegen.« Schon wieder. Sie würde es nicht ertragen.

»Schließt das auch den Jungen ohne Beine ein?«

Ja, das tat es. Allein der Gedanke daran, Lark zu verlieren, schnürte ihr die Kehle zu und raubte ihr die Luft zum Atmen.

»Ja, offenbar schon.« Cassian sah es an ihrem Blick. »Keine Sorge. Ich glaube, eine F Drei steht nicht auf der Abschussliste der Spines. Er ist vermutlich weit weg und trinkt mit seiner Schwester heiße Schokolade.«

»Das hoffe ich«, krächzte Rain.

»Um wen machst du dir noch Sorgen? Dein Frettchen?«

»Ja, aber Pi kann auf sich aufpassen.« Das versuchte sie sich zumindest einzureden.

»Er wird die Rebellen zum Frühstück verspeisen.« Cassian zauberte ihr ein Lächeln ins Gesicht. »Und was deinen Bruder angeht, der ist so charmant, dass er selbst die härtesten Spines um den Finger wickelt.«

»Vermutlich.«

»Was ist mit mir?« Cassian lächelte so, als wüsste er die Antwort bereits. »Machst du dir Sorgen um mich?«

Sie wollte lügen, ihm eine schlagfertige Antwort entgegenschleudern, aber es erschien ihr falsch angesichts der Lage, in der sie sich befanden. Und die Wahrheit war, dass sie ihn mochte. Ein kleines bisschen. Er war das Gegenteil von Lark und ihr, und doch hatte er etwas an sich.

Wenn man will, kann man an jedem Menschen einen Zipfel entdecken, den man mag. Ich tue das nicht, weil ich die meisten nicht mögen will. Aber du machst das leider, hatte ihr Storm einmal gesagt. *Du bist ein Zipfelsucher.*

»Ja, das tue ich.«

»Ich wusste es! Du magst mich.« Cassian streckte seine Schultern durch. »Und warum? Ist es mein Charme oder mein Aussehen, das dir den Atem geraubt hat?«

»Ich bin ein Zipfelsucher«, antwortete Rain trocken und eilte zu einem auf der Straße stehenden Gleiter, um dahinter in Deckung zu gehen. Nicht weit entfernt hatte eine Rattenbombe ein großes Loch in die Straße gesprengt. Risse zogen sich durch den Boden und die Hausfassaden empor. Eine Wasserleitung war getroffen worden und hatte die Straße unter Wasser gesetzt. Rain gab sich Mühe, nicht genau hinzusehen, was an ihr vorbeischwamm.

Es dauerte eine gefühlte Ewigkeit, bis sie die Wohntürme der Gesegneten erreichten. Immer wieder mussten sie größeren Gruppen Spines ausweichen, um kein Risiko einzugehen. Die Pforte stand offen, und sie traten ins Innere.

»Müssen wir etwa laufen?«, fragte Cassian entsetzt. »In welchem Stockwerk wohnst du?«

»Im 74.« Rain ging zum Treppenhaus, das für Notfälle gedacht war.

»Warte, Sonnenschein. Bevor wir das machen, lass mich dir eine Alternative zeigen.« Er zwinkerte ihr überlegen zu.

»Alternative?« Soweit Rain wusste, gab es nur zwei Zugänge zu ihrem Apartment: der Fahrstuhl und die Notfalltreppe, und beides war zu jeder Zeit von den Sentinal gut bewacht worden.

Cassian zog sie ein Stockwerk tiefer in den Raum, wo die Wäsche der Apartments gewaschen wurde. Große Wäschetonnen waren selbst jetzt, während der Rebellion, in Betrieb. Ihre Trommeln drehten sich und erzeugten einen rhythmischen, beinahe beruhigenden Klang. Es roch nach frischer sauberer Wäsche. So sauber, dass Rain sich wie ein Fremdkörper fühlte, als sie an den Trommeln vorbeischlich.

Bis auf einige Drohnen war niemand hier.

»Dort ist es.« Cassian zeigte auf eine Öffnung und grinste. »Der Wäscheaufzug. Ich habe mich darüber oft rausgeschlichen. Du etwa nicht?«

»Ich …«

»Du wusstest nicht mal, dass er existiert?« Er fasste sich ans Herz. »Ich bin schockiert, Sonnenschein.«

Sie räumten die Wäschekörbe aus dem Inneren. Dann kletterte Rain hinein. Die Enge behagte ihr überhaupt nicht, aber sie hatte schon Schlimmeres überstanden. Zum Beispiel den Tunnel unter der Mauer zur Verdammnis. Also lehnte sie ihren Kopf an das kühle Metall und konzentrierte sich auf ihre Atmung. Cassian gab auf der Kontrolltafel für den Aufzug ihr Stockwerk ein und folgte ihr. Die Kabine schoss in die Höhe, und Rain schloss ihre Augen. Sie spürte Cassians Atem in ihrem Nacken. Mehr Angst als die Enge machte ihr, dass der Lauf von Cassians Waffe in ihre Seite drückte.

»Wehe, du erschießt mich aus Versehen hier drinnen«, knurrte sie.

»Aus Versehen? Ich lass es wie einen Unfall aussehen«, witzelte er.

Der Fahrstuhl hielt, und sie befanden sich in einem kleinen Raum, in dem die Diener die Wäsche entgegennahmen.

»Darf ich dir helfen, Prinzessin?«, flüsterte Cassian, als er hinausgeklettert war, und reichte Rain die Hand. Sie führte ihn durch den Flur zum Wohnzimmer, blickte vorsichtig um die Ecke und erschrak. Der Fahrstuhl stand offen, und Morpheus war nicht mehr drin. Er lag auf dem Sofa und bewegte sich nicht.

Sie waren zu spät.

31.

ALS LARK DIE AUGEN ÖFFNETE, saß eine Frau vor ihm. Sie hatte dunkle Haut und wunderschöne, klare blaue Augen, die ihn sorgenvoll musterten.

Amygdala. Der ehemalige Earl von Grey.

»Du bist wach«, stellte sie fest. Ihre Stimme klang warm und vertrauenerweckend, wie bei fast allen Gesegneten. Und auch wenn sie wunderschön war, hatten die letzten Stunden Spuren hinterlassen. Sie sah müde aus. Schatten lagen unter ihren Augen, und auf ihrer weißen Kleidung klebte Blut.

»Was ist passiert?« Larks Hand spürte die seltsame Elektrode an seinem Kopf. Sie war immer noch warm und hatte sich seiner Haut perfekt angepasst, so als wäre sie immer schon da gewesen. Also hatte er zumindest den Teil nicht geträumt.

»Nun, du weißt da sicherlich mehr als ich«, begann Amygdala, ohne ihn aus den Augen zu lassen. »Waren es nicht deine Leute, die hier eingedrungen sind?«

Sie glaubte also auch, dass er ein Rebell war.

»Ich wollte sie aufhalten«, beteuerte Lark. »Ich habe die Sentinal informiert, aber es war schon zu spät.«

»Zu spät. Ja.« Die Gesegnete nickte. »Ein sehr geschätzter Kollege von mir war plötzlich außer sich. Er hat Dinge gesehen, die nicht da waren. Ich habe versucht ihn zu beruhigen, aber er hat sich das Leben genommen. Vor meinen Augen.«

»Tut mir leid«, sagte Lark und versuchte sich zu bewegen. Erst jetzt bemerkte er, dass er auf einem Stuhl saß. Sie hatten ihn gefesselt. Als ob das nötig gewesen wäre.

»Reine Vorsichtsmaßnahme«, sagte die Gesegnete, als sie seinen Blick bemerkte. »Was haben deine Freunde hier verteilt? Gift?«

»Angstgas. Aber ich habe mit dem Anschlag nichts zu tun«, beteuerte Lark. »Meine Familie war hier. Ich würde sie nie einer derartigen Gefahr aussetzen.«

»Angstgas. Ja, das ergibt Sinn. Eine sehr aggressive Mischung noch dazu. Selbst ich habe eine Wirkung gespürt, auch wenn Gesegnete dagegen immun sein sollten. Wer hat es entwickelt?«

»Ich weiß es nicht genau. Die Rebellen haben es von einem Mann gekauft, der sich die Kröte nennt.«

»Du weißt recht viel, dafür dass du nichts mit den Rebellen zu tun haben willst.«

»Das ist eine lange Geschichte.« Er war sich sicher, dass sie ihm nicht glauben würde.

»Nun. Rebell oder nicht. Das ist nicht der einzige Grund, warum du hier gefesselt bist.«

»Nicht?« Lark verstand nicht.

Die Gesegnete deutete auf seine Schläfe. »Ich habe versucht, es abzubekommen … Tut mir leid, aber es ist bereits mit deinem Nervensystem verbunden.«

»Was ist das?«

»Ganz genau wissen wir es nicht.« Amygdala seufzte. »Aber dieses Gerät kommt nicht aus Hope.«

»Was soll das heißen?«

»Es ist nicht einmal von Menschenhand.«

»Wie? Woher soll es sonst sein?«, stotterte er. Er erinnerte sich an die unheimliche Spinne, und eine Gänsehaut kroch ihm über den Rücken. War das alles wirklich passiert? »Ich dachte, es ist eine Elektrode.«

»Es ist weit mehr als das. Es ist eine Festplatte, ein künstliches Gehirn. Und es gehört zu den Maschinen.«

Lark verstand nicht, was sie ihm sagen wollte.

»Hope steht einer großen Gefahr gegenüber. Ja, noch größer als euch Spines. Denn die Maschinen sind zurückgekehrt, und sie haben ihr Auge bereits auf Aventin geworfen.«

»Unsinn«, stotterte Lark. »Der ewige Krieg … Der ist doch vorbei … Nichts ist je über die Mauer gekommen.«

»Jetzt schon.« Die Gesegnete nahm ein tragbares TecDec und zeigte ihm den Bildschirm. »Hier siehst du unsere Außenmauer im Westen.«

Es wurde aus der Sicht einer Drohne gefilmt, die über die Wachposten schwebte. Auf der einen Seite lag Hope, auf der anderen die Verdammnis. Von oben machte es kaum einen Unterschied. Steine und Felsen sowohl links als auch rechts.

Nebel schob sich über die scharfen Bergketten, und dann sah Lark es. Menschliche Gestalten. Nackt, und das, obwohl es dort oben in den Bergen sicher kalt war. Sie ritten auf Metallinsekten heran.

Keine Metallinsekten.

Guardians.

Das war das Wort, das ihm auf der Zunge gelegen hatte. Lark fragte sich, woher er es kannte.

»Unser toter Freund hier war der Erste, der die Mauer erreichte«, erklärte Amygdala und deutete auf die Liege, wo sich die Leiche befand. »Wir haben ihn und sein seltsames Gefährt hergebracht, um mehr über sie zu erfahren …«

Wir sind eins.

»Was sind das für Dinger?« Er zeigte auf die Guardians.

»Maschinen. Sie haben es irgendwie geschafft, Menschen neu zu programmieren und sie zu kontrollieren. Zuerst dachten wir, die Menschen würden als Vermittler dienen, um mit uns in Kontakt zu treten. Aber sie können nicht sprechen. Also scheinen sie einen anderen Zweck zu erfüllen. Egal wer sie einmal waren, ihre eigene Seele scheint nicht mehr zu existieren.«

Lark erstarrte. Er schloss die Augen, als ihm bewusst wurde, was das bedeuten würde. Wenn dieses Ding an seiner Schläfe wirklich ein Gerät dieser Maschinen war, hieß das, er würde so werden wie der tote Mann? Eine Marionette der Metallinsekten?

»Sie haben das Aussehen von Menschen, doch ihre DNA ist nicht rein menschlich, was erklärt, wie sie da draußen trotz der verseuchten Gegend überleben konnten. Wir haben künstliche Nanopartikel in ihrem Blut gefunden, winzige Teile, die sich mit den biologischen Anteilen der Zellen verbunden haben.« Sie ging zu dem Untersuchungstisch und sah auf den Toten hinab. »Das ist kein Mensch mehr. Die Maschinen haben den Körper transformiert. Zu einer Mensch-Maschinen-Chimäre.«

Larks Mund war mit einem Male staubtrocken. »Was ist mit ihm passiert?«

»Wir mussten ihn töten.« Amygdala ging zu einem Untersuchungstisch und hob eine silberne Kugel auf, die sie Lark zeigte. »Diese hier hat er ausgespuckt und damit einen Sentinal angegriffen.«

»Das sieht nicht sehr gefährlich aus«, bemerkte Lark.

»Es ist mehr als gefährlich. In dieser Kugel sind jene künstlichen Nanomaschinenpartikel, die wir auch im Spinnenwesen gefunden haben. Der Verdammte wollte sie dem Sentinal in den Mund schieben und damit infizieren.«

Nicht infizieren. Kommunizieren. Lark wusste, dass diese Kugel keine Waffe war. Er wusste es einfach.

»Wir konnten ihn glücklicherweise erschießen, bevor ihm das gelang.« Sie zeigte ihm auf einem TecDec, wie die Spinne aus Metall die Sentinal angriff. Einer nach dem anderen fiel den scharfen Mundwerkzeugen zum Opfer, wie abgeschnittene Grashalme. »Wir haben versucht ihn zu stoppen, aber die Projektile unserer Waffen haben es nicht beschädigt. Es hat viele Sentinal mit in den Tod gerissen, bevor wir es aufhalten konnten.«

»Wie habt ihr das geschafft?«

»Indem wir dem Mann in den Kopf geschossen haben. Als er starb, deaktivierte sich die Kreatur.« Lark spürte Trauer in sich, obwohl er das Opfer nicht gekannt hatte.

»Der Guardian«, flüsterte er. Die Metallinsekten waren keine Waffen. Sie waren Wächter.

»Den was?« Amygdala sah ihn verwirrt an.

»So … hab ich ihn genannt«, log Lark. »Er beschützt den Menschen.«

»Dann gibt der Mensch die Befehle?«

Nein. Der Guardian ist ein eigenständiges Wesen. Eine lebendige Maschine, ebenso wie der Mensch an seiner Seite. Zusammen sind sie eine Einheit. Vereint.

»Was weißt du noch?«, fragte Amygdala. »Alles, was du weißt, kann uns im Krieg weiterbringen.«

»Nichts«, log Lark. »Ich weiß nichts.«

»Bemerkst du eine Änderung? Hörst du etwas?« Amygdala sah ihn mit durchdringendem Blick an.

Lark lauschte in sich hinein. Es war wie ein Flüstern tief in ihm drin, das Wispern eines vertrauten Fremden, das Echo einer Erinnerung, die nicht die seine war.

Wir sind vereint.

»Nein, ich fühle mich wie immer«, log er.

Amygdala blinzelte. Er konnte nicht sagen, ob sie ihm glaubte oder nicht. »Es ist wichtig, dass du ehrlich bist. Vielleicht kann der Feind genau in diesem Moment durch deine Augen sehen, hören, was wir sagen. Vielleicht kann er dich sogar kontrollieren …« Sie hielt inne. Lark wusste, dass sie da waren. Beinahe konnte er ihre Anwesenheit spüren. Als würden sie direkt hinter ihm stehen. Hier in diesem Raum. Als könnte er ihren Atem in seinem Nacken spüren.

Wir sind der Schwarm.

Er biss sich auf die Unterlippe. Der Schmerz beruhigte ihn und seine Gedanken. In diesem Moment öffnete sich die Tür, und Lark erstarrte. Für einen Moment wünschte er sich, dass er Angstgas eingeatmet hätte und das alles bloß ein Albtraum war. Denn das, was vor ihm stand, war noch schlimmer als eine Monsterspinne aus Metall.

»Ich habe es nicht glauben wollen, aber hier bist du. Lark, der Verräter.«

Vor ihm stand Bolt.

Bolt. Der Mörder.

Bolt. Der Psychopath.

Er hatte sich kaum verändert. Seine Wangen waren eingefallener, sein Haar grauer, aber seine Augen hatten denselben ungebrochenen gefährlichen Glanz wie damals. Er trug die Uniform eines Sentinal. »Und wer ist das? Die Gesegnete Amygdala? Das muss wirklich mein Glückstag sein.«

Er lachte und drehte sich zu den Soldaten um, die sicher keine echten Sentinal waren. »Wren, Liebes. Nehmt sie mit. Und dann lasst uns endlich verschwinden.«

32.

RAIN EILTE ZU IHREM BRUDER.

»Nein«, flüsterte sie, während sie sich innerlich zur Ruhe zwang. Panik half weder ihm noch ihr. Vorsichtig legte sie ihre Finger an sein Handgelenk, um den Puls zu messen. Gleichzeitig prüfte sie seine Atmung. Er lebte.

»Was machst du da, Schwesterherz?« Er öffnete die Augen und sah sie verwirrt an.

»Morpheus!«

»Mir geht es gut.« Er setzte sich auf. »J hat mich aus dem Fahrstuhl gerettet.«

»J?«

»Ja, sie ist ein Goldstück.« Morpheus grinste. »Willkommen zu Hause, Schwesterherz.«

Es waren also keine Rebellen in Rains Apartment.

Noch nicht.

»Herrin Rajana!«, rief J überrascht, als sie mit einem Tablett voller Getränke aus der Küche kam. Sie stellte es ab und drückte ihre Finger erleichtert an die Brust. »Ich bin so froh, dass es dir gut geht.«

»Dein Bruder scheint keine Rettung nötig zu haben«, bemerkte Cassian, als Morpheus aufstand und sich eine Traube von Js Tablett pflückte.

»Ihr wolltet mich retten?«, fragte er gerührt.

»Ist noch jemand hier?«, hakte Rain nach.

»Ja. Dein Cabman, Eros. Er versteckt sich im Kleiderschrank«, antwortete J.

Eros konnte nur mit viel Überredungskunst aus seinem Versteck hervorgelockt werden. Wer nicht hervorgelockt werden musste, war Silk. Das Seidenhäschen hoppelte auf Rain zu und begrüßte erst sie stürmisch, bevor es zu Cassian lief, denn Silk war nicht wählerisch. Jeder potenzielle Krauler war mehr als willkommen.

Anders als Pi. Die Manguste lag eingerollt unterm Bett und dachte nicht daran, Rain zu begrüßen. Also ging sie in die Knie und streckte die Hand nach dem roten flauschigen Fell aus.

»Pi?«, flüsterte sie, und die Ohren des Mutanten zuckten. Sie wusste, dass er beleidigt war, weil sie ihn so lange allein gelassen hatte. »Ich bin wieder da, mein Freund.«

Die Manguste drehte sich um und zwickte sie in den Finger.

»Aua.« Sie stieß sich den Hinterkopf am Bett. Doppel-Aua. Offenbar reichte Pi diese Strafe aus, denn er leckte ihr versöhnlich über die Hand, bevor er mit erhobenem Schwanz an ihr vorbeistolzierte.

Um das Apartment abzusichern, verschlossen sie die Türen, schoben Schränke und Sofa vor die Eingänge und in den offenen Aufzug, um ihn zu blockieren. Von dem Fenster aus hatten sie eine gute Sicht auf die brennende Stadt unter ihnen und die WarBots, die über den zentralen Plätzen kreisten. Es war das erste Mal, dass der Himmel nicht klar und deutlich über den Dächern zu sehen war, sondern von Rauch bedeckt wurde. Braungraue Wolken, die die Spitzen der Hochhäuser umwoben und für eine bedrückende Atmosphäre sorgten.

»Der Palast ist eingenommen. Ebenso wie Gottes Dom«, sagte Cassian, der seine Stirn an die Scheibe gedrückt hatte. »Sie müssen schnell und präzise zugegriffen haben. Sicherlich hatten sie Insider-Informationen.«

»Einen Spion?«, flüsterte J ängstlich.

»Vermutlich Zweien«, sagte Eros mit Blick auf die Dienerin. »Wem kann man heutzutage schon trauen?«

»Mir kann man trauen«, beteuerte J und wandte sich an Rain. »Wirklich.«

»Wir sind alle in derselben Lage«, bestätigte Rain und nickte der Dienerin beruhigend zu.

»Ich versteh einfach nicht, wo die Sentinal so lange bleiben«, wimmerte Eros und sank theatralisch auf dem Sofa zusammen. »Wisst ihr denn nichts?«

»Nein, das TecSystem ist instabil«, erklärte Cassian, der sich von der Scheibe löste und nach Rains TecDec griff. »Die Kontaktaufnahme nach außen ist blockiert. Und auch die Netzwerke innerhalb von Aventin sind überlastet. Möglicherweise haben die Spines Störsender aufgestellt. Das Einzige, was ich empfange, ist das hier …«

»Wir sind die Wilden. Die Freien. Die Echten. Die Gerechten. Heute ist der Tag der Freiheit. Der Tag, an dem die ungerechte Herrschaft der Gene endet. Der Tag, an dem die Perfekten aus Hope vertrieben werden. Denn wir wollen nicht länger perfekt sein. Wir wollen frei sein. Menschen für Menschen. Seite an Seite. Die Zeit der Rebellion ist gekommen.«

»Es wird in Dauerschleife gesendet.« Cassian seufzte und legte das TecDec beiseite. »Scheint so, als müssten wir hier noch eine Weile ausharren.«

»Wo ist eigentlich Morpheus?«, fragte Rain besorgt. Ihr Bruder war vor einer Stunde im Badezimmer verschwunden und seitdem nicht mehr aufgetaucht.

»Der badet«, erklärte J. »Ich habe ihm heißes Wasser eingelassen, damit er von seinen Strapazen entspannen kann.«

»Er war in einem Aufzug eingesperrt. Ich wurde beinahe in die Luft gesprengt und von Rebellen gelyncht. Dem werde ich erzählen, was richtige Strapazen sind, wenn er wieder rauskommt«, knurrte Cassian.

»Ich denke, wir haben alle schwere Stunden hinter uns«, entgegnete J diplomatisch. »Möchte jemand etwas essen? Ich werde nachsehen, was in der Küche ist.«

»Ich komme mit.« Rain folgte der Dienerin durch das Wohnzimmer. Da die Küche fast täglich über Drohnen mit frischen Lebensmitteln versorgt wurde, gab es nicht viele Vorräte.

»Hätte ich nicht gedacht«, begann J und schüttelte den Kopf.

»Was?« Rain fand Vitaminriegel und Kekse, die sie auf ein Tablett räumte.

»Dass sie so weit kommen würden.« J fuhr sich über den rasierten Kopf. »Ich kenne Diener, die sie unterstützen, weißt du? Viele sind die Einteilungen leid.«

»Was ist mit dir?«, fragte Rain und drehte sich zu der Dienerin um, die verlegen auf der Lippe kaute.

»Nun. Ich habe in letzter Zeit viel nachgedacht. Es war nicht immer leicht … Dein Vater … Er hat mich dazu benutzt, dich auszuspionieren«, sagte J. Rain wusste nicht, was sie darauf erwidern sollte. Es war nicht so, dass sie die Tatsache überraschte, aber es aus Js Mund zu hören kam überraschend. Deswegen all die Gespräche über Storm und Lark. »Du hast mir zu Recht nicht vertraut.«

J senkte betrübt den Kopf. »Aber du musst mir glauben. Ich hatte wirklich keine andere Wahl. Dein Vater. Er hat mir mehr als deutlich gemacht, wie ersetzbar ich bin, wenn ich nicht tue, was er verlangt. Tut mir leid.«

»Nein, mir tut es leid.« Rain hatte ein schlechtes Gewissen, weil sie die Lage, in der die Dienerin gewesen war, nicht vorher erkannt hatte. »Mein Vater manipuliert alles und jeden, aber für mich bist du nicht einfach ersetzbar.«

»Das freut mich.« J nickte erleichtert. Gemeinsam brachten sie das Essen ins Wohnzimmer, wo sich Cassian und Eros über das TecDec beugten. Ihre Gesichter waren kreidebleich, und Rain spürte instinktiv, dass etwas nicht stimmte.

»Gibt es was Neues?«, fragte sie.

»Die Rebellen haben eine neue Nachricht herumgeschickt«, berichtete Cassian mit stockender Stimme.

»Was sagen sie?«, fragte Rain.

»Sie haben neben Aventin auch White Pearl angegriffen.« Cassian klang so, als könnte er es selbst kaum glauben.

Rain erstarrte. Rose war dort. Was ist, wenn Lark auch dort gewesen war? Ihr wurde schwindelig, und sie musste sich setzen.

»Du meine Güte«, rief Eros. »Das erklärt, warum uns der tapfere Tiberius noch nicht gerettet hat. Er muss an allen Fronten kämpfen.«

»Was ist mit White Pearl? Was ist dort passiert?«, hörte Rain sich sagen und spürte wenig später, wie Cassian sich neben sie setzte.

»Sie haben nur gesagt, dass sie ihre Mission dort erfolgreich abgeschlossen haben.«

Sie spürte seine Hand auf ihrer Schulter.

»Keine Sorge. Ihnen geht es gut. Bestimmt.« Er wusste, um wen sie sich sorgte. »Wir müssen jetzt selbst versuchen zu überleben. Die Spines haben dieses Gebiet zum Rebellenterritorium erklärt. Sie wollen Straßen und Luftsperren einrichten, und wir sind mittendrin. Glaubst du, wir können es noch aus dem inneren Ring rausschaffen?«

»Dafür ist es zu spät«, flüsterte Rain.

»Dann sollten wir uns verstecken und auf das Beste hoffen.« Er dimmte das Licht im Apartment auf das Notwendigste und zog Gardinen vor die Fenster. »Ich sag deinem Bruder, dass er gefälligst aus der Wanne kommen soll.«

»Vielleicht sollten wir auch die Zwei rauswerfen?«, bemerkte Eros und deutete auf J, die ihn entsetzt anstarrte. »Ich meine ja nur. Woher wissen wir, dass sie uns nicht bei nächster Gelegenheit an die Spines verrät?«

»Niemand wird rausgeworfen.« Rain warf ihm einen wütenden Blick zu. »Höchstens du.«

33.

DIE SENTINAL WAREN GELANDET und durchsuchten die Gänge von White Pearl. Die Wirkung des Angstgases hatte nachgelassen, und die Überlebenden wurden von den Soldaten geborgen, während die Spines sich auf den untersten Ebenen von White Pearl zusammengefunden hatten. Hier fuhren die unterirdischen Versorgungszüge und Drohnen, die den Zirkel mit Aventin verbanden.

»Es sind noch nicht alle Frettchen hier.« Wrens Blick wanderte immer wieder zu den Lastenfahrstühlen, über die sie gekommen waren. »Wo ist Bug? Er müsste schon hier sein.«

»Hier ist er nicht angekommen«, verkündete eines der Frettchen. Die Kinder hatten vor Bolt eine stramme Haltung angenommen und starrten ihn mit einer Mischung aus Angst und Ehrfurcht an. Sie hatten sicherlich Geschichten gehört, Geschichten von einem Helden, der für die Freiheit und die Gleichheit gekämpft hatte. Wenn sie wüssten …

»Ich habe ihm einen Auftrag gegeben. Wir können nicht auf ihn warten«, erklärte Bolt.

»Ich lasse ihn nicht zurück.« Wren nahm ihre Waffe. »Ich werde ihn suchen.«

»Nein, ich brauche dich an meiner Seite.« Bolt lächelte sie an, als würde sie für ihn eine ganz besondere Rolle spielen. Aber Lark wusste es besser. »Der Junge ist ein Held, auch wenn er es nicht schafft.«

»Er meint, er ist ihm egal«, korrigierte Lark. Er erwartete mindestens eine Ohrfeige, aber Bolt verzichtete. Stattdessen schüttelte er nur traurig den Kopf.

»Auch ich würde für unseren Traum von Freiheit sterben, Junge. Etwas, woran du nie geglaubt hast.«

»Aber du lebst noch«, bemerkte Lark kaum hörbar, doch das war Bolt nicht mal eine Antwort wert.

Wren und Moth warfen sich einen Blick zu, und der Hüne ergriff das Wort. »Gut, was jetzt?«

»Wir gehen nach Aventin.« Bolt rieb sich die Hände. »Solange die Züge hier noch fahren, sollten wir aufspringen. Es ist nur eine Frage der Zeit, bis sie unseren Plan durchschauen und alles lahmlegen, und ich habe wirklich keine Lust zu laufen.«

»Was ist mit den beiden?« Wren deutete auf Amygdala und Lark, die aneinandergefesselt waren, wobei Lark auf dem Rücken der Gesegneten festgeschnallt war, die ihn tragen musste.

Ob sie weiß, wen sie hier trägt?, schoss es Lark durch den Kopf. *Den Mörder ihrer Tochter.*

»Und was ist das für ein Ding?« Wren trat auf ihn zu und versuchte die Elektrode von seiner Schläfe abzuziehen.

»Aua.«

Sie saß fest. So als wäre sie ein Teil von ihm. Als hätte sie immer schon dahin gehört.

»Bloß eine neue Elektrode«, erklärte Amygdala. »Für einen neuen MedChair.«

»Ich glaub der falschen Frau kein Wort«, knurrte Moth und versuchte ebenfalls, Lark von dem silbernen Gerät zu befreien.

»Es ist irgendwie verwachsen.« Wren runzelte die Stirn. »Lass es drin. Wir können es ja schlecht herausschneiden.«

»Warum nicht?« Der Hüne zückte sein Messer.

»Ich höre etwas«, sagte Bolt und warf einen besorgten Blick zu den Treppen, die hinunterführten.

Lark nutzte die Gelegenheit und holte tief Luft. Wenn Sentinal in der Nähe waren, wenn er sie herlocken könnte … Bevor ein Laut über seine Lippen drang, traf ihn ein Schlag am Hinterkopf, und er wurde bewusstlos.

Doch statt der traumlosen Dunkelheit erwartete ihn etwas anderes. Er befand sich in einem andern Raum, einem dunklen Kellerraum. Über ihm klaffte das Loch, das er selbst in die Decke gerissen hatte.

Und vor ihm, eingerollt auf dem Boden, lag Rose. Sie atmete. Ihre Körperaußentemperatur war etwas kühl, aber noch nicht besorgniserregend. Ihre Augen waren zusammengekniffen, als hätte sie Schmerzen. Oder einen Albtraum.

Vorsichtig streckte er sein Bein und stupste sie an. Ganz zaghaft. Ganz vorsichtig. Sie öffnete die Augen und drehte sich zu ihm um.

Als sie ihn sah, schrie sie auf und wich entsetzt zurück. Lark versuchte sie zu beruhigen, aber kein Wort drang über seine Lippen. Rose sprang auf, nur um kurz darauf wieder zusammenzusinken. Sie hatte sich am Bein verletzt. Ohne ihn aus den Augen zu lassen, wich sie wimmernd zurück.

»Bleib zurück, Riesenspinnen-Bot«, drohte sie. »Bleib zurück. Ich … Ich schmecke nicht sehr gut, falls du überlegst, mich zu fressen. Viel zu dünn. Siehst du?«

Lark schüttelte den Kopf.

»Bots fressen keine kleinen Kinder, oder?«, fragte sie nach. »Was willst du dann?«

Lark beschloss, sich so wenig wie möglich zu bewegen, um ihr keine Angst zu machen. In seinem Greifwerkzeug lag immer noch das Affenspielzeug. Er hob es hoch und bemerkte, dass der Kopf zur Hälfte abgerissen war und Drähte aus dem Hals ragten. Vorsichtig beäugte er es.

»King Louie«, schluchzte Rose. »Oh, nein. Du armer Affe.«

Lark wusste, er konnte es reparieren. Von der Spitze seines Greifwerkzeuges lösten sich Waben und legten sich auf den Affen. Sie verbanden sich mit den Drähten, klebten die Bruchstellen und regenerierten die Technik.

Zerbrechliche, dumme Technik. Nichts im Vergleich zu dem, was ihn erschaffen hatte. Er schob den Kopf wieder auf seine ursprüngliche Position, und King Louie erwachte zum Leben.

»Hallo, ich bin King Louie.«

Dann reichte Lark seiner Schwester vorsichtig den Affen.

»Du hast ihn geheilt?« Sie nahm ihn entgegen. »Wie hast du das gemacht? Bist du ein Riesenspinnen-Zauber-Bot? Du siehst nicht aus wie die Zauberer aus den Büchern, aber das da gerade – das sah aus wie Magie.«

Sie schaute voller Erstaunen zu ihm auf. »Mein Bruder wird es nicht glauben, wenn ich ihm von dir erzähle … Oh, mein Bruder … Meine Eltern …«

Ihr Lächeln erstarb. Schmerz breitete sich auf ihrem Gesicht aus, und sie humpelte, um durch das Loch der Decke zu sehen. »Ich muss zu ihnen … Dieses Gas. Ich glaub, es ist etwas Schreckliches passiert.«

Lark legte den Kopf schief. Ob sie wusste, was mit ihren Eltern geschehen war? Ob sie etwas gesehen hatte?

»Ähm, freundliche Riesenspinne?«, fragte Rose. »Könntest du mich eventuell da hochheben?«

Lark konnte.

Er ging auf sie zu, ganz langsam, um ihr keine Angst zu machen, und senkte seinen flachen Kopf, damit sie aufsteigen konnte.

»Ich darf auf dir reiten?«, quiekte sie aufgeregt. »Oh Mann. Das wird ja immer besser.«

Tapfere, furchtlose Rose. Selbst eine Riesenspinne fand in ihrem Herzen einen Platz.

»Ich muss meine Familie suchen, weißt du?«, redete sie weiter, während sie King Louie an sich presste und sich auf Larks Nacken zog. »Wenn du nichts Wichtigeres zu tun hast, könntest du mir suchen helfen. Das wäre toll.«

Lark nickte.

»Echt? Das ist sehr freundlich von dir, Riesenspinne. Hast du auch eine Familie? Oder Freunde? Ich will nicht unhöflich sein, aber für mich ist es schwer zu sagen, ob du ein Tier bist oder eine Maschine … Beides wäre cool.«

Lark verformte seinen Nackenpanzer so, dass Roses Hände Halt fanden. Erst als sie sicher saß, richtete er sich auf. Er konnte sie ganz genau spüren. Ihr Gewicht, ihre Wärme. Seine metallene Hülle war nicht gefühllos. Sie war durchzogen von Rezeptoren.

»Kann losgehen«, verkündete Rose.

Und wenig später erhob sich ein Monster aus dem Boden, und auf seinem Rücken saß ein Mädchen, das sich an einen Plüschaffen drückte.

»Da lang.«

Er wich den Sentinal so gut es ging aus, aber lange würde er sich nicht vor ihnen verstecken können. Dafür war er zu groß. Mit seiner Schwester auf dem Rücken kletterte er die Hausfassade empor, zurück zur Krankenstation. Als sie durch ein Fenster einstiegen, flohen die Menschen bei ihrem Anblick. Andere warfen sich auf den Boden und hielten sich die Augen zu. Vermutlich dachten sie, es wäre eine Restwirkung des Angstgases.

»Meine Eltern wollten nach meinem Bruder sehen«, erklärte Rose. »Er blieb so lange weg, dass sie sich Sorgen gemacht haben.«

Sie passierten die kleine Cafeteria, wo Lark Kaffee holen wollte und auf Wren getroffen war. Nun herrschte hier das reinste Chaos. Der ServiceBot schwebte piepend umher und versuchte aufzuräumen. Dabei konnte er sich nicht zwischen auf dem Boden liegenden Bechern, den Pfützen aus Kaffee und Blut und den Kuchenstücken, die überall verteilt lagen, entscheiden. Die Zwei, die sie bedient hatte, lag hinter dem Tresen. Glücklicherweise so versteckt, dass Rose sie nicht sah, aber Lark tat es. Sie hatte sich mit ihrer Schürze stranguliert. Ob aus Panik oder aus Versehen, konnte er nicht sagen.

Lark hörte ein Schluchzen und drehte seinen Kopf. Hinter einer Pflanze versteckt saß Bug. Er presste sein Gesicht gegen die Knie und zitterte am ganzen Körper.

»Hey du.« Rose hatte ihn ebenfalls entdeckt. Er hob sein Gesicht und wurde kreidebleich. »Keine Sorge. Die Spinne ist mein Freund.«

Lässig kletterte Rose von Larks Rücken und ging auf den Jungen zu, der schnell versuchte, seine Stachelmaske zu verstecken.

»Dein … Freund?«, stotterte er.

»Ja, er hat mich gerettet.« Rose setzte sich neben ihn und tätschelte ihm die Schulter.

»Ich hatte auch mal einen Freund. Er hieß Rotauge«, erklärte der Junge schniefend.

»Was ist mit ihm passiert?« Rose setzte sich zu ihm.

»Wir hatten eine wichtige Mission«, verkündete der Junge und streckte die Schultern durch, die gleich wieder in sich zusammenfielen. »Bolt hat gesagt, ich soll Rotauge einen besonderen Gürtel umhängen und ihn auf die Sentinal jagen.«

»Was für einen Gürtel?«

»Keine Ahnung.« Bug schluchzte, doch Lark ahnte, was er meinte. »Rotauge hat gemacht, was ich gesagt hab. Er ist losgelaufen und plötzlich … ist er einfach explodiert. Mitten im Gang.«

»Oh.« Rose wurde blass.

»Er ist weg! Ich will kein Rebell mehr sein.« Bug stand auf und wich zurück. »Ich will einfach nur nach Hause.«

Dann sprintete er davon, den Rucksack und die Maske hinter sich lassend.

Rose sprach kein Wort, als sie zurück auf seinen Rücken kletterte, was für sie ungewöhnlich war, und er wusste, dass sie Angst hatte. Angst um ihre Familie. Er spürte ihren schnellen Herzschlag und den Schweiß auf ihren Handinnenflächen.

»So viele Tote«, flüsterte sie nur. Bei den meisten sah man keine Todesursache, und Lark vermutete, dass sie durch Stress gestorben waren. Oder vielmehr durch den Schock, den das Gas verursacht hatte. Ihre Herzen hatten einfach aufgehört zu schlagen.

»Sie sehen aus, als würden sie schlafen«, murmelte Rose. »Vielleicht tun sie das auch nur. Ich habe mal ein Buch gelesen. Wusstest du, dass ein Kuss einen erlösen kann, wenn man nicht mehr aufwacht?«

Er wollte seiner Schwester die Augen zuhalten, ihr sagen, dass sie nicht hinsehen sollte. Er wollte sie umarmen und ihr ins Ohr flüstern, dass alles wieder gut werden würde. Aber nichts würde wieder so werden wie zuvor. Das spürte er mit jeder Faser seines Körpers.

Sie kamen zu einem Aufenthaltsraum mit blauen Sofas, die um einen kleinen Brunnen positioniert waren.

Lark sah sie, bevor Rose sie entdeckte. Sie lagen gemeinsam auf einem der Sofas, eng umschlungen. Seine Mutter und sein Vater. Knot und Ant. Ihre Gesichter wirkten nicht angstverzerrt, eher erleichtert. Und friedlich.

»Da sind sie!«, rief Rose erleichtert. »Kannst du mich runterlassen?«

Bevor er sich bückte, kletterte sie bereits über sein Bein hinunter und eilte auf ihre Eltern zu. Lark bewegte sich nicht, starrte nur auf die beiden Körper. Er musste nicht näher heran. Er wusste es. Fühlte es.

Ihre Herzen hatten aufgehört zu schlagen. Für immer.

Er spürte den aufwallenden Schmerz, und sein Mund öffnete sich zu einem lautlosen Schrei. Und plötzlich war all der Kummer zu viel für seinen Körper. Er bäumte sich auf und fiel in sich zusammen.

Er schrie, und obwohl sein Schrei lautlos war, wusste er, dass Tausende ihn hören konnten. Er spürte sie, wie Schatten, die auf ihn zueilten, um ihn zu trösten. Er spürte ihre Arme auf seiner Schulter. Ihre Gedanken streiften die seinen, verbanden sich. Er war nicht allein.

Wir sind eins.

»Nein!« Er hörte Rose, und ihre Stimme brachte ihn zurück. »Wacht auf! WACHT AUF!«

Doch etwas anderes alarmierte ihn. Lark konnte die Sentinal sehen, die sich näherten. Ihre Körper strömten eine Wärme aus, die für ihn schon zu spüren war, bevor er sie sehen konnte. Sie würden jeden Moment um die Ecke biegen und sie entdecken.

»Bitte. Wacht auf«, flehte Rose, und es zerbrach Lark das Herz. Wieder und wieder lehnte sie sich vor und drückte Knot und Ant abwechselnd einen Kuss auf die Stirn. »Bitte.«

Doch kein Kuss der Welt würde sie wiedererwecken können. Lark setzte sich in Bewegung und legte eines seiner Greifwerkzeuge auf die Schulter seiner Schwester. Sie drehte sich um und klammerte sich schluchzend an ihn. »Hilf ihnen. Bitte, Riesenspinne. Hilf ihnen!«

Doch es gab nichts mehr, was er für sie tun konnte.

Ein Rufen kündigte an, dass sie entdeckt worden waren. Die Sentinal eilten durch den Gang auf sie zu. Sie hoben ihre Waffen, aber Lark war vorbereitet. Er packte seine Schwester, die einzige Familie, die noch übrig war, und floh.

»Nein! Wir können sie nicht hierlassen!«, rief Rose erschrocken. »Nein.«

Lark sprang durch das Fenster, lief die Außenwand hinunter bis zum Erdgeschoss. Um sich dort wieder durch eine zerschlagene Fensterfront ins Gebäude zu schwingen.

Rose wehrte sich nicht mehr. Sie schrie nicht. Kein Laut drang über ihre Lippen, als sie flohen. Nicht als die Soldaten auf sie schossen und auch nicht als er sie in dem Schnellzug-Schacht absetzte.

»Ich will zu meinem Bruder«, flüsterte sie und drückte sich an ihn. Er konnte ihre heißen Tränen auf seiner metallenen Haut spüren. »Ich will zu Lark. Bitte. Bring mich zu ihm.«

34.

SIE SAẞEN UM DAS GEDIMMTE LICHT eines LightBots im Wohnzimmer und versuchten sich auszuruhen. Morpheus und Cassian hatten sich auf dem Sofa ausgestreckt, und ihrem ruhigen Atem nach zu urteilen, schliefen sie. Eros war seit einiger Zeit im Badezimmer verschwunden, angeblich um sich frisch zu machen. Rain vermutete aber, dass er in ihrem Bett schlief. Er war nicht so der gesellige Typ.

Sie selbst hatte sich quer über einen Sessel gelegt und lauschte den Geräuschen draußen. Dabei streichelte sie Pi, der es sich auf ihrem Bauch gemütlich gemacht hatte. Silk war zu Cassian übergelaufen und himmelte den schlafenden Gesegneten mit seinen schwarzen Hasenaugen an.

Rain versuchte sich auszuruhen, konnte sich aber nicht entspannen. Immer wieder fragte sie sich, wie es Lark und Rose gerade ging. Hoffentlich waren sie in Sicherheit. Die Müdigkeit ließ sie schließlich eindösen, aber nach kurzer Zeit schreckte sie wieder hoch. Jederzeit konnten sie von einer Gruppe Plünderer oder Rebellen entdeckt werden, und das machte ihr Sorge. J fand ebenfalls keine Ruhe. Sie stand in der Nacht oft auf und ging zum Fenster, um hinauszusehen.

Als die Nacht fast vorüber war, kam Eros aus Rains Zimmer und streckte sich. Offenbar hatte er wirklich in ihrem Bett genächtigt. Er setzte sich an den Tisch und vertrieb sich die Zeit damit, Make-up aufzutragen.

»Will jemand Kaffee?«, fragte J und verschwand in der Küche. Wenig später stellte sie ein Tablett vor Eros auf den Tisch.

Sie seufzte. »Ich frage mich, wie viele andere sich noch hier im Haus versteckt halten.«

»Diejenigen, die einen Gleiter haben, werden geflohen sein«, sagte Eros und band sich seine Haare zurück. »Wenn wir das überleben sollten, werde ich nach Ruby zurückgehen. Dort ist es wesentlich sicherer.«

»Hast du noch Familie dort?«, fragte J.

»Nicht dass es dich etwas angehen würde, aber ja. Ich habe eine Schwester.« Eros nahm eine Tasse und trank daraus. »Wir verstehen uns nicht besonders, was sicherlich nicht an mir liegt.«

Rain ging ins Bad, um die Toilette zu benutzen und sich etwas Wasser ins Gesicht zu spritzen.

»Deine Frisur könnte eine Bürste vertragen«, verkündete Glee. »Darf ich dir eine Dauerwelle mit pinkem Glitzer für die Spitzen vorschlagen?«

»Nein, heute nicht. Das wäre unpassend«, antwortete Rain und trocknete ihre Hände.

»Wie schade«, sagte Glee.

Als Rain zurückkam, waren Morpheus und Cassian ebenfalls wach und tranken Kaffee. Sie schienen sich erstaunlich gut zu verstehen, zumindest lachte Cassian gerade über einen Witz, den Morpheus gemacht hatte. Ein kurzer, fast glücklicher Moment, bevor wieder die Sorgenfalten auf ihren Gesichtern erschienen und sie sich über das TecDec beugten.

Eros puderte seine Wangen. Er schien nicht auf seine morgendliche Routine verzichten zu wollen. Rebellion hin oder her.

Rain nahm sich ihre Tasse und setzte sich zu Pi auf den Sessel. Die Fuchsmanguste sprang auf ihre Schulter und schnupperte interessiert am Getränk.

»Du magst keinen Kaffee«, erinnerte Rain ihn. Das hieß nicht, dass er nicht doch seine Schnauze oder Pfote hineinhalten würde, nur um sie zu ärgern. Heute tat Pi weder das eine noch das andere. Stattdessen knurrte er die Tasse an, als ob er ihr drohen wollte. Rain sah von der Manguste zum Kaffee.

»Was hast du?«

Pi bleckte seine Zähne. Seine Krallen bohrten sich in Rains Schulter. Und plötzlich verstand sie. »Listo Kallisto! Nicht trinken!«

»Was hast du, Sonnenschein?«, fragte Cassian und hob den Kopf.

»Der Kaffee ist vergiftet.«

»So ein Unsinn. Uns geht es blendend.« In diesem Moment verdrehte Cassian die Augen, und sein Kopf fiel neben dem von Morpheus auf den Tisch. Js Kopf folgte nur wenig später. Der Einzige, der sitzen blieb und sich seelenruhig goldenen Lidstrich auf das Augenlid zauberte, als wäre nichts passiert, war Eros. Verwundert drehte er seinen Kopf und sah Rain an, die ihre Tasse fallen ließ und Sting aus dem Ärmel zog.

Irgendetwas geht immer gründlich schief mit meinen Cabmen, dachte sie.

»Was hast du in den Becher getan, dreckiger Verräter?«, knurrte sie und ging auf ihn zu.

»Na, na. Achte auf deinen Ton, junge Dame«, sagte der Cabman und legte den Stift beiseite. »Also erst einmal …«

Cassiopaio sprang auf den Tisch und biss ihm in die gepuderte Nase. Das hatte er verdient. »Aua. Du Mistviech. Na warte … Ich werde …«

»Du wirst keinen mehr verletzen.« Rain drückte ihm Sting gegen die Wange und aktivierte den Stab. Eros sank vom Stuhl und blieb zuckend auf dem Boden liegen.

Dann eilte sie zu den anderen, um ihre Vitalfunktionen zu überprüfen. Schwach konnte sie bei allen den Puls ertasten. Ebenso wie Atmung. Sie schienen also nur zu schlafen.

Erleichtert wandte sie sich wieder dem Cabman zu, der sich weiterhin nicht bewegen konnte … und wollte. Denn auf seiner Brust stand eine Fuchsmanguste mit gesträubtem Fell und gefletschten Zähnen, bereit, ihm beim kleinsten Zucken in die Kehle zu beißen.

»Ich habe dich wirklich vermisst, Pi«, flüsterte Rain und strich dem Mutanten über den Kopf. Dann griff sie in Eros' Tasche und fischte sein TecDec heraus. Sie löste die Sperrung, indem sie seine Iris scannen ließ. »Mal sehen. Was haben wir denn hier.«

Es hatte mehrere Sprachnachrichten an jemanden geschickt, aber seine Spuren verwischt, denn weder der Inhalt noch die Kontaktperson waren abrufbar.

»Wen hast du kontaktiert?«, fragte Rain. Es musste jemand in der Nähe gewesen sein, denn die Nachrichten waren angekommen. »Hast du den Rebellen verraten, wo wir sind?«

»Nur meine Schwester. Hab mir Sorgen um sie gemacht«, keuchte Eros, die Augen weit aufgerissen, während er Cassiopaio fixierte.

»Du sagtest, deine Schwester ist in Ruby. Aber alle Nachrichten nach außen werden blockiert.«

»Ich war das nicht …«

»Und warum solltest du die Nachrichten löschen?« Rain glaubte ihm kein Wort und Pi auch nicht.

»Meine Schwester … Es ist mir peinlich …« Eros versuchte sich aufzurichten, aber die Manguste bohrte drohend ihre Krallen in seine Brust. »Ich bin nicht der Verräter. Was ist mit J, der Zwei …«

»Sie schläft, weil sie von deinem Gift getrunken hat.« Rain richtete erneut den Elektrostab auf ihn. Sie hatte keine andere Wahl, und wenn die Spines bereits auf dem Weg hierher waren, lief ihr die Zeit davon. Sie gab Pi ein Zeichen, und die Fuchsmanguste sprang von Eros hinunter. Dann stieß sie mit Sting zu, dieses Mal so lang, bis er das Bewusstsein verlor, um ihn für eine Weile außer Gefecht zu setzen. Dann fesselte sie ihn notdürftig mit einem Gürtel aus dem Kleiderschrank und eilte zum Esstisch, um die drei Bewusstlosen zum Wäschefahrstuhl zu ziehen.

Sie würde es nicht schaffen, sie hinunterzufahren, auszuladen und den Nächsten zu holen, bevor die Spines hier eintrafen. Aber vielleicht, wenn sie nur ein Stockwerk tiefer fahren würde. Sie hievte erst Cassian in die Kabine, fuhr hinunter und schob ihn hinaus. Als sie Morpheus und J holen wollte, hörte sie eine Explosion.

Kallisto!

Jemand hatte sich Zutritt zur Wohnung verschafft. Panik schnürte ihr die Kehle zu, als sie aus der Kabine sprang. Sie zerrte Morpheus und J in den Fahrstuhl. Es war nicht mehr genug Zeit. Also drückte sie auf den Knopf, damit er losfuhr. Schwer atmend eilte sie zurück durch den Flur und in die Küche. Die Spines durften sie hier nicht finden. Dann würden sie auch die anderen entdecken.

Cassiopaio folgte ihr. Sie kamen nicht weit. Als sie durch die Tür ins Wohnzimmer eilten, standen sie den Rebellen gegenüber. Erst war es nur einer, aber vier weitere folgten durch die aufgesprengte Tür. Sie trugen bunte Stachelmasken, die ihre Gesichter verbargen.

»Kann ich … helfen?«, fragte sie.

»Das kannst du sicher, Prinzessin«, sprach der Spine, der zuerst in die Wohnung gekommen war, und die Art, wie er es sagte, ließ nicht auf eine friedliche Einigung hoffen.

»Pi, lauf weg«, flüsterte sie, doch die Fuchsmanguste hörte nicht auf sie. Wie immer. Stattdessen sprang sie neben Rain auf die Tischplatte und zeigte den Rebellen die Zähne.

Mutiger dummer Mutant.

Rain holte tief Luft.

»Ergreift die Gesegnete. Ob unbeschadet oder nicht, ist egal.«, sagte der Spine, und seine Kameraden traten auf sie zu.

Unwetter haben keine Angst. Sie toben und stürmen. Und sie geben niemals auf.

Bevor die Rebellen sie erreichten, verbarg sie ihr Gesicht mit den Händen.

»Nein. Ihr werdet mich umbringen, oder?« Sie ließ sich zu Boden gleiten und zitterte am ganzen Körper, während sie vergeblich versuchte, sich einige Tränen abzuringen, die einfach nicht fließen wollten. »Bitte! Tut mir nichts. Ich will nicht sterben.«

Nicht nur die Rebellen, auch Cassiopaio starrte erstaunt auf sie hinunter, aber sie schluchzte weiter und hörte nicht auf. Auch nicht als die Manguste auf sie sprang und ihr besorgt ins Ohr biss, als wollte sie sagen: »Reiß dich zusammen. Du bist peinlich.«

Das war ein Trick, den sie nicht von ihrer Mutter gelernt hatte, sondern von Nife.

Wenn sie dich unterschätzen, ist es viel lustiger, ihnen in den Arsch zu treten.

»Guckt nach, was sie hat«, befahl einer der Spines. Rain hörte Schritte, als zwei von ihnen auf sie zugingen und sich über sie beugten. Einer von links, der andere von rechts. Mit einem Mal hörte das Zittern auf. Sie packte die Arme ihrer Gegner und zog sie an sich, sodass die Köpfe der Spines gegeneinanderkrachten. Im nächsten Moment hatte sie Sting gezogen und die Rebellen außer Gefecht gesetzt. Zwei weniger.

»Schnappt sie!«

Nife wäre stolz auf sie, denn sie teilte ordentlich aus. Ihre Schläge saßen, ebenso wie ihre Bewegungen. Die Fuchsmanguste machte ihrem Ruf alle Ehre. So emsig, wie sich der Mutant in den Kampf stürzte, konnte man fast meinen, Cassiopaio hätte das Straßenleben vermisst.

Noch einer der Rebellen fiel Sting zum Opfer. Blieben nur noch zwei.

Möglicherweise hätte sie es sogar wirklich geschafft, die Rebellen zu besiegen und zu fliehen. Aber es kam anders.

»Lass den Elektrostab fallen«, rief eine ihr bekannte Stimme. »Oder ich töte deinen Bruder.«

Rain drehte sich um, aber bevor sie es sah, wusste sie bereits, zu wem die Stimme gehörte, und in diesem Moment wusste sie auch, dass sie sich geirrt hatte. Schrecklich geirrt.

35.

LARK BLINZELTE. Sein Kopf lag auf Amygdalas Schulter, während sie ihn durch die mäßig beleuchteten Schächte trug. Ein Luftzug kam ihnen entgegen und blies ihnen stetig kalte, nach verbranntem Gummi riechende Luft ins Gesicht. Lark spürte seine Beine kaum. Sie baumelten nutzlos an ihm, als wären sie Fremdkörper. Gleichzeitig fühlte er, wie sich seine Beine bewegten. Sechs Beine. Er schüttelte den Kopf, um seine Gedanken zu fokussieren.

Vor ihnen lief Bolt, der sich mit Wren unterhielt. Sie schien dem Rebellenführer verfallen zu sein. Natürlich war sie das. In ihren Augen war er ihr großes Idol. Ihr Held.

Moth und die Frettchen gingen hinter ihnen. Die Züge waren nun doch abgeschaltet worden, und sie hatten aussteigen müssen, um den Rest des Weges zu laufen. Lark lauschte, in der Hoffnung, die Sentinal zu hören, die sicher bereits die Tunnel durchsuchten. Doch er konnte nichts hören, was auf die Soldaten oder ihre Drohnen hinwies. Unter sich spürte er Amygdalas erschwerten, aber regelmäßigen Gang.

»Bist du aufgewacht?«, fragte die Gesegnete.

Er hatte nie geschlafen.

Rose. Er wusste, dass sie in Sicherheit war. Zusammen mit seinem Guardian, der das Gleiche wie Lark wollte: sie um jeden Preis beschützen. Doch er hatte nicht alle retten können.

»Meine Eltern«, flüsterte er. »Sie sind tot.«

»Woher weißt du das?«

»Ich hab sie gesehen. In White Pearl.« Er hatte erwartet, dass er weinen würde, aber stattdessen empfand er nichts. Seine Gedanken waren leer. Er hatte das Gefühl, ein Blatt zu sein, das mit dem Wind davongerissen wurde. Er wehte hilflos durch das Nichts, bis ihn eine Felswand zum Halten brachte. Und das Chaos brach über ihn herein.

»Sie haben sie getötet«, flüsterte er und sah nach vorn, wo Wren gerade über etwas lachte, was Bolt gesagt hatte.

»Du hast sie umgebracht!«, sagte er dieses Mal lauter und wünschte sich, seine Beine würden ihn zu Bolt und Wren tragen, damit er auf sie einschlagen konnte. So lange, bis sie verstanden, was sie getan hatten. So lange, bis sie niemandem mehr etwas antun konnten.

»Beruhig dich, Junge«, flüsterte Amygdala, aber Lark dachte nicht daran. Seine Eltern. Seine lieben Eltern. Das hatten sie nicht verdient. Sie hatten niemandem etwas getan, hatten nur einen Platz für sich und ihre Kinder gesucht.

»Das werdet ihr bereuen!« Er ballte die Hände zu Fäusten und richtete sich auf Amygdalas Rücken auf.

»Was ist los?«, fragte Moth, der alarmiert aufgeschlossen hatte.

»Meine Eltern sind durch euer Scheißgas gestorben.« Lark donnerte ihm seine Faust gegen die Schulter. Allerdings machte das Moth kaum etwas aus. Er packte den Jungen mit seinen großen Händen und zog ihn von Amygdalas Rücken. Dann warf er ihn zu Boden und fixierte ihn mit dem Stiefel.

»Was soll das?«, fragte Wren, die angehalten hatte. »Wie kommst du darauf?«

»Bist du blind?« Lark versuchte sich zu befreien. »Hast du nicht gesehen, was das Gas ihnen angetan hat? Einige sind vor Angst aus dem Fenster gesprungen!«

»Du übertreibst … Es war vielleicht heftiger, als wir gedacht haben, aber wir konnten nicht wissen, dass …«

»Heftiger?« Seine Stimme war schrill. »Die Gänge waren gepflastert von Toten. Unschuldigen Toten.«

»Beruhig dich, Junge.«

»Beruhigen? Fragt ihn lieber, was er Bug aufgetragen hat.« Er deutete mit dem Kinn auf Bolt.

»Was meinst du?« Wren sah den Anführer der Rebellen an.

»Er sollte die Höhle der Engel sprengen. Damit wären wir die Gesegneten ein für alle Mal losgeworden. Dir ist das Leben von Kindern völlig egal.«

»Der Junge wollte seinen Beitrag leisten«, widersprach Bolt. »So wie wir alle. Jeder gerechte Krieg fordert einen Preis.«

In Wrens Augen blitzten kurz Tränen auf, aber sie blinzelte sie schnell beiseite und nickte zustimmend.

»Und dieser Preis ist immer Blut.« Lark war wütend, aber Moth nagelte ihn unbarmherzig auf dem kalten Stein fest, sodass er keine Chance hatte, ihnen zu zeigen, wie wütend er war. »Meine Eltern sind tot. Warum sie? Und nicht ihr?«

Er konnte sie nicht aufhalten, sich nicht rächen. Aber jemand anders konnte es. Sein Guardian. Er spürte die Kraft, die von ihm ausging. Er war nicht länger schwach und verwundbar. Er war stark, stärker als sie alle.

»Wir sind vereint«, flüsterte er und schloss die Augen. Ja, das waren sie. Sein Guardian war weit entfernt und doch bei ihm. Er spürte seine beruhigende Präsenz, und Zuversicht durchströmte seinen Körper. »Wir sind vereint.«

»Was?« Moth stupste ihn mit der Stiefelspitze an. »Was faselst du da, Junge?«

»Hilf mir …« Der Guardian wollte es, aber er hatte noch eine andere, wichtigere Mission. Rose. »Du hast recht. Hilf ihr.«

»Was hat er?«, fragte Bolt. »Er scheint mir nicht ganz richtig im Kopf zu sein.«

»Sollen wir ihn lieber hierlassen?«, fragte Moth.

»Wartet.« Amygdala kniete neben Lark. »Vielleicht hat er auch etwas von dem Gas eingeatmet. Ich kümmere mich um ihn.«

Lark war hier und auch nicht. Er war bei Rose und auch nicht. Die Wut schwemmte ihn fort. Weit fort aus Aventin. Er war da draußen bei der Mauer. Bei ihnen. Den Vereinten. Er spürte ihre Anwesenheit.

Er spürte, dass all ihre Gedanken auf ihn gerichtet waren. Sie machten sich Sorgen, Sorgen um ihn. »Helft mir!«

»Beruhig dich«, hörte er Amygdalas Stimme. »Du bist Lark.«

Der Name klang so vertraut und so fremd zugleich.

»Ich bin der Schwarm.«

»Du bist Lark. Bruder von einem bezaubernden Mädchen namens Rose.«

Rose. Dieser Name. Er klang wie eine vertraute Melodie, die ihn mit Wärme erfüllte und ihm ein Lächeln ins Gesicht zauberte. Er kehrte zurück, zurück in die Tunnel, zurück in seinen Körper. Die Bilder verschwanden wieder, und er konzentrierte sich auf seine Atmung.

»Ich bin Lark.« Er öffnete die Augen, aber der Schmerz war kaum zu ertragen. »Ich bin Lark.«

»Ganz genau.« Amygdala gab Moth ein Zeichen, ihn wieder auf ihren Rücken zu binden.

»Er hatte nur einen Nervenzusammenbruch«, flüsterte sie. Eine Erklärung, mit der sich die Rebellen offenbar zufriedengaben.

»Er war immer schon schwach«, murmelte Bolt. Wren lachte daraufhin, aber es klang nicht echt. Sie tauschte einen Blick mit Moth aus, den wohl nur die beiden verstanden. Dann gingen sie weiter.

»Hast du sie gehört?«, flüsterte Amygdala. »Die Maschinen? Was sagen sie?«

»Ich sehe … Bilder …«, gestand Lark leise.

»Es wird mehr, oder?«

»Sie werden … präsenter.« Er bettete seinen Kopf auf Amygdalas Schulter und schloss die Augen. Sein Körper war so müde, während seine Gedanken in heller Aufruhr waren. Es fühlte sich wie ein Kampf an, ein Kampf um seinen Geist.

»Du musst gegen sie ankämpfen«, sagte Amygdala.

»Woher weißt du, dass sie die Feinde sind?« Ihm kamen sie nicht so bedrohlich vor wie Bolt. Nein, sie hatten seine Eltern nicht getötet. Sie hatten ihn beschützt und stärker gemacht.

»Du hast gesehen, was sie gemacht haben. Mensch-Maschinen-Chimären. Willst du wirklich in so einer Welt leben, wo du von Maschinen kontrolliert wirst?«

»Vereint«, flüsterte Lark. »Das sind sie. Die Vereinten.«

Wir sind eins.
Kein Krieg.
Vereint.
Kein Leid.
Nur der Schwarm.

»Nennen sie sich so?« Amygdala drehte sich zu ihm um.

Er nickte langsam.

»Die Vereinten. Was für ein passender Name. Ich habe eine Art kollektives Bewusstsein vermutet, das sie verbindet. Was in deinem Fall nicht gut wäre.«

»Warum?«

»Dann ist es nur eine Frage der Zeit, bis dein Selbst sich auflöst und du zu einem von ihnen wirst.«

Die Vorstellung erschreckte und beruhigte ihn zugleich. Er wollte sich nicht verlieren, und die Vorstellung, zu verschwinden, schnürte ihm vor Angst die Kehle zu. Gleichzeitig fühlte er sich stärker als je zuvor, spürte die Macht seines Guardians, der ihm folgte, und die Gewissheit, nie wieder allein zu sein.

Was wollt ihr in Hope?, dachte Lark, auch wenn er die Antwort bereits kannte. Tief in sich drin. Es war, als läge sie direkt vor ihm, aber so verschwommen, dass er sie nicht erkennen konnte. Die Mauer würde sie nicht aufhalten und auch nicht Hopes Armeen. Sie kamen näher. Und näher. Und einige waren schon da.

36.

J.

Sie war die Verräterin, und sie hielt ihrem Bruder, der vor Benommenheit kaum stehen konnte, ein Messer an die Kehle. Sie hingegen wirkte durch das Gift keineswegs beeinträchtigt.

»Ergib dich«, forderte sie erneut.

Rain senkte ihren Stab. Sofort nahm ihr einer der beiden übrig gebliebenen Spines Sting ab und schockte sie. Sie sank zu Boden.

J.

Sie musste die Getränke von Cassian und Morpheus vergiftet haben. Dann hatte sie ihre eigene Bewusstlosigkeit vorgetäuscht, damit Rain Eros verdächtigen würde. Es hatte funktioniert. Weil sie Eros nicht ausstehen konnte, hatte sie voreilig Schlussfolgerungen gezogen, und nun war es zu spät.

J.

Sie hatte sich also entschieden.

Tritte hagelten auf Rain ein, und sie kugelte sich mit der ersten Kraft, die in ihren Körper zurückkehrte, zusammen und versuchte, Kopf und Bauch zu schützen.

Sie hörte Pi knurren, gefolgt von einem Jaulen, und das Geräusch zerriss ihr fast das Herz.

»Nein!« Sie versuchte sich aufzurichten, irgendwie hochzukommen und weiterzukämpfen. Doch es war vergebens. »Pi! Lauf weg!«

Du dumme Manguste. Rette dich!

Doch sie hörte ihn nicht mehr.

»Pi?«

Wenn diese Rebellen ihrem Pi etwas angetan hatten, dann würden sie was erleben. Sie trat nach den Angreifern und traf. Für einen Moment wichen sie zurück, doch sie hatte keine Chance. Ein weiteres Mal bohrte sich Sting in ihren Hals, und der Schmerz stoppte jede Gegenwehr. Sie spürte erneut die Stiefel, die in ihren Körper gerammt wurden.

Ich werde doch sterben. Vor ihren Augen sah sie Lark. Wie gern hätte sie ihn noch einmal gesehen. Nur noch ein Mal.

»Lasst sie in Ruhe!« Cassian?

Sie hörte Schreie, doch es waren nicht ihre eigenen, und ein Rebell sank neben ihr zu Boden. Rain versuchte, den Kopf zu drehen und etwas zu erkennen. J sackte in die Knie und ließ Morpheus los, der sich an die Wand stützen musste, um nicht ebenfalls zu fallen. In dem Kopf der Dienerin klaffte ein Loch. Ein weiterer Spine ging zu Boden, als ihn ein Schuss im Rücken traf. Und noch einer fiel.

»Was?« Sie blinzelte und meinte Cassian zu erkennen, der mit einer Waffe in der Tür stand. Sie wollte sich aufrichten, doch ihre Muskeln gehorchten ihr nicht. Cassian. Hatte er sie gerettet? Tatsächlich. Er stand im Türrahmen, die dunklen Haare hingen ihm wirr im Gesicht, während sich seine Finger an eine Waffe klammerten. Der Rebell, der Sting hielt, trat auf ihn zu, sank jedoch einen Wimpernschlag später neben seinen toten Kollegen zu Boden. Rains Kopf war zu schwer, um ihn weiter zu halten.

»Alles in Ordnung?« Cassian schob besorgt seine Hand unter Morpheus' Kinn, um seinen Kopf zu untersuchen.

»Glaub schon. Was ist mit meiner Schwester?«

Sie humpelten um die Toten herum auf sie zu.

»Lebst du noch, Sonnenschein?«

Sie versuchte ein Lächeln, doch stattdessen liefen nur Speichel und Blut aus dem Mund.

»Wir müssen sie tragen.« Ihr Bruder hob sie mit Cassians Hilfe hoch, wobei ihre Glieder vor Schmerz aufschrien.

»Pi?«, nuschelte sie. »Pi!«

»Hab ihn.« Cassian tauchte hinter ihnen auf, die Fuchsmanguste im Arm. Blut bedeckte das Fell der Manguste, aber sie lebte.

»Danke.« Rain spürte, wie ihr vor Erleichterung eine Träne über die Wange lief. Cassian war damit in die Rubrik »Leute, die ich mag und denen ich vertraue« aufgestiegen.

Sie stiegen über die leblosen Körper der Rebellen zum Fahrstuhl. Cassian schob mit zittrigen Armen das Sofa beiseite, das die Tür versperrt hatte, und half Morpheus in das Innere. Dann fuhren sie hinunter. Die Gesegneten sahen noch blass um die Nase aus, aber sie lebten. Es würde alles gut werden.

»Ich habe einen Bekannten in der Nähe. Vielleicht können wir uns dort verstecken«, sagte Morpheus.

»Du kennst wirklich ganz Aventin, oder?«

»Ich bin halt vielseitig interessiert.« Morpheus versuchte ein Lächeln. »Apropos. Wolltest du mir nicht noch deinen Alte-Welt-Kram zeigen?«

»Wenn wir das überleben, dann gerne.«

Hektisch stolperten sie aus dem Fahrstuhl und liefen aus dem Gebäude. Cassian versuchte Morpheus mit Rain zu helfen, während er gleichzeitig die Fuchsmanguste im freien Arm hielt.

Draußen regnete es, und der Regen wusch die Farben davon. Die Sonne war hinter den Wolken verschwunden und ließ die Welt in düsterem Grau zurück. Gut. So würde es einfacher sein, sich zu verstecken.

Sie würden es schaffen.

In diesem Moment keuchte Cassian neben ihr auf und sank mit Cassiopaio zu Boden. Die Fuchsmanguste jaulte erschrocken auf und sprang um den am Boden liegenden Gesegneten. Rain schloss die Augen. Nein. Zu früh gefreut.

Morpheus ließ Rain hektisch los, und sie landete unsanft in einer Pfütze, während er nach seiner Waffe tastete.

»Nicht, Morpheus«, flüsterte sie. »Sie werden dich erschießen.«

Die Knie ihres Bruders zitterten und gaben schließlich nach, als er mit erhobenen Händen zu Boden sackte.

Pi drückte seinen blutüberzogenen Körper an sie und winselte nervös.

»Lauf weg«, zischte sie. »Schnell. Du kannst uns nicht retten.«

Der pelzige Kopf zuckte hin und her, dann entschied Pi sich dazu, ihrem Befehl zu vertrauen, und verschwand.

Alle Hoffnung auf eine Flucht war davongeweht, als sie die Gestalten erblickte, die dort im Regen auf sie warteten.

37.

ALS SIE DIE HAUPTSTADT ERREICHTEN und aus dem Untergrund stiegen, wurden sie bereits erwartet. Gepanzerte Gleiter, die einmal der Garde der Regenten gehört hatten, holten Bolt, den Helden der Rebellion, ab und fuhren ihn durch die Straßen, doch es ging nicht zum Königspalast, sondern zum Dom, dem Hause Gottes. Die Gegend war kaum wiederzuerkennen. Vorher waren die Straßen gepflegt und sauber gewesen. Nun sah man deutlich die Spuren der Kämpfe, gemischt mit Bannern und Graffiti-Bildern der Spines.

Am Dom erwartete ihn die feiernde Menge. Menschen, die sich in den Armen lagen. Menschen, die mit Waffen in den Händen tanzten. Menschen, die Banner hissten. Menschen mit Dornenmasken, mit Dienerkutten und Menschen ohne besondere Merkmale. Menschen, die ein Auge auf Bolt, den legendären Anführer der Spines, werfen wollten. Über ihren Köpfen flogen Drohnen, die nun offensichtlich auf der Seite der Rebellen waren.

Wren strahlte. Sie durfte neben Bolt auf dem Gleiter stehen, und jetzt, da die Menge sie jubelnd begrüßte, schien aller Zweifel beseitigt. Sie tat das Richtige. Alle Anwesenden dachten das. Warum sollte es also nicht so sein?

Die Parade führte sie in die Eingangshalle des Domes, wo sie anhielten und ausstiegen. Amygdala wurde mit Lark auf dem Rücken hinausgeführt, und für einen Moment fürchtete Lark, die Menge würde sie einfach zerreißen. Stattdessen wurden sie ausgelacht. Offenbar fanden die Zuschauer die Tatsache, dass eine Gesegnete eine F3 tragen musste, belustigend. Er sollte Angst haben, aber da war etwas in ihm, das ihm Mut machte.

Wir sind vereint.

Er sah Bilder. Bilder von einer Stadt, die von einem Netz überzogen war. Ein silbernes schimmerndes Netz aus demselben Material wie die Elektrode an seiner Stirn. Die Fäden zogen sich durch die Straßen und Wände. Sie bildeten ineinander verflochten das Dach der Stadt. Hier waren sie sicher. Menschen und Maschinen.

»Kämpfe gegen sie an«, erinnerte Amygdala ihn, und er schreckte hoch.

Sie betraten gerade den Dom, der entsprechend den Umständen angepasst worden war. Die goldenen, sonst prunkvoll verzierten Wände waren neu geschmückt worden. Eine Flagge zierte die Frontseite des Gebäudes. Ein durchgestrichener Kreis war darauf zu sehen. Das nun nicht mehr ganz so geheime Zeichen der Rebellen.

Banner hingen vom Kuppeldach hinab, und Drohnen, die sonst für die Showeffekte von Gott Balthasar sorgten, ließen etwas regnen, das aussah wie Asche. Es rieselte von der Decke, löste sich aber auf, bevor es den Boden erreichte.

Und die Asche legte sich auf die goldene Stadt.
Das Gold verblasste, und in dem Grau
sah jeder gleich aus.

Bolt streckte die Arme und genoss den Anblick des Triumphes.

»Wo ist die Königin?«, fragte er, und Härte klang in seiner Stimme mit. »Ich habe befohlen, sie sofort zu mir zu bringen.«

»Das geht leider nicht«, entschuldigte sich ein Spine, der wie ein Diener gekleidet war. »Die Erstürmung des Palastes lief nicht ganz wie geplant. Sie hat Widerstand geleistet, hatte eine Waffe – uns blieb keine Wahl …«

»Sie ist tot?«, hakte Bolt nach.

»Tut mir leid. Ja.«

Lark spürte, wie Amygdalas Körper angesichts der Nachricht erzitterte. Die Gesegnete schluckte und schüttelte fassungslos den Kopf.

Sie wurden unterbrochen von einer jungen Frau, die auf sie zugeeilt kam und ihre gelbe Stachelmaske abnahm.

»Bolt. Eine Übertragung für dich.« Die Rebellin war außer Atem. »Ich glaub, das willst du sehen. Es ist von dem Earl von Black Shell.«

»Pünktlich, um uns zu gratulieren«, sagte Bolt. »Was ist mit dem TecNetz?«

»Wir kontrollieren weiterhin alle Ein- und Ausgänge in unserem Radius«, bestätigte die Rebellin.

»Gut.« Bolt nickte und schritt an der Masse vorbei durch den Dom, bis zu einem Raum, in dem sie ungestört waren. Amygdala und Lark wurden hinter ihm hergetrieben.

Als sie ihr Ziel erreicht hatten, gab Bolt der Rebellin ein Zeichen, und Tiberius erschien auf dem TecDec.

»Tiberius, Earl der Lügen, Protektor der eigenen Macht. Ich hatte mit mehr Gegenwehr gerechnet«, verkündete Bolt triumphierend. »Ich muss sagen, ich bin beinahe enttäuscht von eurem Empfang hier. Man könnte meinen, ihr wolltet, dass wir gewinnen.«

Tiberius zeigte angesichts der Provokation keine Regung.

»Ich will verhandeln«, sagte er emotionslos.

»Das freut mich. Wirklich«, fuhr Bolt fort. Dies war sein Moment, und er schien jeden Augenblick davon zu genießen. »Ich habe nur einen Wunsch. Dass ihr eure Waffen niederlegt und euch ergebt. Oder erschießt euch am besten gleich damit. Die Zeit der Gesegneten ist vorüber.«

Wie um das zu bestätigen, richtete er die Kamera auf seine Gefangenen. Amygdala bekam einen Schlag von hinten und ging in die Knie, wobei Larks Gewicht sie nach vorn stürzen ließ. Sein Kinn donnerte auf ihre Schulter, und er schmeckte Blut im Mund. Sie richtete sich wieder auf, ohne eine Miene zu verziehen.

»Wer zuletzt lacht …«, flüsterte sie kaum hörbar.

»Was meinst du?« Lark lehnte sich über ihre Schulter.

»Ich werde ihn töten. Das meine ich.« Die Gesegnete klang sicher. »Für meine Tochter.«

»Nein. Ich werde es tun«, widersprach Lark. Er ließ seine Wut zu und trug sie wie einen Schild vor sich her. Er würde Bolt töten. »Für meine Eltern.«

Wir kommen.
Wir helfen.
Wir sind eins.

Nein, dachte Lark. *Ich bin Lark.*

Du bist wir.
Wir sind du.

Ich bin ich. Lark schüttelte den Kopf.

Noch …, sagten die Stimmen.

»Wir können unsere Waffen nicht niederlegen. Sonst wird Hope fallen. Ob du es glaubst oder nicht, aber eure Rebellion ist gerade nicht unser größtes Problem«, sagte Tiberius.

»Nicht?« Bolt lachte ungläubig. »Das ist der Tag der Spines. Der Tag der Befreiung. Der wichtigste Tag für unser Land. Der Tag, an dem die Herrschaft der Gene endet.«

»Das ist der Tag unseres Untergangs, wenn ihr nicht zur Vernunft kommt. Ich würde nichts lieber tun, als meine Sentinal auf euch loszulassen und das Land endlich von euch zu befreien, aber …« Tiberius holte tief Luft. »Aber wir haben, wie es scheint, ein größeres Problem: einen gemeinsamen Feind, der unser Untergang sein wird, wenn wir ihn nicht vernichten.«

Er meint uns, säuselten die Stimmen.

»Hast du zu viel Siruptee getrunken? Was redest du da?« Das Gespräch ging offensichtlich nicht in die Richtung, die sich Bolt erhofft hatte.

»Ich meine eine Gefahr, die von außen kommt, von jenseits der Mauer.« Tiberius sah zutiefst besorgt aus, aber er konnte nicht ganz verbergen, wie sehr er seine Überlegenheit genoss.

»Willst du mir jetzt wieder die Geschichte von der Roten Seuche erzählen?«, lachte Bolt.

»Vor den Mauern Hopes sammeln sich die Verdammten. Sie haben bereits Lonely Shell, unseren Außenposten im Westen, eingenommen. Wir haben Berichte …«

»Liebe Amygdala, was redet er da für einen Schwachsinn?«, unterbrach ihn Bolt und wandte sich an die Gesegnete.

Tiberius' Blick fiel erst auf Amygdala, dann auf Lark, und er runzelte die Stirn. Kaum merklich, aber offensichtlich genug, um zu verraten, dass er wusste, was Lark da auf seiner Schläfe trug. Dann wandte er sich wieder an Bolt. »Der ewige Krieg ist noch nicht vorbei. Er ist bereits hier in Hope.«

»Die Mauer wurde immer wieder von Verdammten angegriffen. Verwirrte schwache Kreaturen, die dem Tod näher sind als dem Leben«, widersprach Bolt. »Keine von ihnen stellte eine wirkliche Gefahr dar. Der ewige Krieg ist ein Schauermärchen. Ein Schauermärchen, um das Volk abzulenken.«

»Nein, es gibt ihn wirklich …«

»Ich werde mir den Schwachsinn nicht länger anhören.« Bolt wurde wütend, da das Gespräch nicht so lief, wie er erwartet hatte. »Wir haben eure Hauptstadt eingenommen und werden dasselbe mit dem Rest von Hope tun. Heute ist nicht der Tag irgendeines vergessenen Krieges. Heute ist der Tag der Rebellion. Warum beobachtest du nicht unseren Rebellion-Livestream. Da wirst du einige bekannte Gesichter sehen.«

Mit diesen Worten beendete er die Übertragung.

»Was war das denn?«, fragte eine Rebellin, die ebenfalls nicht an die Vereinten zu glauben schien, und prustete los. »Versucht der uns doch tatsächlich Angst zu machen.«

»Ich weiß nicht, wie es euch geht, aber ich würde diesen Tag der Freiheit viel lieber feiern«, stimmte ihr Bolt zu.

Wenn sie wüssten, dachte Lark.

38.

RAIN ERWACHTE, das Gesicht an eine Mauer gedrückt. Ihre Lippen waren aufgeplatzt, und in ihrem Mund schmeckte sie getrocknetes Blut.

Sie wollte sich aufrichten, doch ihr Körper stöhnte bereits bei dem Versuch. Sie hatte das Gefühl, einmal durch ein Gleitertriebwerk gezogen worden zu sein.

»Wir wussten immer, dass unser Dom eine Bühne für bedeutende Ereignisse ist, aber so hätten wir uns das nicht vorgestellt«, sagte jemand, der Stimme nach ein Kind.

Rain drehte sich stöhnend um. Sie befand sich in einer Zelle mit Betonwänden, auf die »Falsche Menschen« gesprüht worden war. Vor ihr lag der einzige Ausgang: eine schwere Tür mit Gitterfenster, hinter dem man Wachen sehen konnte.

»Immerhin haben sie uns nicht in einen Käfig mit den Panlöwen gesperrt«, sagte der Junge.

»Gott Balthasar?« Beinahe hätte sie ihn nicht erkannt, da man ihm seine goldgelben Locken abgeschnitten hatte. Eines seiner Augen war pupillenlos und komplett schwarz, wie ein Brunnen ohne Boden. Das andere sah normal aus.

»Uns ist eine Linse rausgefallen«, erklärte der Junge, als er Rains Blick sah. Von sich in der Mehrheit zu reden war nur eine der skurrilen Eigenschaften des Showmasters.

»Was ist passiert?«

»Nun, die Spines haben unsere Sicherheitsleute in die Luft gesprengt und unsere hochmodifizierten SecurityBots übernommen. Wir wussten immer, dass Drohnen untreue, kaltherzige Dinger sind.« Er seufzte.

»Dann haben sie unsere tote Königin in den Dom geschleppt und dabei ihren Sieg gefeiert. Wir denken, dass wir die Nächsten sind.«

»Was haben sie mit uns vor?«, presste Rain zwischen zusammengekniffenen Lippen hervor.

»Wir denken, sie werden uns nach und nach umbringen. Und zwar mit einer großen Show. Denn dafür wurde der Dom gebaut. Für die unvergesslichsten Momente unserer Zeit.«

»Das würde zu den Spines passen.«

»Es würde zu allen Menschen passen«, korrigierte Gott Balthasar sie. »Als wir dich damals hinrichten wollten, hatten wir so gehofft, dass es in unserem Dom passieren würde. Wir hatten wirklich gute Ideen.« Gott Balthasar kicherte in sich hinein. »Am Ende des Tages will doch jeder einfach nur eine gute Show genießen. Egal ob Gesegneter, Eins, Zwei oder Drei.«

Rain zuckte zusammen. »Wo sind Cassian und Morpheus?«

»Das erfährst du früher, als dir lieb ist«, sagte Gott Balthasar, und er behielt recht.

Die Tür der Zelle wurde geöffnet, und zwei Rebellen packten Rain an den Armen. Zwei weitere richteten ihre Waffen auf sie, um ihr die Ausweglosigkeit ihrer Lage zu verdeutlichen. Sie wurde mehr geschleift als geführt, da ihre Beine sich nicht schnell genug bewegen konnten.

Ein strenger Geruch schlug ihr entgegen. Es roch nach Tieren, die hier vermutlich für die Shows gehalten wurden. In dem Gang gab es viele Zellen mit Gitterfenstern. In einigen saßen Chimären, in anderen Gefangene, aber sie wurde so schnell vorbeigeschleift, dass sie nichts Genaueres erkennen konnte.

Ihr Ziel lag am Ende des Ganges, in einem Raum, dessen Wände und Decke gefliest waren. Ein Schlachtraum, dachte Rain im ersten Moment. Beim näheren Hinsehen war es wohl doch eher ein Waschraum. Sie konnte Löcher in den Wänden ausmachen, wie die in ihrer Dusche. Es erinnerte sie an ihre unfreiwillige Desinfizierung, als sie zum ersten Mal nach Aventin gekommen war. Man hatte sie in einen

Raum gesperrt, in dem von allen Seiten Wasser gekommen war, um sie zu säubern. Dieser Ort sah ähnlich aus, war nur viel größer. Aber wer wusste schon, was für Mutanten und Chimären hier normalerweise gesäubert wurden.

Jetzt waren keine Tiere zu sehen. Nur Spines. Sie standen an die Wand gelehnt und beobachteten amüsiert etwas, das in der Mitte geschah. Sicher nichts Gutes.

Rain wagte nicht zu atmen, als ihre Begleiter sie an den Schaulustigen vorbeischleiften. Morpheus. Dort in der Mitte kauerte ihr Bruder. Und neben ihm Cassian. Sie lebten, aber man hatte sie geschlagen. Cassians Lippe blutete, und Morpheus' linkes Auge war zugeschwollen. Eine Frau in senfgelber Kutte stand hinter ihnen und schien das, was auch immer hier vor sich ging, anzuführen.

»Links oder rechts?«, fragte sie, als sie Rain sah.

»Was?«

»Wen sollen wir zuerst scheren?« Sie deutete auf die Rasierklinge, die sie in den Händen hielt. »Goldlöckchen hier? Oder deinen Liebsten mit den dunklen Augen?«

»Nicht meine Haare«, protestierte Morpheus entsetzt, aber das sah die Frau anders. Sie sah zu zwei Spines hinüber, die Rains Bruder ergriffen und ihn auf dem Boden festhielten, während sich die Frau mit dem Rasierer über ihn beugte. Sie setzte an der Stirn an, aber er wehrte sich so heftig, dass sie ihm mit der Klinge ins Fleisch schnitt.

»Was soll das?«, fragte Rain entsetzt. Sofort spürte sie den Lauf einer Pistole im Rücken. Sie drehte sich um, ganz langsam, und fasste die Schaulustigen ins Auge, ebenso wie die WatchBots, die das Ganze filmten. In ihren Augen fand sie weder Mitleid noch Zweifel.

»Was soll das?«, wiederholte sie.

»Das ist Gerechtigkeit«, antwortete die Frau und zeigte ihren durchgestrichenen Code. Eine Zwei aus Aventin. Eine Dienerin ihrer Kleidung nach. Sie trug die Haare kurzrasiert, wie es von den Zweien in Aventin verlangt wurde, und Rain verstand.

»Was ist mit all den Unschuldigen, die heute sterben mussten? Ist es auch gerecht, was ihnen angetan wurde?« Zu ihrer eigenen Überraschung klang ihre Stimme ruhig und fest und spiegelte damit nicht wider, was in ihrem Inneren los war. Sie spürte das Pulsieren ihres eigenen Blutes so heftig im Kopf, dass sie das Gefühl hatte, das Trommelfell würde jeden Moment platzen. Ihre Hände waren zu Fäusten geballt, und sie hätte sich am liebsten auf die Anwesenden gestürzt, so wie sie lächelnd und voller Erwartung darauf, was als Nächstes passieren würde, dastanden und gafften. Als würden sie bloß eine spannende Show auf dem TecDec beobachten. Sie wollte ihnen wehtun, und in Gedanken tobte sie wie ein Sturm, brach ihnen Arme und Beine, bis alle am Boden lagen und keiner mehr ihr, ihrem Bruder oder Cassian etwas tun konnte.

»Es ist notwendig, um euch euren Platz zu zeigen«, sagte die Dienerin unbeirrbar und ließ kurz von Morpheus ab. »Ihr haltet euch für etwas Besseres. Ihr denkt, dass euch eure Gene das Recht geben, euch über andere zu stellen.«

»Ich denke, es ist sinnlos, meine Ghost-Karte auszuspielen«, hörte Rain sich sagen, während sie ihren Blick mühsam von Morpheus riss, der auf dem Boden kauerte.

»Egal, was du warst. Jetzt bist du wie sie.« Die Dienerin war voller Wut. »Ich habe euch mein Leben lang gedient. Und doch war euch das alles nicht gut genug. Ihr wolltet mich einfach abschieben. Verstoßen.«

Rain wollte sich verteidigen, aber ihr fiel nichts ein, was sie hätte sagen können, um diese wütenden Menschen umzustimmen.

»Doch eure Zeit ist dank der Spines vorüber. Von nun an sind alle Menschen gleich.« Die Dienerin deutete auf den WatchBot, der Rain umkreiste, und auf die Schaulustigen, die ihr lauthals zustimmten.

»Gut. Dann gib mir die verdammte Klinge«, forderte Rain und nahm der Dienerin den Rasierer ab. Sie versuchte, so ausdruckslos wie möglich zu gucken, um ihnen nicht ihre Angst zu zeigen.

Sie setzte das Gerät an der Seite an und zögerte nicht eine Sekunde.

Den Blick fest geradeaus gerichtet, zog sie den Rasierer um ihr linkes Ohr. Die Haare fielen zu Boden, und sie fuhr fort, bis der Boden von ihnen übersät war. Alles, was von Rains Haar übrig blieb, waren wenige Zentimeter. Wie bei der Dienerin.

»Nun sind wir gleich. Wie du es wolltest«, sagte sie ruhig, während sie der Frau den Rasierer vor die Füße warf. »Dieselbe Frisur, derselbe Schmutz und dieselbe Farbe von Blut auf der Kleidung.«

»Wir sind nicht gleich«, zischte die Dienerin.

»Nicht? Ist es nicht das, was du gerade sagtest? Dass alle gleich sind?«, fragte Rain, obwohl sie die Antwort schon kannte. »Dass die Gene keine Bedeutung mehr haben?«

»Haben sie nicht. Aber ihr seid anders. Ihr Gesegneten. Für euch ist kein Platz mehr in Hope.«

»Wenn die Gene keine Bedeutung haben, sollte es doch auch egal sein, ob meine perfekt sind oder nicht.«

Keiner der Anwesenden im Raum sagte ein Wort. Sie lächelten auch nicht mehr.

»Muss ich jetzt auch meine Haare abrasieren?«, hakte Morpheus nach. »Oder reicht euch das?«

»Bringt sie in die Zelle zurück«, sagte die Dienerin schließlich. »Wir sind hier fertig.«

37.

LARK TRÄUMTE, auch wenn er nicht schlief. Er hatte die Lider geschlossen, und doch sah er zeitgleich durch Hunderte von fremden Augen. Er erblickte dunkle Tunnel, kalte Bergketten und grüne Täler. Und verlassene Dörfer, aus denen die Bewohner panisch geflohen waren. Vor ihnen.

Sie marschierten. Marschierten über das Land. Marschierten in den Tunneln darunter. In Richtung Aventin. Um ihn zu holen.

»Lark?«

»Sie kommen«, flüsterte er. »Es sind so viele.«

»Alles gut, Lark. Mach die Augen auf.«

Er schrak hoch, als Amygdala sich über ihn beugte. Er war von ihrem Rücken losgebunden worden und saß nun in der Ecke eines kleinen Raumes, ein Tierkäfig dem Geruch und den am Boden liegenden Exkrementen nach zu urteilen. Der einzige Weg hinein oder hinaus stellte eine eiserne Tür dar, die sicherlich verschlossen war.

»Du bist wieder … eingeschlafen.«

»Ich kann nicht schlafen.« Er tastete nach der Elektrode, die warm an seinem Kopf pulsierte.

»Ich weiß.« Amygdala betrachtete ihn voller Sorge. »Bald wird Bolt merken, dass es nicht bloß Lügen sind. Dass wir wirklich alle in Gefahr schweben.«

Larks Kehle war trocken, da er seit Stunden nichts getrunken hatte. Er sah sich in der Zelle um. Sie waren nicht allein. In einer Ecke kauerte ein dritter Gefangener, der sein Gesicht zwischen den Armen verbarg und leise vor sich hin weinte.

»Was haben sie mit uns vor?«

»Nun, ich fürchte, sie werden uns töten«, sagte Amygdala.

Wir sterben nie.

Lark konnte es spüren. Es eilte zielsicher durch die Gänge unter der Stadt. Unaufhaltsam. Unzerstörbar. Und das erste Mal in seinem Leben hatte er keine Angst um Rose, denn er wusste, dass sie in Sicherheit war. Ein Lächeln schlich sich auf seine Lippen, und er schloss die Augen. Er war stark. Er war frei.

Wir sind der Schwarm.

Die Stimmen wurden immer lauter und klarer. Manchmal konnte er nicht einmal sicher sagen, ob es seine eigenen oder fremde Gedanken waren, die durch seinen Kopf schossen. Machte das überhaupt einen Unterschied?

»Und sie haben Rain«, hörte er Amygdala sagen.

»Was?« Er öffnete die Augen, und mit einem Mal war er wieder ganz da. In der streng riechenden beengten Zelle.

»Ich meine natürlich Rajana«, berichtigte sich die Gesegnete.

»Woher weißt du das?«

Amygdala nickte zur Ecke, in der die weinende Gestalt kauerte. »Das ist Eros, ihr Cabman.«

»Ehemaliger Cabman«, wimmerte der Mann und drehte sich um. »Ich werde kündigen, wenn ich das überlebe. Falls ich das überlebe.«

Rain.

Larks Herzschlag beschleunigte sich. Sie war hier.

»Du magst sie, oder?« Amygdala ließ ihn nicht aus den Augen, aber er sagte nichts. »Nun, sie mag dich. Das ist mehr als offensichtlich.«

»Sie kennt nicht die ganze Wahrheit. Wenn sie die wüsste, würde sie mich hassen.« Lark kaute auf seiner Lippe, bis sie blutig war.

»Was meinst du?«

»Ich …« Er sah der Gesegneten in die Augen, und plötzlich war er die Lügen satt. »Ich habe für die Spines gearbeitet, ebenso wie für die Sentinal. Ich habe alle Seiten verraten und schreckliche Dinge getan … Ich … Ich habe die Bombe nach Aventin geschmuggelt.«

Die Bombe, die deine Tochter getötet hat. Das wagte er nicht auszusprechen.

Amygdala sagte nichts, aber Eros holte hörbar Luft.

»Du hast was? Heißt das, ich sitze hier mit einem Massenmörder fest?« Er starrte Lark mit Verachtung an, bevor er flüsterte: »Dafür verdienst du es, hier drinnen zu verrecken. Aber was habe ich getan? Ich bin bloß ein gut aussehender, engagierter Cabman. Ich habe es nicht verdient, zu sterben.«

»Wir sind alle bloß Spielbälle«, entgegnete Amygdala kalt. »Bolt wollte sich umbringen, wusstest du das? Deswegen kam er nach White Pearl, um versorgt zu werden.«

Ihr Blick wanderte ins Leere.

»Ich durfte die Wunden des Mannes versorgen, der meine Tochter auf dem Gewissen hatte, und ich habe es getan. Dabei hätte ich ihn einfach töten sollen. Im Nachhinein betrachtet denke ich, dass es ein Teil seines Plans war. Irgendwie hat er es selbst im Gefängnis geschafft, seine Intrigen zu spinnen.« Sie wandte sich wieder an Lark. »Du hast deine Strafe bereits bekommen, Junge. Ich habe kein Bedürfnis, mich an dir zu rächen. Aber wenn du nach Vergebung fragst, wirst du sie bei mir nicht finden.«

»Du musst mir nicht verzeihen.« Trotzdem tat es gut, es ausgesprochen zu haben. Die Wahrheit, die ihm schon viel zu lang auf dem Herzen lag.

»Sie wird dir verzeihen«, flüsterte Amygdala nach einer Weile, und er wusste, wen sie meinte. »Weil sie dich liebt.«

»Wenn sie nicht vorher stirbt«, ergänzte Eros hysterisch. »Dieser Bolt scheint ja ein richtiger Sadist zu sein. Er wird sie wahrscheinlich foltern.«

Nein.
Nicht Rain.
Das würde er nicht zulassen.
Lark schloss die Augen und war froh, dass sie kamen. Sie alle. Seinetwegen konnten sie Hope überrennen und Aventin niedertrampeln, wenn sie nur Bolt töten würden. Und Rain retten.

Die Tür öffnete sich, und zu Larks Überraschung traten Moth und Wren herein. Erst dachte er, dass sie seinetwegen hergekommen waren, aber das waren sie nicht. Wren vermied es sogar, ihm in die Augen zu sehen.

»Komm mit«, forderte sie und wandte sich dem Cabman zu.

»Auf keinen Fall. Ich bleibe lieber hier an diesem renovierungsbedürftigen schäbigen Ort, zusammen mit einem verrückten Massenmörder, der Selbstgespräche führt, als mit dir Zeit zu verbringen«, entgegnete Eros.

»Jetzt halt die Klappe, und komm schon«, forderte ihn Wren erneut auf.

»Was wollt ihr von ihm?«, mischte sich Lark ein, doch es war nicht das, was er vermutete. Wren hatte nicht ihr übliches entschlossenes Funkeln in den Augen, das immer ein klein wenig wahnsinnig wirkte. Nein, sie sah verzweifelt aus.

»Eros, bitte.« Ihre Stimme war beinahe flehend, was gar nicht zu ihr passte. Der Cabman richtete sich auf und verschränkte die Arme. Trotzig, aber keineswegs eingeschüchtert.

Irritiert hielt Lark inne.

»Ich habe dir immer gesagt, dass du die falschen Freunde hast, Sore. Wenn unsere Eltern das wüssten …«

Unsere Eltern? Lark konnte nicht glauben, was er da gerade hörte.

»Willst du etwa auch sterben?« Wren packte ihn am Arm und zog ihn zur Tür. »Das lasse ich nicht zu.«

»Sterben?«, hakte Lark nach. »Ist es das, was Bolt mit uns vorhat?«

Wren antwortete ihm nicht, würdigte ihn nicht einmal eines Blickes.

»Komm schon, Eros«, murmelte sie.

»Ich gehe da nicht raus. Meine Reputation«, rief der Cabman. »Ich will auf keinen Fall mit den Rebellen in Verbindung gebracht werden …«

Wren winkte Moth herbei, der Eros aus der Tür stieß. »Du wirst heute nicht sterben, verstanden?«, brummte der Hüne. »Erst wenn deine Schwester es für richtig hält.«

»Er war ein Spion?«, fragte Lark.

»Wäre zu schön, um wahr zu sein. Aber anders als Wren hat er nicht den Mut, für das Richtige einzustehen. Glück für ihn, dass sie ein großes Herz hat.« Moth drehte sich um und wollte die Zelle verlassen. Dann hielt er kurz inne und zögerte. Anstatt die üblichen Todesdrohungen gegenüber Lark auszusprechen, kaute Moth auf seiner Lippe. Etwas schien ihn zu bedrücken.

»Was ist?«, fragte Lark.

»Dich wollte sie auch retten«, sagte der Hüne. »Mag dich irgendwie wegen deiner Schwester und so. Aber Bolt wollte nicht mit sich reden lassen.«

Sie schwiegen, bis Lark sich schließlich traute, seine Befürchtung auszusprechen.

»Heißt das, wir werden hingerichtet?«

»Tut mir leid, Kleiner.«

Das hieß wohl Ja.

38.

RAIN WAR FROH, NICHT ALLEIN ZU SEIN. Cassian hatte sich neben sie gesetzt. So nah, dass sich ihre Arme berührten. Es war viel Platz in der Zelle, aber so fühlten sie sich wohler. Sie konnte seinen Atem spüren, der mittlerweile im selben Rhythmus wie ihr eigener ging.

»Ich wünschte, ich hätte Siruptee«, seufzte Morpheus, der auf dem Rücken lag. »Der könnte uns zwar auch nicht retten, aber dieses Warten ist unerträglich.«

Gott Balthasar saß in einer Ecke und murmelte unverständliche Worte.

»Geht es dir gut?«, fragte Morpheus ihn.

Der Showmaster zuckte kurz hoch und antwortete, als wäre nichts gewesen. »Ja, wir diskutieren bloß.«

»Wir? Du bist allein.«

»Wir sind niemals allein«, widersprach der Showmaster.

»Ach, komm. Wir sind unter uns. Du musst dieses verrückte Spielchen nicht durchziehen.« Morpheus ging wohl davon aus, dass Gott Balthasar eine Art gespaltene Persönlichkeit vorspielte, um sich interessant zu machen. Eine Hälfte war ein Mädchen. Die andere ein Junge.

»Wir ziehen nichts durch.«

»Ich will nicht respektlos sein, aber ich muss es wissen. Was bist du wirklich? Ein Mädchen oder ein Junge? Ich habe einige Wetten laufen, also wäre es schön, vor meinem Tod noch zu erfahren, was dein Geheimnis ist.«

Gott Balthasar lachte leise in sich hinein. »Mädchen oder Junge? Jung oder alt? Ist es denn relevant? Wir sind Gott Balthasar. Nicht mehr und nicht weniger.«

»Ja schon, aber …«

»Nicht alles lässt sich einfach einteilen. Manchmal ist man einfach alles und nichts.«

»Du musst doch wissen, ob du Mädchen oder Junge bist … untenherum.«

»Was ist Rajana? Gesegnete oder Ghost? Die Tochter von Tiberius oder von Storm?« Er musterte Morpheus. »Was bist du? Bruder oder Sohn? Trinker oder Kämpfer?« Dann sah er Cassian an. »Und du? Politiker oder Entdecker? Die Welt ist nicht einfach das eine oder das andere.«

»Ich verstehe.« Rain nickte, aber ihr Bruder wollte sich nicht so schnell abspeisen lassen.

»Also ich habe ja immer vermutet, dass ihr in Wahrheit Zwillinge seid. Ein Junge und ein Mädchen.«

»Dann hoffe mal, dass unsere zweite Hälfte da draußen ist und uns befreit.« Gott Balthasar grinste.

»Ja.« Für einen kurzen Moment erhellte sich Morpheus' Gesicht, und er wagte zu hoffen, aber der Moment schwand so schnell, wie er gekommen war. »Niemand ist da draußen, oder? Niemand wird uns retten.«

»Nein, niemand«, bestätigte Gott Balthasar.

Rain fuhr sich über die ungewohnt kurz geschorenen Haare. Cassian, der die Geste bemerkt hatte, warf ihr einen Blick zu und flüsterte. »Dich kann nichts entstellen, Sonnenschein.«

»Das macht mir nichts«, entgegnete Rain. Sie trauerte nicht um ihre Haare. Vielmehr saß ihr die Angst tief in den Gliedern. Diese Menschen hatten sie demütigen wollen. Sie hatte es in ihren Blicken gesehen. Es hatte kein Mitleid darin gelegen und keine Gnade. Vielmehr hatte es sie amüsiert, als Morpheus flehend auf dem Boden gelegen hatte. »Sie werden sicher wiederkommen, und ich fürchte mich vor dem, was sie dann tun«, gestand sie.

»Werden sie uns doch noch die Haare abschneiden?«, fragte Morpheus entsetzt.

»Auch dich kann nichts entstellen«, versuchte Cassian ihm Mut zu machen. Seine Finger suchten nach der Brosche, die er sich wieder ans Hemd gesteckt hatte. Er fuhr die Spirale nach und strich übers Blatt.

»Ich fürchte, sie bringt dir kein Glück mehr«, stellte Rain fest.

»Noch leben wir doch«, entgegnete er.

Sie saßen schweigend beisammen, bis die Tür aufging und vier Rebellen kamen, um Rain herauszuholen.

»Nein!« Cassian und Morpheus stellten sich schützend vor sie, doch angesichts der Waffen zogen sie sich wieder zurück. Rain versuchte, in den Gesichtern der Rebellen ihr Schicksal abzulesen, doch sie ließen sich nichts anmerken.

»Wenn ihr meiner Schwester etwas tut, dann …« Morpheus fiel keine Drohung ein, die er halten konnte. Also verstummte er.

Rain wollte keine Angst zeigen, aber die hatte sie. Ihre Muskeln waren so gespannt, dass sie ihre Verletzungen kaum spürte. Sie wurde durch den Gang mit den Käfigen zu einem Aufzug geführt. Von hier aus ging es hinunter. Die Tür öffnete sich, und sie befanden sich in einem prunkvolleren Bereich des Doms.

Sie fragte nicht, was sie erwartete. Ihre grimmig aussehenden Wachen würden es ihr nicht sagen, und sie würde es sowieso erfahren, eher als ihr lieb war.

Vor einem Zimmer blieben sie stehen. Einige Rebellen standen dort um einen Tisch, der die Umrisse des Doms projizierte, und diskutierten.

»Wir haben die Gefangene«, verkündete einer von Rains Wächtern.

»Was für eine angenehme Überraschung«, antwortete ein Mann zuversichtlich, und Rain erstarrte. Der Sprechende hatte ihr den Rücken zugewandt, aber sie erkannte ihn sofort. Das konnte nicht sein.

Flieh, schrie alles in ihr. *Renn weg!*

Bolt.

Er drehte sich um, und angesichts der Panik in ihrem Gesicht schlich sich ein zufriedenes Lächeln auf seine Lippen.

»Die graue Prinzessin«, begrüßte er sie. »Wir haben dich erwartet.«

Rains Knie wankten, aber sie befahl ihnen, nicht nachzugeben. Auf keinen Fall durfte sie jetzt umfallen. Sie versteckte ihre zitternden Hände hinterm Rücken, doch es war bereits zu spät. Bolt wusste, dass sie sich fürchtete, und sein Lächeln wurde noch breiter.

»Es hat mich wirklich außerordentlich gefreut, dass wir dich gefunden haben. Auch wenn es einige Rebellenleben gekostet hat. Leben, die wir sehr bedauern.«

Rain schwieg weiter. Ihre Stimme würde ihr im Moment eh nicht gehorchen, und sie wollte sich nicht die Blöße geben, vor Bolt zu stottern.

Er forderte seine Gefangene auf, sich mit ihm an den Tisch zu setzen, doch sie bewegte sich nicht. Ihre Wachen mussten sie zum Stuhl stoßen und gewaltsam auf den Sitz drücken.

»Lasst uns allein. Ihr alle«, sagte Bolt, während er ihr ein Glas Wasser einschüttete und es vor ihr auf den Tisch stellte. Auch wenn sie Durst hatte und ihre Kehle brannte, würde sie es nicht anfassen.

Die Wachen legten ihr Handschellen an und verließen den Raum. Rain war sich sicher, dass sie nicht weit entfernt sein würden für den Fall, dass sie versuchen würde, den Rebellenführer zu erwürgen. Und sie dachte darüber nach. Schon allein deshalb, um ihm das überhebliche Lachen aus dem Gesicht zu wischen. Aber Cassian hatte recht. Sie war keine Mörderin, keine Zerstörerin.

»Nun, so sehen wir uns wieder«, begann Bolt. »Du wünschst dir sicherlich, dass du mich doch hingerichtet hättest, oder?«

Er zog seine Waffe vom Gürtel, ging um sie herum und drückte ihr den Lauf an den Hinterkopf. »Ein Schuss, und du wärest mich für immer losgeworden. Ein Schuss, und ich wäre jetzt nicht hier.«

Warum hatte er sie hergerufen? Einfach nur um sie zu demütigen, oder hatte er doch Zweifel an dem Erfolg seiner Rebellion?

»Ihr könnt nicht gewinnen«, entgegnete sie und drehte sich herum, um ihm direkt in die Augen zu sehen. »Die Sentinal werden kommen und die Stadt zurückerobern.«

»Tiberius wird es nicht wagen, uns anzugreifen«, lachte Bolt. »Ich habe überzeugende Argumente.«

»Du überschätzt meinen Wert«, entgegnete Rain kühl. »Er würde mich jederzeit opfern. Wie in Grey.«

Und Morpheus und Cassian gleich mit.

»Ja, das würde er. Seine eigene Tochter.« Bolt senkte seine Pistole und setzte sich vor ihr auf den Tisch. Dabei betrachtete er sie mit einem gespielt mitleidigen Blick. »Du tust mir leid, Mädchen. Wirklich. Bist du doch ganz allein auf dieser Welt.«

»Bin ich nicht.«

Er lachte leise. »Oh, du armes, armes Mädchen.«

Er ging zur Tür und gab einem Spine ein Zeichen, der ihm daraufhin einen Anstecker in die Hand drückte. Rain erkannte ihn, und ihr Herzschlag beschleunigte sich.

»Was hast du mit Cassian gemacht?«, flüsterte sie.

»Nichts.« Bolt lächelte wissend, bevor er ihr den Anstecker zuwarf. »Sieh ihn dir genau an. Es ist kein einfacher Schmuck, sondern eine versteckte Kamera, eingebaut in dem Blatt. Derselbe Trick, den dein Liebster schon mit seinem Ex Chrysaor abgezogen hat. Er hat sich nur mit dir abgegeben, um Informationen zu bekommen und pikante Videos zu sammeln, mit denen er dich später hätte vorführen können.«

Was? Rain versuchte, sich den Schmerz nicht anmerken zu lassen, als sie den Anstecker näher begutachtete. Warum erzählte er ihr das?

Und Bolt war noch nicht fertig.

»Oh, und dann wäre da auch noch Lark. Deine Liebe für ihn ist wirklich herzzerreißend.« Er seufzte dramatisch. »Eine unerwiderte Liebe, wie du sicher weißt, denn dieser Junge hat dich verraten. Nun eigentlich hat er uns alle verraten.«

»Das weiß ich bereits«, zischte sie.

»Dann weißt du sicher auch, dass er die Bombe nach Aventin geschmuggelt hat. Die Bombe, die auch deine Freundin Andromeda getötet hat.«

Sie hatte es nicht gewusst, aber jetzt, da sie es hörte, verstand sie es endlich. Die Schuld in seinem Herzen, die ihn jedes Mal zu verschlingen drohte, wenn er sie sah. Oh, Lark! Warum hatte er es ihr nicht einfach gesagt?

»Dein Vater, deine alte Liebe, deine neue Liebe. Alles bloß Lügner.« Bolt schüttelte traurig den Kopf. »Deine geliebte Storm ist tot. Deine richtige Mutter verachtet dich. Du hast niemanden auf dieser Welt.«

Rain legte Cassians Anstecker vor sich auf den Tisch und bettete ihre gefesselten Hände vor sich auf den Schoß. Seltsamerweise wurde sie plötzlich immer ruhiger. Ihr Puls, ihre Atmung. Bolt konnte sie nicht länger verunsichern, denn sie hatte ihn durchschaut. Er wollte sie entmutigen, ihr jede Hoffnung nehmen. Er wollte sie brechen, denn für das, was er mit ihr vorhatte, brauchte er sie gebrochen. Er wollte, dass sie sich allein fühlte, aber das war sie nicht.

»Willst du nicht etwas sagen, Mädchen?«

»Hast du mich nur herrufen lassen, um mir zu sagen, wie sehr du mich bemitleidest?«

»Und mich mit dir zu unterhalten. Immerhin verdanke ich dir mein Leben. Eine Schuld, die ich begleichen möchte.«

Was hatte Storm bloß je an diesem Psychopathen gefunden?

»Wenn deine Worte keine Relevanz haben, verschwende sie nicht«, sagte Rain.

»Das hast du von Storm.« Bolt nickte. »Sie war eine großartige Frau.«

»Das war sie.« *Und sie hat mich geliebt, viel mehr als sie dich geliebt hat. Hasst du mich deshalb so sehr?*

Rain wurde zurück in die Zelle gestoßen.

»Sonnenschein.« Cassian eilte auf sie zu, aber sie stieß ihn weg.

»Was ist passiert?«, fragte Morpheus verwirrt, während er seine Schwester stützte.

»Ich weiß es«, flüsterte sie und funkelte Cassian an, der ein paar

Schritte zurückwich. Sie erkannte das Gefühl in seinen Augen nur zu gut. Schuld.

»Ich …« Er hielt inne, aber sie sagte nichts. »Sonnenschein, es ist nicht so, wie du denkst.«

»Kann mich mal jemand aufklären?«, forderte Morpheus.

»Er hat mich für seinen Vater ausspioniert«, erklärte Rain, doch dieses Mal blieb ihre Stimme nicht so ruhig wie bei Bolt. Sie hatte versucht so zu tun, als ob ihr seine Worte nichts ausmachten. Aber das stimmte nicht. »Genau wie damals mit Chrysaor hat er nur meine Nähe gesucht, um Aufnahmen zu machen. Mit dieser Brosche. Seinem angeblichen Glücksbringer.«

Sie hatte Cassian vertraut, und genau wie Bishop hatte er sie nun doch verraten.

Morpheus drehte sich um und packte Cassian am Kragen. »Hast du etwas dazu zu sagen?«

»Mein Vater wollte, dass ich durch dich mehr Aufmerksamkeit bekomme. Damit ich zum Earl gewählt werde …«

»Aber warum hast du mich gefilmt?«, hakte Rain nach. »Ich wollte dir dein blödes Amt doch gar nicht streitig machen.«

»Nein, das nicht.« Cassian senkte den Kopf. »Wir reden hier über Politik. Dein Vater und mein Vater sind mächtige Männer, denen irgendwann vielleicht der Thron winkt. Da sind Rivalitäten normal. Deswegen sollte ich dich beobachten und Beweise sammeln …«

»Beweise wofür?«, knurrte Morpheus und schüttelte ihn.

»Dass du für dein Amt gänzlich ungeeignet bist. Dass du gefährlich bist und verrückt.«

»Du mieser Verräter!« Morpheus holte aus und streckte Cassian mit einem Faustschlag zu Boden.

»Du hast sicherlich auch keine reine Weste«, wehrte sich Cassian und fuhr sich über die blutende Lippe. »Deine Mutter hasst Rajana und Tiberius. Was hat sie von dir verlangt?«

»Sie wollte auch, dass ich meine Schwester im Auge behalte, aber ich habe dankend abgelehnt.« Morpheus stellte sich neben Rain und verschränkte die Arme. »Ich hatte keine Lust, in diesen Sog hineingezogen zu werden. Da mache ich lieber Partys. Da sind die Leute ehrlicher als in der Politik.«

Ein wohliges warmes Gefühl durchflutete Rain, als sie ihren Bruder ansah. Niemals hätte sie gedacht, dass der Gesegnete, der sie einst hinrichten wollte, ihr einmal so ans Herz wachsen würde.

»Danke«, flüsterte sie ihm zu.

»Mir tut es wirklich leid. Ich finde, mein Vater hat unrecht. Du bist vielleicht gefährlich und verrückt, aber sicher nicht ungeeignet.« Cassian suchte ihren Blick. »Bitte, Sonnenschein. Seitdem hat sich alles verändert. Ich konnte ja nicht ahnen, dass unsere Stadt von Verrückten eingenommen wird.«

Was sollte sie sagen? Sie könnte ihn anschreien, ihn ignorieren oder es Morpheus gleichtun und ihm wehtun. Aber das alles würde nichts ändern, also drehte sie sich um und setzte sich auf der gegenüberliegenden Seite hin. Warum auch immer er ihre Zuneigung gesucht hatte. Was auch immer er geplant hatte, nun waren sie nicht mehr als Gefangene in einer Zelle, die um ihr Leben fürchteten.

»Es macht nun keinen Unterschied mehr«, sagte sie.

»Ich würde dich jetzt nicht mehr verraten. Ehrlich nicht«, flüsterte er und machte Anstalten, sich ihr zu nähern, doch Morpheus versperrte ihm den Weg. »Ich mag dich, Sonnenschein. Und ich bin kein Zipfelsucher.«

Sie wollte ihm glauben, aber das konnte sie nicht mehr.

»Du wagst es, ihr so etwas zu sagen?« Morpheus packte ihn erneut am Kragen, und seine rechte Faust schnellte in die Höhe. »Hattet ihr … etwa eine Bindung? Wenn ja, dann werde ich ihm richtig wehtun.«

»Nein«, antwortete Rain. »Ich bin nicht Cassians Typ. Wenigstens was das anging, war er ehrlich.«

»Bitte.« Cassian wehrte sich nicht, als ihn Morpheus an die Zellenwand drückte. »Wenn ich es wiedergutmachen kann, werde ich es tun.«

»Die Einsicht kommt etwas spät«, knurrte sein Gegenüber.

»Lass ihn los.« Rain ging dazwischen. »Wir stehen gerade alle auf derselben Seite. Ob wir wollen oder nicht. Als Erstes sollten wir überleben, und dann sehen wir weiter.«

»Guter Plan.« Cassian schien erleichtert.

»Was ist mit dir, Gott?«, fragte Morpheus. »Möchtest du auch irgendwas loswerden?«

»Nein.« Gott hatte sie beobachtet, als ob ihr Streit bloß eine weitere interessante Show war. »Aber macht ruhig weiter. Mit etwas Unterhaltung geht die Zeit schneller rum.«

Lautes Rumoren und Ruckeln ließen sie hochschrecken.

»Was machen sie da?«, fragte Morpheus.

»Oh, die Show scheint bald zu beginnen«, flüsterte Gott Balthasar.

»Was?«

Er sah Rain in die Augen. »Das ist das Mutantenhai-Becken.«

39.

LARK WURDE VON MOTH an den Reihen der Schaulustigen vorbei zum Becken gebracht. ServiceBots verteilten Getränke unter den Rebellen. Getränke, die die Gemüter erleichterten und die Hemmungen senkten.

Das Becken mit der schwimmenden Bühne darauf war hochgefahren. Die Beckenbeleuchtung war aber noch ausgeschaltet, sodass man nur Schatten im Wasser erkennen konnte. Über TecDecs wurden die Bilder der Unterwasserkameras übertragen, damit man das anstehende Spektakel von allen Seiten aus betrachten konnte. Kameradrohnen flogen über die Bühne und übertrugen das Geschehen. Bolt stand dort und ließ sich vom Publikum feiern.

»Wir sind die Wilden, die sich gegen die festgefahrene Gesellschaft auflehnen. Wir sind die Freien, die sich gegen die Unterdrückung durch die falschen Menschen wehren. Wir sind die Echten, die die Lügen entlarven. Wir sind die Gerechten, die dem Unrecht entgegentreten.« Er trug schlichte Kleidung, und über seinen Schultern lag ein Banner der Rebellion.

»Wild. Frei. Echt. Gerecht«, schallte es aus dem Publikum.

Lark wurde auf die Bühne geführt und auf eine Glasplatte geschubst, gegen die von unten das Wasser des Beckens schlug. Neben ihm, ebenfalls auf Glasplatten, kauerten die Gesegneten Cassian und Morpheus.

»Wild. Frei. Echt. Gerecht.«

Neben Bolt stand ein gläserner Thron, auf dem ein Junge kauerte, den Lark erst auf den zweiten Blick als Gott Balthasar erkannte. Man hatte ihm die Haare abrasiert, und statt seiner üblichen denkwürdigen

Outfits trug er ein schmutziges zerschlissenes Hemd. Seine Haltung strahlte aber trotz allem die gewohnte Würde aus.

»Wir haben es geschafft, Brüder und Schwestern! Unsere Dornen haben sich in den Allerwertesten des ungerechten Systems gebohrt. Heute beginnt eine neue Zeit, eine Zeit, in der niemand anhand des Tattoos auf seinem Arm beurteilt werden soll. Denn bei uns zählt jeder Dorn gleich viel. Egal ob Eins, Zwei oder Drei. Wir sind alle gleich!«

»Wild. Frei. Echt. Gerecht«, tönte es aus dem Publikum.

»Wir werden den Tag gebührend feiern.« Bolt gab ein Zeichen, und die SecurityBots entließen einen Schwall aus grauem Konfetti über den Rebellen. »Gold zu Asche!«

Lark schloss die Augen und horchte in sich hinein. Der Guardian war in einem Abwasserkanal in der Nähe des Doms mit Rose auf seinen Schultern. Er überlegte, sie abzusetzen, aber am sichersten war sie bei ihm.

Seine Gedanken schweiften weiter, und er spürte sie.

Sie waren so weit entfernt von ihrer Heimat, der Stadt, die mit Silberfäden überzogen war. Die Stadt, in der Menschen und Maschinen gemeinsam lebten.

Hatte Amygdala recht? Hatten die Maschinen die Menschen infiziert? Sie zu Chimären gemacht? Halb künstlich? Halb natürlich? Und ihr Bewusstsein, ihren freien Willen damit versklavt?

Nicht versklavt. Gerettet.

Ja. Lark hatte nicht das Gefühl, dass der Schwarm ihm schaden wollte. Im Gegenteil. Die Vereinten eilten über Wiesen und Felder, um ihm zu helfen. Er konnte die Gleiter und Panzer sehen, die sich ihnen in den Weg stellten. Oder es zumindest versuchten. Die Guardians machten sich bereit, nichts würde sie aufhalten. Aus den Fahrzeugen vor ihnen stiegen Drohnen in den Himmel, kreisten über ihren Köpfen. Sie interessierten sich nicht für die Spinnen. Vielmehr für die

Reiter, die sich hinter ihren Guardians sammelten. Zu ihnen flogen sie, denn ihre menschlichen Körper waren verwundbar.

Und dann ließen sie die BoomBots fallen.

»Nein!« Er riss die Augen auf und kippte zur Seite, als ihre Schreie in seinem Kopf anschwollen. Er spürte in sich den Schmerz des Verlustes. Obwohl er keinen von ihnen kannte, hatte er doch das Gefühl, dass die Bomben auf seine Familie selbst hinunterregneten.

»Steh auf, Kleiner«, knurrte Moth und zog ihn wieder hoch. »Jetzt ist nicht der Zeitpunkt zu schwächeln.«

»Wir sind nicht allein«, murmelte Lark.

»Was redest du da?«

»Das verstehst du nicht. Denn du bist allein.« Lark war nicht ganz hier. Ein Teil von ihm war immer noch da draußen, bei den Vereinten. Bei seinem Schwarm.

Bolt trat aus einem weiteren Konfettiregen heraus und breitete seine Arme aus. Er liebte es, die Aufmerksamkeit aller auf sich zu wissen, das konnte man ihm förmlich ansehen. »Ich habe gehört, dass die Aventiner Shows lieben, je spektakulärer, desto besser, und wir wollen unseren Gastgeber doch nicht enttäuschen, oder was meint ihr?«, fragte er und positionierte sich auf der Tribüne dort, wo zuvor der Showmeister Gott Balthasar selbst gestanden hatte. Die Zuschauer jubelten begeistert.

»Ich mag keine Shows«, murmelte Moth, bevor er sich umdrehte und an den Rand des Beckens ging.

»Begrüßt mit mir den Meister der Unterhaltung. Gott Balthasar«, verkündete Bolt und deutete auf den Glasthron.

Die Menge lachte auf, aber der Gesegnete ignorierte den Spott und hob seine Hand, um das Publikum wie gewohnt zu grüßen.

»Gott Balthasar wird am Ende der Show heute blankziehen und endlich das große Geheimnis um sein Geschlecht lüften. So viel kann ich euch bereits verraten«, verkündete Bolt geheimnisvoll, und ein Raunen fuhr durch die Menge. Gott hingegen verzog keine Miene.

Der Rebellenführer ließ die Ankündigung noch etwas wirken, bevor er in die Richtung seiner Gefangenen zeigte. »Und nun habe ich die Ehre, euch die werten Teilnehmer der Show vorzustellen. Unsere beiden Gesegneten Cassian, der machtgierige Betrüger. Morpheus, der rauschsüchtige Partyprinz, und Lark, der ewige Verräter. Sie werden heute den Mutantenhai herausfordern. Aber wie immer haben wir natürlich auch einen Ehrengast.«

Er gab ein Zeichen, und eine weitere Gefangene wurde unter tosendem Applaus auf die schwimmende Bühne hinaufgeführt. Larks Herz hörte beinahe auf zu schlagen, als er Rain erkannte. Ihre Haare waren abrasiert und ihr Gesicht geschwollen. Trotzdem hatte sie ihre Schultern durchgestreckt und ihr Kinn erhoben. Sie war zu stolz, um sich ihre Furcht und ihren Schmerz ansehen zu lassen. »Die unmögliche Rajana, aufgestiegen vom Ghost zur grauen Prinzessin. In der Asche wurde sie geboren, aber in Gold hat sie sich wohler gefühlt.«

Die Menge lachte erneut auf, und ein Schatten legte sich über Rains Gesicht. Sie wurde den drei Gefangenen gegenübergestellt. Ihr Blick wanderte von einem zum anderen, blieb aber an Lark hängen.

»Wie ihr alle seht, stehen wir hier über dem Becken des legendären Mutantenhais«, erklärte Bolt der gespannten Menge. »Für alle, die ihn nicht kennen, es ist ein beliebtes Spiel, auf dem Hai zu reiten. Nicht wahr, Gott Balthasar?«

Er erwartete keine Antwort, und der Showmeister gab ihm auch keine.

»Wir werden heute nicht auf ihm reiten. Wir werden ihn füttern.«

Ein erneutes Raunen lief durch das Publikum, gefolgt von Applaus. Larks Blick wanderte zu der Glasscheibe unter ihm, und er verstand.

Er war das Futter.

Sein Blick wanderte zu den anderen, die ebenfalls das Wasser unter sich musterten und dabei ähnlich blass aussahen wie er. Nur Rain sah nicht nach unten. Sie hatte die Lippen aufeinandergepresst und starrte auf einen unsichtbaren Punkt in der Menge. Und genau an sie wandte sich Bolt.

»Nun, meine Liebe. Ich bin kein grausamer Mensch. Ich schulde dir immerhin mein Leben dafür, dass du so gütig warst, mir den Märtyrertod zu verwehren. Aus diesem Grund gebe ich dir jetzt die Chance, einen dieser jungen, ansehnlichen Männer zu retten«, säuselte Bolt. »Der Mutantenhai hat Hunger, und wir wollen das arme Tier nicht länger quälen. Das verstehst du sicherlich. Aber du kannst einen dieser drei jungen Männer retten, indem du seinen Platz einnimmst.«

Sie blinzelte, während das Publikum bei dieser Nachricht kollektiv nach Luft schnappte.

»Willst du einen von ihnen retten, Prinzessin? Vielleicht deinen Bruder, der dich hinrichten lassen wollte: Morpheus. Oder deinen Liebhaber, der für seine Karriere über Leichen gehen würde: Cassian. Oder doch lieber deinen anderen Liebhaber, Lark, den Verräter aller Seiten. Er ist sowohl den Gesegneten als auch den Spines in den Rücken gefallen, um die eigene Haut zu retten.« Bolt gab sich jede Mühe, den Hass des Publikums zu schüren, und es funktionierte. Die Stimmen des Publikums schwollen an. Bolt hielt kurz inne, um dem Publikum Zeit zu geben, die Gefangenen auszubuhen.

»Wen willst du retten, Prinzessin? Einen dieser Jungen oder doch lieber dich selbst?«

Bolt wandte sich an Gott Balthasar. »Was, glaubst du, wird sie tun? Wen wird sie wählen?«

»Nun, sicherlich nicht dich«, antwortete Gott Balthasar vage. Bolt schenkte ihm ein müdes Lächeln, bevor er sich seinem Publikum zuwandte. »Nun, was glaubt ihr? Stimmt jetzt auf den in euren Armlehnen integrierten TecDecs ab. Für wen wird sie sich entscheiden? Morpheus? Cassian? Lark oder sich selbst?«

Rain hatte die Augen geschlossen, und Lark tat es ihr gleich.

Nicht mehr fern. Er kletterte durch die Kellerräume unter dem Dom auf der Suche nach dem Becken.

Zusammen sind wir eins. Zusammen sind wir stark, dachte er. *Zusammen wird uns niemand aufhalten.*

Oder war es gar nicht sein eigener Gedanke, sondern ihrer?

Unserer.

Er hatte das Gefühl, aus seinem eigenen Körper gerissen zu werden, und versuchte, an seinem Geist festzuhalten.

»Ich bin Lark. Ihr seid die Vereinten«, flüsterte er, um sich zu beruhigen.

Werde ein Teil von uns. Werde zum Schwarm, flüsterten sie zurück, und ihre Gedanken griffen nach den seinen.

Er hatte das Gefühl zu zerfließen, sich aufzulösen. Sein Geist war nur ein Tropfen in einem gewaltigen Meer. Er wollte sich nicht in ihnen auflösen und wehrte sich, denn er wusste, wenn er ihnen nachgeben würde, dann wäre er nicht länger ein Tropfen. Sondern das Meer. Nicht länger Lark. Sondern der Schwarm.

- - -

Rain stand nicht weit entfernt von dem Rand der schwimmenden Bühne, dort wo das Wasser anfing. Doch sie konnte nicht sehen, was sich darin verbarg. Es war dunkel. Nur hin und wieder glaubte sie, einen Schatten zu sehen, der unter der Bühne vorbeischwamm und die Falltüren im Auge behielt.

»Nun, was glaubt ihr, meine lieben Freiheitskämpfer? Wer wird heute dem Hai zum Fraß vorgeworfen, und wer wird gerettet?«

Ihre Hände schlossen sich zu Fäusten, während sie einen nach dem anderen ansah. Morpheus starrte auf den gläsernen Grund seiner Fallklappe. Cassian hatte die Augen geschlossen. Er rechnete sich bestimmt nicht allzu große Chancen aus, nach dem, was er getan hatte. Lark sah in dem Moment hoch, als Rains Blick auf ihn fiel. Als hätte er ihn gespürt, und sein Blick brannte sich fest in ihr Herz.

»Willst du uns deine Entscheidung mitteilen, Prinzessin?«, fragte

Bolt. »Dann tritt jetzt vor und nimm den Platz desjenigen ein, den du retten möchtest.«

Sie wollte etwas sagen, bedeutende Worte, aber die Gesichter der Anwesenden waren verschlossen. Ebenso wie ihre Herzen. Es war wie zuvor im Duschraum, bloß dass es jetzt nicht mehr um Haare oder bloße Demütigung ging, sondern um Leben und Tod. Keine Rede der Welt würde sie dazu bringen, ihre Meinung zu ändern. Sie glaubten, alles bereits verstanden zu haben und im Recht zu sein. Das war das Problem mit der Gerechtigkeit. Sie war bloß eine Illusion.

»Nun, wie es aussieht, wird sie keinen von ihnen retten«, sagte Bolt triumphierend, als sie sich nicht bewegt hatte. »Das heißt wohl, dass ihr das eigene Leben wichtiger ist und diese drei jungen Männer Haifutter sind.«

Du kannst die Meinung der anderen nicht ändern, indem du auf sie einredest, und auch nicht, indem du ihren Kopf gegen die Wand schlägst. Glaub mir, ich habe beides versucht, hatte Storm gesagt. *Du hast nur eine minimale Chance, es ihnen zu zeigen.*

»Er und ich. Wir passen aufeinander auf«, sagte sie leise. In diesem Moment, als sie in seine goldgelben Augen sah, wusste sie, dass sie das Richtige tat. Und als sie den Entschluss gefasst hatte, schwand die Angst. Anstatt derer fühlte sie nun Frieden. Bitteren Frieden, der ihre zitternden Glieder und ihre Gedanken beruhigte. Sie sah alles ganz klar vor sich.

Bolt wollte eine Show, und die würde sie ihm geben. Doch sie würde sich nicht auf sein Spiel einlassen.

Unwetter haben keine Angst.

Wenn sie heute sterben würde, dann hoffte sie, dass es ein Leben nach dem Tod gab. Ein Leben, in dem sie mit Storm vereint war und mit ihr zusammen auf dem Wind ritt. Sie war bereit.

Ich komme, Mom.

Doch sie wählte nicht Larks Platz.

Und auch nicht den von Morpheus oder Cassian.

Sie drehte sich um und sprang von der Bühne ins Becken. Nicht um kampflos zu sterben. Nicht um sich zu opfern. Nicht um gefressen zu werden. Sondern um den verdammten Hai zu töten.

- - -

Lark erwachte aus seiner Starre, als Rains Körper im Wasser verschwand. In dem Moment schaltete sich das Licht an, und es wurde hell im Becken – bis auf den Umriss des gigantischen Hais, der sich wie ein schwarzer tödlicher Fleck vom Boden abhob.

Rain schwamm nicht von ihm weg. Sie schwamm auf ihn zu. Auch wenn sie keine Chance hatte. Sie war unbewaffnet, und der Hai kannte sich in seinem Territorium bestens aus.

»Rajana!«, riefen Morpheus und Cassian wie aus einem Mund. Sie wollten aufspringen, aber ihre Bewacher drückten sie zurück auf den Boden.

Das Publikum hielt den Atem an. Voller Spannung klebten ihre Blicke an den Bildschirmen, als der gigantische Hai, mehr Tötungsmaschine als Tier, und das Mädchen aufeinander zuschwammen.

Hilf ihr, flüsterte Lark. Er spürte seinen Guardian unter dem Becken. Seine Maschinenaugen sahen durch das Glas und das Wasser empor, und Lark sah sich selbst durch sie. *Hilf ihr!*

Wir sind eins, flüsterten die Stimmen und rissen an ihm. *Wir helfen dir.*

Er wusste, was zu tun war, ließ seinen Oberkörper nach vorn fallen und zog sich von der geschlossenen Glasklappe weg auf den Rand des Beckens zu.

Niemand hielt ihn auf. Seine Finger berührten kühles Wasser, und er starrte in die blaue Tiefe unter sich.

Wir sind eins, bestätigte er. Dann holte er Luft, stemmte sich über den Rand und tauchte in das Wasser ein. Plötzliche Leichtigkeit umgab ihn. Er schwebte durch die Kälte, und für einen Moment befiel ihn die Panik. Er konnte überhaupt nicht schwimmen. In Grey hatte es keine Flüsse oder Seen gegeben, die nicht durch Gifte verseucht gewesen waren. Allerdings war es auch nicht sein Ziel, sich über Wasser zu halten. Er wollte nach unten.

Er hörte erstaunte Rufe und spürte Hände, die versuchten ihn festzuhalten. Allerdings nur halbherzig. Schließlich glaubte niemand, dass er Rain retten konnte.

Er war bloß eine F3, ein Krüppel.

Dabei sind wir stark.

Er wollte nicht länger hilflos sein, ein Spielball, der hin und her geworfen wurde, wie es gerade passte.

Nie wieder.

Er wollte diejenigen retten, die ihm am Herzen lagen. Er wollte sie beschützen. Also riss er die Augen auf und paddelte los, Rain hinterher.

Nicht allein. Niemals allein.

Er spürte, wie weit unter ihm der Guardian Rose absetzte und in eine Schleuse trat. Er sah, wie seine Schwester die Schleuse flutete und die Spinne ins Becken eintauchte. Die Partikel der Maschine lösten ihre Form auf, während sie auf Lark zuschossen. Teilchen legten sich um seinen Körper, um seine Beine. Ihre Kraft war seine Kraft.

Schnell und wendig schoss er durch das Wasser. Er ergriff Rain, die sich überrascht umsah. Er hielt sie fest und drückte sie an sich. Gerade noch rechtzeitig. Der Mutantenhai bekam ihn zu fassen, aber seine Beine waren unzerstörbar. Ebenso wie er selbst.

Der Hai biss erneut zu, wollte nicht einsehen, dass dieser kleine Junge zwischen seinem Maul nicht brechen wollte.

Metall traf auf Zähne. Die beiden Körper wurden durch das Wasser geschleudert, als der Hai seinen Kopf herumriss. Lark spürte, wie Rain sich an ihm festklammerte. Und trotz der rohen Kraft des Mutanten hatte Lark keine Angst. Sein Guardian setzte sich im Maul des Hais wieder zusammen und nahm seine alte Form an.

Lange Beine drückten die Kiefer auseinander. Beißwerkzeuge schnitten ihm in den Gaumen, und Blut flutete das Becken. Viel Blut.

Es nahm den Kameras die Sicht. So sah niemand, wie der Hai im Todeskampf mit der Maschine gegen die Glasscheibe schwamm. Immer und immer wieder. Sie hörten nur das Geräusch und spürten die Vibration, die das Becken erschütterte.

Lark und Rain schwebten im Wasser. In einer schwerelosen Welt aus Wasser und Blut. Er sah ihren verwirrten Blick. Langsam strich er ihr über die Wange, um ihr zu sagen: »Keine Angst. Ich hab dich.« Sie blinzelte und berührte seine Beine, um die eine Metallschicht lag. Eigentlich sollte man erwarten, dass es ihn durch das Gewicht hinabziehen würde, doch es war ganz leicht. Als wären die Teilchen ein Teil von ihm. Doch sie waren mehr als bloß eine zweite Haut. Er spürte, wie sie sich ausbreiteten. Sie lagen nicht nur auf seinen Beinen, sondern drangen in seine Muskeln und Knochen. Er spürte, wie sie seine Wunden schlossen und seinen zerbrochenen Körper wieder zusammenfügten. Nicht nur in seinen Beinen spürte er ihre Präsenz, sondern überall.

Wir sind vereint. Ganz und gar.

Er sah Rain in die Augen und lächelte, als er die vertraute, grüne Wildheit darin erblickte. Ein Teil von ihm wünschte sich hierzubleiben. Ein Teil von ihm träumte noch von der Zukunft, die er hätte haben können. Er hätte als Eins gute Chancen gehabt. Sicherlich hätte er die Ausbildung zum Sentinal gemeistert. Womöglich hätte man seinem Wunsch stattgegeben und ihn in Aventin oder White Pearl stationiert. Seiner Familie wäre es gut ergangen. Er hätte von seinem Einkommen die medizinischen Behandlungen für Rose zahlen können. Er hätte Hail oft getroffen, um mit ihr Zitronenkuchen zu essen und über alte Zeiten zu plaudern. Und Rain … Für einen Moment versuchte er sich vorzustellen, wie ihre Zukunft hätte aussehen können, aber die Bilder entglitten immer wieder seinen Händen.

Sie waren tot. Seine Eltern. Hail. Und all die Wünsche, die er gehabt hatte, waren nur noch blasse Schatten.

Lark spürte, wie das Glas des Beckens langsam nachgab. Durch die Augen des Guardians sah er die ersten Risse, die sich unter dem Druck ausweiteten. Und mit dem Becken gab auch sein eigener innerer Widerstand nach. Der Tropfen seiner Seele zerfloss und wurde vom Meer willkommen geheißen.

Lark spürte, wie sein Guardian zu ihnen hochschoss, um ihnen zu helfen, und zog Rain an sich heran. Jeden Moment würden die Scheiben explodieren.

Die Zuschauer hätten es auch bemerkt, wenn nicht in diesem Moment eine gigantische Riesenspinne aus dem Wasser auf die Bühne geklettert wäre. Und auf ihrem Rücken saßen ein Junge und ein perfektes Mädchen ohne Haare.

»Du und ich. Wir passen aufeinander auf«, flüsterte er. Ein letztes Mal. Es war ein Abschied. Ein Abschied von dem, was war und was hätte sein können. Er legte seine Arme um ihre Taille, und sie drehte sich zu ihm um. Sie waren einander so nah, dass er ihren Herzschlag spüren konnte. Und dann zu seiner Überraschung kam sie noch näher, und ihre Lippen berührten sich. Er spürte, wie ihn ein wohliges Gefühl durchflutete, und für einen Moment stellte er seine Entscheidung infrage. Er wollte nicht gehen, er wollte sich nicht von ihr lösen. Nie wieder. Aber es war bereits zu spät.

Wir sind eins.

In diesem Moment zersplitterte das Becken und flutete den Zuschauerraum mit Wasser und Blut. Und mit dem Becken zerbrach noch etwas anderes. Sein Name, seine Erinnerungen. All das wurde von den Stimmen davongesogen. Doch Lark spürte keinen Schmerz, als er losließ und vom Sog des Meeres davongetragen wurde.

Nur Bedauern.

Wir sind der Schwarm.

40.

ALS RAIN VERSUCHTE ZU VERSTEHEN, was in den letzten Minuten passiert war, erschien es ihr wie die Erinnerung einer anderen. Sie war in das Becken gesprungen, in der Erwartung zu sterben, und stattdessen stieg sie nun auf einer gewaltigen Maschine aus dem Wasser empor.

»Du und ich. Wir passen aufeinander auf«, flüsterte Lark, und es fühlte sich wie ein Abschied an. Er hatte sich an sie gedrückt, und sie genoss die Nähe und das warme Gefühl, das sie in ihr auslöste. Sein Kinn ruhte auf ihrer Schulter, und wenn sie den Kopf drehte, berührten sich ihre Lippen beinahe. Sie erinnerte sich an den Kuss, den er ihr vor Ewigkeiten in Grey gegeben hatte. Damals hatte sie ihn mit Sting geschockt.

Doch dieses Mal war sie es, die ganz vorsichtig nach seinem Mund suchte. Ihre Lippen tasteten nach seinen, berührten sie vorsichtig, während ihre Finger sich um die seinen schlangen. Für einen Moment erwiderte er ihre Berührung, und seine Lippen drückten sich an ihre. Es fühlte sich so richtig an, als wären ihre Münder nur dazu geschaffen sich zu küssen. In diesem kurzen Moment war sie sich ganz sicher, dass alles wieder gut werden würde.

In diesem Moment verdrängte sie alle Fragen. Zum Beispiel, was das für ein Ding war, das auf seiner Stirn wucherte. Wie ein Geschwür. Fremdartig und doch auf bizarre Weise so, als wäre es schon immer da gewesen. Oder was Lark mit den Verdammten zu tun hatte.

Nein, für diesen Moment durchflutete Rain etwas wie Glück und der Wunsch, die Zeit anzuhalten, um diesen Kuss nie enden zu lassen. Doch der Moment zerplatzte viel zu schnell, mit einem wortwörtlichen Knall, als die Glasscheiben des Beckens zersprangen. Larks

Körper erschlaffte. Als wäre plötzlich alle Kraft aus seinen Gliedern gewichen, kippte er zur Seite.

»Lark!« Erschrocken hielt sie ihn fest.

Bolt schrie etwas, was sie nicht verstand, und augenblicklich richteten sich Waffen auf sie, aber keiner hatte eine Chance. Ihr unheimlicher Beschützer fegte die Angreifer ohne große Mühe mit seinen Beinen zur Seite.

Sie würde nie Bolts ungläubigen Blick vergessen, als sich die Riesenspinne vor ihm aufbäumte, und den Moment, als er verstand, dass nichts mehr nach Plan lief. Dass er verloren hatte.

Als hätte Tiberius nur auf eine Riesenspinne gewartet, die ihm ein Zeichen gab, flogen die Drohnen in das Haus Gottes, dann folgten die Sentinal. Sie kamen auf Sprintern aus dem Untergrund empor und auf gepanzerten Bodengleitern durch die Tore. Es gab einen Kampf, einen letzten verzweifelten Versuch der Spines, ihre Rebellion durchzusetzen.

Der Verdammte trug Rain und Lark von den Kämpfenden fort. Hinter einer Säule blieb er stehen, und Rain rutschte mit Lark von seinem Rücken. Sie bettete ihn vorsichtig auf den Boden, den Kopf in ihrem Schoß, und erschrak. Seine Augen waren weit geöffnet, während sein Körper sich nicht mehr rührte.

»Lark?« Unsicher strich sie ihm übers Haar. Er atmete ruhig und hatte keine offensichtlichen Verletzungen, doch seine untere Körperhälfte schien beinahe vollständig von den Maschinenpartikeln verschlungen zu sein. Winzige Hexagone, die sich aneinanderreihten. Und auf seiner Stirn pulsierte ein silbernes Netz.

»Was ist mit ihm?«, verlangte sie von der Riesenspinne zu wissen, die auf sie hinabsah. »Was hast du mit ihm gemacht?«

Doch der Verdammte schwieg.

»Lark?« Sie senkte ihren Kopf und drückte ihre Lippen noch einmal auf die seinen.

»Komm zurück«, flüsterte sie ihm zu, während ihr Tränen aus den Augen rannen. »Komm zurück zu mir. Bitte.«

Die Tränen liefen über ihre Wangen und benetzten sein Gesicht. Sie konnte es nicht ertragen, wie fremd seine goldenen Augen plötzlich wirkten. Wie leer sie an ihr vorbeistarrten. Die Augen, die sich so in ihr Herz gebrannt hatten. Die Augen, die sie liebte.

»Lark. Lass mich nicht allein«, bettelte sie weiter und drückte ihm einen weiteren von Tränen durchnässten Kuss auf die Stirn. »Verlass mich nicht.«

Sie drückte ihre Stirn gegen seine und verharrte bei ihm.

»Das Traumpaar«, spottete Bolt, der um die Säule kam. Seine Finger hatten sich um eine Pistole gelegt, deren Lauf auf Lark gerichtet war. Rain schob sich schützend vor ihn, doch die Metallspinne war schneller. Und bevor Bolt die Waffe benutzen konnte, hatte der Verdammte sie gefressen. Zusammen mit seiner Hand.

Bolt brach vor Schmerzen schreiend zusammen und hielt sich den blutenden Stumpf. »Ihr verdammten …«

Die Flüche, die er auf sie entließ, rauschten an Rain vorbei. Sie beugte sich wieder über Lark und hielt ihn fest. So verharrte sie auch noch, als Amygdala sie fand. Und auch noch, als die Gesegnete Bolt in den Kopf schoss und murmelte: »Für meine Tochter.«

Der Körper des Rebellen schlug auf dem Boden auf. Jedes Leben war aus ihm gewichen.

Und damit endete die Rebellion.

TEIL 4

DAS ENDE

»DIE MAUERN VON HOPE *sind gefallen, und unbekannte Kreaturen marschieren in unser Land. Der ewige Krieg ist noch nicht vorüber. Er war es nie. Die Welt da draußen ist voller Feinde, die es auf unser Land abgesehen haben. Bisher haben sie es nicht gewagt, uns anzugreifen, weil wir diesen Gefahren einig und geschlossen gegenüberstanden. Wir, die Gesegneten, haben nur das Beste für Hope im Sinn. Wir wollten euch beschützen. Bis die Spines unsere Stadt stürmten und die Königin, unsere geliebte Palenope, auf grausame Art töteten.*

Wollt ihr wirklich solchen Monstern folgen? Menschen, die unsere Häuser niederbrennen und alle töten, die einfach nur in Frieden und Sicherheit leben wollen.

Sie haben nicht die Freiheit gebracht. Sondern das Chaos und den Hass. Sie haben uns verwundbar gemacht. Verwundbar für die wahren Feinde. Feinde, die nur darauf gewartet haben, uns anzugreifen.

Wir müssen jetzt zusammenhalten. Ein Hope. Vereint. Und ich verspreche euch, wenn wir dies überleben, werden wir unser Land gemeinsam wiederaufbauen. Für ein starkes und sicheres Hope.«

Tiberius' Sentinal hatten die Straßensperren der Rebellen durchbrochen und lieferten sich mit den Rebellen, die nicht aufgeben wollten, einen blutigen Schusswechsel.

Die meisten Rebellen waren jedoch schlau genug zu fliehen, oder sie gaben auf, als die ersten Gleiter der Sentinal vor ihnen landeten.

Die Kontrolle des TecNetzes wurde schnell zurückerobert, und die Nachricht von Tiberius wurde auf allen Kanälen in Hope gesendet. Ebenso mit schrecklichen Bildern, die die Gräueltaten der Spines dokumentierten. Die Ermordung der Königin und die Demütigungen ihrer Gefangenen.

»Von wegen Freiheitskämpfer«, sagte Cem kopfschüttelnd. Er saß in einem leichten Kampfgleiter, in dem gerade Platz für zwei Personen war. »Monster sind das.«

Während Cem den sogenannten »Bomber« steuerte, bediente Mur die Bordwaffen. Gerade schoss er auf einen gepanzerten Bodengleiter, der mit Rebellenpack gefüllt war. Die Dinger waren verdammt widerstandsfähig, aber gegen die Sprengstoffraketen hatte er keine Chance.

»Hab dich«, knurrte Mur, zielte und schoss. Der Bodengleiter flog durch die Luft und blieb wie ein hilfloser Käfer auf dem Rücken liegen.

Die Rebellion sollte schnell und mit allen Mitteln beendet werden. Das hatte ihr Protektor befohlen, bevor er ihr Geschwader von Pitch erst nach White Pearl und dann nach Aventin beordert hatte.

»Was erwartest du?«, sagte Mur, der seine eigene Erklärung der Dinge hatte: »Wenn du mich fragst, sind die niederen Gene schuld. Wenn es die nicht gäbe, dann wäre keiner mehr unzufrieden, und es gäbe so was wie Rebellionen nicht mehr.«

Er ließ drei weitere BoomBots auf eine Gruppe Rebellen los, die sich aus dem Staub machen wollten. Die Explosion der Drohnen riss ein Loch in die Straße und die Geschäfte drum herum, aber das waren notwendige Opfer.

»Und wie willst du das verhindern?« Cem rollte die Augen.

Er dachte immer zu kompliziert. Das wusste Mur. Dabei war es doch ganz einfach.

»Alle Zweien und Dreien müssen weg. Problem gelöst.«

»Du bist viel zu klug für diese Welt. Ein Wunder, dass du bloß eine Eins bist«, sagte Cem, aber seine Bewunderung schien gespielt. »Mit deinem Scharfsinn und Köpfchen solltest du unser Protektor werden.«

»Oh ja. Ich wäre ein guter Protektor.« Das glaubte Mur wirklich.

»Natürlich, Spatz. Der Beste aller Zeiten.« Cem drehte sich um und zwinkerte ihm vielversprechend zu. Trotzdem fühlte Mur sich nicht richtig ernst genommen.

»Nenn mich nicht Spatz«, knurrte er.

Cem steuerte ihren Kampfgleiter nach oben und folgte dem Geschwader in Richtung Gottes Dom, wo sich die Rebellen verschanzt hatten. Jetzt zögerte Mur doch. Er mochte die Show von Gott Balthasar und wollte das Gebäude nicht unnötig beschädigen.

»Es muss nicht immer kompliziert sein.« Mur hielt an seiner Überzeugung fest und zielte auf die Rebellen, die sich vor dem Dom befanden. Um die im Inneren sollte sich die Kavallerie kümmern. »Ich meine, wozu brauchen wir die Zweien und Dreien? Niedere Arbeiten können von Bots übernommen werden. Leute, die zufrieden sind, rebellieren nicht. Wenn die Welt voller Einsen ist, dann wird niemand unzufrieden sein.«

»Menschen sind nicht dafür bekannt, jemals zufrieden zu sein«, seufzte Cem. »Sieh dich an. Du bist eine Eins. Bist du zufrieden?«

Cem hatte eine Gabe, ihm die Worte im Mund umzudrehen. Das ärgerte Mur, denn er hatte gern das letzte Wort.

Die anderen Kampfgleiter ihres Geschwaders schlossen sich ihnen an und stoppten die fliehenden Rebellen mit Raketen.

»Nun, ich wäre gern woanders stationiert. Dort, wo man meine Fähigkeiten mehr zu schätzen weiß. Außerdem hätte ich gern einen Freund, der mich ernst nimmt«, brummte er. »Aber sonst bin ich zufrieden.«

Er hörte keine Stimmen mehr. Sah keine befremdlichen Bilder. Und anstatt verrückt zu werden, fühlte er sich wie ein Held. Ein Held, der Aventin von Terroristen befreite.

»Tut mir leid«, sagte Cem, und dieses Mal klang er ehrlich. »Ich hätte dir das mit den nackten Kerlen auf Riesenspinnen glauben sollen …«

»Um diese Monster werden wir uns als Nächstes kümmern.« Mur nickte entschlossen. Erst befreiten sie Aventin und dann ganz Hope.

So hatte er sich sein Leben als Sentinal vorgestellt. »Während wir uns hier mit diesen Terroristen rumschlagen müssen, bereiten sie ihre verdammte Invasion vor …«

Er warf einen Blick auf die elektronische Karte von Hope, die ihnen die Positionen von Sentinal und Verdammten, die sie »Spinner« nannten, zeigte. Diese Dinger waren stark, richtig stark. »Aber wir kriegen sie, Cem. Und dann vernichten wir sie.«

Neben ihnen explodierte einer ihrer WarBots, als ein gepanzerter Bodengleiter das Feuer eröffnete und sie nur knapp verfehlte. Sofort antwortete Mur ihm, ebenso wie der Rest seines Geschwaders. Es dauerte nicht lang, und der Gleiter versank in einem Riss, den die Explosionen in den Boden gerissen hatten.

»Vorsicht.« Cems Späherdrohnen entdeckten einen Gleiter, der sich in die Luft erhob. Begleitet wurde er von goldenen Drohnen, die einmal den Palast bewacht hatten. Es war ein normaler Personenbeförderungsgleiter, der über keine Waffen verfügte, doch ihre Mission war eindeutig. Sie würden die Rebellen gefangen nehmen oder töten. Flucht war nicht vorgesehen.

Mur entließ eine Rakete auf die Flüchtenden. Cem schickte währenddessen die WarBots den goldenen gehackten Drohnen entgegen. Der Gleiter fiel leblos wie ein Stein zu Boden und wurde von Flammen eingehüllt.

Der Großteil der Rebellen unter ihnen legte sich auf den Boden, die Arme auseinandergestreckt.

»Sie ergeben sich«, bemerkte Cem und schickte Drohnen hinunter, die sich um die Durchsuchung und Festnahme kümmern sollten. Eine weitere Gruppe schickte er in den Dom, um die Lage dort zu erfassen.

»Die Bodentruppen sind da«, bemerkte er und deutete auf den TecDec des Bordcomputers. Eine Einheit aus gepanzerten Bodengleitern hatte die Rebellenzone umzingelt, ebenso wie die Kavallerie, Sentinal, die auf Sprintern ritten. Mur konnte bereits die ersten gepanzerten

Hundertfüßler erkennen, die durch die Straßen zogen. Die meisten von ihnen waren aber unterirdisch im Einsatz und durchkämmten die Schächte der Schnellzüge nach Flüchtenden.

»Gut, wird Zeit, dass wir zurückfliegen«, bemerkte Mur. Um den Kampf auszutragen, der wirklich zählte. Den Kampf um Hope.

41.

ALS SIE AUFWACHTE, war Lark nicht da. Rain lehnte ihren Kopf gegen die weiße, sterile Wand der Zelle und vergrub ihr Gesicht in den Händen.

»Weg von ihm!«, hatten die Sentinal gesagt, als sie Lark und Rain gefunden hatten.

»Er ist infiziert. Er ist gefährlich«, hatten die Soldaten ihr erklärt.

Doch das war ihr egal gewesen.

Die Sentinal hatten Betäubungsgas in das Gebäude gepumpt, das in den Augen brannte und schläfrig machte. Alle Spines, die nicht rechtzeitig ihre Masken zur Stelle hatten, ebenso wie sie selbst, waren eingeschlafen. Rain hatte sofort gewusst, um was es sich handelte, als sie den bitteren Geschmack des Gases auf ihrer Zunge geschmeckt hatte, aber sie hatte keine Kraft mehr, um wegzulaufen. Also hatte sie ihren Kopf auf Larks Schulter gebettet, und es hatte sich wie Frieden angefühlt.

Nun war sie allein in der Zelle. Sie vermutete, in White Pearl, auch wenn das Ruckeln, das hin und wieder durch den Raum fuhr, sie irritierte. Man hatte ihre Wunden versorgt, sie gewaschen und ihr frische Kleidung gegeben.

Ebenso wie Rose, deren Kopf auf Rains Schoß gebettet war. Als Gesegnete hatte Rain das Gas schneller abgebaut, und es dauerte noch einige Zeit, bis auch das Mädchen ihre Augen aufschlug.

»Rain?«, murmelte das Mädchen. »Hast du das gesehen? Mein Bruder … die Spinne? War das nicht unglaublich?«

Unglaublich, ja. Aber Rain konnte sich keinen Reim darauf machen.

Wie konnte es sein, dass eine dieser Maschinen aus der Verdammnis im Dom aufgetaucht war und sie dann auch noch gerettet hatte?

»Ich verstehe es nicht«, flüsterte sie. »Was ist mit Lark passiert?«

»Ich glaube, er ist jetzt LarkSuperBot.« Rose blinzelte schläfrig.

Er hatte nicht super ausgesehen, als er in ihren Armen gelegen hatte. Sein Blick war glasig gewesen, in weiter Ferne. Das Feuer in seinen Augen war nicht viel mehr als ein kleiner Funke, und all die Wärme, die sie einst in ihnen gesehen hatte, war davongeschwemmt.

Rain stand auf und hämmerte an die Tür, doch niemand öffnete. »Hallo?«

Niemand antwortete.

»Wir sind aufgewacht und wüssten gern, was hier los ist.«

Die Tür blieb verschlossen.

Rain konnte nicht still sitzen. Also lief sie im Kreis, denn die Unwissenheit darüber, was mit Lark passiert war, war unerträglich.

»Mach dir keine Sorgen«, versuchte es Rose. »Mein Bruder kann auf sich achtgeben. Er ist die stärkste Person, die ich kenne. Und das war er schon, bevor er einen riesigen Freund aus Metall hatte.«

»Warum ist er dann nicht hier?« Rain zog weiter ihre Kreise. Denn während Rose voller Zuversicht war, nagte die Angst an ihr. »Wo bist du, Lark?«, flüsterte sie und kaute an ihren Fingernägeln. Egal, wie sehr sie versuchte, dem Geschehen der letzten Stunden einen Sinn zu geben, sie konnte es nicht verstehen. Was hatten diese Verdammten mit ihm gemacht?

Es war Amygdala, die letztendlich die Tür öffnete.

»Entschuldigt die Unannehmlichkeiten«, begann sie.

»Wo ist Lark?«, fragten Rain und Rose wie aus einem Mund, doch der Gesichtsausdruck der Gesegneten blieb verhalten, was das Schlimmste vermuten ließ.

»Was ist mit ihm?«, fragte Rain, und ihre Stimme war schrill.

»Er schläft«, begann Amygdala. Sie schien jedes ihrer Worte sorgfältig abzuwägen. »Körperlich geht es ihm den Umständen entsprechend gut. Sobald wir angekommen sind, werden wir mehr erfahren. Er ist hier in guten Händen, das kann ich euch versichern.«

»Angekommen?«, fragte Rain. Sie folgten der Gesegneten aus dem Zimmer hinaus und fanden sich auf einer Art Krankenstation wieder. Sie war viel kleiner als die in White Pearl. Ein MedBot schwebte herbei, um ihre Vitalparameter zu messen. Dem kleinen Pflaster am Unterarm nach zu urteilen, hatten sie bereits bei ihnen Blut abgenommen, als sie geschlafen hatten.

»Ist das King Louie?«, fragte Rose und deutete auf eine Kiste, in der ihre alte Kleidung lag. »Warum liegt er da in der Kiste?«

»Er soll verbrannt werden. Mit dem Rest eurer Kleidung«, erklärte Amygdala.

»Warum?« Rose starrte sie entgeistert an.

»Das ist eine wirksame Art, Keime zu vernichten«, erklärte die Gesegnete und zuckte die Schultern, als wäre es in ihren Augen das Normalste der Welt, aber Rose sah das anders.

»King Louie wird nicht verbrannt.«

»Spielzeug ist ersetzbar. Du bekommst etwas Neues …«

»Er ist nicht ersetzbar. Ich hab ihn von Lark bekommen.« Rose funkelte die Gesegnete an, bevor sie zur Kiste marschierte.

»Warte! In seinem Stoff könnten sich Bakterien eingenistet haben.«

»Das ist mir egal.« Rose pflückte das Kuscheltier aus der Kiste, bevor sie jemand aufhalten konnte, und presste es an sich.

»Das geht nicht.«

»Ach, nein.« Rose streckte ihre Zunge raus und leckte demonstrativ über das Gesicht des Affen. »Seine Bakterien sind meine Bakterien. Willst du mich jetzt auch ersetzen?«

»Lass ihr den Affen«, mischte sich Rain ein.

»Dann desinfiziert ihn wenigstens«, seufzte Amygdala und winkte eine Drohne heran, die King Louie und Rose in eine Wolke aus Alkohol tauchte. »Und würde es dir etwas ausmachen, deinen Mund auszuspülen? Nur für alle Fälle.«

Mit einem sauberen Kuschelaffen verließen sie wenig später die Krankenstation.

»Wir werden gleich landen«, erklärte Amygdala und deutete auf ein Fenster.

»Landen?«, echote Rose und presste ihre Nase an die Scheibe. »Woah! Rain, wir fliegen!«

Erst jetzt erkannte Rain, dass sie sich auf einem Gleiter befanden, dem größten, auf dem sie je gewesen war. Ein mehrstöckiges Luftschiff, das seinen Bug durch die Wolkendecke lenkte.

Sie blieb wie erstarrt stehen, denn unter ihnen lag nicht White Pearl. So viel war sicher. Der Zirkel, der sich hinter der Scheibe erstreckte, bestand nicht aus weißen Kuppeln und sauberen Parkanlagen. Er war massiv und schwarz.

Black Shell.

Der Stadtzirkel der Sentinal war wie ein schwarzer Fleck auf der Karte von Hope. Eine massive Festung, die pyramidenähnlich aus dem Boden wuchs. Umgeben von schrägen Verteidigungsmauern, die auf das Gebäude im Inneren zuliefen. In ihnen waren zahlreiche Bots eingebaut, die jeden Neuankömmling registrierten und wenn nötig abschossen. Statt einer Spitze ragte ein Loch in das Innere von Black Shell. Der Landehangar. Landeplattformen, zwischen denen Drohnen hin und her schossen, ragten in den Krater hinein. Und auf einer dieser Bahnen landete ihr Gleiter. Als sie ausstiegen, empfing sie Wind und das Dröhnen von Maschinen, die durch die Form des runden Hangars noch verstärkt wurden.

Sie wurden bereits erwartet. Eine Gruppe Sentinal führte sie in das Innere.

»Hallo, ich bin Rose. Freut mich, euch kennenzulernen«, sagte Rose, während sie den Soldaten durch einen Gang folgten. Der Boden unter ihren Füßen und an den Wänden sah aus wie schwarzer geschliffener Stein. Lichtleisten zogen sich zweckmäßig an der Decke entlang, ansonsten gab es keine Dekoration oder Prunk. Alles sah gleich aus, ebenso einheitlich wie die Uniformen der Sentinal. »Was ist mit meinem Bruder? Ist er auch hier?«

»Er wurde direkt auf die medizinische Station gebracht«, erklärte Amygdala. »Ich werde persönlich nach ihm sehen.«

»Wann können wir ihn besuchen?« Rose drückte sich an King Louie.

»Im Moment geht das leider nicht.« Amygdala sah müde und entkräftet aus. Die Strapazen, die sie während der Rebellion erleiden musste, waren nicht spurlos an ihr vorübergezogen. »Wir müssen vorsichtig sein, da wir nicht genau wissen, was mit ihm passiert ist. Er stellt eine potenzielle Gefahr dar.«

»Mein Bruder ist nicht gefährlich. Er tut niemandem was. Sicher nicht«, beteuerte Rose. »Und keine Angst vor der Spinne. Sie ist freundlich.«

»Gut zu wissen.« Amygdala kämpfte sich ein Lächeln ab. Rain spürte, dass sie ihnen nicht alles sagte, womöglich um sie nicht zu beunruhigen.

Sie bogen in einen Gang ab, der genauso aussah wie der erste. Schmucklose Türen lagen zu beiden Seiten. Sie waren verschlossen und ließen sich bis auf ihre Nummerierung nicht unterscheiden. Rain vermutete, dass dahinter die Wohnräume der Sentinal lagen. Tatsächlich wurden ihnen wenig später zwei Zimmer zugewiesen.

»Ruht euch aus. Sobald ich etwas Neues weiß, sag ich euch Bescheid«, sagte Amygdala.

»Etwas Neues? Wir wissen doch noch gar nichts«, rief Rose, und Tränen stiegen ihr in die Augen. Auch wenn sie die sofort wegwischte, wusste Rain, wie groß ihre Sorgen waren. »Was ist mit Lark? Warum soll er plötzlich gefährlich sein?«

»Ruht euch aus«, wiederholte Amygdala unbeirrt.

»Na schön. Ich werde bei Rajana bleiben«, verkündete Rose und marschierte in die Kabine, die eigentlich für Rain vorgesehen war.

»Da steht nur ein Bett«, protestierte Amygdala.

»Das macht nichts. Wir schlafen in einem Bett.«

»Das ist im höchsten Maß unhygienisch.« Amygdala zog ihre Augenbrauen hoch.

»Dann muss Rajana wohl auf dem Boden schlafen.« Rose verschränkte die Arme. »Ich darf das nicht, weil ich mir da eine Lungenentzündung hole. Oder ihr besorgt uns ein Doppelzimmer, in dem zwei Betten stehen.«

Sie bekamen das Doppelzimmer.

Die Tür öffnete sich ein paar Stunden später, und Nife trat ein. Er hatte seinen Helm unter den linken Arm geklemmt. In der rechten Hand trug er eine kleine Box.

»Du lebst«, sagte Rain, und ihre Finger wanderten zur Stirn, um den Soldaten zu begrüßen. »Ich bin froh, dass es dir gut geht.«

»So leicht wirst du mich nicht los.« Er winkte sie heran und überreichte ihr die Box, aus der ein vertrautes Bellen kam.

Rain riss den Deckel auf, und Cassiopaio sprang heraus. Die Fuchsmanguste sah mitgenommen aus. Das Fell am sonst so buschigen Schwanz war verbrannt, und die Hälfte seines rechten Ohres fehlte.

»Oh, Pi.« Sie drückte sich an den warmen Körper, und der Mutant ließ es geschehen. Ganze drei Sekunden, dann sträubte sich sein Fell. Als sie die Warnung ignorierte, bohrten sich seine Krallen in ihre Arme, und sein Körper wand sich aus ihren Armen.

»Danke, Nife. Wo hast du ihn gefunden?« Sie war so erleichtert, dass ihrem Begleiter nichts Schlimmeres passiert war.

»Na ja, eigentlich hat er mich gefunden.« Der Sentinal grinste schief. »Ich glaub, er wollte, dass ich ihn herbringe. Zu dir. Ein wirklich schlaues Kerlchen.«

Rose war aufgesprungen, um Pi zu begrüßen, doch die Fuchsmanguste machte durch ein »Rarrr« unmissverständlich klar, dass sie genug gekuschelt worden war. Sie sprang auf Rains Bett und rollte sich auf dem Kopfteil zusammen. Rose kniete sich unbeirrt neben das

Tier. Doch immer wenn sie ihre Hand nach Cassiopaio ausstreckte, fletschte er die Zähne, bis sie es aufgab.

»Er hasst mich«, berichtete sie enttäuscht und bettete ihr Kinn auf die Matratze.

»Weißt du, was mit Silk passiert ist?«, fragte Rain.

»Dem Seidenhäschen geht es auch gut«, berichtete der Soldat. »Es ist bei deinem Bruder Morpheus. Er ist mit Cassian in Ruby, bis die Lage in Aventin ganz unter Kontrolle ist. Ich soll dich von beiden grüßen.«

»Rarrr!« Rose hatte King Louie zu Cassiopaio ins Bett gesetzt.

»Hallo. Ich bin King Louie. Wollen wir etwas spielen?«

Angesichts des Affen, der sich freundlich vorstellte, floh die Manguste unters Bett. Offenbar war ihr ein sprechendes Stofftier im höchsten Maße suspekt.

»Dein Vater will dich sehen«, sagte Nife an Rain gewandt.

»Was ist mit mir?«, fragte Rose und hob hoffnungsvoll den Kopf.

»Dich will er nicht sehen.«

»Warum nicht?« Das Mädchen seufzte.

»Bleib hier und pass auf Pi auf«, antwortete Rain. Sie beugte sich vor und strich Rose über den Kopf. »Vielleicht kannst du ihn mit etwas bestechen. Am liebsten isst er Eier.«

Sie deutete auf das Tablett mit Essen, das sie bekommen hatten und auf dem noch einige Reste lagen.

»Versprich mir, dass du schnell zurückkommst«, bat Rose. »Ich möchte nicht allein sein.«

»Natürlich.« Rain drückte ihre Finger ans Herz, und Rose stürmte vor, um sie zu umarmen. »Und bis dahin hast du King Louie und Cassiopaio, die mutigste Manguste des Landes, an deiner Seite.«

»Das kriege ich hin.« Das Mädchen nickte, aber ihre Lippen bebten, so als würde sie jeden Moment anfangen zu weinen.

»Rarrr.« Cassiopaio lugte unter dem Bett hervor und knurrte den Affen an, der sich erneut vorstellte.

»Mach dir keine Sorgen«, murmelte Rain gerührt und löste sich vorsichtig von dem Mädchen. Schweren Herzens folgte sie dem Soldaten in den Gang.

»So nett kenn ich dich gar nicht«, sagte Nife, als die Tür zugegangen war. »Du scheinst das Mädchen zu mögen.«

Ihr Vater erwartete sie im Kontrollraum vor einem breiten Tisch, auf dem eine dreidimensionale Karte von Hope in die Luft projiziert wurde. Sentinal saßen an TecDecs im Raum verteilt und waren in ihre Bildschirme vertieft. Eine Fensterwand zeigte ihnen die Aussicht auf Black Shell. Die bestand im Wesentlichen aus Mauern und Drohnen, durch die die Festung als uneinnehmbar galt.

»Gut. Unser Plan geht auf. Die Verdammten haben sich vorerst wieder zurückgezogen, um ihre Menschen vor den BoomBots zu schützen«, verkündete Tiberius und deutete auf einen Punkt im Westen. »Die meisten haben sich in Pitch und Lonely Shell verschanzt, um ihren Weg in die Verdammnis offen zu halten. Aber auch einige Städte von Green sind in Maschinenhand ...«

Der Protektor trug eine schwarze Uniform und glänzende Stiefel. Seine Haare waren zu einem strengen Zopf geflochten, der ihm über einen Umhang fiel. Seine Augen hatte er dunkel geschminkt. Er war bereit. Bereit, in den Krieg zu ziehen.

»Wir haben die Front mit Minenfeldern abgesteckt und einen Wall gezogen«, sagte ein Sentinal. »Daran kommen sie nicht vorbei.«

»Schickt die BoomBots in die nächsten besetzten Städte.« Tiberius schritt von einer Seite zur anderen. »Und wir brauchen mehr Soldaten.«

»Es haben sich viele Vertriebene freiwillig zum Kampf gemeldet, aber sie haben keine Kampferfahrung.«

»Wir brauchen jeden, der eine Waffe halten kann. Je mehr wir rekrutieren können, desto besser«, befahl Tiberius. Er sah erst auf, als Nife und Rain direkt vor ihm standen. Als er seine Tochter sah, hellte sich sein Gesicht auf, und er drückte seine Finger an die Brust.

»Schön, dich zu sehen, Tochter. Bitte folge mir.« Er führte sie aus dem Kontrollraum in ein Zimmer, in dem sie ungestört sein konnten. Hier fiel die Förmlichkeit von ihm ab, und er legte ihr vertraut eine Hand auf die Schulter. In seinem Blick lag ehrliche Erleichterung, aber Rain wusste, dass seinen Augen nicht zu trauen war.

»Ich dachte, ich hätte dich verloren«, flüsterte er und bedachte sie mit einem intensiven Blick, bevor er sich löste.

»Mir geht es gut.« Rain bemerkte, wie ihr Vater ihre abgeschorenen Haare musterte.

»Diese Monster«, flüsterte er, und zwischen seinen Augenbrauen entstand eine Zornesfalte.

»Es sind bloß Haare.«

Wenn jemand seinen Haaren hinterherweint, hat er wahrlich keine großen Probleme im Leben. Das hätte Storm gesagt, wenn sie hier gewesen wäre.

»Haben sie dir wehgetan?«

»Nichts, was nicht wieder heilen würde«, antwortete Rain und nahm auf einem angebotenen Stuhl Platz.

Tiberius schenkte ihr Kaffee ein und reichte ihr die heiße Tasse, an die sie sich klammerte. »Es tut mir so leid. Ich wollte eher da sein. Aber wir mussten uns einen Überblick über die Lage verschaffen. Die Spines haben ihre Angriffe geschickt koordiniert, und sie hatten viel mehr Anhänger auf ihrer Seite, als wir erwartet hätten. Anhänger aus allen Schichten und Zirkeln, die ihre Chance auf mehr Macht gewittert haben. Aber ich hatte jederzeit ein Auge auf dich.« Als er ihren fragenden Blick bemerkte, entgegnete er. »Es gab einen Rebellion-Livestream.«

»Oh.« Hieß das, dass das ganze Land zugesehen hatte, wie sie dem Mutantenhai zum Fraß vorgeworfen werden sollten?

»Als ich gesehen hab, wie du in das Becken gesprungen bist, um Cassian und Morpheus zu retten, habe ich den Angriff befohlen.« Er hatte bewusst Lark ausgelassen. »Das war eine Heldentat, an die man sich noch lange erinnern wird, Tochter. Du warst dazu bereit, dich für deine Liebe zu opfern, und hast den verdammten Hai bezwungen. Mutig und stark. Das sind die Eigenschaften, die ein Anführer braucht.«

»Ich habe den Hai nicht bezwungen«, widersprach Rain. »Lark hat mich gerettet.«

»Alles, was wir gesehen haben, ist, dass du in das Becken gesprungen bist und das Blut des Monsters es wenig später rot färbte. Danach ist der Livestream unterbrochen worden.« War es das, was sie nun verbreiteten? Dass sie den Hai getötet hatte? Sie. Eine Gesegnete und nicht die Drei, die ihre Beine nicht benutzen konnte.

»Aber du weißt, was wirklich passiert ist.« Rain ließ ihn nicht aus den Augen. Es ärgerte sie, dass man Lark um seinen Ruhm bringen wollte. Er war der Held. Nicht sie. Auch wenn sie nicht verstand, was genau im Becken passiert war. »Was hat Lark mit diesen Verdammten zu tun?«

»Wir sind uns noch nicht ganz sicher.«

»Du bist dafür verantwortlich. Wenn ihm etwas passiert, werde ich dich zur Rechenschaft ziehen.« Sie konnte ihn einfach nicht vergessen. Seinen leeren Blick, so als wäre sein Körper nur noch eine seelenlose Hülle.

»Tochter. Ich habe nichts damit zu tun, was ihm widerfahren ist.«

Rain wusste nicht, ob sie ihm glauben konnte.

»Aber im Moment haben wir weit größere Probleme. Die Verdammten haben hier einen Krieg angezettelt, einen Krieg, den ich versuche in den Griff zu bekommen.«

»Haben sie das?«, hakte Rain nach. »Und warum? Welche Rolle haben wir im alten Krieg gespielt, von der keiner wissen darf?«

»Rajana …«

»Ich will es wissen, Tiberius.« *Ich muss es wissen.* »Haben wir die roten Wolken entlassen?«

»Das weiß ich nicht.«

»Was ist es dann?« Was wusste er über den Krieg, das er so vergeblich zu verbergen versuchte?

Tiberius senkte den Blick und seufzte. »Wir waren Soldaten.«

»Ja, ich weiß. Wir haben die Menschen beschützt.« Rain verstand nicht, worauf er hinauswollte.

»Wir waren Waffen, Tochter«, korrigierte Tiberius sie. »Ebenso wie die Maschinen Waffen waren. Nicht erschaffen, um zu herrschen. Sondern erschaffen, um zu dienen.«

Die Engel,
sie lechzen nach Blut.
Folgen ganz
ihres Schöpfers Wut.

»Die Spines haben recht. Wir sind nicht auf natürlichem Weg entstanden. Wir wurden erschaffen in den Höhlen der Engel. Ich vermute, vor dem Krieg gab es einige davon.«

Rains Herzschlag beschleunigte sich, und ihre Hand begann zu zittern, sodass ihr nicht angerührter Kaffee über die Tasse schwappte. Sie stellte ihn ab und flüsterte. »Wir wurden … erschaffen?«

»Ja.« Tiberius wollte ihr die Hand auf die Schulter legen, aber sie stieß sie beiseite. »Unsere Schöpfer nahmen ihre eigenen Gene zum Vorbild und perfektionierten sie. Dann züchteten sie die ersten Gesegneten heran. Und denen entnahmen sie erneut Genmaterial, um neue Nachfahren zu kreieren. Immer das eines Mannes und das einer Frau. Wie bei den Menschen. Wir waren dazu bestimmt, die Welt von Maschinen zu befreien.«

»Wir wurden erschaffen. Genau wie die Maschinen.« *Erschaffen, um uns gegenseitig auszurotten.*

»Du darfst nicht vergessen, wir sind perfekte Menschen, Lebewesen, die selbstständig denken. Während die Verdammten bloß große Maschinen sind.«

»Was ist der Unterschied?«

»Wir haben eine Seele.«

»Woher willst du wissen, dass sie keine haben?« Rain schüttelte den Kopf, während sie ihre Hände anstarrte. Bloß eine Waffe. Und genau jetzt erfüllten sie wieder ihre Bestimmung. Wie folgsame Soldaten bekriegten sie sich in einem Krieg, von dem niemand mehr wusste, warum sie ihn kämpften.

»Lark«, murmelte sie. »Was ist mit ihm passiert?«

»Er hat sich die Elektrode selbst angelegt. In White Pearl. Du musst mir glauben, dass ich alles dafür geben würde, sie zu entfernen.«

»Und? Kann man sie wieder entfernen?«

Tiberius schüttelte den Kopf. »Es tut mir leid. Ich fürchte, der Junge ist verloren.«

Die Worte waren wie ein Schlag ins Gesicht, der sie für einen Moment ihrer Sinne beraubte. Tiberius redete weiter, aber sie verstand nicht, was er sagte. Seine Lippen bewegten sich zwar, aber die Wörter machten keinen Sinn. Und dann verschwamm auch sein Gesicht. Sie blinzelte.

»Ich will ihn sehen«, hörte sie sich sagen.

»Er ist nicht derselbe, Tochter«, sagte Tiberius, und sie erinnerte sich an seinen leeren Blick. Es war, als ob er davongerissen worden war und nur noch seine leere Hülle in ihren Armen gelegen hatte.

»Ich will ihn sehen.« Sie stand auf. Der Boden wankte unter ihren Füßen, und sie stieß gegen den Tisch, wodurch ihre Kaffeetasse klimperte. Das nahm sie mit seltsamer Klarheit wahr, während alles andere weiterhin dumpf und verschwommen erschien. Sie sah den Kaffee an, bückte sich. Ihre Finger schlossen sich um das Porzellan. Und ehe sie sich versah, schleuderte sie die Tasse gegen die Wand.

42.

LARK LAG REGUNGSLOS IN DEM RAUM. Ein Schlauch führte in die Vene in seinem Arm, vermutlich mit einem Betäubungsmittel, das ihn in diesem Zustand hielt.

Der Anblick zerriss Rain das Herz. Larks Beine und Teile seines Unterkörpers waren mit der Metallspinne verwachsen, als ob diese damit sicherstellen wollte, dass man sie nicht voneinander trennen konnte.

Rain war unfähig zu reden. In ihrem Hals hatte sich ein Kloß gebildet, und sie wusste, dass ein einziges Wort ihn sprengen würde, und dann würde sie die Tränen nicht länger zurückhalten können.

Warum, schrie sie in Gedanken. Gerade als sie gedacht hatte, dass das Schlimmste überstanden wäre, geschah das.

»Wir wissen nicht, was passiert, wenn er aufwacht«, erklärte Amygdala. »Wir können ihn nicht losschneiden. Dieses Material ist unglaublich widerstandsfähig. Aber es ist nicht nur das …«

Sie zeigte auf Aufnahmen, die man von Larks Kopf und seinem Körper gemacht hatte. »Die Partikel der Maschine haben sich bereits mit seinen Zellen verbunden. Sieh. Seine Nervenfasern. Seine Organe. Sein Gehirn. Es ist alles befallen. Er ist mehr Maschine als Mensch.«

Rain sah es, aber sie wollte es nicht wahrhaben, dass dort vor ihr nicht mehr der Junge lag, den sie einst gekannt hatte.

»Ich geh jetzt zu ihm«, flüsterte sie. Amygdala reichte ihr einen Betäubungsstift.

»Nur für alle Fälle. Wenn etwas schiefgeht, ramme ihm das in den Körper«, erklärte sie, aber Rain hörte kaum zu. Sie hatte nur Augen für den Jungen, der dort vor ihr auf einer Liege lag. Und so bemerkte sie auch nicht, dass ihr eine Gruppe Sentinal folgte, die ihre Waffen auf die Maschine gerichtet hatte.

Lark sah so aus, als würde er jeden Moment die Augen öffnen und sie anlächeln. Wenn man nicht zu den Beinen hinabsah, die mit der Spinne verwachsen waren, konnte man denken, er würde einfach schlafen. Wie sollte sie Rose das nur erklären?

Vorsichtig strich sie ihm über die Haare, und plötzlich lief ein Beben durch seine Lider, als hätte er ihre Berührung gespürt. Sie zuckten, und seine Stirn runzelte sich. Langsam, ganz langsam öffneten sich seine Lippen, und er murmelte kaum hörbar: »Wir sind der Schwarm. Ich bin der Schwarm.«

»Du bist Lark«, antwortete Rain. Sie wollte sich am liebsten zu ihm legen und ihre Arme um ihn schlingen. Aber das Leben schien es nicht gut mit ihnen zu meinen. Immer wenn sie sich näherkamen, sorgte es im Endeffekt doch dafür, dass sie wieder auf entgegengesetzten Seiten landeten.

»Egal auf welcher Seite du stehst, du bleibst immer mein Lark«, flüsterte sie ihm zu.

Er öffnete die Augen und sah sie direkt an. Für einen kurzen Moment glaubte sie die vertraute Wärme in seinem Blick zu sehen, doch nach dem nächsten Wimpernschlag sahen seine Augen wieder fremd und leer aus.

Sie lächelte und strich ihm über den Kopf, während sie die erste Träne spürte, die über ihre Wange rollte. »Ich bin Rain. Du bist Lark. Du und ich, wir passen aufeinander auf.«

In diesem Moment lief ein Zucken durch den Spinnenkörper. Das Greifwerkzeug schnellte in die Höhe, während sich die Maschine aufrichtete. Sie löste sich von Larks Körper, und für einen wunderbaren Moment glaubte Rain, sie würde Lark freilassen.

Doch dann griff der Greifarm nach ihr, schlang sich um ihren Arm und hielt sie fest. Sie versuchte sich zu wehren, aber hatte keine

Chance. Die Soldaten stürmten vor, wurden jedoch von dem Körper des Guardians zurückgedrängt.

»Lark!«, rief Rain und wandte sich hin und her. Ein zweiter Greifarm fuhr vor. In ihm bildete sich eine silberne Kugel. Die Spinne versuchte, sie Rain in den Mund zu schieben, aber sie presste ihre Lippen aufeinander. Die Spinne verstärkte ihren Griff, aber Rain drehte ihren Kopf zur Seite. In diesem Moment eröffneten die Sentinal das Feuer.

Die Spinne ließ sie los, ebenso wie die silberne Kugel, die über den Boden kullerte. Dann wandte sie sich den Soldaten zu und fegte sie mühelos zur Seite, als wären sie Spielfiguren. Ihre Waffen zerbiss sie, und sie brachen, als wären sie bloß dünne Zweige.

Rain sprang vor, auf Lark zu, der nicht mehr lag, sondern stand. *Er stand.* Sie sah zu seinen Beinen hinunter, um die dasselbe Material lag, aus dem der Spinnenkörper bestand.

»Lark«, flüsterte sie und suchte in seinen goldenen Augen ein Wiedererkennen, doch er blickte bloß in die Ferne.

»Lark?« Sie schüttelte ihn sanft an den Schultern, und sein Kopf zuckte zu ihr. »Was ist mit dir los?«

Er bückte sich, hob die Kugel auf und streckte sie ihr entgegen.

»Nein.« Dann hielt sie inne. »Warum?«

Er packte sie an der Schulter und drückte sie mit unglaublicher Kraft gegen die Wand. Dann versuchte er, ihr die Kugel in den Mund zu schieben. Sein Gesicht war zu einer Maske verzerrt, und sein Blick war der eines Fremden.

»Nicht, Rajana!«, rief Amygdala durch die Sprechanlage. »Das ist nicht Lark. Er versucht dich zu infizieren.«

Rain wandte sich und trat um sich, doch er ließ nicht ab von ihr. Unbarmherzig wie ein Schraubstock legten sich seine Finger immer enger um ihren Arm.

»Rajana! Der Stift«, erinnerte sie Amygdala, und Rain zog ihn aus ihrer Tasche. Sie rammte die Nadel in Larks Arm. Sofort schoss die Flüssigkeit in seinen Körper, und er wich verwirrt zurück. Obwohl er sichtlich versuchte, dagegen anzukämpfen, konnte sich sein Körper dem Mittel nicht widersetzen.

Er sank zu Boden, während sie schwer atmend zurückwich. Doch plötzlich hob er seinen Finger und schrieb etwas auf seine Metallbeine. Die Hexagone verformten sich, und es entstand ein Wort.

Brombeeren.

»Was?« Rain hielt inne und suchte erneut in seinem Blick nach Lark, dem Jungen, mit dem sie einst Beeren im Park geteilt hatte. »Lark?«

Er deutete auf das Wort, das bereits wieder verblasste, als sei es nie dort gewesen. Dann sah er sie direkt an, und für den Bruchteil einer Sekunde sah sie Panik in seinem Blick. Dann sackte er betäubt in sich zusammen und mit ihm die Spinne.

Als Rain zurück ins Zimmer kam, wurde sie von Rose bereits ungeduldig empfangen. Den vielen Kratzspuren auf den Händen nach zu urteilen, hatte sie noch keine Freundschaft mit Pi schließen können.

»Was ist passiert?«, fragte Rose, und Rain setzte sich neben sie auf das Bett.

»Rose«, begann Rain, und schon beim ersten Wort rollte ihr eine Träne über die Wange. Sie wischte sie ärgerlich beiseite und holte tief Luft. Sie musste jetzt stark sein. Rose drängte sie nicht. Sie wartete versteinert, bis Rain bereit war, alles zu erzählen. Die ganze Wahrheit.

»Lark hätte dich nie angegriffen«, flüsterte Rose, und Tränen bildeten sich in ihren Augen. »Vielleicht haben sie recht. Vielleicht ist er nicht mehr da drin.«

»Doch, ein Teil von ihm ist noch da drin«, widersprach Rain. *Ich weiß nur nicht, wie ich ihn zurückholen kann.*

»Aber warum wollte er dich dann infizieren?«

»Ich weiß es nicht.«

»Das würde mein Bruder nie tun. Was mach ich, wenn er tot ist?«

Rose kugelte sich auf dem Bett zusammen und klammerte sich an King Louie. Tränen rannen in Strömen aus ihren Augen. Sie schniefte in das Stofftier. »Dann bin nur noch ich übrig.«

»Er ist nicht tot«, versprach Rain und legte sich ebenfalls auf die Matratze. Beruhigend streichelte sie über den bebenden Körper des Kindes. »Und wir werden ihn nicht aufgeben.«

Brombeeren.

Dieses eine Wort hatte ihr Hoffnung gemacht.

»Wenn ich nur wüsste, was es mit dieser silbernen Kugel auf sich hat.«

»Rain«, murmelte das Mädchen und drehte sich um. »Ich glaub, ich muss dir etwas zeigen.«

Sie wischte sich den Schnodder von der Nase und trocknete ihre Augen. Dann setzte sie sich im Schneidersitz vor Rain und holte tief Luft, bevor sie den Kuschelaffen feierlich vor sich hielt.

»Tut mir leid, King Louie«, flüsterte sie.

»Was tut dir leid?«, fragte der Affe. In diesem Moment riss sie ihm mit einem Ruck den Kopf ab.

»Rose!«, rief Rain erschrocken, doch das Mädchen puhlte aus dem Inneren eine silberne Kugel hervor. Genauso eine Kugel, wie Lark sie ihr in den Mund stecken wollte. »Die hat mir die freundliche Riesenspinne gegeben, als sie noch freundlich war. Sie hat ihn damit repariert.« Rose übergab Rain die Kugel. »Was passiert, wenn man sie schluckt?«

»Ich weiß es nicht.« Rain ließ die Kugel skeptisch in ihre Hand rollen. Es war einfach nur eine Kugel, zusammengesetzt aus vielen eckigen Teilchen.

»Vielleicht sollten wir sie lieber abgeben?«, fragte Rose.

»Vielleicht.«

Sie sahen sich an und waren sich einig. Sie würden die Kugel behalten.

Als Rain am nächsten Morgen die Augen aufschlug, saß Rose schon vor dem TecDec. Sie sah nicht so aus, als hätte sie in der Nacht viel Schlaf gefunden.

»So ein Kallisto«, murmelte sie.

»Was denn?«, fragte Rain und streckte ihre Glieder. Cassiopaio hatte den Großteil ihres Kopfteils für sich beansprucht und sie dazu gezwungen, sich darunter zusammenzurollen. Sie hatte sich nicht mit ihm streiten wollen, nach all den Strapazen hatte er es verdient. So sah die Manguste das auch.

»Du bist ein Held«, sagte Rose und deutete auf den Bildschirm.

»Nach den Schrecken der letzten Tage braucht Hope Helden«, sagte Cassian mit breitem Grinsen in die Kamera. *»Helden, die uns in dieser dunklen Stunde zur Seite stehen und uns neuen Mut geben.«*

Und einen Helden hatten sie bekommen. Vielmehr eine Heldin. Das TecNetz war voller Videos von ihr, wie sie in ihrem Apartment gegen Spines kämpfte, wie sie sich selbst die Haare abrasierte und in das Becken mit dem Mutantenhai sprang.

»Das war wahrhaftig die aufregendste Show meines Lebens.« Gott Balthasar strahlte als entzückendes Mädchen mit geschorenen Haaren in die Kamera. *»Unsere Prinzessin ist nicht auf dem Mutantenhai geritten, sondern hat ihn mit bloßen Händen getötet. Und das nur, um ihre große Liebe zu retten. Cassian. Du kannst dich wahrlich glücklich schätzen.«*

»Das tue ich«, bestätigte Cassian mit einem bezaubernden Lächeln. *»Ich bin der glücklichste Gesegnete in ganz Hope.«*

Um ihre große Liebe zu retten.

Ihre große Liebe.

Cassian.

Dieser kleine Mistkerl.

Er hatte die Aufnahmen also doch genutzt, aber nicht um ihr zu schaden. Sondern um ihre Beziehung und damit seine Karriere voranzutreiben.

»Ich hätte diese kleine Ratte dem Mutantenhai überlassen sollen«, knurrte Rain und schaltete das TecDec aus. »Ich liebe diesen eingebildeten Schnösel ganz bestimmt nicht. Und diese Nachricht wird ihm meine Faust beim nächsten Mal auch gerne persönlich überbringen. Wie kann er es wagen, nach allem, was passiert ist? Und dieser Gott Balthasar spielt da auch noch mit.«

»Ich weiß, dass es nicht stimmt. Du liebst mich.« Rose sah zu ihr empor und klimperte herzallerliebst mit den Augen. Rain bückte sich zu ihr hinunter und nahm sie in den Arm.

»Das stimmt«, flüsterte sie.

»Und meinen Bruder«, ergänzte Rose so leise, dass es kaum hörbar war.

»Ja«, bestätigte Rain.

Sie verharrten, bis Cassiopaio Rain in die Wade biss, um sie daran zu erinnern, dass sie auch ihn liebte und es Zeit war, dies mit einer Streicheleinheit zu beweisen.

43.

ES VERGINGEN TAGE. Tage, in denen sie mehr oder weniger frei Black Shell erkunden durften. Es war unmöglich, die ganze Festung in Augenschein zu nehmen, aber sie fanden Trainingsräume und Schulen für Rekruten. Gartenanlagen fanden sie jedoch keine. Zumindest keine mit echten Pflanzen, lediglich schwarze Skulpturen, die an Bäume erinnerten. Ansonsten hatte man in Black Shell auf unnötige Dekoration verzichtet. Alles hier war zweckmäßig eingerichtet. Und schwarz.

»Es soll nicht schön aussehen. Das lenkt bloß ab«, erklärte Nife, der sie ständig begleitete.

»Und warum ist dann alles schwarz?«, fragte Rose. »Damit man Depressionen bekommt?«

»Psychische Erkrankungen führen zu einer Herabstufung und somit zum Ausschluss.«

»Wie hoch ist die Ausschlussquote?« Rose hob die Augenbraue.

»Nun …«

»Mit hellen Wänden und Blumen wäre sie vielleicht geringer«, verkündete Rose überzeugt. »Ich hab ja schon jetzt das Gefühl, dass die Wände mich erdrücken.«

Nife erklärte, dass die Festung für ihre Verhältnisse recht verlassen war, da die meisten Soldaten im Einsatz waren. Ein Großteil war an der Front, um die Verdammten zurückzuhalten.

Die anderen in Aventin. Dort durchsuchten sie Häuser und durchkämmten den Untergrund mit Sprintereinheiten. Jeder, der im Verdacht stand, mit den Rebellen zu sympathisieren, wurde verhaftet. Lauscher, die auf ihrer Seite arbeiteten, belohnt.

Jeden Tag besuchten Rain und Rose Lark, aber nach dem Vorfall durften sie ihn nur noch über die TecDecs sehen. Auch wenn Rose versuchte tapfer zu sein, wusste Rain, wie sehr sie litt, denn jede Nacht weinte sie sich in den Schlaf. Das Schlimmste daran war das Gefühl der Hilflosigkeit, das Gefühl, nichts tun zu können, um ihm zu helfen. Sie konnten einfach nur dasitzen und abwarten, dass Amygdala etwas einfiel.

Meistens schliefen Rain und Rose in demselben Bett, während Cassiopaio das andere in Beschlag genommen hatte.

Und dann, als die goldene Stadt wieder als sicher eingestuft wurde, war es an der Zeit, nach Aventin zurückzukehren. Sie packten ihre Sachen und folgten Nife zu dem Gleiter, der sie zurückbringen würde.

Rain saß neben ihrem Vater, während Rose und Nife hinter ihnen Platz genommen hatten.

»Was kommt als Nächstes?«, fragte Rain.

»Du und Cassian. Ihr lasst euch feiern.« Tiberius bedachte sie mit dem Blick eines stolzen Vaters. »Immerhin seid ihr zu Symbolen der Befreiung geworden. Und eine willkommene Ablenkung in den Zeiten des Krieges.«

Er deutete aus dem Fenster, und Rain konnte die Flüchtlingsströme aus Green sehen, die in Richtung Hauptstadt zogen. Aus dem TecDec wusste sie, dass viele von ihnen eingezogen wurden, um die Sentinal zu unterstützen. Sie waren an den zu ihrem Zirkel passenden bunten Uniformen zu erkennen. Und vermutlich auch daran, dass sie noch nie eine Waffe in der Hand gehalten hatten.

Je weiter sie sich Aventin näherten, desto mehr neu errichtete Zäune und Barrieren ragten aus dem Boden hervor. Drohnen und Sentinal bildeten einen Verteidigungsring um die Hauptstadt.

»Wusstest du, dass mein Traummann, Cassian, mich eigentlich für seinen Vater ausspionieren sollte?«, fragte Rain, als sie im Gleiter nach Aventin saßen. »Er hat alles gefilmt. Mit seiner kleinen Brosche.«

»Ja«, sagte Tiberius. »Eustachius war nie sonderlich kreativ, aber dass sie die gleiche vorhersehbare Masche einsetzen würden wie bei Chrysaor zuvor, hat mich etwas enttäuscht.«

»Du wusstest es also?«

»Ich wusste, dass du ihn überzeugen wirst, es nicht zu tun.« Ihr Vater schenkte ihr ein großzügiges Lächeln, das sie ihm am liebsten mit der Faust vom Gesicht gewischt hätte. »Und ich hatte recht. Cassian ist kein Dummkopf. Er hat sich für dich entschieden, und siehe da, das Volk liebt euch. Ein Liebespaar ist genau das, was diese Welt jetzt braucht.«

»Wir lieben uns nicht.«

»Natürlich nicht, Tochter.« Tiberius seufzte. »Wir wissen beide, wem dein Herz tragischerweise gehört, aber hier geht es nicht um Gefühle, sondern Politik. Ein starkes mutiges Liebespaar, zu dem man aufsehen kann. Es steht nicht gut um Hope. Aber diese Verdammten helfen uns, die verlorene Einheit wiederzugewinnen.« Ein Leuchten trat in seine Augen.

»Es klingt fast so, als würdest du den Krieg begrüßen.«

»Die Menschen vergessen manchmal, wie gut es ihnen geht. Von Zeit zu Zeit ist es gut, wenn sie daran erinnert werden. Zum Beispiel durch so eine Bedrohung wie die Verdammten.« Tiberius zuckte die Schultern. »Es klingt paradox, dass ein Krieg ein Land retten kann, aber so ist es. Nichts vermag die Menschen so sehr zu einen wie ein gemeinsamer Feind. Und gemeinsame Helden, denen sie folgen können.«

»Was ist mit Lark? Welchen Platz hat er in deinem Plan?«

»Oh, Tochter. Er ist jetzt ein Verdammter, und du solltest nicht mit ihm in Verbindung gebracht werden. Wie sollen wir den Menschen erklären, dass du etwas für einen unserer Feinde empfindest? Es würde sie nur verwirren.«

»Es wäre die Wahrheit.« Ebenso wie die Tatsache, dass wir bloß Waffen sind. Erschaffen für genau diesen Krieg. Einen Krieg, in dem

Lark und sie wieder auf verschiedenen Seiten standen, fast so als ob es ihr Schicksal war, sich gegenseitig zu zerstören. Doch wie Cassian einmal gesagt hatte. Sie war keine Zerstörerin. Keine Waffe.

»Die Wahrheit ist manchmal zu kompliziert und verworren. Es wäre einfacher gewesen, wenn er im Dom von den Spines getötet worden wäre und du dich jetzt aus Herzensgüte um seine Schwester kümmerst.«

Nein.

Lark würde für sie nie sterben, und sie würde ihn nie aufgeben.

44.

WREN HATTE IHRE STIRN an die Glasscheibe gedrückt und beobachtete die Kröte, die im Terrarium hockte. Wenn man über ihren Rücken leckte, wirkte das angeblich besser als Siruptee. Die Toxine der Kröte führten dazu, dass sie den Geist in eine andere Welt katapultierten, in der man für einen kurzen Moment all seine Sorgen vergaß. Verlockend, wie Wren fand. Doch sie war nicht hier, um an Kröten zu lecken.

Sie war wegen einer anderen Kröte hier. Und die hatte künstliche goldene Augen. Wren war sich nicht sicher, ob sie dieses Treffen überleben würde. Überall wurden Spines und Spine-Sympathisanten verhaftet und verhört. Es war also gut möglich, dass die Kröte nur gekommen war, um sie auszuschalten – eine Zeugin, die ihn identifizieren konnte.

Sie war auf alles gefasst, doch wenn er sie angreifen wollte, würde sie nicht kampflos aufgeben. In ihrer Hand befand sich eine letzte Ampulle mit Angstgas, die sie ohne zu zögern zerdrücken würde, wenn etwas schieflief.

Sie hatte nicht gewusst, wie das Gas wirken würde, dass es so ausufern würde, aber es war zu spät für Reue.

Im Krieg müssen Opfer gebracht werden, das waren Bolts Worte gewesen. *Es ist nie einfach, die Welt ein bisschen gerechter zu machen. Aber wir werden es versuchen.*

Sie hatten es versucht, und nun war er tot. Ihr Idol. Ihr Mentor. Er hatte ihr gezeigt, dass sie nicht hilflos waren. Dass sie eine Stimme hatten und dass sie kämpfen konnten. Und so viele waren ihrem Kampf beigetreten, hatten alles riskiert. Nur um jetzt verhöhnt zu werden, während der Protektor und seine Tochter sich als Helden feiern ließen.

Wrens Hände ballten sich zu Fäusten. Nein. Solange noch Leben durch ihre Adern floss, würde sie kämpfen und ihre Freunde rächen.

Endlich ging die Tür auf, und die Kröte trat ein, flankiert von seinen Leibwächtern. Der Mann mit den goldenen Augen drückte seine Finger auf die Stirn, aber Wren verzichtete auf einen Gruß.

»Was hast du für mich?«, verlangte sie zu wissen, sein schmieriges Grinsen ignorierend. Auch wenn dieses Versteck im Untergrund noch als sicher galt, wollte sie so schnell wie möglich wieder verschwinden.

Die Kröte gab seinem Diener ein Zeichen, der eine Phiole aus seiner Tasche holte.

»Was ist das?«

»Ein Gift.« Natürlich war es das. Gifte waren die Spezialität der Kröte. »Du musst es jemandem übergeben.«

»Warum machst du das nicht selbst?« Wren verschränkte die Arme. »Ich habe keine Lust, den Laufburschen zu spielen.«

»Ich werde überwacht«, sagte die Kröte.

»Nun, wir alle haben unsere Probleme.« Sie vertraute dem Mann nicht. Er war kein richtiger Rebell, teilte nicht ihre Ideale. Nein, er stand immer auf der Seite, die ihm Macht und Geld versprach.

»Es ist die letzte Chance der Rebellion.« Die Kröte sah ihr in die Augen.

»Und was soll das für ein Gift sein?« Sie zögerte.

»Ein Gift, das Gesegnete tötet.«

45.

RAIN SAH SICH IM SPIEGEL des Kunstsalons an. Sie trug eine Perücke, die von ihrem früheren echten Haar kaum zu unterscheiden war. In das Haar waren goldene Perlen eingewebt, die bei jeder Bewegung klimperten. Gesicht und Hals waren mit Goldstaub bemalt. Schimmernde, glänzende Körner, die von dem ablenken sollten, was sich in den letzten Tagen ereignet hatte.

Da Eros gekündigt hatte, hatte sich Tiberius' Cabman um das Outfit zum heutigen Tag gekümmert und präzise die Anweisungen von Rains Vater umgesetzt. Sie sollte atemberaubend aussehen.

»Atemberaubend«, bestätigte Glee.

Aber auch ungebrochen und stark. Das erreichte das schwarze Kleid, das aus einer eng anliegenden Korsage bestand und in einem weit gefächerten Rock endete. Ihre Augen wurden durch einen schwarzen Strich verbunden, der das Grün ihrer Iris hervorstechen ließ. Die Augen waren auch das Einzige, woran man sie wirklich erkennen konnte.

»Ich finde es grässlich«, bestätigte Cassian, als er neben sie trat mit einem ähnlichen Outfit wie dem ihren. Seine Haut war ebenfalls mit Gold bedeckt, und er trug Hose und Hemd aus demselben Material wie ihr Kleid. »Na, immerhin sehen wir zusammen schrecklich aus.«

»Es ist falsch«, sagte Rain.

»Wir müssen hin.« Cassian drehte sich zu ihr um und zog sie an sich heran, doch sie stieß ihn beiseite. »Du weißt, warum.«

Sie wusste es, aber das änderte nichts daran, dass es falsch war. Die Wahrheit interessierte niemanden. Es war diese Liebesgeschichte, an die die Menschen glauben wollten. Die Liebesgeschichte, die die Rebellion beendet hatte. Und die Liebesgeschichte, die ihnen Hoffnung gegen die Verdammten gab.

»Ihr seht grässlich aus«, verkündete Rose, die gerade in den Kunstsalon hereinmarschiert kam. Cassiopaio folgte ihr. Nicht aus plötzlicher Zuneigung, sondern weil sie ein Ei in den Händen trug, mit dem sie vielversprechend vor seiner Nase wedelte.

Rain löste sich von Cassian.

»Du siehst aus wie jemand, der sich wichtigmachen will«, sagte Rose und musterte den Gesegneten kritisch.

»Ich bin wichtig«, widersprach Cassian. »Ich bin der frischgebackene Earl von Green. Und wenn du die Leute fragst, ein Held. Hast du die Szene gesehen, in der ich die Rebellin J erschieße und Morpheus und Rajana damit das Leben rette?«

»Mein Bruder ist der Held von Hope.« Rose biss selbst in das Ei und brach damit das Herz einer gierigen Fuchsmanguste. »Er hat den Mutantenhai getötet, der dich um ein Haar gefressen hätte.«

»Das stimmt. Lark ist der Held«, stimmte Rain zu.

»Aber niemand erwähnt ihn.« Rose ignorierte Pi, der an ihrem Hosenbein zog, und biss erneut von dem Ei ab. Die Fuchsmanguste bellte wütend und biss ihr in die Wade. »Das ist nicht gerecht.«

»Das ist es nicht.« Cassian beugte sich zu ihr hinab. »Aber weißt du, die wahren Helden sind immer die, über die keiner redet. Die anderen sind bloß Schaumschläger.«

»Ach ja?«

»Ja.«

»Ich hab dich gleich für einen Schaumschläger gehalten«, verkündete Rose und raunte Rain zu. »Was ist ein Schaumschläger?«

»Du hast recht. Ich bin der größte Schaumschläger, den du dir vorstellen kannst.« Cassian legte den Kopf in den Nacken und lachte auf. »Aber dein Bruder. Der ist wirklich mutig.«

»Wirklich?« Roses Augen leuchteten, als sie zu dem Gesegneten emporsah.

»Wirklich.«

Cassian schaffte es immer wieder, Rain zu überraschen. Eigentlich hatte sie ihn nach ihrer Befreiung verprügeln wollen, aber sein einnehmendes Lächeln hatte die Wut verrauchen lassen. Vorerst. Stattdessen hatte sie ihn am Kragen gepackt und an die Wand gedrückt: »Was spielst du für ein Spiel?«

Er hatte die Hände gehoben. »Warte, Sonnenschein. Lass es mich erklären.«

»Ich gebe dir eine Minute.«

»Mein Vater wollte behaupten, dass du mit Lark und den Verdammten unter einer Decke steckst. Er sagte, du hättest nun völlig den Verstand verloren, und wollte dich als Earl absetzen, um deinen Vater zu schwächen. Er wollte, dass ich ihm dabei helfe.«

»Also hast du dich an meinen Vater gewandt?«

»Dein Vater hat recht. Was Hope im Moment braucht, ist Einheit. Keine inneren Machtspiele und Intrigen. Wir müssen geschlossen zusammenstehen. Gegen die Verdammten.«

»Ich kenne die Wahrheit, und du kennst sie auch. Lark ist kein Verräter, dieses Mal nicht. Er hat uns geholfen und Bolt aufgehalten«, hatte Rain gesagt. »Ich werde einen Weg finden, ihn zu retten.«

Und nun standen sie hier, im Kunstsalon, und bereiteten sich auf die Zeremonie der Einheit vor, ein Fest, das dem Volk Hoffnung schenken sollte.

Die Spuren der Rebellion waren weiterhin zu sehen, und es würde eine Weile dauern, Aventin wiederaufzubauen. Tiberius hatte darauf bestanden, die Zeremonie hier vor dem Palast abzuhalten. Zu diesem Zweck hatte er Gesegnete und Menschen eingeladen, um Seite an Seite zu stehen. Er, der Protektor, wollte zu dem Volk sprechen und über diejenigen richten, die Aventin angegriffen hatten.

Die Zeremonie wurde stark bewacht, ebenso wie die Gefangenen, die in gläsernen Käfigen über dem Fest schwebten. Es waren nicht alle, nur einige führende Spines. Ebenso wie einige Aventiner, die die Rebellen mit Informationen und Waffen versorgt hatten. Auf TecDecs unter den Käfigen konnte man die genauen Anklagepunkte nachlesen.

Die Gesichter der übrigen Spines wurden in ganz Aventin auf TecDecs präsentiert, in der »Liste der Schande«.

Um Stehtische hatten sich die Gäste versammelt, während Service-Bots und Diener Getränke und Snacks verteilten. Trotz der jüngsten Ereignisse waren Zweien nicht vom Fest ausgeschlossen. Im Gegenteil. Tiberius verkündete eine »Einheit für alle«, unabhängig der Gene. Jeder sollte nun die Chance haben, seinem Land zu helfen. Selbst Zweien und Dreien bekamen die Chance, die Sentinal im Kampf gegen die Verdammten zu unterstützen. Und die Mutigsten unter ihnen sollten sogar mit einem Upgrade belohnt werden.

Der Gleiter von Rain und Cassian landete, und Nife brachte sie zu den Feierlichkeiten. Sofort waren sie von Kameradrohnen umringt. Die Helden von Aventin.

In diesem Moment war Rain froh, so viel Gold im Gesicht zu haben. Es war wie eine Maske, hinter der sie sich verstecken konnte.

»Prinzessin Rajana, was sind deine Pläne?«

»Was wirst du tun, wenn die Stadt wiederaufgebaut ist?«

»Wirst du am Kampf gegen die Verdammten teilnehmen?«

Sie antwortete nicht. Dies war nicht sie. Es war die Geschichte von Rajana, der unglaublich mutigen Prinzessin, die für ihr Land alles geben würde. Und die Geschichte von Cassian, der der Ghostprinzessin trotz ihrer kühlen Art sein Herz schenkte. Und sie schenkte ihm das ihre.

Doch Rains Gedanken waren nicht in Aventin. Sie waren weit entfernt in Black Shell bei dem Jungen, der wirklich ihr Herz besaß. Sie blieb etwas zurück und überließ es Cassian, sich den Fragen der Reporter zu stellen.

»Also ich finde die Feier bisher ziemlich albern«, sagte eine vertraute Stimme. Rain drehte sich um und entdeckte Sore, die junge Frau, die sie vor einer gefühlten Ewigkeit im Park von White Pearl getroffen hatte.

Sie hatte ihre azurblauen Haare dunkelgrün gefärbt und trug ein Kleid in derselben Farbe. Es hatte einen tiefen Ausschnitt, der durch goldene Ketten, die im Dekolleté verschwanden, noch betont wurde.

»Ich finde es auch albern«, sagte Rain.

»Was, glaubst du, wird mit ihnen passieren?«, fragte Sore. Sie deutete auf die Angeklagten, die in den Glaskäfigen über ihren Köpfen kreisten.

»Ich weiß es nicht.«

»Für mich sind sie Helden.« Sore nippte an ihrem Getränk, das golden glitzerte. Ebenso wie die zahlreichen Ringe an ihren Händen.

»Helden?« Rain guckte die junge Frau überrascht an, die nur unschuldig mit den Schultern zuckte.

»Es gibt genug Feiglinge da draußen«, erklärte sie so unbeschwert, als würde sie über das Wetter reden. »Sie hatten den Mut, für ihre Überzeugungen einzustehen.«

»Es gibt vielleicht genug Feiglinge, aber es gibt auch genug Menschen, die anderen für ihre Überzeugung den Kopf einschlagen würden«, widersprach Rain. »Das war nicht der richtige Weg.«

»Und was hast du getan, Prinzessin?« Sore hob herausfordernd die Augenbraue. »Was hast du getan, um die Ungerechtigkeiten zu beenden?«

»Veränderungen brauchen Zeit.«

»Oder passieren nie.« Sore rollte mit den Augen. »Die Menschen sehen Ungerechtigkeit nur, wenn es ihnen passt. Die Aventiner hat vielleicht interessiert, welche Show sie am Abend gucken wollen. Aber nicht, dass Menschen in Grey unter den Einflüssen des Smogs leiden oder dass ihre Zwei vielleicht gern mehr wäre als bloß eine Dienerin. Es hat sie nicht direkt betroffen. Warum also drüber Gedanken machen? Aber jetzt wurden sie aufgeweckt. Mit einem Knall. Und sie haben es verdient.« In Sores Blick funkelte eine Wut, die Rain überraschte. Bei ihrer letzten Begegnung war sie unbeschwerter gewesen.

»Und was geschieht als Nächstes? Die alte Welt hat uns gezeigt, wozu ein Krieg führen kann. Und siehe, was aus ihnen geworden ist. Sie sind bloß Erde und Staub.«

»Das sind wir auch bald. Wenn uns diese Verdammten überrennen.« Sore hob ihr Glas. »Also sollten wir uns betrinken, richtig?«

Rain hätte sich gern betrunken, aber sie schüttelte den Kopf. »Für mich nicht.«

Sore hielt inne. »Du bist wirklich schrecklich langweilig für einen ehemaligen Ghost.«

»Und du bist seltsam wild für eine Eins aus Ruby.«

»Wild und frei. Echt und gerecht«, korrigierte Sore und bedachte sie mit einem koketten Augenaufschlag. Sie winkte eine Drohne herbei und nahm zwei neue Gläser vom Tablett. Eines reichte sie Rain. »Und? Wirst du mich verraten?«

»Weshalb?«

»Du weißt, weshalb.« Sie spielte mit ihren Fingern an der goldenen Kette.

Rain wusste es. Wie sollte sie nach dem Gespräch auch etwas anderes glauben, als dass Sore eine Sympathisantin der Spines war und vielleicht sogar eine von ihnen? Sie schüttelte langsam den Kopf.

»Warum? Du schuldest mir nichts.« Sore klimperte mit ihren langen dunklen Wimpern. »Oder stehst du auf mich?«

Für sie war Verführung ein Spiel, das verstand Rain nun, und sie entzog sich Sores Hand, die plötzlich über ihren Arm strich.

»Nein, aber es ist nicht mehr wichtig. Wir stehen alle auf derselben Seite, wenn die Verdammten Aventin erreichen.«

- - -

Wren nippte an ihrem Glas, während sie die Gesegnete musterte. Für einen kurzen Moment hatte sie überlegt, ihre Mission abzuändern und selbst etwas von dem Gift zu benutzen, um Rajana zu vergiften. Nur ein paar Tropfen in das Glas, und der Gerechtigkeit wäre Genüge getan. Warum warten und etwas riskieren, wenn doch die Schuldige direkt vor ihr stand und aussah wie die verdammte nächste Regentin von Hope.

»Was ist mit dem Jungen, Lark?«, fragte sie, um Rajana abzulenken. »Ich habe es gesehen. Er ist jetzt einer von ihnen. Den Verdammten.«

»Er ist immer noch Lark.« Das Gesicht der Gesegneten war wie versteinert.

»Ja. Lark, der Verräter.« Wren kicherte hinter der ringbesetzten Hand. »Und wenn er wirklich zu denen gehört, verrät er am Ende nicht nur Spines und Gesegnete, sondern auch ganz Hope. Wie ironisch.«

»Er verrät uns nicht.«

Es überraschte Wren zu hören, dass sich die Prinzessin für den gefallenen Spine einsetzte. Das war politisch nicht gerade klug.

»Sie werden Experimente an ihm machen, um mehr zu erfahren«, sagte sie und beobachtete, wie Rajana selbst unter all dem Goldstaub blass wurde. »Im Krieg ist das ganz normal. Vermutlich schneiden sie ihn genau in diesem Moment auf. Er wird es sicher nicht überleben.«

»Das werde ich verhindern.« Rajanas Hand, die sich um ihr Glas klammerte, erzitterte. »Koste es, was es wolle.«

Listo Kallisto, die Arme meint es ernst, schoss es Wren durch den Kopf, als sie erkannte, dass unter all den teuren Stoffen und Make-up nur ein Mädchen steckte, das genauso ein Nervenbündel war wie sie selbst. Und auf einmal fiel es ihr schwer, an ihrem Hass festzuhalten. »Du liebst ihn wirklich.«

Rajana biss sich auf die Lippe. Sie sagte nichts, aber das war auch nicht nötig.

Es wäre ganz einfach gewesen, das Gift in das Glas zu tröpfeln, aber

Wren überlegte es sich anders. Sie würde doch beim ursprünglichen Plan bleiben und die Phiole an ihre Kontaktperson übergeben.

»Viel Erfolg mit deinem Verdammten, Prinzessin.« Sie leerte ihr eigenes Glas in einem Zug, warf es in einen Blumentopf und rülpste ungebührlich. Dann ging oder vielmehr wankte sie zur Bar, wo sie sich auf einen Hocker fallen ließ und neue Getränke orderte.

Wann ließ sich endlich ihre Kontaktperson blicken? Wenn sie noch weiter warten musste, würde sie bald nicht mehr stehen können. Denn ohne benebelnde Getränke war diese Veranstaltung nicht auszuhalten.

In diesem Moment betrat Tiberius die Bühne. Er streckte seine Arme, und sein Bild wurde auf Hologrammen und TecDecs überall auf dem Platz übertragen. Wren nahm das zum Anlass, noch einen Cocktail hinunterzukippen. Schon beim bloßen Anblick des Protektors wollte sie sich übergeben.

»Volk von Hope. Wir haben schwere, verstörende Zeiten hinter uns, aber noch schwerere werden folgen, denn wir sind einer unglaublichen Gefahr ausgesetzt. Wie sicherlich jeder von euch schon gehört hat.«

Die Projektion eines Verdammten beschwor ein verängstigtes Raunen herauf. Wren schnaubte verächtlich. Wie leicht sich diese Menschen wieder um seinen Finger wickeln ließen, war wirklich erbärmlich. Sie himmelten ihn an und waren bereit, ihm alles zu opfern. All ihre Freiheit und all ihre Gleichheit für ein bisschen mehr Sicherheit.

»Jeder kann einen Beitrag leisten, unser geliebtes Hope zu unterstützen. Denn wir wollen unser Land nicht mit Schutt und Asche überziehen, sondern es aufbauen. Lasst uns Hope wieder stark machen. Gemeinsam.«

Er streckte seine Arme so weit, als wollte er alle umarmen.

»Einsen. Zweien und Dreien. Jeder kann dem Kampf gegen die Verdammten beitreten. Ja, selbst die Spines.«

Wieder ging ein Raunen durch die Anwesenden, und Wren stellte ihr Glas ab, um sich umzudrehen. »Was hat diese Kakerlake nun wieder vor?«

»Ihr hört richtig. Unter diesen besonderen Umständen werde ich den Spines eine Chance geben, ihre Untaten wiedergutzumachen. Eine Chance auf Begnadigung und einen Neuanfang«, begann Tiberius, und die Anwesenden hielten die Luft an. »Wir haben ein Programm ins Leben gerufen, was uns allen hilft. Wir sind keine Unholde, die Wehrlose an Haie verfüttern. Nein, wir gehen mit gutem Beispiel voran und lassen ihnen die Wahl. Ab sofort können einige Spines Reue für ihre Taten zeigen, indem sie ebenfalls an die Front gehen und kämpfen. Gemeinsam für ein starkes Hope. Und damit meine ich wir alle. Denn nur vereint können wir diesen Krieg überleben.«

Die Anwesenden waren von der Idee begeistert und sammelten sich um die TecDecs, wo die genauen Informationen zu dem Programm erläutert wurden. Er war wirklich clever. Das Andenken der Spines so in den Dreck zu ziehen. Niemand interessierte sich noch für ihre Ideale, solange eine Armee aus Maschineninsekten auf sie zu marschierte. Und Tiberius verwehrte ihnen nun auch noch den Märtyrertod und schickte sie als Kanonenfutter an die Front.

»Also wirft er sie doch dem Mutantenhai vor«, brummte sie. Sie ließ ihr neues Glas fallen, ohne mit der Wimper zu zucken, woraufhin ein ServiceBot entsetzt piepte. »Verdammtes Kallisto. Diese Welt ist dem Untergang geweiht. Ob sie nun durch die Verdammten sterben oder an ihren eigenen Scheißlügen ersticken.«

Sie wollte verschwinden, doch in diesem Moment erregte eine Gestalt ihre Aufmerksamkeit. Eine Frau, die direkt zu ihr herübersah. Wrens Herz begann zu flattern, als sich die Frau in Bewegung setzte, auf sie zukam und sich neben sie setzte.

»Was für ein Abend«, begann sie mit sanfter Stimme. »Ein Abend voller Erinnerungen.«

Das war das Passwort, doch Wren starrte die Frau nur gebannt an. Es dauerte, bis sie endlich ihre Stimme wiederfand und den vereinbarten Code erwiderte. »Ein Abend voller Veränderung … Verzeihung, aber was soll der Scheiß?«

Sie verstand nicht, was hier gerade passierte, denn ihre Kontaktperson, die, an die sie das Gift übergeben sollte, um somit den letzten Schachzug der Spines auszuführen, war eine Gesegnete. Und niemand Geringeres als Rajanas Mutter selbst. Aurelia.

46.

CASSIAN UND MORPHEUS TRANKEN darauf, dass sie den Hai überlebt hatten. Sie hatten sich schnell angefreundet, was angesichts ihrer extrovertierten Art nicht wirklich verwunderlich war. Und sie schienen die Differenzen über Cassians Verrat vorerst vergessen zu haben.

Ob Morpheus wohl mehr Cassians Typ entspricht?, fragte sich Rain, als sie die Blicke beobachtete, die sich die Gesegneten immer wieder zuwarfen.

»Komm, Sonnenschein«, sagte Cassian. »Trink mit uns.«

»Darauf, dass wir alle unsere erste Rebellion überlebt haben«, ergänzte Cassian. »Und unseren ersten Mutantenhai.«

Aber Rain war nicht nach Feiern zumute. Sie suchte Schutz in einem eher abgelegenen Partyzelt. Doch sie war nicht lange allein. Minuten später trat jemand anderes ein, und es war jemand, den Rain wirklich nicht erwartet hatte.

»Aurelia.« Sie stand von dem Sofa wieder auf.

»Er hat alles bekommen, was er wollte«, sagte die Gesegnete, während sie auf dem Sofa gegenüber Platz nahm. »Die Königin ist tot, und die Menschen schreien nach ihrem Protektor. Und wenn der Krieg vorbei ist, wird er der wahre Gewinner sein.«

»Weder hat er die Verdammten beauftragt«, widersprach Rain, »noch die Rebellion angezettelt.«

»Oh du dummes, naives Mädchen.« Aurelia schlug die Beine übereinander und lehnte sich zurück. »Es läuft alles genau so, wie er es will. Das war schon immer so und wird immer so bleiben.«

»Das alles hat Tiberius unmöglich wissen können.«

»Das habe ich auch einmal gedacht, aber mittlerweile bin ich mir da nicht mehr so sicher. Es ist doch offensichtlich. Die Menschen sind Schafe, und der Wolf hat sie verschreckt. Jetzt warten sie nur darauf, dass jemand die Führung übernimmt.«

»Die Herrscher werden gewählt …«

»Und wer würde euch nicht wählen? Dich und Cassian, das Paar der Herzen. Unterstützt vom Protektor, der Hope befreite. Tiberius ist nicht dumm. Er würde sich nicht selbst aufstellen, nein. Als Anführer des Heeres würde das nicht gut aussehen. Aber gegen seine bezaubernde Tochter kann nun wirklich niemand etwas einwenden.«

»Ich habe kein Interesse daran, zu herrschen. Ich bin nicht wie Tiberius.«

»Du bist genau wie er.« Aurelia stand auf, und ihrem Lächeln nach zu urteilen, wusste sie, dass sie Rain mit ihren Worten tief getroffen hatte. »Feierst hier an Cassians Seite, während dein kleiner bedauernswerter Freund weit weg ist, eingesperrt und, wie man hört, vollkommen von Sinnen. Genau wie dein Vater es wollte.«

Rain wurde abwechselnd heiß und kalt.

»Du kannst ihn nicht retten, Rajana. Und du weißt es. Das war niemals vorgesehen, denn er würde nur Tiberius' Plan durchkreuzen. Und was würde passieren, wenn sich eine Drei zwischen das Traumpaar drängt?«

Rain hielt es nicht länger aus und stürmte aus dem Zelt. Dabei lief sie Nife in die Arme, der stets in ihrer Nähe blieb.

»Was wollte deine Mutter von dir?«, fragte er gewohnt misstrauisch. »Ich dachte, sie tut so, als gäbe es dich nicht.«

»Ich will nach Hause.« Rain spürte, wie sich Tränen in ihren Augen sammelten, und wischte sie mit der Hand beiseite. »Sofort.«

»Das geht nicht. Cassian hat nach dir gefragt und dein Vater auch. Es soll ein Feuerwerk geben …«, sagte Nife, hielt aber inne, als er ihr Gesicht sah. »Was ist los? Hast du dich geprügelt? Dein Make-up ist ganz verlaufen.«

»Ich will nach Hause.« Sie marschierte zwischen den Zeltreihen hindurch, an der Bühne vorbei, auf der sich Tiberius feiern ließ, zu einem Fahrstuhl, der sie auf das Deck brachte, wo die Gleiter parkten.

»Deine Augen. Sie sind ganz rot.« Der Soldat wich nicht von ihrer Seite. »Du hast doch nicht etwa geweint? Das wäre mal was ganz Neues.«

»Sei still, Nife!« Sie spürte die Verzweiflung in sich hochsteigen. Sie schnürte ihr die Kehle zu und trieb ihr weitere Tränen in die Augen. In diesem Moment stiegen Feuerwerksraketen über die Dächer und tauchten die Stadt in einen goldenen Glitzerregen. Rain konnte unter sich die Feiernden sehen, die angesichts des funkelnden Goldregens wieder zu hoffen wagten. Die Gefahr und der Krieg waren für einen Moment vergessen. Doch Rain konnte den Moment nicht genießen.

»So ein Kallisto!«, fluchte sie und schlug wütend gegen die Außenwand eines parkenden Gleiters.

Wieder und wieder. Sie war hier auf dieser verfluchten Party, während Lark auf einem Versuchstisch lag. Während Menschen in den Krieg zogen, solche, die es für ihre Familie taten, und solche, die gezwungen wurden. Während sich alles änderte und doch alles beim Alten blieb.

Aurelia hatte recht. Der wahre Gewinner war wie immer Tiberius.

»Was machst du denn da?« Nife zog sie von dem Gleiter weg, als sie zum nächsten Faustschlag ausholte. Sie hieß die Schmerzen in ihren Knöcheln willkommen, ebenso wie das Blut, das an ihren Händen hinunterlief. »Soll ich …«

»Kein MedBot«, befahl Rain schwer atmend.

»Was ist denn los?« Nife sah hilflos aus.

»Ich weiß nicht, wer ich bin.« Sie ließ ihre Arme sinken, und Blut tropfte von ihren Knöcheln. »Bin ich Rain, der Ghost, der nur nach den eigenen Regeln lebt? Oder bin ich Prinzessin Rajana, Tochter des Protektors?«

Nife hatte sie losgelassen, und sie lehnte sich schwer atmend an den Gleiter, den Kopf in den Nacken gelegt. Ihr Blick wanderte nach oben zu den Sternen, vor denen ein atemberaubendes Feuerwerk tanzte. Doch keiner da oben kannte die Antwort auf ihre Fragen.

»Ich möchte für Hope kämpfen, es zu einem besseren Ort machen, doch ich weiß nicht, wie.« Sie sank auf den Boden und umschlang ihre Beine. »Gleichzeitig möchte ich weit weglaufen und dieses ganze Chaos hinter mir lassen.«

Mit Lark und Rose.

»Du bist all das«, sagte Nife und setzte sich neben sie. »Du bist eben du. Und auch wenn es nicht einfach ist, ist es genau das, was dich ausmacht.«

»Aber ich habe das Gefühl, zu zerreißen.« Rain sah ihn an.

»Das kenn ich.«

»Wirklich?«

»Ja. Ich war immer schon Soldat. Meine Eltern waren es auch. War also klar, dass ich es im Blut hab. Und ich bin gut darin. Ich gehorche Befehlen. Mache meinen Job. Aber …« Er zögerte, als ob ihm die Antwort Unbehagen bereitete. »Seitdem ich dich kenne, ist es komplizierter. Na ja, ich diene Earl Tiberius, aber ich bin nicht nur Nife, der Soldat. Ich will auch Nife, der Freund sein. Weil du ganz in Ordnung bist. Seltsam, aber ganz in Ordnung.«

»Du willst mein Freund sein?«

»Nein. Das wäre zu viel gesagt. Ich hatte noch nie Freunde, aber …«

»Wie wäre es mit Kameraden?«

»Ja, so etwas.« Nife nickte. »Ich bin natürlich Nife, der Soldat. Aber manchmal, wie jetzt, da bin ich auch Nife, der Kamerad. Dein Kamerad. Du musst in dich horchen und gucken, wer du gerade sein willst.«

»Im Moment?« Rain dachte nach, und sie wusste, sie musste eine Entscheidung treffen. Wollte sie zu dem Fest zurückkehren und Hope das Hoffnungssymbol geben, das es benötigte? Die Prinzessin, die das Land einte und es gegen die unbekannten Feinde in den Krieg führte?

»Im Moment bin ich Rain, das Mädchen mit den Brombeeren.« Sie stand auf. »Und ich will nach Hause. Zu Rose.«

47.

RAIN BETRAT IHR SCHLAFZIMMER. Auf dem Kopfteil ihres Bettes hatte sich Cassiopaio ausgebreitet. Und daneben lag Rose. Der Anblick erwärmte Rains Herz, und für einen Moment hatte sie das Gefühl, dass alles perfekt sein könnte. Wenn Lark hier wäre.

Sie ging ins Badezimmer, zog ihr Kleid aus und ließ es auf dem Boden liegen. Dann stellte sie sich unter die Dusche, um den Goldstaub abzuwaschen. Zusammen mit dem Blut und den Tränen. Sie setzte sich auf den gefliesten Boden, während das Wasser an ihr herablief, legte ihre Stirn auf die Knie und schloss die Augen.

»Was soll ich tun, Mom?«

Storm hätte gewusst, was zu tun war. Sie hatte es immer gewusst. Und sie selbst wusste es auch.

»Ich bin Rain, der Regen, der Neuanfang.« Das hatte sie gesagt, und das war die Antwort. Sie sprang auf, stieg aus der Dusche und zog sich, ohne sich vorher trocknen zu lassen, ihr Nachthemd über. Sie eilte zum Bett, kniete sich davor und holte die Kugel hervor, die sie in einer Ausbuchtung in der Matratze versteckt hatte – vor neugierigen Augen, aber auch vor glitzerverliebten Fuchsmangusten. Sie lag warm, beinahe friedlich in ihrer Hand und glänzte selbst im gedimmten Licht des Zimmers. Rain schloss ihre Hand um die Kugel und legte ihren Kopf in den Nacken.

In dieser Position verharrte sie und lauschte eine Weile den regelmäßigen Atemzügen von Rose und Cassiopaio. Für einen Moment war Frieden eingekehrt, und sie wollte sich vorstellen, dass sie sicher waren. Hier unter den Sternen. Dass alles gut werden würde, aber das würde es nicht. Nicht ohne Lark.

Sie stand auf und ging zur Fensterwand, unter der sich Aventin erstreckte. Und weit entfernt, da lag Grey. Ein dunkler Punkt inmitten der Nacht, und es schien viel zu lang her, dass sie dort durch die Straßen gestreift war. Dahinter am Horizont lag die Front des nicht mehr vergessenen ewigen Krieges. Rain hatte im TecDec die Berichte über die Vereinten verfolgt, aber sie waren in ihren Absichten nicht greifbar. Und ihre Andersartigkeit machte den Menschen große Angst.

Rain sah wieder auf die seltsame Kugel in ihrer Hand. Lark hatte gewollt, dass sie sie in den Mund nahm.

Brombeeren.

Er hatte gewollt, dass sie ihm vertraute. Und sie vertraute darauf, dass er sie niemals seiner Schwester gegeben hätte, wenn dieses Ding gefährlich sein sollte. Egal ob Spine, Sentinal oder Vereinter. Er war immer noch Lark, und Lark würde niemals seiner Schwester etwas antun.

»Was machst du da?« Rose hatte sich auf den Rand des Bettes gesetzt und rieb sich die Augen.

Rain sah zu dem Mädchen. »Diese Kugel ist unser einziger Hinweis …«

»Vergiss es«, protestierte Rose. »Es war vielleicht nicht Lark, der sie mir gegeben hat.«

»Und vielleicht war er es doch.« Sie führte die Kugel an ihre Lippen. »Ich glaube, dass er es war. Ich muss es glauben.«

»Rain, ich will nicht, dass du das machst.« In Roses Augen sammelten sich Tränen, und sie eilte auf sie zu, um sich an sie zu klammern. »Du bist vielleicht die einzige Familie, die ich noch habe.«

»Ich glaube, dass Lark noch existiert. Ich kann ihn nicht aufgeben. Ich kann es einfach nicht …« Sie schob Rose sanft von sich und strich ihr übers Haar. »Hör zu. Wenn etwas schiefgeht, musst du Nife Bescheid geben.«

Das Mädchen nickte mit zusammengekniffenen Lippen.

»Ich tue es für Lark.« Rain überlegte nicht länger und nahm die

Kugel in den Mund. Sie zerfiel augenblicklich in winzige Einzelteile, die sich im Körper verteilten.

»Lebst du noch?«, fragte Rose skeptisch.

»Ja.« Rain fühlte sich nicht anders als sonst.

»Bist du noch … du?« Rose starrte sie mit weit aufgerissenen Augen an, bereit, aus dem Zimmer zu rennen und Nife zu alarmieren.

»Ja, ich denke schon.« Rain fuhr sich über die Lippen. »Vielleicht funktioniert es bei Gesegneten nicht. Ich merke nichts … AHHH!«

In diesem Moment streckte sie ein stechender Schmerz nieder, der wie ein Blitz durch ihren gesamten Körper fuhr. Sie fiel auf den Boden und blieb liegen. Über ihr erschien Roses Gesicht. Sie schüttelte Rain panisch, aber sie konnte nicht hören, was sie sagte. Stattdessen hörte sie etwas anderes.

Da bist du ja endlich.

»Lark«, murmelte sie und schloss ihre Augen. Sie konnte seine Stimme hören, laut und deutlich, als würde er direkt neben ihr stehen.

»Lark … Ich …« Sie wollte etwas sagen. So viele Wörter brannten ihr auf der Zunge, aber sie konnte ihre Gedanken nicht ordnen. Zu sehr freute sie sich, seine Stimme zu hören.

»Ich kann dich hören«, sagte sie stattdessen.

Der Schwarm verbindet uns.

»Der Schwarm?«

Er ist in uns, beschützt uns, vereint uns.

»Du meinst die Nanopartikel in der Kugel?«, fragte Rain.

Auf diese Weise können wir in Kontakt treten.

»Amygdala dachte, sie seien eine Waffe, um uns zu infizieren.«

Diese Kugeln können euch nicht verletzen. Sie dienen lediglich der Kommunikation. Ein Übersetzer sozusagen, damit ihr uns verstehen könnt. Wir hören euch, und ihr hört uns.

»Ein Kommunikationsgerät?«

Ja, damit wollten wir euch erklären, wer wir sind.

»Nun, es ist nicht gerade vertrauenerweckend, einem Fremden Kugeln in den Mund schieben zu wollen«, entgegnete Rain. »Das kann missverstanden werden.«

Sie glaubte, Lark auflachen zu hören. *Das habe ich ihnen auch gesagt, aber sie kannten eure Gewohnheiten nicht.*

»Aber du hast es ihnen erklärt«, verstand Rain.

Ja. Wir verstehen euch nun besser.

»Wir? Du sagst immer wir.«

Ja.

»Bist du noch … du?« Sie hielt die Luft an und wartete seine Antwort ab.

Wir sind wir. Wir sind der Schwarm.

Die Antwort brach ihr das Herz.

»Aber es ist deine Stimme, die ich höre.«

Lark ist … Ich bin nicht fort. Aus ich *wurde* wir. *Es ist schwer zu erklären. Es ist wie ein Becken, das aus unzähligen Tropfen besteht, die miteinander verschmelzen …*

»Hallo! Kann er mich hören? Lark? Kannst du mich hören?«, fragte Rose, als Rain die Tränen unter den geschlossenen Lidern hervorquollen. »Was sagt er?«

»Warum wolltest du mit mir sprechen?«, fragte Rain und schluckte.

Wir brauchen deine Hilfe.

»Wozu?«

Wir wollen den Krieg beenden.

»Sag ihm, er soll lauter sprechen. Ich will ihn auch hören«, bettelte Rose, die die auf dem Rücken liegende Rain schüttelte. »Sag ihm, dass ich ihn lieb hab. Sag ihm, dass ich ihn vermisse. Sagst du ihm das?«

»Den Krieg beenden, Lark? Und wie soll dieses Ende aussehen? Wollen die Maschinen alle in Hope zu ihrem Schwarm machen? Was ist mit Rose, deiner Schwester? Soll sie auch eine von ihnen werden?«

»Zu was soll ich werden?«, hakte Rose nach, die nur die Hälfte des Gespräches mitbekam.

Nein. Die Vereinten wollen Frieden.

»Frieden? Ich weiß, was die Maschinen sind. Waffen.« *Genau wie wir selbst.* »Sie haben dich infiziert.«

Die Vereinten zwingen niemanden. Die Verbindung ist eine freiwillige Symbiose zum Wohle aller.

»Du kannst das doch nicht gewollt haben, Lark!« Er konnte sich unmöglich dafür entschieden haben, seine Schwester zu verlassen. Sie zu verlassen und zu denen überzulaufen, die Hope angriffen. Nein, das würde er nie tun. Er existierte noch, und er hatte einen Plan. Es musste so sein.

Rain. Bitte. Wir haben keine andere Wahl.

»Was soll ich machen?«

»Was sollen *wir* machen?«, korrigierte Rose. »Ich werde helfen.«

Es war nicht weiter schwer gewesen, herauszufinden, wo Eros jetzt wohnte. Sie stand vor seiner Tür und klopfte. Als der Cabman in einem pinken Schlafanzug aus Seide öffnete, war er sichtlich verwundert.

»Es ist mitten in der Nacht«, protestierte er. »Ich bin gerade von den Feierlichkeiten nach Hause zurückgekehrt, die du so unhöflich verlassen hast.«

Rain schob sich an ihm vorbei in das Apartment.

»Ich will zu deiner Schwester. Sore«, sagte sie.

»Was gibt es denn, Prinzessin?« Die Rebellin lag auf dem Sofa neben einem Glas, das verdächtig nach Siruptee aussah. »Ich bin gerade beschäftigt.«

In ihren Händen lag ein Messer, das sie geschickt rotieren ließ. Auf ihrem Arm war eine frische Verletzung, ein sauberer Schnitt, aus dem ein dünnes Rinnsal Blut lief. Es sah aus, als hätte sie ihn sich selbst zugefügt.

»Sore!«, protestierte Eros. »Wir haben doch darüber gesprochen.«

Er holte Verbandsmaterial, um ihren Arm zu versorgen, doch sie stieß ihn beiseite.

»Verschwinde, Prinzessin«, lallte die Rebellin und richtete die Klinge drohend auf die Gesegnete.

»Nein.« Rain setzte sich ihr gegenüber auf den Sessel. »Wir müssen reden, Sore. Oder sollte ich eher Wren sagen?«

Bei diesem Namen verdunkelte sich das Gesicht.

»Oh, du hast meine Geheimidentität enthüllt«, murmelte sie und zuckte die Schultern. »Und jetzt? Willst du mich doch verhaften? Soll ich auch an der Front kämpfen? Wenn ich es mir recht überlege, ist das vielleicht ein gnädiger Tod. Dann sterbe ich wenigstens bei meinen Freunden.«

»Ich brauche deine Hilfe.«

»Meine?« Wren lachte ungläubig. »Ich denke gerade nur über eine Sache nach, und zwar wie einfach es wäre, dich zu töten. Hier und jetzt.«

»Aber nicht in meiner Wohnung. Nein, nein«, rief Eros entsetzt. »Das Blut kriege ich nie wieder aus unserem weißen Teppich.«

»Wenn du mir hilfst, helfe ich dir, Moth zu befreien«, sagte Rain. »Er wurde mit anderen Spines an die Front geschickt.«

»Moth? Woher weißt du von ihm?« Wren war aufgesprungen und glitt, das Messer weiter auf die Gesegnete gerichtet, um den Tisch.

»Von Lark«, antwortete Rain.

»Der sitzt als Versuchskaninchen in Black Shell fest.«

»Er ist in meinem Kopf«, entgegnete Rain und tippte sich an die Schläfe. Sie wusste, wie verrückt sich das anhörte, und so war es nicht verwunderlich, dass Wren in schallendes Gelächter ausbrach.

»Vertraust du ihnen wirklich?«, fragte sie Lark. Sie musste die Frage laut stellen, denn offenbar konnte die Kugel nicht ihre Gedanken lesen.

Nein, aber wir brauchen sie.

»Und was passiert, wenn wir dich gerettet haben?«

Das haben wir dir doch erzählt.

»Sag es mir noch mal«, forderte Rain und schloss ihre Augen. »Ich muss es hören.«

Wenn ihr Larks Körper … mich und den Guardian befreit habt, werden wir zurückkehren. Dann ist der Schwarm wieder vollkommen und vereint.

»Und was macht ihr dann?«

Wir werden Hope verlassen. Rain, wir wollen keinen Krieg. Das ist nicht unsere Art. Wir wissen, es fällt dir schwer zu glauben, aber wir sind nur hier, um den Schwarm wieder zu vervollständigen. Niemand wird zurückgelassen.

»Du wirst weggehen …« Nein, Rain weigerte sich, das zu glauben. Sie würde einen Weg finden, Lark zurückzuholen. Ihn wieder zu einem normalen Menschen zu machen.

Es ist der einzige Weg, Rain. Der einzige Weg, den Krieg zu beenden.

»Redet sie gerade mit sich selbst?«, fragte Eros.

»Sie ist verrückt.« Wren hatte sie nicht aus den Augen gelassen. »Wirklich verrückt.«

Die Rebellin trat vor und hielt der Gesegneten die Klinge an den Hals. Rain wich so weit zurück, wie sie konnte, aber das Messer drückte sich tief in ihre Haut. Wren meinte es ernst.

»Ich kann es beweisen«, krächzte Rain. »Ihr habt einen geheimen Unterschlupf, in dem ihr Kinder versteckt. Die Wilden Frettchen nennen sie sich.«

»Gut. Spielen wir dein Spiel.« Wren nickte herausfordernd. »Sag mir, wer Rotauge ist.«

Die Ratte des Rebellenjungen Bug, den Bolt zurückgelassen hat, sagte Lark, und Rain wiederholte es.

»Ist er wirklich tot?«, fragte Wren, und auf ihrem Gesicht spiegelte sich Bedauern wider.

»Er wurde verhaftet«, sagte Rain.

»Das beweist gar nichts, hübsche Prinzessin.« Wren sah grimmig auf sie hinab. »Das könnte euch Bug selbst erzählt haben.«

Moth hat sie gerettet, nachdem sie sich umbringen wollte.

»Moth hat dich gerettet. Du wolltest dich umbringen.«

»Hast du das aus Moth herausgefoltert?« Die Klinge drückte sich noch tiefer in ihre Haut, und Rain spürte warmes Blut, das ihren Hals hinuntertropfte. Das reichte. Sie packte Wrens Hand und drückte das Messer von sich, indem sie das Gelenk der Rebellin überstreckte.

»Sore.« Eros hatte sich vor Schreck an das andere Ende des Raumes zurückgezogen. »Soll ich die Sentinal rufen?«

»Bist du verrückt?«, rief Wren mit schmerzverzerrtem Gesicht. »Sie ist die Gesegnete. Ich bin eine Rebellin! Wem, glaubst du, werden die Sentinal helfen?«

»Du hast Lark nicht erschossen, obwohl er euch in White Pearl verraten hat«, sagte Rain und verstärkte den Druck auf das Handgelenk. »Hilfst du mir nun?«

»Du gehst ganz schön ran«, sagte sie und versuchte trotz ihrer Schmerzen, ein verführerisches Lächeln auf ihre Lippen zu zaubern. »Ich kann verstehen, warum er dich so mag. Du bist umwerfend. Im wahrsten Sinne des Wortes.«

»Das heißt?«

»Dass du verrückt bist.« Sie hielt inne. »Aber ich stehe auf verrückt. Wie lautet dein Plan?«

48.

»NUR DAMIT ICH DAS RICHTIG VERSTEHE …«, hakte Cassian nach und holte tief Luft. »Du willst dich heimlich aus Aventin schleichen, in Black Shell einbrechen, die uneinnehmbare Festung der Sentinal, und Lark befreien, dessen Stimme du in deinem Kopf hörst. Und das alles mithilfe einer Rebellin, die dich töten will?«

»Ja.« Rajana nickte. »Lark kann den Krieg beenden. Er kann die Vereinten davon überzeugen, sich zurückzuziehen.«

»Das klingt nach einem schrecklichen Plan, Sonnenschein.«

Dem musste Wren zustimmen. Sie saßen alle zusammen in dem Arbeitszimmer von Cassians Apartment.

Wren saß mit verschränkten Armen auf einem gläsernen Hocker, in dem sich Sand drehte. Sie trug ein Oberteil aus Samt, das am Rücken weit ausgeschnitten war. Ihre Haare waren hochgesteckt, damit sie darin eine Klinge verstecken konnte. Ihre Hose war weit genug, um ein weiteres Messer zu verbergen. Nur für alle Fälle.

Sie konnte nicht glauben, dass sie hier war. Zusammen mit zwei Gesegneten. Aber es schien, dass im Moment alles möglich war.

Ihr Bruder Eros saß abseits der anderen, da er nichts mit den »Unannehmlichkeiten« zu tun haben wollte. Er war immer schon ein Feigling gewesen, aber trotz allem war er ihr Bruder und die einzige Familie, die sie noch hatte.

Rajana hatte es sich mit Rose auf dem Sofa gegenüber von Cassian bequem gemacht. Sie und die kleine Drei schienen ein inniges Verhältnis zu haben. Zumindest wich die Kleine nicht von ihrer Seite.

»Du musst den Jungen ja wirklich mögen.« Cassian seufzte.

»Ich werde ihn nicht im Stich lassen.«

»Wir lassen ihn nicht im Stich«, korrigierte Rose mit ernster Miene. Doch egal, wie sie ihre Lippen aufeinanderdrückte, sie konnte das Zittern nicht verbergen.

»Ich habe nur eine Frage«, sagte Cassian. »Warum darf ich nicht mit?«

»Mein Vater lässt jeden meiner Schritte überwachen. Du musst hierbleiben und so tun, als wäre ich bei dir.«

»Verstehe. Ich habe den langweiligen Job.« Cassian sah enttäuscht aus. »Und wer mimt Prinzessin Rajana? Wir brauchen einen Doppelgänger, falls hier jemand reinkommt.«

Er nahm Rajanas Perücke von ihrem Kopf und hielt sie hoch. »Was ist mit dir, grünhaarige Dame?«

Wren schnaubte verächtlich. »Ich gebe keine gute Prinzessin ab. Aber mein Bruder hat einen recht weiblichen Touch.«

»Auf keinen Fall«, protestierte Eros. »Ich will da nicht mitmachen.«

»Sei still, Bruder«, zischte Wren und warf ihm einen vernichtenden Blick zu. Sie würde Rajana auf diese verrückte Mission begleiten, aber das Ganze hatte nur einen Grund: Moth. Sie würde ihn retten, und dann würden sie Aventin hinter sich lassen. Diese ganze verdammte, verlogene Stadt.

»Das könnte klappen«, meinte Cassian, nachdem er den Cabman eingehend gemustert hatte. »Bleibt nur noch die Frage, wie ihr nach Black Shell kommt?«

»Das ist meine Aufgabe.« Rose erhob sich stolz und reckte das Kinn. »Ich bringe sie rein.«

»Und wie das, Kleine?« Cassian musterte sie neugierig.

»Ich will zu meinem Bruder zurück.«

»Nun, die Sentinal haben andere Sorgen.«

»Ach ja? Rain hat ihren Vater gebeten, meinen Wunsch zu erfüllen. Er hat sich erweichen lassen.«

»Nicht aus reiner Gutherzigkeit«, ergänzte Rajana. »Im Prinzip war es seine Idee. Er selbst wollte testen, wie Lark auf Rose reagiert. Sicher will er ihre Verbindung benutzen, um an mehr Informationen zu kommen.«

»Wenn diese Vereinten so stark sind, warum befreit er sich dann nicht selbst?«, fragte Cassian.

»Sie haben seinen Körper gelähmt und ihn schlafen gelegt. In dem Zustand kann auch sein Guardian nicht kämpfen. Wir müssen dafür sorgen, dass er wieder aufwacht.«

Ja, so sah der ganze verdammte Plan aus. Und dann würden sie an die Front fliegen, um den Krieg aufzuhalten. Und hoffentlich würden sie rechtzeitig ankommen, um Moth zu retten.

»Kann ich kurz mit dir sprechen?« Cassian führte Rajana aus dem Zimmer. Er fasste ihr an die Schultern und sah ihr tief in die Augen, während er auf sie einsprach. Sicherlich hielt er es für ebenso dumm, den Verdammten zu vertrauen, wie sie. Man musste schließlich nur das TecDec einschalten und die Berichte verfolgen. Maschinen, die sich durch Green nach Aventin vorfraßen und eine Spur der Verwüstung hinter sich zurückließen. Ganze Dörfer waren dem Erdboden gleichgemacht worden. Bilder von Städten, durch deren Straßen Metallinsekten liefen, brannten sich in die Köpfe der Menschen.

Aber Rajana ließ sich nicht verunsichern. Sie schien diesen Lark wirklich zu lieben, und Wren konnte verstehen, warum. Zumindest bevor er sich in eine Mensch-Maschinen-Chimäre verwandelt hatte.

Plötzlich spürte sie einen Stich in ihrem Herzen, denn sie verstand, dass sie nie eine Chance gehabt hatte, bei Lark zu landen. Dieser Botkopf hatte sich tatsächlich in eine Gesegnete verliebt. Und sie in eine Drei, einen Verräter, der wahrscheinlich ihrer aller Ende war.

Cassian drückte seine Finger an sein Herz, und Rajana tat dasselbe. So standen sie sich gegenüber, so nah, dass sich ihre Körper fast berührten. Es schien so, als würde jeder diese verdammte Prinzessin lieben.

»Komm zurück, Stone.« Cassian versuchte ein Grinsen. »Pass auf dich auf.«

»Keine Sorge, Schaumschläger«, mischte sich Rose ein. »Ich bin ja dabei. SuperRoseBot wird sie beschützen.«

»Können wir endlich loslegen?«, mischte sich Wren ein. »Wenn ich noch mehr emotionales Kallisto hören muss, übergebe ich mich.«

- - -

In der Nacht konnte Rain nicht schlafen, und auch Rose wälzte sich von einer Seite auf die andere.

»Lark?«, flüsterte sie und starrte in die Dunkelheit, während sie auf eine Antwort wartete. Das Licht der Stadt schien durch das Fenster und erleuchtete das Zimmer.

Ja?

»Erzähl mir mehr über die Vereinten.«

Wir sind wie ihr und doch ganz anders, berichtete Lark. *Wir kennen nur die Einheit. Niemand denkt an seinen eigenen Vorteil. Alles, was zählt, ist das Kollektiv. Worte können es schwer beschreiben. Man muss es erleben, um es zu verstehen.*

Es erinnerte Rain an ihre Mutter. Früher waren auch sie eine Einheit gewesen, und solange Storm bei ihr gewesen war, hatte Rain geglaubt, dass alles gut werden würde. Sie hatte es gespürt, tief im Inneren. Storm und sie. Unzertrennlich. Unzerstörbar. Ein Unwetter.

Nie hätte sie geglaubt, dass diese Zeit enden würde.

»Ich war mit Cassian in der Verdammnis. Dort haben wir die Überreste gesehen. Maschinen. Gesegnete und die Roten Wolken, die alles beendet haben. Mein Vater sagte, wir wurden erschaffen, um die Welt von den Maschinen zu befreien.«

Und die Maschinen wurden erschaffen, um die Welt von den Gesegneten zu befreien.

Bilder entstanden in ihrem Kopf. Bilder, die nicht ihre eigenen Erinnerungen waren. Lark zeigte sie ihr.

Einst gab es einen großen Krieg um die Ressourcen der Welt. Die

Menschen bauten immer stärkere Waffen, um sich gegenseitig zu übertrumpfen. Die einen glaubten an den Fortschritt der Technik und setzten auf Maschinen, groß wie Häuser. Ihre Feinde, vereint in ihrem Glauben an ein Wesen, das sie Gott nannten, erschufen die Engel. Hunderte und Tausende von ihnen schlüpften, um gegen die Maschinen zu kämpfen.

»Was ist das?« Rain hielt den Atem an, als sie die Ruinen einer Stadt sah. Sie erinnerte an ein längst zerfallenes Aventin mit Türmen und Mauern aus Glas und Stahl, doch auf den Häusern, da war ein Dreieck mit drei Punkten.

Ein Überbleibsel aus dem Krieg. Die Stadt des Schöpfers.

Rain ritt auf einem Insekt durch die Straßen, erkundete die Häuser der leeren Stadt. Rote Wolken lagen über den Dächern und hatten die Menschen, die hier einst lebten, längst getötet oder vertrieben. Sie gingen auf ein Gebäude zu, das aussah wie Gottes Dom. Die Architektur hob sich durch seine verzierten Türmchen und Bögen von den anderen Gebäuden ab. Bunte Fenster filterten das Licht, das in die Hallen schien. Und dort im Inneren lag etwas, das Rain erstarren ließ. Engelseier. Hunderte von ihnen.

»Dann sind wir wie die Rote Seuche. Bloß Zerstörer der Welt.«

Die Seuche hat ihre Schöpfer vernichtet. Wir haben das nicht. Wir wurden von Zerstörern zu Bewahrern. Die Gesegneten erbauten Hope, um die Menschen vor der Seuche zu retten. Aber auch die Maschinen entwickelten sich weiter. Wir verbanden uns mit infizierten, kranken Menschen, um sie zu heilen.

Rain konnte es sehen. Sterbende Menschen, die von der Roten Seuche befallen waren. Sie sahen dem Tode ins Gesicht, doch dann kamen die Maschinen und boten ihnen einen Ausweg an.

Wir wurden zum Schwarm, um sie zu retten.

Eine Stadt, überzogen mit silbernen Netzen. Durch die Straßen zogen Guardians und Menschen. Ein Land ähnlich wie Hope und doch ganz anders.

»Bewahrer.« Das Wort gefiel Rain besser. »Warum seid ihr dann nach Hope gekommen? Wenn ihr keinen Krieg wollt.«

Wir waren neugierig. Wir wollten euch kennenlernen, um zu verstehen, woher wir kamen und wie wir einst waren. Aber ihr habt nicht zugehört.

Rain sah, wie der Vereinte versuchte, einem Soldaten eine Kommunikationskugel zu überreichen, doch der wich panisch zurück und griff nach seiner Waffe. Sein Guardian versuchte ihn zu beschützen, doch es waren zu viele Sentinal.

Wir waren wütend, dass man unseren Boten tötete. Aber Lark … ich habe erklärt, dass es ein Missverständnis war.

»Du erklärst es ihnen?«

Unsere Welten und unsere Art zu leben unterscheidet sich in vielen Dingen.

»Vielleicht wollen sie das Wissen auch nur gegen uns verwenden.«

Nein, so denken wir nicht. Das Wissen der Vereinten ist unglaublich. Ein ganzes Meer aus Informationen. Lark … ich hätte nie gedacht, dass ich je die Welt hinter Hope entdecken darf, und nun … bin ich einer von ihnen.

»Wollen sie, dass du auch nackt auf deiner Spinne reitest?«, fragte Rain kichernd.

Dazu wird es nicht kommen, denke ich … hoffe ich.

War das etwas von Larks vertrautem Humor?

Wir wollen nur eins: wieder eins sein.

»Sie wollen, dass du zu ihnen zurückkehrst. Um mit ihnen zu gehen.«

Ja.

»Lark?« Rains Finger pressten sich in die Matratze. Sie wollte ihm sagen, dass sie ihn vermisste. »Wir passen noch aufeinander auf, richtig?«

Ja, Rain. Wir passen aufeinander auf.

49.

AM NÄCHSTEN TAG trafen sie sich in Rajanas Apartment. Wren und Eros hatten sich durch den Wäscheaufzug nach oben geschmuggelt. Eros passte in ihr Kleid, und mit der Perücke und der Schicht Goldstaub im Gesicht würde er eine Weile von Weitem als Prinzessin Rajana durchgehen.

»Ich bin wunderschön.« Eros drehte sich anmutig vor dem Spiegel in ihrem Kleiderschrank. In Momenten wie diesen schämte sich Wren für ihren Bruder. Wie konnten sie sich nur in so unterschiedliche Richtungen entwickelt haben? »Schau, Sore.«

Er tanzte auf sie zu und umkreiste sie, während er Pirouetten vollführte.

»Hör auf, dich wie ein Idiot zu benehmen«, zischte sie ihm zu.

»Niemand wird dich so für Rajana halten«, stimmte ihr Cassian zu. »Du musst lässiger gehen.«

»In solchen Kleidern muss man tanzen«, widersprach Eros und breitete seine Arme aus.

Der Plan war einfach. Tiberius hatte zwei Sentinal geschickt, um Rose abzuholen. Rajana lockte sie in ihr Zimmer, schaltete sie mit Sting aus, nahm ihnen die Rüstung ab und fesselte sie mit allem, was Glee hergab. Dann verstauten sie beide in der Badewanne, während Rain und Wren die schwarzen Rüstungen anlegten. Eros tänzelte aus Rains Zimmer und setzte sich neben Cassian auf das Sofa.

Wenig später folgte Rose mit den falschen Sentinal. Wrens Herz klopfte ihr bis zum Hals, als sie an dem Soldaten Nife vorbei zum Aufzug gingen. Von hier aus sollten sie auf das Dach fahren, wo der Gleiter wartete. Nife, der vor dem Fahrstuhl Wache stand, schöpfte keinen Verdacht. Oder vielleicht tat er das ja doch. Wren hatte das Gefühl, immer wieder seinen Blick auf sich zu spüren. Er sagte nichts, kein Wort. Er sah sie nur an und dann Rajana. Für einen Moment glaubte Wren, er würde sie aufhalten, und ihre Finger schlossen sich um ihre Waffe, bereit, ihn beim kleinsten Zucken zu erschießen.

»Wartet«, sagte Nife, als der Fahrstuhl anhielt. Wren machte sich bereit, doch der Soldat hielt sie nicht auf. »Viel Erfolg. Kameraden.«

Rajana nickte ihm zu, als er sie passieren ließ. Vielleicht hatte Wren sich geirrt, und er hatte nichts geahnt. Vielleicht wollte er Rajana aber auch einen Gefallen tun. Das wäre jedoch für einen Sentinal sehr unwahrscheinlich, und Wren glaubte nicht eine Minute an diese Möglichkeit.

Auf dem Dach stand der kleine Gleiter, der gerade einmal Platz für einen Piloten und vier Passagiere bot.

»Ich hoffe, du kannst das Ding bedienen«, flüsterte Wren, als sie einstieg und ihren Helm abnahm.

»Ich hab Nife über die Schulter geschaut«, erklärte die Prinzessin selbstbewusst und aktivierte die Kontrolltafeln des Gleiters. »Ich habe ein Händchen für Technik, und diese Gleiter sind doch recht selbsterklärend.«

In diesem Moment schossen sie rückwärts über das Dach und kollidierten mit einer Drohne, deren Überreste vom Himmel fielen.

- - -

»Es ist einfacher, in die uneinnehmbare Festung zu kommen, als gedacht«, verkündete Wren, als der Gleiter in der Landebucht von Black Shell zu Boden glitt. Rain hoffte, dass niemand ihre peinlicherweise doch recht unsichere Flugweise auffiel, denn es war nicht einfach, ruhig und vor allem gerade zu landen, wenn der Landestreifen kaum breiter als der Gleiter selbst war.

»Wir werden niemanden töten. Verstanden?«, erinnerte sie die Rebellin.

»Schade.« Wren zog sich den Helm auf und kontrollierte ihre Waffen. »Aber wenn Lark sich nicht an den Plan hält, jage ich ihm ein Projektil durch den Kopf.«

»Da musst du erst an mir vorbei«, drohte ihr Rose und schob das Kinn vor. »Niemand tötet meinen Bruder.«

»Du kannst mir nicht drohen, Kleine«, entgegnete Wren unbeeindruckt, doch Rose ließ sich nicht beirren.

»Ich meine es ernst.« Sie reckte ihr Kinn. »Wer meinem Bruder was tut, bekommt es mit mir zu tun.«

Sie stiegen aus und gingen in die Festung hinein. Niemand wurde skeptisch, denn sie waren ja angekündigt. Und dass Rose zuerst zu ihrem Bruder wollte, das wunderte auch niemanden.

»Wie schön, dass du gut angekommen bist.« Amygdala empfing sie und führte Rose zu dem Labor, von dem aus Lark zu sehen war.

»Wie geht es meinem Bruder?« Rose drückte ihre Nase an die Scheibe, hinter der Lark auf einer Liege lag, während Schläuche in ihn hineinliefen. Es brach Rain fast das Herz, ihn so zu sehen, und sie musste sich zwingen, ruhig stehen zu bleiben, damit Amygdala keinen Verdacht schöpfte.

»Unverändert. Wir haben versucht, das Gerät anzuzapfen, aber ohne Erfolg.« Amygdala schüttelte den Kopf. »Wir bekommen einfach keine Informationen aus ihm heraus, die uns im Krieg gegen die Verdammten weiterhelfen könnten.«

»Vielleicht spricht er ja mit mir«, sagte Rose.

»Ja. Allerdings müssen wir vorsichtig sein, wenn wir ihn aufwecken wollen, denn beim letzten Mal lief es nicht gut.«

»Ist deswegen die freundliche Spinne weg?«

Mist! Sie war nicht mehr in demselben Zimmer wie Lark, aber es gab kein Zurück mehr. Für eine Planänderung war es zu spät. Rain warf Wren einen kurzen Blick zu. Die Rebellin nickte ihr kaum merklich zu.

»Was ist das hier für ein Knopf?« Rose spazierte auf ein TecDec zu und drückte ziellos auf Knöpfe.

»Warte.« Amygdala eilte zu ihr hin und drehte ihnen den Rücken zu. Diesen Moment nutzte Rain, um einen der Notfallbetäubungsstifte zu greifen, die an der Wand hingen. Sie stach den Stift in Amygdalas Arm und hielt sie fest, als sie bewusstlos zusammensackte. Als sie auf dem Boden lag, versenkte Wren einen weiteren Stift im anderen Arm.

»Was? Sie ist ’ne Gesegnete. Ich dachte, wir gehen lieber auf Nummer sicher«, brummte sie.

Rain eilte in das Zimmer, in dem Lark gefesselt auf einer Liege lag. Sie riss ihm den Zugang aus dem Arm. Sofort strömte Blut aus der Wunde. Gerade als sie sich nach einem Verband umsah, schloss sich die Stelle mit kleinen Metallpartikeln, und der Blutfluss versiegte. Sie waren in ihm, genau wie die Bilder es gezeigt hatten.

»Geht es ihm gut?« Rose stand wie angewurzelt neben ihr.

»Ja. Komm, hilf mir«, flüsterte Rain, während sie ihn hochzog und seitlich stützte. Rose erwachte aus ihrer Starre.

»Ein Alarm ist losgegangen«, verkündete Wren, die in der Tür erschien. »Hier wird es gleich ungemütlich.«

Wir haben es fast geschafft.

»Ungemütlich?« Roses Stimme war schrill. »Aber sie werden uns nicht erschießen, oder?«

»Doch. Uns beide vermutlich schon«, brummte Wren.

»Aber ich war immer nett zu den Sentinal.«

»Niemand wird erschossen«, schaltete sich Rain ein, während sie Lark mit vereinten Kräften aus dem Raum hievten.

Seine Augen öffneten sich, und sein Blick fand den von Rain. Selbst durch den Helm, den sie noch trug.

Du bist gekommen.

»Ja, ich bin hier.«

Er war es. Er allein. Sie konnte es spüren. Zumindest für den Moment, als er den Arm hob, um sie zu berühren, so als wäre er sich nicht sicher, ob sie real war.

»Keine Zeit für Kitsch und Wiedersehensgedöns«, erinnerte Wren. »Los! Kommt endlich.«

»Wo ist die freundliche Spinne?«, fragte Rose ihren Bruder. »Kannst du sie rufen?«

Er nickte.

»Dann sind wir gerettet«, jubelte Rose.

In dem Moment erschienen Soldaten am anderen Ende des Ganges und befahlen: »Keine Bewegung!«

Wren zerschoss ein KontrollDec, und eine Brandschutztür sauste zwischen ihnen und den Sentinal nieder.

»Bewegt eure süßen Ärsche!«, brüllte sie. Rain packte Lark und warf ihn über ihre Schulter, bevor sie Wren und Rose folgte. Trotz des Metalls in seinem Körper war er nicht so schwer wie erwartet, dennoch war Rain froh, dass Wren mit anpackte.

Sie eilten durch das Labor zurück zu einem Gang mit Wohnräumen für die Mitarbeiter des Forschungstraktes. Nicht mehr weit, aber Sentinal, die durch den Alarm herbeigerufen worden waren, kamen bereits auf sie zu, wie die hallenden Schritte und Rufe verrieten.

»Und nun?«, fragte Wren und hob ihre Waffe, bereit, zu kämpfen. Rose drückte sich an Rain, die eine Tür aufriss und hineinstolperte, bevor die Soldaten in Sicht kamen. Sie landeten in einer Wohnkabine.

»Ich habe gehofft, der Guardian würde uns unterstützen«, sagte sie an Lark gerichtet.

»Ja, wo ist die Riesenspinne?« Wren lauschte an der Tür. »Sie werden uns jede Sekunde entdecken.«

Lark erholte sich erstaunlich schnell von den sedierenden Medikamenten, sodass Rain ihn hinunterlassen konnte. Er schritt auf den Schrank zu und holte sich eine Uniform heraus, die er sich schnell überzog.

»Hey, Süßer«, versuchte es Wren erneut. »Wo bleibt dein Riesenfreund, hab ich gefragt?«

Lark antwortete nicht. Zumindest nicht laut.

Er wird kommen, hörte Rain seine Stimme in ihrem Kopf.

»Auf dem Weg«, antwortete sie für ihn. In diesem Moment wurde die Tür aufgerissen, doch bevor der Sentinal etwas sagen konnte, fiel er auch schon nach vorn in den Wohnraum und landete mit einem Rumms auf dem Boden. Hinter ihm erschien Amygdala, die auf wackeligen Beinen in das Zimmer trat.

»Wartet«, stöhnte sie, bevor sie die Tür hinter sich schloss. Durch die Betäubung noch sichtlich beeinträchtigt, sank sie neben dem Soldaten zu Boden. »Rajana. Was tust du hier?«

Rain nahm ihren Helm ab und kniete sich vor sie.

»Wir werden den Krieg beenden«, sagte sie.

»Er ist nicht mehr der Junge, den du … kanntest.« Das Sprechen bereitete ihr noch Schwierigkeiten, und sie lallte, als ob ihre Zunge träge im Mund lag. »Du darfst ihm nicht vertrauen.«

»Ich habe keine Zeit, es zu erklären, aber nur wenn wir Lark zu ihnen zurückbringen, hört der Krieg auf. Es ist der einzige Weg. Wenn du ihm nicht vertraust, vertraue mir.«

Amygdala musterte sie einen Augenblick, dann griff sie in ihre Kitteltasche und zog eine Karte hervor. »Nehmt den Notfallweg. Hiermit kommt ihr rein. Dritte Tür links. Sie führt euch direkt zur Landeplattform.«

»Ähm, ich bin ungern die Spielverderberin, aber wir haben sie gerade betäubt. Warum sollten wir ihr plötzlich glauben?«, fragte Wren. »Könnt ihr euch mal entscheiden? Ich komm da nicht mehr mit.«

»Weil du zu langsam denkst«, erklärte Rose geduldig. »Die Welt der Freundschaften kann sich schnell ändern.«

In diesem Moment flog die Tür erneut auf, und zwei Sentinal drängten hinein. Beim Anblick der Flüchtigen hoben sie ihre Waffen.

»Wir haben …« Weiter kamen sie nicht, denn ihre Körper wurden zurückgerissen und klatschten an die Wand.

Er ist da, verkündete Lark, als vor der Tür ein Bein aus Metall erschien.

»Die freundliche Spinne!«, rief Rose begeistert. Gerade rechtzeitig war der Guardian erschienen.

»Los, weiter!«, rief Wren und stürmte aus dem Zimmer. Während sie den Fluchtweg nahmen, den ihnen Amygdala geraten hatte, sorgte der Guardian für Rückendeckung. Der Gang führte sie direkt zum Landehangar, doch ihr Gleiter war von hier aus zu weit entfernt. Auch wenn niemand zu sehen war, bis auf ein paar geschäftige Drohnen, würden sie sicher nicht lange unbemerkt bleiben.

Rain entdeckte jedoch einen anderen Transporter, der gerade abheben wollte. Nur wenige Meter von ihnen entfernt. Im Gegensatz zu dem, mit dem sie hergekommen waren, war dieser groß genug für den Guardian.

»Schnell.« Sie hatten keine Zeit, das zu überdenken, sondern mussten sofort handeln, bevor sie jemand entdeckte. Also sprangen sie auf die sich schließende Ladefläche. Wren und Rain zuerst. Lark folgte mit seiner Schwester im Arm.

»Die Spinne«, erinnerte Rose sie panisch, als sich die Luke geschlossen hatte. »Sie ist noch da unten.«

»Keine Sorge«, übersetzte Rain Larks Gedanken. »Sie kommt.«

In diesem Moment lief ein Ruck durch den Gleiter, und er schwankte so heftig wie eine Nussschale auf hoher See.

»Was ist denn hier los?«, rief der Pilot erstaunt. Wren hatte ihre Pistole gezogen und eilte nach vorn.

»Flieg weiter, mein Hübscher«, befahl sie, während sie den Lauf ihrer Waffe auf den Piloten richtete. »Ich habe keinen Bock, in Black Shell zu verrecken.«

»Wer bist du?«, fragte der Pilot, ein Soldat mit einer angenehmen Stimme. »Kein Sentinal, wie ich vermute.«

»Seh ich so aus?« Wren zog sich die Maske vom Kopf und warf sie in die Ecke. Befreit schüttelte sie ihre dunkelgrünen Haare. »Nein, ich bin dein schönster Albtraum. Und nun flieh, wenn dir dein Leben lieb ist.«

»Nun, euch zu helfen wäre Verrat«, gab der Soldat zu bedenken.

»Uns nicht zu helfen wäre Selbstmord. Wenn du das Ding nicht fliegst, tu ich es.« Wren tippte ihn erneut mit dem Lauf der Waffe an.

»Wenn du ihm etwas antust, töte ich dich«, mischte sich ein weiterer Sentinal ein, der soeben hinter Wren auf den Gang getreten war. Sie fuhr herum und richtete ihre Waffe auf den Neuankömmling. »Das glaube ich nicht«, flüsterte sie und wandte sich zum Piloten. »Soll ich deinen Kameraden erschießen?«

»Nein.« Der Pilot wurde blass. »Ich fliege ja schon.«

»Niemand muss sterben«, mischte sich Rain ein und nahm ihre Maske ab. »Fliegt uns einfach hier raus, und niemand wird verletzt.«

»Wir verhandeln nicht mit Rebellen«, verkündete der Soldat im Gang, als er sein Kinn reckte. »Lieber sterben wir. Richtig, Cem?«

»Ich bin kein Spine. Sondern eine Gesegnete«, sagte Rain. »Und dies ist eine wichtige Mission, die den Ausgang des Krieges entscheiden kann.«

»Ach ja?« Der Soldat beäugte sie misstrauisch, schien sie aber nicht zu erkennen.

»Ja, das ist Prinzessin Rajana«, bestätigte der Pilot, während er den Gleiter weiter in die Höhe zog.

»Muss ich die kennen?«

»Ja, Mur. Jeder kennt sie.« Der Pilot seufzte. »Ihr müsst meinen Freund entschuldigen. Er interessiert sich für niemanden außer sich selbst.«

»Tu ich wohl.« Der Soldat beäugte Wren weiterhin feindselig.

»Also Prinzessin, was können wir für euch tun?«, fragte der Pilot, der offener für Verhandlungen war.

»Wir müssen an die Front, um den Krieg zu beenden.«

»Das hört sich wirklich heldenhaft an, aber ich fürchte, diese Mission ist nicht autorisiert«, bemerkte der Pilot.

»Ich autorisiere sie!«, rief Rose, die sich an ihren Bruder klammerte. »Bitte. Es geht um Leben und Tod.«

»Darum geht es im Krieg immer, Kleine«, entgegnete der Pilot. In diesem Moment schaltete sich das Kommunikationsgerät an.

»Basis an Black Bun 457. Code Pepper. Wie ist euer Status?«

Code Pepper bedeutet Flucht von Gefangenen, erklärte Lark in Rains Kopf. *Sie suchen nach uns.*

»Sie werden kaum eine Riesenspinne auf dem Gleiter übersehen, oder?«, flüsterte Rain.

Der Guardian hat sich der Hülle angepasst. Er ist quasi unsichtbar.

»Wie ist euer Status?«, wiederholte das Kommunikationsgerät, woraufhin die zwei Sentinal sich ansahen. Cem machte Anstalten zu antworten, woraufhin ihm Wren erneut den Lauf ihrer Waffe an den Kopf hielt.

Sag Mur, dass du weißt, was mit ihm passiert ist. Bilder brachen über Rain herein, Erinnerungen, in denen der Soldat vorkam.

»Mur, du weißt mehr über die Vereinten, als dir lieb ist. Ich weiß, dass du uns warnen wolltest, aber niemand hat dir geglaubt. Nun bitte ich dich, mir zu glauben. Wir können diesen Krieg beenden, aber nur mit deiner Hilfe«, stotterte Rain.

Mur nahm seinen Helm ab.

»Woher …?«

»Auch ich habe Erfahrung mit diesen Kugeln. Bitte. Du wirst ein Held sein, wenn unsere Mission erfolgreich ist.«

»Ein Held.« Er starrte sie an, dann wandte er sich an den Piloten. »Cem. Wir müssen zur Front.«

»Hast du nicht gehört? Code Pepper«, erinnerte der Pilot ihn.

»Glaube mir einfach. Wenigstens einmal. Du hast doch gehört, was sie sagte. Ich kenne diese verfluchten Viecher, und mit herkömmlichen Mitteln werden wir sie nicht aufhalten. Man muss auch mal was Ungewöhnliches wagen.«

»Aber …«

»Du sagtest doch, sie ist eine Gesegnete. Sie wird schon wissen, was sie tut.« Mur schien zuversichtlich. »Ich jedenfalls weiß es.«

»Wie du meinst.« Cem beugte sich über das Kommunikationsgerät. »Alles in Ordnung. Code White.«

Das heißt, dass das Schiff nicht übernommen wurde.

»Sollen wir zurückkommen?«, fragte Cem und stoppte ihren Kurs.

»Nicht nötig, Black Bun 457. Wir haben neue Informationen, dass die Flüchtigen versuchen, durch die Lüftungsschächte zu entkommen.«

»Lüftungsschächte?«, echote Wren lachend. »Woher haben die Idioten denn den Unsinn?«

Amygdala, schoss es Rain durch den Kopf.

»Gut. Wir nehmen wie geplant Kurs«, bestätigte Cem und gab Gas. Die Festung unter ihnen wurde kleiner und verschwand schließlich, als sie in die Wolkendecke eintauchten.

»Ich glaub es nicht.« Wren warf ihren Kopf in den Nacken. »Sind wir wirklich gerade in Black Shell eingebrochen und haben es überlebt?«

50.

»LARK, ICH WILL DICH nicht schon wieder verlieren.« Rain saß auf einer Kiste mit BoomBots, die für den Krieg gedacht waren. Sie nahm seine Hände in ihre und hielt sie fest. »Wir können dich wieder zurückholen, oder? Sie können dich vom Schwarm trennen.«

Rain. Ich bin jetzt ein Teil von ihnen.

»Was soll das heißen?«

»Es war meine Entscheidung. Ich habe mich ihnen geöffnet. Mein Bewusstsein ist mit ihnen verschmolzen. Ich bin sie, so wie sie ich sind. Das kann man nicht mehr rückgängig machen.«

Tränen bildeten sich in ihren Augen, und sie hatte das Gefühl, dass ihr Herz in tausend Scherben zersprang.

»Du bist einer der stärksten Menschen, die ich kenne.«

Ich war schwach, Rain. Ein zerbrochener Junge, der ständig Angst hatte.

»Es war dein Herz, das ich liebte.« Sie hatte es gesagt, und sie wünschte sich, dass er es erwiderte, aber das tat er nicht. »Das ich immer noch liebe.«

Auch ich habe dich geliebt. Ich habe es mir oft ausgemalt. Ein Leben mit dir und Rose. Fernab von Aventin.

»Und jetzt?«

Meine Gefühle sind ihre Gefühle. Wir könnten dir nie etwas tun. Aber es ändert nichts. Ich werde mit ihnen gehen, denn in Hope ist kein Platz für uns. Du weißt, dass die Menschen uns nicht akzeptieren werden. Sie werden uns immer fürchten, weil wir zu anders sind.

»Was ist mit Rose?« Rain vermochte es kaum auszusprechen. »Sie braucht dich.«

Wir können sie mitnehmen, wenn sie das möchte. Wir denken, es würde ihr gefallen. Sie würde nie wieder krank sein oder Angst haben müssen.

»Falsch. Lark braucht mich. Nicht ich ihn.« Rose trat hinter einer Kiste hervor. »Einer muss doch auf ihn aufpassen.«

Du musst dich nicht fürchten, Rain. Lark drückte ihre Hand und sandte ihr Bilder von der Welt, die hinter Hope lag. Gegenden, die Rain noch nie zuvor gesehen hatte. Silberne Seen mit Eisschichten überzogen, Landschaften, die mit goldgelbem Sand bedeckt waren. *Die Welt da draußen ist nicht nur voller Gefahren, sondern auch voller Wunder.*

»Zeig mir mehr«, flüsterte Rain und schloss die Augen, während Lark ihr die Erinnerungen zeigte. Bäume, die bis in den Himmel zu ragen schienen. Verlassene Städte, in denen die Natur wieder einmarschiert war.

»Hey, was ist mit mir?«, brachte sich Rose in Erinnerung. »Was siehst du? Ich will auch sehen.«

- - -

Als sie die Front passiert hatten, erschien ein frisches Schlachtfeld unter ihnen. BoomBots hatten Krater in den Boden gerissen, in denen leblose Körper lagen. Rauchfahnen und Aschewolken stiegen über die Gefallenen und hüllten das Feld ein.

Wren wandte ihren Blick ab und versank tiefer im Sitz des Copiloten.

»Hey, Süßer.« Sie wandte sich an Cem. »Wann gab es hier den letzten Kampf?«

»Vor ein paar Stunden, schätze ich«, gab er mit Blick auf die Anzeigen zurück.

»Waren Spines-Gefangene dabei?« Sie machte sich Sorgen um Moth. Laut Rajana war er an die Front geschickt worden, sicherlich nicht freiwillig, wie Tiberius angekündigt hatte. Moth würde eher sterben, als dieser Schlange zu helfen.

»Das weiß ich nicht.« Ein Licht leuchtete plötzlich am Kommunikationsgerät auf, und Cem aktivierte es.

»Black Bun 457. Sie sind vom Kurs abgekommen.«

Cem ignorierte den Funkspruch und behielt die Richtung bei. Wrens Blick wanderte wieder aus dem Fenster und sie meinte verwundete Gestalten über das Schlachtfeld humpeln zu sehen. Orientierungslos wankten sie durch die Smogwolken auf der Suche nach einem sicheren Hafen.

Wren hatte genug vom Krieg. Sie hatte wirklich an die Rebellion geglaubt und daran, dass sie die Welt verbessern konnten. Doch diese neue Welt erschien wenig erstrebenswert, wenn ihre Freunde nicht mehr da waren, um sie zu erleben. Die Frettchen verhaftet. Moth womöglich tot. Waren ihre Opfer das alles wert?

»Black Bun 457. Erstatte Statusbericht. Auf der Stelle.«

Cem deaktivierte das Funkgerät und drehte sich zu Wren um. »Glaubst du wirklich, sie können den Krieg stoppen?«

Wren schaute sich im Transporter um. Dort saßen Rajana, Lark und Rose immer noch flüsternd zusammen. Eine Gesegnete, ein Verdammter und ein Mensch. Bittere Feinde da unten. Unzertrennlich hier oben.

»Wenn jemand es kann, dann sie«, gestand sie.

»Und du?«, fragte Cem weiter.

»Ich will nur meinen Freund retten.«

Sie zwirbelte an einer grünen Strähne ihrer Haare herum. Moth hatte sich immer gewünscht, dass sie sie grün färben würde. Genau wie er.

»Da vorn«, sagte Cem plötzlich und holte tief Luft. »Verdammte. Dann hoffe ich mal, dass sie uns nicht bei lebendigem Leibe fressen.«

Das hoffte Wren auch.

Als sie den Gleiter verließen, wurden sie bereits erwartet. Wren und die beiden Sentinal hielten sich angesichts der beeindruckenden Maschinen im Hintergrund. Cem und Mur hatten die Waffen gezogen, was auch Wrens erster Instinkt gewesen war, aber sie senkte ihre wieder.

»Lasst das lieber. Wir hätten eh keine Chance«, flüsterte sie den

Soldaten zu. Vor ihnen hatten sich Hunderte Verdammte versammelt. Metallinsekten und ihre Menschen, die vor einer ehemaligen Stadt von Green campierten.

Rain und Rose schienen keine Angst zu haben. Sie folgten Lark, der sie an den Händen hielt, direkt auf die Verdammten zu. Ein Ruck lief durch den Gleiter, als sich die Hülle selbst zu lösen schien.

»Was zum …?« Wren beugte sich vor, um zu sehen, was geschah. Die Hülle regnete in Einzelteilen zu Boden und setzte sich dort wieder zusammen. Zu einer gigantischen Spinne, die Lark folgte.

»Was für ein Bild.« Cem beobachtete, wie die Verdammten nach und nach die Neuankömmlinge umstellten. Doch sie griffen sie nicht an, sondern musterten sie nur neugierig.

»Sterbt, ihr verdammten …«, rief Mur und stürmte mit einer Waffe an Cem vorbei. Doch bevor er ernsthaft Schaden anrichten konnte, sank er ohnmächtig zu Boden.

»Tut mir leid, mein Spatz«, flüsterte Cem, der ihn mit seiner Waffe niedergestreckt hatte. Er machte sich daran, seinen Kameraden zurück an Bord zu ziehen. »Du bist manchmal nicht so clever, wie du denkst. Aber ich liebe dich trotzdem.«

Liebevoll bettete er ihn auf eine Kiste BoomBots und holte einen Erste-Hilfe-Kasten.

»Was, glaubst du, passiert als Nächstes?«, fragte der Pilot Wren, die die Verdammten dabei beobachtete, wie sie ihre Antennen über Rains und Roses Köpfe gleiten ließen. Ihre Bewegungen waren ebenso sanft wie die von Cem, der Murs Beule versorgte.

»Was fragst du mich?« Wren zuckte die Schultern und ging zum Cockpit, um sich das TecDec der Sentinal zu schnappen. Vielleicht konnte sie herausfinden, wo die Spine-Soldaten eingesetzt worden waren.

Mist! Das Ding war gesperrt. Fluchend warf sie es zu Boden und ließ sich im Sessel des Copiloten nieder, als das Kommunikationsgerät aufblinkte.

Was wollten die nun schon wieder?

Wren aktivierte es.

»An alle Einheiten. Unser Protektor wurde vergiftet …« Listo Kallisto!

Tiberius vergiftet.

Und sie wusste, von wem. Von der Kröte. Von Aurelia. Und letztendlich auch von ihr selbst. Mit zittrigen Händen stellte Wren den Hope-Sender ein.

»Vor wenigen Minuten hat sich unser Protektor dafür ausgesprochen, dass seine Tochter, Rajana, die nächste Königin von Hope werden sollte. Kein überraschender Vorschlag, wenn man sich die Beliebtheitswerte ansieht. Noch während er dies vorschlug, brach er plötzlich zusammen. Aktuell wird er in seinem MedCenter betreut, wie uns Aurelia berichtete.«

»Ich werde mich bis zu seiner Genesung um alles kümmern und vorübergehend sein Amt übernehmen«, sagte Aurelia. *»Das Wichtigste ist nun, dass wir uns auf den Krieg konzentrieren.«*

Die Durchsage ging noch weiter, aber Wren hörte nicht mehr zu. Ihr Kopf rauschte. Sie erhob sich und wankte durch den Gleiter zum Ausgang.

Anstatt sich zu freuen, war ihr auf einmal furchtbar übel. Bisher war alles ganz klar gewesen. Die Spines waren auf der einen Seite. Die Gesegneten auf der anderen. Und nun? Nun war nichts mehr einfach.

Sie stolperte ins Freie und wankte über das Feld, bis ihre Beine nachgaben und sie fiel. Diese ganze Rebellion hatte zu nichts geführt. Es war ein ewiger Kreislauf, und auch mit Tiberius' Tod würde es nicht enden. Hope war verdammt!

Tränen liefen ihr über die Wangen und benetzten den Boden, der ebenso aufgewühlt und zerstört aussah wie ihr Inneres.

Sie wollte sterben. Wieder einmal. Denn der Tod erschien ihr verlockend einfach.

Aber es kam anders, denn durch den Schleier ihrer Tränen konnte sie eine Gestalt sehen. Und diese Gestalt rettete sie ein zweites Mal.

»Moth«, rief Wren aus, als eines der Maschineninsekten ihn vor ihr auf den Boden legte. Zuerst glaubte sie, es war bloß ein Traum. Eine Halluzination. Doch er war es wirklich, und er sah schrecklich aus. Sein linker Arm war so schlimm verbrannt, dass die Knochen freigelegt waren. Die Hälfte seines Gesichtes war ebenfalls entstellt, aber er lebte. Gerade noch so.

»Woher habt ihr das gewusst?«, flüsterte sie. Die Maschine antwortete nicht, aber Wren sah zu Lark hinüber und verstand. Und irgendwie auch nicht. Hatte er ihnen durch seine seltsamen telepathischen Fähigkeiten befohlen, Moth zu retten? Sie schüttelte den Kopf und versuchte gar nicht erst zu verstehen, wie diese Maschinen tickten. Die Hauptsache war doch, dass sie Moth wiedergefunden hatte.

»Könnt ihr ihm helfen?«, flehte sie die Maschine an, von deren Rücken nun eine Frau kletterte.

Beide nickten und zeigten in die Richtung der Mauer, die Richtung, aus der sie gekommen waren.

»Wir sollen mit euch gehen?« Sie sah fragend zu Moth, aber der Hüne konnte nicht antworten. Sie drückte ihre Stirn gegen seine Brust. »Ich schulde dir mein Leben, mein Großer. Egal, was es kostet, ich rette dich.«

Die Frau kniete sich neben ihnen nieder und strich über Moths Wunden.

»Ich warne dich, Lady«, knurrte Wren. »Er ist mein Ein und Alles. Ich lasse ihn nicht aus den Augen.«

Die Frau lächelte und streckte Wren ihre Hand entgegen. Darin lag eine silberne Kugel.

»Okay.« Wren holte tief Luft und nahm sie entgegen. »Wir schaffen das, Moth. Das ist bloß ein Kommunikationsgerät. Richtig? Rajana hat es schließlich auch geschluckt.«

Sie holte tief Luft, drückte Moth einen Kuss auf die Wange und hielt seine Hand. »Beschissener als in Hope kann es da draußen ja nicht sein. Oder was meinst du? Wollen wir einen Neuanfang wagen?«

Dann legte sie die Kugel auf die Zunge.

51.

ANTENNEN STRICHEN NEUGIERIG über ihr Gesicht, als die Vereinten sie willkommen hießen. Sie schienen sie zu begrüßen wie eine alte Freundin, als wäre sie ihnen bereits vertraut. Und das war sie vermutlich auch, wenn Lark recht hatte. Er war nicht verschwunden. Er steckte in jedem von ihnen. Es war vielleicht fremd und schwer zu verstehen, aber für den Moment beruhigte es sie zu wissen, dass er in Sicherheit war, egal, wo und wie genau.

Rose quickte begeistert auf, als sie von Larks Guardian hochgehoben wurde.

»Guck mal, Rain! Ich fliege!«, quiekte sie und breitete die Arme aus. »Hier kommt SuperRoseBot!«

»Was nun?«, fragte Rain und drehte sich zu Lark, der immer noch ihre Hand hielt.

Wir werden Hope verlassen. Wie versprochen.

»Werden wir uns wiedersehen?«

Wir, Lark … Ich bin in deinem Kopf. Solange du es möchtest, kannst du mit uns über die Kugel in Kontakt bleiben. Und wenn du mich brauchst, werde ich kommen. Wir passen aufeinander auf. Schon vergessen?

Tränen sammelten sich in ihren Augen. Sie war nicht bereit, Lark ziehen zu lassen. Warum suchte sich das Schicksal ständig neue Wege aus, um sie voneinander zu trennen?

Du könntest auch mit uns kommen.

»Ich kann nicht. Ich muss zurück«, flüsterte sie, und Lark nickte.

Er ließ ihre Hand los und stieg hinter Rose auf seinen Guardian. Dann setzten sich die Vereinten in Bewegung. Einer nach dem anderen drehte ihr den Rücken zu und kehrte zur Mauer zurück.

»Rain!« Rose kletterte wieder hinunter und rannte auf sie zu. Ihre Arme schlossen sich um sie, und sie drückte ihr von Tränen feuchtes Gesicht an Rains Wange.

»Es ist schon gut«, flüsterte ihr Rain ins Ohr und streichelte ihr beruhigend über den Kopf. »Schon gut.«

»Ich werde dich vermissen. Du bist doch meine beste Freundin.«

»Und du meine.« Sanft löste Rain Roses Arme.

»Warum kommst du nicht mit?«

»Ich kann nicht. Noch nicht.« Rain holte tief Luft. »Aber ich werde euch nie vergessen.«

Rose ging schluchzend zurück zum Guardian, der sie wieder auf seinen Rücken hob.

Er ging als Letztes. Und Rain wartete, bis sie kaum noch zu sehen waren, und winkte ihnen zu. Und die beiden winkten zurück.

EPILOG

»WARUM BIST DU ZURÜCKGEKOMMEN?«, fragten Cassian und Morpheus, als Rain mit ihrer Geschichte fertig war.

»Ich konnte euch doch nicht allein lassen. Mit allem, was passiert ist …«

»Du meinst, dass dein Vater von unserer Mutter ermordet wurde, die jetzt der nächste Earl von Black Shell werden möchte?«, fragte Morpheus. Als er Rains und Cassians erschrockenen Blick bemerkte, fügte er hinzu. »Was? Jeder weiß, dass sie es war.«

Rain konnte es nicht glauben, dass Tiberius tot sein sollte. Der Mann, der immer alles genau vorausgesehen hatte. Und auch wenn ihr Verhältnis nie das beste gewesen war, trauerte sie doch um ihn.

»Was machen wir jetzt?«, fragte sie. Tiberius, der Protektor, war tot, und sein Ableben verunsicherte die Menschen. Immerhin war er ihr Held gewesen, doch auch Rain war ihre Heldin. Sie hatte den Mutantenhai mit bloßen Händen getötet, sich den Rebellen gestellt und den Krieg beendet, auch wenn keiner so genau verstand, wie sie das angestellt hatte.

»Wir werden tun, was von uns erwartet wird«, sagte Cassian. Er trug ein goldenes Gewand, ebenso wie sie selbst. In wenigen Stunden würden sie vor das Volk treten. Als gewählte Regenten von Hope. Mit den Kronen auf ihren Häuptern. Sie sah sich im Spiegel an und erkannte sich kaum wieder. Ihre Haare selbst waren mit einer Goldschicht überzogen, ebenso ihre Haut. Wie es einer Königin würdig war.

Sie konnte den Menschen wieder Hoffnung geben.

Einen Neuanfang.

»Du wirst eine fantastische Königin sein«, schwärmte Morpheus.

»Oh nein«, widersprach Rain und kraulte Cassiopaio, der sich unter ihren Streicheleinheiten wohlig streckte. »Ich werde eine schreckliche Königin abgeben.«

Es fühlte sich einfach nicht richtig an. Man konnte sie in teure Kleider zwängen und sie mit Schmuck behängen, aber das war nicht sie. Und auch wenn sie die mächtigste Position des Landes innehielt, fühlte sich die Stadt noch immer wie ein goldener Käfig an, der ihr die Luft zum Atmen nahm.

Auf einmal kamen ihr die Verse eines längst vergessenen Liedes in den Sinn.

Kennst du den Geist,
der sich nachts umhertreibt?
Er singt mit dem Regen,
wild und verwegen.
Er trommelt den Takt,
den Takt, den die Freiheit
nur für ihn bereit hat.

Sie war genau wie dieser Geist. Sie sehnte sich danach, im Regen zu tanzen und den Wind im Haar zu spüren. Wie damals, als sie noch als Ghost durch das Land gestreift war. Sie war Rain, die Tochter des unbeugsamen Sturms, und sie sehnte sich nach Freiheit. Sie wollte all das abstreifen. All die Mauern und Käfige.

Und auf einmal wusste sie genau, was sie tun wollte. Das einzig Richtige. Sie würde für die Menschen Prinzessin Rajana, Tochter von Tiberius, sein. Ein letztes Mal.

Rain und Cassian traten vor das jubelnde Volk. Sie warfen sich einen Blick zu, und Cassian nickte ihr aufmunternd zu.

Also gut, Rain. Unwetter haben keine Angst.

Sie nahm ihre Krone, die aus glühendem Gold zu bestehen schien, und hob sie empor.

»Volk von Hope«, begann sie. »Ich fühle mich geehrt, dass ihr mich als eure zukünftige Königin gewählt habt. Und umso trauriger bin ich, dass mein Vater diesen Tag nicht mehr miterlebt. Er hat versprochen, dass wir durch die schweren Zeiten näher zusammenrücken, und er hatte recht. Gemeinsam haben wir für Hope gekämpft, und gemeinsam werden wir Hope wiederaufbauen. Jeder kann einen Beitrag leisten, unser geliebtes Hope zu unterstützen. Egal ob Eins, Zwei oder Drei. Das waren seine Worte, oder nicht?«

Sie senkte die Krone und hielt sie vor sich, während sie auf die versammelten Menschen hinabsah. Ihre Gesichter waren voller Erleichterung und voller Hoffnung auf bessere Zeiten.

»Ich habe beschlossen, meine Krone abzulegen«, verkündete Rain in die gespannte Stille. »Ich werde nicht eure Königin werden.«

Ein aufgeregtes Raunen ging durch die Menge, aber Rain hob ihre Hand, um sie zu beruhigen. »Ich werde damit dem Beispiel meines Vaters folgen, eures Protektors. Ich werde das tun, was er euch versprochen hat. Gemeinsam habt ihr gegen die Verdammten gekämpft. Gemeinsam habt ihr Hope wieder aufgebaut. Von heute an sollen Menschen und Gesegnete Hope gemeinsam regieren.«

Sie sah Cassian an, der ihr zuzwinkerte und lautlos »Weiter so, Stone« flüsterte.

»Ich bitte euch, wählt statt mich einen Menschen, der mit Cassian über Hope herrschen wird. Menschen und Gesegnete. Seite an Seite. Das ist der erste Schritt für eine bessere Welt.« Sie legte die Krone vor sich auf die Brüstung und drehte sich um. In der Menge unter ihr brachen eifrige Diskussionen und Rufe aus. Sie würde wohl als die Königin von Hope mit der kürzesten Amtszeit in die Geschichte eingehen, dachte sie, während sie sich die goldene Perücke vom Kopf riss. Cassiopaio sprang bellend herbei und kletterte ihr Kleid hoch, um auf ihrer Schulter Platz zu nehmen.

Im Fahrstuhl zog sich Rain die lästigen Schuhe aus und warf sie in die Ecke. Ebenso ihren Schmuck. Sie konnte es kaum erwarten, das Kleid loszuwerden.

»Lark?«, flüsterte Rain und wartete mit klopfendem Herzen auf seine Antwort, während sie über das Dach eilte. Auf den Gleiter zu, in dem Nife wartete. Und in dem Moment, als der Wind ihr Gesicht streifte und sie den Sturm heulen hörte, wusste sie, dass sie die richtige Entscheidung getroffen hatte.

Sie war weder Waffe noch Gefangene. Sie war frei. Und nicht länger allein. Sondern vereint. Mit den beiden Menschen, die sie liebte.

© Caroline Brinkmann

Caroline Brinkmann wurde 1987 im hohen Norden geboren. Heute ist sie als Ärztin tätig und schreibt, wann immer sie Zeit dafür findet. 2013 gründete sie das Tintenfeder-Autorenportal, das angehende Autoren über die Verlagsbranche aufklärt. Mit ihrem Debüt belegte sie den ersten Platz in der Kategorie »Beste Debütautorin 2014« bei Lovelybooks. Sie liest regelmäßig auf Buchmessen, Conventions, in Schulen und Buchhandlungen und ist in verschiedenen Internet-Gruppen und -Foren aktiv. 2017 erschien »Die Perfekten«, der Auftakt ihrer Dilogie um Protagonistin Rain, im ONE-Verlag. »Die Vereinten« ist der glorreiche Abschluss.

Freund oder Feind? Gut oder Böse?

Renée Ahdieh
DAS MÄDCHEN AUS
FEUER UND STURM
Aus dem amerikanischen
Englisch von
Martina M. Oepping
416 Seiten
ISBN 978-3-8466-0069-6

Mariko ist die Tochter eines mächtigen Samurai und kennt ihren Platz im Leben. So klug und erfinderisch sie auch sein mag – über ihre Zukunft entscheiden andere. Als sie erfährt, dass sie den Sohn des Kaisers heiraten soll, nimmt sie ihr Schicksal hin. Doch auf dem Weg zu ihrer Hochzeit entkommt sie nur knapp einem blutigen Überfall – und nutzt ihre Chance, die Freiheit zu kosten: Als Junge verkleidet schmuggelt sie sich unter die Banditen und lernt eine ganz neue Welt kennen. Und sie verliert ihr Herz … ausgerechnet an den Feind.

one by Lübbe

Intrigen, Lügen und Geheimnisse

Mary E. Pearson
DER KUSS DER LÜGE
Die Chroniken der
Verbliebenen
Band 1
Aus dem amerikanischen
Englisch von
Barbara Imgrund
560 Seiten
ISBN 978-3-8466-0036-8

Lia ist die älteste Tochter im Königshaus Morrighan. Gerade mal 17 Jahre alt, soll sie mit einem Prinzen verheiratet werden, den sie noch nie in ihrem Leben gesehen hat. Doch das Mädchen entscheidet sich, ihr bisheriges Leben hinter sich zu lassen. Sie flieht und heuert weit entfernt von zu Hause in einer Taverne an. Dort lernt sie zwei Männer kennen, die sofort ihre Aufmerksamkeit erregen. Was sie nicht weiß: Die beiden sind auf der Suche nach ihr. Einer wurde ausgesandt, um die Königstochter zu töten. Und der andere ist ausgerechnet jener Prinz, den sie heiraten sollte. Schnell fühlt Lia sich zu beiden hingezogen ...

one by Lübbe